红楼梦

释真（上）

刘国玉◎等编

辽海出版社

目　录

红楼梦释真卷二

红楼梦释真卷三

红楼梦释真卷四

导　读

　　邓狂言的《〈红楼梦〉释真》，是继《〈红楼梦〉索隐》和《〈石头记〉索隐》之后的又一部红学索隐派著作。在这部洋洋二十七万余言的专著中，邓氏不仅继承并大大发挥了《红楼梦索隐》与《石头记索隐》的基本观点，而且还进行了前所未有的索隐扩大化。邓氏认为，《红楼梦》有"原本红楼"和"曹氏红楼"两种。"原本红楼"的前八十回乃吴梅村所作，后四十回乃朱彝尊所续。由于吴、朱二人都是明遗民，均有"河山破碎之感，祖国沉沦之痛"，因而"原本红楼"的内容是"明清兴亡史"，是对顺治皇帝及其满汉朝臣的指刺，且"其言或多不谨：一则遗老文字多放恣，二则隐语甚难，三则事实太近，故清宫亦多有知之者"，在文网日密的情况下，"生于乾嘉、犹是遗民之心"的曹雪芹，担心"原本红楼""有不能久存之倾向，乃呕心沥血而为之删"，并"用双管齐下之法，书中所写之重要人物，必另取一人焉以配之"，又使小说故事所涉及的时间拉长，把"原本红楼"的"明清兴亡史"扩展为"崇德、顺治、康熙、雍正、乾隆五朝史"。为了逃避文网，曹雪芹在披阅增删的过程中，只得努力使书中的种族思想"隐而又隐"，因而在借小说人物影射历史人物时，"写一人必化身为数人以写之"。基于这样一种观点，邓氏便利用索隐派所惯用的"影射""化身""分写""合

· 1 ·

写""拆字""谐音"等等手法，牵强附会地索解起来，结果小说中的某一个人物形象，便同时影射不同历史时期的几个人物，而且老少不分，男女不分。例如小说里的林黛玉，邓狂言认为她是影射秦淮名妓董小宛的，但他转头却又说："曹氏之林黛玉非他，乾隆之元配嫡后，由正福晋进位，后谥孝贤皇后之富察氏也"。可是，邓狂言接着又说："林黛玉之以朝臣混之，混之以方苞。苞也，灵皋也；绛珠，仙草也；甘露者，泪也。一而二，二而一也"。如此以来，林黛玉便担当了董小宛、孝贤皇后和方苞三重身份。

由于邓狂言认定《红楼梦》是一部反映种族思想的书，因而在他眼里，《红楼梦》中的一切便无不与种族有关。如小说第一回写甄士隐从梦中醒来，"只见烈日炎炎，芭蕉冉冉"，邓氏解释说："烈日炎炎，朱明也；芭蕉冉冉，青清也"。甄士隐膝下无儿，邓狂言也认为是喻指"灭国灭种，中原无男子之义"。甚至连《红楼梦》第十九回贾宝玉为给林黛玉解闷而瞎编的"小耗子偷香芋"的故事，邓狂言也从中索出了"种族思想"："此一段故典，非空谈也。耗子精者，指满人与满奴也。变成美人以窃之，是趁火打劫之别名也"，其想象力之丰富，实令人叹为观止。

红楼梦释真卷一

第一回　甄士隐梦幻识通灵
　　　　贾雨村风尘怀闺秀

此回本非第一回，而必曰第一回者，即所谓开宗明义，即所谓此是人间第一日，当言人间第一事者也。开宗明义第一事者何事？孝也，种族也，便是宣布全书发生之源头，而因以尽其尾者也。且小说之难，莫难于作楔子。作者因《水浒》之楔子，妙空古今，而《桃花扇》之楔子，亦复恰到好处，故绝不肯再作一篇落人窠臼文字，乃特创此体，而仍从二书脱化而出，又绝对的不见其相犯之迹。《桃花扇》立乎清，以指乎明，故从人口中指说而出，绝不犯手。《水浒》兼指宋元，而其义并重，其文则独托于宋，故亦可以宋人立说。《红楼》之所重者清也，所重者现在之清也，当时之所谓本朝者也。《水浒》与《桃花扇》两法，都不可用，故特用"开卷第一回"五字，作直截宣布宗旨之言，而微文见义，纳全书于其个中。此首句之大意也。下句便突接"作者自云，曾历过一番梦幻"云云，在原本为国变沧桑之感，在曹雪芹亦有"朝闻道，夕死可矣"之悲，隐然言下，绝非假托。书中以甄指明，以贾指清，正统也，伪朝也，历史法也。宋遗民郑所南言之，明初之史家得闻之，而王船山独极其精，发挥光大，以造成今日革命家光复之烈，为吾汉族永永兴亡之纪念者也。曰真事隐，以事论，固迫于不得不隐；以文论，则小说寓言，古今已成故套。从来善作者都不死煞句下，何必作此闲文，著此三字？使人知于书中有字处、书中无字处求之也。明亡，即真隐，国界也；明亡、而士隐、遗民也。曹氏生于乾、嘉，犹是遗民之心，甘犯迂儒忠君学说之大不韪，所谓一家非之而不顾，一国非之而不顾，天下非之而不顾。穷天地，亘万世，伯夷、叔齐之所以伤君主之祸，一瞑不视也。梨洲之宗旨，殆有合焉者矣。而乃以船山之种族学说，为其毕生归命之途，其终不能禁其不全书发明者，天理也，人心也；其所以保持至于今日，而屡遭烧书之劫，禁之不能者，作者托词于儿女之妙，曹氏增删之妙，隐之力也。易之言曰：有天地，然后有万物；有万物，然后有男女；有男女，然后有夫妇；有夫妇，然后有君臣。西儒之言曰：地球铁质，矿物也；石，地质也。地球之初生物，从草类始。先有草，而后有生物。有草，而后有虫类；有虫类，而后有禽；有禽，而后有兽；有兽，而后有人。合此两说，作者立言，实含有开天辟地能力，而借草石之生以起之，借男女之感以发之，所以迎合社会上全部人类之心理，使之于饮食男女大欲存焉之地，反叩其本真，而并以餍其好奇之思想。故不得禁，禁之如不禁，压力遂自此而穷矣。然亦危乎其微焉。曹氏固《红楼》之功臣也。然吾谓其功较原本尤大。创始者难，继续者较易，惟其较易，是以完全而不得摇动（当俟后论）。隐之又隐，其艰如此，我国民其永勿忘。

"念及当日之女子"云云。国事无不关系于女子，天然之吸力也。而专制时代尤甚。特别之专制尤甚，专制之兵争时代尤甚。一则可以任其情之所能为，一则屈于其情之所必不得为也。吾国贵男贱女，女子亦因无学为男子贱。故书中借此立论，盖非此不便于隐，而亦即以此代表汉族之无能力也。

"天恩祖德"云云。太史公曰：人情惨怛则呼天，疾痛则呼父母。郑所南之《心史》本之，种族之义，大声疾呼矣。

“故曰贾雨村云云，更于篇中间用梦幻等字，却是此书本旨，兼寓提醒阅者之意”。贾者，伪也，伪朝也。贾语者，伪朝之史也。村者，村俗也，言野蛮也。梦幻者，清不清而明亦不明也。提醒者，使人清明分别也，故曰书中本旨。然贾雨村本事，则仍有意义，俟后论。

“此书从何而起”，至“无才不得补天”一段云云。大荒山者，野蛮森林部落之现象也，吉林也。荒唐之荒，亦是此义；无稽崖，亦是此义。谓满洲之所自来，多不可考，无历史之民族也。托始于女娲者，何也？女娲为汉族初代之君主，并为初代中之女主，而程子以娲曌为皇，为天地间之奇变。为孝庄写照也。炼石补天，是为汉族开基之始。单单剩下一块未用，弃在青埂峰下；青者清也，言其为汉族历代君主所弃，屏诸四夷，不与同中国之义也。然既已炼之矣，而弃之而不早为之防，使自伤其无才不得入选。野蛮民族，渐染文明，遂至于灵性已通，可大可小，怨艾悲哀，则安得不为中国害？七大恨之祭告天地，堂子所由来也。

“一僧一道，及空空道人，茫茫大士，渺渺真人”等语。满清虽名为重儒，而其实，只以为束结人心之具。其实帝王别无所畏，惟畏鬼神。活佛也，张天师也，皆赫然威灵者也，喇嘛尤为尊重。故云“那僧托于掌上”，偏重和尚一方面，而亦引起出家等事。空空道人，则当指当时遗老。盖从头一看，见大石上所刻顽石一段文字，或系作者自谓，而曹氏亦以为恰当者。

“缩成扇坠”。小扇坠为香君别号。香君入道，亦与出家有影射。且《桃花扇》一书，与此书同具沧桑感慨，故亦引之。到也是个灵物”，愧对愧对。

“昌明隆盛之邦、诗书缨簪之族、花柳繁华之地、温柔富贵之乡”，对大荒山无稽崖青埂峰而言，一满一汉，夫复何疑？

"况且那野史中或讪谤君相，或贬人妻女，奸淫凶恶，不可胜数"。不用野史朝代，不假借汉唐，明其非汉族也，否则何以不言金元？质而言之，不承认其为朝廷耳。而事实上乃仍是讪谤君相，贬人妻女，奸淫凶恶，不可胜数。作者避之，而又犯之，其意何居？则上文之所谓第一件无朝代年纪可考，第二件并无大贤大忠、理朝廷、治风俗的善政者，真是将满清一笔抹煞，故以别种风月笔墨立论。此是何等心胸，而肯与他书争一日之长短哉！

作者胸中抹煞一切才子佳人小说，而仍有一《水浒》《金瓶梅》为其所不敢轻视，二书皆政治小说而寄托深远者也。顾其笔墨以长枪大戟胜，殊多淫滥，《红楼》力避此境，而出之以细针密镂，不得已时，亦殊单简，故特造"意淫"二字，然误人亦多。彼固以为非如此作法，不得脱古人窠臼，不能隐，亦不能传。谁实使之，至于此者乎？吾故表而出之，使通人谅其心，而普通人亦不迷于所向焉。

"石头记、情僧录、风月宝鉴、金陵十二钗"。情僧不止顺治一方面。宝鉴，历史也，亦非顺治一代史也。石头、金陵，有当从地名著想者，南京也；有不仅从地名著想者，顽石也。金者，满清有前金、后金之号；陵者，帝王之陵寝也。然必终定其名为《红楼梦》者，以主旨在明之并于清故。

"悼红轩"。红者，朱也，悼红即怡红之反对。龚定庵《正大光明殿赋》，以"丰草长林，禽兽居之"为韵，是其义也。若曰朱明宫殿，顽石据之，彼自怡，我自悼耳。篇中诸如此者当类推。

"披阅十载，增删五次，纂成目录，分出章回"。此四语，曹氏已明明将《红楼》之为历史，并《红楼》成书历史，一齐道出。曰披阅十载，见原本之历史，已经研究而得其真象也。曰增删五次者，见现行《红楼》之历史，已非仅原本《红楼》之历史也。曰纂成目录，分出章回者，见原本之《红楼》，尚未如此完备，而曹氏多数参入以己意也。后人不知，乃曰此是曹氏自行托之古人，乃又或曰曹氏补本，不如原本，而穿凿附会焉，其亦太不解事者矣。夫他且不论，明明曰增删五次，何以不言四次六次？谓曹氏不死煞句下，可谓便宜。然书中开首即着如此活动字眼，恐大手笔断无此荒唐。且删字可解，增字又将何解？盖原本之《红楼》，明清兴亡史也。删增五次者，曹氏之崇德、顺治、康熙、雍正、乾隆五朝史也。鄙人曾见《红楼梦》残本数篇，事迹相类，而略如随手笔记，或者尚未成书。曹氏据为蓝本，乃有此十六字之标题焉。盖《红楼梦》之作，当在康熙时代（疑吴梅村作或非一人作），其言或多不谨。一则遗老文字多放恣，二则隐语甚难，三则事实太近，故清宫亦多有知者。历代以来，烧书甚多，或已烧，或未烧，均不可知。厥后文网愈益加严，曹氏知其有不能久存之倾向，乃呕心沥血而为之删。删者，删其较为明显者也。夫使曹氏无种族思想，则亦已焉耳，则亦听原本《红楼梦》之自生自灭焉耳，甚则赞成禁止焉耳，而何必为此无谓之依傍？若使曹氏果有种族之思想，则其近代之所耳闻目见，与原本可以相通，而自发其万不得已之苦衷者，竟不增入，曹氏其何以自聊？且所谓删者，删其辞而隐之又隐，非删其所指刺也。删其所指刺，则原本与曹氏之心俱伤。所谓增者，非直截插入也。直截插入，则原本之真失，故每用双管齐下之法。书中所写之重要人物，必另取一人焉以配之，是其例也，然而犹不止此也。原本以指刺顺治，遂几几乎不得久存，曹氏何敢复蹈其前辙？避之而意有所不甘，则不得不取朝臣之近似者以混之。混之，所以避禁忌也，故原本之《红楼》兼有及于明宫事者。曹氏之《红楼》，又有两套本钱，谈何容易，而轻心掉之，曹氏之隐，曹氏之后来居上，踵事增华，天演进化之公例也。《郎潜纪闻》曾以朝臣为说，堕曹氏之术中矣。然而犹为满人深恶，而禁令屡申，官文、胡林翼尤为切痛。一则云，骂满人太恶，其本旨也；一则云，坏人心术，其托辞也。然而终不得消灭，而尚有今日供吾辈之搜求发明，则隐而又隐之力也。蔡君子民仓卒为之，本亦引伸触类之义，继起而为之者，何以漫不加察乃尔？瞻仰先觉，涕泣无已；后死之责，余小子其何敢让焉。且即以原本而论，鸳鸯也，尤三姐也，非董年、柳如是辈之所能当也；司棋也，潘又安也，情之变而出于近正者也。如何而可付之阙略乎？原本范围且多阙焉，而何论曹氏哉！

"地陷东南"，是指明社之覆。姑苏城，便是南京影子。兼清人南下与南巡而言之。"一二等富贵风流之地"，影南京也，即影北京也，即影中国全土也。仁清巷三字不须解。古庙呼作葫芦，葫芦者，胡虏也。甄士隐名费，明亡而士隐，隐而仍不失其为费，遗老也，谋光复也。封者，封疆也。无儿，便是灭国灭种，中原无男子之义。以英莲为之女者，圆圆本自明宫出也。

"西方灵河岸上"，佛也，僧尼也。石即宝玉，玉玺者，不祥之物也。绛珠草者，朱已失色，喻明之亡，汉人之失节，喻夺朱非正色，异种亦称王之义。珠者，珠申为满洲之代名词。草者，伤之也。

"赤霞宫神瑛侍者"。赤霞宫，即朱明宫阙之义。曰侍者，明其非正统也。神瑛二字，不仅映带宝玉字，盖此中有深意焉。瑛字之左偏为王，相传顺治为山东人王杲之子。东省所传，未祭帝陵，先祭王陵者是。瑛字之右偏为英，相传康熙为桐城相国张英之子者是。乾隆为海宁尚书陈文恭之子，证据尤多。故以神瑛侍者发明其义。然而政治所在，不以天然之种族为断，以历史政治上之主体为断。神瑛侍者之义，实含有此等意义。

"情果愁水"。甘露而曰情果，曰愁水，彼族吸收吾民之脂膏，而吾民之困苦流离，幸而得生，得生而受辱忍耻者，即满清之所谓深仁厚泽，浃肌沦髓，食毛践土，具有天良者也。即彼君主之待其同族子女，亦何独不然。谓之曰滋养，毋宁谓之曰情果愁水。"仅仅修成女身"，君主之奴隶是矣。故书中以女为代表。

"一声霹雳，山崩地裂"，状明之亡，冀清之覆。"烈日炎炎"，朱明也；"芭蕉冉冉"，青清也。作者于开首处用全力，真是一字不苟。

英莲写吴三桂家人，若其妻，若圆圆，若莲儿。王沈（坊间有《红楼梦索隐》，为王梦阮、沈瓶庵二君所作，以下简称王沈）评是矣。然曹氏之写香菱，则其义更奇。盖彼意直以呆伯王写齐林，以香菱写齐王氏也。三桂之呆固矣，然彼齐林之身作教首，一事无成者，其呆又当若何。三桂一家之有命无运，与齐王氏夫妇等耳。夫齐王氏夫妇，汉人也，正当以谋光复，吾辈当尸祝之而跻之洪、杨之上。即其不善，亦不过与三桂等，比拟最为确切。且其事迹，亦有可言者，俟逐节论之。

贾雨村名化，故意与宁国公代化同，指三桂与齐林并希夺帝也。一部大书，既以薛蟠一家代表吴、齐，又何为而开首便写贾化？盖《红楼》一部之历史，实为吴三桂之所酿成，而汉族之不能光复，革命者之全无思想能力也，故以此为全书提纲。湖州二字，因吴氏以辽东人，侨寓于毗陵；圆圆又为常州奔牛镇人；齐、王则湖北襄阳产也。

"也是诗书仕宦之族，因他生于末世，父母祖宗根基已尽，人口衰丧，只剩得一身一口，在家乡无益，因进京求取功名，再整基业"。族，是汉族，末，是明末以迄于今。吴氏父母死于贼，国亡于清，根基已尽。人口衰丧诸语，无一不合，固矣。齐王氏之出身，清官书但言其为女贼。报夫仇一事，尚见于书，而以为反叛之眷属矣。吾观张船山之诗曰。"白莲半为美人开"，曰"可惜征苗失此才"，则畏其兵力，曾有招降之议可知。嘉庆时人王昙之《蟫史》，所言招降庆喜，亦即此意。清人记载，又有为夫报仇，兵强以后，蓄面首不复初志。又谓与汉阳某生有白首之约，为之不犯汉阳境者。则近人所记载齐王氏行状，非尽不可信矣。彼父因当日官吏横行、白莲教之逼迫，遂以富室而入其党，与此数语情形何如？故曰曹氏以写齐王氏之家庭也。

"惯养娇生笑你痴，菱花空对雪澌澌。好防佳节元宵后，便是烟消火灭时"。此四句诗，颇有意义。夫曰惯养娇生，吴氏待圆圆之情形，比诸齐王氏之父，只有一女而富厚者，觉齐王氏较切。菱花空对，寡妇之词也，亦圆圆入道之词也。佳节元宵两语，更是寡妇与入道现象，便是兵败势促而死，与战阵亡身现象，不必从三桂死时着眼。

"娇杏见雨村生得雄壮便留意"一段。此吴梅村之所谓"白皙通侯最少年"者也。而齐林亦为教首，其求婚于王氏，亦必有以武勇自负之意，行状中亦颇及之。此一段为后篇立照，最有意味，当俟正文详解。

雨村对月之诗及一联。便是奸雄草泽吟啸语，便是奸雄极望非分语，便是好色语。至于联语则益见野心勃勃，不可收拾矣。作者笔力之大，乃至于此，然却可以作读书求功名不得思想解。玄之又玄，玄煞人也。

"七八分酒意，狂兴不禁，对月口占"，清光也，天上一轮也，万姓仰头也，皇帝语也。夺清帝而代之之语也，三桂似之，齐林强求婚于王氏亦似之。

霍启之为祸起是也。英莲失踪，失身也，入勾栏之现象也，何必另作别解？王氏之入教党，强婚齐林，失身也，皆此现象也。

"甄家已烧成一堆瓦砾场了"。圆圆亡明，三桂罪案，齐林倡乱，而王氏以报仇之师，骚扰人民，中国那得不成瓦砾场？

"投人不著"。朱明之用三桂，王氏之父入教党，圆圆之嫁三桂，王氏之妇齐林，真投人不著之类也。

"新大爷到任"。三桂回兵，"蜡炬迎来在战场，啼妆满面残红印"，是也；"有人夫婿擅侯王"，亦是也。齐林在王氏家中给使时，本为其所不喜，然入教时亦是面善。

第二回　贾夫人仙逝扬州城
　　　　　冷子兴演说荣国府

　　"娇杏送入衙内作妾"。"封肃甄家娘子"，隐田妃之父，喜得眉开眼笑，奉承武将，以保身家也，然其胸中当如何舍不得？王氏本许某生，而齐林以教首压之，其不得不眉开眼笑者亦然。

　　夫此段与薛蟠家事，皆为三桂写，人之所易明也，顾鄙人独以为写齐王氏家事，或者谓出于无稽想象之谈，而不知其情事之确定不移也。夫乾隆年间，白莲教之役，实地方官诬捕良民、鱼肉富室致之，即诏书亦经承认，则王父之被逼入教，断非虚谈。汉阳不犯之事，近其时代者之所言，亦必无诬理。王氏以报夫仇为名，而骚扰地方，以教会起手者，亦当有此情事。不然则真心为种族革命高尚纯洁者，断不有此等行为。即洪秀全之欲为皇帝者，其初起亦纪律严明。故老犹在，未光复以前，亦有能言之者，而石达开、李秀成之口碑犹载道也。王氏既无高尚洁白之思想，则屈于齐林，而心在某生，亦非我辈敢于过信官书诬蔑反抗满清之女豪。更有事实上证明，曹氏必书齐王氏者一端。盖相传其后人固与于林清之变，至于族灭者也。其平日议论未必不节取齐王氏，亦未必不知齐王氏之事迹。且关系甚大，而又惜其才力，故其事不得不书，而其罪终不可以解免。曹氏真史笔也。即或让一步言之，谓清人记载实，而近人虚，然以王氏才武，屈于齐林亦当作此等观念。

顾此段曹氏已用混字诀矣。董邦达，乾隆时词臣也。微时计偕京师，报罢，无可奈何，遂自缢，遇救获免。救之者，留以训子弟。主人之母，有一婢不肯适人，主人问之，则曰必如董先生者而后可。主人欲赠以为妾，邦达以为知己，即聘为继室，实生董诰。诰亦为乾隆时词臣，父子官并至尚书，与甄贾二人交谊恰合。此婢颇贤。诰为毕秋帆之师，秋帆督湖广时，供张盛侈酿乱，实为罪魁。婢年九十余犹在，曾叱使跪地击以杖。曹氏言下许之为正室，以此，益知圆圆之几同正室，与王氏竟匹齐林，皆曹氏言外之微旨也。

雨村革职，便是齐林被杀情状。外清正而内虎狼，便是借种族宗教造乱情状。地方民命，又含有两次叛臣，及官逼民反，并教匪奸掳抄杀情状。

林家原指冒辟疆，固是世禄。然列侯虽意思可通，而曹氏所指，则更确，俟后论。

贾代化者，代天宣化也。代善，礼王名也。亦兼写允禔。清太祖长子褚英，赐死。次长礼王，有战功。萨尔浒之战，为明清兴亡之第一关键，王为首功，序次当立。太祖爱少子，立皇太极，是为太宗。太宗死，诸王有推戴之者，亦有拥睿王者。顺治为孝庄后子，年尚幼，后私睿王，顺治得立。礼王功高望重，一让再让，实为孝慈与孝庄所迫。敷者，礼王长子克勤郡王岳托也；敬者，肃王豪格也。前人谓肃王为礼王子，今谓为太宗长子。或前人故意讳之，以避顺治；今人故意为之，以甚后与睿王之罪，均不可知。然吾则宁从古说。然作者全文则不以敬为肃，而以敬为礼，以珍为肃，皆以子表父，而便文之结构焉。烧丹炼汞，礼王不与政权。后与睿王视之，若芒刺在背，避嫌之义也。以丹药发病，固是疑案。作者去清初近，或别有见闻耶？尊位本袭之荣府，而故著礼王之名，以为之祖，明宝位之当为礼有，史笔也。荣公以史侯小姐为妻，史者，史也，书为孝庄而作之谓。贾赦当指郑亲王济尔哈朗，顺治即位时之同为摄政王也。政者，摄政王多尔衮也。贾赦不管理家务，郑王之政权。后经撤去也。清廷自开国以来，嫡长子皆不得立，故阙去长子。郑本太祖之侄，特与以长子者，以其为摄政之兄，而摄政挤之。长郑，所以夺睿也。赐官入部学习，亦是此义。珠为珠申，又冬珠，惟帝用之（见乾隆谕），臣下则非赐不得用。顺治有兄，明其当嗣位也，不嗣亦有死之道焉。然作者仍会此意，以写顺治。十四岁进学，亲政之影子也。二十岁娶妻生子而死，顺治结局之影子也。以此断之，则李纨即为康熙之生母佟氏。兰即康熙也。作者欲写钗、黛，不得不避去佟氏。避去佟氏，而又不得避去康熙，故特为此立竿见影之法。其在朝臣，则李纨当指李文贞光地。文贞二字，即纨字也。文贞为康熙初中间人，其死时不知原本成时尚在与否。故出之曹氏，与出之原本，尚不能定，惟其事迹则然耳（案夺情时原本作者应尚在，死时则不可知）。宝玉固指顺治，然曹氏则指乾隆（俟黛玉提纲时论之）。祖孙同揆，何其巧钬（蔡君子民之《索隐》以贾敬等为六部，不知清初权在诸王，厥后在军机，而内三院及宰相无权，说不可通）！

　　"女子是水做的骨肉，男子是泥做的骨肉"。水者，汉字之左偏也；泥者，土也，吉林吉字之上段，黑龙江黑字之中段也。彼时汉人文明而弱，比于聪慧之女；满人野蛮而强，比于臭浊之男。满人之待汉人，因汉人多数具奴隶之性，故直以女子畜之，而压力横施时，则又如男人之横待女子。清人鉴于蒙古，故常以待聪慧女子之法待汉人。未经入关以前，即用此法。制度典章，谋墟明社，皆汉人教也。顺治朝颇用汉人，吴三桂、洪承畴等，皆握兵权。厥后摄政死，鳌拜戮，名将凋谢，几几不足以制悍妾。三桂未反以前，虑汉人之权重者，彼中啧有烦言。事定而后，阴削汉人权力。康熙一朝，蔡毓荣、张勇等卒不重用，专兵者惟施琅一人，而尚用满人监之。盖直以汉人为婢妾，而不得为妻，驯至曾、左亦不得一日安于军机。呜呼！"四十万人齐解甲，更无一个是男儿"，吾不知作者是何心胸，而并料及于日后卒以两那拉太后之倾覆基业，袁世凯之狐媚得国，了此一局，革命党得不羞死？

"间气所钟"一段议论。此等哲理，几乎发前人所未发；纪晓岚之论灵魂主之，姑不具论。大仁大恶中，尧、舜、禹、汤、文、武、蚩尤、共工、桀、纣、始皇、王莽、曹、温，皆帝王也，皆中国之帝王也。蚩尤虽为苗种，然系土人，非蒙满例。周、召、孔、孟、董、晁、周、程、朱、张，皆中国之教主也。安禄山虽为满人，而已入臣于中土，反而终败；秦桧则汉人之卖国于金者也，著此两人甚三桂之罪也。此中皆无如顺治一流人，明其非汉族，非归化汉族也。邪正相搏，发泄始尽，其义甚精。野蛮文明，相渐摩之，谓种族大变，即是情痴情种，逸士高人，名优奇倡，出产之时，慨乎有清廷而后有其他人物云尔。内中忽加近日倪云林、唐伯虎、祝枝山句，直说到明中叶，前之所谓无朝代年纪可考者，非欺人之语而何？至于成则公侯，败则贼，正是意更为明显，亦正是贾雨村语。

以甄宝玉指福王，未免过誉，以鄙人视之，已是汉武、唐明一辈人。善善从长，其思宗之于田妃乎？然作者以甄比贾，不过以明形清，以满形汉，正自拘泥不得。若自梨洲后世人君以天下为佚乐之具论定之，则帝王大都似此。

元妃之取义最远，亦最曲。作者既取贾府为帝室，则帝室之上如何著笔？乃从女娲化出一元妃，即天女发祥之义也。所谓称天以临之，而又取义于天数，称无道之天，以临之也。书中兼言明事，而时以元妃指熹宗。张后定策立崇祯，其意亦可通。然实则以指崇祯，言帝死而国亡。乃生出迎春、探春、惜春三姝，为前后三藩写也。三桂特重出，以其事迹太多，故迎春为二木头，福王昏愚之象，而又对写一孙家，以童妃表示之也。探春写唐王，才也，而又兼表以郑成功。惜春写桂王，出家为出走云南，兼表一李定国之坚贞，蒙难死猛腊也。故三春与宝玉平等。迎春表三桂，亦愚之也，兼表一吴应熊。探春表耿氏也，海疆之郑氏交涉也。惜春表尚氏可喜之为子所幽，亦出家象也。其在曹氏心中，则迎春表准部降王达瓦齐之尚主也，探春表蒙古超勇亲王额驸策凌也，惜春表和珅子绅额殷德之尚主者也。大都书中如此等之布置，确有定义，而因事出入者，不在此例。

贾琏，豫王也。曹氏之贾琏，则嘉庆与福康安也。乾隆嫡长子，书名于正大光明殿者，名永琏，嘉庆其假也。福康安有乾隆私生子之说，又其假也。贾珍写傅恒与福长安也。贾赦、贾政，写和珅、和琳也，此为乾隆时权臣之主体。然立架固是如是，而以类相从者，亦复交互而出。顺治朝亦然，为有许多不便，故权写之。而康、雍时代之权臣，亦时互见，但非其主体。

曹氏之林黛玉非他，乾隆之元配嫡后，由正福晋进位，后谥孝贤皇后之富察氏也；宝钗非他，即乾隆时之由娴贵妃继后被废之那拉氏也；李纨非他，即嘉庆生母，孝仪皇后魏佳氏也。富察后实生端慧太子永琏，并皇七子均夭。考《东华录》，乾隆十三年，帝奉太后南巡，后暴卒于德州，近人《南巡秘记》所称无发国母者也。又考《东华录》，那拉后始封妃，进皇贵妃，摄中宫，再进正位，而死后以皇贵妃礼葬。嘉庆之立，乾隆谕有追封皇帝生母为孝仪皇后，位次孝贤后之言，则那拉氏之被废不复尊号明矣。王沈评引孝贤事，而比以凤姐泼醋一段，不过作书者，因事抽象之一，实不得其要领。盖乾隆固两造夫妇之变，前者讳之，后者并不自讳而当时并无人斥之。富察后或死或为尼，当时必传闻异词，且与董妃之死，传疑亦同，而那拉后则死时事迹亦成疑案。知此则书中主人翁之问题，于曹氏方面，业经解决，而魏佳氏之比于佟氏，确无疑义矣。而贾母之为乾隆生母孝圣宪皇后，亦自可会。然有时而即以比乾隆，以乾隆曾为太上皇故。大抵此书经增删而后，以顺治、乾隆两朝为主体，而辅以太宗以后、乾隆以前之历史焉。且夫曹雪芹之历史，鄙人亦可得而言矣。曹氏之父为南京织造，织造者，内务府旗人之职守，则曹氏必为包衣籍等类。乾隆四次南巡时，曾视织造厂，则曹氏必悉知秘史可想。相传曹氏之后，以革命族。今阅清礼王昭梿所著《啸亭杂录》，言侍郎汉军曹瑛之后，独石口都司曹伦，命其子曹福昌，勾连不轨之徒，许为林清内应，因家贫常得林清资助，遂入贼党，故此后人传曹氏灭宗之说之所由来也。夫曹瑛、曹伦、曹福昌之与曹雪芹果否血族，尚不敢定。但啸亭有恨《红楼》之言，则传说未必无因已。且曹氏之为乾、嘉时人，乾隆南巡，诸佚事，为其所耳闻目见，书中已自己道破矣。

　　林黛玉之以朝臣混之，混之以方苞。苞也，灵皋也；绛珠，仙草也；甘露也，泪也。一而二，二而一者也。盖以方氏多种族之彦，光琛、孝标也，其兄百川也，皆此中之健者也。灵皋始亦其一，而下狱以后，遂变初衷，而入台阁。书中与之比拟者，实至密切。姑举一例以明之，而余俟后论。书中之黛玉，所谓以臭男人斥北静王者，即《先正事略》所谓方苞不为果亲王所容，又即对于履恭王直言"王言有马勃味"者是也。亦即作者痛骂灵皋，谓其不宜变其种族之初志，而近此腥膻，以全其性命而苟图富贵者也。作者既为种族家，则其所取以为书中之紧要人物者，必其有关系于种族之大者也。徒以文人当之而不求本原，其亦惑矣。黛玉之母名敏，兼斥方观承（谥恪敏）之忘亲事仇云尔。其写之以孤女者，其族因苞而全，而苞实忝其族，故不惜斥夺之于所亲者以外也。

贾琏而"帮办家务而捐同知",是辅政王身分,是嘉庆为庶子之阿哥,并其太上皇时代皇帝身分,是福康安之以私生子非阿哥而阿哥,及其以单阐(清人后族之代名词)而封贝子之身分。凤姐为王夫人亲内侄女,是豫王为睿王母弟身分,是嘉庆为乾隆爱子身分,是福康安为富察后之内亲侄子身分。总而言之,是满清重用亲贵之代表。

书中对于凤姐独刻,凡一切避忌而不便言,与有碍书中剪裁而不便言者,皆举以托诸凤姐。盖以豫王之淫杀,既为原本作者所深恶,刘姬之失节比圆圆、小宛尤为原本作者所痛心。彼以其闺秀名门之姿、半老守节之妇,一旦自云汝母受王恩礼,此身已不及自持,则女子中一遇富豪,更有何人可以自保,吾汉族男子中更有何人不为洪承畴者!惜之故刻之也。富察氏一族,除后以外,竟有傅恒父子(福长安亦恒子)夫妻,酿宫闱之祸者以此,成白莲教之役者亦以此。富察后为孤女,恶其弟与侄也,故亦用之同例。曹氏之笔,可谓铢两悉称者矣。

第三回　托内兄如海荐西宾
接外孙贾母惜孤女

写林黛玉之出身曰："汝父年已半百，再无续室之意"，言恢复之无望，冒辟疆伤心之辞也。曰"上无亲母教养，下无姊妹扶持"，此固小宛身世，然亦见故国之无人也。外祖母之一外字，最为着眼，谓彼族视我为外人也。彼富察后之身世，则亦有与此通者。后妃入宫，则断无复出之理。死者已矣，亲而生者，亦无归宁之一日。而扶持之无人，则尤富察后之所为伤心惨目，而不忍道者也。《秘记》言后父颇恶其女之强项，移书戒之。后妃之处变者固当有此情事，后妃之处常者，虽或无此情事，而又何尝不等于此情事也！为帝王之妻妾者，苦矣哉！灵皋之父，与黄冈杜茶村先生兄弟游，沧桑之感深矣，或不愿灵皋有此行为。百川谓"诸君子口谈最贤，非真忧天下者"，其父兄之行谊可知。灵皋之对于《滇黔纪闻》，则方孝标实为其宗人，著《南山集·子遗录》之采《滇黔纪闻》者，实为其同邑之戴名世，彼为作序宁得诿为不知？作此序时，岂复有甘为满清臣仆之意？则其因得罪而下狱者，其本心也。作侍郎而终以革职者，非本心也。满清初年，不准人不应试。外祖母必欲其往语，活活写出专制君主，只顾自己要人，不顾他人不愿情事。

衣食住气概，与富贵家不同，与汉族帝王家不同。此类甚多，因阅者多能明之，鄙人不欲浪费笔墨。但此段只是入宫情状，与入朝情状耳。余可类推。

小宛得君，自然是顺治爱之，自然是孝庄爱之，而许可之。即未甚爱之而既已许之，则亦不得辞其名也。富察氏，由选而为妃，由妃而为后，自然是雍正与雍正后爱之，而后乾隆亦爱之。方苞特赦出狱，隶汉军，自是皇帝爱之，由狱囚而为学士为侍郎亦然。

女子生成于富贵人家者多不足，阅历风尘者多不足，有正义而规劝其夫，与挟妒意而防制其夫者，尤多不足，而其具有身世之感者特甚。男子亦何独不然？

"和尚疯疯癫癫说了些不经之谈，也没人理他"。茶村先生兄弟耶？方孝标、戴名世耶？殆即冒子一班朋友耶？小宛固无以对其父母，灵皋又当何如？至于乾隆以富察后之规诤为疯癫，不惟不理，女儿家悔嫁帝王矣。

"人参养荣丸"。人参者，君主也。人参时尚，惟有辽东满洲之君主也。

"他是我们这里有名的一个泼辣货，南京有名的辣子"。此书之深恶凤姐，何其如是之深切而著明乎？豫王之淫杀，刘媚之变节，富察一门之豪纵骄淫，殃民无耻，皆于此数言尽之。放诞无礼，明明点出。而"我来迟了，不曾迎接远客"，此言更有深意。夫刘媚自南京来，独非远客？今自说黛玉为远客，甘心事虏，忘其旧矣。福康安之生母何人乎？则傅恒之妻若妾也。乾隆赐傅恒之祭诗曰："汝子吾儿定教培"，何其不避嫌疑乃尔！后以是死，而傅恒父子犹觍然于戚畹之列，不复闭门思过，误国殃民，宜也，抑何其不顾廉耻乃尔乎！著之曰："来迟了"，本非富察之人，其来自然在富察后生长母家者之后。曰："不曾迎接远客"，失妗氏事小姑之礼矣。笔意较原作尤为入木三分。"竟像嫡亲亲的孙女"，孝庄几以小宛为之媳矣。富察后非雍正帝与孝圣宪皇后之嫡嫡亲亲的媳妇乎？非富察家嫡嫡亲亲之女乎？凤姐而说笑如此，书中先诛其心矣。如以指御史赵申乔一辈人之参劾戴名世，亦是一义。然此书有时于灵皋一方面，颇不著重，盖故意混之也。混者曹氏之所以存其书也，不必太拘。若必欲一一符合，鄙人亦能之，然不屑为也。

见尊长陪吃饭一段文字，俨然是新妇景况。陪姊妹念书认字学针线亦然。

"我有一个孽根祸胎，是家里的混世魔王"。非中原之祸害而何？然此语亦只如平等人家娶新媳妇时，儿子顽皮，教导媳妇知道而已。所以为妙。

"到像在那里见过的，何等眼熟"。人人意中都有皇帝，何况妃嫔？

《西江月》二首只是骂帝王耳，何须深解？然贫穷一句，绝非陪笔，承上句言，谓富贵不念穷民也。

黛玉名字，即从宝玉化出，嫡体也，不应嫡体者，亦嫡体也。谓之隐小宛亦可。有石黛可代画眉之墨，岂映合察之为擦乎？此或曹氏所补，然亦不甚关紧要。

"偏是我杜撰不成"。任我封后封妃，任我杀后废后，除帝者无此权力。故曰偏是我有玉没有。"甚么罕物"，弄得人伦常丧尽，国民俱殃，还说是帝是后，灵乎？孽障乎？带不到棺材里去，只好说谎而已。

为顺治元后被废者写，亦为高士奇写，所谓"万国衣冠贡淡人"者也。以鸶字为活，夤缘阉者而进之人，不像宝钗身世。曹氏意中，则《南巡秘记》之所谓绿天第一妃者也。当时纵无此名，必有此等人。若记中所谓乾隆，为其所刺者，固不可信。然袭人之所为全然无情，亦未尝说不通。盖此人于乾隆身后，必放出宫。而书中开首，即着心中眼中只有一个贾母，今跟了宝玉，又只有一个宝玉，俨然妓女行为也。高士奇之对于明珠，对于圣祖，亦何独不然？

第四回　薄命女偏逢薄命郎
　　　　　葫芦僧判断葫芦案

　　"李纨身世"。王沈评谓以珠字之半，指朱明，以贾兰指刘
媪，谓之形容刘媪之失节，未免牵强。夫以完全形容破败，则书
中所指人物失节者，不仅刘媪一人，谓为反映固可，谓为独指则
不可。且刘媪本有二子，所谓生而即贵者也。书中言无子，恶而
夺之也。傅恒、福康安之族，累世贵显，而书中亦谓其无子，充
福康安为乾隆私生子之例，谓傅恒之可以无真子也。书中凤姐本
合豫王夫妇、福康安母子为一人而写照，故笔墨最刻惨。看《红
楼》者，容不着忠厚见解。盖温柔敦厚之意，已见于不明言本
人，而愤时嫉俗之谈，则固不为之留余地也。然则李纨之指佟后
可知。顺治遁荒，康熙继位，王沈评已经知之，而何以不知李
纨？"金陵名宦"，"国子祭酒"，清代世族也。而佟氏之先人，首
为明叛臣，意可微会，守中者，要其先世言之。佟氏之远祖，固
明代之世袭指挥使，讥之也。女子无才便是德，佟氏在顺治时
代，界于小宛与博尔济锦氏之间，与顺治原配已废之后之间，其
不能见才者，势也，其有才便不能容者，亦势也。青年丧偶数
语，更为侧面道破。且佟氏虽号称孝康章皇后，而生平不闻政
事，且早死，亦其例也。书中对于李纨分际，太君之待之也，远
不若林、薛及凤姐，分例上分原为兰儿分上耳。魏佳氏所处地
位，亦相似，惟青年丧偶一语不类。曹氏固不敢削之，以存原本

之真。然彼为昏淫帝王之妃嫔者，与守寡何异？曹氏存之，以为反映也可，以为比例也亦可，不必拘拘为矣。李光地以康熙三年举于乡，纯粹为清廷忠臣。纨者，完也，完全为清，与之亦讥之也。耿藩之变，陈梦雷陷焉，与光地密谋，由赣漳汀入闽，光地不先奏闻，其出于梦雷，梦雷坐斩，又以夺情被议。珠冠凤袄抵不了无常性命，讥其卖友忘亲也，余俟后论。案文贞卒于康熙五十七年，不知其是原本否？但曹氏之意，则在混。既混矣，则亦不必立意于原本之外也，当通观。

"薛蟠争夺香菱"一段。薛蟠固指三桂，然王沈评之所言，则情事大非，盖其笔墨已溢出于三桂事迹以外也。盖原本书中之冯渊，即为李自成写。"拐子卖了两家"，为田宏遇奉承三桂及降贼罪，"打了冯公子，夺了丫头"，即是赶走自成。复得了圆圆也。下文以葫芦僧判此案者，得胡虏力也。得胡虏力，"便如没事人一般，只管带了家眷走他的路"，是何路？降清也。"弟兄奴仆料理"，反映全家被诛，以及与家人问陈夫人无恙等语也。胭脂痣为朱明，圆圆曾入明宫也。南风之南字，不可作男字解，亦可作男字解。李自成虽淫杀，毕竟是个汉人，即毕竟是个南人，元有南人之号，即用此典。三桂直截不成个南人，即完全不成一个男人。原作恶三桂甚于自成，故多作优劣之辞，其实是一流上呆伯王人物。渊之为冤，写来都无以别也。其齐林一方面，则《秘记》所言，与清人记载亦略可考矣。王氏之父，为乡里富翁。某生之父，聘为王氏之师，王氏与某生有私。而齐林无赖，给役于王氏。父名王升，父不知其已入教党为教首，某人子也。升调王氏，氏拒之，而升颇窥其私，氏不得不急去升，是氏本某生之两意相合者。然生旋与父归里，俄而父以官逼教迫入其党，始悉为教头之子。教首命氏为之妻，不得不从也。此事谓曰不然，则齐王氏以如此之才勇，如此之容貌，岂有屈身于一无赖无用之齐林之理！苟曰此事非实，则亦必其以教势迫逼而来者也。既曰以教势迫逼而来，则汉阳之某生，何以竟与氏有白头之约？嫁林以后，绝对不敢为此。林死以后，彼既蓄面首，不复初志，则亦何必与生有白头之约，而生又安得而约之？是其约之必在未嫁以前，又可断定而知焉。既可断定其约在未嫁以前，则齐林之必逼迫而娶王氏者，其情事固当与三桂之必得圆圆等。夺之某生不已，盖将必欲杀之矣。某生因王氏而不死于官吏之手者，盖亦几希。某生因王氏而死于齐林之心者，已若成为事实。且某生以爱王氏之故，而展转于枪剑烽火之中、刀锯桁杨之下者，是不啻以其一缕情丝，自伤其命。拟之以李自成、吴三桂之倾心于圆圆以误国家大事者，亦几几乎无以复辩。渊之云者，亦冤之也。冯之云者，亦犹自成之逢三桂云尔。夫以王氏之才能驭众如此，武勇绝伦如此，使其正正堂堂，一意光复，或择人而事，或终身不嫁，则张船山拟之以秦良玉，尚非其匹，即进而拟之于梁红玉，抑未满其量。意之利玛侬，英之若安，其殆庶几，曾何有于秋瑾！而乃以妖言惑众，用军不戢，致使功业未半，中道摧锄，曹氏之所痛惜，而同加之以胭脂痣之名，亦吾辈之所以致叹于于女子之无教育者也。且当时言之纪王氏者，其事固大都如此。而王氏之身世，其足以令人之疵议者，其迹又近于如此。曹氏虽欲不传疑而不可得，盖比附至此，而曹氏之心，其亦有万不得已者矣。

"四家俗谚口碑"。贾之"玉堂金马"，金玉二字不须解，然亦兼有以科名笼络汉人之意。"阿房宫"之说，伤北都之旧址已华，而新代之土木复兴也。东海为徐姓郡望，隐徐乾学。即强以凤姐指余国柱，亦当以平儿指东海。乃或谓之探春，而以探花解之云云，兄弟中独不入阁而以庶出解之云云，殊嫌牵合。"珍珠如土金如铁"，是三桂在滇时，拥矿铸铁时景况，亦是齐林逼富家入党，及敛钱聚众时代景况。

"扶持遮饰"。三桂在顺治时代，睿王等亦结纳之，顺治之姑息者亦深。白莲教之真党，官府讵不知之？而转多杀良民，冒功赏转使漏网者多，亦必有与之通同容隐，而又有恐其捕急而发难者。

此案必以雨村、葫芦僧结之者，骂清宫至此极矣。书中写雨村本三桂一流人物，固不足怪。然前清吏治，大都若此。白莲教之役，始则不敢捕治，继而事发，清廷严旨激责，乃复沿门查拿，殃及无辜，而真犯乃十不获一，转以为彼等添党，是葫芦官吏者，固革命党之制造厂也。况查拿之权，实行操之胥吏之手，得钱便放真犯，想钱则诬富民。葫芦僧而为门子，其义也（葫芦即胡虏）（僧即清帝）。"有了银子便也就无话说了"，世上无不如此。然此篇则别有用意者，言自成已死，则其部下只要有官做，有钱用，无不可以招抚者，几几乎为汉族奴隶性之代表矣。果使肆其蛮横之力，则银子亦可以抢夺，俨然便有朝廷气象。下文家中有百万之富，现领着内帑银粮，吴可以以此称帝改号，齐亦可以借教敛费。圆圆诚不足深惜，王氏之才之财，乃亦屈于无才而有势力敛银子者之手，而不保其身，岂非冤乎！

第五回 贾宝玉神游太虚境
警幻仙曲演红楼梦

　　宝钗何以为顺治继后博尔济锦氏，即为乾隆之继后被废之那拉氏也？盖顺治之元后，为摄政王亲戚，故强以与顺治，后废之。其时与小宛角逐，而一得一失者，汉族与蒙族之界为之也。案后为科尔沁族，亦系蒙古，与孝庄同族，故谓之曰王夫人之姨侄女。其与薛蟠为兄妹者，蒙古诸王，原亦呆伯王之类，其降其叛，皆可比拟。后既将废，则觊觎为后者，必非一人。顺治本属意于小宛，以其为孝庄所爱也；当日孔四贞亦有可以为后之势。而孝庄终嫌小宛为汉人，四贞亦为汉军，故仍庇其蒙族，继后之立，所由来也。《东华录》曰：聘后。则继后当日不过如孔四贞之往来出入于宫中，而皆不能无染。及后位既定，则四贞后复出嫁，小宛亦死矣。故曰宝钗隐继后，王沈评无误也。《秘记》谓乾隆由济南回銮，惑于某妃之言，遂布告废后，且谓幽之永巷，此言颇多传疑，姑俟后论。而某妃之挟怨于后，实指之为其后已正位中宫，此时则书其挟怨之迹，曰某妃以宫婢得幸，称位妃嫔，骄矜欲压后上。后不能堪，正色责之，妃老羞变怒，泣诉于帝。帝借事责后，后益不平，以状诉帝。帝亦嫌妃太倨傲，至欲撤其名号，苦求乃止。某妃因大恨后，至是遂落井下石焉。又载后之言曰："前者吾之披剃，亦假姓名为之耳，京中皆传吾死已久"，即王沈评所载凤姐泼醋一段影子也。是则孝贤之死，或乾隆伪言之，而为尼乃其实迹，或已死而传闻异词。惟宫中芥蒂，事所必有，犹之小宛死状，传说不一，作书人不得不恍惚其辞也。惟考《东华录》，那拉氏之始末，则被废无疑，为尼者当非其人，而弃之亦与顺治继后同，故组织其辞亦易耳。

何以混宝钗？混之以王鸿绪也。鸿绪之名，即薛也，鸿者，宝也。此是作者故意混人处，鄙人亦不得不作小家气矣。许三礼劾高士奇疏云："王鸿绪招揽各官，约馈万金，潜遗士奇"等语，与袭人比也。又参徐乾学疏云："五洲宝物归东海"，此即徐为王凤姐之据。又其最显者，则曰"圣驾南巡时，上谕严戒馈送，定以军法从事，而士奇与王鸿绪愍不畏死"。又曰"去了余秦桧，来了徐严嵩。乾学似庞涓，是他大长兄"。是三人一气，以凤姐当乾学，以袭人当士奇，以宝钗当鸿绪，实为团结一气。上回云。"四家皆连络有亲，一损俱损，一荣俱荣，扶持遮饰，皆有照应的"，是即三人直接一气之罪状也。王鸿绪以《明史稿》为标榜，后文说宝姐姐知道的甚多，亦是此义。但三人似微有相互处，而主体则如此矣，混字中本不大着重也。

尤氏即肃王福晋，为睿王所夺者也。故后来入大观园住，作者微言，不欲深写，既惧其禁，又于结构中有许多不便处故也。二姐又是一事，盖仅写占人妻，而不写其占侄之妻，作者决不肯如此宽纵矣。然而原本作者之心，终有所不甘也，则不得不放笔一写，以吐其胸中之恶气。恶其显也，则隐之于梦。又知其事之本不一而足也，则又无妨于重复，此秦氏一篇文字之所由来也。案顺治五年，贝子屯齐等，告讦郑王。其狱辞有云：屯齐诘云："我欲娶墨尔根侍卫李国翰之女，与我子，使莽加问王。莽加久之，始云：我闻王之子勒度阿格要娶（阿格即阿哥。后同此），若明知之而必欲往问，则试问之"。王云："曾将李国翰之女启奏以配我子。我子叔也，尔子侄也，欲娶与我子之言是实"。此事若非屯齐先有定约，何敢以此诘郑王？此又一睿王占其侄肃王豪格之嫡福晋事耳。郑王之主张，是亦犹孝庄之不能禁睿王也。李国翰之听贝子与王之争娶其女，犹秦邦业之巴结贾府也，且行辈亦下一辈，似宝玉与贾蓉。至乾隆之于福康安生母，君夺臣妻，亦等于父纳子妻之例，不必烦言。凡书中重复之处，必有特别原因。或以其事不一而足，或曹氏欲牵就原本，而事迹太少。如此等秽史，清人本系蛮族，开国时原不讲求，至中叶渐染华风，彼已讳莫如深，传言甚少，则比附甚难，此段即其例也。但此事本睿王事，而属之宝玉，则以王为摄政，自身不谨，而肃妃无耻，实开其先。宝玉种种行为，举无足怪，故曰："漫云不肖皆荣出，造衅开端实在宁"。若谓肃为礼王子，则此说固无不可通。若云为太宗子，则宁字之指慈宁当属孝端文皇后，非孝庄所得而专。盖顺治之初，孝端犹在也。若全书广义，则但言宫廷之祸而已，不可拘看。

"访察机会，散布相思"。机会者，革命之机会。相思者，革命之思想。实承上文"风流冤孽，缠绵于此"句生出，教人知有此等丑秽历史，驱逐之不与同中国也。

此一篇是梦字正文，第一二回尚是笼照，此回直是一篇总帐。晴雯当指董年，并姜西溟，并指《南巡秘记》之三姑娘，说详后。

袭人指顺治废后，而亦兼及明李选侍事。案明同时有两选侍，此即邀封后者，并伪崇祯皇后事，说并见后。

香菱本兼指莲儿，亦死于桂所，是"芳魂返故乡"之意。松滋有圆圆墓在焉，何必作疑辞？齐王氏遭际亦相类，两地孤木，桂也，孤木亦寓齐林死而作寡妇之意。

元春一诗。言"二十年"，言天启七，崇祯十七也。明亡基于天启，而不始于崇祯。而三春不及初春，谓三藩也，说详后。

探春一诗。是指郑成功与策凌，皆有"千里东风一梦遥"之象。清明二字，尤与成功为切，说详后。

湘云本专指四贞，指他人已不可通，指圆圆更误，直自相矛盾矣，并及苗女龙么妹事，说详后。

妙玉指蔡琬，并其家事，并及《秘记》中济南妓事，并及万季野及其侄子等事，说详后。

迎春一诗。是以童妃并吴应熊、达瓦齐之公主等说法，说详后。

惜春是以桂王并尚可喜及丰绅殷德说法，说详后。

李纨一诗。不过以贞形淫之意，不专骂刘媪，然理亦可通，惟以兰为媪子殊谬。

凤姐一诗。着眼金陵二字，其解见第一回，金陵十二钗评。

巧姐指刘媪之女阿珍，及豫王子，及郑家庄皇孙事。王沈评可类推也，说详后。

可卿一首。荣字兼有华字义，衮亦一义。宁字兼宫廷与南京是。

"荣宁二公之嘱"。"定鼎已历百年"，已字着重，是偏重乾隆朝语。而运终数尽，不可挽回，惟望宝玉入正路，此是何等语，阅者留意。

"彼家中上中下三等"。元人分人品为四等人，皆奴才耳。

《红楼梦引子》。词意甚明，惟金字作清字解，玉字作玉玺解，红字作朱明解，乃能包括。

《终身误》《枉凝眸》二曲。词意甚明，何必牵涉冒子？

《恨无常》。指思宗殉国报祖，及帝后宾天事，言三桂者疏极。

《分骨肉》《喜冤家》《虚花误》三曲。词意甚明，不须解。

《乐中悲》。是四贞境界，亦是龙么妹境界。妹即王昙《蟫史》中之龙木兰，为苗疆人，与于战事，颇勇，欲事王昙。昙欲纳之，而恐其悍，不果。遂于《蟫史》中寄其意焉。或昙亦欲求之不可得，而反言之。地属湖南，与四贞生长地同。且以女子将兵，不言其父母与夫，则其身世可知。

《世难容》。"啖肉食腥膻"著眼，谓夷俗也，非假猩猩之意。全首皆从此句化出，至于其境界，绝非姜西溟，而为蔡琬家事，当俟后论。

《聪明累》《留余庆》二曲。词意甚明，不须解。

《晚韶华》。确切佟氏及李文贞情事，"梦里功名"尤切，余见前评。

《好事终》。敬字二说，指睿王进封其妃为敬孝忠诚正宫元妃，顺治追封董贵妃为端皇后，旧说是。情字指秦淮，乾隆南巡事亦可通，但情字不得抛荒本义。

《飞鸟各投林》。此曲明显包括，不须解，亦不必解，愈解愈漏。惟"白茫茫大地"一语，兼含有长白山森林蛮族之意。

第六回　贾宝玉初试云雨情
刘老老一进荣国府

　　袭人何以为顺治废后也？考《东华录》，顺治十年八月己丑，谕礼部："朕惟自古帝王，必立后以资内助。然皆慎重遴选，始可母仪天下。今后乃睿王于朕幼冲时，因亲定婚，未经选择。自册立之始，即与朕志意不协，宫闱参商，已历三载，事上御下，淑善难期，不足仰承宗庙之重。谨于八月二十五日，奏闻皇太后，降为静妃，改居侧宫"。群臣谏阻章奏，类多有疑于阴斥董妃者，其所称誉，又有疑于为继后地者。鄙人固不敢以不肖之心，薄待谏臣。然满洲开国，其展转求官于淫后虏主之侧者，实未敢深信其为人。而况原本作者之耳闻目见，其感想当复何如，俟逐回详证之。九月得旨："朕纳后以来，缘志意不协，另居侧宫，已经三载。从古废后，遗议后世，朕所深悉。但势难容忍，故有此举。着议事诸王贝勒大臣，及会议各官，再议具奏。汉官诸臣规谏，其意固在爱君，然必须真实确见，事果可行。孔允樾奏内'未闻显有失德，不知母过何事'等语，如果知无过之处，着指实具奏"。夫目"未经选择"，曰"另居侧宫，已经三载"，则是睿王强与之，而孝庄亦许可之。故曰"王夫人欲收在房内"，曰"老太太丫头"，曰"原名珍珠，后改袭人"。珍珠者，圆象，元后也。改袭人者，其字为龙衣人，其意为狐媚，不许其为后也。另居侧宫，已经三载，又复降为静妃，不成其为后明甚。

"与朕志意不协，至不足仰承宗庙"等语，明言妒，明言过；后又要人指实无过，后之行为，必有不堪出诸口者，非仅如误批帝颅之类也。未废以前之三年，及降为静妃，逾年聘后立后之中间，必与董妃不协。而或借继后与四贞以挤董妃，亦未可知。盖继后由聘而为后，则女也而非妃，四贞亦然。此类非逐节论之，不能详也。本回初试云雨情，其辞曰"袭人自知系贾母将他与了宝玉的"，即强迫结亲，未经选择之意也。按后立于顺治八年，在孝端已死、睿王初死时间，故专罪孝庄。盖下嫁为孝端死后事，结亲自必在下嫁以后事。自身不正，乃欲以其私暱为不正当之婚姻行为以迫其子。睿王死后，不得不遂成之，亦有苦处。

《南巡秘记》载绿天第一妃，为钓鳌客李某所献于四大盐商之一汪某之姜琳娘。客以谋刺皇帝匿汪所，为所卖。琳娘感愤，与其女谋，混入营妓中，应募得宠，为绿天第一妃，权力几与诸满妃埒。又善于交接诸内监，以及宗室福晋等，无不为之延誉，并与嘉王夫妇相结。其刺乾隆与否，良不可知。然固无论其果有目的与否，而蛊惑术工，包藏祸心，亦固应尔。乾隆之荒淫，亦必有此一人。

袭人为高士奇，处处可见。"初试云雨情"一段，指其初入都，自肩襆被，为明珠阍者课子，遂得际遇圣祖。既得志，遂以金豆交通近侍，皆偷情之行为也，郑方坤画春帖子之语为之讳耳。性趫巧，遇事先意承旨，皆惬圣怀。善笼络人，而阴害人之本领，最合彼谓为宝钗，而更牵掣薛蟠、贾雨村者无当。

原本之刘老老，本为刘媪而发，然关系于刘媪，非刘媪本人也。写一人而必化身为数人以写之，才人不如是腹俭也。其意盖即谓钱牧斋。牧斋与刘媪之婿钱炳塈连宗，其交结刘媪，盖以通海之案故。今坊间有《投笔集》诗一卷，其诗大半为桂王惨死，并及于私通郑成功。其稿为清军所获，牧斋乃由钱郎交通刘媪以免。故叙其家世，无一非钱郎家世，可为对照。以刘老老为岳母者，亦联宗之代名词也。"久经世代的老寡妇"，喻贰臣也。牧斋少忤奸佞，老而不死，比诸失节之妇，固宜。"只靠两亩薄田度日"，牧斋晚年，债累丛集也。对凤姐云："你那侄儿"，联宗时牧斋本为长辈，当与刘媚一辈也。其余皆描写宫掖不易交通之情状。周瑞者，当时诸王旗下议政之大臣。其曰周瑞，实兼两义。金滕七载，政字存周之义也。周为三桂国号，三桂走狗之义也。当三桂盛时，多有此等人，故下文即接写周瑞与薛氏母子，余俟后论。

平儿指柳如是，为其才之相似也。如是如是，不过如是，亦平字之义也。牧斋之交通刘媚也，固以钱郎，然宫掖岂易于往来之地？非河东君之力，而谁力乎？清初宫禁，惟女眷最便。媚又南人，则河东君之与有往来，自意中事。豫王好色，未必不垂涎焉。河东君又僭称继室，与平儿同。牧斋死后，债累丛集，又为诸无赖所欺，与平儿同。殉节一事，实被债逼，遽许其不为豫染，亦是平情之论。但作者终不把他写得滥污，亦是此义，余详后。

曹氏之刘老老，写刘镛也。石庵之清节，晚年屈于权贵，而和光同尘，常有嘻笑无常之概，其在上前亦作戏语。洪稚存常言其为登场鲍老，作者亦据以书之。惟小小京官一语，颇不合拍。但石庵之父刘统勋，亦京官也。清人之官大者，何必不小之。石庵着敝衣冠，故作穷气，亦与本回合。而统勋为乾隆时师傅，皇帝与有世兄弟之谊，故亦尝优容之，联宗之义云尔。

曹氏之平儿，写尹继善也，其才相似，其得主眷而仍处危疑，亦相似。曹氏借其生母张氏受封一事引起之，亦以继善为庶子故也。

此回夹写蓉儿一段，固记者痛恶刘媚之词。寡妇盗污而后，固可以无所不为。而清初之决无礼法，亦当或有此事。传疑传信，史家且不得不为闪烁之笔。睿王之上蒸君母亦与此类。康熙废太子理密亲王时，诏中亦有此说话。其事在康熙末造，其为曹氏之有所参入与否，良不可知。而吾谓原本作者于此中亦尚有痛哭流涕，惊叹为亡国妖孽，不忍不垂泪而道，而又不能不勉强以刘媪当之者也。野史载福王即位时，追尊之恭皇帝已死，皇后亦死。其继后年与福王等，即南京即位以后之所尊称为太后者也。中冓之言，实不忍道。乃至有谓即位以后，不肯遽立中宫，及已选定徐中山王裔之女，而久不册立者，实以太后之故，有觍面目，实吾汉君主百世羞。曾何有于先帝之死于贼，恭皇帝之亦死于贼，朝亡国破，虽百史公将若之何？而童妃之死，说者谓太后亦与有力焉。鄙人拟之以孙延龄，非渺论也。当年遗老，大半痛恨福王，至有谓其为马士英之所伪为者。呜呼！吾汉族之流为腥膻，其自帝王始乎！

"头一次向我开口，怎叫你空手回去"。所张之口。何口也？求援也。不叫你空手回去，应许救援也。提太太的说，向睿王去说也。虽豫王此时或竟可以不说，然必提此语者，朝廷之体统，官吏之手脚，必先有许多为难，而后应承，何况亲贵？中间写蓉儿借屏一段，亦此义也。"一根毫毛比腰还壮"，失节贰臣之价值，比失节婺妇差得远，比王妃更差得远。垂老尚书，不如淫妇，写得刻骨。"留一块银子与周瑞"，"看不上眼"，嫌其少也，背地里不知怎样弄法，作者不肯言，阅者当以意会。

第七回　送宫花贾琏戏熙凤
赴家宴宝玉会秦钟

继后为科尔沁女，与孝庄同族。薛姨妈自当说得亲热，此是书中着眼处。盖即小宛根本失败之原因，而亦四贞之所不得而争者也。

此回写宝钗似病非病情状，即在顺治与废后定婚而三年不协期间。周瑞家的忙笑道："嗳哟！这样说来，就得三年工夫。"已经揭开道破。宝钗说："只好再等罢了。"再字中即觊觎后位、觊觎废后之意，何等细密明确。周瑞家的又笑说："阿弥陀佛！真真巧死了人，等十年都未必这样巧的。"废后非常事。诏旨所谓"遗议后世，朕所深悉"，而诸臣所为屡谏者也。又兼伏出家一笔，巧极。况后即被废，继之者，又有别人觊觎，如何不病？药品要"雨露霜雪"，自是求为后意思，"黄柏"亦喻其苦心，且以柏舟伏后日守寡张本。本为钗写，刘媍不过其旁衬耳。三年二字，刘媍方面并无着落。一丸便好，戏语亦是谶语，出家影子也。又药品兼射王鸿绪《明史稿》之意，谓搜集经年之难，而鸿绪巧取他人之物也。

宫里堆纱花二十支，为薛姨妈所送。三位小姐能得之者，三藩也。林姑娘亦得之者，顺治所宠，将有为后之势，虽其反对，不得不送。凤姐特别多得两支者，非特隐刘媍本事，亦接纳刘媍以求为后之意。薛姨妈地位本外藩，他人不得受其馈也。下文黛玉不快，窥破其旨矣。不然，则黛玉说话，其意终不可解。

"从来不爱花儿粉儿的"。此语是伏早寡，却是写的长白山之白字。

"香菱像东府蓉大奶奶"。此语是说圆圆有东省腥秽之气也，书中东字多作如此解。

"迎春、探春、惜春三人移到王夫人这边后房三间抱厦内居住"。明明是三藩景况，即从前三藩着想。亦明明是离开宝玉，与宝玉地位平等而亲仇不平等景象，于圆圆何干？

司棋者，"千古河山战一枰"之义。侍书者，谓其部下所用之文人也。下文下棋语义明甚。入画者，如此江山之义，剃头当姑子之义，然义皆有所指，俟后详。

写"凤姐白昼宣淫"一段，真不为刘媪与富察氏妇留余地矣。不然，彼本夫妇，何必为之写此一段？盖既隐刘媪本事，又以富察氏妇之无耻，而乾隆之直言不讳，全无忌惮也。乾学之招摇，亦类于是。书中如宝钗、袭人，亦多作如此写法，但稍隐。故王鸿绪、高士奇亦可类推也。

"周瑞家的女儿，找母亲说话"。作者是何玲珑心肝，盖犹惧刘老老之为钱牧斋。牧斋之来全为诗案求救之义不显也，而以侧笔出之。"用女儿找他者"，阿珍联宗之谓；"放了一把邪火"，有人搜得其稿也；"说他来历不明"，即是哭桂王、通郑成功，神妙直到秋毫巅矣。"还有什么大不了的事"，豫王之力，可以一手遮天，刘媪一力担承。此案结局，以笔迹不对与黄毓琪素无认识为说，遂作罢论。其实牧斋诗笔，本出于梅村之上，梅村尚不能假托其名，亦绝无此理。其他遗老高人，纵有能者，亦何肯假此失节妇名义？刘媪真可畏哉！且交通宫禁，当日御史纵有参奏之者，而豫王亦全无所畏也。"与一锭银子与周瑞"，即是豫王与刘媪专权纳贿之榜样。作者写得如此痛快合拍，尚何言哉！洪稚存遍诋八座，得罪几死，以直斥嘉庆故也。

"原来周瑞家的女婿，便是雨村的好友冷子兴，近日因卖古董和人打官司"。又以女婿二字找足前意。其视牧斋为雨村好友者，雨村多指三桂，为其降清而复思明，与三桂等，惟罪当末减者，不曾亲为戎首，剪除明裔耳，故为好友。冷子兴之义，一喻北方寒冷之冷，一喻明室复兴之义，原可活动。写一贰臣，随波逐流之状态。且牧斋平生，一意功名。此案亦发于告病家居思想撰席不得之日，故云然也。古董二字，即诗稿之义。

尤氏接凤姐一段文字，不过见刘媪为诸王妃所喜。而当日初由一品夫人而进封正妃，满腔得意，不请王夫人们而独请凤姐，此中即写此等情事。"凤姐说明日倒没有甚么事"，描写出得意情状。其于引见一段，偏若于全书中茫不注意，盖不描写之描写，有甚于描写百倍者也。《过墟志》曰：太后见刘，问曰："某王妻美，此其是乎？"又问年，又问进身始末，终以太后之言曰："不意人间乃有此妇！"爱之深矣。夫以法律而论，则豫王不宜占民间之寡妇，刘媪亦不宜改节，又兼以种族之界，太后乌得许可其为正配？然而不能者，屈于豫王之功，与刘媪之美也。太后之爱刘媪，刘媪之逢迎太后，于书中极力描写而特描写。尤氏之特请，所谓于无字句出力也。富察氏妇，则以公相之妇，为天子之私，王公仰其鼻息，特请者当非有大势力大体面者不能。得此允许，而随意赴席，又对于天子与相公，有所不便，而不敢不先对之通说，此段已经面面顾着。

以秦钟之为人，而犹曰斯文，斯文扫地。以秦钟之斯文，而犹曰"不像他这泼辣货形像，倒要被你笑话死了"，其视凤姐贱于优倡。

写秦钟如女儿，王沈评以为即写三秀，意固可通，然鄙意终有所不安，谓作者之不肯空写也。惟代远年湮，此等事殊难查实。玩梅村诸诗，为评者引入闹学一段者，似已应当有此情形。而秦钟身分，又绝不似优人，只好从梅村诗中会其意耳。世传和珅为乾隆富察后后身，又谓为雍正某妃，为乾隆所烝者之后身，与帝有龙阳关系。《啸亭杂录》，载宗室辅国公戏言某大臣可作龙阳否？鄙人不敢以此为据，惟念清人最好唱戏，最好与人家青年子弟往来，往往有暧昧不明，并有聚麀及种种嫌疑之事。或者作者之意，专从此处著眼。而宫庭秘密，传说者多，而不能实指其事迹之所在。犹清宫秘史，往往有多得其事迹而不注姓名者，其亦此类也夫。

焦大一段，旧评指图赖事。赖二即谭泰，事由王庇泰起，然图赖终竟得罪。孙嘉淦责傅恒曰："某处设反坫，某处建螭头阀阅，皆王邸制度，公不宜居此，嘉淦将速归缮疏劾之也。"亦相似。而孙公亦多坎坷，屡踬屡起，直道不容，可胜浩叹。又《啸亭杂录》，载此事，终之曰：有匪人伪奏疏一纸，语甚悖，托公所为，穷治经年，始得主名，亦一疑案。然据其所可知者而言，则当日图赖与孙公之所言，尚不至如书中之所记，惟责其僭越不忠而已。作者借端发泄，一以诛清廷之无人伦，一以责事清者之好人决无好结果也。

第八回　贾宝玉奇缘识金锁
薛宝钗巧合认通灵

　　上回秦氏是借李国翰之女以骂睿王占肃妃一事，并见清初秽史，书不胜书。便接写秦钟，其父亦即为李国翰耶，良不可知。惟王府旗下家奴，虽官至极品，其本身与其子女，仍为旧主奴婢。奴婢为傍读，荣幸何如，恐秦钟仍是此一等人，但无可考，不必拘泥。下文育婴堂抱养句，当着意。

　　此一回本体，全写顺治继后私通，与乾隆那拉后由宫婢得幸事，不与刘媪相干。盖废后之出也贱，其立在摄政王新死之后，孝庄虽强与之，而观其意久不协，亦有悔心。而后废仍降为妃，尚在宫中，则孝庄之护短而重其私人可知。董妃得幸已久，几有直跃为后之倾向，四贞亦争之急。孝庄之护短而重其本族，意皆不欲立。而后又不得不废，宫中之其他妃嫔，皆无可以敌董妃与四贞者，乃迫而为鼠窃狗偷之计，选其本族之绝丽者，乃得继后，而讽使其家人纵之私，刘媪亦与有谋焉，全书可覆按也。查全书写宝钗深沉，黛玉真率。真率者妃也，已经过了明路，便是可以真率。深沉者女也，未经过却明路，安得不深沉？书中于深沉者反用秽亵之笔，女之私通者也。于真率者反只有调笑之言，妃之当然也。此回写宝钗，仍是深沉，而秽亵已到极点。且写之于黛玉未来以前，偷生鬼子常畏人，其信然耶！《东华录》言聘，是女之实征。何以必聘继后？此书阐发无余义矣。王沈评谓

"莺莺处子，固当有拒有迎；三秀老媚，自是有迎无拒"。何其拘泥乃尔？不知男女之迎拒难易，全视乎其人所处之地位，与其相手方之人而施。豫王英武，刘媚非先难而后易，不足以缚其心。而黄亮功之庸材，刘媚一不为礼法所束，则对于豫王，旧好已忘。顺治童昏，非先易而后难，不足以固其宠。而冒辟疆之才情，小宛已久为心思所寄，则对于顺治，确非佳偶。其实书中刘媚、董妃、袭人皆用此术。而袭人以挟势败，黛玉以真率败，凤姐以外刚硬而内险胜，宝钗以阴柔险狠胜。地位不同，而随时用之者亦异。顺治以赫赫开国少年之帝王，固未有不愿充下陈者，而况争后？争后则安得不一凑便上？若刘媚之秽丑，早已从焦大口中叫出，何必作此深文？而况下文尚有铁槛寺一段文字重复无味，作者断不如此。继后以女对妃，那拉氏以婢封后，固应当有此情状。下文冷酒一段，亦是其例。惟小宛是已经过了明路之人，惟富察是已经做了皇后之人，故所谓"也亏了你倒听他的话，我平日和你说的，全当耳旁风，怎么他说的你就依的比圣旨还快些"诸语，乃说得出。惟其为女与婢也，故不能回覆，而只得"嘻嘻的笑一阵罢了"。下文又说"惯了，不去睬他"，一暗一明之别，写的何等透亮。

"李嬷嬷拦阻宝玉吃酒"一段，是说顺治私通继后，不知其为孝庄手段，而方且恐其知道了见罪，如在醉梦中。是说乾隆要逼死皇后，太后又使之为尼，还要谥为孝贤皇后，视天下后世人，如在醉梦中，实在自己真在醉梦中。又考《东华录》，富察后是雍正指配，查那拉氏被幸时，雍正犹在。乾隆宠妾灭妻，或亦有惧于上闻耶？

"真真林姐儿说的话，比刀还利害"。此董妃与富察后之所以如此结局也。而两雄相争，此为开首。妃之不悦，富察后不堪那拉后之骄矜，已写到满足。

"宝玉乜斜倦眼道，你要走，我和你一同走，并黛玉为宝玉戴斗笠"。酒阑夜静，宝玉直言同你走，全不避讳。盖董小宛妃也，富察后也。私通闺女，不得不敷衍宫妃。宫妃越礼，不得不敷衍皇后。黛玉戴笠，全然是已成夫妇，不避嫌疑景况，而又伺候周到，整理端详，是已经皇上敷衍，不敢不顺承，而又兼有希宠之意。

书中可巧二字，明是贾母与王夫人放的一手，明是林黛玉留心查察的情事。又那拉后本雍正所赐，乾隆宫婢，王妃安得而不伺察？

"通灵宝玉及金锁"。此中意义，多未道出，鄙人试一一详之。夫宝玉之取玉玺，帝也，金锁则于后何关？"莫失莫忘，仙寿永昌。一除邪祟，二疗冤病，三知祸福"，玉玺之辞也。金锁之文，于后何关？且以书文论，直写其文云云可耳，何必以古字另作两图为？盖金者清也，金元同为蛮族，清后多出于蒙古，而又或受制焉，故曰金锁。"不离不弃，芳龄永继"，固是反言之词，与玉文同意，然亦即是清初与蒙古诸藩及世勋铭辞。不用一种文体者，别汉、满、蒙之界。本应另用满、蒙文字，而其势不能，故以汉文俗书代满、蒙字，而以古字代汉文今字。今世为满人时代，故用古今之别，伤心而思汉以前也。

"唇不点而红，眉不画而翠"，全写出长白山景象，映宝钗早寡犹浅，何必牵涉刘媚？余可类推。宝玉归怡红，明是袭人为先前正宫。"林姑娘早走了，还让呢"，废后妒而林为偏妃，微文也，然亦确是富察后负气光景。或亦圣驾回宫时，奋见于色耶？此语定是旧本，曹氏以其无大碍于乾隆一方面，而爱不忍删者。

此段亦兼及灵皋。李文贞以直抚入相，灵皋谓李文贞曰："国朝以科目跻兹位者凡几？"文贞屈指数，得五十余人。灵皋曰："甫六十年，而已得五十余人，其不足重明矣，愿公更求其可重者。"时魏廷珍在座，退而曰："斯人吾前未见，无怪人多不乐闻其言也。"座师高廷尉初度，灵皋方为诸生，寿以文，引老泉上富郑公书，以循致高位而碌碌无所成为惧。观者大骇。诸如此类，不一而足，所谓这"林姐儿口比刀还利害"也。呜呼！灵皋以名家之子，种族传世之英，不能自拔，几陷于死而不保其初衷，其得解元也，实由关节而来（此事似载《制艺丛话》或他书）。乃徒以口舌争强，与小宛之才貌，始而为妓，继归冒子，终为董妃，而卒不得其寿者，相去其奚以间？而责人则明，责己则暗，亦是董妃之病。作者虽用混字诀，然其义固有严于斧钺者矣。

　　此间亦兼及王鸿绪事。《明史稿》本万季野所作，鸿绪窜取而删增颠倒之，大失其初意，而借以为取媚清廷之词。拟之以偷人，不为过也。作者以混字诀中，亦必从大处落墨，深微处着笔，绝不肯从通常细小如衣食住诗文雕虫处比拟。从前无种族政治眼光者，只见其所写势派，皆属旗人而禁之。其实连混字中人物，尚不得其意旨之所存。王鸿绪偷书之讥，其能免乎？吾愿不遍读满清掌故，及多见明清诸家小说者，毋轻谈《红楼梦》也。

第九回　训劣子李贵承申饬
嗔顽童茗烟闹书房

　　此回开首便写袭人，是正后形景，并是挟有后援可以强迫皇帝形景。阅者切勿为"宝玉起来时，袭人早已把书笔文物收拾定妥"一句蒙过也。盖帝王之夫妻，与常人不同，处处皆以君臣之礼为之，故处处写袭人是通房丫头，绝不犯手。怡红即正宫，"坐在床沿上发闷"，是何等身分？"见宝玉起来"，民间上学，或可以男人先起，帝王家不能也。你们二字，是由正及偏说话，以后句句挟制，不特婢女不敢，即嫡体亦断不敢，非有摄政之专主，与孝庄之威力，断不敢为此语。上学又舍不得，不想著家又偏管得，口口声声，说的"怕碰见老爷，不是顽的"，何其骄横乃尔！怕婆者或者有之，怕婢者吾未之见也。如此专横，况其上尚有大人在，而竟如此乎？其故良可知矣。盖睿王威权太重，孝庄且不有其身，而一用其私人为后，则宝玉又安得而不生其惧？立后之时，王固新丧，未立后而将立以前，如何不有此情事？作书贵写意，不得蒙混读过也。其曰"袭人说一句应一句"，更写得是一个悍妇其废有由来矣。"大毛衣服、脚炉、手炉"，吩咐他逼著"一群懒贼"，非主妇焉敢言此？叫他"合林妹妹一处去顽耍"，宝玉心中，固只有一林妹妹，而又恐废后之妒之也。深文曲笔，写到如此地位，妙绝。

　　李贵指内院大学士涿州冯铨，是奶妈二字，亦有著落，彼固客、魏之党也。后来亦有类此等事，但不甚著重。

茗烟者明湮也，亦泯燕也。改名焙茗者，焙明也。焙明原名茗烟者，谓共焙明之燕，又将焙清之燕也。此辈人于《贰臣传》中，指不胜屈。必欲寻其代表，则洪承畴犹未满其量。盖虽有灭明之功，而非其祸首，意者其首先投旗之范文程乎？然作者于书中亦全不拘定，大抵因事而指之耳。

满清一代之师傅，岂有可以一骂之价值哉！彼冯铨、金之俊、陈之遴其人品诚不足深责，彼固非人，作者固不得以人视之也。汤斌之迂腐伪为，其自言"今日所言，生平未作如诳语者。"此等理学，要亦不足入作者眼孔。其余若李文贞、蒋廷锡、朱珪等人品诸多阙点，而曹氏之所未及见者，尚不在此类。此固不尽关诸人之咎，亦专制时代，师道有万不能行之苦，不能不敷衍了局。苟图免咎，而免咎卒亦不能。顺、康时之为诸子师傅者，得罪尤多而且重。其后不立储嗣，诸阿哥师傅，皆持禄苟容，或且代阿哥画策，以希冀正大光明殿上之书名，根本既坏久矣。惟大闹学堂，自顺治以来，或尚不至于此。而作者极力描写此段污秽野蛮之历史，岂真恶恶太甚，而故为此穷形尽相之语耶？且此时师傅，亦不过随便带写几笔，便可以了事，何须词费？既而思之，则知作者之意，实于此辈师傅外，别有其尽委穷源之大宗旨，为曹氏之所力表同情。而吾辈阐明此义，以告后之来者，永为天下万世卖国奴鉴。盖此篇固追源祸始，而叹息抱痛于前明监军道不死不仕自诩全节而清人所称为夫子之张春也。《啸亭杂录》，载春于大凌河被擒，见太宗不屈。上挽弓欲射之，先烈王谏之曰："此人既不惧死，奈何杀之以成其名"？上从之，命达文成厚养之。公独居萧寺中，聚徒授课。一时开创名臣，若范忠贞、宁文成辈，皆曾执经受业者也。时人比之文中子教授河汾诸徒，启唐之基。满大臣某入都，告明臣某曰："汝国有一张夫子，而不知用，反为我国教育英才。"明臣奏疏毁公为李陵、卫律，颠倒黑白云云。夫辽难以来，战死者何限，被杀者何限，春之不屈，洪承畴之初心也。幸而素无威望，太宗轻其无才，故不欲迫而用之耳。承畴拚死而终降，况春之本无死志乎？狐庸为质于吴，教之战阵乘车，遂为楚患。春以中国文明，输入野蛮，授之以利器。范承谟者，文程之子，为满清忠臣。春不能讽以种族大义，使为张世杰之于张柔，而犹靦然与文程往来。悉其无用，故不荐也。宁完我一博徒耳，所谓文中子者安在？有李陵、卫律之心，而无其才，颠倒黑白，昭梿实自道矣。且彼时之所谓名臣者，鄙人真不忍道。杀人也，放火也，奸淫也，男色也，争风打架也，皆其人之所优为而不以为耻者也。彼时固未染华风，诚不足责，而春以全无节操之庸人，煽之以尊君抑臣之邪说，而不敢说爱国存种之大义，是不第直截授以刀矛，而教之以杀我也。故篇中意旨，大半主此立说。而此卷之贾代儒，实春当之。以其所教者并非宝玉一人，故以知之。若此后宝玉之再入家塾，则不在此例。

　　"又有两个多情的小学生，亦不知是那一房的亲眷，亦未考真名姓，只因生得妩媚风流，满学中，都送了他两个外号，一叫香怜，一叫玉爱"。此二人何所指乎？鄙人虽不得知其名姓，然当时必有人知其名姓，作者亦知其名姓。而故意云不可考者，非讳也。全书全是假名，两个人名，何尝不可捏造？而作者不为，盖此之所谓香怜、玉爱者，非骂两人，乃骂词臣中之每月必试新翰林二人也。夫顺治十年之新翰林，果何等人乎？其人固皆完全明代之人，而且或为明代之秀才举人者也。相传太后下嫁，恩诏且开恩科，是新翰林或且为裙带之余荫也。清初又征博学宏词，是新翰林或且为明季之遗老也。"一队夷齐下首阳，西山薇蕨已精光"，此等展转求官于淫后房主之廷者，作者焉得不以龙阳视之？故曰二人者，代表每月必试新翰林二人之二人也，非直截指二人也。又说他两人与薛蟠，蟠指三桂。此等不要脸的东西，必有由三桂荐引而得此美差者，亦必有既得美差，而连接三桂以望升迁者。作者既以彼为龙阳，则固不惜举其种种夤缘穷形尽相也。

"虽系都有窃慕之意，将有不利于孺子之心，只是都惧薛蟠的威势，不敢来沾惹"。此语直刺顺治与三桂矣。夫以此一段龙阳历史，加之帝王，阅者自然必以为奇谈，然历史上亦实有龙阳皇帝。苻坚之灭燕也，以冲为龙阳；冲后叛燕，称皇帝。书中贾蓉、贾蔷，独非宗室乎？而所写如此（按《夜谈随录》中亦记有宗室被辱事与此类，但事实微异，俟他条论之），全不怕不伦，斯为何故？盖作者以种类思想之极点，不惜以苻坚之待慕容冲者待世祖，而故以孺子混之。孺子者，冲主之别名也。其实则此数语大有著落，原不为龙阳而设，而亦可以以龙阳通之。盖当时主少国疑，有推礼王为帝者矣，有推郑王者矣，并有欲推肃王、英王者矣，其最要者，则睿王已曾被推，而孝庄以身笼络之，顺治始乃得立。威权日重，至于皇帝之后，可以未经选择而强纳；皇帝之母，私通而犹以为未足，必求下嫁而后已。此其为辱，较龙阳奚若？公将有不利于孺子之心，正其时也。必言薛蟠者，睿王之不敢轻动，实畏汉人。汉人之据有兵权者，莫如三桂。三桂后来之败，败于其名之不正者，亦惟其独一无二之大原因。设使清廷有废主之事，诸王分崩离析，篡位者独无惧乎？畏薛蟠者，畏其乘间而起，而顺治之赖以不废者，反若仗三桂之力以延残喘。书中类此者甚多，俟后论。

本回李贵、金荣、茗烟，略指冯铨、金之俊、陈之遴三人，内三院学士也。后有三个小子之称，亦是此义。

第十回　金寡妇贪利权受辱　张太医论病细穷源

前书之秦邦业，为陈名夏；此回之金姑妈，为金之俊。邦业者，邦孽也，国祸也，种祸也。名夏汉族罪人，诚不足为之诉冤，其子亦不必为之辨恶。然名夏之死，原与其子无干，盖仍是国界种界之见。其奏案曰："名夏对宁完我言，复衣冠，蓄头发，则天下太平。"名夏死于此矣。不然，满大臣不论，汉大臣中若冯铨等辈，罪浮于陈多矣，何以安然无恙？盖在满人一方面，居心用汉人中之坏者。故阉党闯臣，亦所收容。权所不在，利其庸懦委惰也。故去舍任意，使功不如使过，诏旨中曾明言其义。特一关于种族，则必死。而汉族金壬，良心终不能丧尽，而又畏清议，则不得不有以自表其万不得已之苦衷。失职尤甚，此其所以死也，牧斋幸而免耳。姑妈者，出嫁之女，外之也，喻降臣也。标题中权之一字，骂得金文通死，却又有不没其功之义。盖人生大节之所以一失而不可复挽者，权之一字误之。而文通为满人制作，颇有阴为汉人地者，作者固不肯一例抹煞，为其尚存一线之天良也。二人并提，亦是此义。罪冯铨一班人更为已到极点。人心不死，作者所以为汉族留一线之生机者，即在于此。故下半回之标题曰细。文中曰"心性高强，聪明不过的人，但聪明太过，则不如意事常有，思虑太过"，相形之辞也。终之曰"非一朝一夕的病，冬过了望春分"，情见乎词矣。下半回之意，不过如是。

不然阃人之病，似此者多，何一必专指一人。

曹氏之对于秦、金二人，作何想象乎？曰鄂尔泰、张廷玉合传，而鄂多属秦，张多属金，试分论之。

二人同时为雍正时南书房总师傅，乾隆之师也，同封伯爵，而配享太庙者。张为汉人，而不喜度外之士。鄂则于汉族之有种族思想者，亦优容之。因其侄鄂昌，与其门生诗词悖逆之胡中藻唱和，命撤出贤良祠。夫邦业之正面，为国家之功业。鄂尔泰为乾隆立帝时之功臣，"平定苗疆，朕有时自信不如信鄂尔泰之专"之奖，其邦业也，奚疑？张不敢容而鄂容之，此中自大有作用，而彼昏不知，反以为祸，而罪其后人，此邦孽之又一说也。

张廷玉之在乾隆朝，任遇不及鄂尔泰，而亦配享太庙，其亦以南书房总师傅与于定策之故。伯爵之封，在汉臣之无军功者，亦为异数。姑妈之称，实兼此义。而配享太庙之特典，几几乎得而复失，则又出嫁之女姑之妙绝映照也。廷玉当国时，子弟多不谨，曾为御史参劾，谕旨切责，廷臣有为之解者，事乃寝。其长子若霭，雍正二年中探花，而家门科名鼎盛，倚势为奸，因雍正之恩遇，乾隆虽不问，而心中蓄之者已久。遂因以老乞休，奏言宋明配享之臣，曾有乞休得请者之事，为乾隆所不怿。又以面对外间议论，有"从祀元臣，不宜归田终老"之谕。恐身后难邀异数，免冠叩首，强邀书券，又未亲诣宫门谢恩，传旨诘责，廷议以大不敬削爵，撤去配享，死后始仍准其配享，与此段事甚相类。又《啸亭杂录》，载其晚年谦和，每与人言，必曰："好好。"一日胥吏请假，公问何事，曰："适闻父讣信。"公习为常，亦曰："好好。"京师传为笑谈。又言与鄂尔泰共事，鄂公盛气凌人，公不与辩，惟微言以愧其意。窃以为所谓微言以愧其意者，实则为记载家缘饰之辞，为廷玉讳，并为鄂尔泰讳。张为贵者，鄂且为贵而亲者，同时以总师傅而号为名臣，宗室人员，为之秉

笔，安有不为亲贵讳而号为贤者讳乎？其实则张之对于鄂，欲有
所言而受其排阻，实当有期期不能出口之事。书中金姑妈对于凤
姐一段文字，确是此等景象。且两人不合，事迹亦可考见。窃恐
张之得罪，尚有鄂派中人为之阴谋，而鼓其焰者也。汉大臣师傅
伯爵之知遇，固不如满大臣哉！此等处是曹氏参入己意，而又突
过原本者。鄙人谓究竟此非曹氏之能，实则天地间以类相从，必
有如是巧事。而专制之朝，又古今如出一辙也。噫！

第十一回　庆寿辰宁府排家宴　见熙凤贾瑞起淫心

　　贾敬的寿辰。为礼亲王代善，与康熙皇十四子允禵发也。案《东华录》，太祖元妃佟氏，生子二，长褚英，赐死；次即礼王代善。次妃富察氏生二子，长莽古尔泰，次德类格。叶赫纳喇氏，生太宗。天聪十一年，太宗即位，有誓辞。代善、阿敏、莽古尔泰、阿巴泰、德类格、济尔哈朗、阿济格、多尔衮、多铎、杜度（太宗辈）岳托、硕托、萨哈廉、豪格，合一誓辞。阿敏得罪，幽禁，子恭安废为庶人，后封辅国公，随郑王征湖广，卒于军，无子。又太宗当称阿敏、莽古尔泰为二三贝勒，三贝勒非太祖子。又载太祖第四子汤古岱为镶黄旗调遣大臣，而誓辞中无其名。是凡列于誓辞者，其资格皆与太宗埒。德类格为莽古尔泰弟，皆论死。太宗虽号四贝勒而实为第八子。褚英已经赐死，而其在上之诸兄，惟有代善与莽古尔泰二人有权，莽古尔泰亦非嫡子，则非亲为代善子者，不得列于誓辞。盖此誓辞之由来，实为太宗不当立而立，孝庄与多尔衮为之也。岳托为代善长子，其下自然当是代善子。列其名者，恐代善诸子之不服也。豪格为太宗子之说，大谬，岂有父为皇帝，而尚待子之承认者乎？今人谓豪格为太宗子，因《东华录》，复肃王爵，封其子富寿，有亲兄之子一语（案蒋良骐手抄《东华录》无此语），或者前清讳言之而故乱其例。然前说亦殊觉可从，似不必改。《东华录》，天聪九年，又载代善以罪革去大贝勒。又载天聪九年，将改元崇德，再宣誓，太宗免代善与之。代善以为请，词甚苦。是代善以嫡长当立，在太宗朝已有芒刺在背之势。太宗之言曰："大贝勒年迈，光阴几何，其免宣誓"，固已日望其死矣。而太宗以五十二岁死，代善犹在，复被推，益觉嫌重。查《东华录》，顺治五年，肃王以二月复得罪。是年礼王死，《东华录》书年六十六。鄙人有蒋良骐手写《东华录》稿本，比今所行者颇单简，有史体，书肃王得罪于正月，书礼王代善薨，太祖高皇帝之第二子也。其死殊不明了（俟后论）。然当其未死以前，天聪初年，太宗尚待以家人礼，较二三贝勒尤尊重。及顺治时代，对于皇伯，自当隆礼，故特纪其寿辰而微文甚多。

康熙之十四子允禵，虽百口相抵，终不得不谓之为非康熙之爱子也。康熙以英武削平海内，而其所日夜膺心者，厥惟准噶尔。其必欲亲征而胜噶尔丹者，固视之犹清之于明，而为腹心之患者也。其晚年与允禵以绥远大将军者，此是郑重边防之地，断不欲付之非人，与其所不爱之子。岂康熙英主，竟以国为儿戏乎！恐雍正亦决不为此。此传位十四皇子改为传位于四皇子之说，所以亘二百年而不息也。然年湮代远，鄙人姑且让一步言之，谓已经册立之说无据，而康熙或沿蒙古诸王守边之例，以使之立功边外，而其意以出之于外者试之，或因其才之相逼也而远之，以免兄弟之争。若谓其恶之也，则惟专制帝王一人，悍然不顾之言，而天下后世之公心，则必有所不服，而适成疑案。且雍正改允禩、允禟之名为阿其那、塞思黑，在清语为猪狗，是骂其兄弟为猪狗，可谓亘古奇闻。然允禩固在康熙时代无所表见，允禟在康熙时代，曾遭谪责。后世因雍正之刻，已多疑义，而允禵固无是也。且允禩、允禟，雍正皆阴杀之，而讳其名，独至允禵则犹得幽禁以全其天年，而乾隆之朝，且渐次得复封爵者，其亦有故，非雍正之宽此而严彼也。考允禵为大将军时，年羹尧、岳钟琪等实在其部下，皆名将也。雍正既以允禵之故而杀年羹尧矣，又复欲杀岳钟琪，而论斩而囚之矣。借曰不然，则年之骄矜，谓之谋叛，犹可说也。岳氏对于雍正，果何罪乎？则年、岳二人受允禵之影响，固无疑义。惟二人皆可以奴隶视之，故或杀或囚，而可以自为其所欲为。允禵则亲为其弟，而先皇之爱子也，素有令誉，而曾握重兵，有功，是则雍正之所不敢杀，而又不得不囚之者也。然其心则固已死之矣，炼丹药发之死，所以直书，而又兼隐允祯、允禩，然而终非以敬视两人也。乾隆复封诏云：朕十四叔颇为安静守分云云。则知易代以后，亦尚优礼。曹氏固犹以为不足以盖前丑，故亦从前例。今试思礼王与允禵两人，所处地位，不是印阴骘文之类，还有别事可干乎？嘻！微矣！不杀犹杀，不囚犹囚，兄弟伯叔，数见不鲜，惟专制之帝王有之；较之民间之争夺家产者，更烈万万倍。盖其可欲，有非寻常家产之所能比例者矣。可不鉴哉！可不鉴哉！

"凤姐儿未等王夫人开口，先说老太太的话"。此微文也。老太太为孝庄，君母之义也。王夫人，睿妃也。凤姐，豫妃也。尤氏，肃妃也。睿王权重，与其同母弟豫王为一气，而与肃王不协，又私其妃，孝庄与睿妃不悦（俟后论），亦是常情。豫妃谄睿，安得不与尤氏比？故书中写凤姐与尤氏最为亲密。偶有翻脸时间，终归于好，且翻脸亦别有原因（俟后论）。此是作者最深细文字。而此回代表孝庄，礼拜王寿，更借以代表孝庄之收降洪承畴，巧极。

"尤氏说：好妹妹，媳妇听你的话，你去开导开导他。王夫人说：那是侄儿媳妇呢"一段。此篇以凤姐代表孝庄，以王夫人代表睿妃，以宝玉代表睿王，以李国翰之女代表肃妃。看他微文，处处凑笱。好妹妹，豫、肃二妃之比也。"媳妇听你的话"，即是此意。"开导开导"，即豫王夫妇有不得不调停于睿、肃之间者也。王夫人云"侄儿媳妇"，丑语也。此等事是刘媪最为难处。

"凤姐与可卿一段说话"。李国翰之女，果否是已婚而被叔占与否，或与叔私通与否，均不可知。然使果嫁其侄，闺中女伴，提及此事，要当含愧。若肃妃之事，则明明下报，苟有良心，能不愧悔？况肃王英武，纵强忍不言，亦必有怨色。可卿之语，为此写照。又低低说了衷肠话，刘媪虔婆之口，何所不有？肃王死于此矣。书中开手死人，便死可卿，恶之深也。

"尤氏笑道，那里都像你这么正经人呢"。是肃妃已知刘媪知其丑事，而反唇相讥语。

王沈评、子民评贾瑞一段甚是，然中亦少有漏处。盖承畴虽因孝庄而降，其果有枕席情与否，尚不明了。欺之而不实行，亦意中事。作者恶承畴之深，乃曰："癞蛤蟆想吃天鹅肉"，此句骂得恶。"没人偷的混帐东西"，"混帐"为满洲土语。土俗宿大炕，只有一面向外，合家都寝其中，故以"混帐"为骂人语，讥其以汉人而从满俗也。

贾瑞一段，曹氏为刘青天发也。刘清为白莲教一役之循吏名将，而功不悉闻。且以贪酷冒功之刘佳琦，魁纶竟以二刘齐名之奏牍入告。大吏劾其民社有余，方面不足，遂以藩司改总兵。《啸亭杂录》且谓其挥霍苞苴，颂改武为国家善用人。夫刘清青天之名，出于教匪王三槐对乾隆之亲供，而大吏不进其一阶。厥后朝廷知之，仍借端参劾，其所谓苞苴挥霍者安在！汉人之尽力于满廷，曾、左之不被杀而特起者，其幸焉耳。清廷之待额勒登保，远不及傅恒、福康安、明亮、勒保诸人。彼固珠轩户口之乌拉，编为新满洲，而不得与京师诸旗及各省旗比焉者也。然其待之也，比刘清尤好。呜呼！汉人竟不悟耶？曹氏借贾天祥三字，影假青天，痛发其满清官吏昏夜乞怜、鼠偷狗窃之情形，真不为着辈留余地。而言外并讽吾汉族之伟大人物,不宜尽力于清廷,致遭责辱。曾、左知此,绝不代清廷剪除洪、杨,而自居危疑不测之地。即令洪、杨无道,亦当别求独立之方。曹氏之眼光,何其远大敏锐乃尔乎!且刘清之吏治清明,纪律严肃,杀贼而贼不忍杀,又不急急于功名,此等人虽谓之天地正气,以上匹文山,识者亦知其非过。而独于种族之界,尚茫然焉,时为之也。曹氏不为之正面写照,而反写一刘佳琦之所以得保二刘齐名之由来情状,旨深哉!

第十二回　王熙凤毒设相思局
贾天祥正照风月鉴

　　吾观《红楼梦》第十二回之结构谨严，天衣无缝，而乃叹曹氏之心力过人，为后来小说家之所万不能及者也。夫明亡于清，比之宋亡于元。宋明之有文天祥，天经地义也。宋明之有假文天祥，亦时势之所酿成而产出者也。清既未亡，安得而有天祥？又安得而有假天祥？即令清当吾世而亡，其忠于亡清者，作书人绝不得以天祥目之。尤西堂乐府有言："歌七章，悲元亡，元亡乃有文天祥。"对于蛮族而矜异之辞也。然彼之为元死者，实为元人。在绝无伦理之蛮族，竟得有此，西堂固应作此等言语。若其为汉人也，则作书者虽亦未尝不有所截取，然亦必作意外之微辞，以特倡天经地义之种族学说，断不得有天祥之说，而何假之云。然此意书中亦有之（俟后论），故此段参入己意，颇为费手。乃曹氏于原本此等描写情状，忽悟出官场百般丑态，而乃放笔以写假青天，真神妙不可思议之笔也。书中初遇凤姐一段文字，即私见上官之秘诀，巧笑乞怜之态度也。其再见凤姐云云，不是见一个爱一个，即输情上官，誓为走狗，绝不变心之说词。而上官之笼络欺哄之者，亦与凤姐所说，全无以异。凡长官之私人，随时进见，无不可以作如是观者也。发下洪誓大愿，甘为私人，夫亦无所不用其极。俨然长官之威严，而忽得一颦一笑，安得不作以下如此丑语。而长官之术尤工巧，则曰，汝比某某还好，某某不知近日如何办事糊涂。下官之得此佳奖，如奉纶音，自可不言而喻。长官又复操纵之，而暮夜之苞苴进矣。长官又惧其太易也，而使之不得遽到好处。穷形尽相，直是吊膀子情形，丑恶极矣。此等作法，尚不可以令妻孥见，何况父兄。撒谎欺人，亦是当然必有之事。苟其父兄有善教者，或者不至于此。打之云者，悲官僚派之无教也。上了一回当，还不醒悟，又复极力钻寻门路，惟恐其不得一当。上官亦不正言责之，彼亦更作输心输肝之议论，以求得将来之特别际遇。上官若云：此回差缺，我本要与汝，而汝于某某事件，有不到之处。或云：另有别方面情形，后日有机会再说。所谓令其自投罗网者，即此是也。一旦听了那里有好消息，便又去乱钻狗洞，见了上司之亲信人，便以为望见颜色，好事便可以即刻到手。此书中所谓不管皂白等语情形，恰恰合式。夫此等时间，长官非绝对的不欲以好处与之也。心中纵极力鄙薄其为人，然看在银子分上，在平日小殷勤分上，亦当极力提拔。而无如旁观者之起而攻之，朝廷又不碍不为缘饰耳目之计，使人查之。此即琏二奶奶告到太太跟前之说也。查办之结果，长官不得不自救，查办者以其地位之较高，交情之甚密，则又不得不为援手，救大不救小。而小官之昔日银子与交情，乃转以为今日丢官送命之地位，而并又需拿出钱来运动，求免求轻，而其得轻免与否，尚在不可知之数。弄了一身龌龊，一身债务，是官场中最苦情状。丢了一条狗命。真真不值。前清官场，何一不是此等作法？贾瑞之失足落厕，粪秽淋头，凤姐之假撇清，终背盟，贾蓉、贾蔷之一切做作，件件神肖。及至后来，则长官之对于自己本身问题，有大不得已之苦衷，不得不参劾以谢其责，不得不置之死地以灭其口。贾瑞之死，刘佳琦之终不得好结果，其明鉴也。虽然，此等情事，降臣与污吏，皆当比之于女人。而此独以男求女写之者，一则原本作者，因其事实，二则此降臣污吏，展转求官于淫后穈主之廷者，终属汉人居多。而官场巴结长官情形，亦与巴结姨太太及嫖客巴结妓女，毫无以异，故以此等笔墨出之。所以深诛孝庄，及末世之大臣亲贵也。

此段原本，作者之贾代儒，仍为张春写也。承畴之初见太宗也，太宗即谕以张春不降之非，故原书仍以此事为之写照。盖张春之去承畴，固亦间不容发者也。春以监军大臣，战败不死于阵前，不死于自刎，而觍然苟活于被擒以后，竟受清人夫子之称，方且自高不仕之节，以为吾固不失为明朝之忠臣也。承畴之所为，使春当之，亦必至则靡耳。幸而免焉，犹且退有后言矣。谓承畴之降，固其该死、该打、该骂者也。彼知清人欺其无用，必不至于杀我。我固尝出不屈之言，而尝试之矣。我又与文程等往来素厚，即痛骂降臣，彼亦若为无闻焉耳，而何至以此忌我老书生？作者之穿透庸臣之心，而绝不肯少为放松者，直秦始皇之照胆镜，温太真之烛怪犀，而下文风月宝鉴之起义，亦见于此。至于承畴以好色之故，遂至服降。不谓之已死不得。崇祯之御祭九坛，门生之朗诵祭文，左懋第之斥为假托，皆此书所取法之材料。盖死如不死，而不死之罪之万劫不复，作者不得不大书深刻以著其亡国亡种之罪。跪着读文章，是叫他读崇祯御祭九坛文之义，亦是太宗叫他跪着读朝鲜纪恩碑，并令其详细解说之义。下文言他看风月宝鉴者，便是叫他看喇嘛殿淫戏绘画之义。真是面面俱到。而承畴后来之得咎，几濒于死，又作者之所点醒一切众生也。噫！

第十三回 秦可卿死封龙禁尉
王熙凤协理宁国府

　　"黛玉为贾琏送往扬州"，是作者故意借作挑逗之法。梅村诗云："高家兵马在扬州"，张公亮《董小宛传》云："已为窦、霍豪家不惜万金劫去"，是小宛之先为高杰所得，明甚。作者即以贾琏当高杰。若曰彼亦一流人耳，何必分别？故曰送往扬州，且便于写送回也。富察氏之为尼也，先在济南，其后亦扬州某寺主持。故首次之太后命小监送入某庵与二次入京，而乾隆使住扬州，皆可以便影射。谓小宛入宫以后，尚能回家而复来者，真诬说。

　　"秦氏托梦一段文字"。是说清人入关，圈占民田为皇庄、王庄，贻害无穷，立八旗宗学、官学，滥用款项，而出身优俳等事，皆是极盛时代行为。而以后之筹旗人生计，筹旗人出身，皆于吾汉族有种种界限之意。作者若云，如此办法，终必败亡，只当是说梦话而已。其用可卿告凤姐者，豫、肃为用兵在外之代表也。

　　三春之说，此处指睿、英、豫，犹系假借。其实仍意在后三藩，并前三藩。

　　此一回正文为顺治六年摄政王以宝玺追封其福晋博尔济锦氏为正宫元妃，及乾隆追封皇次子永琏为太子，并谥端慧太子写也。小宛与富察后，皆非正文，而为映照之笔。考《东华录》，顺治六年四月，孝端文皇后崩，十二月壬子，摄政王元妃薨。令两白旗牛录章京以上官员妻皆衣缟，牛录章京以上官皆去缨。顺治七年正月丁卯，摄政王以宝玉追封其妃博尔济锦氏为敬孝忠恭正宫元妃。是时孝端已死，睿王对于孝庄，实无所忌，故为此事。又睿妃已死，便于下嫁之举，故吾谓下嫁当在此时之后。前回梦中有云，"眼前不日又有一件非常喜事，真是烈火烹油，鲜花著锦之盛，要知道不过瞬息的繁华，一时的欢乐"，评者已知省亲为下嫁。则下文不过二句，便是下嫁后不久即死之明文。盖摄政于十二月壬辰，即薨于喀喇屯也。故此篇正文，实为伏下嫁之根而设。彼时睿王权重，而三桂又与之结纳，进献棺木，亦当是意中事。而三桂权势心胸，此时只知巴结睿王，不复知有宫廷。孝端死尚未葬，故云此物恐非常人可享，即以此事坐摄政王与三桂僭侈无君之心之罪，非闲笔也。评者注意小宛，故提纲中明知此事而第于服饰棺木中求之，不知其已落第二义矣。又案肃王再得罪，幽废而死，在顺治五年春间。则肃妃私通，亦在五年以前。今之追封为正宫元妃者，不知即指是人与否。然本非其人，作者亦必直以为即是此人。盖深恶睿王之占君母、占侄媳，不得不作如此写法，为之合为一炉，而加之以极猛烈之火也。写"丫环触柱而亡"，几几乎先有一鸳鸯，王沈不得其解，乃借殉葬大珠为说，不知前清初代之妃嫔姬妾，殉主殉妃，逼迫殉葬，已成惯例。实为奇文，未解此中真谛，亦何怪以甘心殉死之鸳鸯，而任意代之以董年也。宝珠愿为义女，睿王无子，养豫王子多尔博之谓。多尔博者，刘媪出。下文以凤姐主治丧事，即是此义推广出来。寻常人家之立嗣者，丧事必问其本生之父母。而刘媪之才，睿王欲嗣其所出，媪岂有不办理丧事之理，而睿王亦岂有不奉请者？最大一篇文字，何必将余义作正文！

　　"戴权道，事到凑巧，正有个美缺，三百员龙禁尉，缺了两员"。戴权者，戴天子之权也。睿王自有妃，一；占肃妃，二；孝庄下嫁，三。以次序论，则肃妃当居第二，老三者，孝庄也。襄阳侯即科尔沁亲王塞桑也。"看看他爷爷的面上"，科尔沁部，为蒙古部落之来归最早者也。何等确切！"胡乱应了"，明指下嫁矣。映顺治后妃亦通，然是余义。

考《东华录》，乾隆三年戊午冬十月辛卯，上奉皇太后幸宁寿宫，视皇次子永琏疾，是日皇次子永琏薨，辍朝五日。奉上谕：二阿哥永琏，乃皇后所生之嫡子，为人聪明贵重，气宇不凡。当日蒙我皇考，命为永琏，隐然示以承宗器之意。朕御极以后，不即显行册立皇太子之礼者，盖恐年幼志气未定，恃贵骄矜，左右谄媚逢迎，至于失德，甚且有窥伺动摇之者。是以于乾隆元年七月初二日，遵照皇考成式，亲书密旨，召诸大臣面谕，收藏于乾清宫正大光明匾之后。是永琏虽未册立，朕已命为皇太子矣。今于本月十二日，偶患寒疾，遂至不起，朕心深为悲悼。朕为天下主，岂肯因幼殇而伤怀抱？但永琏系朕嫡子，已定建储之计，与众子不同，着照皇太子仪注行。元年，密藏匾内之谕旨，著取出，将此晓谕天下臣民知之。十二月王大臣等议覆履亲王允祹等，奏定端慧太子安葬茔地一切典礼。端慧皇太子吉兆，应号园寝。造享殿五间，两庑各五间，大门五间，玻璃花门三座，燎炉一座，覆以绿瓦。题主时，礼节敬拟牛一，羊二，奠帛爵，读文，致祭，嗣后祭祀仪，与妃园寝同。事迹与此段恰合。而疾前视疾，与凤姐代表贾母视疾亦同，称皇考命名，与前回"长辈同辈之中除了姊子不用说，别人无不和我好的"一段文字，亦遥遥相应。又乾隆十二年十二月乙酉，皇七子永琪薨。谕王大臣等：皇七子永琪，毓粹宫中，性成夙慧，甫及两周，岐嶷表异。圣母皇太后，因其出自正嫡，朕亦深望其承祧，朕衷默定建储，但未书旨封贮。又尚在襁褓，非其兄可比。但念皇后名门淑质，侍奉圣母，可称贤后。佳儿屡折，丧仪应视皇子从优，谥曰悼敏，赐奠。此事更为可笑。嘉庆之为老三，夫复何疑！冢孙妇之死，太子也，视妃园寝，祭祀也，睿王之俨然皇帝也，串插极密。又乾隆十三年三月乙未，驾南巡，自德州登舟，亥刻皇后崩。上皇奉太后临视，命庄亲王允禄，和亲王弘书，奉太后御舟缓程回京，上驻跸德州水次。又大行皇后梓宫还京，上亲临视，命履亲王允裪等总理丧事，定谥孝贤皇后，有加礼。其余因不满百日私自剃发之案，层见迭出，不及备载，亦为自来国忌所未有。故即以小宛之丧，为孝贤对照亦无不可。然以行辈论之，则此卷固以贾珍为主体，属之端慧最好，而以小宛与孝贤为映照较合。盖小宛与孝贤之死，不明不白。小宛虽追封，孝庄犹在，其丧仪亦未必如睿妃之盛。梅村讥刺之词，容有太过火处。而孝贤之应以后礼葬，又不足为奇。故鄙人以为映射之对面，较为正面者更好。至纪孝贤而先纪太子之死，并纪永琪，其意更远，余俟后论。

第十四回　林如海捐馆扬州城
　　　　　　　贾宝玉路谒北静王

　　"威重令行"。是写豫王夫妇、傅恒夫妇专横情事。豫王无论矣。傅恒未执重权以前，即有朝臣为之谄媚逢迎，朝房长跪请安者，曾经御史参奏，而乾隆自为之辩护。然其时富察后犹在，尚可说也。十三年以后，威势更隆，而大学士公，而经略矣。乾隆诏旨，每每自相矛盾，忽而言傅恒系孝贤后之亲弟，忽而曰非以椒房进用。恒死而福长安与和珅、和琳连为一气，内外莫敢谁何。福康安更有贝子郡王之封，乃一考其父子之功绩，则无不令人齿冷者（俟后论）。彼果何以至此乎？裙带之力也。裙带之力，非富察后之力，乃富察氏妇之力也。以寻常而论，既私其姑夫，则宜无面目见小姑。以帝王而论，则彼之出入宫门，畏忌皇后，而又恃宠，专横事自不能免。前回所云"从小儿大妹妹顽笑时，就有杀伐决断"，杀伐决断，傅恒父子之地位行事，与其妇之专横宫中行事，历历如绘。满清亲贵妇女，与皇帝家皆系中表亲戚，故曰大妹妹。贾珍求大妹妹允诺，是何等说话？乾隆与富察氏妇，合而为一矣。又代善亦有争济尔哈朗所纳之女一事，至革去大贝勒名号，意亦可通。然作者不犯手处，在刘媪与肃王不协情形，全不相碍端慧太子之丧。富察氏妇自当以其舅姁之亲，假哭奠之名，出入宫闱劝慰皇帝。而孝贤之死，彼岂无因？表面上以椒房之戚，哭临丧次；里面则以狐媚之手段，笼络人主。种种假慈悲、假惺惺的样子，合上篇都为一概写尽。而其假借威权，任用私党，则凤姐带了来旺媳妇、彩明过府之说也。人言啧啧，御史纠参，而忽遭严责，则"头一次宽了，下次就难能管别人了，不如开发的好"之说也。下文更写宝玉与凤姐一段情事，亦即以富察氏妇当之，亦兄弟行义。盖乾隆时代，此等丑事，所传不及清初时之多。曹氏固不得不如此牵就，亦当与其重恶刘媪与富察氏妇之意实相吻合也。

"凤姐道：我乏的身上生痛，还搁的住你这揉搓。"字字出棱，固不待言。然此事本是孝庄与睿王彰明较著之一事，而作者必托之于凤姐，固为不好直写贾母，碍于忌讳，与其文字之间架。然其意亦与前篇假李国翰之女为可卿，以代表肃妃者，同是一样。盖为其此事固不一而足也。然其事著笔，较前为尤难。故不得不以刘媪当之，而出之以简劲。作者苦心，乌可没也！考《东华录》，天聪四年六月，清太宗文皇帝下诏宣布三大贝勒阿敏罪状，夺爵幽禁。其第三条云：师还至东京，将俘获进上之美妇，彼欲纳之，岳托不可，后献其妇，上命存之。阿敏复令副将那木泰求之。上曰："未入宫之先，何不言之？今已入宫，如何可与？"彼不得此妇，常在外怏望，于坐次有不乐之色，复退有后言云云。夫所云此次还师者，伐明之师也。俘获之妇者谁？吾汉族之女子也，是又刘媪与小宛矣。阿敏者，太宗兄也，是又一摄政王之妻嫂矣。此等事作者如何不写，又将如何写法？仅知刘媪、小宛、圆圆者，不可与读《红楼梦》。

"林姑老爷之死，"指冒氏与富察氏之族也。夫冒辟疆者，有死之道久矣。身为世家大臣之子，本非晦迹，而醇酒妇人，四公子之狱，实起于演《燕子笺》之当筵痛骂，有死之道一也。北都陷矣，崇祯殉矣，自大臣以及秀才细民，以及女子殉者何限？有死之道二也。南都初建，党祸繁兴，仓皇出走，犹载美人，有死之道三也。南都亡矣，福王降矣，史公死矣，冒氏既不能报，又复携美人以出，有死之道四也。小宛入宫，本属俘获，或传冒氏与钱谦益、龚鼎孳辈实有秘计，然何以不能，而又复著《影梅庵忆语》，憔悴凄凉，不可卒读，干涉忌讳，亦不免焉，有死之道五也。徒以终不仕清，得邀恕辞。死之云者，一则仍处辟疆于干净土之地位，一则诛小宛不念辟疆之心也。南都金粉，误尽国家，诸名士诚不得不受其咎。而系之以死于董妃之死以前，责备与曲全之心，面面俱到。作者不知几经筹算，乃有此奋起直书之一特笔，不可忽也。豫王挟小宛入京，而辟疆死，明了殊甚。

富察后之为尼于济南也，其父移书戒之，略谓："幸得备位中宫，门楣光耀，何其盛耶！乃不谨慎媚兹一人，动辄忤今上之意，妇顺无违之谓何。在平民伉俪，犹云相敬如宾，始得享有家室之乐。况与天子同体，母仪全国，而可率性妄行耶？此次蒙太后隆恩，暂令闭门思过，所愿速自悔悟，上书求赦，则回天之力，亦转移间耳，幸熟图之。"后得书泣且语曰："骨肉之亲，尚不能谅，吾其已矣。"夫富察后之父，处于专制君主之下，固不敢不为此语，然其女当何以堪此？死其父者，史笔也。况又有不贞之富察氏妇，媒孽其间耶？故曹氏即借原本以写富察后之家庭，盖谓其虽有转不如无，乃直视之以孤女也。

第十五回 王熙凤弄权铁槛寺 秦鲸卿得趣馒头庵

"北静王来吊"一段。前书所指东西南北四王，原可包汉、满、蒙，并可包藏而言，非仅指清和汉人四王言也。此同之北静王，在顺治时代，则蒙古王之受太后使命者也。其在乾隆，则皇帝赐奠之亲贵也。顺治为帝，睿王摄政，除太后使命外，本无接待之理。而使臣之奉承皇帝以奉承睿王，又是情理上所必有。念珠即蒙古王进献之物，而亦可以为赐奠者献食之礼。端慧既以太子葬，则诸阿哥必来。奉承之意，诸亲贵又当见于辞色。作书人不过描写此意，而语句上不甚拘泥。盖《红楼》善隐，隐则不能句句合拍。如以呆滞之眼光求之，则《红楼》必作不成，曹氏亦增删不成也。

"纺车"一段，实为康熙、乾隆绘耕织图，及诏旨种桑之事而写。且即以上映李纨，只以纺织为事。盖指佟氏及魏佳氏之义，亦即从此透出。且从来帝王作事，口口声声，只是为民，而其内多欲外施仁义之办法，实不值明眼人之一笑，头一番说话是矣。

"铁槛寺弄权"一案。此固是刘媪罪案，然作者之意，乃特借一义夫节妇，反射全书人物，所谓淤泥中放出白莲花者也，然终不能生存于龌龊世界之中。作者种族思想、政治思想，亦寄于此，然此事亦有所指。

《红楼梦》释真

"张金哥夫妇事"。此即清人黄某《桃溪雪传奇》之事也。清人小说亦载之。云节度，即耿精忠也。行箧无书，姑取己酉旧作，《桃溪雪乐府》附录于此：传奇谱出桃溪雪，闺中唱和才清绝。一朝烽火漫天来，耿兵犯城城欲裂。尺一飞传有檄书，某家少妇姿倾国。吾王中馈左次虚，才非绝世意不足。若使破军类无噍，彼妇依然逃不得。弹丸吾力靴尖踏，两途凭尔速裁决。儿家自请行，给贼远奔突。筋骨委溪流，心胆照月色。暂缓官民忧，好作战守策。辞谢费宫人，恨未麾烈缺。

曹氏之"张金哥夫妇"事。此段似是指《客窗闲话》所载陈制军及瘦马事。书载制军甄别金陵书院诸生，因知吴士之父学生某死后，聘妻为其妇翁观察许某悔婚。书中吴生明言"明欺我死学士不能敌生观察"——语，与此书命义绝相类。但制军仍以势力完全其夫妇而已。似亦不必太拘，小说本写意也。下载瘦马一条，计养上元县徐之女，将售为某权要贵公子为妾。而其母以佣妇入督署，破其案，女嫁赵生。两事相类。又考陈宏谋于乾隆二十三年，以总督管江苏巡抚事，赋性迂直，又颇奖励士子。逾年以督粤时请增拨盐商帑，上谕责其市恩沽名，下部议夺职，诏留任。又以捕蝗不力，夺总督衔，仍留任。二十六年，以失察浒墅关胥议革任。书中瘦马一条，督军以刚愎为人所讦，赖吴、赵营救之力以免，所指当即此公。而乾隆南巡时，金陵匪徒之贩卖幼女，蓄养以谋大利，贵介公子，与瘦马往来。以为蓄艳计者，亦比比也。要之此等仗赖势力，破人婚姻之事，累朝皆有，作书者不过取其一二事以为代表。惟原本之《桃溪雪》，颇为注意，盖关于兵事，而又称奇节者也。

"秦钟与智能"一段。露水姻缘，既详之矣，然而作者之深意，则不仅此也。盖陈名夏、张廷玉及当时亲贵大臣之子弟，骄奢淫佚者，不知凡几。上行下效，固无足怪。惟作者独写一水月庵，而又置之铁槛寺以外，则其意之别有所指也可知。盖喇嘛者，名为佛教，而实出于印度本教之范围，故特以此表示其区别。考喇嘛之尊重，其根原实起于元，而明之永乐，及张江陵相国，复重其事。窥其用意，不过以羁縻蒙古，及满洲诸酋，并未曾取而尊养之内地也。清之初兴，既祖明永乐之旧辙，以招徕蒙古，且变本而加厉焉。于是乎雍和宫之种种丑画，以及宫闱中之种种秽史，与夫交通官场，狼狈为奸，不可言喻之秘密，皆于此部分放一种异样彩色。此《野叟曝言》之所以眦裂目张，放开笔仗，描写其种种不法行为，而欲以一扫而空之者也。作者具此等眼光，乃觉元清两代，其所以秽污我汉土者，于身体上之污点，实以此为发源导委之所由来。而彼族之无人伦，无政治，皆此妖神为之，故极写也。又《啸亭杂录》，载有费扬古恶活佛无礼于皇帝，持刀欲杀之之事，则知其与帝后直接谈佛法，且骄淫鬼蜮之事不少。《东华录》所载，诸帝与喇嘛往还，事迹亦甚多，不能备及。又载乾隆中法和尚居城东某寺，于寺中诱王公富贵子弟聚博，并私蓄女妓，富逾王侯，为阿里衮设法擒治，立毙杖下，要津请托不及。又载王树勋先为僧，探刺贵人阴事，词垣名流，甘为弟子，朱文正公亦与之谈晤。和相访拿，重贿司员吉伦，为之袒护，得末减。复冒军功，由松筠保举至襄阳太守。刑部尚书金光悌，为其耸以祸福，至对之长跪请命云。作者与曹氏乌得不为之发愤耶！

多尔博为养子，自当不回，宝珠是也。

"那薛大傻子真玷辱了他"。以圆圆之为人，而犹嫌三桂之玷辱也，骂三桂已到极端矣。若齐林者，则真玷辱了王氏者也。然其语必出之于贾琏之口者，则以三桂与豫王同为领兵之大帅，而福康安、福长安，尤系王氏对头。且清初之女眷，往来于宫邸，原无隔阂。好色之豫王，苟见圆圆，自然当作此语。后来污裙换裙一段，亦设此义。恶之深，故责之备也。"拿平儿去换了他"，便是说刘媚慕势。若使遇着三桂，亦可以荐枕。若使豫王势败，而三桂得之，亦当然是受王恩礼，此身已不及自持景象。

"这一年来的光景，他为香菱儿不能到手，和姨妈打了多少饥荒"一段文字。王沈评尚是。但此语是说三桂不知有父，而只知有圆圆。故借薛姨妈为之母，以发之。下文说整军迎接事更显。若王氏之父，本不愿婚齐林，则所谓打了多少饥荒，更为确切不易。至于教首之子，明婚正娶，则其热闹亦可想见。模样儿好，为人行事云云，则赞美之词，两边皆说得去。而于王氏之才力，则尤较近焉。

省亲是说下嫁，然亦是说南巡，更是说乾隆南巡至海宁祭陈氏坟也。乾隆南巡者四次，皆托之于为皇太后寿，与书中所言孝字亦正相类。然第五次南巡，则太后之驾已崩。书中所谓他家四次接驾者，非作者不见第五次之南巡也。言四次，则此回定系五六次矣。乃第五六次之南巡，比前次有特异之点在耳。四次南巡接驾者，皆系盐商，独此次之特到海宁，与从前不同。相传乾隆为陈文恭嫡裔，孝圣宪皇后以女易子，而乾隆终知之。太后在，不能到海宁谒墓也。故第六次亲至海宁，置玉马于文恭墓道。近人纪载颇详，而鄙人不欲繁引者，因易子事传闻已久，至海宁事亦凿凿有据，故不论也。东海少了白玉床，龙王来请金陵王。读许三礼劾徐乾学一疏，即可以将熙凤一生事迹包入。专管各国进贡朝贺事，纂《一统志》也，亦非徐氏兄弟不可之谓也。"这说的就是奶奶府上"，辞义明显，本对下文江南甄家而言。言南巡之钱，皆朱明遗民之膏血也，盐商维持纲引，与王沈评同。而当年事迹，极力铺张。若《南巡秘记》之所传。所谓幌子僧、水剧场、幻桃、一夜喇嘛塔之土木兴作，其词纵少有铺张，而其事亦必十得七八。观于袁子才之《与黄廷桂书》《尹文端公墓志》，皆与此等纪载，有恰相映证之处。鄙人固不肯备引，而终以为大观园之修造，姑苏之采买女孩子，皆其事之所必有者。当日商人豪侈，以媚一人，每有办事于盐务之所者，其利不赀。此等记载，清人虽忌讳，而已不可胜收，鄙人亦不欲拾人牙慧。盖当时之所谓四大鹾商，如汪某、江某之流者，享用侔王侯，声气通勋贵。若所谓石之奇以九峰，峦壑之奇以康山，树之奇以双桐百尺，金石碑版之奇以小玲珑山馆，黄鹂之奇以江园，花之奇以肯园，水之奇以樗园，而楼台入画，括一切所有之奇，则以平山堂者，当日早有此等语言。而鄙人独以为此篇实曹氏因海宁祭墓一事，特为取第末次之南巡省亲，以包括而为前数次之总代表。其文中之事迹尚多，可以覆案，非妄言也。

第十六回　贾元妃才选凤藻宫
秦鲸卿夭逝黄泉路

　　"元妃"。有天女，乃有满清。有崇祯，乃有前三藩；亦惟有崇祯，乃有后三藩。立局之开展，都从称天以制天子，称天子以制诸侯之书法，极力脱化而出。然孝庄非为文皇帝正后，其先尚有关睢宫宸妃，其太宗既死后，尚有孝端文皇后，其位置皆居孝庄之上，其死也亦在孝庄之先。故对于元妃一方面，于树立全部之间架而外，尚有特别对于孝庄而发之微文。此等着想，原为压倒贾母一方面而设。书中于宫廷中不便深言，事皆恍惚迷离以出之。较论行辈，非作者之所措意也。况前清嫡长，皆不得立，亦可以为影射诸嫡后。下文独有宝玉置若罔闻一语，亦暗指前清诸帝之于嫡母，无大关系。

　　"凤姐便笑道国舅老爷大喜"一段文字。以文字正面论，贾琏固为国舅矣。然凤姐平日对于贾琏，并无此等称呼，以琏本非国舅也。今突于送黛玉来京时，突言国舅国舅，果何意乎？盖此段实指豫王颁师回京，挟小宛以俱来者也。顺治尚未立后，而小宛已入京。考豫王下江南时，已得刘媗。媗于途中病吞酸，并不耐车行，历历而考，是得宛实在得媗之后。又考近人纪载，有史公可法弟妇黄氏，不从豫王，以头触柱事，则豫王之渔色明甚，而何必不纳小宛？观纪小宛诸书，皆有不得不止之势，则是宫中之早有诏令，必需其人可知。必需其人，而得之于豫王，顺治之喜可知。言国舅者，罪豫王之网罗小宛以惑冲主也。孏与宛俱为南人，则豫之得宛，孏即无赞助之力，而亦必有调护之方。则豫王之自以为功者，孏之必欲分有之，而代表其献妃之功。称以国舅者，孏赞豫，实自赞耳。下文诸多说话，更是表功之辞，亦是撇清之语，而更不成体统，又是作者皮里阳秋也。

傅恒者，固嫡嫡亲亲正理国舅也，乃以仗裙带之力故，至失其国舅之价值。通篇叫国舅者，只有此一段文字。诛富察氏妇也。彼之为国舅夫人也，其与他国舅异。则其对于国舅也，与其他国舅夫人异。淫悍之妇，犹或挟情夫之势利以压其夫，况在天子之私人乎？质而言之。则通全书中之凤姐，种种挟制贾琏，实由此一点挟贵宠之心思而来。老爷小的之称，夫妇间尚不宜有此。而国舅夫人，称国舅为国舅老爷，自称小的，此种调笑，书中之凤姐，固以才能自见者，而何必有此？曹氏算到富察氏妇之骄宠巧佞，必有此反面说话也，故合而写之，以阴险表功之手段。下文意气，亦与前评相合。而入宫办理丧事，本不合理，乃直以强词挟制其夫。明知天子之尊，纵有此等情事，自己男子，绝无有过问之能力；固不妨于吞吞吐吐之中，作明明白白之答覆。其意若曰天子要我如此，"便是依旧被我闹了个人翻马仰，更不成个体统"，而国舅老爷之威力，谅亦无如我何也。直是诛心之论。

"臭男人"。此三字合于方灵皋事，已见前评，然此尚非作者本意也。盖汉族夙以夷族为野蛮，臭男人者，满人也。言北静王者，言蒙人亦满人也。董妃以汉族丽姝，自然看不上顺治，与其满、蒙诸亲贵，且便于为董得罪人，以为其后来之结果伏笔。而作者亦借以骂人，言外宠者，无大意义。

"竟不用从京里带银子去"。顺治时之银子，取之南京。固不必论其果系发帑与否。而乾隆南巡之发帑，独非虚文乎？一语破的，吾民之苦极矣！盐商不久而败，宜也。独念平民之受其直接间接之毒害者之无辜耳。

鬼亦怕帝王耶？则帝王固应不死。是作书人调侃帝王语，亦以见其操生杀之权也。

第十七回　大观园试才题对额
荣国府归省庆元宵

　　"大观园试才题对额"。此等事顺治亦不必定有，而子弟皆宜有类于试才者。若以对额诗篇而论，则乾隆固好为诗，然而亦不可拘。大抵是学生之常，而皇帝家亦复如是。《啸亭杂录》载雍正中初建南书房，命鄂文端、张文和二公充总师傅。二公入，诸皇子皆北向揖，二公立受之。当日师傅，皆极词臣之选，定制卯入申出，攻五经、史、汉、策问、诗赋之类，禁习时艺，日课诗赋，寒暑不辍云云。又载仁庙建立南书房于乾清门右阶下，拣选词臣才品兼优者充之。康熙中，谕旨皆其拟进，故高江村之权势，赫奕一时（此书之袭人所以兼指者因此）。仁庙与文士赏花钓鱼，剖晰经义，无异同堂师友。故一时卿相，如张文和、蒋文肃、厉廷仪、魏庭珍等，皆出其间，当代荣之，列圣遵依祖制云云。则是自世祖而后，无论皇帝、阿哥，皆有类于此等之事也。

　　"宝玉论稻香村"一段。颇似《秘记》中乾隆游樗园时所言。而华吉庢以为何酷似朱竹垞者。

　　"黛玉剪了香袋"一段。活似一对小夫妇情状。"被宝玉缠不过"，以下数句，更显是妃不是女。此等处定要着眼，与宝钗对看，方见其妙。

　　妙玉指蔡琬。琬为绥远大将军蔡毓荣之女，其母相传为吴宫旧人。毓荣平三桂有大功，后得咎出家。琬亦能诗文，故曰"如今父母俱已亡故"，文墨经典模样，无一不合。随师父者，指其父为僧而言。不宜回乡，在都中静候自有结果者，蔡本汉人。后乃以功入汉军旗籍，后嫁高文良。亦汉军旗籍也。作者恶蔡毓荣之甚，故写得如此结果也。

曹氏之妙玉。《秘记》载乾隆在济南时所狎某妓，见乾隆行事，伤感而为尼，同后师事某老尼。妓复入京，募赀建寺，复贿宫监，得见帝。此一段亦相类。

其在士人则应指浙江万季野，而非姜宸英。盖宸英颇屈于权贵，其因牵连而死者，亦不得全谓为无罪。拟以晴雯，实如其分。槛外人三字，绝非所堪也。季野为明代世袭指挥之勋族，与其兄充宗等，皆为梨洲先生之高弟子，固当有亡国之恨者。既乃为徐元文延至京师，时史官局中征士，例食七品俸，称纂修官。万氏请以布衣参史局，不署衔，不支俸，与人往还，自署曰布衣万斯同，未尝有他称。故督师之姻人，居津要，乞史馆少宽假之，先生屡数其罪以告。有运饷官，以弃运走，道死，其孙以赂乞入死事传，先生斥之。其犹子言，亦为梨洲所器，颇以先生之节自夸，以副贡被召，修《明史》，为知县，忤大吏论死。又其犹子经学奥博，以康熙癸未进士，授编修。方苞时以《南山集》被逮，经送状西曹保释之。作书人之意旨事迹，明晰如此。而季野之《明史稿》，为王鸿绪所纂取，亦有可通处。其曰"父母俱已亡故"，是指祖国已亡之义。"身边只有两个老嬷嬷，一个小丫头伏侍"，犹子言并征入史局也。"文墨经典好"，史学极好也。"模样儿也极好"，其兄充宗，不事科举，葬张煌言，碎张缙彦神主，其师则民权大家之黄梨洲也。修史之局梨洲之子百家与焉，"随师父上来"之说也。梨洲与先生之本心，未尝不欲一出而存《明史》，惟梨洲曾仕于明，绝不肯出。当道又索之急，梨洲乃不得不以百家与先生应。下文数语，即其微文。然至是而先生之所处苦矣，其终为鸿绪之所篡劫者，先生与梨洲之所死不瞑目者也。侯门公府必不肯去，而下个请帖，犹复以槛外人自居，此是何等身分，而乌知其犹子辈之不肖乃至于此乎！作者充责备贤者之义，故不嫌太刻，然亦惜之者甚至。书中指射士人者，惟此独一丝不漏。窃以为蔡琬之事，其完全发现，当在康熙三四十间。原本作者之及见与否，尚有疑义。而书中之妙玉，实系先生，或曹氏因有蔡琬及济南妓故参入之乎？

第十八回　皇恩重元妃省父母
天伦乐宝玉呈才藻

　　下嫁一事，王沈评引有誊黄一纸。而近人于《顺治太后外纪》载有下嫁诏旨，及下嫁典礼，并载有顺治八年二月下诏追论睿王多尔衮罪状，而谓其谬误处多自相矛盾，颇为妙悟，然终不得其真象也。鄙人有蒋良骐手写《东华录》稿本，即世传良骐以此得罪者也。载顺治五年正月，肃亲王有罪，众议论死，得旨免死幽系之，夺其所属人员。五月，和硕礼亲王代善薨，太祖高皇帝之第二子也（今本在十月）。八月，加皇叔父摄政王，为皇父摄政王，凡进呈本章旨意俱书皇父摄政王。六年三月，书己巳申刻，中宫皇太后崩。七年正月，书摄政王纳肃亲王豪格之福晋博尔济锦氏。五月，摄政王率诸王大臣亲迎朝鲜国送来福晋于连山，是日成婚。十月，书壬戌，摄政王以有疾猎于边外。十二月戊子，薨于喀喇城，时年三十有九。丙申枢至，上迎于东直门外五里，跪奠三爵，大恸。丁酉，诸王大臣等奏。己亥，诏曰："太宗文皇帝升遐之时，诸王群臣拥戴皇父摄政王，坚持推让，扶立朕躬。又平定中原，统一天下，其至德丰功，千古无二。不幸于顺治七年十二月初九日戊时，以疾上宾。朕心椎痛，中外丧仪，合依帝礼。呜呼！恩义兼隆，莫报如天之德；荣哀备至，式符薄海之心。"甲辰，追尊摄政王为懋德修道广业定功安民立政诚敬义皇帝，庙号成宗。八月十九日，丁卯，升附孝端正敬仁懿庄敏辅天协圣文皇后于太庙，以追尊摄政王睿亲王为成宗皇帝，妃为义皇后，同附太庙。礼成，覃恩赦天下，诏语略云："当朕躬朝服之始，谦让弥光；迨王师灭贼之时，勋猷茂著。辟舆图为一统，摄大政者七年"，云云。二月初十日，上昭圣慈寿皇太后尊号，覃恩天下。书二月初十日，苏克萨哈、詹岱、穆济伦、首告睿王不令人知，备有八补黄袍、大东珠素珠黑狐褂子，又欲率两固山驻永平，谋篡大位，会出猎未往。讯实，籍所属家产人口，其养子多尔博、汝东峨给信王。己亥，诏曰："郑亲王、英亲王，同诸大臣合词奏言：太宗皇帝宾天时，臣等扶立皇上，并无欲立摄政王之议。惟伊弟豫郡王，唆词劝进。彼时皇上曾将朝政付伊与郑亲王共理，迨后独擅威权，不令郑亲王预政，以亲弟豫郡王为辅政叔王，背誓肆行，自称皇父摄政王。又亲至皇宫内院（要注意），以为太宗文皇帝之位，原系夺立，以挟制皇上。又逼死肃亲王，遂纳其妃。凡批票本章，用皇父摄政王之旨，不用皇上之旨。又悖理入生母于太庙。此等情形，谨冒死奏闻，伏愿重加处治等语。朕反覆详思，王大臣岂有虚言？不意伊近侍苏克萨哈等，首言伊主之事，审问皆实，看来谋篡果真。谨告天地宗庙社稷，将伊母子并妻罢封，追撤庙享，停其恩赦。"又书封肃亲王之子富寿为硕显亲王。得此则顺治时代之《红楼梦》，大半迎刃而解矣。故特录于此以供考史者之资料焉。书礼王崩者，睿王所畏也。王死而始称皇父，下嫁于此时乎？未也。王妃未死，而孝端犹在，事有机矣，而上畏中宫。书中宫太后崩，书日书时，与今本书四月乙巳者异，微文也。参互考之，大约在礼王死后，或在六年三月以后，然王妃犹在，孝庄不为之下也，抄黄所云，在元妃死后，尚近是。故评中谓七年正月者不误。肃妃之说，或混之，或同时并收之耳。五月又复迎朝鲜之女，或亦嫌孝庄之年华已过耶？欲篡之说，不为诬也。喀喇屯之死，亲贵勋戚，或有谋焉，不可得而详矣（余俟后论）。睿王罪状之诏，与今《东华录》异，观于孝庄下嫁之事，而益知代小宛辩护者之无味也。清初罗致美人，不仅一刘媚，亦不仅一小宛，载在官书者，犹复凿凿可据。而汉不选妃之事，清初亦不知何时规定。以意度之，大约在三藩之变规定。满、汉不得为婚之时间，未必鉴于三桂，而不鉴于小宛也。小宛入宫，其改称为董鄂者，不过因讳其为秦淮妓，为冒氏姬人，而并讳其为汉族者，乃顺治欲立为后之明证。开卷书其家世为列侯，顺治之志也。乃继书之曰无父，则内大臣之封伯爵者，果何人乎？而乃或者以年纪不相当为说，独不见夫孝庄与摄政乎？摄政妻孝庄，不久即死，死时年三十九矣，然犹曰男子也。孝庄于太祖高皇帝时，始为太宗所得，而先已嫁于叶赫金台吉之子德尔格勒矣，太宗在位十七年，顺治立又七年矣，则其年至少，亦在四十以上，即谓上烝之年，始于初元，则其年亦当至少在四十以下。万贵妃之鸡皮三少，三娘子之累配名王，此等事宫廷多有；而况以满、蒙之姿色，比诸丽姝之汉女，自不可同年而语乎？夫忌讳之朝，书事实者，多托于万不得已之辞。而隐约迷离中，留有许多证据，则其事必不可谓为无有。故辟空着想，以梅村之尚畏祸患，何肯妄言？顾乃以官样文章，抹煞一切，吾人实期期不能承认。小宛一名妓而姬人者，于冒氏何伤？果有密谋，而破坏不得以毕命，鄙人且馨香百顿首矣。

第十九回　情切切良宵花解语
意绵绵静日玉生香

　　《红楼》何以贱袭人也？顺治废后，本为科尔沁图卓礼克图亲王吴克善之女。其对于清廷，非贱也。非贱也而贱之，为其不贤也。其不贤奈何？则以其挟孝庄与睿王之势而骄也，故贱之。谓废后为非盛德事，而必代为之辩护者，迂儒之论，决不足以语此。乾隆之孝贤后，本无所谓不德，则亦不得不存其美名。而顺治废后反是，记事者持平之论也。然此意犹不足以读《红楼》。《红楼》者，种族家也，清廷之谤书也，且有历史的眼光者也。君主之家庭，断不会有许多贤妇女，非卑则悍。蛮族之后妃，亦不容有贤妇女。专制女主之害，甚于男子，以纯粹无学、无政治知识之故。故富察后之正言规谏，不能谓之不由于妒。妒之情状，曹氏于文字中，亦概存其略矣。今必欲贱袭人，而开首便写其种种进身之不正，来历之不明。其对于初试云雨一段，便写得比宝钗尤丑；乃犹若不足，而又接写顺治微行之事以羞之，盖明乎其为自贱而已矣。历史上聘之一字，谁聘之乎？睿王也，睿王挟制孝庄以聘之也。婚姻之不自由，虽不在今日开通之时代，平民遇此，业难处，而况天子，而况天子而被挟于亲贵无上之权臣？则其废之也，亦不得不为世祖原，而亦且即为孝庄之所不得而争。降为静妃，犹是顺治之迫于孝庄，迫于迂儒之论，而安得不以贱之者原之？识透此旨，则情事可得而言矣。《东华录》言顺治幸睿邸者不一，睿王既作事不端，则安得不用其私人以为后？孝庄既已失身，则不愿亦不得不从。操、莽之以女为后，同此手段。顺治处人伦之变局，少有智识，自当不敢言而敢怒，不愿聘之固宜。惟其情窦初开，则睿王自然必用其亲戚之美女子，引逗之而使之不得辞，且使之固宠而便于惟吾之所用，真妙著也。篇中言"两姨妹子外甥女儿"，盖睿王聚其私党之女子，狐群挑逗，以惟其意之所属而已。袭人之哭，是狐媚之变相；两姨妹子之说，是合群挑逗之案由；"乘轿车而不乘马"，是私合之明征；"李嬷嬷之闹事"，是宫中不服之现象。《东华录》载传废后之旨者为冯铨，或亦连上文而拉杂书之耶？若夫花自芳，亦一薛姨妈耳。辞气之骄悍，则通体一律也。语意之影射，则旧评已详也。而乾隆得绿天第一妃于南巡，及载归而驾幸圆明园时，以彼贱妓，当然有此情事，不赘。

此段写宝玉之微行私幸，必先之以焙茗者何也？盖痛心疾首于明之亡，而冀幸清世祖之以亡明者亡清，而我汉族起而代之也。吾之亡国，而仅仅恢复三百年而又亡者，谁焙之？明焙之也。明之焙，谁焙之？天启之童昏焙之。而福王之淫荒，犹其后也。天启之明，谁焙之？非客、魏为祸首乎？约十七岁者，十七年之崇祯也。书中之景象，非客、魏之景象而何？犹恐其未尽也。乃曰万儿，天启非万历之子孙乎？明之亡，史臣谓万历实基之。天启用魏忠贤、客氏，固是万儿之一解。然追原祸始之义，实不得以为万历恕。开卷又写戏剧之丁郎认父，黄伯阳大摆阴魂阵，孙行者大闹天宫，姜太公斩将封神，一切妖魔毕露。又曰别人家断不能有，处处是与下文斗笋。古今有如此朝廷，如此国家，而不亡者乎？有如此朝廷，如此国家，而不谓之妖魔毕露者乎？噫！

"八人轿也抬不出去"，皇后本无出去之理也。"不稀罕，没福气，没有那个道理"，是废之所由来也。没福气三字，尤显，然亦以见后之于将聘未聘、将立未立时间之暧昧矣。

"欠身凑近前来，以手抚之细看"，非小夫妇而何？以下全是新郎调笑新妇景状，亦是新妇不耐烦，怕人知道景况。阅者必做过过来人，尚不觉其是妃乎？宝钗笑问谁说故典一段，俨然是小姑问哥嫂景况，如何不觉得是女？遇见对手，则妒辞也，防嫌之辞也。

"耗子故典"。此一段故典，非空谈也，耗子精者，指满人与满奴也。变成美人以窃之，是趁火打劫之别名也。林子洞有二义：美人之生，如幽兰焉，生长于山林洞府之中，自全其真，而保其贞。奈何污之于风尘，登于之宫廷？采兰者之计则得矣，其如好花摧残何也！且宫廷深邃，真是一林子洞耳，奈何幽囚世上之美人，而使成怨旷，又终身不得见其亲戚，若孤儿然？是皆窃之者之为耗子精而已。灵皋被囚，久在狱中，亦林子洞之类也。宝玉把黛玉当成真正的香玉，圣祖又爱方苞能作古文特出之才，亦足印证。

乾隆固负孝贤矣，然其初固克谐之伉俪也。即位之初，即书其子名于正大光明殿之匾后，死而追封太子，至皇七子之死，亦有加礼，则固非夫妇不睦者比，吾知其初婚时，亦当有此景象。

第二十回　王熙凤正言弹妒意
　　　　　　林黛玉俏语谑娇音

　　前回王沈评以李贵为冯铨，谓其曾降自成，故名李贵。鄙人以嬷嬷二字，是为客、魏之走狗。今观此回，李嬷嬷揎排宝玉的人一段文字，乃益信而有征也。查冯铨本为忠贤门下十狗之一，入清初，首先降附，其人品原无不可为，而交通宫禁，尤为生平之所特长。顺治二年春正月，《东华录》书：乙丑，上初聘科尔沁图卓礼克图亲王吴克善女为后，至是卓礼克图亲王亲送至京。和硕亲王满达海等，请于二月内举行大婚礼。上以大婚吉礼，未可遽议，所奏不准行。是顺治不欲成婚之铁证。又考《贰臣传·冯铨本传》，八年闰二月，上命吏部具列各部院堂官职名，谕令致仕去。是冯铨对于不成大婚之事，与有谋焉。此事固为顺治所喜，迎合甚工。然孝庄之势未尽衰，而睿王之余党犹在，刘嬬出入宫中，或者窥太后之意，以制顺治，而去冯铨。故铨之去职，即因其事可知，忤孝庄故也。十年三月。《本传》又载谕吏部曰："国家用人，使功不如使过，原任大学士冯铨，素有才学，召入内院办事，数年以来，未见有所建白，且经物议，是以令其致仕回籍。朕思冯铨原无显过，且博洽典故，谙练政事，朕方求贤图治，特召用以观自新。谕到之日，即速赴京。"铨既至，召封内院，是夕复召。今寻绎谕旨，实不见冯铨有可以少为充分复用之理由。而来京既速，召封曰再，是非窥见宫廷意旨，何以得此？

四月即令冯铨宣谕废后旨意，有"朕废无能之人"等语。统而观之，则知铨初迎合意旨，实主张不成大婚之一人。而今日特起用之，以便于宣布此旨者，亦大有作用。盖此时志意不协，已历三年，孝庄不能说出废后之无过，不得不听其废，即不得不听召用冯铨，此段揑排说话，虽若太过，然亦近于事实，呜呼！铨本非正人，与帝王夫妇事，安得不例之以嬷嬷乎！

此段用意最细密。嬷嬷，师傅也，"老病发了"，发了交通客、魏之病也。"老太太刚刚喜欢了一日"，为下嫁与送女言也。"后面黛玉、宝钗见凤姐都拍手笑道，亏他这一阵风来，把个老婆子撮了去"，口是心非之辞也。"宝玉点头叹道，这又不知是那里的帐，只拣软的欺负，又不知是那个姑娘得罪了，上在他帐上了"，亦口是心非之辞也。晴雯为董年，那得不为黛玉抱不平。盖铨之交通宫禁，董妃亦有自危之心矣。若绿天第一妃，便不消说。

何以晴雯为董年也？其殉非所愿也。故晴雯之结果如斯，不然，是当以鸳鸯当之矣。而顾疑其情事之未安，何以言之？清初自未入关以前，即强迫妃嫔殉节，而官其亲戚，犹吾汉族初代之野蛮风俗也，又或者借之以去其异已。董年之为贞妃，亦是类耳。《顺治太后外纪》言太宗母没后，乌喇氏代掌阃政，号大福晋，生多尔衮、多铎（案大福晋三子，长为英王阿济格，少误），太祖手指多尔衮谓代善曰："多尔衮当立而年幼，汝宜摄位。"代善以嫌疑让太宗。太宗虑大福晋为梗，乃发太祖遗嘱，诏诸贝勒曰："先汗有言：我死必以大福晋为殉。吾等当遵其遗命。"后阴谏太宗，谓是事行，必生变端（案此是孝庄愚弄多尔衮之词，不可死看）。太宗不从，以遗命告大福晋，福晋语颇支吾；太宗复坚请，太福晋遂着礼服，饰以金玉珍翠珍宝之物，涕泣谓诸贝勒曰："吾年十二，侍先汗，迄今二十有六年，曷忍相离？但吾二子多尔衮、多铎尚幼，幸抚养之。遂殉。"即睿王附其生母于太庙之所由来也。作者于贞妃之死，亦可作如此观。呜呼！穆宗毅皇后之殉，实为慈禧太后不为立后，没毅皇之立嗣遗诏，而夺之权。皇帝家之行事，尚复有可以伦理论者乎？吾故曰：晴雯为董年也。年于小宛，虽未必为真姊妹，然其进身也，必由之，故不得不护之也。

晴雯亦乾隆时之三姑娘。《秘记》所载，较《夜谈随录》为备。言三姑娘，后废后尚在京，妓侠也，以德报怨，颇护后，与董年之于董小宛同。又晴雯在大观园中，品性亦颇写得高介，恰似姜宸英。以姜氏之仕清而媚纳兰成德，故书中多有实写成德交情者，详后论。

贾环赌博一段，王沈评得之。然睿王另有一养子汝东峨，或其所出也贱，不如多尔博之母为豫妃，故刘媪排挤之。

清初顺治与康熙无兄弟叔侄之狱。亲政以前之事，为睿王所为。厥后则对于诸父，势不得已，然未尝取而戮之也。雍正最毒，乾隆亦多忌刻处。以世祖所言观之，一罪睿王，亦以形容诸帝也。

湘云为孔四贞，自无疑义。开首突起处，本是文章老大毛病，然本是孤女，故特意如此。谓其如无根浮萍，并谓孔有德之降清寄处，与其阵亡于粤故也。开首便写到他"大说大笑"，不惟非女子所宜，而且更非孤女所宜。考逆臣《孙延龄传》，称四贞精于骑射，竟是武人态度，寄养于叔父之家。便是孙延龄败后，曾陷在三桂处数年。史又称四贞与延龄不合，颇以格格资格压制其夫。延龄之附吴，未必不由于此。相传又谓四贞为康熙所纳，此时出入宫中，与其册封东宫等事，嫌疑特甚。"幸生来英雄阔大宽宏量，从未将儿女情略萦心上"，讥之也。"大说大笑"，写来已经入画，然其举动确确是女子，确确是未经出嫁之女子。

此等处，要与黛玉、宝钗对看。

疏不间亲，可以为乾隆私通富察氏妇封富察后敷衍之语；后不僭先，可以为乾隆宠幸那拉氏封富察后敷衍之语。"一桌吃，一床睡"，不惟是乾隆与富察后是对头夫妇，亦见得顺治与董妃，是已经过了明路者。痴人说梦，谓黛玉尚无实事，已经大非。若拘泥此义，便谓袭人亦是未经过了明路的者，则亦未必确也。

三雄相遇，自然逐鹿。小宛方妒四贞，而四贞又妒继后。四贞亦为女，有诸多不便说话处，而挑弄继后，与董妃之争，亦情势所必有。至于那位得宠，宫中亦必有此等议论。谓皇后整饬宫政之力，至那拉而穷也。帝王调处于妃嫔之间，可谓苦矣。

董妃明明不是闺女，而有时偏写作闺女者，完其书中之正面文字也。湘云之言，明明说你我都是汉人，继后却是旗人，你我都不犯着生气。我们现在在满人治下，你我两人何必不相容？"你要挑宝姐姐一句话"，未毕，又接说"嗳呀，厄的，现我的的眼"的话，此真作者呕尽心血，发出来的，而对汉族作不平之鸣者也，胡得轻轻放过？而曹氏亦借此以完苗女龙妹与王昙言语之事，妙甚。

麝月与晴雯争嘴一段。当是废后入宫时，必有党羽，麝月、秋纹、碧痕等是也。继后亦必有继后党羽，莺儿是也。董妃亦必有董妃党羽，董年及四儿、五儿是也。然不可考，亦不必太拘。惟乾隆之圆明园，必不只绿天第一妃一人，而三姑娘居外，亦与晴雯之不喜袭人等。书中"只有他磨牙"，便是此意，《秘记》载三姑娘集健儿阑入内务府拥孝贤后出，帝以问之，三姑娘言："我不为盗，皇帝将犯杀妻罪；忠义当奖，不当责。"帝大笑曰："尔可为恃宠而骄之尤者矣！"此段正合，三姑娘、绿天第一妃，亦当有党羽，俟后论。

第二十一回　贤袭人娇嗔规宝玉
俏平儿软语庇贾琏

　　如前回湘云所说，黛玉如何不怒，湘云又如何不跑？宝玉调处湘、黛纷争，宝钗笑劝他两个看宝兄弟分上，其意若曰：汝等虽是汉人，却是已在我皇帝制服之下，徒然忌刻我是旗人何益？你等把我旗人有何法制？要制我一人，安能不看我皇帝分上？黛玉听了，心中自然越发不舒服。盖四贞虽是汉人，而其家却已为满族功臣，入汉军籍，封王位，称格格矣。此后文"他是公侯的小姐，我是平民的丫头"之说，所由来也。汉人何其苦欤！

　　四贞仍住董妃宫中，汉人与汉人合之天性也。宝玉送他二人，袭人来催数次，则已有防嫌四贞之心矣。宝玉梳头，忽见宝钗走来，亦伺察也。"又听袭人叹道"，听字妙，听者有心之词也；又字更妙，又者所听不止于此，而以前情状，皆继后之所伺察于目中心中，而悉为其所听得者也。"姊妹和气也有个分寸礼节，也没有黑夜白日闹的，凭人怎么劝都是耳边风"，此是何等语，而谓丫头敢道之乎？意者惟正妻乃能言之，然而平民之正妻，固不敢言也，言之人将笑其妒不要脸，并将怒其不为人留脸矣。意惟皇后乃能言此乎？然而寻常之皇后，亦有所不敢言也，言之而皇帝且将责其不能容下，太后且将责其不应面斥闺人。呜呼！此固后之所以废，孝贤后之所以不终，两太后之所以不能庇，而那拉氏、富察氏妇之所以振振有辞，而终操胜利者也。然而袭人敢言之，其未言之先，并在湘云伸手打落其胭脂时，是非仗孝庄与睿王之势，其安能乎？而彼绿天第一妃之近于此状，则又当别论，盖彼一完全天子之玩物耳。其姊妹又何等姊妹行，而以此为例乎？言固非一端而已也。"宝钗心中听了暗忖"，忖字诛心之论也。"倒看错了"，初见时尚疑其畏董妃也。"倒也有些见识"，喜其不合于董妃与四贞，而敢呈诸辞色也。"便在炕上坐下，慢慢的套问他的年纪家乡，留神其言语志量，深可敬爱"，不特董妃为其排挤，而废后之终为静妃，亦为其所过河拆桥矣。丫头二字，着于忖道之下，亦诛心之论也。夺其位而降为偏妃者谁乎？顺治贱之，犹可言也。继后未为后而为女之时贱之，不可言也。敬爱者喜其可以为我用之辞，而其地位之应当敬爱者，固决无所与焉耳。书中处处写袭人是贱婢，却处处写袭人是养媳，处处写宝钗是后妃，却处处写宝钗是女娃；处处写黛玉是女娃，却处处写黛玉是后妃。通观全书，细玩方知其妙。

　　四儿、五儿及芳官等，或系董妃由旧时姊妹引入宫中者，今不可考，而曹氏则借以写乾隆诸妓耳。宝玉既为顺治，住在怡红，袭人日夜相伴，并不忌讳。"和衣睡在衾上，宝玉先醒，代解衣钮，推开自扣"，又敢说姊妹，敢说四儿、五儿，又说"我们这起东西，可是玷辱了好名好姓的"等语，非后而何？东西字、好名好姓字，在废后为自矜其家世之贵，以压董妃与四贞等。东满也，西蒙也，好名好姓废后为蒙古亲王女，而且为孝庄之女固伦公主下嫁于吴克善之子弼尔塔噶尔之妃之小姑者也。在作者则借以直骂旗人，为蛮族，为不是东西，为姓名与汉人不同而已。

　　《庄子》外篇《胠箧》一则，王沈评未尽，即谓引起僧尼，亦尚未尽也。作者此段，盖窃取于梨洲之《明夷待访录》。谭浏阳云："黄出于阳明，阳明将赞庄之仿佛者也。"夫满人之所以能入中国，夺其主权而奴其子女者，繄何故欤？则独一无二之原因，实为君主。而武力之野蛮胜文明，犹其事实之后起者也。惟梨洲窥见此旨，故《明夷待访录》有《原君》《原臣》诸作，其中取庄子《胠箧》之义者居多。圣人不死，大盗不止，作者之所寄慨也，谭浏阳云：以庄周之明，尚云君臣之义，无所逃于天地之间，颇含讥讽，不知此一段文字，庄周胸中，已决不认有君臣。而《庄子》全书具在，又何一非攻击君主之文？君臣之义两语，盖伤之而非善之也。且生人之初，其所以为君臣缚束者，则由于肉欲而起。苟使世间无肉欲，则彼独夫民贼，又安得而束缚吾民？苟使无肉欲，则独夫民贼，又安得以肉欲之故，酿成种种罪恶？美色固肉欲之大者也，梨洲所谓人君以天下为淫乐之具，而目之以大盗者以此。

满人之畏痘，诚如王沈评所言。豫王之因痘而死，其不洁亦系暗指，然作者借此以发其凡，并不另起炉灶，作法最切。而多浑虫、多姑娘之名称，仍以属之于豫王与傅恒。盖两人行事，实有类于是者，故不惜用化身以替之，而便于间架。良以多字之义，既隐豫王之名，豫王之子之名。首一字，又隐富察氏之富字，为姓首一字。三秀之三，有人三成众之义。故用多姑娘之名，实即以三秀代表豫王所掠江南之无数女子，以豫王代表满族许多浑虫之行事也。其言外则即以大罪归之凤姐，不然，则此等女人，可以随便指出，何必立意？

既知多字之即为富字，则知书中之所谓多姑娘者，实曹氏借之以为富察氏妇之影子者也。富察氏妇为贵族之妇，未必即如此淫荡。然而既有"汝子吾儿"之嫌疑，则其家风可知。乾隆以天子之尊，竟不顾此嫌疑，则其等于此类者亦可知。盖《红楼》原系谤书，举国皆知，而举凡一切暧昧之事之不大明了者，无在不以此等之笔墨出之。阅者当知此意，毋谓批评者之太酷也。

"平儿替贾琏遮盖"一段，亦是说柳如是是为钱牧斋运动遮盖诗案一事。而豫王之为人，对于如是不无垂涎，此事亦当在嫌疑间。然作者独把他写作正派，仍是为如是存身分。而贾琏身分，反几若待之以牧斋。盖小说中人，除立全部间架外，亦可以任意更换，于此意固无伤也。

第二十二回　听曲文宝玉悟禅机
制灯谜贾政悲谶语

　　薛妹妹生日，自然是立后的影子，自然与往日林妹妹不同，自然是那拉氏是由妃立后，富察初来是为阿哥正妃不同，自然是董小宛为妃，与继后为后不同。往日两字着眼，其所以写贾琏夫妇者，其得失后位之故，皆有关系。

　　"只有薛姨妈与史湘云是客"。黛玉独非客乎？此一笔不得不掀开。避开富察后之变，不得与于斯也。董妃之因失后而死，亦不得与于斯也。湘云是客，亦是此义。而因为妃与已经为后之地位，故自不妨。若薛姨妈之为客，直是写亲家母过门。

　　《寄生草》一折。此与上篇《庄子》一段，俱是作者寄托深远处。盖用鲁智深醉闹五台山者，因其为《水浒》之事迹，而《水浒》为革命家之祖，寓有民权主义，而兼有民族主义者也。作者取之，而不取别一段者，固为映照僧尼起见，然却因爱这一折《寄生草》中说话，有种种感触之故。英雄之泪，吊故国者如何不搵？处士之家，言遗民者如何可离？"谢慈悲剃度在莲台下"，彼时之被杀而死，被逼而降，其不肯去发以从前清之制者，类皆托庇于莲台之下。慈悲慈悲，其此之谓。"没缘法，转眼分离乍"，吾国何在？吾君何在？吾父老子弟何在？悲之至也。"赤条条，来去无牵挂"，既不牵挂，又何必言？言之者，言牵挂之无益，万不得已而乃以无字了之，真所谓赤条条的也。"那里讨，烟蓑雨笠卷单行，一任俺，芒鞋破钵随缘化”，遁荒之情状，看不得，想不得，随缘化者，望之深而欲将传衣钵也。

　　“湘云说，黛玉是主子小姐，我是丫头奴才；黛玉说，湘云是公侯的小姐，我是平民的丫头”。作者于种族之界限，在笔下分得清清楚楚。阅至此，而尚须借重衣食住之势派，以证明为满人事者，为下等人说话耳。湘云汉军也，女也；黛玉，汉人也，妃也。言主子与丫头对举者，妃本为主，而女则为丫头也。言小姐而以奴才对举者，小姐虽尊而为汉人，奴才虽贱而为满人、蒙人与汉军，明讥其不配称奴才也。主子小姐，而与奴才丫头合而对举者，既以小姐而为主子，则主子必当为主子小姐。董妃非小姐而已为主子，则不得不称之为主子小姐。而奴才丫头之称，遂从对面写出。盖湘云之对于董妃而为奴才丫头，顺治之地位使之，而非湘云之所甘受。奴才丫头连举，尤觉有我虽承认丫头，而实有完全奴才之资格，何以反唇而讥者，乃在一称人尊而己卑者之语句间乎？公侯的小姐，此语明指四贞，固无疑义。平民的丫头上，加原是二字，谓前日我本是平民的丫头，今日我已为妃，则彼之所谓公侯的小姐，固不能与我抗衡矣。至移之乾隆后妃之间，则一尊一卑，其意固亦可通，然而一对于原本两人，则不大相合。乃曹氏之本意，则实有爱莫能舍之心情，而又不得不自发其眼前之感触，故于原本中重要人物，必求一人焉以为之匹，而黛玉与湘云之交涉情状，实不好配搭，故亦只好置之。特是湘云在书中极写到恰好之处，不得一人以配之，则曹氏所谓增删五次者，其说几不足以自存。乃不得已而以龙么妹当之武勇也，气质也，地域也，名字也，身世也，皆足以相匹。然其地位之相去，则不能强也，而乃有公侯的小姐，平民的丫头二语，以比拟之，洵巧夺天工矣。盖龙氏地位，不过一苗族之女子耳，彼中酋长固尊，而对于朝廷则犹是平民的丫头耳，而又不与寻常的平民的丫头等。汉军亦然。则当日军中必有为此等言语者，而曹氏乃即以寄其一族专权阶级绝不平等之感慨。微乎危乎！董妃以平民之丫头，而为后矣。四贞以平民之丫头，而为郡主矣，而封格格矣，而亦几为后矣。那拉氏与顺治废后为蒙古之种族，而亦为后矣。佟氏以汉族之世族，同化于满洲，而亦为太后矣。富察氏以纯粹满洲之种族，而为后矣。究其结果，当亦平民家的丫头之所不愿，而彼平民的丫头，方且委转于水深火热之中，凛凛乎有不得保生命而全节操之惧。论者谓《红楼》为种族大家，足以上继船山，其言良不诬也。鄙人于此，乃特有感于平民政治。

"看《南华经》"。南华者，汉土也，对东夷而言。"巧劳智忧，无能者无所求"，讥顺治之无用，而蛮族之压制文明族也。"山木自寇，源泉自盗"，谓天方亡虏，虏亦自亡也。"越想越无谓"，更进一层。则吾汉族之巧智，被压制者何限。无能者之不知大义者何限，而山木自寇，源泉自盗，我实不德，而召外祸，巧智者且首先负其责任。而彼无能者，亦不得安于"蔬食遨游，泛若不系之舟"，此景又何堪设想也？王沈评于引曲作诗中，犹为批出，而遗却此等大关键，不得不补。

"你证我证，心证意证。是无有证，斯可云证。无可云证，是立足境"。此即郑所南先生大无空真经之义，与上段引《庄子》，是一样的心思。"你证我证"，惟天壤之间，只有知己可以与语此种族大义，得一知己，便可以不恨也。"心证意证"，则是知己难得，而吾生一片不已之心，总可以自喻也。"是无有证"，则是谓吾汉族既已失却主权，谁人为作主证，甚则并举其古今之书籍而杂烧之，更何处求一可以征实之处，故曰无有也。"斯可云证"者，谓彼族之如此苛待吾汉族，如此净尽烧灭我汉族之一切证据，即是证据，吾国民永不可忘。即《桃花扇》之所谓"这恨怎平，告皇天作证"者也。知无可云证之证，则知吾汉族之土地人民，前日之所以立足者在此，异日之所以立足者亦当在此，思之思之，鬼神通之，无论如何困难，必当求得一是处，是为无可云证之立足境。是为无可云证之是立足境，不然何必参禅？参禅云者，谓此书尽是一篇哑谜，愿为诸同胞一猜破也。故下文以灯谜了此一段文字。

"无立足境，方是干净"。愿我汉族牺牲生命财产，若有一人未殊者，誓不与独夫民贼外种特别之压力者同戴日月。此意必从董妃说出。先生用弱女为代表，意思沉痛，即是女子同仇之义。不如此，安得有干净之一日乎？真法螺也，而下家亦说宝钗云云，蒙古之族独无痛乎？

各种灯谜旧解，惟元妃一个意可指三桂，然意在元妃之薨，较为直截。迎春一个，亦可兼指福王。探春、黛玉、宝玉、宝钗亦可兼指雪芹所指之人，指睿王者亦可兼指乾隆一生事迹。然此中议论，亦各有所见，惟此等处明眼人自能辨之，不赘。

第二十三回　西厢记妙词通戏语
　　　　　　牡丹亭艳曲警芳心

　　"王夫人当着贾政说：叫袭人伏侍你吃了丸药再睡。宝玉道：自从太太分付了袭人，天天临睡打发我吃的。"婢也而云打发我，畏之极也。贾政道："谁叫袭人"，及下文一段说话，盖顺治贱之，而睿王不欲贱之，且不欲孝庄之贱之者也。此是人家父母不准儿子轻薄养媳、作践养媳之词，不然下文断喝了一句"作孽的畜生"，如何接得下去？

　　"宝玉与黛玉同看淫书"一段。此一段最为深曲奥衍之笔，非细看则毛病百出，将《红楼》说坏极了。昔之批《红楼》者，曾抽出书中事迹不对，年月不贯诸小处，以疵《红楼》，而不知其用意于梦字之所在。究竟所列举者，皆其些些小病。而如此篇之精神最好，不可以迹象求者，不惟不能得其好处，并不敢言其不好处。至于其不好处之恰到好处，则更无人言及。盖惟此篇之文字结构，哀感顽艳，色色惊人，令人如入五里雾中。只见亭台楼阁，不复辨其为蜃楼海市，故索瘢者不得其疵，叫好者更不穷其源。书中此例甚多，而此篇则惟尤甚，故特发其凡以告阅者，俾于此触类引申焉。夫书中之宝玉、黛玉，皇帝与后妃也。皇帝对于后妃同看小说，同看淫书，原算不了一件事，苟不出了别的乱子，外间亦断传不出来。而以同看淫书之故，两相笑谑，后妃亦不至于与皇帝生伤。必欲以老头巾气律之，则宝玉固不当拿入大观园。拿入大观园，而间使黛玉见之，宝玉固有成见矣。黛玉看之，亦绝对的不可谓之无心。既已看之，则皇帝以其贵重威严之躬，与后妃说几句俏皮话，后妃亦断不肯不受，以失皇帝之欢。以此论之，则黛玉生气之诸多云云，实为一大漏洞。究令让一步言之，而仅以书中表面上所写之人，论书中表面上所写之事，则其文亦不可为谓无弊。宝、黛既为姑表姊妹，苟其无染，宝玉何敢以此书进？以此书进，而黛玉苟能拒绝之，宝玉亦何敢再言？且宝玉既已慌的"藏之不迭"，更影射以《中庸》《大学》，黛玉亦明知为不可看之书，而必欲看之；宝玉亦告之以"好歹别告诉别人"，而黛玉仍不拒绝，而竟看之。看之而又两人交赞，徒以对面调笑一语，便要告诉舅舅。此言果真是小女儿，如何先前做得出来，后来说得出来，说出来而告与上人，面脸更将何处放？《红楼》为有数之小说家，而构局落笔似此，几几乎自处于绝地矣。而不知作者之意中，则绝不为淫书写，所以为妙。此盖从唐人无题诸体，上溯《离骚》，而远继《国风》，乃得此雄快奇丽，不可思议之文章也。淫书之谓，谤书也，禁书也，皆不足以入于皇帝之耳目，而更不可入于不同种族之臣妾之心者也。谤书有二：其一则谤之自外人生者，其一则谤之自本身起者。当日睿王权重，外人不免啧有烦言。光绪中叶，安维峻疏，竟有皇太后遇事把持，何以对皇帝，何以对祖宗，何以对天下臣民等语，光绪持其疏，留中不发，竟为慈禧所闻，维峻远戍，光绪亦遂幽于瀛台。汪鸣銮对面之言，竟有自古无以祖宗之妾为母者一语，宫监申斥，革职以去。彼时慈禧威力，不减睿王，而竟有憨不畏死之御史，直犯大难之端。而睿王人伦上之彰明显著，尤觉悖谬，虽在开国之初，举朝未必全无人气，纵无安维峻之直言极谏，亦当有委转规讽之奏章。此等人立于其朝，固为作者所不齿。然此等奏疏，亦当然有绝妙文字，而借以献媚于冲主，以为异日富贵地，如康有为之徒者，其沽名不可谓不巧，其希荣不可谓不精。世祖或袖其奏疏，或得其密启，而不妨妃子之骤窥其秘也，则藏之；藏之不得，则与之；与之而妃子赞之。妃子赞之，则其谤书之出于他人者，转若出于妃子之本身，妃子安得不惧其祸？惧其祸，安得不假告摄政王以为词，而求免光绪帝、珍妃之惨祸？盖挟制之使不敢言，而使消灭无形于秘密之中。虽在满族之后妃且然，而况孤羁。此真穿透情事，而乃有此一首游仙诗也。富察氏之身世虽殊，而情事则同。《夜谈随录》载三姑娘事，曰京师有名妓三姑娘者，所常与狎皆贵人。提督九门步军统领下令逐诸妓，限日无得逗遛，违令者逮捕。于是诸乐户纷纷远离，独三姑娘若无闻。统领自往捕，则三姑娘以一纸与之，统领竟退。且中间有"无惊贵人当死罪语"，又言"贵人已自地道出矣"等语。近人纪载，更云统领为皇后叔父，帝微责其察察为明，统领不敢复奏，更以统领为中宫鹰犬。皇后又闻帝微行谏帝等语，则是皇后平日不能无谏书，而外廷诚意正心敷衍无当之奏章，亦必深为皇后所喜。而不过《大学》《中庸》之说，乃实有着落。抑或者三姑娘及绿天第一妃等之笺启，竟为皇后所伺察而获睹，则其谏也必急，而或且挟太后之名以与帝相辩难，而帝亦不得不厄于太后，而作暂时敷衍之谈。此又谤书与淫书，事实上可以贯穿之证也。书中对于方苞一方面，亦间有不大求合者。而此篇则亦全力贯注，恐其此等大关键，稍有遗漏。则于其种族家之宗旨，未能圆满也。考方苞以序戴《南山集》入狱。《南山集》采方苞之族人《滇黔纪闻》一书有大逆语，是则谤书之尤者。其始为方苞族人之《滇黔纪闻》，其继为戴名世之《南山集》，禁书犹属之他人也。自有方苞之一序，则其书竟为方苞之书矣。"告诉舅舅去"，此赵申乔之参劾影子也。而作者乃将以属之于方苞，谓苞之忌讳有此事而百计求脱者，其心思之即可以当报告，而犹恕其于未曾反颜以真当报告，《春秋》之微旨也。夫苞生顺治时代，本非明臣之比，且性颇方正，因救其身家，而出于不得已，君子固当曲谅；然以《春秋》责备贤者之义度之，则揆之方苞本来之良心，当亦不敢反对此义。况董妃本强迫而成，其罪亦犹有可以末减之例，而不得以刘婳为比。史家之笔，固宜称量而出之。

第方苞遭《南山集》之祸，在康熙中叶，而死于乾隆。其出之原本与否，与李文贞之为李绂，妙玉之为蔡琬同例。鄙人于时代关系，尤绝对的不肯忽略。按钱静方《红楼梦考》言《随园诗话》云：曹练亭康熙中为江南织造，其子雪芹，撰《红楼梦》一书，备极风月繁华之盛，断其非乾隆时人。按袁子才死于嘉庆年间，《诗话》是其晚年之作，故毕秋帆并其家人之诗稿，亦载其中。且本非显宦，而内务府之人员，在当时升迁亦易。曹练亭若三四十岁为织造，则雪芹至嘉庆初年，不过六十余岁。五六十岁人，自然可以生子也，而继嗣之说尚不与焉。又引纳兰成德事，谓康熙十一年年甫十六，又有为曹子清题其先人所构楝亭《满江红》词，以定雪芹为康熙年间人，于书中南巡四次一节不合。增删五次，亦于原本之说，断说不过去。而以楝为练，以子清为雪芹，实属臆造。且雪芹既与成德有交，何苦痛骂其人，并及其文？又谓《张船山诗草》有《赠高兰墅鹗同年》一首云："艳情人自说红楼"，自注云：传奇《红楼梦》八十回以后，俱兰墅所补。此说亦尚可通。但鹗非雪芹一流人，必不补红楼（与增删五次评参见）。鹗能补之，其宗旨亦可想见。但曹氏增删五次，而去其原作者之名，或以不得已，而自己亦署名其上。鹗何为者，乃如此不爱名耶？或者后四十回，系雪芹续出后刊，鹗欲攘之。船山本非端人，友朋私昵，不足据也。后四十回，笔墨虽间有未完密处，然收拾终篇，本为难事。而暮年精神，亦当少疏，却不足怪。若谓借以供其谩骂之具，全无忌讳，则官书芜杂，此中颇有曙光。鄙人宁受指摘，不敢闻命。

第二十四回　醉金刚轻财尚义侠
　　　　　　痴女儿遗帕惹相思

　　前回末段所引曲文，是董妃与富察后以及方苞等身世沧凉之感，亦即是作者河山故国之悲。而所以照应谤书禁书者，仍复一丝不走，才大如海。此段拍入香菱，用意尤为明显。盖小宛身世与圆圆为一路人。又似不为一路人，书中实以呆伯王为宝玉对头，寄种族之感者，不于此等处着眼，则书中筋脉松懈矣。齐王氏与富察氏决无干涉，而必于此处深深注意，盖谓乾隆既对于富察有此等变故，则齐王氏固应当劫运而生也。至于香菱学诗之说，王沈评可通。而齐王氏之幼年从师问字者，亦甚类此，然不必拘。

　　"鸳鸯为宝玉把脸凑在脖项上不住用手抚摩"一段。笔墨未免唐突，然作者自有深意，容俟后论。"袭人跟他一辈子"，语气自明，是养媳语，亦是妓女愚人语也。

　　此数回之贾芸，全指范文程，非特以芸字隐文字也。舍其田而芸人之田，汉满界限辨于此矣。王沈评知小红之为洪承畴，即可知贾芸之为范文程，此亦连类而及之事也。按此段事迹，亦甚可考。《东华录》载文程当郡王阿达礼得罪时，拨入镶黄旗下，豫王领也。文程曾忤豫王，此时未有不凛凛者。畏豫王则不得求豫王，豫王之不肯遽允者，其势也。然而文程之忤豫王也，关于女色（见后别评），则是豫王之所大不悦于心者，即当为刘媚之所甚喜。求豫王不得，而求刘婳。本意急欲许之，以并释睿王之怒，然其势之有所不得骤轻者：一则表面上不得失王之威重，二则面里上不得不用其操纵之术。文程于汉臣中资最深，功亦甚著，轻招之来，仍恐其不终为我用也。然而势盛之日，为睿、豫王所用；而势败之日，则全然不受其患。当时附睿王者若谭泰、鳌拜等，皆受巨祸。刚林与文程同在内三院，而文程独免。盖彼于睿王当国时，先有以自结于顺治也。以理论之，则此时之屈于豫王，刘婳以免睿王之祸，固出于万不得已。而摄政在日阴自结于冲主，亦不为不正。然自作者视之，则以为其展转于淫后房主之廷，而先首亡我者，实惟汉族罪大恶极之第一魁首，故不惜以此等卑污之情状写之。其姓亦曰贾，家奴之义也。其住处曰后廊，旗下之义也。其曰："俗语说的好，摇车铃儿的爷爷，挂拐棍儿孙子，虽然年纪大。山高遮不住太阳"。文程自清太祖时，首先投旗，三世老臣，而仍为下辈，爷爷孙子之义也。太阳者，君象也，山高者，极品也，只有天在上，更无山与齐之义也。

　　"贾琏说认了儿子不好开交"，豫王之附和睿王，不欲令顺治自有私人，其亦明甚，作者盖直以三姓家奴之吕布目之矣。纪晓岚参政时诗曰："昔曾相府拜干娘，今日干爹又姓梁。赫奕门楣新吏部，凄凉池馆旧中堂。君如有意须怜妾，奴岂无颜只为郎。百八牟尼亲手捧，探来犹带乳花香"。盖指某探花命其妻先拜于敏中妾为干娘，于败，又拜梁瑶峰为义父也。嘉庆四年己未，又靦颜于朱珪之门，当时呼之为三姓门生。纵雪芹未及见此，而晓岚所讥，亦当以此篇目之。况又有后一事耶？且清太祖时代，尚为草创，苟非无家无室之游民，谁肯投旗？父亲死了几年，无人照管，恶之深也。无父亲便认了人家，自作儿子，认贼作父，背叛祖国之条律也。太祖死而事太宗，太宗死而事顺治，不管辈数，亦不敢称老臣，世世家奴之义也。作者诚不为之少留余地。

贾琮之说，因睿王原有两养子故。且因莽古尔泰亦系太祖之养子，而皆无好结果，故写得如此稀落，且不列名于贾雨村一篇言语也。是微意，若以文论，则疏矣。

其接写卜世仁、倪二一段者何也？盖文程以三代老臣，用事最久，在清太祖、太宗之用人，固自有其借以招徕汉族之手段，而大部分之种类，则见其本非汉人，而又无披坚执锐之功，乃俨然持重权而居于吾辈之上，则令人人心中不服。而兼以其与豫王有隙，则其本族之亲贵，固绝不肯为之尽力，而必更加以排挤者，其势之所必至也。故其所谓"舅舅舅母"一段文字，即是此义。而其余贾芸之答辞，则仍在上文范围之中。汉人之初事满人者，其艰难至于如此，而终不敢不忍气吞声，以来自保残喘，所以为托庇于外人权力之下者龟鉴也。然其义固是如此，而其事实，则既已可以直接于豫王夫妇，且居位既久，不至无财，固不必作如此呆看矣，乃特写一倪二以妆点之。倪二者黄膘李名应试者，当时与马贩子潘文学表里为奸，以财贿树党。顺治九年十二月拿办正法，上谕痛责大臣之容隐，而文程实为汉大臣之位高权重而资深者，故作者于此特归狱焉。而曰此固豫王之所推毂于睿王者，盖史法也。彼在京师交通官吏，无所不为，如放大利钱，如今日之带肚子等类事，亦确有把握，始肯放出，而又出之以义侠之情状，其实不值识者一笑，李应试之久不拿办者此耳。呜呼！京债之名久为满清一代士大夫之所苦，而法和尚、王树勋之流亚，又充塞于辇毂，皆自顺治以来作之俑，而当权者固宜受其责焉。参看秦钟、智能评。

"遗帕惹相思"。此段是洪承畴未降时拂衣上尘事，然盍亦思往视者之文程乎？故其事合之上文，益可见也。小红为贾芸出力一段，即是承畴输心改节于文程之一视，故特写之。然吾于小红之出力于贾芸，而得其中之所兼写者焉。查《贰臣传·陈之遴本传》，顺治九年，郑亲王济尔哈朗等奏：之遴承审奸民李应试，默无一言。问之，则云："上果立置于法则已，否则受害"等语。十三年，谕之遴曰："朕不念尔前罪，复行简用，且屡诫谕曾以朕言告人乎？抑自思所为，亦曾少改乎？"又为礼部尚书胡世杰、给事中朱祯等连劾，以原官发辽阳居住，复回京入旗。十五年，之遴以贿结内监吴良辅，鞠讯得实，拟即处斩，得旨姑宽，着革职流徙，家产籍没。合之前段，倪二及凤姐申斥诸语，恰相合。又考《啸亭杂录》，载巴延三制府，初任军机司员，龊龊无他能，人争鄙薄之。尝当值宿时，西域用兵，夜有飞报至，大臣俱散出，纯皇帝问值宿者，以巴对。上呼至窗下，立降机宜，凡数百语。巴小臣，初觐龙颜，战栗应命，出宫后，一字不复记忆。时有上亲侍小内臣鄂罗里，人素聪黠，颇解上意，遂代其起草。上阅之，称佳者再，因问其名，默志之。数日，语傅文忠曰："汝军机有若此良材，奚不早登荐牍？"因立放潼商道，不数岁遂至两广总督。巴感激鄂切骨，常以恩人呼之。既任封疆，毫无建树，终以贪黩罢归，为鄂怨恚者再。以节钺宗臣，其才反不若阉竖，亦可丑也。清帝每以不用阉宦自夸，其实不然，固可概见矣。然作者于此能不思客、魏之祸及全国乎？

第二十五回　魇魔法叔嫂逢五鬼
通灵玉蒙蔽遇双真

　　前回写小红被秋纹啐了一口道，"没脸的下流东西"几句说话，是洪承畴跪崇政殿门外，奏称自知罪重，不敢入情状。而明帝之不善用人，松山催战，听奸竖之鼓惑，失封疆之要害，遂至于楚才晋用，荐食上国，皆在此巧宗不配之四字误之。呜呼！孙承宗、熊廷弼、袁崇焕以及孙传庭之徒，皆坐是死矣！而承畴之疑忌曹文诏，功不上赏，转使以三千人之孤军，转战阵没，辜负卢象升让功之初心，亦皆此巧宗不配之四字误之。亡国之感，恸切乃尔。拿镜子一照，能不恨死羞死！而犹复"心神恍惚，情思缠绵"，睡梦中只有文程劝降之一事，萦绕其中，是何面目，尚堪"对镜中胡乱挽发洗手腰巾"，预备朝见乎？其写宝玉之东瞧西望，盖其密结新主者深矣。偏令"向潇湘馆中取喷壶"云，喷壶者，愤胡之谓，与上文胡乱字相应，更何心胸，与先降之都察院承政张存仁等相周旋也。

　　魇魔法一段，王沈评得最是，鄙人意犹有进。则以骨肉之祸，实始于未入关以前，而不始于康熙之季。喇嘛之奸，亦为清人旧俗，而犹且不止于雍正以后。姑先即喇嘛言之，则可知巫蛊之狱，实惟宫庭之所历代应有。而咒诅之术，帝王犹且以此自矜。清人小说，曾载乾隆晚年，与和珅皆习咒诅法，自谓能以梵

语诅人至死。一日和珅方朝，乾隆正瞑目默诵，忽张目见和珅之
请曰："其人为谁？"乾隆曰："徐天德。"天德为川中教匪之魁，
官军所畏，此时尚未就死者也。又和珅被籍时，家中得人皮数
张，讯其家人，则言珅亦为魇魔法，如元之某某权臣，明之某某
阉宦，以此诅人至死事，其明征也。惟原本作者之用意，则尚不
止此。而但如王沈评所言，则叔嫂二字，颇为无根。以二阿哥允
礽之发病被废，只为一身，而此则以属之两人者，盖有深义。在
原本作者之曾见康熙末年事否，良不可知。而喇嘛之宫廷横恣，
则太祖及顺、康之际，已经数见不鲜，取以喻意，固无不可。惟
此书时以顺治代表睿王，以凤姐代表贾母，刘媪出入宫闱，与顺
治嫌疑，为事所必有。此篇叔嫂标目之意义，实从此起。王沈评
谓董妃之死，有因秘密事件，实为明室遗臣之所为，使妃为越之
西施、回之香妃等类情事，是即所谓魇魔法也。虽其事有无不可
知，而小说传疑，且原本作者之心思，固甚欲乐得有此等办法，
以覆其宗。清宫之忌妒小宛者，亦必借此为名以去其敌。文中言
宝玉发病之时，必在与黛玉说话之时，其微旨也。至于五鬼之
说，则鄙人又有词焉。盖从来女子之祸，发于帝王者为烈，发于
开国之帝王而更发于异族之开国帝王者，较其他帝王为尤丑。盖
非帝王无力以致群美人，非开国之帝王，无力以致异种仇敌之美
人。汉之薄姬，获于魏豹。明之达妃，出于元藩。而符坚之于段
夫人，竟授仇柄。拓拔之于贺夫人，终招子祸。至高欢之于尔
朱，宇文觉之出乙弗，尤为奇怪。盖其美人之所由来，或以外
交，或以劫夺，一切不正当行为，由此产生，而彼不同感情之民
族女子，又实在节操已堕，不自爱惜之时间，夫亦何事不可为
者？清之太祖之所谓孝慈高皇后者，即赫叶已嫁蒙古之女纳喇氏
者，而孝庄亦然，此类尚不可胜数。今即以本回之范围言之，则
意中所谓五鬼者，当必确有所指。窃以为书中袭人为静妃，蒙族

也。宝钗为继后，亦蒙族也。湘云为四贞，汉军也。董妃为小宛，凤姐为刘媪，皆汉族也。而香菱为圆圆，亦因其汉满种族兴亡之关系太重，亦可列入。作者乃称量而出之，有两义焉。盖以此数女子者，汉族且不论，而蒙古之女子，则自孝慈与孝庄之例视之，实际上之土地人民，皆系满人以杀伐掳掠而得之者。以杀伐掳掠而得之，则于天理人心之报复，固应转受其祸。故五鬼中而有刘媪，所以罪孝庄与睿王也。圆圆固于其叔嫂之交涉少也。其意若曰既有孝庄、睿王，则必当有此五鬼。而孝庄、睿王之召此五鬼者，则不啻受其魇魔法也。无刘媪而列圆圆，则叔嫂为顺治与刘媪，所以诛刘媪而并及顺治也，顺治亦野蛮之童稚耳。刘媪之原始，固吾汉族之纯粹节妇也，一旦变易其初操，是不啻受五鬼之播弄，而渐染蒙古之对于满族，甘为臣仆，而不有其身，不有其子女之浇风，渐染吾汉族败类，甘心叛逆，不有其身，不有其子女之丑态。而董妃与圆圆之出身优娼，屡反覆其所事者，亦与之同归于污浊。抽出于五鬼之外而言刘媪，恶改嫁之妇，重于妓女，重于无人伦之蛮族女子，并重于首先为乱之叛臣子女也。盖五鬼之列，其行为固理势应尔。而刘媪则何居焉？为洪文襄一辈警者深矣。当日之劝刘媪者必有汉人，彼固宜视之为范文程、张存仁等类，而亦直视以赵姨娘、马道婆等类焉耳。借曰不然，则是五之说者，亦当以种族不同，推阐其义例，决不可以含糊了之。至于和珅之非法无上，则非特嘉庆有朝不保夕之惧，即乾隆亦在危境。盖人臣而习咒诅之术，其行事亦有不可以常理测者矣。于两人之说亦可通。

"一面说一面伸了两个指头"。王沈评指允礽为二阿哥，与蔡评合。是鄙人引而申之，则代善也，傅恒父子也，和珅、和琳也，皆可以类推者也，然其正意则仍以刘媪为主体矣。太宗、睿王兄弟之忌代善，不须辞费。傅恒、福长安、福康安权势赫奕，

出将入相，兄弟叔侄，并在一时，而有妇私事皇帝，谓之家私搬
了娘家去，实在不错。和珅、和琳同为将相，而家富国敌，更不
消说。鄙人独以正意仍在刘媪者，何也？盖刘媪固以汉人而阴持
满权者也。清初，满臣之忌汉臣，无所不用其极。而去之则事有
不便，故姑留而掣其肘者半，竟欲直截去之者亦半。况宫庭乎？
刘媪之不悦于满人，亦应有此说话。盖所谓搬了娘家去者，即所
谓满人所得汉人之家当，仍旧搬回汉人家去也。又书中之赵姨
娘，其立架不过是睿王姬妾，是睿王养子之抚母。而随事指定
者，却有不同。此篇以康熙废太子例之，则当指慧妃与允禵之
母。贾环当指允禵，允禵之母项贱。故不得立。允禵之母甚微
贱，康熙尝有"彼辛者库贱妇之子"语，或亦汉人。此种分斤播
两语句，亦当微会。

　　"凤姐与黛玉说吃茶作媳妇"一段。当面锣对面鼓，无此情
理。此等事《红楼》不管，非其主旨所在也。刘媪与董妃同为南
人，为豫王所得时，自然必劝，入宫后自然必好。入宫为妃，希
觊为后，刘媪之赞成与否，皆当有此等说话。吃茶便当作媳妇，
是即食毛践土，胥为臣妾之意。而偏出之汉人之口，又无讥意。
作者于此，已深恶之。而突接宝钗道"二嫂子诙谐是好的"之
语，虎视眈眈，卧榻岂容鼻息。刘媪之口是心非，具有种种侦探
手段，八面玲珑窥透董妃与继后心事，恍然言下。而宝玉发病之
源，即作者隐微之旨。下文接之以王子腾夫人，是申言外戚，即
是申言宝钗之亦为病源，而仍重黛玉。宾主显然。

　　"癞和尚跛道士"。此中有二义焉。其一曰蛇钻的窟窿蛇知
道。喇嘛之术，必其同道之人，方足以治之。不通邪术，不能解
邪术也，小人固可畏哉。一曰邪魔之来，惟心正可以敌之。古来
所传圣贤仙佛之学说，无不可作如是观者。吾人迷信固不可有，
而灵魂亦未可诬。固不可存求神拜佛祈福免祸思想，亦不能空言

无鬼，启人放恣流弊。此是作者下笔极有斟酌处，非必文字到不得了时间，便为《西游记》《封神演义》办法，开小说家戏不够神仙来凑之门也。此等处并与《水浒》异义，当分别观之。

第二十六回 蜂腰桥设言传心事
潇湘馆春困发幽情

　　和尚道士，是承畴看喇嘛淫秽塑像绘画影子。而此回之佳蕙，实指张存仁。存仁为明宁远副将，守大凌河，天聪五年，随主将祖大寿降清。承畴以崇德七年降，其资格比承畴为先。承畴之降，实存仁主奏待罪，实其劝之最亟者。文程虽汉人而非明臣，则其不能不用介绍者势也。此一段文字，便是存仁力劝承畴注脚。"抓了两把钱给我也不知多少"，是存仁已于崇德元年擢都察院参政，寻授一等男世职；三年，更定官制，改都察院右参政；四年，分汉军四旗，存仁隶汉军镶蓝旗。以此等历史之荣耀倾动之也。"这个地方难站"一段说话，于满汉分界之中，曲曲说出承畴心事。降臣未必不悔，悔而不及，亦无如何。李陵报汉之心，纵有萌芽，为势力之说，践踏尽矣。作者更为李永芳之甘心卖国，不肯从熊芝岗之招者，痛下一针。更为游僧亟可金腊等五人运动承畴反正被告一事，背面出棱矣。

　　"只是气晴雯、绮霞他们，这几个都算在上等里去，仗着老子娘的脸面，众人倒捧著他去，你说可气不可气"。王沈评固有见地，然鄙人终有不满。盖书中晴雯之当董年，王沈亦已承认。董年身世，与书中晴雯，只有一个混泥鳅的哥哥，皆无老子娘之脸面，有何可仗？董年而仗董妃，犹可说也。若绮霞则书中更非重要之人，而何脸面之足云？写此一句，不足，而下文则又曰

"那小丫头只说了是绮大姐姐的"，作者非浪作闲文，而何重于绮霞？盖绮霞者，晚之义也，朱之义也，为崇祯长公主写也。长公主以汉族帝室之胄，经崇祯手刃不殊，而竟往来于清帝之宫中，作者所伤心出涕，而不忍道者也。然而《红楼》既为明清兴亡之历史，作者又恶得独阙此一人？再四思维，终不没其不能不称臣妾之实迹，而又置之于王夫人之婢之地位，通体决无有与宝玉相关的一字，护之也。老子娘的面子，谁面子乎？崇祯帝后之面子也。因崇祯帝后之面子，而始得苟延残喘，始得复嫁于其旧日之驸马，而终以促其天年。作者之所不忍责备，而又不得不为之痛惜者也。此一段独提绮霞者，亦为洪承畴、张存仁辈而发。彼其尚有故主之心与否，作者恶能不一问之？未留头的丫头，是长公主仍是女儿身之情状也。"手里拿着些花样子，并两张纸"，呜呼！故国之江山锦绣，如画如花，这两张纸，即是明帝所付与尔等之官职，而叫你描出来的何事？封疆大臣，宁独无动于心乎！"小红向外问道：到底是谁的，也不等说完就跑，谁蒸下馒头等你，你怕冷了不成！"向外二字，下得最恶毒。到底是谁的？请看今日之域中，竟是谁家之天下！此语何堪出之降臣之口。"不等说完就跑"，御祭九坛，尚将亲祭，承畴尚念之乎！此旧日门生所以诵崇祯皇帝御祭死难不屈谥法文襄之御祭文也。"谁蒸下馒头等你"，御祭不能享，而享腥膻酪浆之奉，如何不怕冷了！寻常之话，说得来浑如不觉。而一提绮大姐姐的话，承畴如何不动心？赌气二字，是被人骂了不好说得景况。"把那掷了一边"，是固明代之疆土也，前半身之事业也。"找了半天都是秃的"，明事不可为，宗藩其渐尽矣。"想不起前儿一枝新笔"，此笔只可在满清内三院大学士经略办事处作用，与明朝何干？"莺儿拿了去了"，是被擒之象也。"佳蕙叫他去取"是劝降耳。试问小红之心，尚有绮大姐姐在否？后文写绮霞说小红的坏话，又写绮霞病瘠，盖即是出嫁早夭之影子，特不肯极写者，不忍言也。

"潇湘馆春困发幽情"。此是闺人常态。然深宫望幸，黑狱思通，何一不是令人难过者！而承畴之才，方苞之文，无一不是爷们的解闷之物。其余与上回同看书一段参看。

薛蟠找宝玉，必用焙茗。三桂为焙明之人，自应与此等人近。焙明这种小子，当然是三桂为之求情。"改日你要哄我，也说我父亲就完了"，刻毒到万分田地。三桂许降自成，实借父吴襄以为名。而以圆圆之故，并不顾其父。前篇所谓"与姨妈打了多少饥荒者"，于此实相发明。不顾其父，而偏曰因父屈节；不顾其君，而几欲认贼作父。姨父之称，从此套出。"该死该死"，"反叛肏的"诸语，偏从宝玉骂出，把这些乱臣，羞得到无地自容，只得跪着叩头，妙极。

猪鱼便是安禄山于猪龙之代名词。不惟骂三桂，亦且骂清帝，谓若辈固宜自相吞噬耳。

冯紫英指希福。希即逢也，即冯也；福者，世祖名福临；瑛即神瑛；紫即夺朱非正色之义。逢紫瑛，即希福也。《本传》称顺治元年，繙绎辽、金、元三史奏进，世祖展阅再四，赐蟒衣鞍马。时都统谭泰附阿摄政王睿亲王，公素常讥谭泰憪，又以所得分拨第宅二区相距甚远，属谭泰更易之，不从，公使人让之，谭泰衔公。会其弟副都统布诣公，公曰：日者大学士范文程，以堂餐华侈语我，我对曰："吾侪儒臣也，非功勋大臣比，安得盛馔若此？"遂偕往启王，王以予言为然。且自咎曰："吾过矣"。谭布退以告谭泰，泰讦之。法司坐伪传王言，诋谩大臣，欲构衅乱政，论死。谳成，启王，王命免死夺职，籍其家。八年二月。世祖亲政雪其冤，且逐年恩礼日渥云。夫繙绎史书而出于国史馆承政，宏文院大学士，其职耳，何必赐蟒衣鞍马？堂餐语谭布之言，亦细故耳，何必加以重罪？盖希福固欲自结于顺治，而谭泰

乃欲借端以杀之而已。且堂餐华侈，谓其不宜则当辞；不辞而听
之，亦无不可，私语固何为者？此回所言，必欲先去，拿大杯吃
两杯者，便是指此。而下回所谓接宝玉、薛蟠吃酒，并招优娼
者，亦指此。"仇都尉的儿子"，谭泰之弟布也。其修史与赐莽衣
名马，亦与后文有关。

　　"晴雯不悦钗、黛情事"。晴雯为董年，不悦继后，固宜。此
回情事，当是指继后与顺治欢会，为年所觉，故不悦。和碧痕拌
嘴，碧痕为袭人一气人，即可为继后一气人，故把气移在宝钗身
上。"叫我半夜三更不得睡觉"，此何等语乎？此时不见袭人何
往，亦是深文。盖将引钗以敌黛，阴谋可想。晴雯对此，自然动
气；动气而不问是谁，情势当然，无可疑者。"都睡下来"，"都"
字下得妙绝。下文便说晴雯没听见声音，固是近情。然细玩语
意，则下文所谓"凭你是谁，二爷吩咐的，一概不许放人进来
呢"，则继后之景象可想。虽顺治不言，董年不敢将此事当面闹
破。况年之与宛，不必真真是决无一点不好者，不过卫护一些。
而小宛之来，本系有心，董年为他担此重担，亦必有些不快。作
者设想，真写得出。

　　三姑娘本非富察后之党，原先自然与他不好。且以妓者携
宠，自然与那拉后亦不得好。惟特写黛玉想问宝玉的不是，而转
身不好问得一段，确与富察后情形吻合。《秘记》载后自谏微行
后，知帝多隐慝，欲随时纠正之，意甚善。舟中招妓之夕，不知
何人往诉于后。后初不信，及亲往探之，始骇叹，不能成寐，因
中夜起坐，欲作一至剀切至悲痛之谏草，冀帝一悟。反复筹思，
情难自已，乃毅然篝灯染翰，乙乙抽思。遥闻上流御舟中，歌舞
未阑，呼宫监欲过御舟而数帝过，宫监止之。强忍成谏书，辨色
而朝，不俟宫监之传命，直入寝室，以致决裂云云。

　　黛玉一哭，未必令宿鸟栖鸦，至于飞起远避。而作者固为狡

犵，写董妃必别于满人后妃，写富察后必别于妓者。乌也。鸦也，即满人后妃与妓者之代名词也。至于灵皋之文，震动一时。而集中所载，狱中记事，令人不堪卒读；大铁锥诸传，更令人发故国河山之感。不知他这一副眼泪，究竟是为谁洒落耳。此事亦兼写明宫后妃事，俟后论。

此回"薛蟠与宝玉饮宴"情景，自是齐林所无。然酋长置酒欢宴，睥睨帝王，情事亦可相通。且近人记载，谓齐林本为王升，非教首亲子。而其可骂处，亦有类于三桂者，固说得去。然此等处，曹氏原不肯因太为将就自己，没却本人好处，故不必拘。

考"啸亭杂录"云，方灵皋先生，受世宗知，以罪累而致卿贰。性刚戆，遇事辄争。尝与履恭王同判礼部事，王有所过当，公辄怒，拂袖而争。王曰："秃老子敢若尔！"公曰："王言如马勃味！"王大怒，入奏，上两罢之。公往谒查相国，其仆恃相公势，不时禀。公大怒曰："狗子敢尔！"以杖叩其头，血涔涔下。其仆狂走告相公，相公迎见，公云："君为天子辅臣，理宜谦冲恭敬，款待下僚，岂可纵豪奴以忤天子卿贰？公误多矣！"卒拂然去，查长揖谢之乃已。后复至查邸，其仆望之，走曰："舞杖老翁又来矣"云云，亦与此合。

第二十七回 滴翠亭宝钗戏彩蝶
埋香冢黛玉泣残红

写黛玉欲撞破宝钗丑事，是妃子对于闺女，是皇后对于宫妃骄蹇，是皇后对于皇帝挟妓。写宝钗不跟了宝玉去，避嫌，是闺人对于兄嫂，是宫妃对于皇后。

扑蝶一段，尽是微言。不特写出宝钗处处留心，画出继后与那拉后搆陷情状，并有朝臣许多多隐事。而其罪仍坐贾芸、小红身上，恶范文程、洪承畴，直与冯铨之为李嬷嬷等，而心机则又过之。盖铨在明处，范、洪则在暗处，作者固曲曲写出事实上确有可证，非漫然归狱已。逢迎赞成废后者此三人，主张立继后而不立小宛者，则范、洪之力为多，此篇故特为写照焉。考《东华录》，八月庚寅，礼部尚书胡世安，侍郎吕崇烈、高珩奏："夫妇乃王化之首，必慎始敬。今于本月二十六日，忽奉上谕，今后不能祗承帝意，降为静妃。臣等思八年册立之初，恭告天地宗庙布告天下。今二十五日奏闻皇太后即日降为静妃，圣谕中未及与诸王大臣公议，及告天地宗庙。臣等职司典礼，所奏敕谕，若不传宣，恐中外未悉。若遵奉传宣，恐中外疑揣。伏愿皇上慎重详审，以全始终，以笃恩礼，下议政诸王贝勒及大臣内三院九卿詹事六科都给事中各掌道御史会议具奏。"礼部仪制司员外郎孔允樾奏："臣见冯铨等奉圣谕内有故废无能之人一语，更为惊骇。窃思天子一言一动，万世共仰。况我皇后正位三年，未闻显有失德，特以无能二字，定废嫡之案，何以服皇后之心，且何以服天下后世之心？臣考往古贤后，如汉之马后，唐之长孙后，敦朴俭素，素皆能养和平之福。至于吕后、武后，非不聪明颖利，然倾危社稷，均作乱阶。今皇后不能以才能表著，自是天资笃厚，亦何害乎为中宫而乃变易耶？设皇后必不谐圣意，亦可仿旧制选立东西二宫"云云。又御史宗敦一、潘朝选、陈棐、张椿、杜果、聂玠、张嘉、李敬、刘秉政、陈自德、祖永杰、高尔位、白尚、祖建明奏："臣等捧读降母后为静妃之谕，又见故废无能之人之旨，不胜惊骇。"以下引成周文王妃太姒太任，止颂幽闲贞静之德，而不及其才能；下言才能不贵，未闻失德等语。九月癸巳朔，诸王及各大臣詹事科具以入奏，得旨，中有问孔允樾奏内有不知母过何事，著指实无过具奏；中又有汉官诸臣，意在爱君等语。允樾复奏，报闻，亦不罪也。综而论之，礼部一奏，不过是谢责之辞。所推者诸王贝勒及三院詹事科道，已不独任其咎，如是而已。满俗本不必以废后为非，而又有恨于睿王者多，自然无争。若汉人则权在三院，固当知汉家故事。其中范为老辈，洪亦用事，而宣旨乃是冯铨。盖范方以开国元勋，自称名臣。洪方以功名自喜，犹畏清议。铨自明至清，均为清议所不齿，固当全无顾忌。招铨来京，即为此事，范、洪实有谋焉。前文李嬷嬷骂袭人，即传旨朕废无能之人是矣。允樾、敦一两奏，皆谆谆有女子无才便是德之意。明争废后，隐刺董妃。董妃老于风尘，又多才艺。继后年幼蒙女，自然无能。顺治冲主，专重才色，爱聪慧之汉女，而恶蒙人之野蛮。孝庄淫凶狡狯，非感情所能缚。或且忌睿王之私人，而又不悦乎汉人与汉军。本族亲贵筹商，原表同情。惟彼汉官，仰窥意旨，范、洪资深，言官受意，故所奏尽皆敷衍之辞，而偏若正直之谕，选立两宫，尤为谰语。夫以腐儒之学说言之，则"先帝佳儿佳妇"，"还陛下笏"，以及"武氏曾事先帝"之说，实为忠臣；"田舍翁多麦易妇，何况天子"等语，罪不胜诛，与谋废后，责无可逃。若以政治之眼光言之，则睿王强纳，强纳而生骄恣之心，后决不能无过。君侧容奸，断非忠臣所为。故顺治废后，较诸汉光武之废郭氏，其辞尤直。光武以军事故，权纳瘿刘之甥，阴丽华本其所重，达者谅之，谓其中定有难言之隐曲也，然彼竟易太子。顺治则情势不同矣。范、洪之才，固属自保禄位，而事实上未可厚非。《东华录》不讳此事，于富察氏之死状，或其为尼状则讳之，并废那拉后亦讳之，良有由也，而特不足以餍当时作者之心，特加贬辞。作者之对于董妃，固日望以西施、香妃之事，而且冀幸于秦胡专政之为，日望其乱，不求基治，纯粹破坏主义，纯粹种族主义，发愤著书。盖深知孝庄与范、洪之见已及此，而并惜董妃之无能为力也。若富察氏在乾隆之朝，则本非怨耦，中间少忤，而变又起于仓卒，士夫或不与其间。然宫禁之地必有此等行为，忌讳太深，无从收拾其迹矣。

豫王定江南之后，往镇其地者承畴也。凤姐要去，一字不空。干女儿之说，亦是此义。又说他是林之孝的女儿，林者刚林也，同为内三院学士。而刚林最附睿、豫二王，后以此得罪。承畴之往驻江宁，铸给招抚南方总督军务大学士印，赐敕便宜行事，刚林其亦与有力乎？总之，汉大臣常为满大臣之奸细。曾、胡当军事倥偬之际，不能不屈于官文。曾九帅一忤之，便不安于位。左氏之参劾成禄，犹待穆图善之查办。而性质太刚，军机无立足地。中兴且然，乾隆亦无不然，何况开国？

探春与宝玉谈话一段。此《南山》之诗也。"一棵石榴树下说话"，石榴为酸物，故云：离了钗黛两个。"这几天老爷可曾叫你"几句问答，故意作黛、袭口声。"几个月攒下的钱买东西，而曰"又"，曰"你还"，已经亲密不堪。然犹曰兄妹之间，此事常有也。居然又说："我还像上回的鞋，做一双你穿，比那一双还加工夫"，兄妹之间，何至如此狎呢？如曰可也，则是宝玉必不为皇帝而后可勉强说得过去，皇帝固自有妃嫔绝不需妹妹作鞋子者也。"穿着可巧遇见了老爷"，"可巧"二字要着眼。"我那里敢提三妹妹三个字"，此事大不好看。对上人如何说得？"就说舅母给的"，兄妹之间，有何旁人可推？对父母不说是舅母，还说谁？"半日老爷还说何苦来，虚耗人力，作践绫罗，做这样的东西"，盖上人早窥其隐矣，数语便是借话骂他无人伦的猪狗。"袭人罢了"，妻妾无如之何也。"赵姨娘气的抱怨了不得"，此等事叫他生母如何气得过？借端发话，必有之事。正经二字，对不正经而言。"怎么我是该做鞋的人么"，为皇帝做鞋者，当是何等人？阅者想想看。湘云、黛玉、宝钗，皆作如此观矣。"宝钗在那边笑道"，真是好笑，被他窥破了。挽上石榴树下一句，是真真《南山诗》注脚。戴名世以此兴大狱，作者乃隐约出之。所以诛康熙之罪者笔墨严婉，可渭独绝。书中探春本不指此人。因事立意。却与他处不碍。

"葬花诗"。此落花之咏也。于小宛、富察后、方灵皋身事，都甚贴切，不须饶舌。惟《秘记》载后因济南妓被暗杀，后知而成疾，自知不起，乃作书告三姑娘，且与地方官吏。言己负罪被废，主恩不敢忘，死后必告于朝廷，应如何殡葬，遵上旨不得少有瞻徇。又密函致三姑娘，则请设法求上原恕祔葬陵寝。三姑娘以后礼殓之，具情题奏。某妃尼之，所谓"彼既居外无发，不得以后礼祭葬，古今岂有无发之国母哉！"数语是也，遂降旨照僧尼法火葬灭迹，余骨瘗之寺后塔下，且命秘之，言者坐罪不赦，与此诗合。而葬侬是谁一句，尤写得出。

第二十八回　蒋玉函情赠茜香罗
薛宝钗羞笼红麝串

　　"倒把外四路的什么宝姐姐凤姐姐，放在心坎上"。王沈评好，然此语移之于乾隆，则甚切。盖帝后本是童年夫妇，上面所说"顽笑吃饭睡觉"等语自然亲切。那拉氏在未即位以前，即居妾媵之列，然夫妇之亲，自比妾媵有同而不同之情事。谓之曰外四路，已经是说得上。乾隆既有宠妾灭妻之嫌，又有因后诉欲撤其位号之事，其为敷衍富察后与否，良亦不可知。然口中之必以那拉后之不如富察后身分为说，亦是事理上所必有。故夫富察之恶那拉后也，放在心坎上，自不消说。劝之者不好说其吃醋，而只好说你我嫡亲夫妇，不必把他放在心上。此是闺阁中调处无一不二之妙法，盖不如是则必不得了也。富察氏妇之为后之弟妇行，对于乾隆，自然是外四路人。故外四路人者，加诸刘嬷，为满汉之界，为叔嫂之界，最为醒露。加诸富察氏妇，则专从宫掖之界、贵戚之界着眼。而天然男女之界，除夫妇外皆为外人，又何说焉。乾隆于此事，自然反面出之。富察后放在心坎上，对于皇上之体面，家族之体面，种种烦恼，说不出口，忍不过心，则妇之出入宫中，后必加之以伺察，又必伪为亲密、使不得常与皇上独见。与董妃之对于继后，与凤姐事尤不可同日而语者，曹氏于两方面称量而出之。其为补本与否，则亦无从辨察也。

　　"什么宝姑娘，贝姑娘也得罪了，事情岂不大了"。此事原为宝钗而起。顺治之私情，董年所不敢言，而董妃敢言之，宠也。乾隆之骄宠那拉氏，三姑娘所不得言，而富察后敢言之，尊也。继后欲夺董妃之席，而出以隐柔。那拉后不安宫妃之分，而露其骄矜。盖受者所不能容，而对于皇帝，不能无言，又不能坚持到底。要做到一个什么地位，故"只说著抿著嘴笑"而已。

"坟里有人家死了几百年，这会子翻尸倒骨的，作了药也不灵"。有明三百年之宗庙，今何在乎？清帝以为仍存其陵寝之旧，作者则直以为已经翻尸倒骨的了。况民间坟墓之被掘者，实有不可胜言，不忍直书之隐痛哉！董妃被掳入宫，此亦翻尸倒骨之类也。彼其祖宗与冒氏之祖宗，有余羞矣。作了药也不灵，妃固无力以亡清者。由乾隆以上溯天命，亦二百年顷矣。作者恨不能取其吉林之陵寝而翻倒之，怨毒之辞，何所不至！人参无用，尚不准采，又安有所谓皇陵之灵寝乎！翻之倒之以求此一人参，而终不能续国家之命脉，慨乎其言之也。满洲之转音本为珠申，用珍珠为代名词，尤觉显然。

"圆谎"。顺治、乾隆，作事不端，后妃不得为之圆谎，继后犹是女儿，更不得为之圆谎，计惟有刘媪与富察氏妇耳。必牵掣薛蟠，视帝王与盗贼等也。

"冯紫英宴会"一段。狎昵优娼，是矣，然其意尚浅。盖此段纯以薛蟠为主，以宝玉为宾，是其宗旨。故云儿独唱两曲，皆写薛蟠，而关合别人亦必于薛蟠对照，是三桂与齐林传赞。试申论之。"两个冤家"一曲，王沈评固是，然移之于贰臣，情势确切已极。"两个冤家"，新旧主之谓。"偷情者"，降清也；"寻拿者"，明人诛之也。"滴不尽相思血泪，"王沈评亦是，然移作故国之感，与三桂困在湖南，不出一步景况何异？"你是个可人"，王沈评亦是，然是三桂撤藩将反时，怨望清廷语否？"可喜你"一曲，亦是废后大婚时之情状。真也巧三字，最好。青春二字，属结发亦较切。而三桂之迎来战场，亦关合得巧。又"两个冤家"一曲，可通于富察、那拉两后，亦可通于富察氏妇。"滴不尽相思血泪"一曲，可写富察后为尼时，亦可通于那拉后被废时，董妃与继后亦然。"你是个可人"，骂乾隆薄幸，更直截。"可喜你"一曲，亦为结发伤也。"豆蔻花开"一曲，专指三桂之开门揖盗，是原本作者勾心斗角之处，非漫设也。曹氏欲于此处为齐林写照，为王氏呼冤，故特借原本而加之以修饰。于王氏之不应屈于齐林，出全力以写其概。"两个冤家"一曲，齐林谋通王氏之意想。"滴不尽相思血泪"一曲，是王氏顾念某生与其为鏊之摄影。"你是个可人"一曲，王氏当得住，却未必信齐林。"豆蔻花开"一曲，清廷江山，是时几如铁桶，如何钻得进？非有昏君贪吏之逼迫，虽王氏亦闹不起来。"可喜你"一曲，是齐林得意语，一气贯注，绝不犯手。酒底之梨，离也。桃，逃也。木樨，桂也，亦林也。无一而非为此两人而发。

顺治废后之不贤，与绿天第一妃之行事，固属当然。惟废后果真如清季杨月楼之于慈禧，小楼之于隆裕事与否，固不可考。然既从顺治谕旨与当年情事中，定其有故，则亦不妨随手供我文章指挥，而别寄其旨趣（此义俟后论）。惟书中蒋玉函一人，亦不无所指。考梅村诗集，有《王郎曲》，诗中有"五陵侠少豪华子，甘心欲为王郎死"，"宁失尚书期，恐见王郎迟"，"宁犯金吾夜，难得王郎暇"等语，亦即梅村慨叹于涕泣登车之后，白发谁依之日者也。后李琳枝御史，按吴录其罪立枷死，或亦与宫廷有关系耶？又《南巡秘记》载：有伶蕙风，造水剧场，及女伶雪如与其女昭容制幻桃事，亦相类（案王名稼，字紫稼，与玉函名字相通）。

按《秘记》载扬州之盛，以乾隆间为最，其由于鹾商之豪华者半，而临时设备，为供奉迎驾之具者亦半。有名伶蕙风，声誉几出女伶雪如之上。而绅商迎驾江鹤亭为领袖，总司供奉事宜。议以女乐博天赏，又恐高宗好名，煌煌圣训，自以声色为戒，恐干咎戾。亟思两全之法，闻幕客言圣意好剧曲，名优常蒙恩入禁中，因专力于蕙风一面。客程某不以为然，鹤亭颇犹豫，而诸绅执不可，献伎不甚称旨。会程某与雪如之狎客周某商，始知其与宫监某总管友善，知皇上之嗜女乐，远过于男优，常命作男子装，以饰耳目。而训诫娼优，外间不知真相，圆明园绿天深处，莫非名娼。为雪如画策，果得上赏。鹤亭闻之恚甚，蕙风乃造水剧场随御舟行，略如近今之活戏台。以圆木作底轴，四围旋转，在陆地则轴心入于地中，在水程则用大舟为根据，钮定轴心于中央，而令一端衔接于御舟，互相迎拒，风波不能摇动。台之四面，有圆形玻璃，能收入各种山水城郭幻影，遂受上赏。又载雪如因受其激刺，最后南巡乃造幻桃之戏，与其女昭容并被宠。其术用天然云母石染色装成，质地甚轻，下有轮鼓动。即可自由进行。桃外枝叶，及巨盘皆烟火异术，来自外洋。场之四周，有折光玻璃，能令视线改变，望远若近。帝大喜，夜驻清江，招昭容入侍，留之后乘，以钿车锦幰送之扬州。蕙风复以男优与之合演，厥后昭容嫁为贵人妾，仍得出入宫禁。福康安征台湾归，蕙风一为演水剧场之故事。或问蕙风胡自贬，答曰：彼固第几阿哥也。与此段可以参看。

太后赐物一段，亦是乾隆拒谏，太后不庇皇后影子。

"我没这大福经受"。是小宛不得正位宫中，是富察不得以后礼祭葬等事。

第二十九回　享福人福深还祷福
　　　　　　多情女情重愈斟情

　　此段言清虚观清醮之事。清虚者，清室空虚；清醮者，清廷之改醮妇也。故此事有两义焉。一曰指孝庄晚年诏喇嘛入宫谈佛，而临终之言，犹未见其淫秽之迹，乃于此大书特书而诛之也。顾前回以铁槛寺之尼姑为代表，而此以道士。书贵写意，不得谓僧道之非一体。夫喇嘛淫秽，招入人家，尚且不可，而况宫禁？孝庄始嫁叶赫之台吉，再嫁清廷之太宗，已为太后，犹且下嫁于其小叔。以此等全无节操之人，岂有能静守宫闱之理？顺治既不能制止于前，康熙又安能防闲于后？以干柴就烈火，无怪其燃。以史公作《史记》，安得不书审食其之于吕太后？故此篇及之。"五月初一日为毒日"，寓言其浊秽伤人也。"小道士拿着剪筒，照管剪各处蜡花"，所谓败柳残花者是也。"欲得便且藏出去，不想一头撞在凤姐怀里"，寓言孝庄作避人事，而刘媪与之狼狈为奸也。"正值宝钗下车，众婆娘正围随的风雨不透，但见一个小道士滚了出来，都喝声叫打"，连继后亦不得干净矣。"贾母反说可怜小道士"，盖此等避人之事，容不著纯以威力而不以感情也，笔下如何刻毒！"荣国公的替身"，是何等说话，替睿王乎？替太宗乎？阅者试闭目想想，其事真不可说也。"小道看见哥儿的形容身段，言谈举动，怎么就同当日国公爷一个稿子，说着两眼流下泪来"，此正是道士奉承孝庄到极点之言，确是作者诛孝庄下嫁之罪。读《诗经》展我甥兮，不禁为之哑然失笑也。
"连大老爷二老爷都赶不上"，睿王固无太宗之福，顺治亦实非睿
王之子，皇父摄政王从此掀倒，成宗义皇帝之谥号，亦必取消。
然而太后依然是不守妇道之太后，顺治、康熙都是奈何他不得。
文笔至此直可以探幽隐而写爱书矣。"说亲"一段，不过借以形
孝庄之权势，与孝庄老而求配之丑而已，不必拘。

其第二义则为睿王之葬事写也。阅者，切勿以看戏为非丧事
中所应有。清初送葬，唱戏已成风俗，厥后乃有禁止之明文，作
者借此以形容之，而又明言睿王之生前死后不过戏文而已。文中
因前后两写大丧，再写则嫌于重复，乃以醮字代之，而即以之言
再醮之妇，意思深远。宫中眷属，非有迁都逃难等事，苟非大
丧，断不能出来人如此之多，是作者已明明指出。而"这个说我
不同你在一处，那个说你压了奶奶的包袱"等语。这就说宫女出
门，便将有设法走失之象。《白蛇记》《满床笏》《南柯梦》，王
沈评甚是，是即睿王丧事之明证也。"申表、焚钱楮、开戏，不
在话下"，写得来拉杂好笑，是却伏此后之将有变局也。"道士看
玉与徒子徒孙同看"，玉者，玺也，睿王在日，这掌持玉玺之皇
帝，从来未见天日，此次拿出来看，便是要亲政之代名词。道士
贺礼，即群臣齐上贺表，恭请皇帝亲政之义。此段并夹写乾隆殡
天，太上皇之训政已了，嘉庆初政，即拿和珅，并处分和琳、福
长安之微文。上文说"申表焚楮开戏"，"申表"为太上皇与睿王
摄政之代表，"焚楮"为死人之代表，"开戏"则今日之所谓登舞
台者也，"不在话下"，谓从前之摄政王、皇父摄政王、死后之成
宗义皇帝，从前之皇帝、太上皇、死后之高宗纯皇帝，皆已不在
话下。骨肉未寒，而政臣已改。归咎于顺治与嘉庆，两帝不受；
归罪于睿王与乾隆，则两人已死。惟彼孝庄，下嫁复归，称太后
者数十年，家庭人伦之变，实自其本身召之。连写道士诸问答，

罪之深也。乾隆六十年之帝位，晚年更复昏耄，则亦贾母之例耳。且顺治与嘉庆，又安能脱？即康熙以下，诸帝亦有不能免焉者。顺亲之命而使陷于不义，是讵无法以处此，少为末减可矣，谓之无罪则非也，故此篇必写宝玉同来。

考《东华录》，七年十二月壬辰，摄政王多尔衮讣闻，上震悼，诏臣民易服，举丧。丙申，上率诸王贝勒文武百官，易缟服出迎于东直门五里外。上亲奠爵，大恸。各官伏道左，举哀。由东直门至玉河桥，四品以下各官，俱于道旁跪哭。至王第公主福晋以下，及文武官命妇俱缟服，于大门内跪哭。是夜诸王贝勒以下，及各官俱守丧。庚子，命大学士刚林等，取摄政王所有信符，收贮内库，与此回合。八年正月甲寅，议英亲王阿济格罪。有英王欲谋乱，摄政王薨之夕，英王赴丧次，旋即归帐。诸王五次哭临，英王独不至，翌日诸王劝请方至。又有英王复趣召阿尔津、僧格，阿尔津以白英王。问曰："不令多尼阿格诣我家，摄政王曾有定议否？"阿尔津等对曰："有之，将阿格所属人置之一所，恐反生嫌疑"等语。英王曰："前者无端谓我憎多尼、多尔博，我何为憎之？我曾拔剑自誓"。又言："曩征喀尔喀时，将劳亲取去，见居正白旗。尔等何为不来，意欲离间我父子耶"？又有英王谋遣劳亲王不告诸王，多率兵来，阿思哈遂不告诸王，擅同劳亲王率兵前往等语。此回所言热闹势派，是上亲迎丧及王公福晋文武等情形。后言贾珍对贾蓉一段，是英王迟来及憎多尼、多尔博，并急召劳亲情形。多尼、多尔博为豫王子，多尔博又为睿王养子，故录云云。此回避去贾赦、贾政两人，即是此意。而以贾珍当英王，以贾蓉当多尼、多尔博兼及劳亲，行文之立架如此。

宝玉有玉，宝钗有金锁，湘云有金麒麟，黛玉独无。此是满、蒙、汉军、汉人之别。而麒麟又兼伏夫妇之义，直是从蒙古分四等人种之意脱化而出。麒麟又可以指帝王，瑞兽也。

"砸玉"一段，在顺治与董妃一方面，越想越好。盖董妃以满汉之界，清宫中自孝庄以下，均视为草木花卉等类之玩物，曰玉曰金，皆贵种之代名词，一提金玉便是以贵种压制贱种，已经伤心，忽然又来了一个金麒麟，金麒麟者，汉军也。清后非满即蒙，故蒙古为金之锁，而麒麟亦不得有此资格，四贞已相形见绌，而其位分却仍在董妃之上。一个继后，已经是大敌当前，甚不得了；复有四贞。后位不可得矣。迫而言之，乃曰"那里像人家有什么配得上的呢"？苦到极处，妃子亦不得不望著皇帝撒泼放赖。盖明知除却这一法，决无可以得手之余地。美人固可畏哉！顺治爱之既深，而又迫于众议，究竟种族之界限，虽以皇帝尊严，不能以一人之力，反对其全部大众之意思，纵极坚决，终无效果。此意章太炎于《与康有为书》中痛切言之，而不知《红楼梦》之已开其先也。发狠砸玉，便是说我不自己有种类贵贱之界，虽敝屣万乘而不惜。顺治之情爱董妃，已达极点，而竟不能如孝庄与大部何，天然之缺陷也。皇帝与妃子作密谈，而竟至生伤，不请皇后请谁？而无如顺治之贱之也，视之若妃子之一婢，则太后安得不来？孝庄来而顺治与董妃，皆无可如何矣。谁请孝庄。皇后为之也。皇后既请孝庄以压两人，顺治定然口服而心恨。皇后又复进之以媚辞，明做好人，暗做恶人，此尾段袭人之劝宝玉所由来也。

黛玉翦断玉的穗子，即是富察后�著忤旨力谏情形。宝玉砸玉，便是乾隆狎妓浪游，无罪废后，不顾宗社情形。且当日舟中角口，亦必有此等情形。然关合不及原本之妙，曹氏固无法也。故书中所写诸人，亦有与后来一套无大关系处，但不令之矛盾耳。

第三十回　宝钗借扇机带双敲
　　　　椿龄画蔷痴及局外

　　前回口角，此回赔罪。在当日乾隆舟中狎妓，直谏忤旨而后，固决无赔罪情事。然丧仪之优厚，谥号之推崇，上谕之反覆谆谆，何一不与此意相通？且当日与那拉妃不协，而近于妒之时间，亦何必不有此等事？若必以严格绳之，则虽董妃之如此专宠，亦未必竟敢于皇帝面前作如此态度也。小说写意，刻舟求剑，失之远矣。且不如此不足以见作者文章之奇，不如此不足以见女子魔力之大，不如此不足以见种族家貌视异种帝王之心，余可类推。

　　"凤姐跑了进来"一段。此等事必用凤姐劝和者，盖以顺治一方面论，则刘嬷与董妃同为汉人，而其逢迎孝庄也最甚，其始未尝不与董妃合，既而体察情形，知其事之不可以遂，则转而伺察之矣。"宝黛两个唬了一跳"，伺察之说也。顺治非妃一日不欢，则孝庄安得不令人劝和？则安得不用与妃近之汉人，而又信其为我用者？此必至之势也。以乾隆方面论之，则后与富察氏妇，为姑娣之亲，太后面前，原可以说劝后谨事皇上，而太后又何必拒绝其请？顾此事原必不有，后固不能不有恨于富察氏妇也。而作者如此写之，亦是恶明劝解而实伺察者之与刘嬷同为可恶耳。"谁知两个人到在一处对赔不是，对笑对说的，倒像黄鹰抓住了鹞子的脚，两个都扣了环了，那里还要人说去？"明明是两口子，明明是君妃，明明是帝后，明明是阳喜之而阴忌之之辞。

"宝、黛、钗三人看戏"。此中针锋相对情景，顺治、乾隆两方面都说得过去。而插入凤姐者，与上文同意。"杨贵妃"之说，在两帝之意，不过是说继后与那拉后，只有可以为妃之地位，而面子上乃成调戏语，作者则为深恶之辞。宝钗答云："我倒像杨贵妃。只是没一个好哥哥好兄弟，可以当杨国忠的。"盖继后为女，而董已为妃，且献自鄂托，故以此语讥之。富察，虽后，而家族之权力甚大，亦当然对那拉后作此讥讽语。而只如寻常兄妹之面子，亦说得去。然作者之意，则借此以骂三桂与傅恒耳。此后又接"扇子"一段说话，明明是说董妃不尊重，是妓女出身，是已经改嫁，恶毒之至。而"嘻皮笑脸的"，又可以作为乾隆不假那拉以辞色，敷衍皇后之反唇语，故妙。

"黛玉说好嫂子"一段说话，便是袭人是皇后实实注脚，且又在董年发气、废后忤旨之时。"鸳鸯绣出凭君看，莫把金针度与人"，犹浅之乎为文也。是等处，乃作者放手处，不然，于情理不合。此一段文字，却是三姑娘恃宠而骄之一斑声口。然其点破题目，一箭双雕之处，则在"千金一笑"四字。盖此为狎客戏妓之名词，年与三姑娘，皆其人也。

明珠为康熙时代之权臣，书中亦未尝不兼指其事。鄙人不为多言者，非其作书之主脑也。惟晴雯特兼指姜西溟，因西溟好得罪人，亦类晴雯；其不明不白而死，亦相似。全谢山所作墓志中之枋臣，即明珠，子即成德。成德所言："愿先生少施颜色，事可立谐。"西溟投杯而起："吾以汝为佳儿，不料其无耻至此。"亦与此篇可会意也。明珠门下多文人，而端人最少。西溟不无惺惺之态，然观其《祭容若文》，则殊不值一钱，作者之所恶也。然亦不没其好处，故书中不写晴雯之污迹。与西溟之狷介，不相妨碍。

"湘云穿宝玉的袍子"。罪四贞也。女子而穿男子之袍，汉人女子而穿满清皇帝之袍，已经不可说矣。然以此罪四贞，四贞独有可以解免之余地乎？曰：有之。降清者，其父孔有德也。降清而为明兵所杀者，亦孔有德也。吾父既已降矣，吾安得不为清人？吾父既已降而被明军所杀矣，吾又安得不为清人而竟为明人？吾既生长于宫中，则即偶然穿顺治之衣冠，亦复无碍。即以兼疑之说言之，则吾既已求赐配原聘矣，而说者犹诬以求后不得，始有此举，不亦苛乎？然以鄙人之意度之，则四贞之罪，固不可贳。而与顺治及康熙之关系，则尤不可以曲讳也。考《贰臣传·孔有德本传》：顺治九年七月，李定国犯桂林，有德中矢死。大兵复桂林，女四贞以榇归京师，赐祭葬，立碑墓首，给四贞金万两，并视郡主食俸。又考《逆臣传·孙延龄本传》：其父龙，随孔有德来归，隶汉军正红旗，受二等男爵。世祖章皇帝时，封有德定南王，镇广西，有德以女字延龄。及有德殉桂林，龙亦没于阵，予恤典，以延龄袭二等男，复加一云骑尉。时四贞尚幼，特赐白金万两，岁俸视郡主。总两传而言之，则是孔、孙联姻，在广西同城之时。孙为部将，亦同时死。又在顺治九年七月，孔、孙同死而后，四贞与延龄必当同时脱归京师，无住在广西就死之理。而十年四月废后，正书中湘云出现在钗、黛二人之后微文。王沈评引有册立东宫语，与孔允樾奏可对看，言太后为之指婚者伪也。久处宫中，太后固无不知之理，况又系功臣之女之聘媳乎？此语殊不近情。盖董妃之死，其事难知，秘谋之说，非真亦必作伪，太后固悔于汉人为后妃矣。遣嫁延龄，恐非四贞所愿。厥后军兴，则清廷直以之为内间矣。既听其戚戴良臣之言，用王永年为都统，而与延龄不协，延龄杀永年而以潜通吴逆奏。康熙谓为饰词，良然，是直以夫妇为敌国耳。傅宏烈迎大兵于江西，先致将军舒恕书，言四贞欲延龄归顺，曾告宏烈，谓无刻不以隆恩豢养为言。先是三桂协延龄出兵，延龄以部众不服从谢。既侦知之，使孙世琮纠贼逼桂林，诱杀延龄，并执四贞。后事平，复归京师，或谓其为圣祖所纳。夫四贞因其父其翁降清为明军所杀，固有辞以自解。然延龄固其夫也，不以格格之尊贵压制其夫，其夫或不至于变；不以格格及孔部旧日之势力，牵制其夫，其夫或不至于死。今日以夫与君相比，君主固无有置论之价值。即谓为处人伦之变，如旧日腐说，亦岂讵无术以处此？圆圆之长斋绣佛，虽或出于原谅美人者之口，而果有其事，固当曲谅。娄妃之于宸濠，徐妃之于永乐，伊何人哉，而不是思也？说者谓其为清圣祖所纳，不为无因。盖《本传》所言，四贞善骑射，能杀贼，贼相戒毋犯。此言其将谁欺者？试问三桂部下留守桂林之伪将军李廷栋，挟其重兵，能禁卧榻之侧之鼻息乎？试问吴世琮既擒延龄，能置孔氏之遗裔于桂林以为后患乎？考《圣武记》四贞为三桂义女，留滇无恙，殆实录也，恐亦不得为清廷之忠臣矣。然而传中必如此云云者，何讳乎四贞？为顺治与康熙讳耳，故曰罪四贞也。

红楼梦释真卷二

第三十一回　撕扇子作千金一笑 因麒麟伏白首双星

甚矣！皇后之不可为，而蛮族之皇后更不可为也！盖夫妇之道，至于帝王而极苦，以君臣之礼行之，自由乐趣，固已全失。苟非如武、韦辈之横恣淫凶，其事情只好跧伏于奴隶婢妾之本分。历代开国诸后，吕氏之悍，可以杀其功臣，而无如戚姬何也。宋祖之于宋后，尚无失德之传闻，而一旦隐憾殡天，传及者几不服其丧，俗所以有贺氏骂殿之剧。唐之长孙后，可谓君妻，无间言矣，而"会须杀此田舍翁"，犹必作待罪之情状，吾亦谓其实非人情所堪。明之马后，患难友朋，窃饼之恩，其何以偿？顾力能保其义子之沐英，而不保其亲甥之李文忠。帝性严急，御膳犹需手理，否则杀人，如此岁月，亦何所谓？然犹未至于种族之界限，则其蛮横武断之性气，亦不能无所屈。而前清则何如者？入关以前，且俟后论。顺治固开国之主。而乾隆亦极盛之□□。乃废后则志意不协，而居侧宫者三年矣。四贞以汉军之功臣，求谋为后而不得矣。小宛得君，几几欲得后而终复失之，以至于死矣。继后则亦以强获，而少年以寡矣。乾隆则以富察后之以儿女夫妇，而不克保其终矣。那拉后则以争宠乘机，崛起正位，亦被废矣。其间若小宛，若四贞，固自有种类之见存，而富察后则亦有过于责难之嫌，顺治继后、乾隆那拉后，亦终有得之非道之讥。且其最要之关系，则在皇上已有独行独断之权，而非皇后之权力所能制，故不免也。乃若顺治之废后，则其权力可以挟制皇上矣。睿王在时，已几等于汉室操、莽之女，居于后位。王死而孝庄之权力固在也，董宛不过秦淮之名妓、冒氏之姬人耳，有何权力，而能与淫悍狡猾之太后私人为难？而事竟相反者，男女自然之感情，并不可以迫而取，则废后之受屈于皇帝，敢怒而不敢言者，实以此为独一无二之原因。不必为董宛讳盅惑君上、包藏野心之历史矣。此篇中写废后之苦不堪言，固作者恶睿王及孝庄之微意，而其势必至于此者。平民家夫妇，犹不得以父母之压力，保其合意，而况帝王之尊乎？董年窥其情形，安得不泄其平日之愤恨？故前者为继后之私通，不敢不得罪董宛者，以皇上；今日为废后之失宠，竟敢于得罪皇后者，亦以皇上。"就是你一个伏侍爷们的，我们原没伏侍过"数语，是非昭阳第一人之地位，何以当此？"因为你伏侍的好，昨日才挨窝心脚。我们不会伏侍的，明日还不知是个什么罪呢？"宫嫔骄悍之情状，何其刻毒乃尔！盖作者愤汉族之子女，压抑污辱于满人，欲为之一发其不平之气，尚不肯借手于聪明才貌之小宛，而特假董年以出之，故不惜直骂其皇后，而下文且兼于顺治也。"我们"的话，认"不是"，既退让矣，而年犹不服。盖后本来历不明，其初只如养媳，故下文有"我倒不知你们是谁，别叫我替你们害臊了！便是你们鬼鬼祟祟干的那事，也瞒不过我去，那里就称起我们来了"。明知其将为皇后，而竟若此，何其大胆乃尔！"那明公正道连个姑娘还没挣上去呢，不过和我似的，那里也称上我们了！"恶其轻贱，鸣鼓而攻，并将及于继后。无论如何，年固未敢为此，盖此事应发于睿王已死，废后已立之时。而作者不妨如此出之，彼固自有其宗旨之所在，事迹之前后，非所措意，董年之地位，亦不必太拘。上文既怕轻狂，而又由宝玉去伏侍，便是此回大大提纲，不得忽略过去。

"金钏、玉钏"。指希福与索尼也。希福为索尼叔父，姊妹其托词耳。希福事略具前。顺治元年九月，为谭泰所讦。适在肃王幽囚之后，又蒙蟒衣鞍马之特赏。睿王当国，故比于姬侍。谭泰为肃王之妻舅，举发王罪，同索尼、图赖同受赏，甚得睿王宠。希福讥其衰迈，不侃侃而言，固自以为忠君爱国。谕言法司议问希福，王并无予误之言，则是希福私意造言，自称其能，以王为误，假言招摇。又问有一人觌面见斥者，为谁？先称并无，其后言护军统领图赖，因礼部官于摄政王处启事错误，乃于众大臣前让之云尔。密勿大臣，既知之，何不力阻而令其启王也？于是法司议希福伪传王言，固山额真谭泰，护军统领图赖，皆国家大臣，乃其意欲二臣构衅，疏远于王，即从此紊乱国政，希福应论死。摄政王念其效力年久，其侄索尼，亦蒙主眷，效力最多，免死革职为民，归本牛录，止许往来亲戚之家，若在大臣家行走，从重治罪。考图赖尝直谓睿王曰：图赖自誓于天，效忠主上，不畏诸王大臣贝勒，与谭泰不协。希福所供词义，固是与赖较亲者，其为密结冲主无疑。又考索尼本于元年肃王之狱，曾受上赏，本附睿王，未几发谭泰隐事，泰坐夺公爵。泰遂胪状劾索尼，下法司勘讯论死，王奏从轻典，削世职，遂罢废。三年正月，图赖效谭泰涉及之。逮问图赖曰："谭泰有罪，吾于途次作书致索尼，使启王，索尼以不启闻。"及讯赍书者，塞尔特曰："书达索尼，索尼嘱我勿言。"诸大臣论当斩。王亲鞫之，曰："吾发泰隐旨罪，顾匿图赖书以庇之乎？"复讯塞尔特，因得佐领希思汉，虑谭泰得罪投书于河状，事遂白。五年贝子屯齐等，讦告其与图赖等私结盟誓，谋立肃王，议罪应死。褫职，论赎锾，道守昭陵，追夺赏赐。八年顺治亲政，复擢用，晋世袭一等伯，赐敕免死二次。夫希福不死而谓之已死，罪索尼也。索尼与睿王时合时离，故其余论见玉钏事。王沈评亦是一义。

诸王各有心腹，清初尤甚。贾环本指多尔博，或者前回批中所言之阿尔津，即彩云乎？

画蔷一段，王沈评最好。然鄙人以为原本作者，有许多惋惜范承谟处，亦有许多不满意处，故列之于女伶，伤汉人之为彼忠臣也。对面一看，彼瞿式耜、张同敞之狱中对吟者，能无痛心？作者于明季之忠臣烈士，逸老奇媛，皆不愿于此书中道出。而或从反面见之，或言之而必审慎其地位，于此可见一斑，又此后亦决无与此相类之事。惟其义之可通者，厥惟李绂。绂以劾田文镜下狱，备极刑掠，至于缚赴法场，陪斩三次。而世宗屡于将临刑时，问田文镜好否，绂曰："臣愚，至死不知田文镜好处。"终得全，后于乾隆登极复用，此亦清室之好官也。

"脚踢袭人"。此正是顺治与废后志意不协实证。其所以不得不敷衍者，为孝庄与睿王也。纳后时睿王虽死，孝庄尚在。其所以降为静妃而不至于如杨妃之退居私邸、阿娇之饮恨长门者，亦实以孝庄之故。若董年辈，则眼中不欲见其敷衍矣。绿天第一妃，未必不有忤旨之日；即无之，亦曹氏之必欲脚踢之而后快者也。"下流东西"，曹氏直以一而二、二而一，恶孝庄与睿王，故并恶废后耳。

此书中所写明宫田妃之事，多以袭人、黛玉、宝钗代表之，偶有借湘云者。此篇即写其忤帝旨一事，以田妃之犯后忤君，私亲横纵，交通廷臣，安得不一脚踢之？附事迹于后，以备阅者会意。

吴梅村《永和宫词》云：扬州明月杜陵花，夹道香尘迎丽华。旧宅江都飞燕井，新侯关内武安家。雅步纤腰初召入，钿盒金钗定情日。丰容盛鬋固无双，蹴踘弹棋复第一。上林花鸟写生绡，禁本钟王点素毫。杨柳风微春试马，梧桐露冷暮吹箫。君王宵旰无欢思，宫门夜半传封事。玉几金床少晏眠，陈娥卫艳谁频侍。贵妃明慧独承恩，宜笑宜愁慰至尊。皓齿不呈微索问，蛾眉欲蹙又温存。本朝家法修清宴，房帏久绝珍奇荐。敕使惟追阳羡茶，内人数减昭阳膳。维扬服制擅江南，小阁炉烟沉水含。私买琼花新样锦，自修水递进黄柑。中宫谓得君王意，银镮不妒温成贵。早日艰难护大家，比来欢笑同良娣。奉使龙楼贾佩兰，往还偶失两宫欢。虽云樊嬺能辞令，欲得昭仪喜怒难。绿绨小字书成印，琼函自署充华进。请罪长教圣主怜，含辞欲得君王愠。君王内顾恤倾城，故剑还存敌体恩。手诏玉人蒙诘问，自来阶下拭啼痕。外家官拜金吾尉，平生游侠多轻利。缚客因催博进钱，当筵便杀弹筝妓。班姬才调左姬贤，霍氏骄奢窦氏专。涕泣唯闻椒殿诏，笑谭豪夺灞陵田。有司奏削将军俸，贵人冷落宫车梦。永巷传闻去玩花，景和门里谁陪从。天颜不怿侍人愁，后促黄门召共游。初劝官家佯不应，玉车早到殿西头。两王最小牵衣戏，长者读书少者弟。闻道群臣誉定陶，独将多病怜如意。岂有神君语帐中，漫云王母降离宫。巫阳莫救仓舒恨，金锁雕残玉箸红。从此君王惨不乐，丛台置酒风萧索。已报河南失数州，况经少子伤零落。贵妃瘦损坐匡床，慵髻啼眉掩洞房。豆蔻汤温冰簟冷，荔枝浆热玉鱼凉。病不禁秋泪沾臆，徘徊自绝君王膝。苔没柴门有梦归，花飞寒食应相忆。玉匣珠襦启便房，薤歌无异葬同昌。君王欲制哀蝉赋，谋笔词臣有谢庄。头白宫娥暗颦蹙，庸知朝露非为福。宫草明年战血腥，当时莫向西陵哭。穷泉相见痛仓黄，还向官家问永王。幸免玉环逢丧乱，不须铜雀怨兴亡。自古豪华如转毂，武安若在忧家族。爱子虽添北渚愁，外家已葬骊山足。夜雨椒房阴火青，杜鹃啼血濯龙门。汉家伏后知同恨，止少当年一贵人。碧殿凄凉新木拱，行人尚识昭仪冢。麦饭冬清问茂陵，斜阳蔓草埋残垄。昭邱松槚北风哀，南内春深拥夜来。莫奏霓裳天宝曲，景阳宫井落秋槐。

又彤史拾遗记：妃颇干与政事，每见上辄为外家乞恩泽。而宏遇以妃故，官左都督，交游结纳，极园林声妓之盛，朝士附势者争相造请，每以外情输宫禁，上颇厌之。会妃以構后故，上怏怏本欲斥妃以泄后忿。会上入，不食，妃叩之。上曰："吾欲破格用朝臣，孰可用者？"妃曰："闻霍华贤好。"上出而荐华贤者至，上大怒，摘妃冠，斥居启祥宫省愆。

又野史载：田妃绣屩，有臣周延孺恭进字样，此即本书中外头针线之义，余可类推。此吾于此书疑为梅村作之一点，顾吾论之。费宫人之刺虎自刎，尤三姐之对照也。魏宫人之殉帝殉国，鸳鸯之对照也。《女道士卞玉京弹琴歌》，言南都选后，中山裔女之待字被选，被兵北行，妙玉之对照也。然而作者绝不肯以此当之者，盖不入大观园者，非满清人，偶有例外，亦必特别审慎而出之焉。

第三十二回　诉肺腑心迷活宝玉
含耻辱情烈死金钏

　　继后为蒙古亲王之女，四贞亦汉军贵藩之媳，其眼中心中。自然当有经济学问等语。而董妃则久与冒氏相处，习闻轩冕尘世之谈者也。若果其抱破坏主义而来，则对于顺治之童昏多情，更应假此以为蛊惑之据。借曰不然，而以一汉族孤羁流离身分丧失之女子，非常承恩，亦不敢妄作正论，其势然也。顾此处之写黛玉，曹氏笔下，颇觉为难。因黛玉故指富察后，后之谏帝，与董妃异。纵于湘云一方面，不必一一吻合，而对那拉后一方面，则不能不两合其身分。今以经济学问为膡腌，于乾隆一方面固无所碍，君主之视官僚，无一不作如是观。不必雄主与冲主，有不相合意见。君主之视后妃，无在不防其干与外政，亦不必雄主与冲主，或偶异其思想。故富察后之直谏微行狎妓，不必竟有干涉之嫌，而那拉后之宠幸忤后，亦坐之以此罪而无妨。斟酌出之，不相矛盾也。

　　"诉肺腑"一段文字。董妃开口，便说"丢下了什么金，什么金麒麟"，邀求为后之意，见于言表。然曰金、曰金麒麟，则董妃已明知卧榻之侧，虎视眈眈。而自问身世，更复间以种族，其情甚危，其事甚迫，不得不以直截了当之说面诉皇帝，而且欲以感情哀苦之词，求得一当。难矣哉！盖董妃之来，孝庄不过溺爱顺治，顺适其意以为玩物，而为后则非其所愿。其余人则更忌之久矣，最忌之者，非废后而何？彼挟其上人之威力，与其家族之贵盛，又适新婚燕尔之后，而忽来一劲敌焉，几几乎凌其上而夺之席。乃更又有继后与四贞伺于其旁，则其为谋也深，而其察情也备。再四思维，知董妃之事已汲汲，而假继后与四贞以间之，俾之坐斗，而己收渔人之利。继后、四贞犹是意也。或得或失，所处之地位不同，不必其手段之有优劣矣。此时废后之眼光全力注于董妃，董妃虽得君宠，而无如废后之伺之者，固无日不在其心目中。董妃之邀求为后，与顺治之许以为后，废后固当侦探得之。况以冲主之幼稚程度，不戒于口，真情之所发奋，虽英雄贤哲，老于世事者，时亦有所不能忍。顺治与董妃之深款密谋，为废后与余人所知，固不足为怪也。富察氏与乾隆，原当有密论，那拉后专宠夺嫡之事，"放心不放心"之说，一毫都不矛盾。素日相待之情，帝后本非怨偶，自然与宫妃不同。帝欲撤去那拉后之位号，其事亦必为其所闻。在绿天第一妃无论如何著想，实挟蛊惑君主之目的而来。那拉后势不敌后，则卑劣手段，必反用后之所为谏微行、谏狎妓者，而暗招此一班浪人以树中宫之敌。《秘记》所谓其总管之献妓济南，未必非其位下之人物也。说者谓《秘记》中之绿天第一妃，与富察后时代不相接，诚然，然而《春秋》诛意，小说之事迹，亦不必太拘，明眼人分别观之可也。

"袭人说云姑娘神情"。四贞幼养宫中，封和硕格格，孙延龄且仰其鼻息，何至"一点点做不得主"？盖讥其与延龄不协，并及其为吴世琮所掳事也。就食广西，固为"嫌费用大"之确实证据。然下文说"竟不用针线上的人，差不多的东西，竟是他娘儿们动手"，既云费用大，何在减去针线上之人？此即四贞听其戚言用王永年为都统，而不肯由延龄作主。娘儿二字，即是私人之义。且费用既大，针线上人都减去，而其"婶娘犹虐待之，做活做到三更天，替别人家做一点半点，他家的那些太太奶奶们还不受用"，此其家为大家可知，此其婶之不把四贞当人可知，此其婶与其家之不愿四贞接近清室可知。如此地位，尚有对于皇室可以不顾其和硕之尊严者，非三桂家，何能如是？三桂与孔有德为降清之同志，其归降有先后之别，又曾同事，以婶娘家称之，不为过矣。不然，四贞之伯叔行，清史上无所表见，而四贞幼养宫中，所处之情势，又复不合。作此闲笔，殊为无谓。

　　金钏之事，鄙人以为指希福，固矣。然清初宫中秽浊，乱伦之事，数见不鲜。除康熙废太子允礽及乾隆上烝宫妃一事外，睿王姬侍，未必竟无。不过传疑想象，作者以是专指朝臣，较为有据耳。然而睿王与孝庄之对于顺治，其用意亦良可思矣。夫顺治虽为冲主，而既已即位数年，固不能禁其不与朝臣觐见，亦不能禁其不与姬侍絮语，即不能禁其不与朝臣、姬侍交通者，势也。慈禧之于光绪，可谓严矣，然而康有为之小臣，竟蒙帝眷，汪鸣銮之大言，竟达宸聪，宫中内监，亦有拥护皇上者。彼以女子居于宫禁，犹且若此，况睿王于未经下嫁以前，尚处王邸乎？顾朝臣与顺治之觐见也，其理顺，顺则交通易；姬侍之与顺治絮语也，其理逆，逆则交通难。徒以朝端远而宫中近之故，则难易之事相反。王邸姬侍，本可以不与皇帝近，而睿王所行不正，既自身往来于宫禁，皇帝又复时临于王邸，接近之势，有所不免。然而孝庄之所以处此者，固不待再计而决焉。大凡人家之妾媵奴婢，上人所用之人，每凌其下，而输情于下人者，十不得一二。彼其肯为子女媳孙说几句不平话者，大概为上人之所不喜。顺治既失其尊严，则此等情事，在所必至。若睿王所处地位，益不得不置监于皇上之侧。朝臣辈之监制皇上者，谭泰等也；宫中之监制皇上者，废后等也。是以废后之得以为后，实惟睿王之所为。而废后以外，如麝月、秋纹之徒，殆无一不为睿王所置之废后之党羽。若夫不悦于睿王者，虽非姬妾，即一婢尚且不许与顺治近。故金钏之死，其事固为对于朝臣之密结幼主者说法，而其理则亦为宫中之非睿王私人者之接近幼主者说法。否则袭人亦一婢耳，其蛊惑幼主，视金钏罪浮百倍，而何以明目张胆，睿王若无闻焉者？而袭人之改名，闻之又若注意，若不注意，是固因其人之可以为我用与否而定之也。作者记此事于脚踢袭人之前后，意深哉！

第三十三回　手足眈眈小动唇舌
　　　　　　不肖种种大受笞挞

　　此回王沈评合，然以是断为曹氏之补本，则鄙人期期以为不可。盖此篇所以定睿王将篡之案，而并追原祸始，直纪太祖之孝慈高皇后，与其所出子太宗，構陷太祖嫡长子褚英致死一事者也。而曹氏亦并及乾隆责两阿哥，试分言之。

　　太祖子嫡长子为褚英，因爱孝慈故，立太宗，其迹明甚。谓太祖欲立多尔衮者，摄政当国时代之说也，不足信。王将为议政王时，其势固不可以取，有礼王与太宗诸子在，理势甚逆，而权力未充，或亦知难而退。得孝庄之内援而立顺治，郑王犹位居其上也，此时王之必遂于篡与否，尚未可知。俄而郑王黜矣，肃王幽死矣，礼王薨矣，中宫皇太后崩矣。妻太后，占肃妃，又复纳福金于高丽，其目中不惟无上，且与孝庄之感情，亦不过尔尔矣。于斯时也，以吾辈之眼光度之，苟非顺治杀睿王，则睿王杀顺治耳，挞云乎哉？夫清初帝王，本其蛮俗，初不以下嫁为奇事。然彼之入中国也，已六七年于兹矣，此种地位，骑虎难下，其将奚为？高欢之纳尔朱后，燕帖木儿之取泰定帝后为夫人，皆在其主既废之后。不废其君，而妻其君母，且另迎福金焉，不篡焉归？孝庄之私通睿王，原为其子之以不正得立故。人情之爱其情夫也，或忍于其夫，而不忍于其子。忍于其子，非常大变，固不必作此刻论。而感情又以妒减，则睿王与顺治相仇，孝庄其亦仇之矣。且睿王之疾，伪也。王自入关以后，手握重权，时而统兵，时而出猎。虽荒淫无度，可以指为致疾之阶，然年未四十，亦未必可作信史。质而言之，则王之称疾，不过权臣骄蹇之常。王之暴终，实不无亲贵秘谋之想。盖出猎之举，观于后来宣布罪状之诏旨，此行未必无诡计。而遽以丧归，死后不久即得罪，此中又未必无阴事也。历史上之眼光，必须于其不可掩处，竭力搜计。若拘拘于眼前之地位，则官书之不可信而误信者多矣。

考《东华录》：太祖元妃佟佳氏（即佟氏，凡汉人入满籍者多于本姓下加一字），生子二，褚英、代善。继妃富察氏，生子二，长莽古尔泰。孝慈高皇后叶赫纳喇氏，生太宗。继立大妃乌喇纳喇氏，生子三（多尔衮等之母）。又载富察氏赐死；又载孝慈高皇后年十四，归上（以下谀词不录）。又载东海瓦尔喀部蜚悠城，经褚英、代善，以少击众，败乌喇兵，斩乌喇统兵贝勒博克多，及其子，生擒贝勒常住父子，及贝勒胡里布。上赐褚英号阿尔哈图土门，代善号古英巴图鲁。又前载上命长子台吉褚英，征安褚拉库路，星驰而往，取屯寨二十余，所属人民，尽招徕之，赐褚英号洪巴图鲁。明万历四十年壬子薨，年三十六。以鄙人所闻，则官书殊不足信。考天命三年，即万历四十六年，告天七大恨中，有明越境以兵助叶赫，俾我已聘之女，改适蒙古。而叶赫之女事太祖者，只孝慈一人，夺之于蒙古明甚。又征伐蒙古，多言及此，似其先原为乌喇贝勒布占泰所有者。又考《啸亭杂录》，宗室相国禄康，啸亭述其祖德，康赧颜曰：先世身遭刑戮，安敢计功？余为之骇然。按康为诚毅贝勒，显祖幼子，开创时勋劳最著，以病薨于邸。经太祖亲临哭奠，立碑旌功，事具国史。而公言如此，诚为骇异。因细询之，乃误以褚英贝勒之事，归之诚毅，因附案语，言褚英为太祖长子，以事赐死。窃按《啸亭杂录》，为清礼亲王代善之裔昭梿所著，苟无其事，岂肯自诬先人？且褚英与代善同为嫡子，褚英无后，代善之子孙，必知其详。是则褚英之死，官书讳之。而致死之所由来，得此即可不烦言而解矣。今考《东华录》所载，则褚英不惟嫡长，抑且有功，其年亦与太宗相悬。是知孝慈来归之时，英已成立。其所建树，彼其所处地位与身分，俨然一申生之于骊姬。故太祖之欲立太宗，母爱子抱之定例，褚英不得不死，代善不得不遭忌。褚英、代善之母死，而有继妃富察氏，亦不得不赐死。彼其亲生之子二人，决不得与元妃二子比。孝慈妒之，彼固不能不护其前室之子。则夫褚英之死，与代善之不得立而几几欲死，何一非孝慈与太宗之所为者？且阿敏、莽古尔泰，太宗置之于死地，推刃其兄，曾不讳言，彼亦何亲于褚英，而宽纵于代善？盖以代善之功已卓著，而又不杀之于太祖之手，故隐忍而不敢发，然亦迫于危地者已久。若诸英则实为嫡长子之有功者，太祖不先杀其人，则太宗必不得立。而所以太祖之忍心于杀之者，非"手足眈眈小动唇舌"，亦必不至于此。阅者以为此书写赵姨娘，未免太毒，恐无紧要人物，足以当此。今观此事，则知作者于顺治时代立全部架子而外，尚有此惊心动魄、关于明清及叶赫兴亡之一大人物，而又为清廷骨肉之祸之所自起。良史之笔，何以加之？

乾隆三月十一日谕：阿哥之师傅谙达，所以诱掖训诲，教阿哥以孝道礼仪者。今遇此大事，大阿哥竟茫然无措，于孝道礼仪，未克尽处甚多。此等事，谓必阅历而后能行，可乎？此皆师傅谙达平时并未尽心教导之所致也。伊等深负朕倚用之恩。阿哥经朕训饬外，和亲王来保、鄂容安，着各罚俸三年，其余师傅谙达，著各罚俸一年，张廷玉、梁诗正俱非专师，著免其罚俸（此段可与贾政申斥李贵一段事参看，康熙中更有重于此者，亦须参看）。六月甲戌，谕诸王满洲大臣等：今皇后大事，百日已满，朕如不降晓谕，尔等亦不能明悉朕意。皇后之事，朕甚哀痛者，非为皇后与朕二十三载伉俪相得之意而已，实惟宗庙社稷神器之重，付畀不得其人。每一念及，深为心悸。试看大阿哥年已二十一岁，此次于皇后大事，伊一切举动，尚堪入目乎？父母同幸山东，惟父一人回銮至京，稍具人子之心，当如何哀痛？乃大阿哥全不介意，只如照常当差，并无哀慕之诚。朕彼时降旨，谓大阿哥昏庸者，特以不孝之罪甚大，伊不能当，故委婉施恩，将伊开脱以全其生路。若将伊不孝之处，表白于外，伊尚可忝生人世乎？今事虽已过，朕如不显然开示，以彼愚昧之见，必谓母后崩逝，弟兄之内，惟我居长，日后除我之外，谁克肩承重器，遂致妄生觊觎。或伊之师傅谙达哈哈珠色难太监等，亦谓伊有可望，因生僭越之意，均未可定。此位所关重大，朕仰承祖宗统绪，垂及子孙。孟子曰：以天下与人易，为天下得人难，实为至论。从前以大阿哥断不可立之处，朕已痛鉴，屡降旨于讷亲、傅恒矣。至三阿哥先以为尚有可望，亦曾降旨于讷亲等。今看三阿哥亦不满人意，年已十四岁，全无知识。此次皇后之事，伊于人子之道，毫不能尽。若谓伊年齿尚幼，皇祖大事之时，朕年甫十二岁，朕如何克尽孝道之处，朕之诸叔及大臣内旧人，皆所亲见，亦曾如伊等今日乎？朕并非责备伊等，伊等俱系朕所生之子，似此不识大体，朕但深愧而已，尚有何说？此二人断不可承继大统，朕降此旨，并非遇事恐吓伊等，日后复将游移。试思太庙祼版，以孝字冠首。朕已谓伊等为不孝，夫不孝之人，岂可以承大统？此二人断不能继统处，王大臣等其共知之。朕为人君，于常事尚不食言，于此等大事，岂有食言之理乎？伊等如此不孝，朕以父子之情，不忍杀伊等，伊等当知保全之恩，安分度日，虽日后蒙朕格外施恩，亦宜益增愧赧方是。倘仍不知追悔，尚有非分妄想，则是自干重戾矣。大阿哥系朕长子，三阿哥年亦稍长，如果安分静守，自后总可膺王贝勒之封。第恐彼时伊等或自谓已居王位，或谓已为贝勒，复萌希冀之想。须知此一位，只可传一人，不可分传数人。若不自量，各怀异意，日后必至弟兄相杀。不如朕为父者杀之。伊等若敢于朕前微露端倪，朕必照今日之言，显揭其不孝之罪，即行正法。并不准请建太子，以离间父子、惑乱国家罪处死，云云。此中情事，不问可知。

第三十四回　情中情因情感妹妹
　　　　　　　错里错以错劝哥哥

　　此回标目，用意最深，其上半回曰："情中情因情感妹妹"。夫上回所言狎优戏婢等事，谓之曰情，殊属强辞。以书中之表面而论，则宝与黛、钗，皆中表兄弟也，即有意嫁娶，亦不当以优与婢为例。况女子性妒，定然不乐，况里面之为董妃与继后者乎？若富察后则直以此谏乾隆帝矣，而何情中情之足云，而乃曰因情感妹妹乎？盖顺治之欲后董妃，其机已泄，必为睿王、孝庄所不悦，而或且斥董妃曰妓，曰改醮妇，曰婢，甚则直骂我汉族为贱种。而言词之中，重护废后，未必不侵及于继后与四贞，故黛、钗之泣宜也。然其主体之所存，则实在董妃。董妃受此一大打击，而阴谋废后代后之嫌疑，岂能不避？避之而又不能舍，则吞声饮泣，自然较甚于平常。继后先来，董妃后至，其中已经有此情事。然种种言词，有废后、继后监制于其侧，全不好说，"从此都改"之一句话，吞吞吐吐，无限包含。顺治复答之曰："你放心，我为这些人死了，也是甘心情愿的。"所放何心？所甘心情愿死的何事？山盟海誓，无过于此。凤姐来了便走去，盖此语继后尚听不过，而董妃明慧，岂不自知？顺治亦非全然不觉。避之云者，避谋代后位之嫌疑，恐为刘嬅所觉，而不知继后之全烛其隐，刘嬅之自然声入而心通也。既知避去，何必不来？不能不来，痴心未死，一线之希望犹存，则泣诉之工夫愈巧。在顺治则已拼着闹翻，一切不顾矣。隐微心事，曲

曲描出。若夫雍正明察，天威严重，盗妃事发，太后监刑，其事既
与宫闱有关，则后妃自然悚栗。而富察后之身分，究竟比那拉后写
得较高，情分亦写得较切，铢两悉合。

　　"袭人进谗"。王夫人见房内无人。开口便道"是环儿告状"，
是偏心护短口气；袭人便道"霸占戏子"，是妇人吃醋口气。王
夫人摇头说道："也为这个，还有别的缘故"。据上回所写，除此
二说，别无所有。此乃挖心呕血直截言告诉阅者之言也。袭人说
"不知道"，偏又说"大胆"，说"不该说"。王夫人一问，则又
曰"不知将来做出甚么事来呢"，此语所包甚广，又是作者挖心
呕血，直截尽行告诉阅者之言也。夫书中表面上之黛玉，与宝玉
之为中表兄妹，纵有婚姻之秘约，进一步而更有染焉，其事处于
丫头地位者，必不敢对于其溺爱之上人言之。书中之里面之黛
玉，为小宛，为顺治妃。皇帝与妃子之私言，使袭人而果非废后
也者，则亦不敢对于太后言之。然使皇帝与妃子之私言，反之关
于皇后一方面，则皇后亦不敢对于太后言之。盖直以谋代后位之
说告，而并加之以种种装点，谓其为汉女之蛊惑君心，而并或加
之以大逆无道、阴谋诡计之名词于其后，平安都不能了。直是以
董妃为昔日亡国余孽，为将来败国妖精。说话至此，可谓巧言；
作文至此，可谓奇文。以下迎刃而解，图穷匕首见，无此妙也。
若在曹氏一方面必谓妓女不敢说皇后的坏话，则又不尽然。吾见
妓女之破坏骨肉者多矣，窃恐皇帝之威灵，亦或至妓者而穷矣。

　　"晴雯送旧帕"。晴雯暗指董年与三姑娘，用得恰当。旧帕之
送，在顺治以为不忘旧情之意，所以止其泣而慰之以放心也。然
小宛其何以堪此乎？秦淮名妓，阅人已多，旧帕之来，实中其
忌。又况冒子恩情，数年于兹，别离以来，天涯人面。重大责任
之说，纵非实录，而四顾无徒，将成疑狱。在小宛之感情如此，
而对于皇帝之且感且愧，且忧且疑，且愤恨而不能已者，宁能不

谅帝心？自非铁汉，百炼钢当化为绕指柔。虽使今日革命家处
之，犹难禁受，曾谓一弱女子而能当此？原本作者实有恨董妃无
能为力之隐痛，而犹不得不少为曲谅者，罪明代之遗臣，与夫汉
族人民之无英雄，而只仗妇人者之大为失策也。写情写到二十分
地位，即将恨寄到不止二十分地位矣。乾隆日久思悔，而体面总
不肯自屈，当再见后时，亦自当有此情状。《秘记》载三姑娘劫
后至其家后，长跪谢曰："皇上之爱我，乃至无所不容，然犹忍
令废后不沾雨露耶？若不妥为位置，则宵小谗构，日肆残毒，一
旦酿成祸乱，被皇上以恶名，不能不为之惧。今日千载一时，机
缘凑合，皇上可面许以永妥之安置"。帝颔之。三姑娘与济南妓
捧后出，帝执手慰之。后但言愿皇上修德自爱，帝为动容，许迎
归坤宁宫。后谢辞，祈指定某寺居住，以终余年，感且不朽。帝
恻然，手敕住扬州某寺主持，且令地方官随时保护。此亦故剑之
情，义与旧帕相通，而私下传递，事更相合。然当在位之日，那
拉后以妃凌出其上，后必不悦。帝亦必以结发情相慰，此固男子
之常，曾无足怪。而后则不能无妒，妒则生此种种疑团、种种防
备。盖妒之一字，本为妇女所应有，而确非帝室之所宜。若以曹
氏之时代，曹氏之思想度之，则平等之学说未昌，而种族之天性
又厚，其不能不加后以妒妇之名者，亦固其所。故书中言黛玉之
褊窄者，殆不一而足。且以寻常论之，则狎妓固非奇事，即微行
亦未是危机。后之啧啧以为言者，帝听其谏，固是美德；即或不
从，亦非甚恶。既已多谏诤之言，而复有宫间之争，《秘记》直
颂其贤，未免善善从长之义。而妒之一字，曹氏决不反此爱书。
盖乾隆之罪，在于虐待人民，滥杀大吏，取尽锱铢，用如泥沙之
行为。而若狎妓微行等事，尚于社会无大害，于本身行谊亦小
节。若不以微行狎妓，及宫妃耸谀之故，永弃其元配而不复有故
剑之情，则亦只得以过失论。而不得以伦常乖舛为辞。是则后之

以妒而持之太激者，亦不能完全立于此是彼非之地位。曹氏综此两义，而为之写出此一篇故剑遗弃之所由来情状，并非为乾隆作辩护人，乃实为为皇后者作愁苦状，而论事亦为平允。读《红楼》者，当知此例而推广之，则宝与黛、钗之案，从此决矣。

　　"薛蟠喝破宝钗心事"。案以三桂与继后为兄妹，不过以同系外藩，同系叛服不常，随手凑成，以便于文字间架之义。今标题曰"错里错以错劝哥哥"，而归结于此数语，殊难索解。谓三桂无耻，一方面巴结顺治，一方面见好睿王耶？说固可通，而宝钗之疑非错。且以随手凑成之兄妹，而此事之商榷，未免太觉认真矣。然则是此书之所谓错里错者，乃直书三桂之不应降清，不应逼死桂王而复背清焉耳，于继后又何关焉？上文"打死了宝玉"，已不成为人臣之话，犹曰兵权在握，骄悍之言，不能免也。直说道"好妹妹，你不用和我闹，我早知道你的心了。从前妈妈和我说你这金，要拣有玉的才可配。你留了心，见宝玉有那捞什子，自然如今行动护著他"。此语见诸兄妹为不伦，见诸三桂与继后亦为无干，岂作者欲诛继后之心，而故假一人焉以喝破其隐衷乎？鄙人以为浅矣。盖顺治之短，决非国民之所敢公言，言之而众人知之以至于今日者，其必需有敢于打死顺治之人以为之主。而当时之有此势力者，则三桂也。三桂既经举事以后，顺治宫中之历史，当复昌言无忌。彼《滇黔纪闻》诸书，及滇中他种记载，其对于顺治之秘史，自然胪列。总其后而言之，又溯其前日之地位而言之，非空论也。乾隆时代，经顺、康、雍之烧书而后，禁网日密，人心亦日以亡。蚩蚩者怀德畏威，谁敢于宫禁秘密，道出一字？其敢于憨不畏死，明目张胆，揭开其黑幕，以告诸天下万世者，惟有齐林一辈之白莲教耳。呜呼！正人不言，而藩镇之奸雄言之。不可说矣。乃至正人不言，而草泽之奸雄言之，则尤不可说也。谭浏阳心史之痛，安得不愈益悲乎！

第三十五回　白玉钏亲尝莲叶羹
黄金莺巧结梅花络

　　董妃一肚子牢骚，不敢发泄于孝庄诸人与废后，而发泄于继后，一妃一女之别也。富察后一肚子闷气，不敢发泄于太后及皇帝，而发泄于那拉后，一后一妃之别也。不然，则自己为宝玉哭，绝不避嫌，乃以此责人，而何得不反唇相稽耶？各项人等皆去看宝玉，而黛玉去即走，对于宝玉相待之情，有许多说不下去处，其实则诸多不便。因谋泄而不敢公然出头，讨众人之嫌而已。此等处，是最过细之处，亦是董妃最伤心之处。鹦哥独念《葬花》中两语，故意再点，是作者叫人着眼，明乎董妃之死得不明白也。富察后之对于太后皇帝，其与那拉后交涉，亦当有此情景，而其死亦不明焉。

　　甚矣！五伦之说列君臣，而其余伦乃几为之废也。其父死于是矣，而其子不敢怨，其兄死于是矣，而其弟不敢怨。推之夫妇而莫不有然，朋友更无论焉。金钏因宝玉之故，至于投井，则其妹何至不敢怨？既知其怨之矣，则王夫人何必使玉钏为宝玉做事？此固寻常人家父母之所绝不肯为者也，然而竟如此办法矣。吾故曰五伦以君臣始，五伦即以君臣穷。本书中所指系叔侄，若乾隆时之讷亲、策楞被杀，而阿里衮见用者，则兄弟亦有之矣。吾不知君臣之以人合者，乃以操人之死命而制压其骨肉，果于天理人情上有当焉否？

谓索尼终不附睿王者，史臣之谀词，近于原心之论者也。夫索尼曾于举发案内受上赏矣，此事诚出于睿王之意旨可知，然曰肃王固有罪焉耳。吾发谭泰隐之阴谋，是即为不附于睿王之一证。然不揣其本而齐其末，并无有如图赖之直截谏诤者，无怪乎图赖之疑而讦之也。果其平日相信于图赖，则此书之传到与否，索尼可以直与图赖言之，图赖亦可以直截信之。盖其不信之故，固有与睿王相比之迹在。置之于白玉钏之地位，诚不为过。盖其畏睿王之势，而与王切近者，实惟顺治之所怀疑，而彼之近顺治者，又深有惧于睿王，乃作此态耳。顺治之不得不近之者，因以其叔父希福之为我几死也，乃迫于近之，犹此回之情状焉。不知果恨睿王，则直如图赖可耳，否则直恨顺治，亦无伤于其天伦之大义。首鼠两端，君子盖无取焉。

凡朝臣之欲得其君也，无不有党。党者专制君主之所甚恶，而卒不免，则以人生而即有合群之性根，而处世又有绝对不能独立之理由。不惟君主所不能禁，即其本身，亦万不能逃出于范围之中。故孝庄与睿王有党，顺治亦自有党，因其时代势力以相为乘除，虽母子之亲，不能易也。而且睿王与孝庄，有不能终合者，宝钗后而袭人废矣。若董妃之失败，则以无党之故，仅仅一董年，何足道哉！所恃者皇帝之一人，犹且制于孝庄与睿王焉，如何之其可济？阅者毋谓宫庭之间，后妃无各树党援之理。其实则废后立后，贬妃杀妃之一切惨剧，皆有人焉播弄于其际。而有太后有摄政者，更为奇怪不可思议。冲主选后，固有定制。宫掖森严，固禁交通，然其勋戚贵胄，出入于太后之侧者，虽明文不准常用往来，大抵皆为具文。同治之立后也，孝贞主之，而惠妃屈焉。光绪之立后也，孝钦主之，而珍妃、瑾妃屈焉。孝钦不能夺孝贞之所爱，光绪亦不能违孝钦而自保其所爱，党也。党之起自上，而争之者乃从其所党之人以自结焉，则此篇巧结梅花络之义也。然而顺治之心，经莺儿与其主之百计笼络，只能得之于一时，而终不以易其爱董妃之心。犹之乎乾隆于富察后之变以后，那拉氏可以为后，而终不能不有被废之一日，则党势之消长为之，非徒帝心之必有所属也。党之人惟戚族，则刘嬬辈是矣。党之人惟汉臣，则范文程、洪承畴、冯铨辈是矣。其余则太监、宫女中，不可以无人，则此卷之莺儿是矣。然而宫婢之中，实无有权力以为继后地者，袭人其假设者也。本为皇后，岂容继后之夺其天位？彼其为继后说话，不过欲以宫妃处之，使为吾助以当董妃焉耳。若夫继后之心，亦岂诅望为后哉！其先亦不过希望为妃，继而见废后之志意不协于皇帝，乃起而为逐鹿之思想。盖其心中变，而机愈深，较之那拉后之谋后尤亟。盖彼所居之地位，与富察后所居之地位固不同也。莺儿之语，其以是乎！

虽然顺治朝之宫婢有权，而为继后地者，吾未之闻也，大约皆当为废后党耳。盖彼以权力之后，久踞于中宫者也，安得另有宫婢为之谋代者哉！考《东华录》，顺治十二年十二月，赐内大臣伯索尼敕，中有顷皇后遘疾甚危，朕心实为忧虑。以尔敬慎，能副朕怀，是以简任内廷，俾之保护。尔立心清白，任事勤劳，虑无不周，能无不备，遂尔勿药而愈，立奏康和。上释圣母顾虑之怀，下慰臣民仰望之意，朕心不胜喜悦，可谓国之荩臣，乃心王事者矣。故特降温纶，用旌殊绩云云（以下谀词不录）。考索尼以五年得罪，八年亲政，复用，旋擢内大臣。是在废后立后期间，又护视后疾，何足如此重奖？则知上回所言宝钗与金钏死衣一事，即指其与希福、索尼交通，而实出诸孝庄之意矣。又考《东华录》，顺治十五年正月，戊戌朔，上在南苑免朝贺，庚子大赦，以太后疾也。谕礼部：朕惟皇后表正宫闱，孝敬为先。凡委曲尽礼，佐朕承欢圣母，此内职之常也。昨者皇太后圣体违和，朕朝夕侍奉，食息靡遑。皇后身为子妇，平时恪恭定省，原属敬勤无失，且承皇太后笃爱，恩眷殊常。而此番起居，问安礼节，殊觉阙然。虽蒙圣母慈恩垂谅，而于朕孝事之诚，不无有憾。向来废后之举，因与朕不协，故不得已而行之，至今尚歉于怀，引为惭德。但孝道所关重大，子妇之礼，昭垂内则，非可偶违，兹将皇后位号及册宝照旧外，其应进中宫笺奏等项，暂行停止。着议政王贝勒大臣九卿詹事科道会同议奏。寻议钦遵谕旨，停其笺奏，从之（此条与书中关系甚多）。三月甲辰，谕吏部：内监吴良辅等，交通内外官员人等，作弊纳贿，罪状显著，研审情真。有王之纲、王秉乾，交结通贿，请托营私，吴良辅等已经供出，即行提拿。其余行贿钻营，有见获名帖书柬者，有馈送金银币帛者，姑从宽。并有毋许仍蹈前辙，刊刻告示，内外通行严饬云云，并累及陈之遴全家戍边。由此观之，在去停笺之日，不过两月，又实在太后疾后，此中情弊显然。诏谕不过托侍病为名，则黄金莺之即其人而作弊纳贿，又即为此回中黄金莺巧结梅花络之代名词，确无可疑者矣。

第三十六回　绣鸳鸯梦兆绛云轩　识分定情悟梨香院

　　"宝钗见机劝导，及国贼禄蠹之谈"。继后挟孝庄之势以为皇后，是又一废后之地位也。然而不敢全如废后之所为者，皇帝既已亲政，非复摄政王全权时代之比，而孝庄亦惩于废后之事，不敢如柳宗元之所谓束缚驰骤者。故书中之劝导宝玉，未尝写得如继后之烦琐。而为后之日，董妃实未死，下文言黛玉死于成大礼之日者，《春秋》诛意之言也。大敌犹存，而孝庄健在，乘机二字，写得最为合拍，此固谕停笺奏之所由来也。且继后本蒙古科尔沁女，富贵利达之见，自然盘踞于胸中。而董妃出身，又为其所便于借口者，穷形尽相，不如此苛刻不得，董妃之死决矣。国贼禄蠹四字，为从来君主待臣下之相传秘诀，亦惟君主看臣下之敏锐眼光。彼既借吾国二千年专制之学说，以忠君二字，箝制全国之口，而种族之说，实为天理人心之所不能泯，乃以利禄之途愚之，旋以名誉之途诱之。盖忠君本为后起之学术，名利实属斯人之本性。顺治一朝，贰臣居多，既不能为明忠臣，又安望为清效死？不过势力所在，聊备驱策。而关外蛮族，更不足言，蒙古世仆，何知大义？君主国当以国贼禄蠹待之，彼亦自居于国贼之地位而不以为羞，盖几几乎求一范承谟而不可多得矣。下文论"武将文臣"一段议论，即是此义。终之曰"朝廷是受命于天，非圣人则天不与以万机"，神权与君权合，而世界无公理，此等言论，虽大权臣尚不敢出之口吻，而惟君主能之。盖彼挟天子以令诸侯者，尚不能不防天子之名义。如此明白浅易，宣布宗旨，而阅者乃欲以明珠、傅恒辈当之。在前清时代，明眼人或万不得已，而作此隐语，假替身以显正主，是固未可轻疵；今乃全无忌讳之时，何苦复为前人所蒙？况国贼禄蠹四字，顺治对废后、继后言之，明明是并刺蒙古诸王，而董妃固无是也。金玉木石，即是贵贱之分，顺治之愿偶贱而不偶贵，或亦惩于废后之势力挟制乎？国贼与禄蠹申言，而首言国贼，其意更深。盖大盗窃国，外夷入主，皆赖国贼以为用。而人之爱此宝玉也，谁不如我？彼既为禄蠹而来，或且终为国贼以去，骨肉之间，尚不能保。摄政即在卧榻之上，尚不止于榻下鼻息而已。三桂权重，固其所忌，而蒙古诸王，皆以兵力强制之，察哈尔小王汗子之变，将在眉睫。顺治出世，虽为董妃，然其意中未必不因国事之难办，而存美人情重江山轻之见。且对于家事，种种苦恼，汉惠帝之酒色自戕，可为明证。皇帝之不自由，乃过于平民哉！乾隆忌刻，待臣下毫无善状，不惟是清廷之心法，直截是皇帝之宝书。变本加厉，尤有甚焉。专制时代之回光，近人早已论定。为之后妃者，何敢深言？以皇子而继大统，立身扬名，本不必说。而雍正之为人，诸子又何敢少露圭角，以失其正大光明殿匾之前途希望？此语正好写藩邸中夫妇，兢兢业业景况。而后来那拉后之被废，亦未尝不蹈富察后覆辙。且其得位也不正，与继后同，则又安得不受此等申斥言语？此等处于宫廷四周地位，无不相合，而寄慨之深，直与梨洲同一鼻孔出气。种族家之极愤，未必不有见于民权主义之微旨也。

"玉钏食双俸"。是顺治八年亲政，索尼复子爵晋世袭一等伯，赐敕免死二次，擢内大臣，总管内务府事。而尤以护后病得奖为主体，故下文之报喜信者必属宝钗。

"袭人家中秘幸"，是由私人而几同养媳之征。袭人月例特别，是由养媳而得为皇后之征。阅者当于无字句中，深求其意，毋被丫头两字所蒙。言凤姐与薛姨妈者，党也。绿天第一妃之得宠，那拉后与富察氏妇，及嘉庆后（书中贾琏、凤姐亦有兼指嘉庆帝、后者，详后论），或有为之道地乎？然继后来而皇后废，绿天第一妃宠而皇后亦废，作者于此，盖深致意焉。

"绛云轩之事"，暧昧极矣。然作者如此写法，非单写继后也，写继后与废后之通同作弊也。盖继后与顺治之私情，废后知之久矣。知之未必不两相妒，隐其妒而深相结纳者，实以董妃之故。继后一来，废后便"借端走去"，让之使私也。不然，男人睡在床上，而留一女子以伴之，妇人且远去焉，此何理乎？盖废后明明使两人合，而并欲收继后以为之用。继后亦乐得借此以接近顺治，而曲感废后之情，以便结纳。女子私人，而其本妇许之，无耻者固所优为。而对于皇帝，则并无后患，亦何为而避之？董妃与四贞之来，见之而不敢言，妃固不敢直忤帝，而阃外则犹不便说，况四贞亦忌董妃而欲借继后之力者耶！然而董妃之不敢急言者其势，而不得不言者其心，背人而必与皇帝言之者，其情理所必有。平人姬妾，对于本夫有此等事，稍知自爱、爱其夫者，决不肯当面道破，顾全面子，又决不肯终久不说，而背人劝戒，天经地义，决无可逃，故末回必补此一笔。下文言"宝钗道，没见他们进来"，知废后之意旨，而惧董妃与四贞之知。"袭人红了脸说道，总不过是他们那些顽话"，则董妃已微言之，四贞亦不为辩之。废后已经会意，而告诉继后，以自表其不妒之德，荐引之功。继后知之，乃报之以喜信。其意若曰：吾亦为君道地云云。各宜其丑而又互隐之，笔曲能达。中间偏又著"喊骂说，和尚道士的话如何信得？什么是金玉良缘，我偏说是木石姻缘！"是必继后有试探意思，而顺治绝无有变动情形。离间董妃之微言，枕席上尚说之不动，其谋乃愈急矣。下文便接凤姐打发人来叫袭人，同谋秘密之旨，隐然言下。王沈评谓此数回中，无不叙宝钗到怡红，而黛玉独否，得失利钝判然，最是。顾黛玉之不来，为废后避嫌；宝钗之屡来，为废后钩引。此回见宝钗之来而来，是为侦察；心中有事，终忍之无可忍，而竟如其所料；又恐独往之不便，而偕四贞，并使四贞得见此情形，而妒继后，其用心不可谓不工。即继后之术，亦未当不是。而终久同归无效者，无如孝庄何也。

"袭人不去，宝玉不禁大喜"。废后初得幸时，顺治未尝不喜。然开口便以太太压制，实在可恶。"回了太太便走"，欺其不敢背睿王与孝庄而废后也。下文又曰"只拣那宝玉素日喜欢的春风秋月、粉淡脂红及女儿"等语去说，悍妒狐媚，真写得一文不值。此段真写到绿天第一妃与那拉后作了些不端的事，为富察后所见而不悦，曹氏却绝不为之爱惜者，作书之旨，本系如是。不知当日果有此事与否，想当然耳，亦不能断言其必无也。

"梨香院"一段，惜承谟而不满之意，见于言表矣。盖承谟固范文程之子，汉人也。汉人而收入于旗下，是不啻以俳优蓄之。而旗人之对于王府，俨为家奴，虽官至极品，功至元勋，举皆不得自由。书中"雀儿唱戏"之意，既是旗下二字之代表。承谟果有人心者，必当不愿。然而承谟固无如之何者，其父为叛汉之罪魁，比之张世杰之为张柔从子者，其情尤亲，其为敌于明也，较之张柔之以元敌金也，其感情尤恶。承谟处此地位，又不能为郑成功。成功举事，在本身固未与清事。承谟则生长于其叛明事清之父之怀抱中，而成立于其赫赫贵族受职仗钺之时代者也。故虽明知其为俳优，为笼雀，而不得不受，只好以调和满汉为其宗旨已耳。耿氏叛臣，本非明裔可比。耿、范世姻，承谟固当深悉其人。耿氏已成将变之局，而承谟又适当无兵之位，康熙令其由浙抚移为闽督，实如置其人于雀笼中。盖不待于画壁之日，而已知其必囚矣。是则承谟之不得忠于汉族者，文程累之；而其不得不死于闽者，康熙之用汉军于危地者累之。识定分三字，原之也。船山以隋文帝之篡周，功罪相参，种族家固当有此见解。而承谟之所处，固不能以此相责，但惜吾汉族人才，竟为满用，而秉心正直者，亦未由轶出其死圈，故特写之。御医诊视，赐参药，趣赴新任，亦于回中深致意焉，亦尤西堂"元亡乃有文天祥"之义也。

《李绂传》言世宗皇帝在潜邸，雅知公。雍正元年，复内阁学士兼副都御史职，署吏部侍郎，充经筵讲官，屡奉独对，豫大议。又《东华录》载，三年八月，在直隶总督任内，奏报塞思黑病故。谕：朕差胡什礼前往带领塞思黑回京，伊私与楚宗商议，擅将塞思黑锁拿。及胡什礼回京，奏述李绂有塞思黑一到，我便行事之语，云云。又言李绂奏称并无此语。夫此等事，尚牵及于李绂，则以宝玉令其唱《袅晴丝》一套之说，不为无因。又传称因结党参劾田文镜，内外诸臣，方以全力罗织公，必欲置之死。而世宗知公深，特恶其崛强，欲痛有所摧折，仍湔洗而复用之。两次决囚，命缚公至西市，两手反接，刀置颈间。问此时知田文镜好否？公对曰："臣愚，虽死不知田文镜好处。"乃宣旨赦还，仍置请室。爰书上，特旨李绂学问尚好，著免死，在八旗志书馆效力行走，免妻子财产入官。七年冬，谢济世在阿尔泰军前，供出昔年参奏田文镜，由绂授意。世宗大集诸臣，命公随入，跪阶下，亲诘责之，天颜甚厉，声震殿角，近臣皆股栗。公奏对如常，无乞怜语。廷臣遵旨讯公，请交刑部治罪，得旨宽免。十三年八月，高宗御极，召见，曰先帝固欲用尔，即授户部侍郎管理三库事。又称公在九列时，同朝者大将军年羹尧，太保隆科多，桐城、常熟二相国，及怡贤亲王，皆无所附丽，而卒困于田督，几死。与此回中不肯为宝玉唱戏，及反对田文镜严刻束缚政策，语语相合，而囚禁尤与雀笼相似。盖雍正时代，汉人始终信用者，惟田文镜，几为皇帝之代表。而李绂至死不屈，亦与龄官之崛强相类。且雍正欲用绂，亦不为无因。绂本雍正潜邸中有交之人，而又忤年羹尧，塞思黑死事，亦未必不与其谋。惟政尚严酷，不喜宽大之言，又君臣皆负气不肯认错，故不惜重刑威逼以挫其气，而卒不能，亦不肯杀，而留之为子孙用，亦系帝王英明者之所为。至乾隆初年，政局始易张而弛，绂亦始终恩礼不衰，亦犹龄官之于贾蔷。又或者承谟以忠贞之性，在顺治时期无所表见，当亦无所附丽之故。读书宜以意会，若谓臣愚不知文镜好处，非画蔷之正面文字，则未免死煞句下。盖本篇意义，不过谓人皆在那一面，我独在这一面，并非为承谟一定必拒绝顺治，而心在康熙；李绂必拒绝雍正，而心在乾隆。总之原本作者于贰臣得志之日，表出一忠臣，而其苦处不得为之曲谅。曹氏亦于大臣阿靡之中，表出一直臣，而其过处亦不为之曲讳。固天地间之物必有偶，而后来者之精心结撰，功力相敌，尤为奇绝矣。

第三十七回　秋爽斋偶结海棠社
蘅芜院夜拟菊花题

开首书元妃归省之后，即书贾政放学差，特笔也。科举二字之误人，其弊已极于明末而不可救，奉献大明江山一座、帝后二枚。下书文八股顿首拜，已于李自成破燕京见之。其靦颜无耻，展转于大盗、神奸，而复顿首稽首于虏主、淫后之侧者，皆此物也，又何怪乎钱谦益之特创下嫁奇想乎？《聊斋志异》对于科举一事，极怨深痛，大书特书不一书，宜矣。考《制艺丛话》，载有满人未入关之状元，今曰《春娥教子》《双官诰》等剧，即讥其状元沈文煋入奉天应试，而其妻得传闻之说，谓其人已死遂至改嫁事也。金瓯犹在，而不得志于有司者，已有北胡南越之奔走，吾汉族之读书人，尚有何面目立天地间？且彼时满人尚未知有汉文，其主试者，有何知识？不过一贾政之类而已矣。刚林等辈，又何讥焉？此义已经颠仆不破。而因太后下嫁，特开一科之事，昔人颇有传闻，今杂考各书事实，则斯言可信。书贾政放学差，即为此事写也。考《东华录》，顺治元年，甲申十月，即皇帝位。恩诏中有会试定于辰戌丑未年，各直省乡试定于子午卯酉年。元年甲申，则六年当为己丑，是顺治六年以前，只当有两次会试，即只当有两个状元。今考《科名录》则竟有三个状元，第一次为傅以渐，第二次为吕宫，第三次为刘子壮。而传说者则皆以刘子壮为第一科。《先正事略》《文苑传》言刘子壮、熊伯龙，为顺治六年进士。种种不合事实，则是讳言之耳。呜呼！刘子壮者，独非与杜茶村兄弟，同乡同学，且同志不复出山者乎？一旦以明朝之举人，白发苍颜，暮年再醮，应此煌煌大典下嫁覃恩之特科，得之而自以为荣，初不知其实为蛮妇淫妪裙带下之龌龊物。茶村愤恨，达于极点。"我是那多愁多病身，怎当得你这倾城倾国貌"，非特帽之一字与貌同音，而多愁多病，倾城倾国，其意亦特别有所专属。黄鹤楼头之一饭，清水无鱼，大雪纷纷，不是将子壮冻死饿死，直是将子壮羞死矣。《文苑传》犹且曰熊、刘齐名，将他几句滥八股，当作圣经贤传，捧读不休者，数百年于兹，而迄今迂腐老先生之脑筋中，犹有此等物事，而且美其名曰，子壮不幸而早夭，熊学士之巨眼，门下竟得三状元。吾不知清夜自思，将何面目见祖宗。即云忠君，亦无此理。作者放开眼孔，先从吾国之所谓读书人者，脑后痛下一针。当时事近，必有能解之者。而中途变节之博学宏词科诸君，仍应征而不已，抑又何也？非得顾亭林、傅青主之徒，撑持世界，吾族其尚有一线之生机乎？吾故曰书贾政放学差，为下嫁覃恩开科之总代表也。不然则睿王生平，出则统军，行则监国，固未有与学差相关系者。

"探春启开诗社"。此正结《南山诗》一案。闺中开诗社，不先邀林、薛，而通知宝玉，将以顺治为皇帝，非请命不可乎？此理法之迂谈，不足以当大观。盖此亦争宠献媚之术，而出之于兄妹，已足注意。今观其启，则用意深微，细看几不堪注目。妹不就卧，何必告诸乃兄，且于诗社亦复何关？"亲劳抚嘱"，此四字下得最恶毒。兄妹何人，而堪作此等亲切语？觉侍儿问候四字，犹非皮里阳秋之极则也。鲜荔枝用太真故事，王沈评言之，正与吾说相合。鲁公墨迹，正气凛然天地间，吾恐正指《南山集》，为康熙所见真本。而举以告其妹者，见赐即灭迹之义，为其已取而焚之也。惠爱之深，何以愈此？杀却此一班人，今而后再无复有言者矣。乃为之另改一姓名焉，如刘宋殷贵妃可矣。掩却此事，便好教群臣颂扬应制，准备将来称圣祖仁皇帝，而原文固不准流行于人间；然其如口碑已经载道，而作者又曲曲传出，供后人考据之资何也。至此而圣仁之名词，无复存在余地。吾辈论史，要将《红楼》当作鸿宝，此类是也。

"海棠春睡"，长白称尊。文程此时，又系正白旗下。此帖或于废后、立后有关，作者亦示意而已。

"蕉下客"，梦鹿得失之意也。"菱洲"者，菱为破镜，洲在水中。藕榭者，榭为旁屋，藕为清白。明指后三藩为之主体。考三桂之子，应熊尚主，精忠亦尚肃亲王豪格女。《历朝圣训》，载天命间，有令上等军官降者，尚公主及贝勒女之谕。则可喜亦当有尚主资格，惟其事无可考，故特置惜春于荣国府以外。庶出之说，即三藩非满人之义。厥后三藩既变，始定制满汉不通婚姻。当日之所以笼络吾汉族者，其法实与蒙古相等。日后之所以防闲吾汉族者，实较蒙古为严。此等事乃满汉种族离合之绝大关键，何能不纪？且分配三人，作者颇具有深心。耿仲明以部下私匿逃人之故，缢死，几于夺世袭，肃王亦以幽囚死。精忠之变，不为负恩。三桂称帝，精忠变计，亦情有可原。且其才力亦过应熊、之信远甚。是则公主之名称，确有证据；三人之身分，确有斤两。若曹氏所指之三人，则实为公主，无须词费。然作者必仍以前三藩立论者，盖以兄妹本有平等之体，故不妨为大观园中之人。虽其作书本意，实不欲以明季好人列入，然而明裔之衰落颓败，忠臣之困苦艰难，与夫奸庸误国之种种情状，皆不忍没，故特假兄妹之体，以避其臣仆之迹而发其凡。且用笔多偏此一方面之人，真大手笔，安得以小说家目之？

探春咏白海棠一诗，直是孤臣孽子，去国悲愤之词，自然与唐王、郑成功一辈人相合。而策凌之国破家亡，依附满清，亦当有此感想。惟精忠一方面，差觉不合身分，然耿氏举事，追念其祖若肃王之死状，而因以思念故国，亦当如此。特作者全力，实注重于成功一方面以代表唐藩，故不以他方面为重，惟求其不触不肯而已。

钗、黛两诗，自然于遭家庭之变之后妃可通，而又各切各个个人身分，不必深说。

麝月、秋纹等类，在顺治时不过指废后之党；在乾隆时，不过指绿天第一妃之党，原不必实指其何人。麝月居然是个袭人，已经说破。而秋纹欣欣得赏，一闻误骂袭人，便陪不是，晴雯则讥刺到底。可见党之一字，界划分明。若绿天第一妃在圆明园之内，三姑娘在外，地位分身，迥然不同。则争宠邀赏之情形，自然相类（《秘史》又载有女伶雪如、昭容，女妓倩霞、绛霞等）。

绛云轩事，已写废后结连继后，此回又写废后结连四贞，中间又插入继后结连四贞。三方面之交合，而董妃危矣。夫四贞亦非不知废后之不肯让人，而为此与虎谋皮之计；更非不知继后之亦欲为后，而为此引狼入室之谋。盖同以董妃为大敌，则其交不能不合。君王之宠董妃，正君王之爱之适以害之也。《秘记》称绿天第一妃，权力几与诸满妃埒，妃又善于交结诸内监，以及宗室福晋等，无不为之延誉，此等处亦是兼写其事。

第三十八回　林潇湘魁夺菊花诗
薛蘅芜讽和螃蟹咏

"贾母把那木钉碰破了头"。此乃作者补天之笔也。盖孝庄之为孝庄，不惟不得为睿王之福晋，亦且不得为太宗之妻妾者也，其实则叶赫金台吉贝勒之子归德尔格勒之妻耳。此其最大之污辱缺点，实在下嫁摄政王之先。作为追原祸始，而曰"那时只像他姊妹们这么大年纪顽去，失了脚掉下去，几乎要淹死，好容易救了上来"。太宗灭叶赫之一大变局也，孝庄可以死矣；而不死，而从太宗，此即孝庄"碰出那个窝儿来，好盛福寿"之说。犹恐不显，而必以此语出之于刘姥姥之口。刘姥姥以寡妇而从豫王，亦是对面照写法。众人都笑，贾母乃笑道："这猴儿惯的了不得了，只管拿我取笑起来，恨的我撕你那油嘴"，这几句话，便是笑孝庄之代名词。猴为猢狲之义，我字最著眼。既有此事，孝庄恶得不承认之？"恨的我撕你那油嘴"，此等丑事，岂容人说其本来面目，以伤了太宗文皇帝、太宗孝庄文皇后之体面？一切档案，皆将改造，敢有言者，杀无赦矣。"老祖宗笑一笑，开心，一高兴多吃两个，就无妨了"。以亡国俘虏之妇，得充下陈，已为厚幸，而况复进而为皇太后。回头一想，正是淫妇人生平第一开心之事，笑一笑，真正应该。"多吃两个螃蟹"，此语更虐。彼本德尔格勒之妇，改事太宗，已经是多吃了一个；再下嫁摄政，便是多吃了两个也。贾母笑道："明日叫你日夜跟着我，我倒常笑笑觉得开开心，不许回家去"，此岂是祖婆对孙媳妇说的话？且并不是太后对王妃说的话。满清虽野蛮无理，亦断不至于此，而作者笔锋所到，绝不顾虑及此者。其意若曰刘媪汉人，亦是如此作法，何怪我辈？盖此固作者之言云然尔，何必拘拘从表面上说？枕霞阁者，霞为朱明，亦为晚景，枕字依傍之义，阁者国也。孝庄之前夫家固为叶赫，叶赫为明之属国，最忠于明，故曰枕霞也。湘云之为四贞，其父更是生长于明，出仕于明之人，一旦舍旧谋新，实与孝庄之去叶赫而入建州等。故亦曰枕霞旧友。

观于此言，而乾隆高宗纯皇帝之庙号，尽可取消；而自称武功十全老人之徽号，亦可以不用矣。准部之役，因其内乱。回部之役，为一妇人，杀人无算，善后无方，新疆之不定者历百年，而至今犹为荒土。安南之役，旋得旋失。廓尔喀之役，贿和罢战。湖贵争苗之役，含糊了事。金川之役，弹丸尺土，而用兵五年，用帑银至七千万。征缅之役，杀总督，亡健将。重之以经略大臣之阿里衮、傅恒，死于边塞，而不得尺寸之效。甘肃回之役、台湾之役、临清之役，一小事耳，而措置乖方者比比也。及其暮年，而川湖陕之役，乃终其身而不能定。彼其所谓十全之武功者，果安在乎？起而视其人民，则几同淹死；反而观其自身，则诸多缺陷。名为五世同堂，而元配之嫡后，死与为尼，犹成疑案；继立之正宫，身死而后降为贵妃；嫡子死矣；长子、三子皆以不孝名矣。书中之白首双星一语，虽为讥康熙之纳四贞而设，实亦为乾隆之暮年废后，因禅位而立魏佳氏为皇后之双关语。福寿乎？窝儿乎？此语何其酷肖！吾以为此段适合，并非曹氏之能，盖古今之号称极盛者，实际上固大都如此也。凤姐之说笑，与王夫人之说话，则其事之所包者最广。傅恒之经略金川，经略缅事；福康安之经略台湾，经略廓尔喀；福康安之与和琳征湖贵苗，皆系以全力集事，而毫无效果。川湖陕之役，诸师无功，赏罚倒置，而乾隆已经内禅而称太上皇矣。嘉庆虽厄于和珅，究竟是赫赫然之皇帝，仰承父意，不顾其宗社之忧、人民之痛，与刘媪之奉承孝庄，曾何以异？专制之毒之由世及而生者，其害乃如是之烈哉！故鄙人对于贾琏，谓之曰多隐嘉庆帝后事，非苟论也。孝庄晚年之缺陷，由睿、豫两王致之。乾隆生平之缺陷，大半由傅恒、福长安、福康安家人致之，晚年则并由和珅、和琳致之。而嘉庆之交通诸人以得内禅，不得不于乾隆犹在之日，勉强敷衍，亦为最要。故此一段文字，在顺治、乾隆两朝，却算是自始至终，为两个害人的"老妖精"，算一总帐，尚非此数语所能尽也。

"凤姐吃螃蟹"。南人献勤，聚秦淮之佳丽以供豫王，而刘媪浸之以醋，染之以姜。"好没脸，吃我们的东西"，我们者，汉人也。"琏二爷爱上作小老婆"，唐突鸳鸯，然充豫王与顺治之心，固欲尽得江南之佳丽而婢妾之，与上文宝玉缠鸳鸯同意，与下文平儿、袭人、凤姐所说同意。鸳鸯不依，"拿腥手抹凤姐一脸"，腥闻在刘媪乎？在鸳鸯乎？秦淮佳丽之手，本腥也。而媪妇脸上，居然可抹。佳丽之手，反有终不为清人所抹者。衣冠人侍之这一遭，焉能饶过！叫平儿不饶鸳鸯，不饶亦是微文。柳如是之不如鸳鸯结果，而交通刘媪，作者不为放过。平儿抹了凤姐一脸，明见得鸳鸯绝不得为清人所程。而如是之不免僭称继室为清命妇，其腥手尚差胜于刘媪之腥脸也。贾母笑道："你们看他可怜见的，那小腿子、脐子，给他吃点子也完了"，鸳鸯道："这满桌子的腿子，二奶奶只管吃就是了"，此话鄙人不欲深说，恐太秽也。

蘅芜本屈原《九歌》中荔萝，原文本是见弃于君，望其复收之义。古诗"上山采蘼芜，下山逢故夫"，取意于此，确是弃妇。继后停笺奏，顺治旋即出家，那拉后被废，是确切不可移易之点，《海棠诗》已经写出。而《忆菊》《画菊》两首，诗意尤显，二煞尾语更是点题。

《咏菊》中，结句指富察后之为尼，不再入宫身分，比原本作者之指辟疆尤合。《问菊》项联曰"孤标傲世"，自言其谏净失后，而为尼独隐也；"花开偏迟"，斥那拉后之继立也。五、六句是怨词，结说到无可与语。《秘记》中所谓吾数年来焚修之余，微有生趣者，特此良友在耳（指济南妓）。

《簪菊》一诗，何等高尚。作者全为名王忠孝之志，写出傲骨凌霜，不顾京都景况。《残菊》则直抒其国破家亡，残局莫挽，崎岖海岛，飘零异域，满腔血无处洒，而结句更说到恢复旧疆，特深希望，便是《桃花扇》中"从今后努力奔命，报国仇早复神京"重言申明之义。

《白海棠》以宝钗为第一，长白山之美人也；诗菊以黛玉为第一，山林之美人也。且作者不欲以菊之清高，独占一时者，许两继后，亦恶之耳。又杜子美生母名海棠，故生平无一语入诗，是直妄之而已。康熙谕戴名世案内：方苞学问，天下莫不闻，可召入南诗房。遂命撰《湖南归化碑文》，越日命作《黄钟为万事根本论》。及赋奉御，康熙辄嘉赏曰："此即翰林中老前辈，兼旬就之，不能过也。"与此回及《桃花行》义相通。以黄钟隐菊，以赋论隐咏问，以归化隐桃花更妙。黛玉诗中有"铁甲长戈"一语，兵劫之意也。项联有轻视北地胭脂之意，而于谏阻狎妓亦说得过去。第五句更直骂宝玉矣。宝钗诗自尊自贵，"涤腥""防冷""落釜"等语，得意已极，意可微会。

第三十九回　村老老是信口开河　情哥哥偏寻根究底

考《郎潜纪闻》，载顺治乙酉，豫王下江南，残明诸臣，咸致重币，以虞山钱牧斋所献为最薄。盖自表其廉节也。其所具柬帖，第一行，细书太子太保礼部尚书翰林院臣钱谦益，尾亦如之。其贡品乃流金金银壶，各一具；蟠龙玉杯，宋制玉杯，天鹿犀角杯，葵花犀杯，珐琅鼎杯，各一对；珐琅鹤杯，银镶鹤杯，各一对；宣德宫扇，真金川扇，弋阳金扇，戈奇金扇，百子宫扇，真金杭扇，各十柄；真金苏扇四十柄；银镶象箸十双。右见谦益乡人《柳南随笔》。以是为薄，则厚者可知。天生真人，混一区夏，银潢贵戚，无一非命世之英豪，果可以厚币邀福欤？王铎以下诸人，何丧心至于此极！刘老老的"口袋子里，枣子、倭瓜，并些野菜，及留的尖儿，孝敬奶奶姑娘"诸语，即是最薄之意。若煞尾数语，则鄙人以为无可辩驳之价值，惟须与贾琏再发二三百万银子财一节参看。

《啸亭杂录》，载刘文清公墉，为文正公子。少时知江宁府，颇以清介持躬，名播海内，妇人女子无不服其品谊，至以包孝肃比之。及入相后，适当和相专权，公以滑稽自容，初无所建白。纯皇召见新选知府戴某，以其迂疏，不胜方面，因问及公。公以"也好"对之，为上所斥。谢芗泉侍郎，颇不满其行，至以否卦象辞诋之，语虽激烈，公之改节亦可知矣。所云以清介持躬，便是以庄家拟之。园中上下，都待他好，是以妇人女子无不服其品谊句化出。下回"凤姐拉过刘老老来，笑道，让我打扮你，说着，把一盘花，横三竖四的插了一头。贾母和众人笑个不住。刘老老笑道，我这头也不知修了什么福，今儿这样体面起来。众人笑道，你还不拔下来摔到他脸上呢，把你打扮的成了老妖精了。刘老老笑道，我虽老了，年轻时也风流，爱个花儿粉儿的"。便是改节而为和珅所屈之明文，亦是牧斋附名东林，几以得祸，厥后种种狼狈之行状。且牧斋年近八十，刘镛亦八十有五，开筵宴客，无病而逝，亦与健食符合。

　　刘墉"也好"之对，可谓"信口开河"之尤者矣，而牧斋尤甚。诗集自注有阮将军愿为河东君抱刀之戏语，战死以海。夫既以自通明裔，则对于战将，当如何隆重。柳如是何如人，此等语纵或有之，亦不宜入诗，以辱贤豪而羞当世之士。国仇之战，非可以讲此等风流轻薄之谈者也。"寻根究底"，亦可以作诗案搜索观。阿珍一事，不过事实上之带点，非文家之主旨矣。

　　《秘记》载济南妓，为富察后标榜，谓后为天仙化人，生于某山之石室中，不知所自来，曾奉佛旨救世，凡有缘者，皆得灭度，故众以先睹为快。是时后升宝座，低眉说法，神光圆满，如宝月悬空，庄严灿烂，夜则神灯万点珠贯星罗，见者无不播为奇异。于是题额曰慧因庵，以后为主持而妓副之。无何，又南巡，所过梵宇，例须迎驾。地方绅士奏闻甚神异，上急遣中使召之。披袈裟携念珠而来者，则妓也。上诧曰："乃在此耶？别来无恙？"妓膜拜致谢。上因问之曰："子何所闻而来，乃敢在此作锁骨菩萨？"妓合掌曰："专为西天大自在佛作狮子吼，使下界善男女有闻有见。"上笑曰："狮子搏兔去矣，恋此何为？"妓又合掌曰："罪过罪过，狮子与兔，同是众生，同有三藐三菩提心，搏他则甚？皇上叫他搏，他也不肯搏，况且皇上是不叫他搏。"上笑曰："叫他搏则甚？"妓仍合掌曰："他却安安稳稳的供奉着，兔即是狮，狮即是兔。皇上说他搏也罢，皇上不说他搏也罢。"于是上复大笑，固不知话中之有因也。妓既退，皇上乃召护驾绅士从游，经过前法场所在，有所问询。绅士因奏："顷间系副主持耳，尚有道行高妙之主持，曾在此法场说法。其人神采飞越，法相庄严，不知所自来。然非天国异人，岂能臻此？"上亟询："其人安在，胡不出而面朕？且顷间副主持，绝不道及何也？"乃召妓问之。妓从容曰："果有其人，因已返云南鸡足山本刹，故未奏闻耳。"上曰："何所闻而去，子得无信口开河乎？"妓曰："彼前日语吾，'夙缘未合，且须待时，今当行脚天南以避此尘根耳。'亦不解其何所谓。昨视所居精舍，已杳然矣，故不敢奏闻。"上怃然若有所思，既而失声曰："夙缘乎？"戛然遂止。是夕，妓揣知帝悔悟，乃赂亲密之某总管进言，帝果允之。妓以告后，额手相庆矣。无何缇骑汹汹，衔中使命，捕慧因庵之主持去。独妓以早获消息，逃而免。初帝许妓迎后还宫，为之筑清修梵宇于西山，有成言矣。嘱善事后，将待巡幸还归而践约。妓以为目的已达，不复设防。某妃既陷后，日夜遍布耳目，以求其踪迹。至是小黄门报状，且言所在地。于是某妃矫太后旨，谓后妖道惑众，所为不法，宜令法司捕治，即日遣缇骑南下。而黄门某受妓贿者也，急驰告之，则妓以佛事走江南，未回，遂密白后。后不肯去，曰："吾罪人也，匿此尚不免，他去尚何能为，死则死耳，吾本不愿生此人间世。"遂坐以待捕。黄门太息而去，方欲北行，而妓已至，急告以故，且欲取后，而缇骑已于是日抵济矣，苦无援手处。妓阴入都，与三姑娘篡取后（事见前），厥后妓岁往来于山左广陵间，交通宫禁，声势颇煊赫。言官屡请捕治，帝皆置不问。某妃之党，有为内大臣者，大见宠幸，乃言于帝曰："彼妇不僧不俗，挟左道以游戏人间。其惑人民之视听犹小，而播君上之恶于天下，罪莫大也。皇上以彼为能尽忠竭诚，不知彼专以废后及宫闱秘密事，逢人辄道，如数家珍。皇上何爱一妇人，而播恶于众乎？"帝闻之，果怒甚，顾念业已许彼自由，若捕治之，恐蹈楚灵王戮庆忌之覆辙。乃密令地方探其踪迹，即遣力士就所在杀之，以灭口。妓知之，匿三姑娘所者三年。三姑娘母死，偕往南海作道场，并抵扬邀后同往。遂与三姑娘等渡江，宿金山寺，后偶以小疾卧榻未起。济妓纵视道场，忽一莽男子闯然入，突出匕首揕其胸。妓本有力，反掣其肘，相持其仆，宛转地上。良久，小尼逃归，报三姑娘。三姑娘立率健儿登台，则已不见。下视临江，则二人方肉搏相持于丛石间，衣履破碎，血肉狼藉，犹时蠕动。众方议绳下救之，忽江潮陡起，二人俱没。三姑娘严加警备，送后归。后遂病没，三姑娘经营其丧，遂不知所终。或曰天理教之变，与有力焉，云云。夫近人搜得之《秘录》，或不敢信，然其中之可以证实者甚多。前清诸帝，好与僧侣谈禅，记载不可胜数。而乾隆帝关于南巡诸谕，十五年有京口诸处为南北咽喉，地方有司，因御舟将至，使河道肃清，先期拦阻，而陇畦或至践踏等语。二十四年谕高恒盐库公项内拨三十万。二十六年又拨二十万两。二十年又有从前张灯结彩，过于劳费之谕。私家记载，言盐商之豪侈，供张之烦苛者又夥。固不能谓《秘记》之无所本。且后未中年（乾隆自称二十三年，清室早婚故云），而夭于道途，饰终之典，颇异寻常。大行谥号，不经臣下公上，已留疑窦。而证小那拉后之死后降封，则令人益觉骇怪。作者是以《秘记》注《红楼》，非以《红楼》注《秘记》。当日传闻，必有异辞，那拉之废，更多隐情。且信口开河，寻根究底，似已成乾隆与《东华录》惯技，又安能禁人之不以此相报复也？讳之愈深，则斥之愈众，根底自有可以寻究之处，作者安得不信口开河？

且此信口开河、寻根究底八字者，本帝王家之秘诀，而并利用此善用此八字之人以驭天下而欺后世。天宪口含，谀谗踵至，御史风闻，亦多不实。不得其意，则搁置而且得罪；若有以中人主之心，则大狱立起。牧斋诗稿，本非冤狱，然此等事竟谓皆实，殊未必然。亦有时事实本真，竟得兔脱者。《秘记》载《野叟曝言》全稿一则，此事相传已久。谓其稿为作者之女所隐藏，但所言欲献者，恐即出诸报告者之口。查此书多指雍正夺嫡，喇嘛淫秽，并含有思明意味。惟其笔墨嫌板重，而淫秽处不可以训社会。岂有当忌讳之朝，而自愿献出之理？搜捕不得，则当然有此，此亦信口开河、寻根究底之一公案也。

第四十回　史太君两宴大观园
　　　　金鸳鸯三宣牙牌令

此回是指钱谦益主张下嫁事。张苍水先生宫词有云："上寿称为合卺尊，慈宁宫里烂盈门。春官昨进新仪注，大礼恭逢太后婚。"近人陆士谔著《顺治太后外纪》，载此事颇详。并载有顺治降谕下嫁之诏，及恭拟皇太后下嫁仪注，言比之天子大婚，皇父则稍杀于至尊，圣母则加隆于皇后。惟又云此诏一出，不知何人拟稿，而好事者已传钞殆遍。鄙人只见蒋良骐《东华录》稿本，定其下嫁之年月，不能指实其谕旨及仪注之所由来。而事实上既已如是，则谕旨仪注，应当有之，不能议其无本。特《外纪》谓其事全由谦益多方迎合而成，于《贰臣传·本传》，稍有不合。其实归狱谦益，口碑流传已久。而谦益见黜于乾隆，亦未必不由于此举。《本传》言顺治二年五月，豫亲王多铎定江南，谦益迎降，寻至京候用。三年正月，命以礼部侍郎管秘书院事，充修《明史》副总裁。六月以疾乞假，得旨驰驿，令巡抚巡按视其疾痊具奏。五年四月，诗稿案起，得释归。越十年，死于家。乾隆三十四年六月谕曰："钱谦益本一有才无行之人，在前明时身跻膴仕，及本朝定鼎之初，率先投顺，溷陟列卿，大节有亏，实不足齿于人类。朕从前序沈德潜所选《国朝诗别裁集》，尝明斥钱谦益之非，黜其诗不录，实为千古纲常名教之大关。彼时未经见其全集，尚以为其诗自在，听之可也。今阅其所著《初学集》

《有学集》，荒诞悖谬，其中诋谤本朝之处，不一而足。夫钱谦益果终为明朝守死不变，即以笔墨腾谤，尚在情理之中。而伊既本朝臣仆，岂得复以从前狂吠之语，列入集中！其意不过欲借此以掩其失节之羞，尤为可鄙可耻。钱谦益业已身死骨朽，姑免追究。但此等书籍，悖理犯义，岂可听其留传，必当早为销毁。其令各督抚将《初学》《有学集》，于所属书肆，及藏书之家，谕令缴出。至于村塾乡愚，僻处山陬荒谷，并广为晓谕，定限二年之内，尽行缴出，无使稍有存留。钱谦益籍隶江南，其书板必当尚存，且别省有翻刻印售者，俱令将全版一并送京，勿令遗留片简。朕此旨为世道人心起见，兹只欲斥弃其书，并非欲查究其事，通谕中外知之。"三十五年，《题初学集诗》曰："平生谈节义，两姓事君王。进退都无据，文章那有光。真堪覆酒瓮，屡见咏香囊。末路逃禅去，原为孟八郎。"四十一年十二月，诏于国史内增立《贰臣传》，谕及钱谦益反侧贪鄙，尤宜据事直书，以示传信。四十三年二月谕："钱谦益素行不端，及明祚既移，率先归命，乃敢于诗文阴行诋谤，是为进退无据，非复人类。若与洪承畴同列《贰臣传》不示差等，又何以昭彰瘅？钱谦益应列入乙编，俾斧钺凛然，合于《春秋》之义焉。"案清初贰臣犯国际嫌疑者必死，承畴有功，不得援以为例。其不死由豫王，已不待言，但传言释归，不具年月。清人诗文集言谦益者皆称宗伯，内院大臣则嫌于卑，侍郎又嫌不充分，则《本传》所记，已多不合。档案曾经乾隆删改，此类是也。且贰臣有才无行，何堪枚举？失节自伤，语涉讥刺，梅村集中，更不少。乃不指他人，独指谦益，不毁吴诗，独毁钱集，此言大可寻味。或者此等诏谕，仪注尚载其中耶？"屡见咏香囊"句，不知何指，若云普通艳体诗，及纳柳如是，则此类多多，何须特指？"末路逃禅"，恐是睿王得罪后事。又查顺治五年诗稿案是一事，而集中所载《步工部秋兴原韵》，是桂王死时事。在顺治十八年十二月以后，鄙人前评，不过类记之辞。或此集本非一时作，则是顺治五年四月之狱以后，谦益至少尚活十二三年。若谓在家十年，则中间之二三年何作？则是谦益之所谓释归者，讳词也。大约此二三年中，便是作礼部尚书时代。睿王狱起，乃牵连而去位耳。读史要通观前后，不泥于一偏之言。然后恍然于乾隆之特恨谦益者，为下嫁之故也。夫满、蒙之太后下嫁，不足为奇。《东华录》载有蒙古汗之福晋事，初经进化，卫宣姜与公子完之事，犹不免焉。惟时代已逾二千年，而汉人犹迎合清廷，以成此事，作者安得不深恶之？

　　此篇专言谦益迎合下嫁之事，其点眼处在"笑话"二字。"姑娘说那里话，咱们哄着老太太开个心儿，有什么可恼的。你先嘱咐我，我就明白了，不过大家取个笑儿。我要心里恼，也就不说了"。薛姨妈说："倒是笑话了"。王夫人说："还有谁笑话咱们不成"。下嫁一事，真是笑话，真是不怕笑话。篇中行令，及一切点缀，无不为此。王沈评，所解各人令语，都合。惟皆与下嫁相关，亦可意会。独刘老老令语，当作别论。"庄家人"之"庄"字指孝庄，亦算是人耶？"大火烧了毛毛虫"，塞外烧荒之状。"三四绿配红"，再着红衣，王冠亦变色矣。"一头萝卜一头蒜，"大小不配之谓。"么四色点"而不相成双者，"凑成便是一枝花"，不宜凑成之谓，即妍头之代名词。"花儿落了结个大倭瓜"，于义则指顺治，于文则指朝鲜福晋。昔人谓日本为倭，朝鲜亦日本之类，彼时人固如是，无足怪也。迎春错，探春、惜春、宝玉不详。此事三藩无关系，或吴藩权重，不得不与闻之。顺治更非其所愿，"爹过喜事我打锣，妈妈回门我挑盒"，正当婚姻，犹为笑柄，况此事何等事耶！

　　"马圈"二字，为谦益之以诗案下狱也。"如今惟一牛耳"，骂得痛快。谦益之号牧斋也，牛、刘同声又绝妙影射，上云"百兽率舞"，一群不是人的东西。出诸汉女董妃之口，真是恨到极点。

此篇恰合千叟宴故事。考《啸亭杂录》，纪康熙癸巳，仁皇帝六旬，开千叟宴于乾清宫，预宴者凡一千九百余人。乾隆乙巳纯皇帝以五十年开千叟宴于乾清宫，预宴者凡三千九百余人，各赐鸠杖。丙辰春，圣寿跻登九旬，适逢内禅礼成，开千叟宴于皇极殿，六十以上，预宴者凡五千九百余人，百岁老民，至以十数计，皆赐酒联句。又《东华录》，载乾隆五十年十一月庚申谕："朕长辈叔内只有二十三叔一人，明年入千叟宴，著给与郡王品级。谕弘晟见已自知罪愆，在家安静居住，著加恩免其圈禁，仍令在散秩大臣行走，并著与千叟宴。"与马圈之义合，而两宴二字，尤与乾隆朝符焉。吁！清世以为盛典，曹氏则以为笑话，概之以百兽率舞而已。

书中《牡丹亭》《西厢》仍是禁书之义。沈德潜入都，祝皇太后七旬万寿，进历朝圣母图册。赐杖入朝，命与九老会。计在位九人，在籍九人，武臣九人。德潜为在籍文臣之首，赐游香山，并图形内府，懿旨赏赍。进所选国朝诗乞序，中录钱谦益、戴名世诸作。上赐序责其失当，命儒臣精校去留，重叙版行世，而待公如初。寻谕明年南巡，不必出苏州界。壬午二月，迎驾常州。赐额曰九襄诗仙，与钱陈群并称以大老。案德潜年六十六始举于乡，明年成进士，与乾隆为诗友，厚礼优渥，位至尚书，归老后两次迎銮，年九十有七而终。惟乾隆四十三年以已故举人徐一夔所著《一柱楼集》，诗词悖逆，被讦告。集有德潜所作述夔传，下廷议，追夺阶衔祠谥。故刘老老亦兼及之，而黛玉之为灵皋，于此益信。

第四十一回　贾宝玉品茶栊翠庵
刘老老醉卧怡红院

　　茶者，查也，调查也；品者，品题也。此即搜罗史稿之义，言万季野因修史之故，不能不入大观园中，非所愿而不能禁也。蔡毓荣出家，济南妓与乾隆谈禅事亦相合。季野以康熙戊午，诏征博学鸿儒，巡道许鸿勋，以季野荐，力辞免，是本无出山之意矣。明年，徐相国元文延至京师，以布衣参史局。而钱谦益已先于顺治初间，为修《明史》副总裁，谦益得罪清议，其史局中必多曲笔，且彼时亦多系此辈人主事。季野为梨洲之弟子，万氏父兄，又明室之忠臣。从前所作，安得不以水洗之？书中所陈古器，亦与史稿关合。托黛、钗的福，一满一蒙，《明史》初代与元之交递也。

　　老老是牧斋，如何不识"省亲别墅"，而认作"玉皇宝殿"？盖讥刺之文，达于极点矣。夫省亲别墅，本即玉皇宝殿，而此殿原是明有，非清人之所得居。牧斋明臣，果真识得玉皇宝殿，则必将有目不忍视，耳不忍听，而身不忍与之周旋者。今殿犹是殿，人犹是人，而主其殿者，已非当日之旧主。牧斋觍然其间，是真不识得玉皇宝殿，已变为他族窝巢，而犹以玉皇宝殿目之也，安得不以为大错！且明之玉皇宝殿，已变而为清之玉皇宝殿；清之玉皇宝殿，又变而为清之省亲别墅，谁为之乎？牧斋首倡下嫁，一手造成之力为之也。是其眼中心中，只认得一个表面上之玉皇宝殿，而所谓明也清也，皆其所不知。而里面上省亲别墅之名词，彼皆一切不顾。曰"牌坊的字，我都认识"，牧斋岂是不识字之人？认得便是不认得，其牌坊固非忠孝节义言表行坊之牌坊也。"我们那里庵宇最多，都是这样的牌坊，那字就是庙的名字"，北南两京之宫阙，及明代诸帝之陵寝，牧斋犹记之否乎？"这个宝殿"，便是那个宝殿，名字一耳，然而不同，不知其同而不同，又乌知其不同而同？"错了错了"，是真真不认玉皇宝殿、省亲别墅之所以二而一、一而二者，其罪通于天矣。"众人笑的拍手打掌，还要拿他取笑"，七十老人，作出如此坏事，谁人不笑？不惟遗老羞之，即满族之妇女孺子，亦皆当羞之矣。腥闻不准其上通于天，而使之自下部出也，宜哉。不认得字之义，直谓其为文明国之读书识字人，断不宜如此野蛮耳。

"要了两张草纸便解衣"。草纸两张，便是当日下嫁诏旨及仪注之注脚。此稿未必即是原文，然当日此等著作，当然出于其手。只为这两张草纸，便把少年之文章气节，与暮年哭桂王、通成功之一线天良，一切都泯没殆尽，不值一钱。解衣即是汉皋解佩之义，骂得刻毒。

"四顾一望，皆是树木山石，楼台房舍"。拂水山庄，尚自舍他不得，而况乎宫阙之荣？自然是"眼花头晕，辨不出路径"。自来庸臣误国，奸臣卖国，无一不是一念误之。"一条石子路"，便是降清之路，便是交通宫掖之路，便是首倡下嫁之路。"头脑都碰坏了，方才渐渐有门"，可见当日钻穴之难矣。"进了房门便见迎面一个女孩儿，满面含笑迎出来，刘老老忙笑道：姑娘们把我丢下了，叫我碨头碨到这里来"，固是调侃牧斋受女孩儿庇荫脱祸，得女孩儿裙带功名，却几几乎不见答于刘媪、孝庄。然下文为撞到板壁碨头，更是说到女子作怪，亦恰如画中之人。女子为害时，便如画儿凸了出来，而暗中坏事之无形无迹。便又如以手摸去，"却是一色平的样子，找门不著"，那管书琴，只要有路子可钻，便正经文字，最好声名，都是不要。"偏偏嫌其碍手碍脚"，活画。"亲家母也来了"，呼朋引类，狼狈为奸。清初专一用汉人中坏人，你荐我引，都是一班改节之妇。"戴着满头花"（满字着眼，余可类推），那里知道种族大义，并且不知旧日君臣学说，没见世面，固应有此。"见了园里花好，死活都不顾了，只管戴"，红顶花翎补服开气袍，哄了我汉族三百年之顷，呜呼！伤已！等你悟到"穿衣镜"，已经后悔不及，况如此面目，不堪见人，又何颜自照！"紫檀"确是好看，无奈走不出去何。"乱摸开了"，稍息。"掩过镜子，露出门了"，在牧斋以为得了好路子，在作者则谓将来必有暗室天光之一日，非慧心何以及此？

"刘老老醉卧怡红院"。怡红院何地耶？以作书之时代言之，则前清之宫庭也；以作书之眼光言之，则固犹是前明之宫庭也。怡红院而住清帝，已经为作者之所伤心惨目；怡红院而卧牧斋，则尤为作者之所不忍道。乃不忍道而终必道之者，盖非有牧斋一辈人，怡红院断不为清帝之所住也。然苟用牧斋一辈人，则清帝亦无长久安卧怡红院之理。牧斋之交通宫禁，主张下嫁，在清廷为万世不可掩之丑历史，在汉族则为幸灾乐祸，一线革命光复之生机。作者惜之，故特假醉卧怡红院之名词，以醒我汉族。若曰彼之住此怡红院者，实为占据，而竟容我汉族之贰臣败类，出入栖息于其中，吾族何为而不乘机观变，以与之尽力争一旦之命而求其安。醉之云者，不醉不降清，不醉不交通刘孺，不醉不主张下嫁。匪惟牧斋醉，醉牧斋之醉者皆醉。汉人自范文程、洪承畴而下，清廷自孝庄、睿王、顺治而下，皆此类也，独怜我汉族之众醉而独醒者耳。"鼾齁如雷"，梦梦之日月也。"酒屁臭气"，醒醒之世界也。"大鼎内贮了三四把百合香，仍用罩子罩上"，虽欲以薰香之气改脱之，其如视天茫茫，如下了一乘迷雾何哉！"袭人还要替他遮丑",天地间之丑,再无更丑于此者矣。"那个是小姐的绣房",若辈直是女性焉耳,奴隶蓄之焉耳。"我就像到了天宫里一样",不惟牧斋不能梦想及此,即清廷亦是从意外得之者。

第四十二回　蘅芜君兰言解疑癖
潇湘子雅谑补余音

　　以毒敌毒，以火攻火，是作者意中事。一个小宛，便弄得宫
掖争夺，皇帝出家。一个刘媚，便弄得名王俯首，少年短折。作
者恶汉女之辱于满人，而冀幸报复，故为此语。若牧斋与钱炳堑
联宗，为巧姐取名，映合得妙。

　　下嫁一事，办理有功，特颁上赏，自然是必有之事。大约侍
郎进秩尚书，当在此时。

　　"宝钗审黛玉"。此事亦承上文禁书而言。清初入关，从前
宋、元、明排斥夷狄之书，层见迭出，而遗老愤激之谈，尤为淋
漓尽致。文网未密，宫中自然应有。小宛随冒氏既久，习闻绪
论，不觉冲口道出。从前尚是对于皇帝说话，此次更当著大众昌
言无忌，继后安得不将他一手拿住？或谓继后亦自认看过，并且
说是无所不看，谓为禁书，殆非人情。不知种族之界，惟汉人与
满、蒙隔绝，而满、蒙实互相接近。从前禁止谤书，原不禁宫中
披阅，而小宛乃以汉人入宫，应当别论。清之末造，禁此种书籍
最严，而旗人偏好收买，官场亦不顾问。盖将以激厉其种族之
心，知汉人之仇之也，而为之大防，世家巨族尤甚，以供其种人
之取给。鄙人实亲见其事，颇为不平。今之钗、黛，便是此等情
状。"打的打，骂的骂，烧的烧"，乃继后欺人之语。挟制小宛，
后来受害，未必不由于此。"女孩儿不认得字的好"，小宛有才，

断非继后所能及，因当有此挑拨。下文说到男人，便是说吾汉人之好为种族学者之不明君臣大理，其论最谬，亦不待鄙人之攻击。"做诗写字，不是你我分内之事"，不是说不看禁书，看了他书也不好。箝制政策，正中国待女子之法，便是清廷待蒙古之法，并欲用之吾汉族，而力不能及，乃假手于八股试帖者。"读书明理，辅国治民"八字，借君主专制之旧学说，养成官僚奴隶。不见有这样的人，实属万幸。而不知厥数甚多，彼心中偏不满意，则以种族家非其所言，而盗窃之奴隶，亦为所恶。"倒更坏了"，坏于此两种人之意，曰误，曰遭蹋，与吾辈心理不同，而各有所见。"耕种买卖"，愚民政策，从此而极，于今犹为烈焉。"针线纺织"，本是吾国旧俗，而对于小宛，则更含讥刺。干政之嫌，避之不可得而脱，已有岌岌孤危之现象焉。不认得且难容，况于认得？认得已不好，况看禁书？"心中暗服"，畏之极矣。除却一个是字而外。还有甚么话说？苦矣哉，董妃！狡矣哉，继后！时势为之，不必其果能也。富察后之对于臣下谏书，亦当作如是观。

　　蝗者，食稼之毒虫也。蝗字从虫，从皇，又皇家之毒虫也。蝗虫生子最易，蝗虫而为母，其毒之传染甚速，害亦甚大。以牧斋当之，酷矣。然作者之意，则是推广之义例，非狭隘之义例。有牧斋一辈人之蝗虫，便有刘媚一辈人之蝗虫，书中女子何一非蝗虫之列者？作者欲清廷之有蝗虫，则不得不以两宴三宣，纪其乐事。恶清廷之有蝗虫，而害及于吾民，则亦不得不以两宴三宣，寓其隐忧。图之云者，写此蝗虫之害以鉴戒后人。大嚼云者，著此蝗虫之足以败国亡家，吸吾民之膏血以至于尽。然此语必出之于董妃之口者，妃固汉人，而为清廷之母蝗虫，作者终不顾其为汉族之母蝗虫，而彼携蝗大嚼者，终望其嚼人而还将自嚼也。

此段已渐入惜春正传。江山如画，而土地人民之财产附焉。买物之单，即是此义。桂王之残疆。和珅之相府，作如是观可矣。桂王走而地归于清，与嫁妆固无以异。乾隆宠而公主下降，听其贪黩，其为嫁妆也更奇。顾桂王不屈，相国终抄，则嫁妆之说，又似成为虚语。故借继后一方面，以避脱为隐射，谓其终归于爱新觉罗氏耳。董后汉人，借口道出，其中颇有深意。曰"宝兄弟帮著他"，亦为与桂王争雄，并籍没相府之变相。画成一张笑话，作者之断词也。

第四十三回　闲取乐偶攒金庆寿
　　　　　　不了情暂撮土为香

　　此回书之标目曰："不了情"与"闲取乐"，最有深意。夫"攒金庆寿"，为富贵人家所常有之事。而宫中之对于贵戚眷属，经皇太后或皇帝之赐寿，其他贵戚亦从而祝贺，亦事理之常，无足异者。惟太后则必不得拜寿，而皇帝之尊属，则亦有亲临其邸者。此篇所写，近于此矣。然其意实特为礼数隆重而写，不能死煞句下，一定指作庆寿而言也。考《东华录》，豫王由郡王而进亲王，由亲王而进为辅政叔王，虽中间曾经受罚，后来曾罢辅政，然实与睿王最密。黄纱袍之嫌疑，居然无恙。顺治六年三月，王薨。蒋良骐稿本《东华录》，特书曰：太祖武皇帝第十五子也，时年三十六，摄政王次居庸关，闻讣驰入京，临丧。言其为睿王同母弟，年少专权，特蒙恩遇也。此回便是此义。又考《傅恒传》，十三年，金川之役，经略讷亲、总督张广泗久无功。命暂管川陕总督经略事务，寻晋保和殿大学士。赐诗宠行，赐花翎五十，蓝翎五十，银十五万两备犒赏。军前诸将奏章，许沿途开看。上御瀛台，赐食，再赐诗。十月，公启行，上亲诣堂子行告祭礼，遣皇子及大学士来保，送至良乡。十二月，谕曰：经略大学士傅恒，自奉命以来，公忠体国，纪律严明，途次冲风冒寒，谘询军机，常至彻夜无眠。今日披览来奏，甫入川境，马匹迟误，减从星发，竟至步行，（恐非事实）。具见心坚金石，可从优议叙。（笑话！）部议加太子太傅，特命加太保，（更笑话！）公疏辞不允。及诱斩良尔吉，赐双眼翎，不准谦让。又以金川土地恶劣，赐人参三斤。十四年正月，命班师。召还谕中有：朕思蕞尔穷番，何足当我经略？大学士傅恒，乃中朝第一宣力大臣。顾因荒徼小丑，久稽于外，即使擒渠扫穴，亦不足以偿劳。此旨到日，可即驰驿还朝。寻诏封一等忠勇公，赏宝石顶四团龙补服。（何功？）寻又示以诗三章，句云：功成万骨枯何益，（与帝平日不类）壮志何须效贰师。（贰师二字着眼，孝贤非李夫人之比，当有其人）寻岳钟琪受降，献捷。谕有：皇太后懿训详明，启迪朕志，并奖语甚至，拟以诸葛、汾阳。前已晋封公爵，所赐四团龙褂，只受服用。再照元勋扬古利额驸之例，加赐豹尾枪二杆，亲军二名，优示宠章等语。又谕：傅恒因赏四团龙服补，具摺奏谢，并请于朝贺大典之日，遵旨服用。其寻常仍服公品级补服，此固出自谦冲本意。以下便是自知援引扬古利例不类自辩语，又令所赐朝帽顶四团龙补服，时常服用。三月凯旋，命皇长子率诸王大臣等郊劳。既至，上御殿受贺，行饮至礼，赐诗，赐第。二十八年夏，准噶尔平。谕谓：决断用师，再授一等公爵。恒辞，允之。仍从优加等议叙，图形紫光阁，冠首。三十二年，经略云南军务，赐诗。三十四年二月，启行，命阁臣颁敕，赐恒及出征将士食，及席，再赐诗。此行无功，还至京，七月薨。诏旨谓：朕自任其过，非傅恒罪，而功最多。谕中有：朝夕遣使存问，复间数日亲临视疾，（好勤便！）入贤良祠，赏内帑银五千两，治丧，著户部侍郎英廉经理其事，上亲临酹酒，有"汝子吾儿定教培"之句，（好亲切！）丧仪视宗室镇国公例，赐祭葬有加礼，谥文忠。诸子皆贵，福长安以和珅得罪。四十一年金川平，封福康安三等嘉勇男。班师，上幸良乡，行郊劳礼。赐御用鞍辔马一，旋御紫光阁，饮至，赏缎十二端，白金五百两，图形阁中。四十九年，破石峰堡，擒贼首，封嘉勇俟。五十二年，往征台湾。明年擒林爽文，祖恒瑞，害柴大纪，（俟后论）赐金黄带、紫带、金黄辫、珊瑚朝珠。又命于台湾郡城，及嘉义县各建生祠，再图形紫光阁，上制赞如初。五十五年，征廓尔喀，含糊了事，诏许班师。先是诏以此次用兵艰难，为从来所未有，晋为大学士，加封锐忠嘉勇公。（何名？）十五功臣图像成，上复亲为制赞。大学士公阿桂，以未临行阵，奏让为首功。（与金川之役，及准噶尔之役，对看）寻赏一等轻骑都尉复授领侍卫内大臣，命照王公亲军校例，给六品蓝翎三缺，赏其仆从。六十年，督师征湖贵苗，赏带三眼花翎。会川督和琳兵进攻，诏进封贝子衔，仍带四字佳号，照宗室贝子例给护卫。俾异姓荩臣，得邀殊赐，以彰国家世臣之福。又诏赏子德麟副都统衔，授御前侍卫。又诏追封父文忠公文贝子爵，以光泉壤。明年五月，死于军。诏封晋郡王衔，赏库银万两治丧，并赏陀罗经被，仍于家庙旁特建专祠，以时致祭。追赠傅恒郡王衔，子德麟承袭贝勒。俟入城治丧，朕亲往赐奠，御制诗哭之。诏入祀昭忠贤良二祠，配飨太庙，谥文襄，赐祭葬如典。特旨德麟承袭贝勒后，其子袭贝子，子孙袭镇国公罔替。（几与开国诸王等矣，阿桂远不及此，开国功臣亦不及此，外戚更无有也）凡此异数，即为疑案。而王昙之《蟫史》，暗讥不少。魏源之《圣武纪》，直书其罪不少讳。其余载纪之散见于诸小说者，更不可胜纪。福康安何以得此，今日犹有传闻。岂曹氏独无耳目？增删五次之作，未必不由于此。此回盖书中著意之处，非闲文也。

此回办凤姐庆寿之事，必用尤氏者，盖尤氏固指肃王妃，乱于睿王，固当与豫王夫妇狼狈为奸，以媚孝庄者也。回中写其互相容隐，卖好行善诸事，私人固当如是，亦微文也。

"撮土为香"之祭，此等事为风流人士所应有，何况天子？

然于袭人口中，吐露出朋友死了一句，是仍为金钏之为希福写照。而顺治之畏睿王，不敢有其亲幸之臣，亦可概见。惟是作者之心，更有深于此者，盖不在区区之事迹也。土者何？土吾汉土也，吾汉族四千年来生长歌哭而各致其种族之情谊者也。焙茗者，焙明也。吾汉族四千年来生长歌哭而各致其种族之情谊之土地上，岂容有焙明其人者，自诩其污秽丑史，以谬论其事业文章之余地，而饰之以为香者乎？焙茗无香，绝之于汉土也。宝玉带来之香何香乎？固仍吾汉族芬芳历史上之土地所产出者耳。以吾汉族芬芳历史上土地之所产出，而不得不为清人所用，作者之情，于是乎大不得了矣。欲以不了了之，是为之闲；闲而取乐，则不得不著《红楼梦》。著《红楼梦》之乐，不足以敌其忧，则撮土为香，以告诸天地祖宗，而期之于后世子孙者，其情亦当以不了为了。乃又以清廷之闲取乐对照之，彼之乐，我之不得了也。彼之乐而实以召忧，我之不得了，而又期其有可了之一日者也。以生日而谈死事，且不一而足焉。吾于是为汉族之死者思，吾于是为汉族之生者愧。

第四十四回　变生不测凤姐泼醋
喜出望外平儿理妆

　　王沈评以是篇纯为曹氏补本，鄙人期期以为不可。盖此等泼醋之事，为人事所恒有，即致酿成命案，亦无足怪。原本作者，深恶豫王夫妇，写出此段，于事实上固有可以想当然耳之理由。且豫王之下江南也，子女玉帛，尽入私囊。淫杀固以招尤，多财更为丛谤。刘媪宠于孝庄，《过墟志》间有明文。其间调护之力既多，把持之权自大，似此情形，固当曲肖。改节之妇，防备男子者偏周；豫王之背地怨言，亦自然丑诋。多姑娘一方面奉承，一方面猜忌，而作者乃借其口而痛詈刘媪，曰阎王老婆，曰夜叉。王字固属皇家，阎王则为死人为残酷者，兼指豫王与黄亮功而言也。夜叉者，言亮功之死，与豫王之短命也。其余要杀之说，则直是作者谓刘媪该死，何不于被掳时骂贼被杀耶？

　　鄙人儿时，即闻乾隆后为尼事于老宿。而王沈评以为水死，且即以发丧诏内，微感寒疾，为水死之征。鄙人以为是为尼之确据耳。盖微感寒疾，可云水死，亦可云不死。水死之说，甚不充分。夫妇口角，数见不鲜。平常人家，犹未必遽至轻生。况富察后本非怨偶，而轻舍其皇后之尊，跃入波涛，恐不必激烈至是。且后之为后，非平人比，并非臣下比。防卫既已森严，宫监岂无救护？太后同行，更不得听其自便，故不死之说为长。然当时如此大变，谣传自非一端，鄙人亦不敢谓其无据。故本此旨以读

《红楼》，乃知曹氏固并存此两说，而以为尼为主体；其水死之疑窦，亦于他篇发之，犹董妃之死之为疑案，亦见于微文也。（俱俟后论）此篇之凤姐，王沈既以之当富察后，而多姑娘之死，则又以之，鄙人以为是非历史之体也。乾隆狎妓，谓之过则可，不以狎妓怼后，犹不至于为罪。若因富察氏妇之事，既为君乱臣妻，又以祸及全国，曹氏宁忍忘之？故狎妓见于薛蟠同宴一篇，而此篇之妓则直以富察氏妇为其代表，谓其谗言搆后者之在于平日也。死之云者，彼本有可死之罪焉耳。后本无可死之罪，而又加之以多姑娘之名，史家纵为谤词，亦断不颠倒至此。后之隐情，不过于妒。满家百年基业，势且倾堕，不过挟制之词。隋炀、明武，措辞过当，忘几谏之义。而出以小臣抗直之态度，或亦妒情为之，不宽其妒，而拟之以凤姐，品评不为太刻。太后之不能庇后，或亦有见于此，而犹得保其不废之名词，以成为未死而死之虚荣者，太后或亦与有力焉。下篇赔罪之说。即是孝贤荣誉之谥。曹氏于此等处，具有苦心，不说不得，说又不得，阅者当微会也。乾隆生平，为人最忍，英武之君，具有野蛮性质。当日摔发足蹴而后，不知若何愤气。后有妒心，而理直气壮，决不肯服。固系妇人常情，虽以万乘之尊，必不能夺。而又厄于太后，无词相难。护短之极，废之艰于发言，忍之决不能甘。故当故为严厉，以示其威；而借太后命之为尼，以弥其隙；转加之以善事太后之名，饰其终而了此一局，则于吾名无碍。奸雄之办法，终非庸主所及。而太后当万不得已之时，亦不得不假皇考之遗训，为之剖晰。此皆当然必有情形，"叫人把我老子叫来"。即此意也。

平儿理妆一事，诛牧斋而讥如是也。夫牧斋之为牧斋，非所谓东林巨子，文坛盟主者乎！一旦迫于全躯保妻子之一念，遂至不有其身，其末路遂决裂至此。充其心，苟有可以得富贵功名之余地者，固将献其妻女而不恤，又何有于爱姬之柳如是？故如是而与刘孺往来，牧斋之罪也。牧斋既为清廷之大臣矣，则其夫为君也臣者，其妾安得不为君也妾？普天臣妾之义，宝玉之所以喜平儿理妆也。且柳如是之为柳如是，固非不可与为善者矣。其见绝于陈卧子先生，而不得与先生并命者，其不幸也。劝牧斋死国之说，或亦出于袒护美人者之口。事实所在，不得以口舌争。晚年殉节，迫于债务，亦未可以烈深论。然亦自有可取，不得一概抹煞。今乃为牧斋所累，不得不为清廷之臣妾，不得不为牧斋谄事刘孺。作者既恶牧斋，不得不连及于如是。而如是之身分，究不得不为之护惜。故虽写理妆一事，而许多直笔诛伐中，仍兼带有许多拥护之曲笔，故特写袭人在旁以为之监。若曰如是之为如是，对于清廷而称臣妾，实为对于牧斋，为无可如何之势，而究竟未为所污，不过处于嫌疑之地焉耳。与下文香菱污裙之事，笔墨大有分寸，责备与爱惜之意，显然言表。独念如是竟无慧眼，欲求卧子之一盼而不得，误匹牧斋，以至于此。则一以牧斋之文词为其所欣羡，一以僭称继室之故，有类于喜出望外之理妆。盖敌体于文字有名之尚书，便自以为心满意足，决无后忧，而不知其狼狈以至于此极也。仅以扶正作为僭称继室之代名词，浅矣。若横波则尚不得有如是之资格，而何至于相淆？且其情事亦与如是异，俟后论之。

此篇曹氏心目中之平儿理妆一事，可以褫妒妇之魄，可以张皇帝之威，可以生种族家无穷之感。其人为何？则乾隆时代大学士尹泰之妾，而两江总督尹继善之生母徐氏也。徐氏为尹泰妻之婢，生子已为两江总督，夫人待之无加礼，犹以青衣侍，役使如婢。继善入觐，乾隆问之曰："而母受封耶？"继善免冠叩首不敢言。乾隆曰："朕知之，汝庶出也。嫡母封生母未封，朕即有旨。"退朝，归家。泰怒曰："汝以皇上压父耶？"以杖击之，孔雀翎堕地。忽报有旨令尹泰与徐氏跪，诏曰：大学士尹泰，非以其子继善之贤不得入相，然非其母徐氏，则继善尚无由生，著行合卺礼。即以宫奴拥徐氏坐，令尹泰跪拜之，复交拜对食。夫以人情而论，则妻之对妾，固当与婢不同，况其子既已入官，且居大位，而其妻犹待之以婢，其为不平，诚无待言。惟历来相传之法律，不得并妻，并不得以妾为妻。惟皇家有由妃进后之事，是法律之不平等，原不为帝王而设。此中流弊，固已甚多。况以夫拜妻，更为不可；以夫拜妾，是何法律？帝王家之好事任意，随园书之以为佳话，鄙人不敢赞同。或彼处当时，有不得不然者耳，鄙人更于此有特别之感想焉。尹为满洲镶黄旗人，旗人除王府旗下以外，不得以为奴婢，惟汉人则可以为婢，而不可以为妻妾，不通婚姻之定制则然。实则严于妻，而稍宽于妾。妾之所生，兄弟及家人辈皆贱之，谓之曰小脚巴子养的。徐氏之为汉人，殆无疑义。否则以旗人为旗人妾，其妻待之，未必如是严酷；而其子已有此等位分，其家族亦当为之不平；而竟无有，贱徐氏之为汉人也。贱徐氏为汉人，故继善不得而争，尹泰更不得不从其妻之意。盖以法律严格而论，汉女不得为妾，上闻且将有罪，压力之大，从法律始。乾隆偶一高兴，实以爱继善之故，非为徐氏也。

第四十五回　金兰契互剖金兰语
风雨夕闷制风雨词

　　此回所载家奴事最多，姑列数条于此。考《啸亭杂录》，载康熙中，余邸包衣（大太太的陪房），有大侠张凤阳者，交结戚里言路，专擅六部权势，有郭解、朱家之风。时谚曰：要做官，问索三（索额图）；要讲情，问老明（明珠）；其任之暂与长，问张凤阳。盖谓伊与明、索二相也。张尝憩于郊，有某中丞驺卒至，呵张起立。张睨视曰："是何龌龊官，乃敢威焰若是！"未逾月，中丞即遭白简。一时势焰，人莫之及。纳兰太傅高江村等，款待宾客，凤阳裼裘露顶，忝居上位，其结交也如此。先良王夙知其行，会先外祖董鄂公，见罪于凤阳，凤阳即率其徒，入外祖宅，折毁堂庑。外祖公奔告王，王燕见仁皇帝时，遂免冠奏。上曰："汝家人，可自治之。"王归呼凤阳，立毙杖下。未逾时而孝惠章皇后之懿旨至，（此书中老太太）命免凤阳罪，已无及矣，都人大悦，咸感王惠焉。又载明太傅珠擅权时，其巨仆命名安图，最为豪横。士大夫与之交接，有楚滨、萼山之风。其子孙居津门，世为鹾商，家乃巨富。近日登入仕版，有外典州牧，不肖宗室，至有与其连姻眷者，亦数典而忘其祖矣。又载年羹尧之家奴魏之耀，赏四品顶戴。又《东华录》谕旨：纵容家人魏之耀等穿朝服补服，与司道提镇同坐。《杂录》又载回部霍集占之子某，赐傅文忠宅为奴，文襄王委任之，招揽事权，颇为殷富。回部王公辑瑞至者，至叩拜其门，某坐受之，主仆之礼俨如也。又载和相家人刘全，幼时为人执鞭，家甚贫乏。和相倚任甚重。屋宇深邃，至百余间，曾为曹剑亭所劾。士大夫不肖者争与之结姻眷，有萼山、楚滨之风。其母甚贤慧，（是赖嬷嬷口中语）及全富时，其母必日索腐豉下餐，曰："昔日思此不易得，今虽豪富，敢忘旧日景况耶？"故全禀母教，罔敢干犯国法。（此语不确且矛盾）其子某甚不肖，致有南郊私毙人命事，以遭刑诛，而全母卒以善终。又《客窗闲话》，载刘全已得四品题衔，为其母之侄沈某，营谋入仕，得太守，颇贤；然沈某固亦目不识丁，力难胜任，后来不过少须识字者也，亦与此段合。后文所谓奴才亲戚者亦近之。又考《曹锡宝传》，载锡宝以御史疏劾和珅家人刘全，衣服车马房屋逾制。先有某窃知其事，飞书告知。乃星夜毁其迹。和答某书曰：必有以厚报。于是留京诸王大臣，奉旨勘查僭妄踪迹，竟不可得。而君危甚，驰赴热河待询，部议镌三级，特旨改革留任。又有钱澧止搜和珅家奴私书，及武亿杖和珅部下副头目杜成事，并见后论。而福康安轿夫之横，道路亦为侧目。皆此回之所包容。然其意实以王府旗下为主，而以乾隆时代为其结束也。当细玩之。若近人之所载刘全事，尚不胜引证。

　　匿怨而友其人，小宛之慧，讵不知之？知之而仍不得不作感激涕零为知己深谈之状况，不得已也。前清一代，汉大臣之屈于满人，何堪缕指？况在开国，董妃无论矣。范文程之三世元勋，屈于议政；洪承畴之经略中原，累遭嫌疑；吴、孔、耿、尚，功高震主，亦实有迫之使叛者。降及中叶，沈桂芬不借文祥以结恭亲王，则政本将坏；郭嵩焘不因肃顺以救左宗棠，则正法已久。曾国藩诣官文以敌洪杨，而钦差大臣之辞，实因慈禧之疑忌欲杀，恭王之传言有意，左、李稍稍胜之矣。然而左则在外，李亦不安于内；左之势危，而李亦屡挫。晚年庚子议和，犹必借无用之庆王，不如是则祸在眉睫也。呜呼！以袁世凯之奸雄，始以报告康、梁，得宠于慈禧，而出山必赂庆王。以吴禄贞之英杰，面交良弼，而犹必周旋于善耆。作者穿透此等情形，焉得不写此金兰之谱乎！至于富察后对于那拉后之措置，皇帝宠妃，后无如何，打一下、摩一下之手段，自然如是。人臣伴君如伴虎，而左右之社虎，又不敢得罪，并不敢不敷衍。专制国大抵皆然，而宫闱尤甚。作者盖慨乎其言之，而非谓董妃与富察后之如此呆笨，决无知觉也。

《秋窗风雨夕》。王沈评，以为长门之怨，弃妇之吟。此语通于小宛与富察后固矣，然鄙人则直以为是作书人种族之极痛也。国破家亡，孤身无寄，乃极力写出此一番感想。吾不知灵皋对此，当何以为情也。方氏以种族家之群英，丁几度沧桑之变幻，历年五十，此志不衰，可歌可泣，当悬诸日月而不刊。灵皋之始，固亦当为其中一文豪分子。滇游之纪，三桂之檄，方光琛之谋画，方孝标之词章，以及明季遗老，杜茶村之诗，陈卧子之集，张苍水之宫词手书，当无不为其所服膺。而钱谦益、吴梅村之所作，沉著显露；王渔洋、查初白之所作，凄凉玄深，灵皋岂其忘之？下狱以后，所作《狱中杂记》备言狱吏之酷，如所谓索贿私刑，以及牢头禁子之种种形状，无不具全。甚则有奇形怪状，虐人至死而堂上不闻，谝人代死而重囚兔脱者。伤心惨目，其不能恝然而已者，当亦有感于监狱黑暗，实由于政治不良之故。《本传》言其在狱著《礼记析疑》，及《丧礼或问》。王编修澍，间入狱视公，则解衣磅礴，谵经诹史，旁若无人。同系者或讽之曰："君纵忘此地为圜土，身负死刑，奈旁观姗笑何？"爰书上，同系者汹惧，公阅礼经自若。或厌之，投其书于地，曰："命在须臾矣！"公曰："朝闻道，夕死可矣！"狱词五上，圣主矜疑，李光地亦力救之，遂蒙恩宥，隶汉军。夫种族之英，临变亦不失其常，情状固当有此。而或者以灵皋后事，疑及当日之非实录，亦甚有见。但以鄙人观之，则近日之所闻革命巨子者，或亦危难时有此情状。而一入功名富贵之途，则初心立变。此日灵皋之慷慨，窃以为不必致疑。但观此种种现状，无在不可以作《秋窗风雨夕》词观。呜呼！《春江花月夜》之格，变而为《秋窗风雨夕》，在作者固直操《春秋》之笔。而春变而秋，繁华梦醒，如此良夜何？凄怆景状，故国河山，北风其凉，霏霏雨雪，匪惟当局者之所不能堪，抑亦有心者之所不忍读。宝玉烧此一词，所烧者其禁书耶？抑狱辞耶？鄙人直以为烧却吾汉族礼教信义之文明历史耳。安得"点灯笼"而遍照此形状，俾往来于狂风暴雨之中，而不至"失脚滑倒了人"也。

"剖腹藏珠"。著此一句于《秋窗风雨夕》既烧之后，是说人藏其心，不可测度。禁书虽烧，其如人心之不服何！而口蜜腹剑之旨，亦对于金兰契一方面有关合。

此一回中写王府旗下家奴之事，历朝案子最多，而康熙诸子尤甚。因非本书之主旨所在，故不备录。然其实已含有此意，所谓代表者是也。

第四十六回　尴尬人难免尴尬事　鸳鸯女誓绝鸳鸯偶

"鸳鸯拒婚"。王沈评断为李香君，是，但尚有未尽者。则上文宝玉缠鸳鸯，并吃螃蟹二段文字，实为拒奁、入宫、骂座事而发，而此篇乃接连写之者也。宝玉缠鸳鸯，便是福王选色征声，召秦淮诸名妓入宫之影子。吃螃蟹一段，笑骂之辞，直达极点。马既横行，固当以此等笔墨，作痛快淋漓之丑诋。小腿子、脐儿云者，江山残破，即《桃花扇》一曲中，所谓"赫赫名公，半壁南朝望"者也。《拒奁》一曲，亦颇近之。田仰本权奸私人，龙友亦两面讨好，写来无一不合。书中宝天王，宝皇帝，实指福王，墨无旁沈。侯朝宗以贵胄名流，不知自爱，屡频于死，女祸基之。又复畏死出山，忝附榜末，讯梅村而食前言，岂能以几篇文字，赎其罪戾？贾琏之目，允宜当之。香君本非大观园中人，而不嫌唐突，只以本为妓女，晚节克终，例诸南都入宫之事，原无妨碍，若朝宗则非其所爱惜者矣。此等作法，鄙人之疑为梅村者又其一也。

曹氏书中之鸳鸯，盖以回部香妃，为其主体，而此回则兼及十三妹者也。香妃为回王之妃，生有异香。乾隆平回部时，预先密诏将军兆惠，必欲生致之。回部既定，果得其人，而妃卒不从，污泥中放出白莲，高于宸濠之娄妃远矣。彼花蕊夫人、小周妃之徒，何能望其肩背！此回对于乾隆，绝不为之曲谅。"老太太心爱的丫头，这么胡子苍白了，又做了官的一个大儿子，要了做房里人，亦未必好驳回的"，香妃早有死心，又怀秘计，太后知之，屡劝帝而帝勿听也。"我叫了你来，不过商议商议，你先派上了一篇不是！也有叫你去的理？自然是我说去，你到说我不劝！你还不知道那性子的！劝不成，先和我恼了。"此事当日，臣工后妃中，亦必有以太后之言为辞者，若使富察后当之，则必有此等语言矣；那拉后或未必有此，然有太后作主，亦或者微言之。而帝心不怿，且那拉后之搆富察后，事实渐张，日久思悔，其被废或亦因此而起耳。夫灭人之国而劫其妃，掳人之夫而取其妻，危道也。清廷自开国以来，若孝慈，若孝庄，若董妃，习见不鲜，其余此类之载在《东华录》者，不胜枚举。官书且然，何有于私家之纪载！惟董妃之死，实有谰言，清廷惩于此事，遂罢汉妃。然圆明园之诸妓，犹在肘腋。彼非妇人，又无仇隙，更非敌国之后妃比。然雍正之死，乾隆之死，传者尚有此类之嫌疑。太后之杜渐防微，不可谓非辣手慧心。而乾隆之淫昏无忌，所谓"弄左性，劝了不中用者"，亦为事实上之所不能免。故香君之事，田仰实为阮胡子之所主张。而香妃之事，则实发于乾隆之本意。逢君长君之恶者，诚不知其何人，惟鄙人不能不于兆惠有责备焉。纵非逢君长君之罪，实无可逃，此等乱命，纵有密旨，虽不奉行可也。太公蒙面而斩妲己，高颖入陈而诛丽华，虽后来之结果不同，而当日之心事则一。况乾隆不在行间，则兵戎之地，何事不可以自便？不能生致，虽雄猜之主，亦无从查核。赫赫大将军之威严，不过拉马走狗，辱国负君，莫此为甚，以金文翔当之，厥罪非酷。考乾隆一朝，杀人臣五十余人，功臣则富德、柴大纪、张广泗之流，亦多有受诛者。准回之役，或杀或谪，无不得罪之将帅。而兆惠本无重职，由提督办粮运而留乌里雅苏台办事，充领队大臣，而又充参赞大臣，而又授定边右副将军，而又封一等伯,世袭罔替,而又授定边将军而封公爵。且异数频仍,行抱膝跪见礼,赐御用朝珠,并加赏宗室公补服,(此非异姓者所有)子尚主,阿桂毋能及也。其所由来,不问可知。"怪道成日家羡慕人家的女儿做了小老婆,一家子仗着他横行霸道的,一家子都成了小老婆了",厄鲁特之族,今犹有存者乎?回部荒唐,今犹如昨。横行霸道四字直是兆惠行军时传赞。自称奴才之臣子,何一非小老婆者!而乃以匡君之大义责之,诚为不屑,但对于人道主义,不能无痛心耳。香妃已到火坑,而兆惠乃极尊荣。自己封为舅爷之说,确切不移,又与上文封为姨娘之说相应,岂那拉后当时亦有力劝妃之事耶?传疑之笔,亦极吞吐。

　　顾此篇于香妃一事,微有不合者,则以香妃本由劫夺而来,不得例以大观园中之人。其久居宫中,亦实有万不得已,欲得一当之苦衷,未能据以为宫婢之证。而曹氏写得他洁白如此,笔底下煞有分寸,且意中尚有十三妹在,一笔双管,颇具苦心。前清燕北闲人,著《儿女英雄传》小说,言秃字无头大将军,挂九头狮子印纪献唐,为其子纪多文,求副将何杞女何玉凤为媳,并与以总兵。杞不从,被劾愤死。玉凤与其母走为盗,有侠声,誓报仇。会献唐赐死,多文正法。凤以救一落难宦裔,其父安水心,为其祖何焯门生,访得之,以配其子。案纪献唐实隐年羹尧,纪多文实隐年富。书中所纪纪献唐战功及轶事,皆羹尧历史。并书中之谈尔音,直指田文镜,最为显明。惟言此事已见上谕,并奏参,今不能详考。惟上谕中有面属董玉祥,将患病守备何天宠,不令照例填注军政,其是否此中有隐情,未敢臆断。但何焯虽品行不大端正,而为文学大家,即如书中所言,子死只遗一孙女,而门生甚多,断不敢凭空构造以来指摘者之口。鄙人曾闻老宿所言,十三妹实有其人,惟即以拒婚父死,故激为盗侠,奉母天年,厥后不知所终。又或言其与某中堂之子妍识而成夫妇。(案此是旧日言论如此,彼无父母自行择配不为过也)后半篇书,皆属补恨之作,惟前半确有此事云尔。又案何氏本系汉军,义门亦以举人在南书房行走,与书全合。则是十三妹者,以吾汉人之裔,陷为满奴。年氏亦属汉军,以大将军之威力,强迫其父,不拼死力拒,必不能辞。十三妹之不愿权贵,自在意中。洁身远引,甘为盗侠以养其亲,志可伤而情可恕。吾意其终身不嫁,当系实情。而后人怜其节孝,转奉以夫荣妻贵之名词,报酬其艰苦卓绝之行谊,其用意固属忠厚,而鄙人终嫌其画蛇添足。盖十三妹之为人,固不以此为有无轻重也。惟香妃为回人,十三妹则为汉人,传中则为汉军。清廷入主中国,久已视吾汉人尽为臣妾,实于界限上有无从分别之痛。谓之曰大观园中人,曹氏伤心而无可如何。奇女子而关系于政治种族上之变迁,乌能不纪?

第四十七回　呆霸王调情遭苦打　冷郎君惧祸走他乡

"斗牌"。王沈评是。惟曹氏则以之写富察家族之媚乾隆，并以凤姐代嘉庆帝后，而为其总代表也。考《东华录》，嘉庆春正月甲戌，谕：朕于乾隆六十年九月初三日，蒙皇考册封皇太子。尚未宣布谕旨，而和珅于初二日，即在朕前，先递如意，漏泄机密，居然以拥戴为功，其大罪一。《啸亭杂录》，载丙辰元日，上既受禅，和珅以拥戴自居，出入意颇狂傲。上待之甚厚，遇有奏纯庙者，托其代言。左右有非之者，上曰："朕方倚相公理四海事，汝等何可轻也？"珅又荐其师吴省兰，与上录诗草，觇其动静。上知其意，吟咏中毫不露圭角，故珅心安之。及纯庙崩后，王黄门念孙、广侍御兴等，先后劾之。上立命仪、成二王，传旨逮珅，并命勇士阿兰保监以行。珅毫无所能为，控制上相，如缚庸奴，真非常之妙策。恭读《味余书室稿》中，《唐代宗论》有云："代宗虽为太子，亦如燕巢于幕，其不为辅国所谗者几希。及帝即位，若苟正辅国之罪，肆诛市朝，一武夫力耳！乃舍此不为，以天子之尊，行盗贼之计，可愧甚矣！"乃知睿谋久定于中矣。方倚相公，是何等语，代奏是何等事，苟非交通，如意从何而递？代宗之皇太子，得之以功；嘉庆之皇太子，得之以诒。得之以功者，谗间立至；得之以诒者，机械难防。辅国之外援，强于和珅，故处置亦异，而要不足以语于孝慈之道。三年皇帝，岂不能一有所为？上皇亦绝无遽然废立之理，海内骚然，成何景象！嗟我人民，安得不以此为皇帝责？始结之而终杀之，本其成算，惟俟其父百年后耳。机诈行于家庭，专制之害如是。

此回正写三桂与李自成之交涉而并及松山之败者也。盖松山之役，其父吴襄溃走，三桂当在行间，宁远之功，未必徵实。圆圆一至，迟迟出都，譬之调情允矣。然而内外皆有劲敌，平西封伯，五十万入卫之兵，皆溃。精锐殿后，甫至山海关门，不敢前进。受此打击，已经狼狈不堪，文书约降，意已大动。固由素无忠心，亦以闯兵强盛。圆圆之掠，遂启关门，合中原本部十八省，铸不成此一大错。然其势不振，经闯兵痛击之役，父死家亡，爱妾属人。末路穷途，挺而走险。所谓"一打便倒"，再打三打者，意即指此。喊"好兄弟"便是三桂称闯军为贼之意；继之以"好哥哥"，便是三桂称闯军好狠之意；继而曰"好老爷"，直是顿首称臣于贼矣。"肮脏东西，吃了又吐出了"，是称臣之后之改图降清。"吐出来又叫他吃"，是降清又复叛清。"贾珍命贾蓉带着小厮们寻踪问迹"的情况，便是多尔衮得三桂借兵之书，许即进兵，遂统师入关之代名词。龙王爷，顺治也。招驸马，其子应熊尚主也。"碰到龙椅上去"，封王也，称帝也，皆肮脏东西也。字字不空，作者实以三桂对顺治立论，书中决无一笔宽假，何其严欤！赖大家赴席，直以奴隶役之耳。三桂不自羞，作者代为之羞，盖其丑比奴隶还丑，直盗贼之最下者耳。

顾打之者之为何人，则作者又斟酌而出之。盖颠覆明社，屈抑三桂，非李自成之力所能及也。以意度之，当此者其惟李岩乎？《绥寇纪略》及各记载，李岩，中牟人，逆案中尚书李精白子，家饶于财。时岁饥，督饷急，岩出家赀赈之，且代完国税。知县某，索其赀不应，诬以收买人心欲反，将捕之。县民大闹，知县无如之何也。会有绳妓红娘子者，见岩美丰仪，劫至其寨，强委禽焉。岩居常不乐，私逃至县，令捕之，下狱。红娘子与县民共劫之，遂从自成。教之以勿妄杀戮，自成亦重视之，军始强。岩乃为之画策，作谣曰："吃他娘，喝他娘，打开大门迎闯王，闯王来了不纳粮"。民又感岩之德而不知李闯之非岩也，遂杂呼之曰："李公子活我"，从之者如归市，而自成之势日张矣。既破京城，僭大号，故态复萌，淫杀日盛。岩欲以自将一支，抚收河南。牛金星谮之，谓其为放虎归山，自树一敌，遂戕之于祖席之上。而内乱既作，人心离散，遂即于败。夫岩之才力，实为可用，谁迫之以入于自成者，作者之所当深惜也。入河南而果能自立，以存汉族之一脉，亦作者之所不欲深恶也。三桂之恶，不欲打之以忠臣义士之手，而打之盗贼之有心人者之手，绝三桂甚于恶李岩云耳。书中所称"世家子弟，读书不成，父母早丧"，岩之举人，已被父累，素性爽侠，赈饥代完税是。"耍枪舞剑"等语，亦恰合身分。"不知他身分的人，误认作优伶"是即红娘子之所以委禽之故。"惧祸走他乡"，红娘子寨中一走而为囚，牢狱中一走而为贼，京师一走不成而为戮。走之一字，既已确切；而弃妓复归，冷之一字，又为的解。苦打一曲，实当为李公子尸之。红娘子亦偕以映带尤三姐，然不足以当此也，俟后论。鄙人之疑为梅村作者，又其一也。

　　齐林之为教首，本来含有无赖性质。此种事故，当然有之。然曹氏之意，决不得以此立说。谓夫酗酒打架，争风吃醋之事，其细已甚，且不足以是责齐林也。放眼观之，其惟为罗思举、桂涵而发，殆无疑义。阅者诸君，亦曾思及白莲教及一切秘密党会之所由来乎？鄙人对于辛亥革命之役，始全窥其奥妙。今日之所谓党人者，三合、三点、大刀、洪江诸会中人皆有之。郑成功崎岖海岛，知大局之不可为，乃命其臣入内地，创为秘密社会，流派日歧，白莲、天理、八卦，亦为其派别。罗、桂是汉留中人，本系同其宗旨，而中间昧其所有起，自相鱼肉。从川湘陕之一役，为其嚆矢，厥后广西与湖南两支，尤为决裂。清廷常利用此机，以保大位而毒我汉族。首事之人，又每每所行不正，同于盗贼。盗贼又复为清廷利用，遂使吾先烈呕心挖血，缒险凿幽，出万死不顾一生之计，留为后世永永纪念者，变为盗薮而职厉阶。其事虽经改革，而余风犹迄今而未息。况当曹氏之世，齐、姚诸人，固无足责；罗、桂亦全无种族思想，徒自奋于功名，而不为独立之谋。究之杨遇春、杨芳之待遇，已在额勒登保、德楞泰下，而罗、桂则更在两杨以下。魏源之《圣武纪》，几欲为罗思举诉不平，固事之宜。而曹氏则兼为罗思举写罪状，亦非不可。功也罪也。皆由思举辈自为之。乃若齐、姚辈之只见为罪，不见为功者，其内部之爆烈，必将有以自取。洪、杨之役，左宗棠以宗教之故，决计不为所用；钱江之才，亦弃之而附雷以诚，此正我汉族光复者之绝大龟鉴。曹氏乃于此篇先发其凡，窃愿爱国者一注意焉。

案《夜谈随录》，载有某宗室浪游茶肆，遇恶少三人，遭苦打。其首恶为美少年，后从军阵亡，与此篇事迹绝相类。然借此立论，宗旨不在是也。

第四十八回　滥情人情误思游艺
慕雅女雅集苦吟诗

　　此回写吴三桂降清后出师也。前文两宴，及赖大家中一宴，是一写李自成走山西，班师，世祖御皇极门，授平西王印，设宴。一写二年克延安鄜州，剿自成于襄阳、武昌，东下九江，召还京，宴劳，命赴镇绵州。一写三年入觐，赐银二万两，五年命移镇汉中。何等明晰。"张德辉"应指三桂柱石之武臣。马宝虽能，然初为流贼，后随桂王，赴希福军前降之说，纵不可信，亦非纯粹三桂之人。郭壮图拥护其孙世璠，为谋降者所杀，庶几近之，而战功不显。考《逆臣传》，载王屏藩为奉天人，亦三桂所倚任，康熙十三年，连陷四川州县，进犯秦州。十九年正月，勇略将军赵良栋，破成都，奋威将军王进宝，破贼保宁，伪将军王屏藩自杀。转战六年，兵败不屈，实足以当此矣。

　　"石呆子"。王沈评未免落空，子民以南山之狱当之，近似矣，鄙人以为未信也。《南山集》今已有一部分传者，所言桂王纪年，亦甚简单。康熙谕中亦只言及采《滇黔纪闻》，即讳雄狐一事，亦不得并历史之书名而讳之，且与石呆子三字，绝无关系。鄙人读《聊斋》"石清虚"一条，颇有所悟。清虚二字，清室虚也。书中言石能吐云，变化不测，爱之若性命，势家夺之，几频于死，而石有神灵，终不可毁。神怪之辞，希冀长存，其实则其人已死矣。此盖从吴六奇一则中查孝廉之爱石脱化而出，盖为庄廷钺之秘史而发，冀脱死之查孝廉，保存其子遗，如此石耳。作者生于蒲留仙以前，此书必为所见，而藏书家或犹有遗者，其关系亦或与查孝廉有密切之情况焉。二十把扇子者，明帝纪年，洪武、建文、永乐、宣宗、仁宗、英宗、景泰、成化、宏治、正德、嘉靖、隆庆、万历、泰昌、天启、崇祯十六帝，益以福王、唐王、桂王、鲁王，其数共为二十。史公《报摄政王书》，"本朝传世，十六正统，冠带之族，相承自治"，即以二十把扇子为代名词。"写画真迹"，即为正史，收买不得。盖以是为孤行秘本，天球河图、陈宝赤刀、石室金匮之藏，永宜藏之名山，待之识者，何乃一朝显露，祸及党徒？庄廷钺之徒，死骨已朽，而犹曰不知是死是活。幸查孝廉之漏网，而望其留此历史上一线之生机于不绝。公死是死国史，危素之谰言，讥之而仍望之，其意深哉。"拖欠官银"，又兼写哭庙一案。江南追比钱粮太急，虽朝官无得死于刑戮者，诸生持之急，大吏借国制扰乱哭临，杀金圣叹等数人，亦冤狱也。

《南巡秘记》，载青芝岫小史故事，言前明高氏九峰园，为黄俊斋以强力巧取得之。高甥江达甫愤死，嘱子鸣皋誓必报。女莹娘，嫁盐商汪氏。会黄氏欲垄断淮商诸家，行贿某郡王。女劝汪结其戚鲍氏，运动某亲王与郡王敌，黄以无名簿免。及南巡，黄贿内监，致乾隆驾幸九峰，黄谋使汪、江运二石入都，即青芝岫是也。（其一汉旗已毁）汪累破家，自缢死。莹娘走诉京师，乃命从江归。黄氏已交通和珅，诱汪妾之曾为妓者献之，遂至巨富。由德州运石至京，今尚在颐和园中。江亦以穷困侘傺死。莹娘复以计报黄氏，下狱死，籍其家，园复为莹娘所有。并引高东井诗云："名园九个丈人尊，两叟苍颜独受恩。也似山王通籍后，竹林惟有五君存"。又言青芝岫上镌刻名人诗词尤多，不敢作衰飒语，且无道及此事者。盖皆石入圆明园中，馆阁应制之作也。

夫东井与应制之作，皆系不可借假者。而石之由南入北，累及运石之人，亦系常事。故曹氏以此事当石呆子，实为相合。然鄙人犹以为他事之关系国家种族，更有甚于此者，鄙人固不敢不存此一说，而主旨则别有在焉。

《啸亭杂录》，载吴制府达善，满洲人。其先世由辽左移驻西安，初未至京都，以公贵始入，迁其族入旗。公以丙辰进士，累任陕甘、两湖、云贵总督。其督陕甘时，继黄文襄之位，办理军需，无不循其章程，故屡邀上眷注。其督云贵时，以谋宫里雁珠鞍不遂故，乃妄加刑戮，以致搆起边衅，颇为人所訾议。又乘其时丰庶，遂任意贪纵，民多怨畏。然其督楚时，继爱必达宽纵之后，吏治玩弊，盗贼充斥，公乃严加整饬，命营员搆线，擒获江湖大盗，凡数百名，皆立加诛夷，悬其首于江干，累累相望，如旌旗然。故一时盗贼戢迹，不敢纵横，商贾便之，亦严吏中之铮皎者也。又《圣武纪》，载乾隆十八年，茂隆场商吴尚贤，说缅入贡，尚贤旋被滇吏借事毙诸狱。（大约亦是想钱）十九年，桂家酋（明桂王之部下子孙号桂家）宫里雁败窜近边，孟连土司刁派春夺其孥贿，为桂酋妻囊占所袭杀。总督吴达善，使人诱宫里雁，戮之。魏源责刘藻不知用桂家及茂隆场，而缅遂骎淫于近塞，诚为确论。但藻代达善于乾隆三十年，其如桂酋与吴尚贤之已死何？此种贪酷贱夫，啸亭犹有恕词，岂吾汉族桂家之遗种，应当无辜被戮，吾汉族人民，应当用此刽子手，妄肆杀戮，酿成白莲教之祸乎？珠鞍，一书画之扇子也；宫里雁之爱惜珠鞍，一呆子也。鄙人于此，兴国界种界之悲焉。幸而缅人无用耳，否则奕山、琦善之祸，不待道光之末运矣。至于达善之入旗，当在雍、乾之际。非夤缘运动，何以得此？真甘心满奴之走狗者，与开首写雨村之联宗，亦何以异？（黄文襄即廷桂，亦严刻者，办南巡接驾尤恶毒）

　　三桂于班师后，再复出师，原系行军，不是坐镇。新降之将，自不便携眷军中，一碍于法律，一深防疑忌，在三桂固出于不得已。而清初命妇，出入宫闱，小宛又系南人。气味固当相近。作者特置之大观园中，盖亦深恶痛绝之辞。彼以妓女入明宫，出宫复事田畹，又事三桂，又归刘宗敏，或谓又归李自成，阅人多矣。作者虽深文丑诋，谅亦无人代为呼冤。彼三桂者，固深惜圆圆矣。然而从贼之妇，覆水复收，清宫纵有暧昧情形，羽毛未丰，焉敢过问？爱情不死，只好无言。士女一经失足，便当有此。写来使后来乱贼，永为鉴戒。而稍有人心者，亦必自护其妻孥，而不为降虏。大笔特书，较诸梅村之《圆圆曲》，尤为痛切。或者当日诗中，不便明言之余意，借此发泄耶？鄙人之疑为梅村作者又其一也。

　　齐林以普地传教之人，而又悬名指捕，自然不能安于其家；王氏既与某生有白头之约，自然不安于室；某生本不与齐、王夫妇同谋，自然是大观园中人。王氏生于清代，势无所逃于天地之间。曹氏借此映带，亦自能不相冲突也。

第四十九回　玻璃世界白雪红梅
脂粉香娃割腥啖膻

　　必欲以大观园中诸美人，尽指名士者，固未免于拘泥；然必谓其决不与名士相干，而以为众人合只一人者，亦未免太隘。盖当时汉人入宫者，不过此数人。而明裔长公主，决无可写之事实。作者又不忍多写其人，金枝玉叶，流传固无秽史，其焉忍令其出头露面，与孝庄、宝玉诸人作周旋？董小宛、刘三秀、孔四贞、董年，则固吾汉族之罪人，痛诋之而决无顾惜者。然于小宛犹时有恕词焉，惟于二臣则不少宽假，作者之微意也。其有本心不欲仕清，而终不能自坚者，犹必为写出其情形，而使之适合其分际。盖原书作者非入仕于清者，不能知之如此其详，而愧悔之余，必欲稍为求自脱之路。吾所谓疑为梅村作者，大抵皆从此处着眼。而曹氏之补苴收罗，亦决不肯破原书之范围。盖不如是则终为掠人之美，而非著述家之所安，并世若有识者，则曹氏无以自存矣。此篇所载李纹、李绮、邢岫烟、薛宝琴，在曹氏时代，不过为乾隆中特开四库全书馆，所徵之四布衣。而对于原作之四人，则实有所指。或出于原作者不全，而曹氏补之，亦未可知，特吾辈固无从辨晰耳。考《啸亭杂录》，载书馆宏开，延置群儒。刘文正公荐邵学士晋涵，于文襄公荐余学士集、周编修永年、戴东原震于朝，上特授邵等三人编修，戴为庶吉士，皆监修。四人之中惟东原学问最精，而音韵地理，尤为特出，并长于天算。书中所载怀古诸作，当即其义。惟东原本系举人下第，赐一体会试而入翰林，非布衣。而当时有四布衣之称，则亦汇而记之。老太太之特赐，即此义也。原本则宝琴无一不与梅村相合。而一入大观园中，仍出大观园外，更是极用意处。考《贰臣传·本传》，顺治九年，两江总督冯国柱，遵旨举地方品行著闻及才学优长者，疏荐梅村来京。十年，吏部侍郎孙承泽，荐其学问渊深，器宇凝重，东南人才，无出其右，堪备顾问之选。十一年，大学士冯铨，复荐其才品，足资启沃，俱下部知之，诏授秘书侍讲。十二年，恭纂太祖、太宗圣训，以伟业纂修之。（案：此书颇为实录，可宝贵）十三年，迁国子监祭酒，寻丁母忧归。康熙十一年，卒。顾伊人《吴梅村先生行状》，言奉嗣母之丧南还，上亲赐丸药，抚慰甚至。先生乃勇退而坚卧，即篇中"众口交赞，及老太太赐一领斗篷，逼着太太收为干女儿"之义。曰干女儿，绝无事实之谓，又影射纂修太祖、太宗实录也。宝琴先已许人，即梅村先不肯出，后复坚卧，诗中自悔，临死表墓，只称诗人之代名词。盖以许身明朝，不当为清廷用耳。此一笔更兼梅村两事。一为《琴河感旧诗》，即宝琴琴字之所由来。序中云：枫林霜信，放棹琴河，忽闻秦淮卞生赛赛（即卞玉京），到自白下，适逢红叶。余因客座，偶话旧游。主人命犊车以迎来，持羽觞而待至。停骖初报，传语更衣。已托病痁，迁延不出。知其憔悴自伤，亦将委身于人矣。（中略）漫赋四章，以志其事。此诗列于顺治辛卯元旦试笔以前，是当出山后之作。故序中又红头燕子，旧垒都非，山上蘼芜，故人安在等语。其一为无题诗，集览，程笺。公曾孙紫庭诩笺曰：王先辈玉书麟来志云，虞山瞿氏有才女，归钱生。生患瘵，女有才色，不安其室，意属先生。扁舟过娄，投诗相访，先生以义自持，因设饮于河干，赋无题四章以谢之。氏去，归石学士仲生申，钱生故在也。梁溪顾舍人梁汾贞观，石所取士，实为之作合云。按石中顺治丙戌进士，历官吏部左侍郎，总督仓场。以下用墨涂者八行，不知何故。但以意度之，则石之娶瞿，双方皆本非正当行为，几如书中之尤二姐，难保其中无争夺强迫事实，注书家不能无所忌讳，梅村心中，不无感想。二姐一段，虽非指此一事，而此回所言，已婚拒婚之说，实在合拍。集览云：或谓此等诗多属寓言，如《楚辞》之美人香草。然其二之"愧我白头无治习，让君红粉有诗名"，其三之"年华老大心情减，辜负萧娘数首诗"，断非比体。梅村集中，惟《行路难》第十七首、《古意六首》，为寓言耳。余于出处之义，故国之诗，多质言之也，可谓知言。况梅村之梅字，又经直言道出。《琴河感旧》之诗，盖玉京已将入道，颇有愧对之意焉。杜茶村祭梅村文云：闻诸顾伊人曰，先生之且诀也，自论其诗云，吾之于此道，虽为世士所宗，然镂金错彩，未到古人自然高妙之极地，疑其不足以传，而不知此语已足以传，甚矣先生之不自满假如此矣。"金翠辉煌，不知何物"八字，直是梅村自赞其诗。非孔雀毛而为野鸭头上之毛，孔雀可为家禽，又系前清之制服，野鸭则水中之物，不受羁勒矣。"湘云又瞧着宝琴笑道，这一件衣裳，也只配他穿。别人穿来实在不配。"言其诗非他人所能作。出诸湘云之口，仍是说汉人懂得，满人并不懂得之义。梅村诗隐藏甚多，原防得祸。黛玉不悦云者，集中董宛诸作，当然非其所喜。处处熨贴，安得不疑其自作乎？（李纹、李绮、邢岫烟详后论）

白雪与红梅相对映，此何为者乎？盖明代之江山，已为长白山之种族所有。朔风凛冽，大雪霏霏，几不知天地间尚有何物，足以放其异彩，而著花以留天地来复之心者，其惟梅乎！梅而色之以红，朱明之义也。枕翠云者，青山绿水；无非故国之山河。笼照一切，独赖此佛法之一孤灯，留我人心于不死而已。梅村之诗集，及《绥寇纪略》，清太祖、太宗圣训，即是从此义排荡纵横而出。然梅村吾犹自知其不足以当此也。季野以良史之才，屈节而入史局，胪列其兴亡之事迹，以告后人。而身当总裁之任者，又必去其实录而为新朝讳，则其所谓"数点梅花天地心"者，不过如"天半之孤霞，渡口之落日，庵中焚修之残香"焉耳。然而其势力之所及，已足以为"雪晴"之朕兆。体物至此，可以谓之工巧；设想至此，可以谓之恢奇。迄今史稿虽窃，而遗笔尚在，其最可以见先生之真笔者，则熊廷弼、孙承宗、袁崇焕诸传，当非先生不能作。而承宗传赞，竟有"天启大国之君，自刖手足，至阖门膏铁钺而恤典不及，悲夫"之数语，以为煞尾，直用天启国号，而清廷不觉，自非先生承梨洲学说之遗旨，断不能有如此之书法。先生之所屈者小，而所申者大，史稿被窃，重惜之而又不忍斥言之，为先生讳也。若曹氏当乾隆专制回光之日，汉族之陷入于雪中者已久，《红楼梦》之增删五次，其亦此意也乎！

"真名士自风流，你们都是假清高，最可厌的。我们这会子腥的膻的，大吃大嚼，回来却是锦心绣口"。腥膻之义，王沈评尽之矣。真名士，自风流，此语骂倒清初名士。而出之湘云之口，美人名士，一齐憔悴，越想越觉不堪，非徒讥四贞也。龙么妹本一苗女，而辗转于兵间。王昙《蟫史》之淫秽，不堪卒读。乾隆时将帅，乌可共事，而作法自毙？王昙亦非端人，还以此语反唇相稽，恐彼固无能置辩也。

第五十回　芦雪亭争联即景诗
　　　　　　暖香坞雅制春灯谜

　　王沈评以《芦雪亭》一诗，在新朝言之，是为一首武成颂；在故国言之，是一首哀江南赋，诚然。然使移此作于乾隆时代，试一想其中年黩武，暮年内溃，及一切粉饰太平，游乐淫荒情形，亦复恍在目前。盖种族同感，政治同揆，稍一点窜，便得双关。惟原作之本真，则其切合诸人身分口气，决无有一语假借者。曹氏固不敢以其意中之所指，强为附会，而钗、黛两人，终竟确切不移，固未尝刻舟求剑，而才大如海，毕竟不肯于其主体有碍也。"一夜北风紧"，属之刘媪与富察氏妇，祸源也。李纨道："开门雪尚飘。入泥怜絮白"，佟本汉之世族，首先入清，辱矣，李光地之夺情卖友，何以当文正与文贞之谥号乎？香菱道："匝地惜琼瑶。有意荣枯草"，三桂为国大帅，军容如此，何为因一枯草之圆圆，丧其生平乎？探春道："无心饰萎苗"，哀汉人之忘明也；"价高村酿熟"，是海岛独立身分。李绮道："年稔府粮饶"，康熙十八年，太平久矣，可以开博学鸿词科；"葭动灰飞管"，出山矣。李纹道："阳回斗转杓"，变得更快，是早降者；"寒山已失翠"，声名坏尽矣。邢岫烟道："冻浦不生潮"，果终不活动乎？"易挂疏枝柳"，绊住不能耐矣。湘云道："难堆破叶蕉"，覆巢无完卵，安能自保其身，与其妻子？孔氏父女之现象也；"麝煤融宝鼎"，香而黑矣，宝鼎虽贵，其如融何？封妃不终之谓。宝琴道："绮袖笼金貂"，出山矣；"光夺窗前镜"，此心终不昧，于诗见之。黛玉道："香粘壁上椒"，强附于椒房耳；"斜风仍故故"，与为妓时之堕落何异？宝玉道："清梦转聊聊"，喜汉女也；"何处梅花笛"，江城五月，亦是南方，落字不祥。宝钗道："谁家碧玉箫"，弄玉故事，明显；"鳌愁坤轴陷"，寡矣，废矣。湘云道："龙门阵云消"，定南王与孙龙败死矣，广西将军、抚蛮将军、安远大将军，被诱杀矣；"野岸回孤棹"，由广西回京，养之宫中矣；延龄被擒，失陷云南矣；云南底定，复归京师矣。宝琴道："吟鞭指灞桥"，末代诗人之情思；"赐裘怜抚戍"，丸药之赐，与边塞军士之感。湘云道："加絮念征徭"，家世之武功何在？"坳垤翻夷险"，历尽患难。宝钗道："枝柯怕动摇"，皇后之位置曾稳固否？"皑皑轻趁步"，胡行乱走矣。黛玉道："剪剪舞随腰"，隋堤章台；"苦茗成新赏"，俘虏得宠，苦乐兼到。宝玉道："孤松订久要"，定心语，却有些作不到，转有如欺人之谈；"鸿泥从迹印"，历史污点，何时洗去，惟有鸿飞冥冥，尚堪忏悔。宝琴道："林斧或闻樵"，归卧西山之麓，著《鹿樵纪闻》；"伏象千峰凸"，虽隐于诗，而邱壑自具胸中。湘云道："蛇盘一径遥"，尽走私路，历尽艰险，终竟有何好处？"花缘经冷结"，辽东寒区，与吉林近，好事不终，亦冷字定义。探春道："色岂畏霜凋"，成功高节，是种族伟人；"深院惊寒雀"，南京之役、海澄之役，九重惊心，胡儿破胆。岫烟道："空山泣老鸮"，是当年被党案牵连，奔走流离，而仍有啸傲空山景象；"阶墀随上下"，改节入时。湘云道："池水任浮漂"，随兵间转徙，不能自守；"照耀临清晓"，清字着眼，晓字是清初孔氏早降。黛玉道："缤纷入永宵"，为雪窖所没，入宫侍寝；"诚忘三尺冷"，尚有冒子故剑之情否乎？湘云道："瑞释九重焦"，归命之功，竟成自赞；"僵卧谁相问？"有德无子，四贞晚景不佳，那得不作怨望语？宝琴道："狂游客喜招"，是应诏出山语，亦是与四方士友觞咏贾园语；"天机断缟带"，白衣宜至白衣还，万不能得，及终身里居，则已与天街断绝。湘云道："海市失鲛绡"，失身矣，失后矣，并失妃矣。黛玉道："寂寞封台榭"，宫中如藩笼，水绘园回头安在？湘云道："清贫怀箪瓢"，块然一身，求为清白穷民而不可得矣。宝琴道："烹茶水渐沸"，梅村怀明之学说，其亦将涌起风潮乎？湘云道："煮酒叶难烧"，自作之孽，父母作之孽，如何可解！煮酒论英雄，只如大火烧败叶耳。宝玉道："没帚山僧扫"，吾汉族被扫尽矣。宝琴也笑道："埋琴稚子挑"，赤子之心，对此如何不笑；琴而曰埋，辱没杀了人也。湘云道："石楼闲睡鹤"，石楼是作书本义，竟容闲睡，是何说话？黛玉笑嚷道："锦罽暖亲猫"，如此佳人，来傍膻裘御榻，如何不可笑！如何不该高声嚷！真所谓猫儿狗儿的事，狎亵极矣，此等语岂能出诸女孩儿之口耶！宝琴道："月窟翻银浪"，天根月窟，笔挟风涛，自赞其诗之词。湘云道："霞城隐赤标"，四贞本为明将之女，而今明社覆矣，故系之以隐，标字更切王爵元帅。黛玉道："沁梅香可嚼"，《影梅庵忆语》，不堪卒读，却被他人大嚼，可恨可痛！宝钗道："淋竹醉堪调"，一刺潇湘妃子，一言绛芸调情。宝琴道："或湿鸳鸯带"，不免入《贰臣传》，而或字乃是偶然之义，谓非其本心云耳。湘云道："时凝翡翠翘"，谓之香艳粗豪可，谓之污秽鄙俗亦可，时字则非一次矣。黛玉道："无风仍脉脉"，弃妇之怨。宝琴道："不雨亦潇潇"，故国之悲。李纹道："欲志今朝乐"，迎降词臣，珥笔挥洒，安得不乐？李纨收道："凭诗祝舜尧"，收字着眼，盖李纨为佟氏，颂圣，惟此一人稍可。合计全诗固无多颂词也。

"宝玉乞红梅"。评者皆以艳情言之，此为表面所误也。《红楼》里面，颇有与表面全不相合者，作者无可如何之事也。夫以布衣而入史局，且仍称布衣，而不称纂修官，非天子宽之，其谁敢任？此即宝玉独能乞红梅之微旨也。犹恐其写之不尽，而特写梅花之赞词以明之。"二尺来高，二三尺长"，有明三百年历史之代名词也。"其间小支纷歧"，宗室诸王、三藩及鲁王之代名词也。"或如蟠螭，或如僵蚓，或孤削如笔，或密聚如林"，功名直节、忠义隐逸、学士文士、孝义节烈一举而悉包涵之。笔为《春秋》之笔，林为史料之林。"花吐胭脂，香欺兰蕙"，上语指《明史》，自不消说；下一句之欺字，谁欺乎？欺清廷也。清廷知史之不利于己也，而不得不修，修之复欲讳之而不得者，因其为季野辈所欺故。《明史》之局，实成于季野与徐乾学之手，乾学为顾亭林甥，季野为梨洲高弟，明代掌故，非此二老不办。而乾学利禄之徒，忘其舅志，亭林实深绝之。"只剩得这一枝梅花"，讥乾学也。乾学引季野入史馆，而作者恶其委曲，故后文接写"凤姐说两三个姑子来送年疏"，或要年例银子一事。年者，历史之纪年也。两三个姑子，纂修官之别于自称布衣者也。彼等不过为升官发财而来，故只说银子云尔。

　　观薛宝琴《红梅花》诗，益见其为梅村无疑也。"疏是枝叶艳是花"，上四字是梅村之隐恨。不能自晦，遂为贰臣，疏之说也，枝叶疏而全身输矣。"春装儿女竟奢华"，刺当时之汉大老也。"闲庭曲槛无余雪"，归老林泉，与清廷断绝关系矣，而余字犹不无迹象焉。"流水空山有落霞"，落霞者，亡明之代名词也。五、六句皆故国之感。红、绛字隐朱姓，最显。幽梦、游仙，其诗思耳。"前身定是瑶台种"，此便是梅村诗"我是淮南旧鸡犬，不堪坠落在人间"之意，无复相疑，而不免于相色之差，悔恨到十分地位。病危时有《贺新凉》一词云："万事催华发。论龚生天年竟夭，高名难没。吾病难将医药治，耿耿胸中热血。待洒向西风残月。剖却心肝今置地，问华陀解我肠千结。追往恨，倍凄咽。故人慷慨多奇节。为当年沈吟不断，草间偷活。艾灸眉头瓜喷鼻，今日须难诀绝。早患苦重来千叠。脱屣妻孥非易事，竟一钱不值何须说。人世事，几完缺"。遗命殓以观音兜，长领衣，墓前立一圆石，题曰：诗人吴梅村之墓。呜呼！此诗得其神理矣。（邢、李两诗见后论）

"宝玉与宝琴弄梅花"。亦影纂修太祖、太宗圣训事，《明史》之关系深也。又乾隆时查办违碍书籍，得不毁，御制题以七律一首，义亦可通。或此节为曹氏补本耶？

"从小儿见的世面倒多"一段。梅村吴中旧族，父琨能文章。梅村年十四，能属文。张西铭延之家，同社数百人，皆出其下。弱冠举于乡，廷试第二，授编修，年才二十三。制词云：陆机词赋，早年独步江东；苏轼文章，一日喧传天下。东南诸君子，继东林之学者，曰复社，梅村以主社西铭高弟，被指目。劾淄川张至发，乌程温体仁党也。又梅村遣监中生涂某赍表至京，涂伏阙上书，申理黄道周，当轴者以为指示，将深文中之。旋丁父艰，服除。会南中立君，登朝一月，归本朝。溧阳（名夏）海宁（之遴）两陈相国力荐，以秘书院侍读徵，转国子祭酒。寻丁嗣母忧，归于家。（截陈廷敬《梅村墓志铭》）即是"把他许了梅翰林的儿子，偏第二年，他父亲就辞世了，如今他母亲又是痰症"的话。

此篇芦雪亭一回，专以湘云为主体，罪四贞而惜其才力与地位也。盖四贞本为汉将之女，能骑射，而握兵权，非小宛之弱女比，亦非刘媚之徒手比。延龄之变，何其轻夫而重君乃尔乎？考《东华录》，顺治十二年，册四贞为东宫正妃。去顺治八年，不过三四年顷耳。父封王，翁封男，边廷死难，何至宫中不知，顺治盖已纳之矣。长适延龄，不知何年。康熙五年延龄始镇守广西，其为顺治时嫁之耶？抑康熙耶？良不可知。夫封妃非儿戏之事，收回成命，谁为魏征者？举朝固无有也。恐唐太宗犹且不能，何论顺治！谓顺治以已立之妃下嫁，恐在生未必肯为。若使康熙嫁其皇考之妃，尤为可痛。然未经亲政以前，权在鳌拜，康熙固不任其责。所难堪者，四贞耳。其父其翁，皆为清廷之忠臣；而夺其媳，污其女，转而复嫁之于其本夫，四贞独不念乎？乃其所为，则日与其夫延龄为仇，而陷于云南，后归京师。载稽三桂之平，在康熙二十年，四贞之齿，至少亦在四十以外。"白首双心"，不知果否。特被以恶名而不得辞，自召之也。上回说"那一个带玉的哥儿和那一个挂金麒麟的姐儿，（挂麒即挂旗之义）那样干净清秀，又不少吃的，他两个在那里商议着要吃生肉呢，说的有来有去，我只不信肉也生吃得的"，已经将前后肮脏情状，一笔写尽。而此回作诗独多，言其能，正恶其不贞耳。言四贞因失后而愿出嫁者，犹是恕辞，盖以女为间之说，至此乃圆满无余义。作者传疑，鄙人亦心知其奥矣。汉人入旗，竟变为腥膻之俗，而不以为羞，自鸣得意，呜呼哀哉！

第五十一回　薛小妹新编怀古诗
　　　　　　胡庸医乱用虎狼药

　　前回之三谜，此回之十首怀古诗，皆不曾猜出。大某山民评，皆为指透。宝钗一个是松塔，宝玉一个是吹火筒，黛玉一个，是走马灯，宝琴第一个，是法船，第二个，是洋琴，第三个，是耍猴，第四个，是送丧棒，第五个，是拨灯棍。第六个，是雪柳，第七个，是墨斗，第八个，是胰皂，第九个，是鞋拔，第十个，是月光马，即泥塑兔儿爷。或为玩物，或为鬼物。且猜出以后，虽无不像，而究竟面子与底子，尚嫌骂题。何苦费此深思大力，全然不讨好，岂其江郎才尽乎？不知此正是作者之微意，盖于笑骂之中，寓有不使人知，却又不使人不知之意。而宝琴独列十个，则以梅村作诗，最善于隐。设使三桂得志为皇帝，则"圆圆"一曲。重币所不能取消者。设使清凉山赞佛诸诗，真为康熙所晓者，皆当得祸。而梅村当显者显，当隐者隐，曹氏固当引为同调也。《盘蜕卮谈》云：梅村诗世无注者，故能解者鲜。如《圆圆曲》之为吴三桂，《临淮老妓行》之为刘泽清，犹易寻索。外如《永昌宫词》之为田妃，《雒阳行》之为福藩者，无论矣。至《南厢园叟》中咏中山公子徐青君，《卞玉京弹琴》中述宏光选后徐氏，《哭志衍》之叙复社之狱，《松山哀》之悲祖大寿，《鸳湖曲》之痛吴昌时见法。《读史》之为某氏，苟非博学深思，鲜喻厥旨。余尝襞积明季书十种，为之小笺。如寇白诸妓，则考之《板桥杂记》，载楚两生，则得之《分甘余话》，松山之战，则得之（原墨团）《行路难》，及读史诸首，则得之（原墨团）《绥寇纪略》（原墨团）《觚賸》诸书。（下略）然而清凉赞佛，董宛像诸诗，尚未明也。若茧虎茄牛鲞鹤蝉猴芦笔橘灯桃盘蓬人等诗，则至今尚未能尽知其主旨之所在。灯谜不被猜破，即此义。又《绥寇纪略》，以三字标其目：一曰渑池渡，二曰车箱困，三曰真宁恨，四曰朱阳溃，五曰墨水禽，六曰谷房变，七曰开县败，八曰汴渠垫，九曰通城击，十曰盐亭诛，十一曰九江哀，十二曰虞渊沈。是篇仅十卷而止，即十首怀古之变相。若其淋漓感慨，各处吊古之作，未尝不与此十首多有证据。然各诗家莫不有此等作法，取以比附，未免致反唇之讥。其云"后二首却无考，我辈不大懂得，不如另做两首为是"者，非但指《绥寇纪略》有两卷未出版也。大抵正史之芜杂，必取材于野史。野史之体裁，多近于小说。专制时代学说，出于一孔之儒，安能懂此？梅村之诗，已非博极群书者不解，乃欲言梅村诗集之所不敢言，则非小说绝不足以自存。我们不大懂得，非惟其满清宫庭不懂，并一世之人，不懂者多，而懂者少，乃能永远存之，以待后来能懂之人。不然则烧书祸烈，虽有仁人志士，绝颈断胫而不悔，其又奚益？清代以淫书为禁书，《西厢》《牡丹亭》，亦可以作禁书观。而《红楼》之为禁书，则以淫书二字，为其错处。子无谓秦无人，吾谋亦非不用，而无如其魔力之大，乃有不可思议之独一无二法门。藏之于艳情，而艳情又藏之于意淫，穿透社会心理，使淫书二字之罪恶名词，到此而势力已穷。"只当看两本戏而已，三岁的小孩子也知道"，作者期望之深，必要他至于如此而后快。盖种族上未能同化，天性中固当带有此性根也。探春说道："正是"。书中之探春，固自应尔。李纨说"关夫子"的一层，满人中见此等书籍，而急思调和满、汉，主于同化，不主于压力者，当时不少其人。然犹借忠君之诬说，以为笼络之具，时代所限，力能及之。独奈何海禁大开以来，此书本旨，虽不能一一知其事迹，而专写种族，专写宫府，其势力已昭然如揭日月而行。彼昏不知，乃欲施其压制手段，禁吾民不敢为革命共和之学说，而不知此书与《水浒》等书，早已深入于国民之脑筋，而不复可禁，且不敢言禁，以使人愈知其为种族政治之书。其去以笼络政策，融调满、汉者，识见尚相去天渊，而安得知此书之用意深微，有超出于从来正史之上，并有超出于从来野史之上，而为万不能禁之禁书乎？作者自赞，盖将标明其宗旨手段云尔。若夫十三谜之词意，各有寄托，则明眼人当能辨之，特不可狃于一方面耳。至于故效小儿语，则文字上之作法也。

后妃不能无故出宫，亦不能省视其父母之病，定例也。然圆明园之汉妃，则有时不必以体例拘之，非必其果有此等事也。意若曰彼其违祖制而纵淫乐者，不妨置之于例外焉耳。清初之后妃，可以不拘泥于此。入关之初，尚未能如汉家体制，亦以例外言之可矣。况顺治废后之为皇后，与其他皇后异，其父母必为睿王之私人，其母在世与否，且不必论。但顺治常往来于睿邸，而事之为父，则皇后之往来，亦可以不言而喻。且既为私人，必有时不与皇帝同行，乃便于商议一切者，置监之术，未有不如此者。此回所言，设如以皇后不能省亲，为袭人为婢之铁证。其根本上之错误，可以不攻自破。皇后固不能出宫，而妃嫔宫女之可以自由，试问具何典籍？若其无之，是全书已断非描写清宫之事实。而无如其衣食住之势派，固绝无其他亲贵之可以假借者，已成定案也。审是，则废后之系属省亲疾病与否，可以不必深拘。而但以私自往来于睿邸之中为断，不为苛以深文。立后之缘因在此，被废之缘因亦在此矣。写王夫人写凤姐者，一为孝庄、睿王写，一为豫王、刘媚写。当日党与钩结，势力已无天子，顺治固敢怒而不敢言。孝庄所处地位，无论其合意与否，亦不能禁其不往也。

废后一去，董年即作争妍取怜之事。并至于与其党麝月，为卧榻鼾睡之谋。盖年为小宛党，得间思逞，且防睿王之谋，皆此卷个中情事。顺治梦中屡喊废后，则见平日专夕，进御者之不得自由。而顺治心中目中睡梦中，俨然有一挟孝庄、睿王以临天子之皇后在。卧不贴席，固已久矣。皇后出而仍用其党为监，如此为帝，亦复何乐？病在董年，因"被妒而起"，"夜风"之说，托词得妙。胡庸医之用药，言满人不知体恤人情云耳。以女喻汉，是此书本旨。年又汉女，借此以代表之。谓其"肝火盛"者，压力太重，虽加之以笼络，终当有反抗时也。顾汉女入宫，护之者大约只皇帝一人，除肉欲之感情外殆无有视之为可以宝贵者。而宫中之忌刻者，比比皆是，董氏姊妹其尚有求活之余地乎？三姑娘不肯入宫，而寄居于外乃以独全，为有见矣。

"分地吃饭"，隐大婚。盖人家娶妇而后，不同大人吃饭者甚多。此风固然不好，惟宫中地方太大，则上人心疼，应作此办法。作者不欲写废后大婚，却又不得抛却，故作此狡狯焉。

第五十二回　俏平儿情掩虾须镯
勇晴雯病补雀毛裘

　　孝庄与刘媪，王沈评之所谓妖精。以骄奢淫佚之帝，四奉太后南巡，酿成废后之变，盗贼之虞，不谓孝圣与乾隆为两个老妖精不得。其暮年则嘉庆诸事和珅以觊储位，陷君亲于不义。亦是两个老妖精之类。类而言之，则傅恒夫妇及福长安、福康安，皆妖精也。书中所载人物，不为妖精者有几？老妖精者，固魔界之代表耳。而犹谓之聪明过我，福寿双全，是其妖精得志，人道毫无之日而已。孝庄谓康熙此儿福过于父，康熙谓乾隆此儿福过于我，皆与此语有神肖之点，作者之所不愿闻也。

　　"情掩虾须镯"。王沈评，是。但此举必出之于平儿者，豫王权重，牧斋要职，刘媪与如是交通，所有鬼鬼祟祟之事，当然上下其手。徐氏遇如此悍妒之夫人，卧榻之下，岂容鼻息？以婢生子，实由私合，子贵不封，厥有由至。皇家异数，天外飞来，运动力强，交通宫禁，八旗命妇，自有神功。且其所处地位，在有权无权之间，此等事之覆藏掩盖，大抵必经其办理。乾隆驭下极严，护短复深，大臣之始终恩礼者，实各有其不可告人之隐。尹继善以一新进少年，遇合之奇隆，历数十载而不衰，而又未曾有阿桂之功，并亦决无可以比似之处，则其深得君心者，必善于迎合吾君护短之心理，乃得有此安富尊荣之结果。赃罚一案，庄有恭得罪，袁子才报书直言，谪不足以累公，谪而宜，乃累公，是其情形已近于奸盗。而乾隆犹谓此事既为尹继善所知，则非私入己囊可比，遂从宽办，未几复职。继善之总督，依然安稳。事忌主之法，继善盖得其要矣。言晴雯者，言宋妈妈者，大要指查办之人，与廷臣参劾之类，或宫中有此事，而发之于董年与三姑娘耶？前清一代御史之直言者，汉小臣为多，而满臣与大臣较少，或且从而洗刷遮蔽焉。属之董年与三姑娘，作者实有深意，一奖其直，一叹其奴隶效忠，而终无补于国计民生也。

"赖大奶奶送薛二姑的水仙蜡梅，转送黛玉一水仙，湘云一蜡梅"。赖大奶奶送宝琴，即当日征用梅村之义也。满大臣不主张是，汉大臣虽交章荐引，事终不行，而梅村又不得不受，此书中特称"你家的大总管"之义也。水仙、蜡梅皆早开而非贵品。清初开国之功名，以贰臣而屈于蛮族，梅村实痛之矣。送黛玉水仙者，水性无定，阳台神女，讥之也。蜡梅非梅，强以为号，赠之湘云，是为汉军。将转送于宝玉者，两人皆为顺治所有也。孝贤有水死之说于义尤切，龙么妹以苗女而将清军，且以是名为中国也，义亦通。

"坠儿、堕儿"。梅村所谓"南望仓舒坟，掩面添凄恻"者。孝贤于太子允琏死后，永琪亦殇。至于宫中暧昧，则数见不鲜矣。贰臣之坠节堕名，亦当以此例之。

"外国美人"。此一节包含甚多，决非闲笔。阅者当寻其主旨之所在，不可以其余义当之也。王沈评汤若望、南怀仁亦其一义。而不必拘以眷属，西医亦然。《文苑传》载康熙二十二年，汪楫充册封琉球正使，归撰《琉球录》，详载礼仪，暨山川景物。又因谕祭故王，入其朝兼得琉球世缵图，参以时代事实，为《中山沿革志》。又奏言琉球子弟，愿入国学，上允之。又日本亦有入学于中国者。《文苑传》又载曹仁虎为乾隆辛巳进士，少与王述庵、吴企晋、赵璞函诸人唱和，以所刻之诗，流传海外，日本国使臣以饼金购之。此外使臣入中国者，亦多通其文字，康熙亦通西语，陈鹏年亦为《尼布楚条约》之繙绎者。又睿王曾迎福晋于朝鲜，香妃虽未事乾隆，而业已入宫，事亦相近。况清初之满族，实视我汉人为外国人。我之视清人也，亦当如是。清初满人，初习汉文，其文章诗词，间有佳者，而实不足以登作者之堂。汉家夙学，亦自以此等眼光，为之批评，无足怪也。然鄙人终觉诸解，未足满作者之量。西语繙绎，固关紧要，然当时海禁未开，西力尚迟东渐，作者虽或有见于此，而即是以为其所特别注意之点，则亦未敢深信。再四思维，而求之诗中之意旨，则此事当为朱舜水先生而发。先生本纯粹明代遗老，以乞师日本不得归，终老是间，讲学为业，薪传甚远，今其国尚有其墓地石碣在焉。夫先生既为明代遗老，则清廷视之为外国人，既以遗老而终归于日本，则清廷之终视之为外国人者，其意尤显。作者欲于此篇多传遗老，而隔于大观园之界限，不可以秉笔而直书，乃求得先生焉，以为之代表。名儒中若黄梨洲、王船山、顾炎武、孙奇逢、胡石庄、李二曲诸人，"文苑"中若魏叔子、徐东痴、蒋前民、杜茶村兄弟诸人，及一切"遗逸"传中人，皆以此为其前例矣。笔力大而用意深，其神妙乃至于其极哉！不知诗疯子之四贞，见之当复何如？诗呆子之圆圆，见之又当复何如？疯痴之名，因人而易其美恶，特笔也。今观其诗，而并先摄其影，好模范，我国民其崇拜之哉！"念来听听"，叫他为贰臣为虏妾者，清夜自思，恍然一阵暮鼓钟，发人深省者。"昨夜朱楼梦"，不惟是舜水先生之姓，并是先生乞师恢复宗国不得，而日夜无忘之心。"今宵水国吟"，岂徒屈原泽畔之《离骚》哉？心目中尚有破碎之故国在否？"岛云蒸大海"，日本岛国，而犹能不为清廷之所屈，郁郁久居，此情何以堪之？"岚气接丛林"，日本信佛，而其财政法尚有中国之遗，惟礼教则相去甚远，与清初殆无以异，作者感慨系之矣。"月本无今古，情缘自浅深"，故国兴亡之感，人情变易之原，一入于先生之诗中，当复作何感想？汉南二字，出诸外国女子之口，决无关系。而红楼不顾者，彼其心中之汉南，因自对满、对北而言，原无不可通解之处，明明示人以迹象可寻，神乎技矣。而于诗词中随便应用之法，亦不相妨，可关心而得之焉。至于郑成功之母，本系日人，遭清兵之辱以死，作者亦当连类而为之致意矣。必出之宝琴之口者，论学问则牧斋与梅村，皆可以为此收辑，而作者独用梅村者，以牧斋之行事，不足道也。

"病补孔雀裘"。孔雀本对凫鷖而言，已见前评。孔雀裘而用董年补之，受清宫之职事矣。孔雀裘而以董年病补之，汉族之辱且劳极矣！乾隆失德，黜其贤后，廷臣莫敢言，士夫不敢通，独有一妓女三姑娘者，为之犯颜直谏，而举动逾越乎常轨。苟有其人其事，能不拜倒？补裘之义，允宜当之。野史传疑，其亦信乎？且清初开国，长枪大戟之事，出于满臣；细斜密缕之谋，出于汉臣；沿及中叶，则汉臣劳而无功，满臣逸而有获，急则用之，缓则弃之，读此能勿慨然？

第五十三回　宁国府除夕祭宗祠　荣国府元宵开夜宴

　　王沈评，以黑山村、乌庄头指西藏，盖以乌字为西藏，即乌斯藏之称。然黑山村三字，殊说不去。鄙人则以为白水黑山，为东三省之代名词。黑山村者，言乌斯藏乃其属下耳。乌字之字面为一义，庄头又为一义。乌为地名，庄为藩属。乌进孝又为一义，所谓不知进孝者是。顺治九年，达赖至京师，世祖宾之于太和殿，建西黄寺居之。及行，饯之南苑德寿寺，授金册印，封西天大善自在佛，领天下释教普通鄂济达赖喇嘛，命和硕亲王硕塞，以八旗兵送之。又王沈评贾母寿终一段，言孝庄一生行乐，直至晚岁，始静处慈宁，或召番僧入谈大义，颇多了解。曰九年，是在睿王已死之后，孝庄再寡，必有召番僧谈禅之事。作者谓其不知进孝，亦与前文省亲一段同其作法。达赖入觐，何必遽用宾礼？虽优礼外藩，亦未免隆重太甚。孝庄既有秽行，则番僧必有运动，优异之举，读史者贵通其义，不得谓三嫁之妇，一寡便悔前行。番僧谈禅，即为高行之善知识。且顺治之不能防闲其母，岂能较甚于前，此固被之恶名而绝无可以解免之余地者也。康熙之末，诸子争立，至用幻术魔法以求胜。载在康熙之谕旨者，已令人不可堪，而见于雍正之上谕者，亦解免而无从。乃雍正方且自称其孝，孝之不可以自称，三尺童子皆知之，而身为帝王，乃竟不知。而且表著其兄弟之不孝，曰我之得立以此，彼之不孝，固非我比，虽杀之幽之，我之孝仍无伤也。呜呼！是何言乎？惨无人理，岂非天地间之大怪事乎？夫佛法之追荐，必书孝男，孝之一字，岂可出诸人子之口？而普通憎侣用之，已属愚昧，况更有大不孝者即在其中，作者所为鸣鼓而攻也。将谓尊崇喇嘛，即可以扩张先业，曾是以为孝乎？则西藏之入清廷版图，固依然定以兵力者也。即令采用怀柔政策，亦不过如明代永乐张太岳之所为而止，而何必如元代之污浊为？洪承畴所观之奇绘塑像，其尚在耶！雍和宫之故址，其尚在耶！以矢忠之明臣失节，既当以不孝论，荒淫无度之帝、后、藩王，厥罪又将奚辞！媚其亲而陷之于不义，与谋其兄弟而加之以恶名，罪大恶极，天壤间岂容有此臣子！野蛮弊俗，不过如一群恶兽，除饮食男女外，决无有知识之可言，原人之世，何尝制有夫妇父子之伦也哉！

　　"你们又打擂台，真真即叫别过年了"。考《圣武记》，清太宗崇德二年，喀尔喀三奏请发帑，使延达赖喇嘛。四年，因厄鲁特使贻达赖书。于是达赖、班禅，及藏巴汗青海固始汗，闻我朝兴东土，各报使，绕塞外数万里，以崇德七年至盛京。奉书及方物，约共行善事。并献卦验，知必当一统。明年，遣使存问达赖、班禅，称为金刚大士，是为我朝通西藏之始。顺治初，天下混一，达赖、班禅及固始汗，复各遣使献金佛、念珠，表颂功德。诏赍甲胄、弓矢、皮币，并遣使迓达赖。九年冬，入京，被隆礼还。初，唐古特有四部：东曰喀木，曰青海，西曰卫，曰藏。固始汗据东部，第巴奉达赖居卫地，藏巴汗居藏部。第巴桑结者，与藏不相能，灭藏，事多专决。三桂王滇，岁遣人至藏煎茶。康熙十三年，三桂反，诏青海蒙古兵，由松潘入川，第巴使达赖上书尼之，且代三桂乞降。及大兵围吴世璠于云南，世璠通书西藏，割中甸、维西二地，求援于青海，书被获，不问。二十一年，第五世达赖卒，第巴秘不发丧，伪言达赖入定，居高阁，不见人，凡事传命行之。祖准噶尔以残喀尔喀而斗中国，又外搆策妄，内阅拉藏汗，遂招准兵灭藏之祸，西北扰攘数十年。噶尔丹者，亦四厄鲁特之一，曾入藏为喇嘛，与第巴暱，归篡其汗，自言受达赖封为准噶尔博硕克图汗。又喀尔喀蒙古，自国初以入藏隔于厄鲁特，目乃自奉宗喀巴（黄教始祖）第三弟子哲卜尊丹巴之后身，为大胡土克图，及是与土谢图搆兵。圣祖遣使约达赖和解之。第巴奏使噶尔丹西勒图往（达赖大弟子）。喀部哲卜尊丹巴奉诏莅盟，与西勒图并坐。准部责喀部无礼，为土谢图汗所杀。准部遂袭之，喀尔喀东走。圣祖申命达赖使罢兵，第巴使济隆胡土克图往，反阴嗾之。噶尔丹败于乌兰布通，托济隆代乞和，顶佛立誓而遁。第巴内惭，乃托达赖意，合青海蒙古及厄鲁特台吉上尊号，圣祖不受。三年，入贡，诏封第巴桑结为土伯特国王。三十五年，圣祖征准，至克鲁伦河，闻噶尔丹言达赖唆使南征。上谓达赖存，必无此理，乃赐第巴书揭破之。第巴密奏达赖转生，今十五岁，前恐人民至变，故未发表。今当以丑年十月二十五日出定坐床，求大皇帝勿宣泄。上许待十月宣示内外。准酋策妄那布坦与之互讦奏，皆不许。四十四年，第巴谋毒拉藏汗，不遂，欲逐以兵，反为所诛。废第巴所立达赖，诏执献京师，至青海病死。藏中所立达赖，蒙古不信，别立之，互相是非，争议未绝，而策妄扰藏之事起，杀拉藏汗，禁新达赖于札克布里庙。诏西安将军额伦特赴援，而侍卫色棱宣谕青海蒙古，备兵，师覆于木鲁河。五十七年，命皇十四子为抚远大将军，（注意主将）屯青海之木鲁河，治兵饷；将军傅尔丹、富宁安分出巴里坤、阿尔台以猎其北；将军噶尔弼出四川；将军延信出青海；两路捣藏。至是西藏诸土伯特，亦知青海呼毕勒罕之真，合词请拥置禅榻，诏许给册印。于是蒙古汗、王、贝勒台吉，各率所部，于五十九年春，随大兵入藏。策零敦多布，由中路，自拒青海兵。而分遣其宰桑，以兵三千六百拒南路。南路噶尔弼，招抚巴塘、里塘番众，进至察木多，夺洛隆宗三巴桥之险，旋奉大将军檄，俟期并进。噶尔弼恐期久粮匮，用副将岳钟琪以番攻番之计，招土司为前驱，集皮船渡河直趋西藏，降番兵七千，分兵塞险，扼贼饷道。而青海军亦三败其中途劫营之贼，斩俘千计。厄鲁特大溃，不敢归藏，即由旧路窜伊犁，还者不及半。诏封宏法觉众第六世达赖喇嘛于九月登座，取拉藏所立博克达喇嘛归京师，尽诛厄鲁特喇嘛之助逆者。留蒙古兵二千，以拉藏旧臣贝子康济鼐掌前藏，台吉颇罗鼐掌后藏。雍正五年，为驻京章嘉胡土克图后身，造寺于多伦泊，以绥内蒙古之众。章嘉者，上在雍邸时所从受佛法者也。二年，青海喇嘛，助罗卜藏丹津之叛，其青海诸寺喇嘛各数千，群起骚动，察罕诺们汗大喇嘛，亦党贼拒战。事平，上谓玷辱宗门，收各寺明国师禅师印，并定制：庙舍毋逾二百楹，众毋过三百人。冬，藏中噶布伦等三人，忌贝子康济鼐之权，聚兵害之，欲投准噶尔。诏将军查郎阿率川、陕、滇兵万五千进讨。未至，而台吉颇罗鼐，率后藏及阿里兵九千截禽之。诏以颇罗鼐为贝子总藏事，留大臣正副二人，领川、陕兵二千，分驻前、后藏。是年，策妄死，子策楞立，请赴藏煎茶，声言欲送拉藏汗二子。诏严兵备之，乃收前藏东西之巴塘、里塘，归四川，设宣抚；其中甸、维西隶云南，设二厅治焉；惟察木多以外，仍隶西藏，移达赖喇嘛于西里塘之惠远庙以避准。八年，迁泰宁，护以兵千。每年夏初，西藏官兵赴防北路腾格里海之隘，以备准，冬雪封山，撤兵。十二年，准部请和，达赖归藏，哲卜尊巴丹，亦由多伦泊返库伦。乾隆三年，策楞复请入藏煎茶，始许之。时颇罗鼐练兵守隘，准夷不敢窥藏，西南诸部亦相继入贡，藏地粃谧，诏晋颇罗鼐郡王。十五年，其子朱尔墨特既袭封郡王三年，以驻藏大臣不便于己，先奏罢驻防兵，阴通书准部，请兵为外应，袭杀其兄，扬言准部兵至，聚党二千谋变。驻藏都统傅清、左都御史拉布敦觉之，欲先发而左右无一兵，乃以计诱至寺中，登楼手刃之，旋为其部下所害。时五世班禅已卒，达赖喇嘛使番部公爵班替达摄藏事，擒逆党以闻。将军策楞班第至藏，赠傅清、拉布敦一等伯，永禁唐古特及准夷往来之使，西藏始不封汗、王、贝子，以四噶布伦分其权，而总于达赖喇嘛。定驻藏大臣增兵千五百，戍藏。二十二年，收伊犁，始永无准患。五十五年，复有廓尔喀犯西藏事，此即书中所谓又来打擂台者也。盖西藏兵事，皆由外部牵涉而来，故着一又字，最有分寸。惟乾隆时朱尔墨特之变，为其自动；然不仗准兵外应，则不敢发难，仍当属于被动一方面，故曰又焉。其最要者，则为三桂一役。此时中原本部，除京师外，几全部皆有军事。而兼以察罕汗小王子亦变，藏虽未动，而阴与吴通，故曰又打擂台。且曰"一共只剩了八九个庄子，今年到有两处报了旱潦，你们又打擂台，真真是叫别过年了"，此时大局，岌岌可危，乃特于将到除夕写之，即今人之所谓世界末日之代名词。乃过去而复庆元宵，汉族无人，其奈伊何？至于乾隆自称十全，而末年乃有廓尔喀犯藏之役，始以调停赌和，终以师挫无功，仅利廓部之有他患，允降班师，而内乱起焉，亦复相类。

贾敬指礼王，宗盟之长，庆贺不能不到，然已有朝不坐宴不与之势矣。若允禵更不消说。此处贾赦，当指郑、英两王。恩礼既杀于睿、豫。而又皆有怨望之心、横恣之行为者，故亦领了贾母之赏，告辞而去云。

第五十四回　史太君破阵腐旧套　王熙凤效戏彩斑衣

　　"跟主子却讲不起这孝与不孝"。王沈评是。但主子二字，对奴才而言，是名词亦当专属元清，与他朝君主称呼差别。《礼记》言：事于公曰臣，事于家曰仆。仆之称主，与臣之称主，不能一例。故见之奏牍者，君主虽有时互称，而专属指名之处，总无有称主者，恐其与家主混也。惟满、蒙恒言则有主子之称，从奴才二字而来旧俗也。"讲不起孝与不孝"，是作者讥刺忠君旧说。不问种族界限，降臣之忘其旧君，而勉事新主，忘其本种之君，而觍事异族。不知有孝，安知有忠？利禄之徒，三月无君，则皇皇如，乃至不问其所君者之为何如人。宦海茫茫，竟成惯例，可慨也。

　　"袭人不是家跟生长的奴才"。袭人本是奴才，而曰不是者，"家跟生长之奴才"，满洲也，废后本为蒙古，则奴才而非家跟矣。若四贞则次一等，小宛非其人矣。但此等处，作者实以表明种族阶级之界，而曹氏之对于圆明园汉妃，亦觉说得过去，固不必拘。

　　废后之立，其父实亲送之，其母死否，不可得而考。然作者书"袭人母死"之意，确与此事无关。盖谓睿王之死，彼固失其所凭依，故谓之母死也。"太太有赏，老太太忘了赏"，盖指废后实为睿王之私人，因睿王之赏而孝庄赏之，并非孝庄之所自赏，故可立而亦可废也。前言"他还跟我"数语，孝庄亦微嫌其纯与睿王一气，而骄悍之气露于上前者，亦当然为孝庄之所不满矣。鸳鸯一层，原其陪笔。大抵宫中各有私人，苟无特别之历史，作者固无从著笔，乃另有所寄托焉。书中此类甚多，姑发其凡于此。

"唐已残矣，五代之初"，为土耳其种族强盛之时代，后唐、汉、晋是也。五代之初以及于末，为东胡种族强盛之时代，辽是也。作者之著眼，应当在辽，满亦东胡通古斯族耳。王忠即忘忠，王熙凤即王戏凤。孝庄与刘媚等，同姓同名，寓言得巧。"比一个男人家之才子"，倜侃贰臣不少。然独著王法二字，王法管得著贼情，王法却管不得太后，管不得皇帝，且几几乎管不着当权之亲王及勋贵，慨何可言！作者秉《春秋》之笔，既称天子以治诸侯，复称天以治天子，并治太后，天理即王法也。"大家人口多，不容易作坏事，夫人管著小姐，亦不容易作坏事"，私情之难，确系如此。然岂不知世固有男女有心，全然不惧艰难者乎！世间固有本无上人管束，而悍然不畏人言者乎！贾母发此一段议论，只许州官放火，不许百姓点灯，"本人是个聋子"，真真不错。试问太后下嫁，举国皆知，而旌表节孝、整饬风俗之虚文，吾谁欺？欺天乎？前言不对后语，确论。

"辨诬记"何为而作也？新定官书，修改档案之《东华录》，无复有太后下嫁之一字存者，固矣。睿王死后，孝庄复入居宫中，仍为太后，且睿王已经宣布罪状，谁敢复言下嫁事者？谓下嫁为诬，而乃以不可思议之笔，谓孝庄曾自辨之，《春秋》诛意之法。忌讳家何所闲辞？庄廷钺私史焚矣，《南山集》之孑遗录方孝标之《滇黔纪闻》焚矣，其余一切书籍，有关系于种族政治之界说，并累及于宋、元、明之故籍矣。而乃以官书独行，辨诬记汗牛充栋。"就出在本朝、本年、本月、本时"，书中不著朝代，而此回却注出本朝二字，大笔特书，是明明为帝王作，明明为朝代纪。阅者不知，岂非聋聩！且清代辨诬记之最奇者，莫雍正若。《大义觉迷录》，彼所颁行天下者也。因曾静排斥夷狄之学说，代为供辞，牵涉其兄弟之恶，为一身辨，为一族辨，若恐人之不知也者。而究竟欲盖弥彰，实不足以阻人言而反生种族之感。故曾静放归，而乾隆继位，则急杀之，而又禁《大义觉迷录》之传布。父作之，子禁之，古今奇闻，莫甚于此。今其书已经流行，吾人读之，当知辨诬者之实为大诬，无可疑也。富察后之变，不准昌言，故为美谥隆礼以盖其恶。那拉后之废，生存位号而死后降封，辨诬者复何益哉！

戏彩之属于凤姐，前评已见其意，究竟老莱子亦愚孝耳。帝王与士大夫，以此为孝，则真不孝之尤者矣。戏字着眼，珍大哥哥四字着眼。

贾母指湘云道，我像他这么大的时候，见他爷爷有一班小戏一段。《听琴》《琴挑》《胡笳十八拍》如王沈评。但鄙人以为是替孝庄算历史之总帐。而"他爷爷有一班小戏"，追溯未嫁太宗之历史，而正面作一篇补脑文字也，叶赫之德尔勒格也，山东之王杲也，西藏之番僧也，皆于此一笔一齐包扫，力量之大，目无全牛。"竟成了真的了"，"比这个更如何"，一字不曾放过。独指湘云者，叶赫科尔沁皆明藩，孔氏明边臣，孝庄不得不为明命妇，故以湘云为其娘家人。而四贞不贞，养于清宫，出入于清宫，前后殆数十年，直归狱于孝庄，直谓其一切皆所教成与支配，固无不可者矣。

猴者。猢狲也，胡也。"吃猴儿尿"，谓刘媪之改嫁豫王也。蜂者，蜂媒采花，不正当之行为也。前既为失节作一痛骂，后复为乱伦作一推测，是盖刘媪亦算一历史总账，以明此回与孝庄并讥之也。"老太太比凤姑娘还说得好，赏一个，我们也笑一笑"，对照显然。刘嫱改嫁，犹托于不得已，暧昧之事，亦必尚畏人言。若孝庄者，则全然无忌，笑骂由他笑骂，太后我自为之而已。

"祖婆婆、太婆婆、媳妇、孙子媳妇、重孙子媳妇、亲孙子媳妇、侄孙子、重孙子、灰孙子、滴沥搭拉的孙子、孙女儿、外孙女儿、姨表孙女儿、姑表孙女儿，呵呀呀真好热闹"。上文重孙一对，反射太上皇、皇太后，王沈评是。而此处不言贾蓉，亦是反射之法。孝庄本无偶也，下嫁不久，睿王即迎福晋于朝鲜，有偶若无偶也；且不久而死，死而孝庄还宫，是孝庄有偶终无偶也。滴沥搭拉四字，须当著眼，盖其中有本非眷属者，有本非眷属而不得不谓之眷属者。"你们紧著混"，因清廷之混闹，作书人遂因而不好说也。"底下怎么样，凤姐儿想了一想笑道：底下就团圆的坐了一屋子，吃了一夜酒，就散了。"再无他话可说，中蒉之言，不可道也，吃酒便散，亡国之象，亦不敢言也。

"炮仗捍的不结实"，禁书不能禁也，民口不可防也。湘云道："难道本人没听见"，四贞亦不曾自见者也。而孝庄与刘嫱，则直截装聋者矣。此回王沈总评颇好，宜细味之。

第五十五回　辱亲女愚妾争闲气
##　　　　　　欺幼主刁奴蓄险心

　　此篇已入探春正传，王沈评以为指圆圆，鄙人未敢赞成。圆圆才色固佳，然赞助军国，与削发为尼，所传大异，皆出当时人心爱护美人之口，一则媚吴，一则媚清，均不可信。《圆圆曲》中，于此两说均不言及。梅村死于康熙十一年，去三桂之变不远，何不闻见及此耶？况作者胸中有多少事，只为三数人作，亦不其然，鄙人以前后三藩为三春以此。《绥寇纪略》：聿键绍封为唐王，尝望烽火接天，思海内且大乱，附髀太息曰："安能郁郁死此乎？"都门有急，王请提军入援，事不行，廷臣文致其罪，乃下诏废为庶人，禁锢之。自是诸藩慑息，不敢复言兵事矣。福王时赦出，称监国于闽，为郑芝龙所卖，被执死于福州。其才似之，然犹恐其不显也，乃以郑成功立论。夫外藩入继，自为庶出，成功为芝龙子，不从其父降清，独立于台湾者数十年。厦门一带，皆为所扰，震南京，破诸州县，开辟新天地，军制、商务、农田、学校，井井有条，殖民政策，是为嚆矢。子忠明而父降清，赵姨娘之说，允矣。成功本名森，为日本出。其母死于海澄，为清兵辱。十余岁时，受知于唐王，赐国姓，改名成功，封忠孝伯，进封延平王，处处可通于庶出，而又允为唐王之代表。篇中极言其才，似非此公不足以当之。耿精忠尚豪格女，传称其母周氏，哭阻其变，则亦当为同赵姨之例。精忠与吴三桂、尚之信，所处地位不同，已具前论。且因其曾与海疆交涉甚多，故兼及之，立架以精忠，而书事则多以成功。斟酌于宾主之界，甚为精微。芝龙既与文臣忤，又以招抚大学士洪承畴、御史黄熙允通音问，密谋归款。顺治三年，贝勒博洛师至福建，芝龙撤仙霞岭守备，率所部降军门。时成功年二十三，阻之不从，遁入海。（此即刁奴欺幼主之一证）主为唐王，奴为芝龙也。四年，博洛以芝龙还京师，诏隶汉军正黄旗。五年，封三等子。九年十月，留弟芝豹及子世恩，守其祖栖庭父士表墓，母妻妾及诸子随入京，并改隶镶红旗汉军，仍官世忠为二等侍卫。命芝龙书谕成功，及鸿达降，许赦罪授官，并听驻原地方防剿浙闽广东海寇，往来洋船，令管理。十年，诏封芝龙同安伯，成功海澄伯，鸿达奉化伯，授芝豹左都督。使至闽，芝豹随母入京，成功不受封，要地及饷，不薙发。官书谓世忠偕使往抚，报书悖慢。十二年，诏革芝龙爵下狱。十二月，芝龙仆尹太器首其父子交通状，（此即刁奴欺主之又一证）敕芝龙自狱中以手书招成功，不从，即夷其族。十三年，成功部将黄梧斩总兵华栋降清，诏封海澄公，驻漳州。梧乃发郑氏墓，斩成功所置五官商。十四年二月，梧荐降将施琅，（此即成功追之不得而谓之为中原一害者）后灭台，颇仗其力，琅、梧皆郑部将。（此即刁奴欺主之又一证）作者之本心，固不欲以明忠入传，但念兄妹本为平等，而此公之精忠大节，为我汉族独一无二之曙光，情终有所不能忍，故一发而不可遏。迂儒责之以不孝，不知芝龙之死与不死，与成功之降与不降无关。成功若降，芝龙之死更速。彼吴氏父子，结局竟何如哉！知人论世，不当以两次报书不屈，为探春之忤赵姨娘责也。不然，则此回之所谓辱亲女者，实无所指以当愚妾之目。汉军中之降将，其尚亦有间气否乎？此回中之太太，兼指唐王，赵国基指芝豹等。芝龙在闽专横，封赏太滥，故篇中及之，诸如此类，当会意。篇中对于明末好人物，皆从对面、反面、侧面映照之。独属于探春一部分者，则振笔直书。盖不伤于平等之义，则非臣妾可比。终之曰"凤姐儿笑道好好好，好个三姑娘，我说不错，只可惜他命薄，没托生在太太肚里。"想见当日威震东南，清廷诸王，有"王保保奇男子，我不得而用之"之感想，写到十分才略。平儿为如是，更是与通海有关系者。下文所说，阅者自当可以触类旁通。

大观园中，绝无一人敢与凤姐为难者，有之自探春始，则知其必非园中人可知也。所□□□事，想当年以一隅之力，崛立不仆，其规模实卓有可观，指挥诸将，必有拔剑登台，一呼百诺之事。考其轶史，则其军用充足，自有不肯滥费之方法。小园子之比例，即台湾与中国之对照。前之所谓农田、学校、商务者，皆于此下篇中，一齐包括。若而人者，满清必将调查其情形，知其人可以久立而不得动摇，乃始有特别优待之条件，冀其转为我用，故屡次往抚，所有付与之权利官爵，皆极隆重而不惜。乃此公之毅力坚持，知清廷之内容之将以奴隶仆妾蓄之，而不能保其终也，而又素知种族大义之不可以轻背，唐王知遇之不可以轻忘，故宁崎岖海岛，虽与其父决绝，而终不肯为满欺，言一事便依一事。凤姐之言，即清廷当日之外交手段。而此公之所要求者，乃偏在于不薙发，不登陆之二语。其前者为清廷团体上之所绝不肯许，即作者书"探春为闺女"之旨也。其后者为清廷事实上之所绝不能办，即作者书远嫁海疆之旨也。写得如此明晰，又下注一语曰："真真一个娘肚子里跑出这天悬地隔的人来，我想到那里就不服"。芝龙诸子，世忠、世恩、世荫、世袭、世继，皆豚犬耳，皆清廷所视为下等奴才家生子等类耳。"再者林丫头、宝姑娘"，林为汉人，则丫头之，宝为蒙古，则姑娘之。种族之界，判然各别。小宛汉人之无用者，何足以语此公之万一？"一

个是美人灯儿，风吹吹就坏了"，状汉人之腐败，是文明弱点之
代表也。"一个是拿定了主意，不干己事不张口，一问摇头三不
知，也难十分去问他"，蒙古之对于清廷，亦不能十分作主，而
女界又何讥焉？"三姑娘本非他家的人"，而偏云"正人"者，正
人当作邪正之正解。且当父书招降时，早以为入我彀中矣。"赵
姨娘那个老东西闹的"，清廷招成功而芝龙革爵，下狱遭诛，真
真是错怪了他，然确确是死之不亏，不得以为成功罪。"天理良
心上，该有这个人，私心藏奸上，便不该有这个人"，彼之待汉
族，残酷尽矣。而何有于此公，其将以洪承畴、吴三桂蓄之乎？
此公固不受也。天理良心，乃作者自言之天理良心，而彼所谓愚
妾刁奴者，竟茫然而不解其所指。至使海外新中国平地涌起之奇
观，终败于施琅、黄梧诸奸贼，与夫姚启圣所招降诸奸贼之手。
此固原本作者之所预为隐忧，而曹氏亦当为之不平者也。

第五十六回　敏探春兴利除宿弊
贤宝钗小惠全大体

　　此回"兴利除弊"，以探春为主体，而以李纨、宝钗辅之者，盖探春之为成功，固作者之极欲其得位乘权而不能得，亦清廷之所极欲收罗为用而不能收。由前之说，则聊以快意；由后之说，则讥彼无能。李纨、宝钗，实际上皆顺治之后妃，宫中之事，自当料理。顾佟氏之无才，佟氏之福；继后之有才，继后之罪。曰"贤"、曰"小惠全大体"，收买人心，争后之手段颇强。探春以才见，而仍不失其为贤德。宝钗以德见，而实成其为小有才。中间谈学问一段话语，更有深意。下文便接写宝钗与平儿狼狈为奸，任用私人，而又不居其名。一样好事，动手便坏，吾恐成功果入清廷，亦当如此吃亏也。

　　曹氏借此事以指超勇亲王策凌家事，更不需另起炉灶，彼固额附也。《啸亭杂录》，载王先世为元太祖第四子后裔，居喀尔喀赛因诺音部。康熙中，准噶尔台吉噶尔丹势强，侵喀尔喀四部，尽为所破。王时弱冠，负祖母单骑叩关降。（孤身来奔之外藩，通于庶出之义）仁皇帝怜之，置宿卫，授轻车都尉爵，赐第京师，尚纯悫长公主，至洴封郡王。雍正中，遣归游牧。九年征准噶尔时，王请从征，上从之，命从顺承王，驻察汗河。傅尔丹既偾师于和通淖尔，贼众追蹂，阑入内境。顺承王拥兵不救。王慷慨曰："使虏骑充斥，大军败亡，安用将帅为也？"因率本部卒迎贼于那登楚勒。时贼势鸱张，赤帜遍野。王曰："此未可以力争。"因命其部将巴海，夜入贼垒以致师，王伏精锐于林莽间。巴海率哨骑奔贼大队，贼众追之，伏起，王吹角于队，我兵无不一当百，转战竟日，贼仓卒遇大敌，不及备，遂为我兵所歼。王阵擒贼首二，皆百战渠魁，贼帅小策零堕骑，裸身跨白驼遁。漠南肃清，时谓为北征第一战功云。逾年复有光显寺之战，（按此战准酋已先破王本部，其副料其遏归路，酋以彼国之制从无以外藩将满兵者，不敢在此，遂率众越险以进，满师皆败，准追掠，王乘之大胜。而马尔赛日置酒高会，不出师，闻捷犹守关，越出者斩。傅鼐以裨裨从军，因率本部斩关而出，马始出，适副都统达尔济追贼至，马误为敌，因命军士击之。两军互多伤损，然后知之，准酋遂从容去。亲贵误事，亦与书中舞弊等事无异）王威名镇漠北，虏骑震慑，不敢复南牧矣。（远嫁海疆即隐漠北）及纯皇帝即位，授王定边左副将军，镇乌里雅苏台。傅鼐定和议归，上命王会议。虏使哈柳至，强辩士也，谒王于京邸。哈柳诮王曰："闻王漠北有营帐，奚必居于京邸？"王曰："国家都于此，我随君而居，即为吾土。喀尔喀乃藩部，若人有园囿然，何足道也。"柳又言："王幼子思归，欲传致之"。王慨然曰："公主所育为吾嫡长，其余孽何足齿及？汝部纵放归，吾其请于皇上，必戮于宗也。"哈嗒然退。王复而奏纯皇帝曰："今北虏挟臣子以为重，臣若许之，适足以长其骄心，恐无益于国事。况此不肖子，不即殒灭，赧颜偷生，无足存也。"上诏奖之，比之于乐羊云。（此段即大小花园之比例及与赵姨娘环儿一段议论之影射）复命王修书答之，和议乃成。庚午，王薨于军，遗表请归附公主园寝。上惋惜之，命配享太庙及贤良祠。外藩得预侑食者，惟王一人，盖异数也。嘉庆甲戌，礼部尚书成宁，以王为外藩故，（嫡庶之分即种族之分）撤贤良祠牌于后殿。事闻，今上震怒，立褫成职，盖犹念王之勋也。（按策凌有"不必读书知大义，每于临阵冠三军"之褒并此段而观之，所谓三姑娘不错也）其子成衮杂布祠，掌定边左副将印，其族贝勒青滚杂卜，因其兄额林沁多尔济以故纵阿睦尔撒纳赐死，阴煽惑诸喀尔喀蒙古诸藩曰："元太祖裔，无正法理"。欲共谋叛逆。其檄至王所，王大怒曰："焉有人臣犯法，而其骨肉代为复仇之理？吾家世笃忠贞，岂可效叛人之谋，自蹈诛夷？"因首发其谋，复寄札于哲卜尊丹巴胡图克图，令其谕所部知大义。事闻，纯皇帝嘉之，即命统师进剿。青滚杂卜计穷，为官兵所擒。（此亦骨肉不和之隐射）其孙拉旺多尔济，尚和静公主，和珅当权时不为屈。余以罪废时，（啸亭自称）王面诘其贵臣曰："礼王何罪，公乃罗织至此！使宗藩斥革，如发蒙振落，吾侪外臣，何足道也？贵臣赧然退。（此事与驳回凤姐相似）盖策凌能使喀尔喀四部残破复存，且能御外，故取之。

此篇兼传傅鼐。《啸亭杂录》载鼐号爽斋，富察氏，（按前清同时有两傅鼐，其一号重庵·浙江山阴人，平定苗疆非此人）世以武略起家。侍宪皇帝于藩邸，骖乘持盖，不顷刻离。雍正元年，补兵部右侍郎。年大将军以骄伏诛，穷其党，公谓廷臣曰："元恶已诛，胁从罔治。鼐侍上久，能知上之用心。倘诸公心知其冤而不言，非上意也。"诸王大臣以公言，平反无算。隆科多以罪诛，公言其子岳兴阿无罪。上疑公与隆有交，故为岳地，谪戍黑龙江。（此一段与后卷抄查大观园时探春所言领罪情形相合，而自相鱼肉之蒙古诸部，是清廷当日实事，亦与策凌恰相映）先是公在上前，尝论准噶尔形势，上不以为然。用兵数年，言果验，乃召公还，予侍郎衔。十年春，命公监大学士马尔赛军。会贼为策凌所败，由拜达理遁，公请于马曰："贼败亡之余，可唾手取也。鼐远来，虽马疲，犹能一战，愿大将军给轻骑数千助鼐。事成，功归将军，事败，鼐受其罪。马固不许。马戚副帅李杕曰："违将令者可斩也。"公愤激，自率兵开城门出，（此一段亦与领罪之说合）而贼已先时遁，以马病不能穷追。事闻，上大悦，赐孔雀翎，移佐平良郡王军，斩马尔赛殉于军。（此与王善保家的得罪合）会贼有求降意，盈廷诸臣皆欲遣使议和罢兵。上问公，公叩首曰："此社稷之福也。"上意遂定，即命公同都统罗密、侍郎阿克敦往。噶尔丹策零，求阿尔泰山地，公诘责之。（此一段节其意，亦是小花园影子）策零以留使耸公，公不为动。策零如约缮表，求公转奏。并遣宰桑同来，献橐驼、明珠等物，和议乃定。（不辱君命，可以谓之全大体矣，主和亦是惠字之义）纯皇帝即位，迁刑部尚书，以事免。公宽于接下，太杂；（似此回之宝钗）刚于事上，太憨。（似此回之探春）伉爽自喜，好声矜贤，简节而疏目，（全似探春）故每撄其祸焉。果毅亲王任事时，謦欬所及，九卿唯唯。公在坐，伺王发声，听未毕，辄拒曰："王误矣。"王不能堪。帝责公曰："汝知果亲王何语而又误耶？"公亦不能答也。盖准部外交，策、傅二人相为维系，故并及。下半回大约如王沈评，惟三姑娘仍暗指唐王耳。著湘云病中语，讥汉军为两面人也。

第五十七回　慧紫鹃情词试莽玉
慈姨妈爱语慰痴颦

　　此回王沈评，颇中窍奥。然而相传一说，既未能定其事之有无，亦未能定其言之有无，则固未足以定为铁案也。夫皇帝之贵，绝对的非汾阳比，则昆仑奴之事，冒氏纵或有此非非之想，亦断不能实行。且舍其亡国灭种不共戴日月之痛，而拘拘于一姬之得失，冒氏纵然得此等人物，亦断不能启齿，启齿言之，而其人亦必不听。故昆仑奴之举动，鄙人固敢断其必无也。虽然，亡国灭种，苟有人心与能力者，何人不存报复之思想？古今侠客，未必尽绝，当时欲为荆轲、聂政、隐娘、红线之行者，大抵不乏其人。而清廷之警踪森严，种种戒备，必较诸寻常帝王为尤甚，固凛凛乎有风声鹤唳之景象焉。不惟是也，幼帝好色，尚不知祸患多发于所忽，而彼老练之孝庄与诸亲贵，及其诸人，焉得不知？赵整有云："不见雀来入燕室，但见浮云蔽白日"，又云："阿得脂，阿得脂，伯劳舅父是仇须。远徙种人留鲜卑，一旦缓急当语谁。"燕慕容垂之于段夫人，与符坚同辈，并纳其女，并狎慕容冲，秦人寒心久矣。如此，则蜚语安得不兴？蜚语一兴，则不惟昆仑奴之说，谣言四起，即董妃为明季遗老之付托者，含有重大之使命而来，亦当即从此发生出一大疑案。妃之失后失于此，妃之死死于此，妃之死状不明，亦即伏于此矣。篇中从此批窾而出，而笔力盘旋于空中，乃于黛玉口中，对湘云吐出"你要是个男人，出去打他一个抱不平的。你又充什么荆轲、聂政，真真好笑"。盖此事为宫府中议论所必有，人情之常，原无足怪。其必入于董妃之耳，而不便明言，乃借事而发之者。玲珑透澈，莫是过焉。惟幼帝好色之心，生生死死，虽以帝位殉之而不悔，美人情重江山轻，他说俱不足以动其心。而且事无朕兆，实为多情者之必不肯防。自来英武之主，亦不能打破此一关头，何况顺治！所惧者，昆仑奴之一举耳，然犹非其所虑也。谣言之起，必将有致死之说。如孝圣之缢香妃，其后之果否实行，已成疑案。再则有遣出之说，如梁武之出潘妃而与功臣，其事之已有成议与否，亦不可知。惟前说断不能使顺治知，后说则或知之，知之则必不肯舍。必不肯舍，而目之以呆，目之以病，是清廷中人当然之理，亦是作者批评当然之理。从各方面看出，则知后日妃死之不明，与今日密议遣妃之手段，显然言下。顺治既已如此多情，孝庄溺爱，遣之说固已作罢论。而忌者之口，不能防川；忌者之心，又复心愈隐而谋益奇。继后，与之争后者也。董既为妃，断不能言及媒与薛蟠；董未为妃，亦不能言与薛蟠。且其言固不能出诸女儿家之口者，而《红楼》决不顾忌此等罅漏。盖彼固用《春秋》诛意之法，抉透其心中之所欲言，而背地里言之者也。蟠为三桂，是说他汉人仍当嫁与汉人。拟之以圆圆，用心更为刻毒，是阅人多矣，而又屡嫁，何以当后之位焉？继后之争为后也，在董妃非不知之，知之而无如之何，则本回中所言"目今是薛姨妈的生日，自贾母起，诸人皆有祝贺之礼"云云者，盖此语直接上文帮办家务、小惠全大体之文字而来，将得之矣。"黛玉亦只得备了两色针线送去"，明田妃对于周后之敬礼乎？抑亦周后之勉强召田妃乎？那拉后对于富察后之敬礼乎？抑亦富察后对于皇上宠妃不得不用敷衍之手段乎？只得二字，下得心事如镜。黛玉若遣，则继后更无与争，犹之富察之变，那拉便当继位。而死者尚未真死，遣者竟不能遣，则是时妒嫉心胸，所以发其歆羡悔恨交战而不可解之语言者，夫亦何所不至。几得之，几复失之，而胸中又实有把握焉。在女子之情不能忍，确当有此发言无状情况，但不至若此之甚耳。作者甚之之辞，乃不惜写到极点者，为汉族悲愤，为妒女深诛。其义之对于那拉后亦可通者，即雍正言塞思黑、康熙斥为吴三桂后身之旨，而其实则以是为谰言狂语之代表而已。"老太太还取笑说我原要说他的人，谁知他的人没到手，倒被他说了我们一个去了"，此言出诸薛姨妈之口，指宝琴乎？抑指宝钗乎？阅者试掩卷思之。密议遣妃之时，已在立继后之后，因董妃之为汉人，而有此嫌疑，遂并四贞之汉军而亦疑之。荆轲、聂政之说，董妃之所以必对四贞发表者，实以此为独一无二之原因。姨妈之言，真是假到极处，而迹象仍复可寻，作者之笔妙为之。而林妹妹配宝玉之说，乃真是希落而并非刺探。盖妃之争后，帝之许后，孝庄诸人之不许为后，而且欲遣之死之也，固已甚明。而彼老奸巨猾，乃偏作此呓语，吾谁欺？欺顺治乎？顺治固当不受；欺董妃乎？董妃敢怒而不敢言。"黛玉先还怔怔的听，后来见说到自己身上，便啐了宝钗一口，红了脸，拉着宝钗笑道：我只打你，为甚招出姨妈这些老没正经的话来"，打你者，打其阴谋争后也。老没正经四字，便是一个铁板注脚。"宝钗笑道，这可奇了，妈妈说你，为什么打我"，伸手放火，缩手不认，妙绝。紫鹃从旁喝破，太平闲人评以李逵之晋宋江，较之王沈评犹为直截了当。盖奸诈而至于宫婢皆知，则所谓司马昭之心，路人见之者，固不须高抬紫鹃身分也。（按书中紫鹃本当有宫中之人，而不大可考，故作者另以指朝臣，而宫内事但以理想行之，此类甚多，当活看）姨妈调笑紫鹃，盖已经无可置辞，许之不可，拒之不可，万不得已，而乃为此躲闪之方便法门，犹之上文之宝钗不欲黛玉认妈妈为母，而故作疑阵，两副手段，皆恶毒已极。而黛玉先骂"又与你这蹄子，甚么相干"，后来又笑道："阿弥陀佛，该，该，该，也臊了一鼻子灰去了"，母女之情，早已如见其肺肝然。而借紫鹃以发之，不相干，臊了一鼻子灰，明知其无益而有害焉。美人之心玲珑耶？作者之笔玲珑耶？吾不得而辨之矣。湘云之来，即四贞本为争后之一人，有伺察之情形焉。私藏当票，亦其现露手段之一端。不仅为薛氏母女呆乖立论，认得当票与否，皆系寓言，不必顶真。尚有一义，则此票可作为立后之券。"死了无用，不知是那年勾了帐哄他们顽"，皇帝之誓言，果安在耶？合后妃为一炉而定其终身之结果矣。荆轲、聂政，出于女子，影射三姑娘，亦极奇幻。

红楼梦

释真（下）

刘国玉◎等编

辽海出版社

红楼梦释真卷三

第五十八回　杏子阴假凤泣虚凰
茜纱窗真情揆痴理

　　此回即悼亡之辞，原本作者以冒子与顺治作对照，《影梅庵忆语》，便是其铁板注脚。而乾隆之对于富察后，隆礼美谥，对于魏佳后，虚追尊号，其义俱显，原无待于深求。惟开手著"老太妃之薨"一段文字，似与本题不符。且太妃而为国制。亦似与体制不协。既而思之，则此意仍包含于本目录之中，非闲文也。考《东华录》，太宗崇德六年九月乙酉，满笃里等自盛京至松山御营，奏关雎宫宸妃有疾。上命贝勒杜度、阿巴泰、固山额真谭泰、阿山、叶克舒、准塔、何洛会、马喇希、巴特玛等困锦州，贝勒多铎、郡王阿达礼、贝勒罗洛宏、固山额真宗室、拜尹图、宗室公艾度礼、额驸英俄尔岱、阿赖库鲁克、达尔汉恩格图、尹拜等困松山，武英郡王阿济格、卓礼克图亲王吴克善、巴图鲁郡王满朱习礼等困杏山、高桥，各以汛地谕之。丙戌，上回銮。庚寅，至旧边界，驻跸。是夜一鼓，盛京使至，奏宸妃疾重。上即起营，先遣大学士希福、刚林、梅勒章京冷僧机、启心郎索尼等，候问病势。希福等以五更至京，时宸妃已薨，寿三十三岁。冷僧机、索尼驰行，途遇圣驾，奏闻，上恸哭。卯时抵盛京，入关雎宫，至宸妃枢前，痛哭之。上居御幄，朝夕悲痛。是日午时，忽昏迷，言语无绪，酉时方愈。稍进饮食，自知过于哀恸，乃大悔曰："天之生朕，原为抚世安民，岂为一妇人哉！朕明知之，不能自持。今天地祖宗，特示谴戒也"。众皆曰："上谕诚然。"自是上虽自解，仍不免悲悼云。壬寅，上祭关雎宫宸妃。冬十月乙卯，上笃念宸妃不已，诸王贝勒等请上出猎，遂猎于蒲河。己未，上回銮，过宸妃茔，痛哭，还宫。己巳，追封宸妃为敏惠恭和元妃。册文云："惟尔关雎宫宸妃，侍朕以来，即加优眷。崇德九年七月初十日，已封尔为关雎宫宸妃，今仿古典，复加追赠。俾尔淑懿扬于后禩，故追封为敏惠恭和元妃，庶几有知，服我休命。"宸妃母和硕贤妃来吊，上命内大臣侍卫等亲掖肩舆，送和硕贤妃至茔前，恸哭数次。七年五月，上受降，宴洪承畴、祖大寿于崇政殿，宴毕，命大学士希福等谕曰："朕因关雎宫敏惠恭和元妃之丧未过期，故未服视朝衣冠，躬亲赐宴，尔等慎勿介意。崇德八年二月甲戌，葬敏惠恭和元妃，命亲王大臣往祭。盖彼时已称皇帝，而以元妃追封之，恐是以后礼葬之，不伦不类。惟哀恸隆礼过于寻常，又死于出征以后，此中不无疑窦。《顺治太后外纪》，谓宸妃系皇后，孝庄时为永福宫庄妃。宸妃之死，实有夺嫡阴谋。然太宗卒于八年，从无再立皇后之明文。而《东华录》于从前又载有皇后之事，则是孝端已立为后，而宸妃亦系宠妃，而位居庄妃上。争宠致变，情事显然。太宗不久即死，未必属意于顺治。盖观其哀痛过礼，时常出猎，似已不慊于庄妃之所为。庄妃之不得不祈援于多尔衮者为此，此回特写于卷首，令人微会。盖以此补写孝庄罪状，而后妃相混，亦据本事也。又崇德八年辛酉，因先是甲喇章京席尔丹等，告称贝勒罗洛宏，当敏惠恭和元妃薨时，在锦州，令雅尔代吹弹为乐，竟得削爵罚银夺所属人员罪，与"不得筵宴音乐"合。

董宛之为董妃确无疑义，张公亮之传，梅村之诗，为其最确凿者。传中煞尾，著千古神伤四字，非有奇事，如何千古？侯门墓门，更属显明。梅村案之，公亮断之，允矣。董鄂为董，汉族佟姓之例。（见前）钱静方《红楼梦考》，专为董小宛作辩护人，鄙人雅不谓然。将欲为美人惜乎？诚不如其已，非有奇节与行，而何取焉？若恐为辟疆累乎？则辟疆之累，不在于失去一姬，而夺于清廷，乃在于艰难困苦之中，暱一爱姬。而《影梅庵忆语》，不啻自供其过失，沧桑家国之感，何必不于其远大者托之？托之而别有其不可言而可思之状况，乃足以传。辟疆篇中恍惚迷离之辞，无非寄托，故可贵也。而静方乃举其姬侍颇多，累辟疆者实甚，究竟大节具存，声色诗酒，只能援《春秋》责备贤者之意，于本体全然无伤。讲学家之头巾气，固不足以为定论；风流派之拉杂谈，又恶足以当大观？此事虽累辟疆，而辟疆终无损也。《过墟志》出于清初，更盘根固蒂而不可动摇。当日豫王既定江南，洪承畴招抚南下，以东南全境半壁之全权，委之降臣而不为置监，原非办法，入觐复出，当然坐镇。乾隆尽改档案，官书岂复尽可信？况徼求佳丽，部下皆可代为，虽不亲至，犹亲至也。信官书而轻野史，此则满清忠臣之言，吾辈有历史眼光者，绝不认受。且其所引清初诗人之语，愈驳愈以见信，诗史之言顾不可诬也。官样文章，笔墨固已避祸。然龚芝麓之书曰：羁其在闺阁之中，遂令犀钿蝉鬟，与文士平分鹦鹉之恨。道翁其姑念琉璃易碎，能少解黄尘碧海之郁陶乎？忆语大刻钟情特至，展之不禁陨涕云云。鹦鹉为祢正平贾祸之事，与美人何干？妃入宫而生死不明，公亮、梅村、道援知之，芝麓何得不知？恨到鹦鹉，才色同辙，尤为被劫之明证。（按芝麓死于康熙十二年，应知妃死不明事）牧斋之书，有渔仲放手作古押衙一语，与传中辟疆以黄衫押衙托同盟某刺史合，本非王沈评之所谓为昆仑奴于清宫者，然书札流传，疑团当由此起。渔洋题画之诗，记者本可以让一步言之。辟疆原可以多姬，圆玉非小宛亦通。然静方固不能确指其人，亦犹圆玉之为小宛云尔之想象辞耳，则犹为疑案。诗词之意，乃竟视为帝王言矣。慕庐之诗，其全首云："载得佳人字莫愁，染香亭子木兰舟。茧丝待久方成匹，纨扇无缘得聚头。花鸟湘中余粉墨，人琴座上亦山邱。（亦字下得大奇）白杨未种俱销歇，何处春风燕子楼。"王沈评得其意焉。试问韩公以少年而挽前民，苟非有一段历史，固断无作此通首绮语之理。论古者当以神行，不当仅据一二相似之点，便谓得其窍妙也。考《东华录》，崇德三年八月祝世昌以奏俘良人之妻，不可令其为娼一狱，启心郎孙应时以改正奏稿死，世昌与其弟世荫论死，宽免发边外，姜新、马光先以称善论死，因降顺通使功免罪。掳汉人为妻妾，并及为娼，复何所疑？而《顺治太后外纪》所引"汉人之性，苟安而畏难，诚使利导之，使之各有室家之乐。"此等政策，见诸太祖、太宗圣训者甚多。满汉既无婚姻之禁，而王臣又多劫掠之行，此等事数见不鲜，而岂能为小宛与三秀解免哉？"真情揆痴理"，一段，盖谓"忆语"亦当为顺治所闻尔。

第五十九回　柳叶渚边嗔莺叱燕
　　　　　　　绛云轩里召将飞符

　　此篇为汉族被掠诸女作一总帐也。毛对山之《墨余录》，出于清代，而采于清初之《过墟志》。"过墟"之名，决非为黄氏而设，与刘媚同为俘囚者，已经三百余人，其他更何可胜道？言兵锋蹂躏，所过墟也。《随园诗话》，载明季用兵时，有女子刘素素者，被掠，题诗店壁云："天明吹角数声残，将士传呼上玉鞍。恰忆当时闺阁里，晓装犹怯露桃寒。"素素是否三秀，鄙人不敢断言。盖此等事人数太多，刘姓亦著故耳。《随园批本诗话》，出于满人，乃云国初郑亲王平江南，携来女子以百计，皆福王宫人，及教坊中人，非民间妇女也。平江南者，是豫非郑，则刘素素已疑为三秀，姑不论。女子百计，文在兵卒俘虏之时，其为良为贱，为官为民，谁能辩之？真满人护短语也。且被掠者尚不止此一证。吴江钮琇《觚賸》有一则云：邮亭旅舍，好事者往往赝为巾帼之语，书以媚笔，以资过客传诵，多不足信。沈公子二闻夜宿垛庄，所见延平女子题壁诗，骑尘未远，墨痕犹新，小记短章，凄悦可诵。惜其依违寡断，阅者不无"夫人少商量"之叹也。序云："妾闽娇名家，延平著姓，十三织素，在家赋娇女之诗。十六岁结缡，新妇获参军之配，何异莫愁南国，得嫁阿侯，庶几弄玉秦楼，相逢萧史。方调琴瑟，顿起干戈，夫死于兵，妾乃被掠。含羞辞故里，魂销剑浦之津；掩面强登舆，肠断西陵之路。兹当北上，永隔南天。爰题驿舍数言，聊破愁城百叠。嗟乎！昔年薰香染翰，粉印青编；今日滴血濡毫，绡封红泪。秋坟鬼唱，哀似峡猿三两声；青冢魂归，恨拟胡笳十八拍。"诗云："野烧猎猎北风哀，细马毡车去不回。紫玉青陵怅已失，泉台当有望乡台。那堪驿舍又黄昏，桦烛三条照泪痕。想象延津沉故剑，相期青冢一归魂。昨夜严亲入梦来，教儿忍死暂徘徊。曹瞒死后交情薄，谁把文姬赎得回。不道临时死亦难，强为欢笑泪偷弹。同行女伴新梳裹，皂帕蒙头压绣鞍。"后书"庚申季秋延平张氏，题于沂水县垛庄驿舍。"既谓之赝，且曰多不可信，书此何为？《新墨何语》《觚賸》作于康熙丙辰，历时太近，较之随园之讳言明季，更为无法。而选后北行，尤为奇变，若更考之《聊斋》之所寄托，则尤笔不胜书。官书讳之亦不能尽讳，则前篇固已评之矣。乾隆时优妓入宫，本其实事，蛛丝马迹虽讳犹显，荒淫之罪，无待近人昌言。发帑之诏旨，接驾之传闻，盐商之豪纵，何一非乾隆选色征歌罪状？盖无论何人，皆以臣妾之义视之，而一经入宫，则作者亦悉以戏子目之矣。盖既已失节，则虽如刘素素、延平女子之能诗，皆无足取，而行为亦必不堪。美恶之分途，所争不过一关。况官场如戏，久已为社会之恒言。清代之官场，其儿戏尤较从前为甚。故前篇"假凤虚凰"之旨，在清人固无足惜，而冒氏之抗节不屈，亦直以戏子之名加之而不嫌其苛，冒氏之本心，亦绝不得坚辞而不受。信陵君醇酒妇人之痛，本非正轨，而故以游戏出之，不得已也。惟不入于满清之范围，则绝无甘受其嗔叱之理，亦绝无希望其皇帝庇护之情。其余则梅村尚且不免，则自郐何讥焉。宫中之事，纯用压力，宫女之程度，更非朝士可比。《过墟志》中之所谓墨都统承管，所谓满洲太太即王府中总管老妪者，对于被俘之汉女，当作何状，阅者试一掩卷思之，较之前卷之铁石心肠之老婆子，与此卷"嗔莺叱燕"之种种情事，何一非当然必有者！冲主好色，极力保卫，豫王之待刘媚，惟恐不当其意，亦与此篇宝玉庇护芳官、藕官等是一样用心。汉人之入旗者，无不受其上官之管束，宫中何莫不然？然自别有其权力者主之，则"管得着"者，亦"偏偏管不得"。体统权势为之，而职权特为专任者，尤不敢犯。袭人、晴雯一干人之上，犹有平儿足以夺其魄焉。惟"不知王法"四字，出于袭人之口，亦足以见其特别地位矣。特是凤姐为执行之人，而平儿即有能左右凤姐之势，故特书之。

"女孩儿未出嫁，是颗无价宝珠。出了嫁，不知怎么就变许多不好的毛病儿来。再老了更不是珠子，竟是鱼眼睛了。分明一个人，怎样变出三样来？"清初以女蓄汉人，已见前评矣。嗟乎！吾汉人最上之品，皆矢志不嫁之遗老也，顾、黄、王尤为难得。当时清人心眼中，只觉得这一班遗老，不爱功名，宁甘困苦，而才略学问，均不可及。买不到手之无价宝珠，其似之矣。洪承畴未降以前，何尝不是天地间之最可宝贵者？刘子壮不为状元，毛奇龄不应博学宏词科，那得变出许多不好的毛病？且既入仕途，愈老愈坏，故《贰臣传》中堕节诸人，皆从戒之在得毛病生出，何曾有人道之见存？谓之鱼眼睛，谁曰不宜？不惟此也，布衣高节，而学问震世者，清代曾无几人。意者利禄之途，固无才人。而彼怀瑾握瑜淹没而不彰者，又各抱有难言之隐痛，或为清廷之所锄灭焉，固亦世少传书耶！

"干的管不得"，犹可言也；"亲的管不得"，何可言也？盖父母管教幼年儿女，实为天经地义国民不可不尽之惟一责任。其不能者，必自失其国民之资格者也。管理而不得其当，儿女反唇以相稽，旁观戟手而相指，已经不堪言状，而为国家社会之蠹，乃更有甚于此者。无端夺父母之权，而与之君王与长官，若谓既已尽忠，则不得不顾其家之私亲也者，是何言欤？而朝廷以之立法，师儒以是立教，为人父母者，亦不得从而反对之，不亦怪乎？乃更有甚于此者，则妃嫔与奴隶之制，一经陷入其中，则其人已不得复顾天性之恩义焉，父母也而称臣于女，天翻地覆久矣。未为妃嫔而仅为寻常之奴隶也者，亦复断绝交通，若为家生之子女，则得宠于主人者，父母不敢从而过问，是何现象？而况又加之以种族之感伤，人道主义，既已无此办法。嗟我国民之丧失资格者，又谁为之而孰令致之哉！

第六十回　茉莉粉替去蔷薇硝
　　　　　玫瑰露引出茯苓霜

　　此回几几为满清大狱算一总帐。肃王之狱，郑王之狱，睿王之狱，鳌拜之狱，明珠之狱，年羹尧之狱，隆科多之狱，和珅之狱，以人而牵联者也。文字之狱，嫌疑国事犯之狱，科场之狱，河工之狱，赈款之狱，军饷之狱，盐务之狱，以事而牵连者也。作者乃特为概括写此一段。若欲实指为何事而发，则必将有挂一漏万之诮，鄙人不敢为也。但其祸必发于赵姨娘母子者，则作者实有其主旨之所存，不可以不一为指出焉。盖前清初基之发难，无一不由于女祸。孝慈母子之害嫡子与继妃也，孝庄之暱睿王而害宸妃与孝端也，康熙时慧妃母子之害正嫡，而允禵夫妇之为魇魔术也，那拉后之忌富察后也，无一不以一笔了之。王沈评谓指康熙末年诸子争立、兄弟阋墙而言者，其范围不免太隘矣。宫闱之祸，自古为烈。汉祖唐宗，几成惯例。明之兴献后，几不复知有太后。宋之吴后，至于不礼其翁。元代本无人伦，纪载虽不甚详，而一临朝之后，几亡其国，余亦不堪悉数。清之事迹明于元，而丑秽几过于汉、唐，岂一节之可了耶？

　　顾此篇必借老太妃之死，避去贾母、王夫人而写其偶归复出，而终不在家了事者何也？盖宫中之事，内部必有其主体，则皇太后、皇后是已。孝慈之害继妃，孝庄之害宸妃之与孝端，而太祖大福晋多尔衮之母，强以为殉，孝庄亦不得不负其责。慧妃母子、允禵夫妇、那拉后，皆罪人也。罪人安得为此狱之断结者！且孝慈一妃耳，孝庄亦一妃耳，位且在宸妃之下，那拉氏亦一妃耳，惠妃与允禵夫妇更不足言。以此例言，则夫太祖继妃及大福晋之掌阃政，孝端、顺治继后、康熙之佟太后、康熙皇后、及孝圣宪皇后、富察后，实当有负此完全责备之资格。虽身受其祸，而于义固无可逃，若其自为戎首，则资望更当在剥落之列。孝庄之为太后，上有中宫之孝端。慈安之崩，奉安梓宫，慈禧竟欲不拜。满尚书某公，责以大义，谓当如青衣入侍时，不当如同时临朝时。孝庄之不得尸此狱也明甚，顺治继后为女时，固不当有此权力。废皇后，压董妃，实为祸种，置之于有权无权之间，用意最为微细。乾隆时代，如上烝雍正某妃之事，并那拉后之犯上间后，其责当自孝圣与富察后负之。那拉后既立以后，则当与孝圣共负之，其事与顺治继后同例。上回首写宝钗春困，即是此义。而四贞带笔，亦无可宽而必非主体。总之以皇太后、皇后当宝钗、李纨，双方并罪之精意存焉。其正当探春办事时代者，全书立架，本以探春当耿仲明家。仲明以统兵之帅，微罪自缢，不准承袭王爵，祸亦发于此时。故后文有领罪之说，且允禵之妻，为安亲王岳托所出，而郡王亦不免嫌疑，此义殆兼之矣。

特是如上所言，皆为广义，而作者仍注重于唐藩。郑芝龙罪大恶极，其出身本一海寇耳，始终误国之熊文灿，实招降之。既封南安伯，与礼部尚书黄道周等劝进，改元隆武，进芝龙与鸿逵等为侯，道周大学士。而夺权无上，阻抑元臣，遂使黄公出关募兵，徒手号召败死婺源，危难之秋，失此名相。又忌何腾蛟不使唐王幸湖南，忌江西、浙中诸将不使唐王幸衢州，弃闽由赣入楚之谋，非唐王遗弃疆宇之罪，乃实迫于芝龙而不得已。芝龙竟使兵民数万，号唐王不得行。清兵一至，首先约降。郑彩、郑鸿逵弃广信奔入关，芝龙尽撤关隘水陆诸防，仙霞岭虚无人，清兵长驱直入。唐王奔汀州，清兵追及之，唐王被执，不屈死。芝龙诣福州降，成功阻之不听，遂出奔。作者感乱亡之已事，惜有志之名王，遂乃放手写出此一篇绝大文字。既借赵国基以写其出身卑贱，又借钱槐以写其党羽蟠绪，更写魇魔术以写其卖国谋君，此更乃写其专横不晓事，并写贾环、彩云之同为盗贼，以状郑彩、郑鸿逵并其部下之奸盗邪淫无所不至。如此等人为姨太太犹且不可，而乃为勋贵之大臣，安得不犯上作乱乎？有亲如此，为之子者而为成功，其亦难哉！老鸦窝里出凤凰，此固不得求十一于千百者也。成功阻降不听，其平日之几谏，吾诚不知其如何措辞，而种种困难情形，旁观者亦当为之扼腕。且当时隆武诸臣，事同儿戏，为之谋主者，岂遂无术以处此？而大事既已糊涂，小事又复乱闹，成功眼中，自当有此议论。何腾蛟手握重兵，迎主来湘，其意中在离去郑氏。郑氏若不能服从，亦自必奉唐王之命令诛之而已。然而外有强敌，唐王又在郑氏掌握之中，则诸将固熟视而莫敢先发。下回之"投鼠忌器"，为唐王言也。清君侧之恶者，非实有万不得已之情形，必不可以轻动。元之王保保，虽能存元室固有之本部，而其事本出于非常。宋岳武穆、元托克托之奉诏班师，盖明知其不得善终而其势仍无可如何。李定国之于孙可望，庶几近于王保保矣，而亦无以善其后。危乱之局，从而摇之，非徒大伤元气，直是剥其本根。鄙人之意，所叹息抱痛而不能自已者，则惟孙高阳之于魏忠贤。高阳以将相之才，功高望重，独握重兵，当时未有其匹。而忠贤屠戮正士，目无君主，恶贯满盈，实为独夫。彼其所处地位，不惟非岳武穆诸将先已班师势力平均之比例，抑且与托克托、王保保之内部已经骚乱者不同，而乃为迂儒之学说所误，遂至身无尺柄，丧师失地，终乃至阖门膏斧钺而恤典不及，投鼠忌器四字误之也。夫从古乱贼，曹操、刘裕之徒，皆挟天子以令诸侯，其原因实多由清君侧而起，诚不可以为训。然吾读王船山之书，则此义又当别论。盖种族家之思想，固有所谓今种类之不自保，而何仁义之足云者！究令桓温事成而篡，犹愈于戴丑夷以为君。与其事以唐为名之朱邪，毋宁朱温。刘裕之才，实全中原半壁，而扬威境外。若不弃秦，君子固当始终与之。况唐王非天启之比，本不护庇芝龙，何腾蛟亦非曹、刘诸人之比，本来尽死于忠贞。其不得不投鼠忌器者，时代为之，力量为之，而不得以迂儒讥之，作者盖三致意焉。且以法律言，以事实言，则芝龙之罪，虽尽诛其一族与部下之专横者，以防反侧，而其情固可原。而以结局言，则郑氏犹有一成功焉，足以为吾汉族留一线之苟延。投鼠忌器四字中，恶得不为留意？若自满清一方面言之，则降而以为可用者，封之而已矣；降而以为不可制者，杀之而已矣。封而复夺，夺而不杀，虚与委蛇以至于数年之久者，为芝龙乎？为成功乎？明眼人固能辨之。畏成功而恐其挟杀父之仇以撄其怒，爱成功而欲借其不杀父之名以为之招，二者固必居一于此矣。

第六十一回 投鼠忌器宝玉瞒赃
判冤决狱平儿行权

投鼠忌器之说，既如上述，然其意固不止此也。仲明功臣，部下累之，而当时并不以此宽其诛求。超勇父子，功在境外，而额林沁多尔济赐死，不因其族人而免。傅萧且以功臣而挂吏议，何有于三姑娘者。盖清廷每有大事，而不便辨理者，则以为某人盖覆了之，其实则意有所专属，口中所指之人，不必即其心中所指之人。况肃、郑之狱，睿王以其势逼位嫌而出之，或欲杀而不能杀，或杀之而不肯居其名，实有许多为难之处。睿王之狱，其事之彰明较著，顺治何尝不于其生前知之，而乃发之于死后，为孝庄故，不知其如何隐忍也。鳌拜专权，实由顾命，顾命之所由来，实惟鄙人之所深疑。顺治遁荒，康熙年少，继后与佟太后，恐亦未能主张。鳌拜以睿之故，曾经得罪，断非顺治之所喜，其必出于孝庄无疑。妇人之见，用其旧日之党羽，殆无可讳。鳌拜专横，且三藩得重权势，皆其执政时代之所为，几以亡国。康熙处分此事，不知费了许多周折。孝庄之罪于清廷，诚不可以胜诛。年羹尧之狱，实由皇十四子允禵之狱，微分衔接而来。年羹尧之兵权未替，则允禵不得而幽。雍正诏旨，每以皇考推恩为其口实，实则欺人之谈。隆科多为雍正舅，又有拥戴之功，非除之不可以自盖，而又艰于发言，故发之必在年羹尧死后。和珅及福长安，则挟太上皇之势，嘉庆不为隐覆。明珠专横，而首倡撤藩之议，请诛晁错以谢七国，英主之所不肯为，而自认其独断。牧斋下狱之时，反间及于洪承畴、土国宝，而握有重兵，清廷亦不敢深问。惟不久而国宝之盗案发，洪亦内用，豫王以黄纱袍与吴应熊，几成大狱，而以罢政受罚了事，又必托于议亲。福康安以滥支军饷事发于身后，嘉庆言若在者死，皆其明证。故夫投鼠忌器之说，王沈评虽亦窥其阴曲，而终未得其病根之所在也。

其必以宝玉认之者何也？盖此等事变，诚非诸帝莫能当也。清初诸王之罪状，谁纵容之？谁隐讳之？不罪顺治而将谁罪？罪顺治，则孝庄与睿王及诸王之罪并显。太后下嫁，开吾国古今未有之奇，此而可忍，孰不可忍？鳌拜争杀人于上前，不得不从。明珠、索额图之为权臣，孰用之者？号称圣主，颇有愧于英武矣。才高于清室之诸帝，而所行不符，种族之见，横亘于中，意在用其亲贵，而亲贵无才无德，故不得不护短耳。暮年狼狈，弊亦坐此。佟氏诸人，其当之矣。雍正之庇田文镜，更为偏恣。而年羹尧、隆科多之处分，亦多隐曲。乾隆则富察氏一族，与和珅、和琳，皆其为生平最大疵累，而且以累及后人。若鳌拜之养成藩祸，康熙亦不得不认之，名义上固如此也。其他大狱或有发之于诸帝之自身者，或有由他人发之者，然其操纵之权，史家固不责之他人，政权所在，不当旁落。冤人者君主，庇人者亦君主，除文字、国事犯之狱，冤多而庇少以外，其余未有不始之于宽纵，而后乃严办者。且用人由君，而参劾未见即准，故宝玉瞒赃，诸帝之总代表也。

"平儿行权"。此事必以平儿了结之者，盖既无治事之人，只好以不了了之。清初大权，半在豫王。豫王之交通孝庄，必赖刘媗。豫王与刘媗严厉，必待牧斋与柳如是之纳贿运动。书中所言凤姐严而平儿宽，是矣。王沈评和珅当凤姐，近之，傅恒父子亦近之。盖以此为代表，余人可类推也。

此卷，曹氏所指之平儿，尹继善也。考《东华录》，乾隆十三年，谕据安宁奏称江南总河周学健，于孝贤皇后大事二十七日甫毕，即已剃头。（中略）周学健著大学士高斌就近拿解来京，交刑部治罪。此事传闻已久，举朝大臣官员，岂概无闻见？乃无一人举发。外廷九卿，召对尚稀，至军机大臣等，时常召见，亦未经奏闻。其意不过欲为之蒙蔽，以救伊重谴。试思朕果可蒙蔽之主乎？今朕降此旨，伊等能封驳执奏乎？现在交部治罪，部臣及汉人同年相好，尚敢以己之身家首领，为伊保全乎？又都察院、御史给事中等，平时探听风闻，即细微未甚确实之事，动辄陈奏；今以周学健之悖谬，朕已屡有所闻，乃未见伊等片牍入告，明系伊等师生朋友之谊，固结弥缝，牢不可破。是以代为容隐，缄口不言。朝廷设耳目之官以司纠劾，可如是之徇隐祖庇乎！即非尽出于党护周学健，亦必以为举发此事，将恐招致物议。人心至此，尚可问乎！皇考时因朝廷结党蒙蔽，极力整顿，始得肃清。今汉大臣官员等，风气又复如此，扪心自问，能无愧惧乎？不特此也，满洲之托名科目，好名无耻之徒，如尹继善者，身任江南总督，乃明知不奏，若非瞻顾同年，有心欺隐，则必以为若奏此事，于己有不美之名，其心更不可问，著交部严察议奏。（此谕太离奇，拉扯多人何故，掩耳盗铃，防民之口，总河之地位，近于济南，恐其知而言之）寻议尹继善，徇隐瞻顾，曲法沽名，应照溺职例革职，得旨革职从宽留任。己卯谕：据尹继善奏，周学健剃头之案，因前经奉有谕旨，各省督抚未发觉者，不必查参，是以未行参奏等语。朕之传谕，不必查参者，原指所属微员而言，恐其无知犯法，不忍罪及多人耳。岂所论于历任督抚之周学健耶？尹继善接到谕旨后，即应查参，乃并不奏闻，及传谕满洲督抚有已经查明遵旨未办者，令其具名密奏，但欲知其姓名，并未欲治重罪。所降谕旨甚明，尹继善接到后，又不速行遵旨密奏；直自安宁奏到十有余日，始行具奏。明系已知安宁举发在先，无可掩饰，乃为此奏，并非出自己意。且闻舒辂曾劝其应行参奏，而伊迟徊观望，直至于今。谓非有心瞻徇同年世谊，其谁信之？但已交部察议，兹不重科，周学健已于塞楞额剃头之案，降旨免其交部治罪。所属皆视周学健所为，更不必置问，即如湖广两省属员，亦因视塞楞额而行，是以悉行宽免。今尹继善又称河工佐杂人员，内汉军旗人，亦有违制者，情属可恶，臣逐各详查，另行参奏，交部从重治罪等语。此又与朕前旨不符，岂有总河不罪，而罪河员之理？又属过于迎合搜求，试思朕岂受人迎合者！著仍遵前旨，不必查参。朕处分此事，一秉大公，周学健不因尹继善之宽而宽，河员之罪，亦不因尹继善欲加之严而严。因物付物，初不存丝毫成见。著将此晓谕中外，尹继善折并发。（按国恤百日以后剃头，会典律例，初无明文，至此增入，已觉不教而诛。而周学健、塞楞额，并抄家产，刑部尚书汪由敦，右侍郎勒尔森，钱陈群，右侍郎魏定国，皆为金文醇剃头一案拟罪所累。曹氏著此段于老太妃薨逝之后，亦有意义）又案《随园诗话》，称尹公"三次迎銮"，幽居庵，紫峰阁，皆从地底搜出，刷沙去土，至三四丈之深。所用朱龙鉴、庄经畲、潘涵等州县官，皆一时名士。又嫌摄山水少，故于寺门外开两湖，题曰彩虹明镜。文集又称天子南巡，总督黄公廷桂、盱衡厉色办供张；及公三次迎銮，熙熙然民不知役，而供张亦办。（谀词但比较的稍好耳）乾隆间卢鲁生伪稿，及各郡叛逆邪教等案，皆株连无数。公部居别白，不妄戮一人，恰与此合。盖继善亦乾隆时代之皎铮者，但瑕瑜不掩耳。

第六十二回　憨湘云醉眠芍药裀
　　　　　　呆香菱情解石榴裙

　　"柳家的照旧当差"。此事似指张若麒数通问吴三桂事。《贰臣传》载，睿王谕责之曰：大小臣工，只应办本等职业，不宜诿上渎下。今察知顺天府差人取鱼，向各王府投送，恐各官效尤，诿渎成风，自后不得劳民献谀，有乖政体。若麒启辩：各王府从未轻谒，惟平西王系旧知，曾往吊其父丧，又值生辰，一往拜寿，亦无取鱼投送之事。此有人设谋陷害，故造为谤言也。睿王谕以事岂无因，姑不究既往。又指庄有恭因赃罚案革职旋复用事，已见前评。若谋缺暂署情形，如王沈评。要知此等事最多，鄙人亦只能举一以例其余耳。

　　此回"贾环彩云角口"一段文字，是指郑氏部下降清，若施琅、黄梧等辈之与芝龙龃龉者，又似兼指郑彩鸿等辈之与芝龙并命者。当芝龙革爵下狱之后，当然有此情况。睿王死后，多尔博旗下，亦当近之。惟雍正兄弟之祸，实为大变，曹氏当然不肯放过。遍考《东华录》，此事颇觉难明。所载有鄂伦岱极力党护阿尔松阿，将其死罪承认在身等语，又有廉亲王允禩代人认罪之语，与上回彩云认盗合。又有其福晋悍妒，多有阴谋，休回母家等语。又有廉亲王乘醉杖毙门下之护军，隐匿不奏，恐死者之家申诉，遣太监属令寝息。今日朕当诸臣之面，问廉亲王，初犹枝梧，穷诘始俯首无辞。又有廉亲王邸，有人嚷闹，提督阿齐图奏称三十日至廉亲王处嚷闹，次日至李延禧家嚷闹，且抢去物件，派出官兵拿获数人等语，朕始闻知，而内务府大臣，并未向朕奏明。后庄亲王与常明来保等拿获数人审讯，奏称据供嚷闹李延禧家，系廉亲王所使，廉亲王亦直认不辩。朕意若果系廉亲王所使，朕深知廉亲王奸诈，因令阿齐图研审各犯，果供并非廉亲王所使。及再问廉亲王，乃云此等无知小人，我原替他应承来。廉亲王阴致人于死地，而又于此等处代为应承，冀人感激，其居心之卑鄙，尚可问耶？况内府佐领下人数百名，前往嚷闹，此等不法之事，伊视为淡然，不行入告，置之而去，岂非欲加朕以不美之名耶等语。又有朕即位后，恭检皇考所遗朱批谕旨，内有料理宫闱家务事宜一纸，皇考谕令有子之妃嫔，年老者各随其子归养府邸，年少者暂留宫中。朕谨遵遗谕，遣人询问母妃，咸愿随子归邸。慧妃母妃，乃大阿哥之生母，允禵之慈母也。允禵少时，即为慧妃母妃所抚养。朕因大阿哥得罪，禁锢其诸子，又少不知事，意欲奉养于允禵之邸，因遣人询问慧妃母妃。慧妃母妃，欣然允从。朕揣允禵畏朕访察，必于母妃前尽礼，故令伊迎养府邸。彼时允禑酌议诸位母妃移府之礼，允禑议奏，有朕思念诸位母妃之时，即令入宫相见等语。朕以诸位母妃，岂有召入相见之礼？深责允禑之非。迄今三年以来，诸位母妃，深居宫中。一切皆诸王主持。此必允禵从中阻挠，诸王亦遂观望不前耳。允禵之行事狂悖若此，必不于母妃之前，曲尽孝道等语。综前所述，与王沈评所引，似与此两段密合，然其事固分裂支离，不能一串。而诸母不礼雍正，亦非慧妃一人，强以归狱于允禵，更为苛论。雍正欲盖弥彰，乾隆又改档案，曹氏何等眼光，岂肯作偏于一方面之言论？鄙人不敢信也。

按野史，谓康熙晚年病笃，允祯偕剑客数人返京。先是帝已草诏，收藏密室，允祯侦知，设法盗出，潜改其中传位十四皇子，为于四皇子，藏入身畔。乃入宫问疾，预布心腹于宫外，有入宫者辄阻之。帝宣召大臣入宫，半晌无至者，蓦见允祯立前，大怒，取玉念珠投之。有顷，康熙上宾。允祯出告百官，谓奉诏册立，并举念珠为证。百官莫辨真伪，奉之登极，是为雍正。此事传说，有口皆碑，田夫野老，亦或谈及。大要出于曾静先生之徒之力为多，故雍正不杀，而乾隆杀之，有由然也。今以官书正官书，则此事之可信者，有三条证明之焉。一则诸母之不礼雍正也。雍正既为康熙所注意册立之人，诸妃非尽允禩之党，何以对之漠然？既为皇帝而犹复淡然，盖宫中贱之久矣。一则允禵之被召回京也。允禵受任于覆军之际，功名昭著，边疆犹为新定，急召入临，是即练子宁留燕王京师之计。且谕诏中时而称大将军王，又时而称贝勒，自相矛盾，亦何可笑！一则用允禵而旋复幽允禵而阴杀之也。允禵果得罪于皇考者，黜之可也；优待之以虚爵，使自终其天年可也。用之何为？是固先有郑伯杀段之心，而后有封京城太叔之事，且较之郑庄手段，尤为毒辣。减其护卫而与之以政权之空名，杀之最利于有名，而无惧其变。且其用允禩，亦固有必不得已者在，与隆科多之事，同一律焉耳矣。鄙人综官书之所不能讳者，略得其情以为天下后世告，穿凿附会之嫌，决不敢避，愿与世之有历史眼光者，一商榷焉。盖允礽为嫡子，既立而时有过失，则诸子群思夺之。允禔最长，慧妃出，贱而资深，其必为其亲子谋立者，势也。允禩其所抚养，稍次于禔矣。乃魇魔之术虽施，而允禔之过亦著，（康熙谕中及之）允禩颇有美名，（雍正谕中亦及之）则慧妃自然属意。盈廷公举，所由来也。夺嫡之谋，此时雍正未必不与闻，康熙亦未必不知。国师之章嘉，庄头之田文镜，何至于尊崇乃尔？而世庙命督臣收捕某山中豪客之事，清人小说所载，与近说合。鱼壳之死，非无因矣。顾此时雍正与谋而不敢公然尸之者，其内援不如允禔与允禩也。禔、禩既败，而允礽终不可立，帝心日伤，乃复属意于幼子，不立太子以俟之。谓允禵之可以胜任而资望稍弱也，乃试之于边务而效，帝之心亦于此而决。盖其中既有抚军监国之义存，而不欲明言以累申生，且以诸兄凶恶，恐有他变。申生内危，重耳外安，又不至染争夺之恶习。英雄暮年，困心衡虑之所为，固自有异于常人。而不知一旦溘先朝露，终不免于诸子之自相鱼肉，而黠者取而夺之，实为其所不能料也。知此则知雍正未得宝玉以前，与禔、禩为同党，而尚非主体；既得宝玉以后，则先用之而后杀之，两方面皆知之矣。故此卷彩云之对于贾环，即雍正之对于允禵。两方面既皆不相信，慧妃其奈之何哉！

一幅深宫行乐图，王沈评批得最确。《顺治太后外纪》云：十一年夏，太常寺卿某之妻，入宫侍皇后，及出，而衣服犹是，面目已非，盖已易之矣。某嗫不敢声。已而传闻入宫皇太后谕帝革除此制。此回以香菱当之，圆圆固无足惜也。四贞以粗豪之女，而当酒醉乱性之后，或有不可为人所见者乎？至于写平儿脸热，亦是微文，但犹有羞恶之心，当时柳如是往来于宫中，或当有此等情状，惟作者终不写得太明，盖亦有恕辞焉。

第六十三回　寿怡红群芳开夜宴　死金丹独艳理亲丧

　　上回酒令及此回酒令，各如其人之身分，明眼人自能得之。其中惟探花一令，最为巧合，邪正两方面，都可会意。曰"瑶池仙品"，曰"日边红杏倚云栽"，成功之国姓也，精忠之袭藩也，海疆之地域也，策凌之封王尚主也，以外藩而配享也，无一不合。而《南山》之诗，又于此中一露痕迹，巧不可阶。"我们家已有了皇妃，难道又有皇妃不成"，贵婿之注脚，不可言思。杏花陪桃花一杯，是何神妙乃尔！醒之以黛玉不得为后，再醒之以李纨之得为太后，再指而目之曰"大嫂子"，难乎其为小姑矣。"这是什么话"，中冓之言，不可道也。"天梯石栈方钩连"，吾无以名之矣。

　　"独艳理亲丧"，礼王薨也。书中礼王并无一事，顺治朝固无礼王作事之余地也。考礼王原以次当立，其不立者，事甚隐微。《啸亭杂录》，谓明人言清太祖实有成命，而又曰太祖本无此言。《顺治太后外纪》，又谓遗命立多尔衮，而以礼王先摄之，如鲁隐、桓故事。要之国固当为其国者也，处太宗之朝，已觉难堪，至顺治而益甚焉。考《东华录》，天聪九年，礼王几得罪。狱词中有济尔哈朗，因其妻亡，以察哈尔汉妻苏泰太后，乃其妻妹，礼王亦欲娶之。狱词谓济尔哈朗定议在先，颇有争娶弟妇之嫌。又有为马瞻娶妇事疑于占佽妇，此事原自满俗，亦不必为之讳。

又有赐豪格贝勒成婚时，哈达格格，谓皇上何故为我女增一嫉妒之人，怨望回家等语，是豪格为王子明甚。又有莽古尔泰狱词中，有女弟莽古济格格，济格格之夫敖汉部琐诺木、杜棱谋害皇上得罪，格格长女为岳托贝勒妻，次女为豪格贝勒妻，豪格杀妻，岳托亦欲杀妻，上止之。又崇德三年，幽岳托贝勒大福金。四年，贝勒岳托，辅国公马瞻，卒于军，皆礼王子。岳托妻福晋殉，死后有与妻父琐诺木刀一口，弓二张。用此弓射杀太宗之嫌疑。又天聪五年，礼王第五子巴喇玛卒，年二十四。天聪十年，礼王子贝勒萨哈廉薨。又硕托亦以谋立睿王坐死，是礼王已连丧四子矣。又自太宗以至顺治，肃王凡三得罪。谓其诸子之不肖耶，则固当痛彻于心；谓其诸子之有才致祸耶，则益当为勋戚之所难忍。死于罪，死于兵，死于病，死于毒，等死耳。七旬之老，连遭大故，身处危疑，尚复有何生趣？又《东华录》，载雍正四年罪允裪上谕：礼亲王福金残刻，太祖高皇帝，特遣王等将伊处死。是又一家难也。且太宗母子夫妇始终与王不协，而礼王以让国之王，始终不得自安于退处。肃王在顺治朝，两被幽囚。太后又将下嫁，礼王死固死，礼王不死，亦必死礼王。死金丹云者，兼服毒与中毒而为之疑案也。独艳理亲丧者，诸子多死，肃王又囚，不得不以独艳理之也。艳字下得最恶毒。肃王之妃，固为睿王所纳者耳。皇伯之丧，元勋至戚之丧，死状写得如此不堪，谁之罪乎？隆礼虚文，迫于众议，曾亦何足以盖其丑！礼部代奏，意若曰礼王眷属，决无可以有直截奏闻之资格者。进士出身，清初王府中那得有此？不过借喻其为正途，即为正嫡，即为有功当正大位之代名词。清初自未入关以前既入关以后，除赐死之褚英外，谁能当此而无愧乎？（褚英死事，《东华录》尚有两条确证，俟后论）仁孝过人四字，直从省亲一段爬梳排比而来，非有孝庄与睿王，礼王断不能如此结果也。追赐五品之职，岂有降旨令朝中自王公以下准其祭吊之礼？且祭吊在人，准不准又何称焉？朝中所有大臣，心非之而口不能言，惟有嵩呼称颂不绝而已。荒唐怪异之笔，诚如王沈所评，而鄙人固绝对的以为非豫王死时之景况也。若夫允禵之幽，未至于死，而曹氏乃亦以死例之者，诛雍正之心，谓其必欲死允禵者，固更甚于允禩，而固不能。允禵固先帝之爱子，清室之功臣，抵御准、回，屏幛西藏、青海。雍正谓其与允禩密谋夺嫡，而忘其为远在数千里之外，愈说愈谬。《大义觉迷录》，固不当使天下臣民共见。设使允禵以手握重兵，鼓行而问先帝死时之情状，雍正或未必能当。即或其部下不服，亦不过为雍正所诛。彼明之永乐、宸濠，成则为王，败则为寇，亦历史上累见不一之事。而允禵决不为此者，其发于本心与否，与被人谏阻与否，良不可知。而自事实上论之，则固可以断其决无力争大位之心。不然以彼其才，讵不知一放兵权，便为匹夫，人为刀俎，我为鱼肉哉！顾明知入京之必死必囚，而不敢称兵以逞者，其心迹固可以共谅也。惟其心迹可以共谅，故雍正虽极天性残酷而不能杀，杀之实以起天下之争。而曾静一书，实乘隙而夺其魄，乌得不仓皇失措，辩辞百出！惟此一绝大疑狱，终深印于人心而不可解。苟非康熙政策，足以维系其命运，吾汉族固当乘之而起。作者有心，安得不以此狱特表其死生之不测，而即以补曾静既已焚烧之遗书哉！观于乾隆之待允禵，亦颇有盖愆之意，且谓朕叔安分，则其不争为帝益明。此其在彼时，固不得不然。然而雍正之心，则早欲置之死地而后已。作者用《春秋》诛意之法，即谓允禵以幽囚死可也。后来嗟叹羡慕于丧礼者，其措词皆是微文。"奢易俭戚，半瓶醋的读书人"，虽不足以知此，然其义亦可通焉。而况下文明作"纷纷议论不一"一句，非有隐微不可明言之事，其何以称焉？

蓉儿脏唐臭汉之说，阅者自能明之。然发于此次丧礼之中，作者情见乎辞矣！盖指礼王与孝端死后，乃下嫁也。

第六十四回　幽淑女悲题五美吟
　　　　　　　浪荡子情遗九龙珮

　　"五美吟"。王沈评是。鄙人以为是五首诗，移之以作富察后讽谏之词，作既废以后悲怨之辞，均无不可。盖"西施"为亡国之媒。乾隆之欲得香妃，其事实发生于富察后既废之后，其意想萌芽于富察后未发之先。准、回之事，实在十三年顷，颇为亟亟。因一妇之故，暴骨以逞，秦皇、汉武，犹且不为。清初因争叶赫一女，卒覆于其后嗣之余妖。刘光第所谓"妲己倾有商，褒姒灭宗周，当此伐国日，献此美无俦。山川禀精气，民物丛怨仇。并集于一身，钟物岂非尤。方寸之祸水，胥溺及九州"者也。富察后号为直谏，宁不见及于此乎？若至既废后论之，则皇后结局，转不若"白头东施"远矣，临没之日，焉得复见祖宗坟墓与将军冢乎？"虞姬"悲壮凄凉而不免于自刎。项羽以拔山盖世之雄，力争经营天下，竟不克终。况乾隆之开疆辟地，实出于一人之野心，而非由于大众全部之意，且原因疑于为一妇人，富察后宁得而默焉？韩、彭受醢，较之故剑无情者，当复何如？恨不"饮剑楚帐"，尼也不如其死也。策楞、富德、张广泗、柴大纪之徒，功名安在？乾隆薄德，糟糠如此，功臣奚恤？那拉氏之废，并虚文隆礼而亦靳之，较结发之恩义，允不侔焉，凡此皆富察后所应有者。"明妃"出塞，香妃入宫，其事相反而实相类。予夺之权，名为付之阃帅，而实则以一画中爱宠操之，宁不可耻？至于宫车晚出，疑窦犹存，琵琶之恨，无此惨酷。操其权者果为何等人物？富察后之阴灵，固当启口而一问之。"绿珠"坠楼，与香妃殉主，同一节烈。孙秀谋杀石崇，费如许之大力，而美人决不为其所动，曾何有于势力者！曹氏虽从事后着想，然当日富察后，固当有此心理。至于为尼以后，则所谓"瓦砾明珠一例抛"者，尤当慨乎其言之。而破家亡国之隐痛，凛然言下；死不同穴之深忧，那计祸福。皇后之境遇至此，可谓千古之奇。三姑娘烈侠放诞，颇类"红拂"。而彼交通宫禁，蓄养健儿，终莫得其意旨之所存。惟其不入圆明园为妃嫔，则富察后似已知其非天子之所能羁。被废而得其助力，则其所谓美人巨眼者，所见又自当与前日大异。除尸居余气之杨公，意固有在。而三姑娘块然一身，岂遂无有注意之人？迫于势而不敢为，或其心目中亦尚有李靖其人者在乎？况作者更借灵皋之改常，以伸其故国河山之恨。"西施"一首，讥其出狱后致位侍郎而晚遭斥逐也。"明妃"一首，讥其琵琶别抱，竟事虏王也。"虞姬"一首，茶村所谓"韩侯诛死彭侯醢，不及虞姬一妇人"者也。"绿珠"一首，明妃之反对，并讥灵皋徒为清廷之弄臣，并未实有政权也。"红拂"一首，则更致慨于杨素、李靖、唐太宗、虬髯之已事。革命之义，不啻大放厥辞。灵皋何心，乃以种族学家之宗支、而受清廷权贵之羁縻，竟不保其以功名终乎？愧对红拂远甚。盖丈夫也，而清廷以女蓄之矣。夫灵皋固情有可原，势出不得已，原非与清初贰臣比。然责备之义，其心亦自然有所不安。此回五诗，几几如其口中之不敢言，而意欲言之者矣。诗意多作翻案，而恭维美人，意更可思。独提"昭君"两古诗，亦宜玩。

礼王之丧，孝庄果亲临致奠乎？猫哭老鼠假慈悲，虚文隆礼，曾何以掩盖其事实！鄙人犹以为此义之太浅也。盖以顺治时代孝庄地位言之，则君母也，故书中以贾母为上辈。然以代善之本身之自然当然地位言之，则孝庄者不过其弟之一姬耳，恶得无礼！"暮年人"三字，尤下得突兀飞扬。一以见礼王之晚境恶劣，一以见孝庄之老而无耻也。此丧独避去贾政，多尔衮不弟，不得不屏除之。肃王新幽，未必能亲临治丧。而礼王之地位与其为人，当有子孙送葬。肃王虽骄，而幽之不以其道，固作者所不敢承认者，故言"贾珍"云尔。"贾赦、贾琏、邢夫人、王夫人族中人等，皆一一写到"，因以见屏除睿王之例，而皇伯之丧，亦应如是隆重。"宝玉亦来穿孝"，顺治固宜亲临。然写得冷淡，而夹叙于黛玉吟诗闲话之间，其情薄矣。贾母之病何病乎！头闷心酸，鼻塞身重，非写其笃于亲情，乃正写其良心上之万分不安，大有惧于物议之沸腾也。乾隆之对于允禵，亦有加礼，或亦类是。但不知雍正欲杀欲囚时，其胸中作何如感想耳。

　　"贾蓉道，这都无妨，我二姨儿、三姨儿都不是我老爷养的，原是我老娘带了来的"一段文字。随娘子之义何取乎？汉军也，汉人之降清者也。笔下何等郑重分明，乌得以肃王妃当之耶？然其身分竟可以为尤氏之姊妹行，则其尊贵固可以想见。清初"皇粮庄头"之本身地位，已经富厚而有权势，况以作者所影射之人之例而言之，则必为要人无疑。"败落"云者，在贾蓉为饰词，在作者为狡狯。天家欲败落之，又恶得而不败落！汉大臣之革职拿问，远戍遭辟入旗为奴者，何一不朝则巍然，夕而败落者！尤氏之夫张华，华者，中华也，当然为汉人。汉人而充当皇粮庄头，当然为投旗之汉人。豪华之义，虽若可通，然种族家之著作，宝贵此中华民族之一华字，断不肯以与诸满族。而肃王妃之为睿王侄妇，作者必不肯代之以他人，而少宽其罪，又至明也。夫清初之俘虏汉族，而视以为其所征服之民族，其相待不过以之为玩物耳。以俘虏为玩物，乃于其本非俘虏者而亦皆玩物之。父子聚麀、兄弟争室之丑历史，大多数从此一念而来，以为是固无关紧要之人云尔。上回写"贾蓉对于二姐、三姐嬉笑"一段文字，即其代表，亦即作者探原本始之书法，不可忽也。此回言"二姐与姐夫不妥"，而以下又复言"贾琏之明知故昧，且复当贾珍之面隐隐自行喝破"，皆是从此中爬剔而出。为宗嗣计而娶二姐，影射豫王前妃忽喇氏之死而无子，诱纳刘媚，而并以寓其替夺刘媚有子之微意，而其迹固未肯自为尽掩也。用人以鲍二、多姑娘，一群浑水，在满人之取汉女以为玩物者，固当如是。下回更借三姐之口以喝破粉头二字，穷形尽相极矣。

清初丧中，演戏、娶亲，前评见之，以外不能缕指。睿王丧中，更有英王纳万丹女一事。而孝端之丧，太后下嫁，更为奇文。豫王南征渔色，亦在太宗丧中。书中写婚姻偏于"国孝家孝"四字，特别注意，盖为此也。贾琏与二姐调情一段，亦复太写得便当，势力所在，固当如是，否则不合。

第六十五回　贾二舍偷娶尤二姨
尤三姐思嫁柳二郎

尤二姐何所指乎？盖范文程之妻也。《顺治太后外纪》云：文程隶豫王旗下。清制：隶旗下者，须受该管大臣差遣，虽同为臣僚，有主奴之判焉。文程继室某氏，降将某公女也，美而艳。一日豫王因事访文程，文程命妻出拜。豫睹其美，不禁流目送盼，笑谓范曰："汝年将就木，拥兹丽姝，不畏物议耶？"范莫知所对，唯唯而已。豫王曰："蠢哉老奴，尚未喻我意乎？"范愈惶恐。豫王起行，范走送出门，豫王曰："容汝一宵思索，明日来邸定行止。"翌日范谒王。王曰："汝意如何？"范曰："睿意高深，奴才愚莫能解。"豫王曰："是何难解？福晋因左右供御，鲜称意者。闻汝妻明慧，欲使之供役邸中。余怜汝年老多病，当别指一婢配汝也。"范顿首曰："王之恩命，奴才何敢拂逆？第此女来嫔时，曾奏先帝。今若此，于王孝治之意，不背戾乎？"豫王怫然而起。范惧归第，向妻子痛哭。其妻曰："君为丈夫，竟无策以庇一糟糠乎？"范前席问故，妻曰："吾闻睿王专政，豫、肃两邸忿忿，睿邸已知之，乱机伏矣，一触即发，君何不直诉睿邸乎？不仅免祸，且获宠也。"范从之，诉于睿王。王果大怒，即下诸王贝勒鞫讯得实，罚银一千两，并夺十五牛录；肃亲王坐知其事不发，罚银三百两。豫邸受责益自纵，率领部员按籍集视八旗女子下部，经都察院承政公满达海劾奏，劾实，罚银五百两，户部侍郎库礼一百两，理事官雅泰，以籍内一无名女子私与王视，削前程之半，仍罚银五十两。（案《东华录》亦载此，但较略且在太宗新死时）是豫王曾有欲夺范妻之事而未成。今直以为夺之者，恶王，恶贰臣，更恶甘心首乱之文程，故不惜周内以出之，且以寒从房者之胆，当时未必不传闻异辞焉。文中言二姐之如此不堪，固非事实。然观王益自纵一段文字，则必有类于此者。而作者又恶刘媚，故下文复死之也，余详后论。

尤三姐果何所指乎？盖指陈卧子之姬某。卧子死难后，为李成栋所得，要以反清，成栋不许，姬乃自刎以促之，成栋遂变。所谓独变此云间眷属者，即指此也。成栋变后举动颇类疯人，马蹶坠水而死，与湘莲斩断万根烦恼丝之结果，颇为隐相关照。姬有意于敌清以报明，而酬卧子未竟之志，不可谓非奇女子矣。成栋实无此意，不谓之冷不得。姬本已从成栋，而本回写来转觉其欲嫁湘莲而不得者，姬本忠烈之眷属，不欲污之以成栋，故变其辞而言之，谅姬心也。成栋本既降复变，与三桂亦当似合似离，本书写湘莲身分，亦多合焉。顾姬既已从成栋，则置之于随娘子列，置之于王府内外之间亦不为过。且不拘小节，放诞豪侠之情形，轶出于女子之正轨，而仍不失为奇女子者，非凿空写一篇千奇百怪文字，亦不足以称其人之身分。成栋既归降于豫王，而刘媚又因成栋处而来，豫王贪色无厌，而姬又南方佳丽，素有美妓之名，豫王必垂涎焉。既为放诞豪侠之女子，则作者借其口以骂满清诸王，诚不为不得体矣。既已能拚命舍身，则亦何事做不到者？作者以为非有此种人物，决不足以直撄诸王之锋。而其力量才色，足以颠倒成栋者，即足以颠倒满清诸王而有余。推类以尽其余，而即以之代力说成栋谋变之妙词，诚哉其观感通神也。痛骂刘媚义亦如之。"终身大事，破着没脸"，一段文字，欲为呕心挖血，为之作传赞体。姬之从陈，本非正式婚姻，及其从李，则尤为不轨于正。然从人竟得卧子，忠烈齐芳。卧子不纳柳如是而独纳此姬，两方面皆当称为巨眼。李为降将，亦非人才，全无可取，姬不自恤其名节，自恤其生命，而竟得少酬其殉国报夫之志于万一。李事无成，非姬之意。即谓之卧子恢复明室之志，成于姬手，无不可也。此下数语，直是为轻小节而雪大耻者说法。乃表面上看去，乃只如一今日开通有眼力自由择配之女子一样口吻，吾不知作者当日何以有此等眼光。而又视舍名誉、生命而专身殉国家之女子，如西史所传革命暗杀女杰，乃一例作为正当办法，而奉以奇女子之徽号也。谁谓吾汉族文豪，无有思想大家者？海禁未开以前，此等学说，当如鸿宝视之矣。"一定是宝玉一段"，更有深意。某姬心目中，因自有其宝玉在。明室中兴之主，实随卧子之英魄毅魂以俱留。顺治何人？乃亦假侪于天位天章之列！姬之所痛心疾首而恨血化碧千年不灭者，作者乃特于蛮族专制积威之下，借"除了你家"四字，以伸其胸中万不得吐之痛。笔墨之妙，可以生死人而肉白骨，惊天地而泣风雨矣。且此姬配卧子为宜，成栋是何人物，而足以辱此？明提宝玉，著此姬同于卧子复明之心也。下文"冷眼看宝玉"一段文字，著顺治与诸王渔色之情形，为南方佳丽所窥破，知其"专在女孩儿跟前用心"足以亡国，而成栋辈亦然，姬之所欲乘隙而达其阴谋秘计之手段者也。玄之又玄，实得其真象焉，此为天地间之怪文字。

《觚賸》载有人题虎丘诗曰："入洛纷纭意太浓，莼鲈此日又相逢。黑头早已羞江总，青史何曾借蔡邕。昔去尚宽沉白马，今来应悔卖卢龙。可怜折尽章台柳，日暮东风怨阿侬。"疑卧子作，此段骂词近之。夫作者断无以卧子一辈人入书之法，今假其姬人之口以出之。"金玉一般的人，岂容现世宝污去"，卧子之惊才绝艳，大节精忠，其姬人固当闻而兴起矣。于无字句中表出卧子，亦是一义。

《红楼梦》释真

《红楼》里面，固不可以寻常之眼光视之。但以表面而论，则三姐之自由，写成一奇女子；司棋之私情，亦写成一奇女子；黛玉几成一个发情止义之孤女；而探春、湘云、宝钗，极写其才，破尽前人窠臼。阅者合里面而深观之，则知褒贬严于斧钺，而持论不差累黍矣。

第六十六回　情小妹耻情归地府
　　　　　　　冷二郎一冷入空门

　　"薛蟠平安州遇盗"一段文字，为三桂叙州之败写也。《三桂传》称于顺治三年入觐。五年，由绵州移镇汉中。六年，与都统李国翰败贼于阶州，剿宜君、同官、蒲城、宜川、安塞、清涧、定边、榆林府，各贼次第平。八年八月入觐，赐金册金印，敕偕国翰征四川流贼。张献忠之灭也，余党孙可望、李定国、白文选遁川南，因明桂王朱由榔称帝于粤，降附之，并窃王号，拥骁健，扰川北。九年，三桂分兵复成都、嘉定、叙州、重庆，就食绵州，驻师未几，可望纠猓猡众五万围保宁。巡按御史郝浴告急，三桂移兵击走之，奉诏颁赉将士，私以冠服与浴。浴不受，劾徙三桂拥兵观望状。三桂摘疏中亲冒矢石语，劾浴欺罔冒功。浴坐谪徙。三桂叙功，岁增俸千两，子应熊尚主，为和硕额驸，授爵三等子，寻加少保，兼太子太保。又《圣武记》，引《四王传》曰：三桂既退刘文秀于保宁，不敢追，曰："生平未见如此恶贼，特差一著耳。令如复臣言，吾军休矣。"初，文秀败三桂于叙州，围之数重，乘胜长驱时，王复臣谏曰："三桂劲敌，吾军骄矣。以骄军当劲敌，惧败。请毋围城，以分兵势，但严阵城外，而出奇兵断其饷道，军自溃。"文秀不听，遂败，复臣战死。又《郝浴传》，顺治六年进士，洊授四川巡按，在保宁监临乡试，文秀等围保宁，遣使告急。逾月，三桂乃发援兵，危城得全。梅村诗中，极言其功，而阴诋三桂。冠服之遗，本意固欲笼络。观望之劾，两人本不相入。亲冒矢石，大约必系实录，而篇中亦写得与三桂合。不言流徙者，恶其以明人而忠清，且终复职实显也。此战关于明清之兴亡者颇重，得四川而诛三桂，则桂王有复兴之机。关于清廷与僭周者亦颇重，因兵败而取消其大权，则云南不必有撤藩之变，作者故特纪之。而写贾琏之出远差，与薛蟠遇。言亲贵之共庇三桂也。（案豫王远差，恐南下不止一次）湘莲立架本指成栋，李岩、郝浴，皆系带写，不必太拘。

曹氏之尤三姐，何所指乎？即世传吕留良之孙女，行刺雍正者也。此事最为隐曲难明，更多忌讳不好着笔之处，万不得已，而以光怪陆离避就闪灼之法出之，作者之用心苦矣。《聊斋·侠女》一则，即纪此事。笔力之断制森严，差堪匹敌。然其嬉笑怒骂，歌哭无端之情状，则此篇尤令人移情焉。《聊斋》开首之"艳如桃李，冷若冰霜，奇人也"，十一字之传赞，即此篇三姐之言谈性情。又曰："此女求之不可，而顾乃私于吾儿"，是即此篇三姐自愿守嫁湘莲之代名词。"区区此心，不堪掬视老母"，此即三姐被疑自刎之结果。狐婢被杀一段，胡者，狐也，雍正被刺也，是不可犯，而卒为所杀。相传吕氏实以色进，留仙先生不忍污之，故作此狡狯云耳。狐而为生之娈童，此自先生快心报复之辞，不足以为定义。不嫁某生而生子，恐亦托词。吕氏为晚村之孙女，门生党羽遍天下，近人《聊斋发微》，谓其胸中当日自有欲嫁之人，或即为八侠之一。而为生生子，只为报恩，此语未免少滞。鄙人谓吕氏既与诸侠处，则嫁之亦属常事。且安知非其父在时，已有成约？惟以女子而只身江湖，阑入宫禁，牺牲名誉，原所不惜。自寻常之眼光视之，其夫岂能忍受？而迫于党议，制于女侠，牵属于国家种族之大义，亦爱惜之而无可如何。谓男侠即甘心以其妻为饵，而漠然决无所动于中者，非人情也。生子而弃其所天，又决其夫之必夭，此语颇耐人寻味。诸侠为种族计，为国家计，则夫妇之伦，是当为第一义所屈。弃之云者，有屈之使不得不弃者也。夭之云者，日居危险之界，有迫之使不得不夭者也。生夭子贵，非先生快心之词，乃先生无聊之论。谓之为借避忌讳，固无不可。惟以作者之意度之，则当时固有祖父为侠党中人，而其后嗣子孙，竟有入臣于清廷而致位大吏者。方观承、方维甸之父子总督，固两先生之所鄙薄而不齿，盖以是为玷辱其祖宗也。侠女所生之子，或亦其类，而先生乃即此以发其伤心之论耶？孝母为《侠女》一篇之骨，更当着眼。晚村为种族大家，鄙人曾见其《天盖楼语录》，并《四书注》，而《大义觉迷录》所载，曾静诸学说，亦皆其绪余，非特排斥清廷，并排斥从来君主，而有以孔子为教皇之意，在彼时固可谓特出矣。曾静之祸遂至发墓戮尸，家族之得全，不知若何困难。孝字着骨，虽兼有种族之痛，而其家世之艰难困苦，固已想见。晚村心在明室，而表面上犹为清代之秀才。其子吕葆中，曾列鼎甲，仕清华，子孙亦多列胶庠。葆中又于康熙年间，因一念和尚谋叛之案连及，忧惧以死。雍正谕中，谓吕葆中之兄弟子孙，遇如此之惊危险祸，且荷蒙圣祖皇帝如此之高厚洪恩，自当感激悔悟，共思掩覆前非，以为幸逃诛殛之计。岂料冥顽悍鸷，习与性成，仍复抱守遗编，深藏箧笥。此固吕留良以逆乱为其家传，故吕葆中逆竖，罔知警惕。此即《聊斋》生夭子贵之义，亦即此书随娘子之意。盖既生于清代，即不得不为清代之人，君臣之迂说，普天之下，莫非王臣，率土之滨，莫非王土，虽明知为随娘子，亦恶得而逃之！况其已入仕途而为之臣者耶！然汉人本为汉族，而清廷又不视之以平等之例，种族文野同化不同化之大防与其精义，则断非君臣之学说所能拘。随娘子本非天属，岂可以受虐于外人以自甘？谓他人父，已经不可；认贼作父，何以自解于天经地义焉！革党人仕，只可以谓之阴谋手段，而不可以谓之甘心屈节。但此意果能勿忘，事实具在，则固不当过用其责备，两书或亦兼有此意存乎？隋文帝之篡周，船山与之，幸其光复旧物，而决不肯于拘拘君臣之义。而今之革命光复，并超出于君臣旧说之范围，而归纳于种界同化五族共和之民权主义者，更不可以此论矣。夫吕氏以一孤弱穷愁之女子，怀抱其国仇家仇之苦衷，身当巨任，致不惜其牺牲名誉生命以为之殉，而必求剚刃于宫禁森严至尊无上之仇人之胸，此其气魄当何如其大！求之西史，亦不多得。卧子姬人，其能力固不满此篇之量，而犹有善善从长之义存。若吕氏者，则直与日月经天，江河行地。万世独夫，皆于此一击而褫其魄，荆轲、高渐离、张良之所以不能遂，邓牧心、郑所南、施耐庵、黄梨洲、王船山、顾亭林之所不能为，曹、蒲两先生之所为奋，其文字用全力而必欲于文网最密时代，设心于幽奇险怪之境，而为之传其梗概者也，小说云乎哉！鄙人非以《红楼》《聊斋》注近人载记，乃近人为两书注者，自不已于人心，而故老流传，实两书之力为多，故并及之。

第六十七回　见土仪颦卿思故里
　　　　　　闻秘事凤姐讯家童

　　薛蟠而与湘莲忤，三桂先降，成栋其敌也。薛蟠而与湘莲合，成栋后降，三桂其友也。湘莲既善于薛蟠，而又加之以宝玉，心中有三桂之强，而遂视顺治为其主，三姐乌得不死？"东府只有石狮子是干净的"，湘莲固明知之。即某姬之本为妓女，而事卧子，复从成栋，成栋亦明知之。豫王与顺治搜索秦淮之名妓，成栋亦明知之。一语面八面玲珑。成栋与总督佟养甲兵定广东，以部众争功，渐生隙。至是因养甲奉诏总督两广，而己仅得提督虚衔，疑养甲有意抑之，遂怀叛志，或亦有不保其妻子之惧乎？"连我也未必干净了"，三姐之死，成栋之反，俱决矣。

　　"薛蟠而有虎丘泥捏之小像"，三桂南方要人，使之自鉴，愧之也，亦泥土视之也。"由虎丘带来土物"，出师之俘获也，"分送各人"，敬上之贡也。"宝钗别的都不理论"，旗人固习惯见此贡物也。"见小像便笑"，喜三桂之降，而重之轻之之意兼与焉。虽然，共何堪使董妃见之哉！董妃南人，习闻冒氏之绪论，国破家亡，身为奴虏，宫庭排挤，日夜疚心，安得不思旧事？

　　"人之见土仪而思故里者"，其亦必有由来矣。或思其亲，或思其夫，举皆有其不得不思之故。人莫不有其父母，父母而存顺殁宁也，虽为孝子，其情亦不得不移于继志续事之大节，而断不以日夜思慕者，为愚孝之所为。即或富贵与贫贱，其父母各有大大不得已之情形，与其生养死葬之遗憾，亦未必不日久淡忘，而不必以此忘守身为大之义。书中之黛玉，一为董妃，一为富察后。一则出身卑贱，其父母本不足言。一则出身世族，其父母亦待之不厚。为其以此为意中之所不忘，亦合乎天理，而人情大抵不如是也。意者其思故夫乎？董妃之对于冒氏，实有其缠绵固结不能自已之情。妃之相从，实亦自鸣得意；冒之待妃，亦非泛泛可比。一旦情种分离，入藩笼而阻侯门，诸妃争宠，君恩难恃，谗间多口，日履危机，有触即发，乌得不动其旧日快愉之感想？富察后之对于乾隆，君恩固已断绝，然而后之与帝，非寻常夫妇比，国祚之修短，门户之荣落，皆有情之所不能自禁者。望君之悔悟复收，望君之修德自警，皆惟为尼以后所必有之心事，而不可以告诸人者。怨怼与希望之两途，徘徊于胸中而不能自解，则一见故土物事，回思当日之玉食万方，情何以堪？忍哉乾隆！仓卒而废无罪之后，旁观犹且为之不平，即当局亦未尝不为之悔，废后之身受其祸当复何如！且即以为后时代言之，天子失德，贡物岂忍迫视？南巡之侈，尤所痛心。故夫母家族党之观念，在董妃与富察后固亦有之。然或因故夫之恨，感触而起，并非其思想专注之所存，即不得不为其文章主旨之所在。不入耳之言，来相劝勉，在董妃则所谓"异方之乐，只令人悲"者也。在富察后则所谓"非法之贡献，有损君德"者也。平民夫妇，有胸中欲言而不得尽言之隐痛者，虽其相千方百计劝解，而终无解于其心病，往往至于参商，至于死亡。而况董氏与富察后之身世，其所处固在特别地位者乎？灵皋就狱，职纳橐饘者何人？代通音问者何人？迫死重囚，辗转于刀锯桁杨狱吏监犯之手，求生而不可得，求死而又不能，苟有如土物之足以感触者，自不能已于国家种族之观念。而作者亦人同此心，心同此理焉，其旨微矣。宝钗之赠，与其劝解，用心尤为可恶。盖在董妃则为借南方之产，讥之以汉奴；在富察后则为借贡献之丰，逢君而间后也。

二姐之事，将发以前，而特写"宝钗赠黛玉南方土物"一段文字；又继之以"莺儿走近前来一步，挨着宝钗，悄悄的说道：二奶奶一脸的怒气"；又写"袭人记念凤姐，与凤姐平儿说话"一段文字，盖宝钗、袭人欲死黛玉，与凤姐之欲死二姐，同一用意。又以见三人交情之密，若有意，若无意焉。"中间果子先尝"，亦是微文，即初试云雨情一篇之影子。仅云急咏缓受，见文章之面，不见文章之心矣。"莺儿悄悄的问着小红"，是何说也？莺儿指吴良辅，内监之有权力者也。小红指洪承畴，汉大臣之有权力者也。文程对于夺妻之事，心中虽极不平，面诉却多不便。清廷此等劫夺之事，本已数见不鲜。而以奴敌主，尚难直言；大臣地位，启口又有愧心。虽云诉诸睿王，未必不因旁人转达。转达之人，惟吴良辅与洪承畴最为相宜。而承畴为文程所引用，尤为便利。此处提出小红，用意明显。然作者因其为汉大臣，而以此事调侃之，固亦不必呆看。

《外纪》谓此事诉之睿王，而豫王被责。此篇乃独写发之于凤姐者，何也？谓之曰传闻异辞，鄙人恐遭反诘。盖其事自睿王发之，而如此了结，则豫王之罪较轻，而刘婿之罪不显。且作者必欲污其人而以致死终之者，适用《春秋》诛意之法。谓其清廷之主若奴王若妃，皆当必至于是，而绝不肯为之稍留余地者。文程妻之免于此祸，幸也，非宜也。且妇人之妒，原属恒情，改节之淫妇工妒，更为常例。原文谓豫王曰："容汝一宵思索，明日来邸定行止"，岂不能如正德时之小臣效颦君王窃姬之为？而顾以赫赫名王，差一急着者，亦恐其内部之有变局而已。次日谒王，虽云"福晋因左右供御鲜称意，汝妻明慧，欲使之供役邸中"，然不过以此为辞。以人情测之，未必先令刘婿知也。刘婿既挟太后之宠，而此事又本为豫王大无道之事，名正言顺之便于用妒者，岂能不持其柄？下文引入园中，而贾母、王夫人不喜，则诉睿王而罪豫王之事，实亦存之。且此事系何等罪过，失人心者，当不止汉人一部分。薄责了事，刘姡或亦与有力焉；虽恨豫王，不能不为之补救，然豫王固已甚畏之矣。此事是人家闺阁中必有之作法。王府威严，王妃或有不敢。而刘姡之才，则断不能为威焰所屈，而其势力又足以相抗。且其人生平行事，手段恶辣，又加之以此等罪名而不可得辞者，豫王夫妇，当日一淫杀，一淫妒，此等事何一不可为！作者非头巾气之村学究，何必对于罪大恶极之蛮人，稍存忠厚耶？至于秘讯之结果，几几乎刘姡有私通家奴之嫌疑。盖眷属而至于招权纳贿，不得不用私人。官场中以之戴绿头巾者，史不胜书，况在官眷而又为失节之嫠乎？"出去了又叫他转来，凤姐把眼直瞪瞪的瞧了两三句话的工夫，才说道好旺儿，很好，去罢，"笔底下若有鬼神，几成疑狱矣。

第六十八回　苦尤娘赚入大观园　酸凤姐大闹宁国府

　　污文程妻，死文程妻，为作者感情之作用，既如前论，则此回之赚，与下回之逼，皆闺阁中人善妒者一定之理，固不必深求。惟必写一谋杀张华者，则以此事在豫王心目中，必恨文程。即刘娥为体面上计，为妒情上计，彼固不恨其夫之渔色无忌，而转恨文程之命妻出拜，冶容诲淫；又兼恐三世老奴之饶有权力，足以为吾害也，则欲杀之心，固当勃勃不可遏。若无足轻重之人，则豫王夫妇，其亦姑置之焉耳。董妃入宫，何必杀冒氏而后已哉？豫王之力之不能杀文程，以有睿王在。而后来豫王身后之罪，文程实与有力焉，下文附见之矣。顾因此事之牵连，业已死一重要之人，故此篇所书之死二姐、死张华者，其情理固当如是也。欲知死者之为何如人，则当先考文程妻之为谁氏女，试缕晰言之。

　　《范文程传》称文程为明诸生，天命三年、杖策谒清太祖于抚顺，直文馆，参预帷幄。天聪三年，解大安围，克遵化；五年招降大凌河城；六年，陈进取秘计；七年，援明将孔有德来归，皆公策也。资望之深，归清之早，与佟养性家同时。前乎此而为有名之降将者，惟李永芳一人。永芳归清，前文程数年，以天聪八年卒，或其女为范继妻耶？然无可征信，此说不足取也。

　　夫以大学士之妻，而成婚又重以太宗之命，则其人之身分地位。必与文程相当，永芳尚觉无此资格也。许旭《闽中纪略》云：范、耿至亲。先是耿王之祖（仲明），归顺辽左，以至受封为王，俱范文肃公文程力也。时文肃为内院枋国，与耿交谊最厚，誓为婚姻。迄今袭王已第三辈矣（精忠），而今制府乃文肃之子（承谟），其侄又耿王之妹婿云云。以行辈论之，则范妻当为仲明之妹，言女者误也。当日招徕孔、耿时，自当以如此办法，收拾其心，故重之以皇帝之命焉。仲明于七年四月，随孔有德降清，则其妹嫁范，当在七八年间。至于顺治，盖十年以外，年亦三十，当不减豫王之得刘嬷，亦在徐娘半老之日。岂真美人之惑人，固不必其年甚少耶？呜呼，宰相之妻，名王之妹，而事竟至此，吾汉族尚何颜立于清廷乎？仲明首先叛明，汉族之罪人，而清廷之功臣也。非有大故，当如何隆重之？今乃几不保其妹，而又以其妹之故，不得其死。故死之云者，死仲明也。死仲明而以其妹当之，乃即以为贰臣之代表，其意最明。考《仲明传》，天聪七年四月，给田宅于辽阳，当是与范氏誓为婚姻之始。是时召见宴劳，授总兵官。八年秋，从征明，由大同入边，至代州，屡败敌兵，常随孔有德。崇德元年四月，封怀顺王。十一月，从征朝鲜，败其援兵。二年，攻克皮岛。三年，克锦州城、西台、戚家、石家诸堡，又招降大福堡，赐所获人户牲畜。从太宗攻松山、杏山、塔山、皆有功。并从诸王贝勒攻锦州、宁远。八年九月，随郑亲王济尔哈朗征明，取中后所，前屯卫。顺治元年四月，随睿亲王入山海关，败李自成，追剿至望都。十月，上御皇极门宴赉之，寻随豫亲王由河南征陕西。二年，破自成于潼关，进取西安，移师征江南，凯旋，赉貂裘、蟒服、良马、黄金百两、白金万两，还镇辽阳。三年，同孔有德征湖南，既至长沙，分兵击败明桂王总兵杨国栋于中皮滩，合攻衡州、祁阳及武冈，皆克之，擒其总兵郭肇基，五年，振旅还京，赉黑狐、紫貂、冠服、彩帛、鞍马、黄金二百两、白金五千两。六年五月，赐金册金印，封靖南王，命同平南王尚可喜率兵三万征广西，携家以随。仲明既行，其部下陈绍宗、参领刘养正、佐领张起凤、魏国贤，收留隐匿逃人。事觉，谕仲明曰：陈绍宗、刘养正、张起凤、魏国贤，虽有航海来归之功，今隐匿逃人，是犯不赦之条矣。曩遣王南征，以为腹心可寄，必利益国家，何乃纵属诱掠？实出意外。其携去随征者甚众，即严察械归，毋隐。仲明奉谕，寻察出三百余人械归，上疏引罪。法司议仲明应削王爵，罚白金五千两。命从宽免削爵。仲明未及闻命，十一月次吉安，自缢死。七年，礼部议遣官致祭，睿王谓其非令终，不当予祭，王爵亦不当袭。八年，上亲政，乃以其子继茂袭王爵，别有传。盖睿王一党之亲贵，实交轧之。而部下之罪名，竟累及于其长官以死，又非不遵朝命者比。清初之待遇汉军功臣，其亦太凉薄矣。

“大闹宁国府一场”，亦是闺阁中悍妒者一定之作法。然其写刘媪与尤氏，旋好旋歹，而独重责贾珍者，所以著豫王夫妇，实为孝庄与睿王之党，而肃妃固有染于睿王者也。其写凤姐与贾蓉一段者，亦为上烝描写以照应前文耳。然作者则直假凤姐之口，以痛骂豫王，何其酷欤！“国孝一层罪，家孝一层罪，背著父母私娶一层罪，停妻再娶一层罪”，正大堂皇，鸣鼓而攻。乃又出之于刘媪口中，责人则明，责己则暗，不知尚念及触柱求死，缟衣练裙而出时否也？“拚着一身剐，敢把皇帝拉下马”，何得明快。亲王之威力，有时而不行，满礼不告，又奚俟焉？睿王一诉，韩信、张良，乃在彼一方面，佐命之三世元勋，能不羞死？豫王见色迷心，而忘乎范、耿之兵力，与汉族降将之有所不服，睿王从旁面观之，自当明了。

中间著一秋桐，既为贰臣写照，则对于汉人，可以汉军例之；对于汉军，可以蒙古例之，笔锋固当如是。然秋桐固亦有所指矣。于何知之？于贾赦所赐知之。考《东华录》，顺治十二年三月，议彭长庚、许尔安罪，谕中有所言肃王妃渎乱一事，愆尤莫掩，然功多罪少，应存议亲议故之条。睿王将肃王无故戕害，收其一妃，又将一妃私与其伊兄英王，此罪尚云轻小，何罪为大？睿王议亲是矣，肃王又皇上何人？独非亲乎？明欲变乱国法，巧为引议耳。上文说"大老爷那样利害，琏二叔还和那小姨娘不干净"，意自可会。又有所言奸人煽惑，离间骨肉，如郡王阿达礼、贝子硕托、私谋拥戴睿王，乃执持大义，立置典刑。查阿达礼、硕托之伏法，原非出于睿王之忠诚。当皇上御极，远迩归心，诸王贝勒大臣，对天盟誓，各矢报效。不意阿达礼、硕托不轨，谋于礼亲王。礼亲王差谕睿王，言词迫切，睿王惧罪及己，是以出首等语。（案硕托为礼王子、未必有此，如果属实，则礼王更何所取？）又有睿王死后，伊宠妃吴尔库尼将黄袍交与詹代，密属送至枢内，詹代等首告等语，（案此宠妃或指赵姨娘）并附及之。

第六十九回　弄小巧用借剑杀人 觉大限吞生金自逝

　　曹氏对于尤二姐之感想，何所指乎？盖为柴大纪诉冤也。以福康安当凤姐，是其本旨。以李侍尧当秋桐，汉军也。以柴大纪当尤二姐，汉人也。福康安之横，李侍尧之贪，大纪以一崛起无援之武臣，孤立其间，其所处之地位，实与尤二姐等。且亲贵统师，汉臣终不能以才独见，盖其忌之也深矣。仲明之死，厄于亲贵，内犯元勋，尚不自保，而大纪更何足云？然开国犹未大定，尚不敢公然颂言杀之也。自缢而死，安知非逼迫行之？若大纪则有功足录，而罪无可加，区区体制之末节，曾何足以责勋臣？亘古奇冤，允宜当之。考《圣武记》，载乾隆五十一年，十一月二十七日，林爽文陷彰化。十二月六日，陷诸罗，庄大田亦陷凤山。大纪守府城，掘濠树木。贼分路来犯，大纪御诸盐埕桥，杀贼千计。桥距府城五十里，扼水陆交，大纪自守之，贼始不敢窥府城。明年正月，水师提督海澄公黄仕简，陆路提督任承恩，率师渡海。仕简檄大纪取诸罗，连战破贼，复其城。两提督观望不进。上命总督常青为将军，往督师，以李侍尧署浙闽总督，复调广东兵四千，浙江兵三千，驻防满兵千，江南总督蓝元枚移赴军，与福州将军恒瑞均为参赞，分赴府城鹿港，逮承恩。（案仕简、承恩皆拟斩，一以海澄公黄梧之子孙免，一以任举之子免，大纪之功，何以不及身而宥之？）元枚病卒，常青、恒瑞败自守。

大田攻府城，爽文攻诸罗。诸罗据南北之中，大纪守之，屏蔽府城。爽文力争，昼夜环攻，并谋断饷道。大纪分兵击夺之，决其堰洞，破其炮车，以守城兵四千，抗贼数万，先后百余战，杀贼过万，屡擒伪降谋内应之奸细，又因粮于贼，屡出奇兵，夺其峙积。诏以大纪兵法严明，载入行军纪律，为各省法，授参赞大臣。围日密，城中以地瓜、野菜充食。诸军不救，恒瑞请兵六万。诏解常青、恒瑞任，以福康安、海兰察代之，命大纪捍卫兵民出城，再图进取。大纪奏言："诸罗为府城北障，诸罗失败尾而至府城，府城亦危。且半载以来，深濠增垒，守御甚固，一朝弃去，克复甚难。而城厢内外，义民不下四万，实不忍委之于贼，惟有竭力固守以待救援。"上览奏，堕泪。诏曰："柴大纪当粮尽势急之时，惟以国事民生为重，虽古名将，何以加兹？其改诸罗县为嘉义县，封大纪义勇伯，世袭罔替。并令浙江巡抚，以万金赏其家，俟大兵克复，与福康安同来瞻觐。"（案仕简檄大纪取诸罗，而后无援兵，乾隆前言不符后语，即赚入大观园情事）福康安途中闻贼势盛，亦奏请增兵而后进，上严饬之，乃渡海。海兰察率师力战，擒爽文、大田，台湾平。（案此役海兰察颇有功，然非大纪则全台久失，海道中梗，何以成功？且爽文亦久战兵疲矣，福康安何功，而受贝子郡王之赏耶？）福康安劾大纪前后奏报不实，上以大纪固守孤城，逾半载，非得其兵民死力，岂能不陷？若谓诡谲取巧，则当时何不遵旨出城？其言粮食垂尽，原以速外援。若不危急其词，岂不益缓援兵？大纪屡蒙褒奖，或稍涉自满，于福康安前礼节不谨，致为所憎，遂直揭其短，殊非大臣休容之度。又福康安抵诸罗后，凡有攻剿，皆不派柴大纪、蔡攀龙，而于拥兵不救之恒瑞，（此即丫头善儿之流）非惟不劾，且屡叙其战功，曲为庇护。恒瑞本应军前正法，恐骇听闻，其速交刑部治罪，寻遣戍伊犁。（死不蔽辜）会侍郎德成自浙江归，上以福康安所劾大纪事询之，德成因奏柴大纪在任贪黩，令兵私回内地贸易，及贼起仓卒，不早扑灭以致猖獗。又逮问提督任承恩，供亦同，命李侍尧、福康安查奏。五十三年正月，诏曰："柴大纪前此久困围城，不肯退兵，奏至时朕披阅堕泪，即在廷诸臣，凡有人心者，无不叹其义勇。用人者当录其大功，而宥其小眚，岂能据福康安虚词一劾，遽治以无名之罪？前询李侍尧之旨，至今尚未覆奏。殆亦难于措辞耶？"寻侍尧奏至，略如福康安指。福康安奏言："大纪盐埕桥之战，尚为出力；守御诸罗，亦有微劳。惟以专阃大员，既不能整饬于平日，又不能扑灭于临时，（总督提督所司何事？）皆纪律不明所致，请即解京正法。"七月，大纪逮至京。命军机大臣会同大学士九卿覆讯，大纪再三称冤。上廷讯，大纪始引咎，仍微诉其枉。诏曰："福康安等拟大纪斩决，朕念其守城微劳，原欲从宽末减，改为监候。乃展转狡辩取死，岂可复从宽典？其即依所拟正法。"盖柴大纪不死，福康安不为全功。参赞伯爵，不执橐鞬之仪，犹非事实。而功臣负气，得人死力，英主所忌，故因而搆之。张广泗之死，死于傅恒与讷亲，与此情形差似，然金川之役，尚未有功，不足以为完全之代表。无怪乎洪、杨之檄，首必及之。而近日革命光复之鼓吹时代，及传檄时代，皆取其事而大声疾呼以告我汉人，盖不平之尤者也。

又考《啸亭杂录》，载李昭信相国侍尧，为忠襄永芳四世孙，（献抚顺之降将，入汉军旗）少以世荫膺宿卫。纯皇帝见之曰："此天下奇才也！"（好一个贪酷的东西！）立授满洲副都统。部臣以违例尼之，上曰："李永芳孙安可与他汉军比也？"（尚不够满洲程度，勉强）后任广东将军，即转两粤制府，先后凡二十余年。公短小精敏，机警过人，凡案籍经目，终身不忘。其下属谒见，数语即知其才干。拥椅高坐，谈其邑之肥瘠利害，动中窾要。（我不相信越好越坏）州县有阴事者，公即缕缕道之，如目睹其事者，（蛇钻的窟窿蛇知道，要钱好手）故謦欬之下，人皆悚栗。然性骄奢贪黩，竭民膏脂，又善纳贡献，物皆精巧，是以天下封疆大吏，从风而靡。（《南巡秘记》所载，于此益信）任云贵总督，以受纳下属贿赂故下狱。廷议大辟，上终怜其才，故缓其狱。（护短，贡献之力）复任陕甘、两湖、浙闽诸制府。（案陕甘任内以办回匪不善，为福康安所劾，再谕死，改监候，历两年出狱，再见用。福康安所至，必凌其大吏，浙闽任内以惊弓之鸟，自当奉承，而贪黩仍如故。或者大纪无钱，故不附合福康安耶？借剑杀人，此为明征）其督闽时，值台湾之变，上以常青非将材，恐不能守台郡，令其全师以归。待福文襄至，再筹进取。（何消他来，一大纪足以了之）公以台为岩邑，一旦失守，非十万兵不能取，恐有失机宜，因将谕节去数语，录寄常青，然后具疏请罪。（我不相信大纪何以得有出城之旨，大纪不退，与侍尧等何干？乾隆此时几几不要台湾矣。大纪之力，乌可没乎？）上大悦，以为处置得宜，有古大臣风度，赐双眼孔雀翎，褒谕奖之。（秋桐是贾赦所赐，该狠）其处大事，明决若此，亦未可徒责以素丝之节也。（胡说！）

第七十回　林黛玉重建桃花社
　　　　　　史湘云偶填柳絮词

　　此回《桃花》诗、《柳絮》词，与前文之《菊花》《白海棠》同意而差别。桃花、柳絮，皆为轻薄之物。然桃花红而柳絮白，朱明与长白之辨，汉满之界说也，故钗、黛分焉。四贞界于满汉之间，而偏属意于满，故《柳絮》词实始基之，著之于《桃花行》之后，由汉入满之影子也。桃花开时犹令人爱，落时亦令人惜。柳絮则花事阑珊，感慨系之而已。宝钗偏是说他好，亦是微词。闺人不当以桃花自况，而董妃身分，固宜如是，况非他人可假。富察后之地位行事，绝不相类，惟因劝狎妓一事，与济南妓一事，皆可以从对面着想，不必即指其本身，是亦文法取巧之一端也。宝钗《柳絮》之辞，鄙人对于王沈评略有疑义，试详陈之。"白玉堂前春解舞，东风卷得均匀"，以不妒为后妃之德，解得近似，然继后此时，犹女儿身分也，那拉后则一宫嫔耳，以此语而出诸女与宫嫔之口中，实形其丑秽。"蜂围蝶阵乱纷纷，几曾随逝水，岂必委芳尘"，恰合女与宫嫔争为后位之象。"万缕千丝终不改，任他随聚随分，韶华休笑本无根。"有后也而谋代为后，可谓无根。不改者，怙恶不悛之谓。随聚随分，继后之寡，那拉之废，决于此矣。"好风凭借力，送我上青云，"被选正位，自是正解。而旧说以青云为神仙，影射出家，其说亦当兼取。诗词中一笔作几笔用者甚多，只能求其合拍，不能举一废百也。

《红楼梦》释真

宝琴之《西江月》，感慨故国。曰"汉苑"，曰"隋堤"，已凄凉不可卒读。"三春事业付东风"，叹前三藩之事已颓败也。"梅花一梦，"其梅村悔过之词乎？"几处""谁家"两句，借众人口中点醒，何等超脱！上一句"落红"，朱明亡也；下一句"香雪"，长白兴也。"江南江北一般同"，清人一统也。"偏是离人恨重，"遗民有同心焉。梅村不得已而应征以出，既出复悔恨而反初服。"偏是"二字，殆有特别之感情焉。

痛矣哉！灵皋之奉召入南书房，开笔即命撰《湖南洞苗归化文》也。夫以种族之真谛言之，则优等民族，对于劣等民族，只当有同化之心，而不可待之以不平等之意。今日列强之所行，排斥外人，实大背于人道主义。若以种族家之遭遇及其感情言之，则彼劣等民族，转以其野蛮之力，压我优等民族，而反谓之归化，而且视之与劣等民族之归化文明等，苟有人心，夫亦孰得而忍之！承畴之降清，太宗令其读《朝鲜纪恩碑》，并故意令之解讲，身受者已难乎为情。然朝鲜民族，本出自汉族之裔，而中间亦杂有满人血统，文明程度彼时实较满族为优，而远非苗族之所能及。今清廷乃竟视灵皋之匍匐求生，等于洞苗之归化乎？灵皋非无种族思想者，持笔之际，大惭大好，小惭小好，清夜自思，宁不愧汗交集？吾不知同时被祸之诸君，其对此当何如指摘也。顺民乎？流娼乎？此其性质，入于种族家之眼中，自当以桃花与柳絮比之。综记灵皋生平，其在野读书闻道之日，固俨然吾汉族之贞女节烈妇也；其入仕清廷序集《南山》之日，犹未尝不可以为降志辱身冀全大事之名娼奇优也。一篇《洞苗归化文》，便为绝对的顺民，种族家便从而拟之以流娼。横蛮压力之下，虽中材以上，尚难自全，然后知明季之忠烈遗老，经百死，冒刃锯、锋镝、饥寒、流离而不悔，其宝贵实惟吾汉族一线生机。而晚村以及灵皋同案诸君之犹留影响于今日，以成此革命光复五族共和之结果者，固莫非吾先哲绞脑筋、呕心血之所赐也。《大义觉迷录》所载曾静供词，殊类于是，然恐是雍正令廷臣自为之，不可信。

鄙矣哉！王鸿绪之诮明珠而附允禩也。郭琇之疏，已经不可卒读。《明史》之窃，举世惊为博雅，（下文凹晶馆说宝姐姐记得多，即是此义）实则一钻营无耻、奸诈极恶之小人也。明珠既败，尚复靦颜朝端，其所以植立不动者，大约交结权贵。私通宫禁之力为多。作者虽为宝钗本指顺治继后、与乾隆那拉后，不得不用一人焉以混之，然而书中宝钗之为人，心深而貌谨，非奸慝不足以满其量。再四思维，乃取鸿绪以当之，亦史法也。鸿绪之名近于薛之为雪，尤近于雪之为柳絮。顾名思义，允为的当。考《东华录》康熙四十八年丙戌，上召满汉文武诸大臣，齐集畅春园，命先到之内大臣都统护军统领入见，面谕曰：朕躬近来虽照常安适，但渐觉虚弱。人生难料，付托无人，倘有不虞，朕此基业，非朕所建立，关系甚大。因踌躇无代朕理之人，遂致心气不宁，精神恍惚。国家鸿业，皆祖宗所贻，前者朕亦曾言务令安如磐石，皇太子所关甚大。尔等皆朕所信任，淊擢大臣，行阵之间，尔等尚能效命，今欲为朕效命，此其事也。达尔汉亲王额驸班第，虽蒙古人，其心诚实。新满洲娄征额，侍朕三十余年，其心亦诚实。令伊等与满汉大臣会议，（此中已自分种族）于诸阿哥中，举奏一人。大阿哥所行甚谬，虐戾不堪，此外于诸阿哥中，众议谁属，朕即从之。若议时互相瞻顾，别有探听，俱属不可。尔等会同大学士部院大臣详议具奏，著汉大臣尽所欲言。继又谕令勿使马齐知之。于是达尔汉亲王，及文武大臣分班列坐，满汉诸大臣曰：此事关系甚大，非人臣所当言，我等如何可以推举？内大臣阿灵阿等曰：顷者面奉谕旨，务令举出，毋得渎奏。阿灵阿、鄂伦岱、揆叙、王鸿绪遂私相计议，与诸大臣暗通消息，书八阿哥三字于纸，交内侍梁九功、李玉转奏。顷之梁九功、李玉出,传谕有八阿哥未尝更事,近又罗罪,且其母家亦甚微贱,尔等其再思之等语。诸大臣奏曰:其事甚大,本非臣等所能定。诸皇子天姿俱聪明过人,臣等在外廷不能悉知。臣等所仰赖者,惟我皇上。皇上如何指授,臣等无不一意遵行。梁九功、李玉出传谕曰:尔等不必疑惧,此事甚大,非两内侍口传所能定。俟众论佥同,召入尔等觌面一言即可决也。尔等即各出所见各书一纸,尾署姓名,奏呈朕览,将裁定之。梁九功、李玉谕大学士李光地曰:前召尔入内,曾有陈奏,今日何无一言?李光地奏曰:前皇上问臣废皇太子病如何医治,方可痊好。臣曾奏言徐徐调治,天下之福。臣未尝以此告诸臣。梁九功、李玉又传令退,明日早来面有谕旨。又左祖廉王允祹,《啸亭杂录》亦详记之。则是当日汉大臣,只有鸿绪发言,与人谋篡。《柳絮》词"白玉堂前"二句,柱头虽倒,庇护仍多。"蜂围"五句,"笑骂由他笑骂,好官我自为之"。亲贵内监,任他如何,自能对付。"韶华休笑本无根,"在寻常为帝王将相本无种,在皇家为母贱可为太子二。"好风"二句,拥戴之意。下文结以放风筝,意亦兼此。而身败名裂随之,一切皆以宝钗为例。

第七十一回　嫌隙人有心生嫌隙
　　　　　　鸳鸯女无意遇鸳鸯

　　贾母生日，政老必回。而排日家宴，仍先赦老，夺睿王以弟不先兄之义，谓其越次摄政，多行不义，心目中无复有诸兄也。贾珍、贾琏同一日，肃王以侄先叔，而列为兄弟。肃为嫡支，豫乃旁支，构肃至死而乃为辅政。且当肃建功之日，豫尚无闻，故以肃对于豫，兼为礼王代表，于行列错杂之中，仍有不失后先本义。孝庄本属君母，故赦、政以小叔而例以子。惟敬不与焉者，礼王本非孝庄所得臣也。豫王以同母幼弟，而诏睿王，盖直以子侄蓄之。而视为私暱。五胡时代，常有此事，作者总以见其无人伦而已。

　　贾母以太后而称寿。万方贡献，固不足奇。其心目中之所当严事者，独有一中宫太后之孝端耳。钦赐之主名，惟孝端实尸之。谓为恭进者，似不合于体制。盖顺治初基，事实上之权力太后，属诸孝庄；而名义上之正嫡太后，孝庄固无如之何。书中言元妃者，对于贾母。无一不以孝端临之。孝端死而下嫁实行，孝端未死而私通已久，孝端固无力以制孝庄。而孝庄既专权自恣，私德复乖，对于中宫之礼节，又在初入中国，未闻礼教之时代，恐较诸慈禧之于慈安，犹有逊焉。作者故一方面写出一管事之太后，而其绝不管事者仍存其尊严正嫡之地位，置孝庄于勋戚老妇之列，并不认为满清之太后，且不认其为满清之妃嫔，而更用孝端之元妃以临之，夺之者严矣。元妃不言后，作者不欲认满清帝后之号也。

"仆妇得罪尤氏"一段，用意不仅如王沈评所言，盖为肃王得罪之委曲而发也。考《东华录》，顺治元年四月戊午朔，先是固山额真何洛会等，讦告肃亲王豪格，曾向何洛会及议政大臣扬善、甲喇章京伊成格罗硕曰：固山额真谭泰、护军统领图赖、启心郎索尼，向皆附我，今伊等乃率二旗附和和硕睿亲王。夫睿王素善病，岂能终摄政之事？能者彼既收用，则无能我当收之。扬善曰：此皆图赖诡计也，若得亲视其寸磔，死亦无憾。肃亲王曰：尔等受我之恩，当为我效力，可善伺其动静。扬善曰：我等务致之死，王岂不晏然处乎？伊成格亦以此对。肃亲王（赞成与反对者，无一不为陪房一类人物。"而打他个臭死，各门各户"的等语，尤为切合，其余当以意会）谓何洛会及固山额真俄莫克图曰：和硕睿亲王将五牛录人给与硕塞阿格，其意何居？洛会对曰：此正为国效力，以垂名于万世也。王不悦，遂怫然而起。又睿亲王以派令从征，谓何洛会、俄莫克图、扬善曰：我未经出痘，此番出征，令我同往，岂非特欲致我于死乎？我欲诣摄政二王言之。何洛会对曰：生死命也，大兵将发，正宜为国报效，不应往问。俄莫克图对曰：我等业以为不可，即往问亦以为不可也。又肃亲王曾向何洛会、俄莫克图、扬善曰：和硕睿亲王，非有福人，乃有疾人也。其寿几何，而能终其事乎？设不克终事，尔时以异姓之人主国政可乎？多罗豫郡王曾语我云：和硕郑亲王初议立尔为君，因王性柔，力不能胜众，议遂寝。其时我亦曾劝勿立，由今思之，殆失计矣。今愿出力效死于前，其为我言如此。（此即书中凤姐与尤氏之交涉，真耶？假耶？其心不可测也）至于塔瞻公乃我母姨之子，图尔格公素与我善，此辈岂忘我乎？又肃亲王曾向俄莫克图曰：我岂似彼病夫，尔何为注目视我，我岂不能手裂若辈之颈而杀之耶？又肃亲王召甲喇章京硕克谓之曰：尔与固山额真谭泰，郎舅也，尔可说令附我。前曾给侍卫穆成格妻，岂非我之厚爱于彼乎？于是何洛会偕硕兑胡式凌图喀木图开禅硕喀达古等，因言王言词悖妄，力谏不从，恐其乱政，特讦告于睿亲王、郑亲王。诸王贝勒贝子公及内大部会鞫俱实，遂幽肃亲王。既而以其罪过多端，岂能悉数，遂释之，夺所属七牛录人员，罚银五千两，废为庶人。俄莫克图、扬善、伊成格坐附王为乱，不行出首弃市。罗硕以乱法诒谀，曾禁止不准近王，后复往来王所，私相计议，亦弃市。扬善、罗硕因护军统领图赖为国效力，致成仇隙，乃籍其家给与图赖。固山额真何洛会（睿王败后诛死）举发伊主悖乱，籍俄莫克图、伊成格家产给之。安泰不将罗硕往来王所之事出首，至质讯时始从实供出，鞭一百。夏塞亦于安泰实供后、始供罗硕往来王所是实，鞭一百，籍其家产之半，给与硕兑。以谭泰、图赖、索尼为国尽心，致为恶党所仇怨，乃集众于笃恭殿，宣示之，各赏以全副玲珑鞍辔，马一匹，银二百两。又顺治五年三月，肃王再幽，郑王亦得罪，其狱词亦多类此。又康熙六年七月，鳌拜等怨苏克萨哈，数与争论是非，积以成仇，与其党班布尔善等，搆成罪款，置之极刑。上坚执不允，鳌拜攘臂上前，强奏累日，竟杀之。八年鳌拜狱词，诏旨曾及此事。又有鳌拜强杀尚书苏纳海、总督朱昌祚、巡抚王登联，以八旗更换地亩不顺其意等语。又有御史俞铎，以条奏不实，奉旨严饬。班布尔善擅写拟罪票签，部议降二级调用。班布尔善又改签免罪，后奉有革职之旨，仍执拗奏请，终免其罪。班布尔善教习庶吉士二年，期满请考试散馆，奉有再读书一年之谕。班布尔善因不顺己意，忿怒而出。户部书役劳于新，冒支钱粮案，牵连官员，部议援赦免罪，具奏拟票驳回，部议照签票拟罪，后改援赦，一事前后处分互异等语。又嘉庆四年和珅狱词，谕中有昨冬皇考圣躬不豫，批摺字画，间有未真之处，和珅胆敢口称不如撕去，竟另行拟旨。腊月间奎舒奏报循化、归德二厅贼番，聚众千余，抢夺喇嘛商人牛只，杀伤二命，在青海肆行抢掠一案，和珅竟将原奏驳回。又有办理教匪，和珅于各路军营递到奏报，任意延搁，有心欺蔽，并革职治罪误事人员，严旨终未惩办一人等语。亦与此回之"有心生嫌隙"，及命令不能实行之处，无不吻合。

第七十二回 王熙凤恃强羞说病 来旺妇倚势霸成亲

司棋姑表之事，其先已为小红所见，而两方面若不觉焉者，书中之所指司棋、潘又安，其事不堪为承畴之所见者也。不堪为承畴之所见，而承畴卒窥其隐微，觇国者知南都之亡矣。乃承畴亦以好色为人所窥破，败节堕名，卒覆宗国。作者又叹其见人而不见己，故微露而终掩之。若书中之鸳鸯，则固当见司棋、潘又安而不以为怪者也。秦淮佳丽，间有奇人，而终不免于为亡国之媒。美人之不幸，匪徒美人之咎也，士大夫能无责焉？借当之鸳鸯，如王沈评，宫内事实也。

"恃强羞说病"，鄙人较王沈进一步言之。盖权臣之敢于称病者，非徒骄蹇自重，知君王之无力罢免之也。其稍次则虽病亦强起焉，恐一旦权力去其掌中，即为后来者之所推倒，豫王是已。睿王日日称病，几至于免去跪拜之仪。和珅亦称腿疾，乘舆直入宫门。其实病耶？固不当恋此大位；其非病耶？更不当作此骄态。势力既蟠结深固而不可动摇，故自逸与自恃之情，皆发露于不自觉。若豫王与福长安辈，则固有不敢为此者矣。且外而总兵，内而枋国，其人必当有强健体魄。而劳苦功高，岂能无病？又加之以荒淫酒色，则短折之机兆焉。恃强羞说病，实惟豫王行状。例之以血山崩，夷狄为阴之义也。兼刺刘媚，恶其淫贼耳。

既曰"发三二百万的银子的财"矣，而犹复"请鸳鸯弄老太太的东西当钱"，既已弄老太太的东西当钱矣，而"邢夫人尚敲竹杠"，且"夏太监借钱"，而又并有"借钱之周太监"。处处不说艰难，说者以为无算计，顾体面，卑幼与尊长各私其财以相争夺，近似矣，犹浅之乎为言也。蠹国蠹民，千古人臣之惯例。勋贵虽为自家人，而事实上则尤比惯例加烈。而况以专阃之帅，辅政之王，其报销自然不实，其进奉尤为泰侈。宗室之中，有权者需索烦苛，无权者多方借贷。当事之人钱入私囊，绝不复出，剥公家之利，敛民人之血，请发内帑，截留正税，甚者迫令公家借债，并专擅私为之而不顾。清初虽无外债，而预支钱粮，为明季亡国之独一无二之原因，其风至清初不息。康熙因三藩之役，至斥卖其大内之珍宝珠玉，始克集事。西征一举，捐例随之。其时诸将相果能清白乃心，不如贾琏之所为者乎？鄙人不敢信也。乾隆时赃案累发，权臣富于敌国。福康安累长戎行，贪狠尤甚，然一忤和珅，便多掣肘。其他进奉权贵者，至于取军务之款以为不竭之源。外强中干，民生凋敝，层层剥削，势若累卵，宫门之费，更不堪言。周、夏两太监，即为两宫之代表。在顺治则为孝端、孝庄，在乾隆则为太后、皇帝，在嘉庆则为太上皇后、皇帝。外面粉饰太平，里面挖肉补疮。前文中所谓"拿皇帝的钱，向皇帝身上使"，后文中所谓"寅年支了卯年粮"，合之此段参观，而得其上下相蒙、诛求无厌之一种怪现象。嗟我小民，如此君臣何也！带写贡物，并及喇嘛，于义亦通。

"口粮月钱"。清人之兴于东土也，战以旗人，耕以汉人，载在太祖、太宗圣训者甚多，厥后始有汉军之建议。盖仿秦人诱三晋之民耕，而专尚首功办法。入关后始有驻防，与此段议论颇合。然其时专用军国民主义，一例尚武，士且不重，农工商更为厉禁。相传洪承畴、金之俊实主张是。雍正年间，建议屯垦者层见迭出，旗人已经习于安逸放纵而不能实行。准、回之役，自进取以及善后，乾隆更著意于此，此段亦甚切当。若夫减政主义，则出之野蛮种族初经文化之民族，固视为当然不易之办法。至于乾隆末年，自以为丰享豫大，库帑充盈。诏以名粮改实额，增兵六万。阿桂具疏力言其耗费，谓百年后当知之，亦与此事有关。文中"女孩子们一半都大了，也该配人的，配成了房，岂不又滋生出人来了"，与上文省月米、月钱之办法。实不相合，盖此中含有此意。清代人口最盛者实惟乾隆，议旗丁屯田者亦莫盛于乾隆，议增兵而不惟其可用，但主张散财藏富于民者，亦惟乾隆。前后政策，本不一贯。故出之凤姐口者，其议论亦自相矛盾，其咎惟傅恒父子尸之。言"老爷"者，亦罪和珅也。

"倚势霸成亲"。豫王南下，自为渔色之首。同刘媪被掠之女子为其部下逼迫者，何可胜道？而投旗之人，亦多乘势打劫。言来旺者，来者来投之意。作者既恶此一辈人，又不忍言汉女之多辱于满人，故以此代表之。谓之曰"吃酒"，入浑水也。谓之曰"不成人"，屏之于汉族以外矣。"凤姐笑道：我们王家的人，连我还不中你们的意，何况奴才么"。汉族媪妇，免于奴才而为王妃，方且自鸣得意，以挟制其夫，初不自知其丑。回忆其当日仲兄以四十金卖妹，其伯兄决不肯许黄亮功之家奴出身欺主剥穷致富者，其感想当复如何？再一念之，阿珍报书言"母生儿生，母死儿死"；仲兄私书言"王功盖寰宇，得侍为幸"。又云"妹固女中智士，小谅宜所不为"，劝其"自发根枝，使余等亦叨庇荫"，乃于书尾署伯名而已附之。媪阅书沈吟久之，忽慍曰："此非伯兄言，乃刘仲所为耳。岂四十金未满渠愿，以故又欲卖我乎？"趣张妪火之。及钱生先偕刘氏伯仲赴江宁探信，下人长跪称舅爷姑爷。又伯兄大恚，作书绝妹，拂衣竟归。仲阅书笑曰："腐儒语耳，何可令妹见？"遂火之。其后仲上谒王，得司府中出纳册，钱亦以王力得中经魁，中进士，选部曹，并为置宅。刘媪家里人得力多矣，恨不令见其腐儒之一骂耳。且仲以患消渴死，意者豫王以刘媪故，指与一婢耶？篇中言刘媪以此挟制豫王，而曰"何况奴才"酷矣。乾隆谕，十三年闰七月，谕安宁于孝贤皇后大事，仅饰浮文，全无哀敬实意。（上回国丧注意）伊系亲近旧仆，岂有如此漠不关心之理？且闻有罔顾官箴，置办本处女子为妾之事，深负朕恩，殊非意料所及。因伊随侍有年，故未明降谕旨。伊一切任内所办事务，有无未清，及关税有无染指，来京时任所赍财，作何布置安顿，并伊一路情状若何，著交总督尹继善一一详悉确查具奏。若稍为瞻顾丝毫徇隐，将来别经发觉，惟尹继善是问。亦合情事。要之此类甚多，惟国丧中易于发觉而已。

第七十三回　痴丫头误拾绣春囊
懦小姐不问累金凤

"痴丫头误拾绣春囊"。顺治九年正月，上谕内院曰：昨年五月内，张煊愤不顾身，列款参奏陈名夏、洪承畴。其时朕狩于外，一切政事，暂委之舅亲王满达海。王集诸王大臣，逐件审实，将陈名夏、洪承畴羁之别所。以事关重大，驰使奏闻。谭泰闻之，艴然不悦，遂萌翻案之心。及朕回京，敕诸王大臣等质审廷议，谭泰咆哮攘臂，（案煊参谭泰谄附故睿王故云）力庇党人，务欲杀张煊以塞言路。诸王大臣惮彼凶烽，有随声附和者，亦有俯首无言者，内亦有左袒者。入奏，朕见罪款甚多，不甚惊讶。谭泰挺身至殿前，诳言告辞全虚，又系赦前，诬陷忠臣于死罪，应反坐。谭泰忌左袒者之异己，蔽不以闻。朕以为众议金同，遂允其奏，而孰意谭泰之欺罔至此也。自欺罔得售，因而造罪多端，诸王大臣俱以为朕亲信谭泰。朕虑迟延日久，则国事渐非，而干连者众。遂执谭泰数其罪款，于昨年八月十七日至法讫。因思张煊当日告款甚多，骤真重典，疑有冤枉之处，故将陈名夏、洪承畴招对俱实。今将名夏革任，同汉军闲散官随朝。洪承畴火神庙聚议，（张煊贰臣告讦及此，傻极）事虽可疑，实难悬拟，送母归原籍，原为亲甘罪，情尚可原，姑赦其罪，仍留原任以责成效，以其官官煊子，并议赠太常寺卿云云。又《啸亭杂录》载尹阁学壮图，丙戌进士，久历部曹，始游至内阁学士。时和相专擅于内，福文襄豪纵于外，天下督抚，习为奢侈，因之库藏空虚，民业凋敝。公夙知其弊，故上疏详之，纯皇帝为之动色。和相忌公所为，因奏即命公驰传普查天下府库亏空，而令侍郎庆成监之。庆固贪酷者，每至省会，初不急为盘查，而先游宴终日。惟公枯坐馆舍，举动辄为掣肘，待其库藏挪移满数，然后启之榷对，故初无亏绌者。庆以公妄言劾之，降为主事，公即告终养归。（能言而不能查，无用之至，傻字注脚）

"懦小姐不问累金凤"。福王之在南都也，马士英挟拥戴之功，俨然有奉圣夫人威势，拟之以乳母，切而虐矣。彼时诸臣中，岂无如绣橘其人者乎？旧评谓教歌者不能教喉咙，教哭者不能教眼泪，此郤正之所以屡窘于安乐公也。木从绳则正，其如朽者何？虽百史公无能为矣。撇开司棋，盖旨趣别有所在焉。声色货利，骄奢淫佚，上行下效，皆发于不自觉。而习俗移人，贤者不免。南都君臣，岂有纪纲？摘发之任，属于探春，盖谓使唐王与成功处此，必有不肯含糊了事者。拟之以"道家之玄术"，已侪列于张子房、刘青田地位，而继之曰"用兵最精的"，所谓"守如处女，出如脱兔，出其不备的妙策"，微张苍水，明清之交，殆无有他人足以当此指目矣。顺治十六年六月，大举内犯，由崇明入江时，苏松提督驻松江，江宁提督驻福山，分守要隘。圌山及谭家洲，皆设大炮，金、焦二山，皆铁锁横江。煌言屡却不前，令人泅水断铁索，遂乘风潮以十七舟径进，沿江木城俱溃。破瓜州，获提督管效忠。围镇江，五路叠垒而阵，周麾传炮，声沸江水。攻北固山，士卒皆下马死战。清兵退入城，成功军逐之而入，遂陷镇江。煌言至芜湖，传檄郡县，大江南北，相率来归，其已下者四府三州二十四县。而成功以累捷，又闻江北如破竹，谓金陵可旦夕下。前锋将余新，锐而轻，士卒樵苏四出，营垒一空。北师谍知之，以轻骑袭破前屯，擒余新去。成功仓卒移帐，诸营瓦解，其将甘辉马颙被擒，死之。军遂大溃，竟撤镇江之师出海。煌言归路已梗，乃引舟归鄱阳，兵溃，流离困苦以达海塂。散之复集，遣使告败滇中，且引咎。桂王手敕慰问，加煌言兵部尚书兼东阁大学士，仍奉鲁王监国。而成功自丧败之后，不能自振，思取台湾以休士，煌言挽之不从。壬寅，滇中陷。五月，成功亦卒于台北。安抚使以书来招，煌言复书拒之，其言凄怆不忍卒读。（案此即下文"侍书责王保善家的之词。"）夫成功始终为唐王，苍水始终为鲁王，几成附属物之势，列之于婢，作者煞费苦心。盖眼光中只论人品高下，不论资格高下，且以见贤者之不得志也。策凌亦系雍正间名将，义可通。

　　"先制服二姐姐然后就要治我和四姑娘"，伤哉此语！南都之势力，较胜于唐王远甚，而一蹶不振，真是虎狼屯于阶陛，而尚争门户。曰"尚谈因果"，乃作者有疑于天道好还之理，谓福王之立，实为气数上明室当亡之朕兆，无所归咎，而不已于重惜，故曰天也。福王亡而唐王继之，桂王与鲁王又继之，作者之心伤矣，借侍书以写一绝代将才之苍水，宁能忍心而舍之不录乎？康熙三藩之役，主力实在三桂，"先制服二姐姐"之说，亦到恰好地位。顾应熊以三桂之故而死于都市，耿精忠与尚之信亦以暴动受诛，情理上不得以议亲议勋为说，犹之可也。仲明何罪而微罪自缢死，继茂何罪而停其世袭乎？达瓦齐为准部酋长，本系清代世为仇敌之国，势败入清，赐封亲王。其尚主实为制服之计，与应熊事同，与策凌事亦同。且蒙古世代屏藩，策凌又有殊勋，其族人之纵阿酋，或亦因才力不及之故。夺爵可矣，赐死未免过重。盖并欲以威力制服外蒙，故不惮严刑峻法以绳之也。出诸探春之口，以定此狱，乾隆之用法严酷，略见一斑。而傅霭之不以功名终，亦其类焉。

　　顾此回目录，两两对照，实归其狱孝庄与乾隆而已。盖当此上下相蒙，全无法纪之时代，张煊以贰臣而强附于直节，为他人作忠臣，死不足惜。又讦及于陈名夏与洪承畴、陈之遴屡屏左右密议，不知何事。设使承畴果有密谋也者，则是张煊已忘其故国故主，而犹必欲他人之共忘其故国故主也。丧心病狂，莫此为甚。以鄙人之意度之，承畴等虽良心上不尽忘明，然亦决无恢复之阴谋。较之煊之所为，相去不过一间耳。壮图以书生空谈，而全无实际，亏空累累，查办不出，溺职之罪，将安所逃？庆成游燕贪黩，壮图奚不一言以告于乾隆、愚拙抑何可笑！然非有孝庄与乾隆诸人，立于其上，则在廷之缺乏人才，何以竟至于此？而亲贵大臣，既不能为之一言，又不能澈究办理。懦小姐之所为，骂之不嫌刻毒。偶有一探春，亦终不能发其覆而除其奸。且豺狼当道，安问狐狸？区区一聚赌之徒，乌足当其排击乎？

第七十四回 惑奸谗抄检大观园 避嫌隙杜绝宁国府

　　大观园之抄，为自相鱼肉而发也。其一则骨肉之祸，作者之所深恶而痛恨者。考《东华录》，明万历十二年甲申春正月，先是兆佳城李岱，引哈达来侵。至是上率兵征之，大雪路峻，诸叔兄弟劝上回，上不允，曰："李岱我同族兄弟？兴祖曾孙。乃自相戕害，反为哈达乡导，岂可恕耶？"遂进攻，获李岱。其弟龙敦，措搆上继母之弟萨木占曰："尔姊今在吾家，尔宜与吾合谋。"萨木占惑其言，遂率族众邀上妹夫噶哈善哈思虎于路，杀之。上闻之大怒，欲聚众收其骸骨。诸族昆弟皆与龙敦谋，无往者。其开国时已经如此。褚英之死，《东华录》载顺治六年肃王狱词中，有诸王内大臣复屡奏言："太祖长子，亦曾似此悖乱，置于国法。"康熙四十七年，允礽狱词中，有"苏努自其祖相继以来，即为不忠。其祖阿尔哈图、土门贝勒褚燕，在太祖皇帝时，曾得大罪，置之于法。伊欲为其祖报仇，故如此结党，败坏国事。"燕、英音近，已属可疑，而雍正于苏努狱词中，则明言苏努之祖为褚英。圣祖曾言此一支，必为大害。是孝慈与太宗，谗杀长嫡，挟仇意，已足证前论之非谬矣。又康熙五十二年秋七月庚戌，宗人府奏三等侍卫尼雅罕奏，伊曾祖飞扬古于太宗文皇帝时，曾革退宗室，祈查明增载玉牒。臣等查档案内，并无宗室飞扬古之名。应否载入玉牒，请旨定夺。得旨："尼雅罕曾祖飞扬古，乃太祖皇帝之子，朕知之甚确，但不知为第几子。太宗皇帝时，飞扬古因获大罪正法。年久之事，既无档案，朕亦不便遽定，其尼雅罕著给以红带，并伊祖父之名，入黄档内，载入玉牒，记载时即将此情由录明于后。"壬子，宗人府奏：臣等遵守谕旨，将革退之宗室觉罗等子孙，分别给红紫带，续载玉牒。查革退宗室内，除原任和硕睿亲王多尔衮无嗣无庸议外，其原任贝勒莽古尔泰、德格类、和硕英亲王阿济格、贝勒硕托、镇国公艾都立、（疑即艾度礼）贝勒拜音图、贝子巩阿岱西罕济麻护、多罗郡王阿达礼、（礼王孙）和硕庄亲王舒尔哈齐（太祖弟）等，子孙共二百一十六人，俱应给以红带，记黄档内，纂修玉牒时一并载入。又宗室阿尔通阿之子孙四人，见入觉罗红档，无庸另议。应将阿尔通阿之名，补入黄档内，增载玉牒。其觉罗勒尔森昂阿拉吴丹等之子孙，共二十九人，俱应给以紫带，记红档内，一俟纂修玉牒时一并载入云云。大抵其人不于身前被杀，即于死后议罪，禁锢其子孙，殊觉太刻，康熙此举，颇有盖愆之意矣。审是，则是清人自其为部落时代以及于立国入关时代，内讧之祸，儳焉不可终日。除野蛮武力并吞外，实无可以胜我汉族之资格。所可惜者，宗藩不得有勤王之议，屡王又因拥戴而起宗藩之狱，两都既亡，闽、浙水火。嗟吾汉人，四千年文明冠带之族，其行事与之几相伯仲。而士夫不肖，为彼谋主，自相鱼肉之毒，渐染蛮俗。盖深惜彼之党类可携，而我固无力以乘之也，乃特于探春口中发之。探春者，唐王与成功，实身受骨肉之祸，而不忍言，不忍不言。其在耿氏，则亦在自相鱼肉之列，而仲明等终以自毙，肃王豪格女，抑亦身受其祸，固当如其意中之所欲言者也。领罪之义，其在此乎？策凌之在外蒙，其受祸亦何以异此？然此前者所述清廷骨肉相残之范围，尚未及于雍正。今观《大义觉迷录》之所载，则雍正自行辨正之谕，殊觉不洽于人意。谋父、逼母、弑兄、屠弟，皆系曾静书中之词，或者谓为不尽为信史，然其事迹固已类于烛影斧声。况既已身居大位，而诸弟何以不终？较之唐太宗之喋血玄武门，借口自救救父者，尤为不类。曾静以种族之英，口诛笔伐，原为汉族兴复计，即投书于岳钟琪，以求一当，亦实出于冒险进取之深心。书中力诋蛮族，岂有复为允禵辈所用，拟于不伦，我汉族实共见之。牵掣支吾以便其诛锄骨肉之阴谋，忍心害理，残酷已成铁案，弑逆之罪，当加之以恶名而不得辞。其他野史之所言，尚难悉数。吾汉族戴蛮夷以为君，已成万古不雪之耻。况如此禽兽行为，而尤拜手稽首，生前则臣民日在危疑之中，几不得保全其首领；死后则奉以世宗宪皇帝之美名，迄于数世。时无英雄，遂使乱贼窃柄。吾先烈在天之灵，其恫之矣。乾隆亦多兄弟之残，宗室之案，然彼其小焉者也，故从略。

其一则兼及叛党之捕也。《先正事略》《武亿传》载，亿以乾隆四十五年进士，授山东博山县知县。会和珅兼步军统领，闻妄人言，反贼王伦实未死，密遣番役四出踪迹之。于是副头目杜成德、曹君锡等，携徒持兵，横行数州、县，莫敢谁何。入博山县境，方饮博酣恣，君闻即捕之。成德尤倔强，出牌掷之堂。瞋目厉声曰："吾奉提督府牌缉要犯，汝何官也？"不肯跪。君诘曰："牌令汝所在报有司协辑，汝来三日，不吾谒，何也？且牌令二人，此外十一人为谁？"即擒而杖之，民皆为快。而大吏大骇，即以杖提督差役劾奏，副奏投和珅。而差役例不当出京城，和珅笑曰："是暴吾差役之不谨，而阴为强项令地也。"还其奏使易，于是以任性行杖劾，夺官。《圣武记》云：白莲教者，奸民假治丧持斋为名，伪造经咒，惑众敛财，而安徽刘松为之首。乾隆四十年，刘松以河南鹿邑邪教事发，被捕，遣戍甘肃，复分遣其党。刘之协、宋之清，授教传徒，遍川、陕、湖北。日久党益众，遂谋不靖，倡言劫运将至，以同教鹿邑王氏子曰发生者，诡称明裔朱姓，以煽惑流俗。乾隆五十八年，事觉，复捕获，各伏辜，王发生以童幼免，戍新疆，惟刘之协远飏。是年，复迹于河南之扶沟，不获。于是有旨大索，州、县吏奉行不善，逐户搜缉，胥役乘虐，而武昌府同知常丹葵，奉檄荆州、宜昌，株连罗织数千人，富破家，贫陷死无算。（近人纪齐王氏之所由起，与此合，且毕沅为总督，实罪魁）是时川、湖、粤、贵民方以苗事困军兴，（福康安、和琳督师，和珅、福长安当国）无赖之徒，亦以严禁私盐私铸失业，至是益仇官思乱，奸民乘势煽惑，于是发难于荆襄达州，浸淫于陕西而乱作。福宁督四川，未行，与荆州将军观成，破龙山之贼于旗鼓寨，投出二千余人，诱坑之，以临阵歼戮奏，诏加太子太保。嘉庆四年，发觉逮治。是年十月，四川达州奸民徐天德等，激于胥役，与太平东乡贼王三槐、冷天禄等并起，并纠金川木果木逃卒，与失业夫役之幅匪，以白莲教为通薮云云。开国党案，更无足言。

抄检不及于宝钗，孝庄而在，科尔沁之族，当然受其保护也。那拉后未废以前，倘亦祖庇其亲族乎？

探春为窝主，清人眼中之成功也，清人眼中纵令部下隐匿逃人之耿仲明也，孝庄、睿王眼中之肃王家族也，雍正、乾隆眼中所欲防之三音诺颜部而超勇族人之所以诛死也，傅鼐之宽于接下之所以因太杂而得罪也。然而权力有及有不及，其不及者亦幸耳。清廷非当危急存亡之秋，固断容不下此等人才。满洲之傅鼐且然，何有于蒙古？更何有于汉族？

《东华录》载：莽古尔泰之子光衮之妻，首告光衮，言词悖逆，鞫实诛之。遏必隆之叱辱格格，亦为其侄所讦，并及其母。反听其言，（我不相信，不以当迎春）报告之风，天翻地覆。白莲之役，当不知类此者凡几。王保善家的不打杀之，恨极，出之于探春，尤妙。

"私自传递之事"，官场习惯。诏旨泄漏，前论亦间及之。乾隆时，有钱澧事尤为密合。传载：澧以御史劾山东巡抚国泰，贪黩秽乱，亏帑数十万金。疏入，高宗立召对，公力陈东省亏空状。上曰："当遣和珅往勘。公意不谓然，上察其辞色，徐曰："然则你同去可也。"公拜命出，不俟和珅，先数日行，微服止良乡，见干仆乘良马过，索夫役甚张。迹之，则和珅遣往山东赍信者也。公详审其貌。未几，仆还，道遇公。叱止之，搜其身，得国泰私书，具言借款填库备查等事，中多隐语，立奏之。和珅至，见公敝衣，赠轻裘请易，峻却之。知不可干，又知谋已泄，故治狱无敢倾陂。比反命，上特示国泰私书曰："朕早悉其详，无待覆奏也。"于是国泰遂伏法。甘肃冒赈事发，公劾总督毕沅，瞻徇回护，得旨查办，坐削级，再补御史。和珅擅立私寓，不与诸公共坐，公立劾之。谓和珅妄立私寓，不与诸大臣同堂办事，而命诸司员传语其间，即有所私弊；诸大臣不能共知、虽欲参与，无由而得，恐有自作威福揽权之渐；请皇上命珅拆毁其寓，遇事公同办理，无得私自处判。疏入，上嘉其言，即命公入军机以监之。逾年，公暴卒。

顺治十六年正月，清兵三路入滇，诸军进迫，败白文选于大理之玉龙。关国恩令总兵靳统武以兵四千扈桂王奔腾越，而自伏精兵于永昌之磨盘山。山在潞江南二十里，西南第一穷岭也，曲通一骑。定国伏兵三支以待，约清兵至三伏始发，必无一骑返。清军逐北不设备，队伍散乱，上山已万有二千，降官卢桂生来泄其计，（《圣武记》自注：明大理寺卿，降后为大理知府）则前驱已入二伏。诸帅急退，传令舍骑而步，以炮发其伏。明兵焚林箐中者三之一，伏起而麂斗死者亦三之一。定国坐山巅，闻信炮失序，忽飞炮落其前，乃奔，是战为明代结局。卢桂生之私自传递，罪大恶极。而定国之才，亦为文选所累。书中惜春孤僻，本以定国为桂王代表，而文选终至降清，故仍随尤氏以去，盖深罪文选，而不惜例之以桂生之漏泄军情也。入画之名，尤与文选映合。此篇是三春本传，余俟后论。且此回当与茯苓霜玫瑰露一回参看，盖总括多少政治种族之事实而出之者。

第七十五回　开夜宴异兆发悲音
　　　　　　　赏中秋新词得佳谶

　　"尤氏忙笑道：我今日是那里来的晦气，偏都碰着你姊妹们气头上了。探春道：谁叫你趁热灶火来了。"清初诸王之行为，乌可以入成功、定国之眼哉！夫定国之为桂王柱石也，崎岖异域，百折不回。内之则除孙可望，外之则杀孔有德，三桂保宁之败，亦其部下。顾作者不言其才者，功业无所成就，实逊成功。惟其节最为可重，三百年忠臣之殿，史臣亦论定之矣。桂王既走缅甸，被幽囚，定国仍复百计图维，欲使日月幽而复明者，志事烈于姜伯约远甚。卒以走死猛腊，全其大节，拟之出家，与桂王之出走而被执不屈也，君臣可谓合德矣。成功与清人周旋于兵戎之间，举世莫敢撄其威力，惟此公能折服之，卒不为其所并。清廷秽史，非成功部下一流人，谁言之者？作者盖于此三致意焉。

　　顾此义由探春、惜春着想，而未暇及于尤氏之本身也。书中尤氏为肃王妃，"东府里只有那两个石头狮子干净"，则无一干净者可知。尤氏何人？固东府干净不干净之主体也。书中不曾明写，事关宫禁，下嫁之一类耳。写之以惜春之一骂，笔力入木三分矣。小姑之对于其嫂，竟有"不便同住"之言，有"闻得多少议论"之语，为之嫂者，情何以堪？"躲是非不寻是非"，终而骂之曰："不成人""止求独保其身"，固是定国与遗老万不得已之心。然身为未嫁女子，而遇其有嫂氏有不可言说之行为，亦不得不出于此。当面唐突,绝不为之少留余地,此案已如山立。而收束处则尤氏终由东府而迁入大观园,金针暗度,巧不可阶。"状元才子",妃心目中固只有摄政者之将为皇帝耶?科举中人,当羞死无复面目。最初一步何义?孝也,节也,种族也。保身保家保国之全量,一以贯之,为和尚可,不为和尚亦可。总之甘心遁逃以死,而不肯稍辱其身者,此义当于心冷嘴冷中求之,非趁灶火的之所能梦见也。探春亦兼指肃王之女,其为此妃之所生与否,良不可知。然此等丑事,虽儿女亦当不悦,况其父因此而死乎?作者变例而书之以姑嫂,亦无可如何之作法。然终嫌过火,故骂尤氏者必用惜春。否则以探春之才出之,当较为合拍也。富察后之对于富察氏妇,其情形视此奚若?

"聚赌一段之傻大舅",宁完我其当之矣。考宁完我之《本传》,虽有请立六部、设言官、严举主之法等疏,然其生平行事,实以告讦为能而已,别无他长。则其所言之主见,仍主于告讦,而非有大节。书中报怨邢夫人一段,是其明证。且当其得罪时,亦宜有此怨望负气之情状,于其言行皆可想见焉。先是留守永平时,以好博为人所讦,奉谕谆戒;厥后复与参领刘士英博,事发夺世职,遂闲居数年。书中所谓"输掉了鸡巴"是也。夫好博而不至闹事,何至为人所讦?一讦不已,又遭再讦,是其倚势横行,无所不至,怙恶以终,毛病不改,亦无待乎推求。乃犹称之为名臣,称之为先正,吾辈秉笔者羞愧欲死,借《红楼》以解其秽,聊当鼓挝。

贾母偏心之说,例以康熙,王沈评是,未尽也。此种事散见前论者多矣。原本作者,本以英王为其代表,以其为睿王母兄也。顺治六年六月壬寅,英亲王阿济格,遣吴拜、罗玺启摄政王曰:"辅政德豫亲王,征流寇至庆都,而潜身于僻地;破潼关、西安,而不尽歼其众;追腾机思而不取其国,有何功绩,乃将其二子优异于众？郑亲王乃叔父之子，予乃太祖之子，皇上之叔，何不以予为叔王，而以郑亲王为叔王？"摄政王使吴拜等答曰："德豫亲王薨逝未久，何忍遽出此言？初令尔统大兵往陕西征讨流寇，后令德豫亲王往征江南。德豫亲王破流寇，克西安，平定江南、河南、浙江，追腾机思俘获甚多，败喀尔喀二汗兵。且叔王原为亲王，尔原为郡王。其一吾养为子，一子承袭王爵，何谓优异耶？郑亲王虽叔父子，原系亲王，尔安得妄思越分？自请为叔王，大不合理。"英王不悛，更请营建府第。于是摄政王令诸王贝勒数其罪曰："初令尔往征喀尔喀温布额尔德尼，乃故往大同，又擅加大同宣府文武官各一级，除各处职官，违令攻浑源州，又与郡王瓦克达交好，数赠财物。"诸王大臣议削阿济格王爵，撤其所属人员，瓦克达坐以应得之罪，并追所赠财物。摄政王以英王恃亲冒请，非他人摘发免其罪，令以后勿预部务，并宥瓦克达罪。

"怕老婆"之笑活，盖以清廷之祸，大抵起于妇人。乾隆固自以为不怕老婆者，然实阴为妇人所驱役而不自觉。故以肮脏二字调侃之，且言腥膻之俗焉。世职前程，讥清廷之自入关以来；储位无定，至起争夺也。异兆悲音，总结上文而暗写肃王被幽之事。

第七十六回　凸碧堂品笛感凄清　凹晶馆联诗悲寂寞

　　"贾赦歪腿"，是英王求为叔王之结果。贾母命"婆子快看去"，并说"我也太操心，打紧说我偏心，"是英王此事，从轻办理。盖当时诸王，睿王在时，惟英、豫为其同母兄弟，权力较大，处置较宽，而终竟各有等差也。贾母对尤氏说"今夜团圆"等语，亦是微文。

　　"尤氏笑话"，是帝王家子弟归总传赞。不肖者多，事所必有，而礼王诸子之遭祸，更为贴切。肃妃其竟以王为哑吧乎？写得刻毒极矣。在荣府夜宴时说出，更觉可恶。

　　卧榻之下，岂容他人鼾睡？汉军与汉人从何驻足，出之女子之口，争后不得决矣。

　　"凸碧"，清字之影子也。日月落时江海碧，黄蘖山人之痛也。"凹晶"者，明也。以光明之物，而至处于凹下之地位，安得不悲寂寞？池中一月，即天上一月，盖其所感者微矣。

　　孝庄为野蛮伦荒之女，初入中原，乌知吟咏？即四贞以辽东武夫之女，亦未见有此本领。文章写意，谓其才耳。诗旨谓为孝庄言可，为乾隆言可，谓为董妃、四贞言亦可。而其意不仅此也。惟玩上文卧榻容人之说，则四贞已知后位非汉军与汉人之所得而居，故两人皆以感慨出之。英雄逐鹿失败之余，固宜有此。作者本其思念故国之心，从隐微曲折中写此一篇愧悔交集文字，探其心中之所欲言而不敢言者也。"三五中秋夕"，圆缺之意，开手便从董妃口中道出，似松实紧。"清游拟上元"，清字点题，上元甲子，开国之象。拟者何？拟洪武也。"彻天星斗灿"，王侯将相，勋业烂如，宁有种乎？四贞为其父言之也。"匝地管弦繁。几处狂飞盏"，南都之声妓也。"谁家"两句，有德既死，四贞受风侵矣。"良夜"两语，语意自明年长改节，孝庄与董妃等耳。"分瓜笑绿媛"，破瓜之义，四贞宜妒继后矣。"色健"两语，董妃当对于孝庄有感焉。"觥筹乱绮园"，乱字下得妙极。"分曹尊一令"，继后之立，孝庄主之也。"射复"句，指后位之中变。"骰彩"句，立后矣，亦调侃不少。"传花"句一"滥"字，"晴光"句一"摇"字，四贞其亦不耐久居宫中蟠伏人下者耶？"素彩"句，是清廷入主中原，而赏罚宾主倒置矣。四贞既说不犯着颂圣，又曰不如说咱们，分界限之义自明。此时而始序仲昆，回想叛明之初，入宫之日，悔将何及！惟有思之不已而已。"依门"二字，非言妓女倚门，乃为寄人篱下者而发。"酒尽情犹在"，三吾水绘，又乌能忘？"这时候了""这时候一步难一步"了，非作诗之难，乃处境之难云尔。更残乐尽，何堪着想，人语既寂，但闻钟磬。失身已久，而长生殿之夜半何时耶？"空剩雪霜痕。阶露团朝菌"，新欢旧好，都不可保矣。"庭烟敛夕楣"，下一"敛"字，夜合花情何以忍？"秋湍"句，团扇之悲也，提宝姐姐义更微。"风叶云根"，无本之物。"娈情孤洁"，悔也，刺钗也。"景中情"三字点明。"银蟾"句，气愤极矣，见武人女态度。"药催"句，亵。"广寒"句，著一"奔"字，入宫其果为董妃所甘乎？"犯斗"句，承上，湘云点头联"访帝孙"一句，意同。"盈虚"句，失败之叹。"晦朔魄空存"，怨皇帝之失信耳。不合掌亦合掌矣。"漏涸"者，死机也。"灯昏"者，亦衰象也。"寒塘渡鹤影"，伤哉四贞，鹊桥虽渡，而前盟已寒，寒盟者又复有皇帝焉。"冷月葬诗魂"，冷月者，清字之代表，以诗魂而葬此，微特董妃与冒子难堪，故国其安在耶？

顾林、史联句必终以妙玉续之者何也？汉人之历史，惟汉人集之。汉军之历史，亦当惟汉人断之。收辑文字而加之以传赞，厥为历史专家，万季野其代表者也。"有几句好，而过于颓败凄楚，此亦关人之气数而有"，此何言乎？明、清鼎革之际，失节之贰臣、美女，皆时势上之产儿。置身于千载而上千载而下者，终不肯自失其明末遗老之本真。用意所在，固不因其愧悔交集，取一节而恕其生平也。故此诗以为悼亡，犹为表面，鄙人盖此以为吊故国而骂新朝之变相耳。妙玉所续之诗句，明眼人当深知之，王沈评微会其意，而未尝于季野观其通，鄙人未敢附和焉。且此诗眼光之大者，在兴亡之感。而对于汉军与汉人之为满人所役，尤特别注意。知此则知妙玉之兼指蔡琬家事，殆无疑义。

考《随园诗话》云：高文良公（其悼汉军）夫人名琬，字季玉，蔡将军毓荣之女，尚书珽之妹也。其母国色，相传为吴宫旧人。夫人生而明艳，娴雅能诗。公巡抚苏州，与总督某不合，屡为所倾，而公卓然孤立。咏白燕第五句云："有色何曾相假借"，沈思未对，适夫人至，代握笔曰："不群仍恐太分明"，盖规之也。（妙玉狷介）夫人博极群书，兼通政治，文良公之奏疏文檄等作，每与商定。诗集不传，记其咏九华峰寺云："梦壁松门一径深，题名犹记旧铺金。苔深尘鼎无香火，经蚀僧厨有蠹蟫。赤手屠鲸千载事，白头归佛一生心。征南部曲今谁是，剩有枯禅守故林。"此为其父平吴逆后获咎归空门而作。（按此诗可与此回诗对照，悼父之辞，可与悼亡相通，然直截作悼亡解，其事亦可相通。且兴亡之感，于本事并不止此。琬之为琬，亦难矣哉！）《赵良栋传》亦载三桂两姜一归穆占，一归蔡毓荣。然以鄙人考之，则毓荣所得于吴宫者，并非吴姜。而琬之所处地位，对于所生，尤有不可告人之曲隐焉。考《东华录》，康熙二十五年十二月，谕刑部尚书禧佛等："蔡毓荣居官贪酷，品行卑污，伊恃财势，笼络人心，内外无不周到。得云南城时，吴逆家赀等物，理应赏给兵丁，蔡毓荣将珍奇财货，悉侵入私囊，（书中古器指此）馈送大臣官员。如此大恶之人，若不加惩创，何以使其余警戒。又内务府奏正黄旗萨哈廉所管文定国，首告蔡毓荣隐逸吴逆嫡孙女郭壮图之媳，占据为妾，（当为琬母）并受逆党胡永贵重贿，释放回籍等事，下吏、户、刑三部一并察审。"具奏："蔡毓荣将应入官之吴氏为妾，胡永宾系吴逆同谋起事要犯，蔡毓荣蒙混造入微员册内，报部释放，得贿欺隐。查蔡毓荣前任湖广总督，失陷城池，蒙皇上不即加诛，从宽优免。复授以封疆重任，不思效死赎罪，反负国恩，侵没逆藩家财人口，行贿请托，受财纵犯，罪恶莫大，应拟立斩，将所欺隐金银照追入官。吴逆家口，除孙女吴氏已故外，俱应追取入官，胡永宾已经释放应免查议。"上谕大学士等："蔡毓荣当日弃常德退回，以致湖南被陷。徐治都等死守，故彝陵仅存。后大兵进剿，恢复云南，不过随大兵行走，并未建尺寸之功。且董卫国攻取枫木岭，蔡毓荣方进辰龙关，弄巧夺功。兵部利伊财物，屡叙伊功，甚属愚昧。且此案所议，缺略更甚。胡永宾何不令解京？意恐蔓延，受累人众，交三法司另议具奏。胡永宾著解京，照例发落，余依议。"二十六年二月庚戌，刑部等衙门会审具奏，拟斩立决，得旨从宽免其处斩，（有罪无功，当时何以不办？事发又复从宽，圣祖之圣，我亦乌乎测之）籍没家产，著枷号三个月，鞭一百，并分家子发往黑龙江。（为僧当在此后）此狱议奏者处分甚重，不详列。案三桂平于二十年十二月，毓荣得罪于二十六年，琬母已前死，其父亦得罪，是固生而孤露者。其倬亦几得祸，其兄珽亦忤田文镜几死，身世与妙玉等矣。

第七十七回　俏丫鬟抱屈夭风流
美优伶斩情归水月

　　"人参过百年而自己成了灰"，以是为清廷之运代表也。人参出于吉林，清廷以为王气之所钟，除贡品外禁人采取，此回取意于此。

　　晴雯之死，为贞妃殉葬纪也。清初殉葬，皆由强迫而成，已见前例。顺治因董妃出家，岂能令其妹长存宫中乎？然而董妃之身死不明，亦即以此一笔作两笔用，同气之义也。三姑娘之与孝贤，亦用此例。近人《南巡秘纪》载三姑娘不知所终、或曰与于天理教之变，本系疑词，但不知所终四字，确为实录。彼既为乾隆所眷，而不入宫，不入圆明园，久之自当隐去。否则色衰爱弛，无以自全，其势然也。孝贤水死，亦属传闻之一，曹氏亦借此以发之，因三姑娘之终为孝贤后之忠臣耳。比事度情，乃反曰"众人称愿，把这祸害妖精退送"，当亦出于忌者之口。董妃姊妹，以汉女而得君宠，宫中人自当忌刻。孝贤后居正嫡之位，妃嫔侧目，一旦遭不测之祸，受其管束者焉得不为此语乎？袭人地位，更不消说。

　　"吴贵媳妇"一段，王沈评以为诛大臣鄂托之无耻，允矣。顾前清官场中此等事数见不鲜，有多买佳丽以为义女，而结亲官场以为奥援者。唐人"无端嫁得金龟婿，辜负香衾事早朝"，《聊斋》讥之久矣。有献其妻妾于权贵，而恬然无耻，且以为好官我自为之者。慕容垂之段夫人竟陪苻坚辇，彼固为报仇计，吾不知此辈之所为何意也。天子之尊，固当有此。其最可恨者，谭泰以肃王之妻舅，而告讦肃王，以陷之于死，致其妃为睿王所纳。不有于其姊妹，而何有于妻妾！傅恒之贵，实有余腥。王沈评谓文字造孽，而乌知夫此辈之造孽于中国者，其丑秽之历史，久已明目张胆而不顾。秉笔直书，岂尚有委曲可以宽容之曲者。但恐十分污吾笔墨，不得不以不了了之，鄙人亦犹此见解焉耳。

"女人嫁了汉子，一染了男人的气味，比男人更可杀。"此言何其沉痛也！夫满人之以女畜吾汉人也久矣。绝颈断脰，自经沟渎而不悔者，吾汉族之烈女烈妇也；匿迹销声，忍痛割慈而不移者，吾汉族之贞女节妇也。清廷爱之重之，终不得为其所用；其见用者，皆可杀者耳。科举之设，博学鸿儒之徵，挟兵刃而欲污吾烈节之妇女，其真金之不畏火铄者，终不得屈；既屈矣，则又视之以为混帐。清廷之初，待贰臣者已经不堪见闻。至乾隆立《贰臣》一传，则昔之欲为我晋人者，今亦倡言其不贞，谓其不应有私于我矣。嗟我汉族，曾乡曲匹夫匹妇终身不入仕途，不受诰封者之不若。作者每于此等处，特别注意，有以夫。

顾此回亦兼写方灵皋。方出狱以后，一帆直上，位在侍郎，岂非世俗之所谓大丈夫得志于时者之所为哉！然自作者之眼光视之，则以为其人之心已死也；且其不死也，直不如其斫头而死。盖从前醉心种族之风流，从此而夭，直满清之一奴隶焉耳。名为亢直，而实则等于卖俏。谓之曰丫头，宁不宜乎？谓之曰抱屈，作者其犹有恕词矣。况灵皋之结局固何如者？考《东华录》，乾隆四年，谕："方苞在圣祖时因《南山集》一案，身罹重罪，蒙恩曲加宽宥，令其入旗，在修书处行走效力。及皇考即位，特沛殊恩，准其出旗，仍还本籍，又渐次录用，授职翰林，进官内阁学士。朕嗣位之初，念其稍有文名，令侍值南书房，且升授礼部侍郎之职。伊若具有人心定当痛改前愆，矢慎矢公，力图报效。乃伊在九卿班内，假公济私，党同伐异，其不安静之痼习，到老不改。（与晴雯罪状同）众所共知，适值伊以衰病请解侍郎任，朕俞允之，仍带原衔食俸。上年冬月，因伊条奏事件，朕偶尔召见一次，伊出外即私告于人，曾在朕前荐魏庭珍而参任兰枝，（言语不谨亦是董妃姊妹罪状）以致外间人言籍籍。（袭人之谗间，如是如是）朕访闻令大学士等传旨训饬，伊奏对枝梧，朕复加宽容，未曾深究。近访闻得伊向住魏庭珍之屋，魏庭珍未奉旨起用之先，伊即移居城外，将屋让还，以示魏庭珍即日被召之意。又庶吉士散馆届期，已将人数奏闻，内阁定期考试矣。伊复于前一日，将新到吴乔龄一名补请一体考试，朕即心疑之。今访得伊所居之屋，即吴乔龄之产，甚觉华焕，显受委托，为之代请。似此数事，则其平日之营私，可以概见。方苞深负国恩，著将侍郎职衔及一切行走之处悉行革去，专在三礼馆修书效力赎罪。其武英殿事务，著陈大受、刘统勋接管。"搬家亦可为罪状，是王夫人耳中口中之语。一切革去，是晴雯逐出大观园之影子。盖此回以董年代董宛，即以西溟兼写灵皋，亦谓其为一气之人也。全谢山《西溟墓表》曰："以己卯试事，同官不饬簠簋，牵连下吏，满朝臣僚，皆知先生之无罪。顾以其泾渭各具，当有白，而不意先生遽病死。"新城方为刑部，叹曰："吾在西曹，使湛园以非罪死狱中，愧何如矣！"方望溪曰："己卯主顺天乡试，以目昏不能视，为同官所欺，挂吏议遂发愤死刑部狱中。平生以列《文苑传》为恐，而末路乃重负污累。然观过知仁，罪由他人，人皆谅焉，而发愤以死，亦可谓狷隘而知耻者矣。"与此尤合。

"芳官蕊官之出家"，当亦因董妃之事而起，故亦牵连及之。盖南方之入宫者，以记考之，当不止董妃姊妹。董妃既死，则此辈必当放出无疑。且宫庭迫人为尼，亦系常事。历史所传如元魏之乙弗后，唐之太目是已。富察后之变，其心腹宫人，且当有如此情形，况顺治时代乎！汉人之性，原与清人不合。汉族之女，聪慧多思，不如蒙古人之易于驾驭。公主之降，自应熊而后无闻焉。婚姻不通，悬为厉禁，职此之由。且汉人之因女子而与清廷为援者，其巧夺政权，阴谋诡计，亦较他族为精。惟其势力不敌，故一日事发，则牵连必多。而去之又惟恐其不尽，故竭尽其类而使之不留一人于宫中者，其方法必多，为尼亦其一也。独顺治之情，实有难堪耳。制于孝庄而不能言，则惟有以出家之一法了之。又李香君、卞玉京皆供奉福王宫中，国变入道，此篇亦兼及焉。

第七十八回　老学士闲征姽嫿词
　　　　　　　痴公子杜撰芙蓉诔

　　林四娘事与《聊斋》《池北偶谈》所载不同，岂作者别有传闻耶？既而思之，则作者之借此而表以姽嫿将军之名者，其意殆别有在，非徒与诸家异趣也。盖明末女杰，实无过于秦良玉、沈云英、毕著之徒，固作者之所馨香崇拜而亦群人之所公推为汉族伟人而绝无异辞者。纵其事既不便于入文，忌讳之深为之也。作者又不欲以之入《红楼》，品格之高为之也。毕著既与清为敌，清人曾言其误以官兵为贼，而不知秉笔者故意为此。沈云英力夺父尸，保全孤城，使有明之疆吏，尽人如是，亦何患乎流寇？又何畏于清人？且其奉母以终，即以身殉，并非梅村等之所能借口。清吏之欲杀其人，纪载中亦颇及之。秦良玉之家族，战死边疆，实为清人劲敌，流贼既不能犯，而石砫厅之一土司，清人亦未敢撄其锋。虽欲写之，乌从而写之？乃不得已而托之于林四娘。四娘非诸人之比也，然以其惨死之故，为之附会此一段历史，而即为女杰辈作对镜取影之法。盖女杰之才，可以不死于清廷之手。女杰之时事，苟其到万不得已时，亦不得不死于清兵之手也。四娘固非表表者，托而言之，庶几不至为烈火所焚。半虚半实之用意，诚非率尔操觚者之所能矣。王沈评谓为陪衬之笔，诚然。但言欲为董妃寻死法之好一题目，而以世祖殉国，董妃殉君当之，则鄙人期期以为不可。董妃为汉人，不得以殉清为好题目。彼固明代之人，不得以近日纯粹愚忠之殉清者可比。董妃为有夫之汉人，不得殉后夫之清帝为好题目。彼固冒氏之姬，从良而不能从一以终，死节二字，尚从何处说起？董妃若欲以好题目死，则当为清兵所欲得时，为魏宫人可也，否则骂贼可也。既入宫以后，则好题目之作法，已经逼迫至极，而只有一线之路，为费宫人，固作者之所祷祝。即失身于顺治，而能杀仇雠于枕席之上，亦当略其小而取其大。而无如其不能，少有嫌疑而死，亦尚在模糊影响之间。作者之所微感者在此，作者之所责备者亦在此矣。刘媪、四贞等，乌足道哉！曹氏生乾、嘉之间，四娘行事之传闻，讵不深悉？而乃仍存此疑，而不肯删削，则亦有意为之，以此为齐王氏之封照云尔。

书中诗词，若欲以严格论之，则实在不可录取之列。《红楼》本名家著作，而又加之以五次之增删，岂其浅薄一至于此？后生小子，亦当群议其短矣。而不知此正《红楼》之妙也。夫以《红楼》之表面而论，则亦儿女子语耳。小孩子而作大著作，此类求之于古人，亦不可多得。乃欲聚之于一堂之上，岂非笑话？若以里面而论，则清帝也，贵戚也，后妃也，初入中原，更不得有好文字。今观历代清帝之著作，曾有一当于大雅之林者乎？虽诸臣代笔，恐亦并无佳者。应制之作，鄙人亦不敢奉承也。董妃固以才名，然不过于矮人国中称长子，谓其诗实有可传者，吾知其非定论矣。文贵肖题，岂得以名家大家之著作出诸此等人之口乎？科举极盛时代，童子军中，偶有一篇略好时文，尚疑其非本人所作。曾谓诗词一道之寄托遥深者，而乃欲里面均好。吾知其决不类也。

《芙蓉诔》从表里两面，俱是好面目。而文字不称，但用笔尚流利耳。用典不及女仙，而转用叶法善摄魂撰碑。李长吉被诏为记，亦不类。但鄙人不嫌其不好，转嫌其尚好，以其非清帝之所能也，而又不能以词臣代之者也。作者之才，其亦忍俊不禁，而不得尽没其本真耶？然妃死之时，顺治亦年逾二十矣。聪慧之成童，或亦能此，或斟酌出之，亦自无碍。摄魂事出于李北海。北海劲节，卒死于囚，而方士以术驭之，撰碑非其所愿。意者其以此责灵皋耶？长吉被诏，白玉楼成，明指当日以能文免罪事。故下文云："事虽殊，理则一，相物配才，苟非其人，毋乃滥乎？"曰滥，曰非其人，在顺治口中为谦词，在作者意中为贬词。董妃与灵皋辈，何必屈于清廷，用意最深。决不求表面文字之好，而表面上亦颇下得去。切勿粗心阅过，只评论其文字之优劣，而不顾其地位之可安与否也。

西溟安得称狷介哉！究而论之终不过权门之走狗耳。明珠权相，罪案山积，稍有识者，当相戒不入其门。西溟醉心于科第，尚与灵皋言自度文不止是，为科举所累，东西奔追，不尽其才，悔而无及。拒成容若"少施颜色"之请，恐系谀词。"佳儿不料无耻"之言，决不与《祭容若文》相称也。容若以十六之幼龄，便中乡榜，出徐乾学门下。《通志堂经解》，乾学为之，固凤姐管家之义，而西溟亦何以解焉。为和珅党之吴省兰、李潢、李光云而不得者，其不幸也。《祭容若文》有云："兄一见我，怪我落落。转亦以此，赏我标格。"此岂先生对弟子之词？亦并非先辈对晚辈之词。是知外拒而内迎者，两人实相喻于无言之表。而对于乾学，不肯以生平故人，并退就弟子之列者，不过名士负气。而彼所谓题其子楼名以"东楼"者，亦不过由负气而作漫詈之辞。苟能知坚持此议，则容若亦当在东楼之列，不可交也。今取其祭文中"转亦以此，赏我标格"二句，转而以容若祭之，则其列于晴雯之一类者，义自显明。盖西溟一生，本来气节锋棱，语言笑骂，不无可取。而独屈于容若，实为热心科第不能自守之一明证。故以宝玉当容若，实为曹氏混于朝臣之一法。而西溟与容若之交情，与诸名士之交情，即于此见之。"晴雯死时，呜咽说道，有什么说的，不过是捱一刻是一刻，捱一日是一日，我已知横竖不过三五日光景，我就好回去了。只是一件我死也不甘，我虽生得比别人好些，并没有私情勾引，怎样一口死咬定了我是个狐狸精？"有才为累被污狱死之言也。"我今日既担了虚名，况且没了远限，不是我说句后悔的话，早知如此"云云，此固亦下狱后愤极当有之语。然作者意中，则实为出入明珠门下说法耳。

端敬皇后，拟之"芙蓉女儿"之不经，宜也。孝贤皇后死状不明，而亦曰得太后欢心，独非杜撰乎？鄙人以为帝王谥号，无一而非杜撰者也，照例死后必有许多挽词、许多颂词。上徽号者，必曰神圣文武，取一切美名词，重叠不已，而加之于其身。且必以孝字冠首，岂民间孝字难得，而帝王之传世，固无一不孝者乎！浸假而及于后妃矣。诸大臣易名之典，亦甚辉煌，其实君主之所是者是之而已，杜撰何疑焉！

第七十九回　薛文起悔娶河东吼　贾迎春误嫁中山狼

"曹娥碑"点明水死。"公子女儿"屡改，曰"茜纱窗"，曰"小姐"，曰"丫头"，已将两人合为一体。至于改成"我本无缘，卿何薄命"，直是顺治祭董妃矣。此等点题分明处，盖特笔也，全书罕用此例。

延龄非可望子，其家世已见前论。且四贞挟制延龄，情事亦不相合。

"夏金桂"对于薛蟠，为代表三桂之继妻张氏；对于清廷，为代表三桂。金者清也，夏者中华也，桂为其名，本姓夏者，三桂本明人而降清者也。悔娶者，本不应娶而悔之之谓。三桂父襄，母祖氏，弟三辅，及其妻，皆为李自成所杀，实以圆圆之故。三桂苟有人心也者，对于元配，何面目再娶妻？三桂苟重感情也者，则对于圆圆，亦不必复娶妻。然而三桂不能者，彼固本无骨肉之亲，抑且并非多情之种。声色豪华，徒以自娱，封王开府，老求少艾。作者因其继妻悍妒，遂极写而扩充之，其实三桂固非张氏之所能制也。惟写其婚姻之来由，颇不正当，盖诛其无故剑之情，而无君无父无国无种之罪案，隐然于夏金桂三字之名称中，包举无遗。非举小而遗其大，乃因其罪大恶极之情状，举国皆知，而特于小处摘发之，殆所谓无一而可者也。曰"又没嫌疑"，曰"当时就一心看准了"，曰"只是娶的日子太急"，书法何其暧昧！三桂当日续娶，固未有不从财色势力上着眼者。惜文献无徵，不能知其女出于何等人家，大要亦必降臣之有势力者耳，或者其张存仁之家乎？姑阙疑。三桂以孤军当亡国之余，势力原不甚大，入清以后，时在京师，保宁之败，其势已将不振，睿王在时，亦未若后来之重。谁授之柄而得以养成其羽翼者？悔娶之说之所由来也。溯其始而言之，则三桂之在明，亦裨将耳。熊芝冈以发扬蹈厉之才，先见辽祸，虎皮驿之痛哭，六百里殆无人烟，中朝已谓无辽，全境之功，当受上赏。而乃退而归家，再起视师，又复经抚不和，坐失大计，枢部阁臣言官，皆为掣肘之人，传首九边，痛何可言！孙承宗阁臣师傅坐镇关门，将相之才，明末当首屈一指。一厄于魏忠贤，龃龉以去。及受命于败军之际，收复四城，折强敌若摧枯朽。又复以小故去官，致使坐老家山，强敌乘间而戮其宗族。袁崇焕恢复宁远，清太宗有"崇焕不死，孤不得安"之叹，亦以中反间之故，磔死市曹。朝廷用人如此，安得不悔！松山之战，洪承畴力守之谋，以催战误。三桂父子，实为先逃，斩之以肃军令，奚为不可？而乃复任以关门之重寄，并将任以流贼之讨伐，盖其中必有中宫主之。记者谓三桂为高起潜养子，罪恶固不待言，阉祸其将胡底。悔娶之说，至是乃观其通。三桂虽为奸雄，究竟无大才略，核其战功，殆无可言。实不过一庸碌无能，乘时规利之徒，并非如曹操、司马懿、刘裕诸人，有非常之野心，盖世之雄才，自立功名，而不待他人之提携者也。且较之范文程、洪承畴辈其程度尚相去甚远，既不能自为独立，则例之以女，而谓之娶也固宜，例之以娶而谓之悔也亦固宜。彼固非独当一面之才，则勉强褊裨，而不可为元帅，犹之只能仆妾而不可以为正妻云耳。且既已娶之矣，娶之而不纵之，彼亦终无能为。悍妻之虐，起于其夫。叛臣之毒，受其过者当为政府。作者追原祸始，不得不书。而王氏之于齐林，情形差异，而亦同于一悔。盖本非其偶而强迫之，遂以致祸，固亦可为程度不及而匹配者戒焉。

三桂之在滇也，享鱼盐铜铁之利，结土司、蒙、藏之欢，乃至于用人吏部不得驳斥，用兵兵部不得掣肘，用饷户部不得稽迟。西选之官，半于天下。请得之款，不复报销。名王已死，宿将云亡，不轨之心，显然暴露。明珠、米思翰等，何曾在其眼中？图海、蔡毓荣、张勇、赵良栋、王进宝之徒，亦尚未显露头角，固知非其所忌也。惟鳌拜亦系凤将，庶几李林甫之于安禄山矣。然其势如林甫，而其养成者亦林甫，乌足道哉！意者蒙古一部分中，最为三桂之所措意，故常结其欢。与之通谋者有之，与之反对者为多，此固三桂所急于连结，而又深知其不可靠者。三桂以康熙十二年举事，逾年而察哈尔布尔尼劫其父阿布奈以叛，盖有谋焉，则知其畏忌之者深矣。以宝钗代表蒙古大部分，最合。

此回误嫁事先叙而标目在后，盖迎春事，本为应熊尚主而发，故主体仍属三桂。其不言绍祖为三桂子者，撤藩举事，恩义已断，诛其不慈之罪也。篇中言贾政不愿者，应熊尚主于顺治九年，睿王已死，"不能了结之事"，即三桂厄于自成，请兵书中所谓力不能敌者也。若孙龙则不过孔有德之一部将，无此资格，且其婚本非帝室之所许也。睿王死后，郑王复执国柄，故曰赦老作主。此等笼络之策，行之固当无效云耳。煌煌帝室之姬，谁敢轻视？清廷主汉、唐和亲之故策，而势力之不相敌，蒙部皆俯首帖耳，受其指挥。综观前后，惟有乌拉汗以鸣镝射公主，并幽所尚太祖二女一事近之。然彼时犹敌国，与汉、唐之匈奴、吐蕃、回纨等，事情固不相类。《啸亭杂录》云：何和理以浑春部长归清，妻以公主。其妻闻其尚主，扫境欲与一战，高皇面谕乃降。袭世爵者皆系公主所出，前夫人所生，不许列名。国语呼为厄吓妈妈，盖讥其鲜德让之风也。乌得有以驸马挟制公主者？遏必隆之叱辱格格，出于其侄告讦之口。彼可以干犯其祖母，乌可信乎？惟尚主以笼络吴氏而卒无效，差为合拍。康熙六年，三桂以目疾辞总管任，下部议如各省例，归总督提督巡抚管理。云贵总督卞三元、云贵总督张国柱、贵州提督李本深，章侈三桂劳绩，谓苗蛮叵测，非任三桂，恐边衅日滋，请敕仍总管。得旨：王以精力日减奉辞，故允所请，若令复理事务，恐其过劳。如边疆遇有军机，王自应经理。寻晋应熊为少傅，兼太子太傅，命赴滇视疾，即还京。十三年应熊及其子世霖处绞，其余幼子俱免死入宫。（当系公主所生）六月贝勒尚善，移书三桂，有"将为子孙谋创大业，则公主额驸曾偕至滇，其时何不遽萌反侧？至遣子入侍，乃复背叛以陷子于刑戮，可谓慈乎"语，是即后文宝玉不放迎春回家之说。而当日吴氏骄横之作为，公主亦当有怨言矣。人伦之变，处置最难。夫家与母家之冲突，女子更难办理。但王姬下嫁，是一政策。清廷眼中既觉吴氏不臣，公主无用，书中言邢夫人不问其夫妇和睦家务烦杂，只面情塞责而已，即是指此。惟幼子入宫，公主亦当同住。宝玉《紫菱洲》一诗即为此写。且应熊之死，不便明言，而公主之下落，史亦无文。言迎春之死为公主挟制驸马者抒愤，并讥四贞，而兼作传疑之笔。况三春事，本偏重于前三藩。福王之对童妃，惨酷实无人理。世岂有冒认人为夫者？冒认皇帝为夫，更非情理所有，与太子之狱迥别，故特写其荒淫无度，与虐待情事，辞严于斧钺矣。又《啸亭杂录》，载乾隆以准酉达瓦齐，人固庸惫可悯，特赦之封以亲王，赐第宝禅寺街，择诚隐郡王孙女（此女何辜?）配之。然不耐中国风俗，日惟向大池驱鹅鸭，浴其中以为乐而已。体极肥，面大于盘，腰腹十围，膻气不可近。上命为御前侍卫，终优容之。案准噶尔与清廷为敌国，时战时和，风俗尚武，好杀，与孙绍祖家，当人品相似。

第八十回　美香菱屈受贪夫棒
　　　　　　王道士胡诌妒妇方

　　"香菱受棒"。王沈评以郝浴辈当之，鄙人不以为然。彼虽清廷之直臣，然本非贰臣，三桂又为罪大恶极之人，当之以影射圆圆之香菱，虽作者怀种族家国之痛，亦未必刻毒至此。若以此义断之，则傅宏烈犹差近焉。传载：父应期，明季令广西。鼎革后阻寇不能归，王师定两广，以人材应募。康熙七年疏陈三桂阴谋不轨状，请早为之所。部议坐公离间王大臣，逮系论斩。圣祖特旨减辟，戍梧州。十二年冬，三桂反，广西将军孙延龄、提督马雄应之，遣提督郭懋伟捕公甚急。公投水求死，懋伟出之，送延龄所。公以忠孝说延龄，并感动四贞。延龄令公往南宁，联合交趾，接应大兵，图反正。公因阳附三桂，受伪将军职，得出入贼党中。且密约平南王尚可喜，共图恢复。十六年春，遣人至赣州，致书镇南将军舒恕，言四贞主持，延龄可招抚状。又致书督办广西军务麻尔吉，言从韶州策应攻南安计划，授广西巡抚，从此颇著战绩。后为马雄子承荫所诱执，送世璠遇害。此人受打击最重，其行事亦诡谲。与王沈评义相合，而被以圆圆之例亦通，然鄙人以为不如仍就圆圆本身立论之为得也。圆圆结果，众说纷歧，有谓其为三桂谋清者，有谓其劝三桂守臣节者。其实彼一随人转徙之贱妇。诚不必作此揣测。松滋有圆圆墓，外舅荆门胡鹤樵先生，曾作为碑记，并题四绝，刊入县志中。先生过目不忘，博极群书，以布衣出入公卿间。为吾楚监利王子寿先生堂伯孝旂公等所激赏，皆一时大名鼎鼎者，又屡充州县志主任，考据自当不妄，惟其文意仍主隐遏逸萌立说。先生清人，为美人作碑，自当如此措辞，且其先代曾官尚侍及道府，亦非此不好著笔，故不取陆次云之传说。以鄙人度之，则三桂之变与否，与圆圆全然无干。为三桂之继妻者，必先降清室而有权力之女。三桂有阴谋时，自当惧为所闻。而以正嫡之名义，出以悍妒，三桂亦不能不敷衍之，纵不棒打，亦必获咎。且三桂当日，所处系何地位，而女子为其续弦之正室，当想象其身分之何如。安知非清廷之诏旨，或出于亲贵大臣之媒妁？此等政策，自未入关以前已有成例。三桂反时，其妻惊曰："杀吾儿矣！"应熊本非其所生，真耶伪耶，其情不可得而知，盖亦亲贵之侦探耳。知此则知三桂之不能不责圆圆。而举兵以后，三桂即无所畏于其妻，偕圆圆而至湖南，或并偕其宠妾莲儿以去。（按宝蟾即指莲儿，年较圆圆少甚，或其妻以此间圆圆之宠耶？想当然耳，亦作者之微意也）三桂由滇入湘，至于公安、松滋，驻兵及于江陵之南岸虎渡口。荆州空虚，三桂竟不渡江。谈兵者谓其暮气太重，或者其因爱姬病危，旋至玉殒，故亦为之营葬营斋，无心进取乎？以三桂之为人度之，不为苛论。三桂败时，吴宫不见名籍，盖其死于松滋，厥为实录。圆圆老矣，当不至复为穆占所注意。而入道以终，当亦不能安然隐去。鄙人固不敢谓决无此等事也，然诸说相较，实以死于松滋者为长。而闺中妒情，谓为独得其继妻之欢心者，此语未免不类，岂有新至正嫡之少年妒妇，能与专房宠妾无间言者！爱护美人之辞，风流才子之虚谈，不足以当历史家之一盼矣。齐王氏部下女豪，亦有白丫头、黑丫头，而白丫头且与王氏皆称美色。齐林无赖，何必不有此形状？好事而不正其名，而才力亦复不称。曹氏之恶三桂、齐林等，固当著其渔色害人之大罪，与以同科。言宝钗者，三桂与齐林所以致圆圆与王氏之事，实由清廷之不德有以启之，以顺治、乾隆当其造乱者，而例之以女祸，则书中宝钗固当尸之。

因淫而妒，男女固出于一致。房术与妒病实为同源，总需死而后已，原非漫为牵扯者。若以政治而论，则上有荒淫之君主，其下当有争位之臣民。非此死，则彼亡，乃能了事。而生灵之涂炭，外部之侵凌，苟在两方面尚不能相并之一日，持政权与兵权者，终各为其地位计而一无所顾。吾族何辜，乃徒以锦绣山河，供夷狄权臣强藩盗贼争权利之一快！妒之一字，两不相容之谓，原不仅为妇人说法。清人以蛮族入主中国，文化尚未开启，而复遇荒淫之主，汉族之文明，亦渐中衰，安得不有吴三桂、齐王氏之徒，接踵于百有余年之久，而其风迄今不熄？作者之眼光，有见于此，乃以一个妒字，包括其心事。而即以"除死方休"四字，形容其久乱不已之祸变，而并著其殃民祸国者之不至于两败俱伤亡国败家不止。无药可医，而惟以腐败敷衍了之，留病养身，长恨终古。顺治时代之顺承郡王勒尔锦等，乾隆时代之永保等，不可胜数。而驱除此难者，转在于张勇、赵良栋、王进宝、蔡毓荣、杨遇春、杨芳、罗思举、桂涵等辈。不复能乘时自为，如彼朱元璋、陈友谅之所为，是吾汉族不过取自杀政策，与坐待老死之政策而已矣。噫！

明亡以后，有得国之势力资格者，惟三桂耳。应熊心中，当有此见。准部则亦清初之劲敌也，压头晚辈之说，皆足当之。

第八十一回　占旺相四美钓游鱼
　　　　　　　　奉严词两番入家塾

　　"宝玉随手翻书"，独有契于曹孟德"对酒当歌，人生几何"一首，奸雄之变相，即君主之本色也。"放浪形骸之外"，晋人清谈，遂召五胡乱华之祸。而君主之不为礼法所拘，清帝尤甚。

　　"钓鱼"一事，独写探春、李纹、李绮、邢岫烟者，李、邢皆影射朝臣，是世祖实录所有。特写探春之先得鱼者，唐王与成功之独立，作者实希望之。故反言顺治之杆折丝断，而探春以莽斥之。

　　李纹者，李雯也。《摄政王与史阁部书》，实出其手，自言非侯生莫答，且自谓"雯之罪上通于天"者也。此事清初多纪载之。而《大义觉迷录》，雍正以此为吕留良罪，为其诋雯之降清也。芦雪亭《红梅》一诗，开手便云："白梅懒赋赋红梅"，即是把史公答书对照。白红之义，前论已屡言之。"逞艳光迎醉眼开"，笔锋所到，反噬敌国，醉即罪也。"冻脸有痕皆是血，伤心无限亦成灰"，雯本江南名士，与侯方域等有交，且学问亦颇淹博，今若此，悔无及矣。"误吞丹药""偷下瑶台"，堕落之象，真骨旧胎，已不可复问，厥罪莫赎，通天之说圆满。"江北江南春璨烂，寄言蜂蝶漫疑猜"，从非侯生莫答句化出。其实史公答书，出之应民育之手。雯眼中只有侯生，而书中又以南都立君为非。着此二句，四面玲珑。

邢岫烟者，毛奇龄也。考《先正事略》传载西河见赏于陈卧子，明亡哭学宫。鲁王监国，徐尚书人龙荐授推官，力辞。西河谓保定毛有伦曰："方国安、马士英国贼也，不可与共事。"国安恨而欲杀之，几被获。先是明季士林，好为社，先生品目过严峻，人多忌之。至于选越城诗，会稽庶常王自超从贼中归，投以十诗。选其四，中有《郓城夜走，并哭周介生赴西市》诗，先生以右丞司户评其篇。庶常大恚，谓诬其从贼，乃聚诸出社者首先生抗命，今复抗试，且以浮屠居士林，斁坏名教，罪当死。谳者察其枉，得不坐。先生尝效元人作词曲自娱，提学使摘其语，以为讪谤，谋评而杀之。制府冤之，置不问。仇者愤不得雪，适姻戚有负丁责者，忽攫先生于途，责以代赏，拥而渡江。邻人追至西陵渡，纂之还。次日购道殣横所纂处，谓先生聚众杀营兵，籍捕四出。乃变姓名为王士方，将出亡，仲兄锡龄出《周易》泣授曰："古贤处忧患，必知《易》，汝知此足矣。"先生跪受教，乃避地靖江之海陵。逾月渡淮，饮故人所，有客目摄之，酒半，牵之人旁舍，劳问，则故靖南将军有偲也。具言保定死，武甯已殉节。（王之仁为武甯侯）而己亦以亡军幸免，将要赴彭城。值山阳令朱禹锡，闻先生至，款之。而吏部郎张新标，有名园，中秋夜会客数十人，伎乐合作。先生倚醉扣盘赋《明月》篇，凡六百余言。于是之齐，之楚，之郑、卫、梁、宋，作《续江南赋》万余言。尝登嵩山，越数峰，远望凄怆，不能上。曰："吾力衰矣，伤哉！贫且多难，芒芒者安罪乎！"乃复之禹州寓故怀庆王邸之白云楼，作《白云楼歌》。未匝月，都下伎馆酒楼，竞传唱，仇者侦知之。去之嵩山，匿道士室中，苦无昼夜，傍徨假寐而泣。梦有告之者曰："盍之嵩阳问之？"逾月，过嵩阳，庙市无书，惟高笠僧贻书一帙。先生忆梦心动，叩所自来，曰："吾辽人也，天启末，全家死于兵，遂祝发甯海滨，少受学义州贺凌台先生。"

凌台为贺黄门钦之孙，讲学医无闻，以《大学》古本授之。康熙十七年，诏举博学鸿儒，先生入都，冯文毅溥辟馆相待，而李文定天馥留先生主其家。时应召者并集，冯公文会城东万柳堂，先生援笔作《万柳堂赋》，推座客第一。试列上卷，授检讨，寻乞病归。其文纵横博辩，傲睨一世，观此则《红梅》诗亦可意会也。

李绮者，朱竹垞也。彝尊之名，与绮字合。许为甄宝玉之妻，朱姓也。竹垞固有故国之思者也。子民以当黛玉，鄙人不敢苟同。书籍随身，不过文人普通之事，不足以定大纲。书集诗词之合刊，亦非鲜见。竹垞少虽孤贫颇类黛玉，然享年八十有一，优游林下，又绝无撄心之疚如灵皋者，拟之黛玉未免空浮。《红楼梦》中之大观园，作者实以不入为幸。不欲入而不得不入，方将愧悔交集，而何必以位置之高下置辞？李绮写得单简，正是为竹垞留身分处。结之以嫁甄宝玉，情见乎辞矣。鄙人疑原本为梅村作，证据原自不少。然梅村卒于康熙之十一年，三桂未变以前，未必便以逆料将来之笔写其究竟。窃谓前八十回出于梅村，后四十回当补之竹垞之手，而从前亦间有参入。不然则嫁甄之说，其何以书焉？大约此书原本，非思明者不肯作，非曾入仕清廷者亦欲作而不能。理学名儒，从大处著手者，既不肯为。即从政治著手实行，如方光琛、方孝标之徒，抑亦无暇为此。蒲留仙有此才矣，然生长康、雍之际，足迹又不履京师，闻见当然不广，故《聊斋》多空中之楼阁。相传《醒世姻缘传》章回小说，出于其手，亦以狐立说，笔墨长枪大戟，惟淫秽处几过《金瓶》，与此书不是一路。王渔洋、查初白似亦有才力及此，然渔洋位至尚书，初白亦号称恬淡，且二人死后，几遭文字之狱，而毁其版。初白更以其弟嗣廷之故，栗栗危惧，恐不敢作此禁书，作之亦不能存。西河固抱故国之感者，然仇家太多则不能，笔墨太放又不类。意者惟竹垞之地位身分，较为合拍。传载竹垞为明太傅文恪公国祚曾孙，年十七，（以时考之，当在国变之初）弃举子业，肆力于古学，无书不读。康熙己未，开博学鸿词科，以布衣除检讨，预纂修《明史》，入直南书房，为忌者所中，镌一级罢，寻复原官，引病归。家居十有九年，四十八年十月卒，年八十有一。盖竹垞生于有明崇祯之际，国变而弃举业，本不欲出。至康熙十八年，则已年逾五十，名重而不能逃举，勉强应试，不能自坚，鄙人未敢深责之者。彼之所处地位，与梅村异，与灵皋亦异，且与西河亦大异也。全谢山谓其因携仆钞《永乐大典》，因而被劾，是知其心本为《明史》而来，原不以官为重，故复官而引病遽归。明代世臣之子孙，固当有此思想。竹垞所作怀古二首云："汉皇将将屈群雄，心许淮阴国士风。不分后来输绛灌，名高一十八元功。"此诗实为靖难功臣之后，待遇过于明祖时开国之元勋者，词意最显。其二云："海内词章有定称，南来庾信北徐陵。谁知著作修文殿，物论翻归祖孝徵。"此诗明明为季野辈而作。盖《明史》之才料学识，本于梨洲、亭林。梨洲之传在季野，亭林则误于乾学，然究竟万、徐皆通知掌故。鸿绪何人，直是抄袭盗窃一派，而稿本乃出于其手乎？此诗兼有两义：一刺鸿绪之有愧万、徐；一刺徐之终不能与万匹也。竹垞为明世家，又号称无书不读，其对于明室掌故，自当深悉。纵眼光不如梨洲、亭林、而亦断非鸿绪及其余人之所及。乾学心术不端，亦不能欺竹垞之目，此亦可为竹垞修补《红楼》原本之一证。

第八十二回　老学究讲义警顽心
病潇湘痴魂惊恶梦

　　清初讲官，亦有用满人者。麻勒吉、徐元梦等皆为之。夫满人初入中原，文学自当逊汉人远甚。"学问中平"之说，诚哉其不诬也。惟顺治之初，汉人之为师传讲官者，多半贰臣。其讲授自当以哄哥儿为事，满人稍有诚意，而无如其迂腐空疏，终无当于谕教之典何也。考《先正事略·王熙传》，由顺治四年进士选庶吉士，授检讨。十年春，世祖亲试，习国书翰林，公列优等。召见，以满语奏对，大蒙褒赏，累迁司业中允洗马谕德。召入南苑，校译《大学衍义》，及劝善书，遂命长直南苑。十二年初设日讲官，以公及学士麻勒吉、胡兆龙等充之。公直讲称旨，谕嗣后讲官不必立讲，遂侍坐。又《徐元梦传》，公为庶常，李文贞常荐公及德格勒公贤。圣祖时召见讲经义，德公尝扈从巡行。二十二年，由主事迁中允，寻迁侍讲。会天久不雨，上命德公筮卦，遇夬，问其占，进曰："泽上于天，将降矣；而卦义五阳决一阴，小人居鼎铉，故天屯其膏，决去之，即雨。"上愕然曰："安得有是？"德遂以明珠对。自是以后，蜚语时闻，谓公父为两江总督麻勒吉僚属，黩货不赀，公与德公比议朝廷。适灵台郎董汉臣，上书言时事，多所指斥，下内阁九卿议。大学士勒德洪公、尚书达哈塔公、及汤公谓书中豫教太子，崇节俭宜施行。众阴挠之，驳议至再三，以汤公尤珠所深嫉也。由是众日暗称汤公不欲上亲教太子，觊为师傅，公与德公亦然。先是上尝询公所学，视德格勒孰优？公自陈远不逮也。至是复举廷臣某与公相衡，而德公奏公远过之，请上面试。忌者遂言公及德公互相标榜，汤公实阴主焉。越日召试尚书陈公廷敬以下文臣十二人于乾清宫，公与德公方属草，有旨责让德公，试于试文后申辨。公诗亦未成。上命同试诸臣校勘，众相视无言，而汤公独以公文为是。又命廷臣公阅，汤公执前言，且谓德公品学素优，不宜以文字黜。（案元梦通满文，曾译《金瓶梅》，汤斌号为理学，不知何以相契如此）是日翰林院奏劾德公镌五级留任。时汤公为东宫讲官，上遂命为师，而公亦为皇子师。上御瀛台，教诸皇子射，公不能挽强，上怒，以詈语诘责，至是及后屡得罪，复起。（中略）世宗即位，以旧学故特重公，命入上书房课皇子读书。雍正八年，坐抚浙时失察吕留良私书，应革任，命同繙绎中书行走。十三年，仍命入上书房授书皇子。老而与方望溪共事蒙养斋，暇即就望溪考问经义。时江浦刘无垢、泰州陈次园，常在侧，交口责望溪曰："有是哉！子之野也。徐公中朝耆德，且为诸王师，子抗颜如师，诲之可乎？"望溪曰："吾以忠心答公之实心耳，子视公遂出孔道辅下乎？"诸王侍卫，有年逾三十，始读《大学》，而请业望溪者，讲至《泰誓》，作而曰："所谓一个臣，吾视徐公良然。"又《汤斌传》：东宫出阁，明珠荐公辅皇太子。进讲东宫，首陈《大学》财聚民散之旨毕，东宫入侍。上问所肄，具以闻。上曰："此列国分疆语，若海内一统，民散将安之？试询之。"公具陈秦、隋土崩状，且言一统而民散，祸更烈于分国时。会灵台郎董汉臣，上书指斥时事，御史陶式玉，劾汉臣撼浮词，欺世盗名，请逮治。下内阁九卿议，执政惶悚，议与同列囚服待罪。王相国熙继至，貌甚暇，徐曰："市儿妄语，立斩之，则事毕矣。"执政曰："上阅奏至再三，亲点次类嘉与之，何君言若是？"王笑曰："第以吾言视何如？"时公最后至，国柱述两议以决于公。公曰："彼言虽妄，无死法。且所言早谕教，崇节俭，宜施行，大臣不言，而小臣言之，吾辈当自省。"国柱曰："此语可上闻乎？"公曰："上见问，固当以此对。"于是大学士勒德洪、吏部尚书达哈塔者，如公议。明珠入奏，国柱尾其后而与之语。命下，汉臣免议。旋以公当会议时，有"惭对董汉臣"之语，传旨诘问。公言："汉臣以谕教为言，臣忝长宫僚，动违典礼，负疚实多。"上以词涉含糊，令再回奏。公具疏引罪，旨仍切责之。于是左部御史璙丹、王鸿绪，副都御史徐元琪、郑重等，劾公奉谕申饬，不痛自引咎，并追论其去任时，巧饰文告，沽名。会耿公以疾乞休，尹泰舒淑少詹事开音布翁叔元劾介实无疾，并劾公妄荐，举朝多为不平。而达哈塔独上书请与斌、介同罢，并下都察院议，当夺职，诏公与达公仍留任，许介去。公适闻继母疾，请归省，上手诏慰留，而忌者意未已云云。大约本回以此等为代表焉。

"袭人试探黛玉"。废后本是顺治正配，降为静妃，则是偏房。未降以前，本由睿王之私人强迫而来，则原是偏房之说，亦通。董妃以从人得所，才子佳人之美满姻缘，夺于满人。为后犹且不平。其失后为妃而致死，写之以皇后，匪惟从其后来之谥号言之，亦聊以抒愤而已。顾妻妾之争，不尽关于名分。东风西风之相压，原可通融说去。名分里头差些，为董妃打抱不平可，为废后本来身分不高说法亦可。文章切忌参死句，阅者当以意会。接写"宝钗送荔枝"一段，曰"是一对儿"，曰"怪不得我们太太说"，宝钗母女心中，已视为眼中钉，而知其将有必得之势矣。作者笔底，不惟夺废后，且夺继后，袒护董妃者，爱汉族者偏激之心理。而推崇富察后者，乃为天理人情之至，寻常笔墨，岂易及此？而袭、钗之特忌黛玉，事急合谋，有由然矣。

"病潇湘一梦"，书中所指黛玉，皆董宛当有之情形，前论中已见不赘。惟君恩难恃，摇惑孔多，夫妇之道，至君臣而不可复存。凡婚姻于政治有关系者，皆可以作如是观。剖心泣血之谈，带砺山河之誓，转瞬皆空，况兼以种族限之耶！

第八十三回　省宫闱贾元妃染恙
　　　　　　闹闺阃薛宝钗吞声

　　元妃染恙，两宫不和之代名词也。书中立架，本以元妃代表孝端，而其余之因事立义者，不得与绝对的以对贾母而发者同论。置贾母于贵戚老命妇之列，而孝端乃为宫妃。嫡庶之分，原有君臣之义，名分然也。置贾母于元妃祖母之位，而孝端乃为孙女，孝庄俨然老封君之势，事实然也。如此景象，则两宫之不和，诚无待于赘言。当日者孝庄挟摄政王薰天之焰，与其子为皇帝之力，心目中岂复尚有中宫？对于正嫡之礼数，恐亦无存。政权不在，尚不若慈安与慈禧之同时临朝。然而孝端终系正嫡，诸王虽势逊睿王，而亦未尝无兵力之可言。且彼睿王之多行不义，宁不惧人心之不服，而拥戴孝端以制之者乎？孝端之对于两人，于天理人情上断不能不有微言。而宫监、宫婢从而间之，则其衅成矣。天地间弑逆之谋，原不出于本心，然一到利害切身之际，则恶机一发而不可御。慈安之死于慈禧，不过于萧得安、杨月楼之事，触发其隐微。究竟萧、杨皆无权之人，而两宫又实有均敌之势，阴谋所发，犹且祸不旋踵，况孝端、孝庄、睿王之所处地位乎？恙者，不舒服之谓，谓其身之不舒服也可，谓其心之不舒服也亦可。孝庄虽狡，终为名义上之所迫，过宫问安，其事固不可以已。睿王虽为摄政，究系人臣，宫门问安，是其本分。"传谕一切仪注都免"，中宫之对于孝庄等，固不得不有此隆礼。惟宫禁写得如此森严，则孝端之与孝庄，笔下自然对照。果能如此守朝廷宫府之体，内外隔绝，不惟无下嫁之事，抑且无子元蛊文夫人之谋矣。罪魁祸首，实在孝庄，睿王犹次之焉。断奸情之狱者，非遭强暴，奸妇自当首科，已成千古定论。元妃与家人问答，俨然君臣。又问凤姐数语，当从《过墟志》入觐太后一段文字翻过来看，恶其专也。"传进许多职名，眼圈儿一红，止不住流下泪来"，单中所列之人，何一非太宗之子弟也者，即何一非太宗与孝端之亲臣也者！而其中竟有难言之隐，孝端安得不哭？父母兄弟，"反不如小家子得以常常亲近"，此语更微。伤心之谈，为孝庄与诸王而发，笔力直透纸背。细问宝玉，更属人情之所不堪。书中言"元春曾教宝玉读书"，以年计之，前人以为大漏洞，殊不可解，辩护者乃以梦字了之。不知《红楼》表面，元春为姊；《红楼》里面，则孝端乃顺治之嫡母。对于庶子，对于立为皇帝之子，自当有保护责任。惟即位以后，孝庄专权，大抵不常在宫中。明之慈圣，号为严明，两宫并尊，江陵不能辞其责。然宫闱卒无祸变，君子谅之。孝端与孝庄之尊崇，竟采此制，盖慈圣以前明制之所未有。孝端之谆问宝玉，面上固有当尽职务，胸中却又有许多不满情形。以皇帝付诸淫荡无耻之生母之手，而嫡母几几乎不得过问，无论其实爱此子与否，而其情固已难处。若以孝庄心中论之，则表面上极力敷衍，而隐微中之转嫌其一心挂念者之太为多事矣。笔足以状难显之情，此为绝唱。此回写元妃处处周到，全无病状，贾母等亦并未问病，是何等说法，宜参。

"夏家门子里，没见过这样规矩"，以三桂之家言之，则无种无国，无父无母，而又无妻无子，而日以淫杀为事者也。"真真是个混帐世界"，无论何人，皆当不见过这样规矩，况其妻悍妒，安有不以为口实者哉！王氏之家庭，固亦耕读为本人家。齐林无赖，而教匪以下等社会之情状，颇有不堪入目者。王氏又读书识字，武勇绝伦，俯从齐林，本非其情之所甘。曹氏借此为之叫冤，岂非公道！若王沈评之所言，则三桂与齐王氏皆当同此见解矣。

顾此回必当之以宝钗吞声，而又适值贾母身边之丫头之同香菱迎面走来者何也？盖睿王虽实不臣，开国诸王虽所行无道，然究属久于戎事，工于防人，使其当权，三桂固未能得志也。三桂之镇汉中，实在肃王未经班师以前，而都统李国翰实与之偕。保宁之围，郝浴得罪，安反侧之心，亦不为全然无见，然其势固未盛也。顺治亲政而后，十四年而敕三桂为平西大将军，国翰为定西将军，位其下矣，犹未也。三桂还驻遵义，经略大学士洪承畴，宁远大将军宗室洛托，由湖南进贵阳，征南将军卓布泰，由广西进都白，安远大将军信郡王多尼，统禁旅至。三路出师，犹满汉杂用，兵权未专属也。桂王既奔缅，乃诏三桂镇云南，始基之矣。信郡王与卓布泰等班师，留都统伊尔德、卓罗等，分军驻守，并谕吏、兵二部凡云南省文武官举黜及兵民一切等事，命三桂暂行总管，俟数年后补授仍照旧例，犹未也。十七年部臣奏：云南省俸饷岁九百余万，议檄满洲兵还京，裁绿旗兵五分之二，三桂执奏罢其议。又议征缅除桂王，命内大臣公爱星阿为定西将军，率禁旅同三桂进征，取桂王，杀之。康熙元年奏捷，晋亲王，并命贵州省亦属管辖，爱星阿班师，于是三桂之势力完全固定焉。审是则知三桂尾大不掉之事，无一非顺治亲政后所造成。而康熙初年，未经亲政以前，三桂势力膨胀，当国者厥惟鳌拜，当亦孝庄主之。作者以继后为顺治之代表，而追原祸始于孝庄。盖顺治一生无在不受孝庄之制，继后亦实为孝庄之私人，宫中之所主张，顺治实无如何。迨其大局既坏，顺治又因宠妃之故，迫而遁荒，顾命大臣，皆孝庄与继后之所伪造，成三桂之变局者此两人，受三桂之实祸者亦此两人。大笔特书，实有著落。香菱为吴氏祸根，为汉族妖孽，故亦并及。良吏苦心，须当检出。

若以白莲教一役而论，则祸患之发于乾隆皇帝时代，祸患之深于乾隆太上皇时代，夫人而能言之，言宝钗者，那拉后之长君逢君，搆后献谗，实为根本破坏之大者。而乾隆狎妓荒游，更属致乱之独一无二原因，著之以香菱惹祸，义意确切。且王氏当为乾隆与那拉后对头，女祸亦可对照。香菱改为秋菱，实为残花败柳之代名词，亦为国乱家亡之衰现象，非仅谓三桂出镇云南之年，圆圆已老而已也。"天下有几个都是贵妃命"，为宝钗点题，为三桂与齐王氏野心发现，妙极。

第八十四回　试文字宝玉始提亲
　　　　　　　　探惊风贾环重结怨

　　王沈评，求原本作者之说而不得，每当之以曹氏补本。鄙人期期以为不可。观于此回，已可知原本之妙，有为曹氏所不得任意删削而失其本真者。寻枝叶而忘根本，此其说之所以不可通也。此回目录，提亲二字，对顺治为语无泛设，盖大婚之年，犹未满十五也。十五为圣人志学之始基，即为普通人入大学之时代。以志学之年，而早婚以纷之，帝王家之行事，抑何可笑！不过以天子为私产，而求其早有储嗣耳。第一题已开门见山矣，明言幼字，是点破作意处。"不志学为人情之常，幼年志学为人情之所难"，固无足怪，但明目张胆言之，为可叹耳。而"不愠"一题，在字义为讥顺治，其母与其叔之所行如此，尚以为孝，以此言不愠，殊非人情，而当日遁世无闷者何人，作者又于书旨明之。"则归墨"一题，按切时势以立言，决不可易。孟子言杨氏为我，是无君也；墨子兼爱，是无父也。清初与满人逐鹿中原者，清人皆以无君目之，而势力则在三桂，此其所以败也，故截去上文"不归杨"三字。清初人伦颠倒，谓之无父亦宜。而种族之见，又决无谓他人父之理。"归墨"二字，有识者之所痛心，而其势已至于此，故曰"则归墨"者，伤之也。全中国之大，而争为帝王者，乃竟在于无君无父之徒，当日成何事体！虽海禁大开以来。杨、墨两家之定论，无论纯疵，总当占哲学家之大部分。然而从前普通人之议论，无不若此，且寓意之文，不当刻论。"惟士为能"一题，尤作者致叹于学问风俗之大变。贾政学差，本指下嫁开科而言，安得有士？其亦为无恒产所迫耶？史可法、瞿式耜、何腾蛟、张煌言之徒，作者固馨香崇拜，钦为天人。而一命之士，微贱之儒，以及贩夫，走卒，下及妓者，抱忠义之畸行，至死不悔，穷饿不移，非士也而直以士目之矣。乃至郑成功、李定国，出于盗贼之部下，犹为胜国遗民吐气，视彼掇巍科，居大位，展转呻吟于淫后虏主之侧者，其身价之相去，曾不可以道里计。清人知其然也，乃以爵禄笼络之，以网民政策驱使之，久之而士气销磨。其所谓气节功名之士者，亦属无几。盗贼之放僻邪侈，无所不至，实在上者之养成之耳。清廷眼中，已经将吾汉族之贪生畏死苟图衣食之一辈人劣根性，全行看破。只要有一碗饭吃，便可以弑父弑君，吮痈舐痔而不恤。若其不肯降附，望望然弃之而去者，清廷固深知其居最少数而无如我何也。彼族之中，君以是诏其臣，父以是训其子，传为不易之心法者，固回首逆溯之而历历可指矣。凡此诸说，对于前清一代，固无一不可通者。然在开国时代，则尤显。彼时满、汉之种界，清、明之国界，尚绝对的无同化之可言故耳。夺嫡之说，义若可通，然允禩、允禛，皆非康熙之所措意。朝望所归，固别有在。杨、墨比拟，切而不切，且终落边际，不足以注释全文，故不取。

"倒给人家当家去"。顺治当成童以后，时当立后，满洲、蒙古之亲贵，以及汉军之资格较深者，自当各有中原逐鹿之思想。而董妃以一汉族无根之女子，介于其间，徒得君宠，而与众不合，失败固宜。书中除废后、继后、四贞而外。更写出傅家、张家，更写出王尔调、詹光、张道士、贾芸诸人之为媒，全是此意。但给人家当家一语，则其意固当有深焉者也。说者谓公主下嫁，驸马实为之附属物；于政治、军事上之下嫁，则更为附属物之甚者。吴应熊尚主，而留之于京师，仅一归滇视疾而即返；策凌以边疆重臣，亦久留于京邸，盖直以赘疣视之而已。作者心怀不平，乃翻转面目而竟以顺治为赘婿。明知事实上之所必无，而姑以屠门大嚼出之，故云尔也。鄙人谓是犹浅之乎为言矣。芸芸禹甸，茫茫神州，固吾汉族四千余年歌斯泣斯聚国族于斯之土，非满人之所得而有也。请观今日之域中，竟是谁家之天下。绝好家居，纤儿撞坏。一旦而满人以外部入主中原，无识之徒，方且戴之以为太祖高皇帝、太宗文皇帝、世祖章皇帝、圣祖仁皇帝，由是而列宗焉。生为君主，死有美名，久已习之。若考其事实，自有识者视之，则直以为乡间恶俗之抵门杠耳。（乡间夫死坐堂招夫抚子，谓之抵门杠）本非其家而据有之，故谓之替人当家。本不理事而犹称皇帝，故谓之不能替人当家。顺治未亲政以前，权在摄政王；既亲政以后，办得稀糟，何曾能当家？嗟吾汉族，乃以其大好之土地人民，任人入室升堂，据有其一切产业，而任其所为，美恶皆不过问，是直如乡间未识字读书之野人，任听其宗族之招夫抚子，酿成种种怪现象而已。非赘疣而何？安得不倾心而呕出之乎？

"贾环结怨。"案《过墟志》刘孀本传，有两事是此事注脚。特录于此以醒目。刘仲子七，闻阿珍字人，忽怒詈曰："父曾嘱我勿浪游荡，姑将以珍字我也，故抚我。今乃背约别字，将焉置我？"刘闻怒甚，邀仲呼七而痛笞之，且诘以珍字汝何据。七无以应。因谓仲曰："七第欲我娶妇耳，然直言亦何害？乃敢以横语突激哉！"爰以百金为七婚娶，复置庄房一所令居，且以己之奁田三十亩畀之，曰："刘产仍归刘氏，愿汝守之，若荡废，无入我门矣。"七好博，未逾年而田产尽售。妻无所依，自溺死。仲亦恶其无赖也，屏弗子，七遂寄身博场。钱生则游娄庠，出赘于黄。刘爱珍及婿，一应衣服之需，盘飧之奉，倍极丰美。既弥月，生奉父命告归，课举业。刘慰留不获，始饮饯焉。时七为败类，苦饥寒，常仰给于刘。一日适遇珍，七曰："珍姊向问尔几时招婿，辄怒詈，前日衣蓝衫冠方巾者谁耶？"不答。又曰：姊夫归矣，姊寂寞否？"珍怒，遂入。及晚珍于寝所觉有异，急出呼父曰："房中似有贼。"亮率仆妇持梃入，搜至床下，得一足，痛击之。贼大号，视之七也。刘忿极，以剪刺其股，流血盈地，缚而闭之室。厥明，仲闻而至，欲投之河。刘不可，令仲锢于家。甫一日，仲妻复阴脱之。自是七遂欲甘心于黄矣。又豫王内召还京，途次济宁。而刘病气逆，登舆辄呕。王檄中丞召医诊视。或言湿阻，或云水土不服，各拟方进奉。刘阅未毕，即碎而谩詈，以王未解吴俗语，乃强起拥被坐，牵王袖于卧所附耳曰：我病妊耳，群奴皆用利导之剂，岂欲以之杀我耶！义亦相通。王沈评谓指康熙末年诸子必死允礽，亦是。但从开国以来，即是如此，诸帝之得立，固未必不煞费经营耳，当活看。

第八十五回　贾存周报升郎中任
薛文起复惹放流刑

此回之北静王，所指当系郑亲王，盖指顺治即位之事。当日摄政之领衔者，郑王也，睿王次之，不得郑王之允许，顺治不立。盖以资格而论，当推礼王。礼王虽让，而郑王之意，若持国利长君之说，则睿王固无以难。此时礼王虽已无权，而肃王等皆握兵符。郑王虽太祖之侄，而除礼王以外，无长于郑王者。故其所发之言论，最为重要。写贾赦、贾政并及珍、琏，盖睿、英、豫并在，而肃王亦以郑王之故，不得反对。郑王对于立君，原有异辞，而终从英、睿、豫之议，史有明徵。故此篇特写北静王之重也。宝玉有两个者，奉天即位，是一个玉玺。入关而有中原，仍建有天下之号为大清，居然是两个矣。后一个谓之假造，为满清酋长尚可，为中原之主则伪造矣。摄政王先入关，开科崇儒诸恩诏，便是学差代表，吴大人便是当日歌功颂德于摄政王之前者。且顺治即位时，郑、睿同摄政入关，而睿王先入京师。冬十月乙卯朔，上亲诣南郊祭天地即皇帝位，始加封多尔衮为叔父摄政王，乃改封郑亲王济尔哈朗为信义辅政叔王。至是而睿王之权力固定，始在郑王之上。又封武英郡王阿济格、豫郡多铎俱为亲王，盖自是而三王之势已成。其时亦复肃亲王爵，并封顺治兄硕塞为承泽郡王，盖不得已也。报升郎中，隐含入主中原之义。而题目曰存周，即指此事。曹氏则以之指乾隆内禅，宝玉有二，太上皇、皇帝之谓，北静王即为乾隆之代表。或者以当礼王，谓顺治初立，领衔翼戴者礼王也。说固兼通，然足以见礼王之让，不足以见诸王共忌礼王之恶，故弃彼而取此。或者以和珅之私递如意，当北静王，然其身分疑少不合，不如直以乾隆当之，而以吴大人之誉贾政，当吴省兰之党和珅为宜。隆科多拥戴世宗一事，秘密行为，与此段之彰明较著迥别。且两玉亦不可通，独怪王沈两君，引隆科多一事，时而谓其与世宗狼狈为奸，时而谓其阴护理密亲王，自相矛盾，而又不言其所以然，岂批评时未得同意，而两君合为一人，其亦各有所见耶？然著书之体裁，则终有不能如此之歧出者矣。评中如此者亦间有之，不赘。

废后立后之际，范文程、洪承畴实有力焉。孔允樾等之酸论，顺治恶久矣，或者其更有密奏耶？此回之写贾芸、小红，亦在隐约之间。于凤姐说两个相敬如宾之后，"宝玉忽向黛玉说道：你瞧芸儿这种冒失鬼，说了这一语，方想起来，便不言语"，真是画龙点睛法。

"薛文起复惹放流刑。"打死张三，纪三桂之逼死桂王也。复之云者，三桂请兵灭明，已有当刑之罪；今日复者，怙终贼刑也。罪本不容于死，而仅曰放流者，屏诸四夷，不与同中国。且三桂逼死桂王而后，驻守云南，足迹终不出湖南一步，已为清人之所监禁，故以边疆为其放流之地也。乱贼炯戒，于义益严。下回言蒋玉函者，玉函为宝玉之函。在明为其固有，桂王应当恢复。在清亦为所占有，且为三桂之所代为取得，而非三桂之所得而有者也。非三桂之所得而有，三桂何得而不准桂王拿眼瞟之？此三桂所谓以屡成于恶者也。三桂阴怀异志，其藩下副都统杨申，说以先除由榔，绝人观望，此文中吴良之代表也。三桂从其计，疏请发兵入缅，殄灭由榔。其略曰：前者密陈进兵缅甸事，奉谕若势有不可，慎勿强。又谕务详审斟酌而行。臣因筹画再三，窃谓渠魁不殄，有三患二难。李定国、白文选等以拥戴为名，引溃众肆扰，其患在门户；土司反覆，惟利是趋，一被煽惑，地方烽起，其患在肘腋；投诚将士，岂无系念故土者？边关有警，携贰乘机，其患在腠理。且滇中米粮腾踊，输挽络绎，耕作荒而逃亡众，养兵难，安民亦难。惟及时进剿根株，乃一劳永逸计。疏下群臣议行。三桂此疏，不许桂王存在，为其有恢复中国之资格也。其为新主守此玉函耶？抑亦取而代之耶？桂王不屈而死，迄今览其与三桂书，凄惨不可卒读，而劲气仍复不衰。"那人也是个泼皮之说"，允矣。"只要尸亲不说"，桂王有何尸亲说话？明室既亡，惟恐汉人心中之不服而已。张王氏者何人？固吾汉族失势以后呼冤而不能之代表也。张王刘李赵，为吾汉人最大之族姓，王字又影王者之遗族。不言赵、刘，别于宋与汉也。言李家店，盖犹是唐人之土地云耳。"当槽者"，当朝之谓。"十八年前之张大"，其十七年忧勤惕厉之崇祯乎？"大儿子二儿子也都死了"，福王、唐王，今安在乎？"小杂种"骂得毒，吾族不认其为汉人矣。"呼青天"者，非呼知县，直呼上帝与明室列祖列宗在天之灵，与吾祖黄帝以来先烈之灵也。"不是佣工"，教人深省。"尸亲张二之买嘱"，讥明代之老臣之二于清者耳。下文又言贵妃薨，辍朝三日者，桂王被弑于康熙元年，正当顺治遁荒之际，借此点醒，大笔特书其年月，以令人自悟焉。"老官翻案牍"，三桂之罪，不惟明人诛之，即清人亦诛之，当时亦心疑之矣，何可翻？顾包胥秦庭之哭，《摄政王与史阁部书》，肆为美谈。杀吾君者是吾仇，报吾仇者即吾君。此等爱钱不爱脸之文人，所在皆是。桂王既死，歌功颂德者，且美之以新朝之元勋，而清廷赏功不典，且复有加无已。狼子野心，当其称天下都招讨兵马大元帅时，蓄发易衣冠，俨然以恢复汉土为辞，几几乎欲自翻前案而不以为丑。三桂既败，论者犹以清廷之故，不深罪其逼杀桂王。迨至乾隆四十五年，馆臣进唐、桂二王本末，犹未载三桂擒朱由榔事。谕曰："《通鉴辑览》附录之载唐、桂二王，所以匹于宋之帝昺、帝昰，以示万世之实录也。馆臣以吴三桂为叛臣，不书擒桂王由榔事，而以属之爱星阿。夫爱星阿固为定西将军领兵，而三桂彼时实为平西大将军，且必欲殄灭由榔。三患二难之议，发自三桂，即后之进兵剿缅甸，驱李定国，降白文选，皆出自三桂之筹画，其功固不可泯也。然其筹画，岂实为我国家哉？彼其时已具欲据滇黔而有之之心，由榔、定国、白文选在，伊岂能据之哉？且自古权奸、无时无之，亦无地无之。三桂之必欲灭由榔，实犹近日阿睦尔撒纳之必欲灭达瓦齐，达瓦齐而在阿睦尔撒纳必不能据准噶尔。则彼之为我宣力，皆所以自为也。今昔相形，三桂之奸计毕露，又何不可功则功之，而罪则罪之乎？其依国史三馆传，尽载其入缅事，莫删。昔许子将之相曹操，两言撮其要，而操亦喜。适所举二人，颇甚类之，亦在用之而已矣。又在先觉之，俾毋出我范围而已矣。此言固乾隆之私言，然弑王之狱，铁案如山，又岂有可以解免之余地哉！

第八十六回　受私贿老官翻案牍
寄闲情淑女解琴书

　　张三之死，曹氏盖于齐林死事，诛王氏之心也。齐林以邪教倡乱，清廷固得而诛之。齐林之宗旨大谬，他人亦可得而诛之。独王氏不能者，非以王氏之身为其妻也。王氏本非齐林之妻，齐林安得而妻之？盗贼以兵刃搂处女而乱之，便俨然以之为妻而自为其夫，乃欲禁被乱者不以为仇，原非天理人心之所许。夫妻之说，似不足以罪王氏也。顾王氏之以革命事业为名者，纵不为林也妻，亦实为林也属。王氏果无革命之志也者，则以彼其才，虽使官逼教迫，岂遂无术自全，而必舍身以入于其党？王氏而果有革命之志也者，则以彼之才何难自成一军，岂必受人节制，而遂乘时以规利？既已属于林父之部下，则为革命事业计，即牺牲其旧情，而亦无不可者。非比陷身敌党，非杀其夫，不足以报党人也。则是既为林也属，即不得不为林也妻。某生终非党中人，虽割爱亦何伤焉？近人所载，直谓林实死于王氏之手。鄙人去时代稍远，不敢臆断。乃让一步言之，据官书之所记，则谓林实被捕而死。呜呼！是亦足以罪王氏矣。夫林之谋变，非一朝夕。王氏之才，亦非长于夫死以后，而短于未死以前。势力之潜伏，何以安然不动？即谓时有未可，则林之为林，在教中之地位，俨然首领，何至于轻易被捕？是知王氏之所以护持其首领者，固不甚力。而一切四出运动轻身冒险之行事，亦必任其所为，而不为之设一谋。清廷捕治，虽为严厉，而其实则贿赂公行。为首领者，果坐镇而不出，则猛虎在山，财力势力，皆可以驱役胥吏而自顾无忧。曾头市之败，作《水浒》者所以罪宋江之谋晁盖也。况被捕固非阵亡比耶！阅者或以鄙人为太刻乎？则试问某生白头之约，何以不因革命而割舍？为夫报仇之人，何以蓄面首而不复初志？举事而后，其部下之奸掳抄杀，何以全然无忌？洪天王之初起，纪律严明，石达开、李秀成之爱民，口碑载道。清廷之身与为敌者，亦不敢诬。而王氏则否，则其有革命之才而不得与闻伐罪吊民之旨者，其行事固当与宋江等耳。且王氏安足责哉？古来之号称吊民伐罪、应天顺人之革命英雄，曾有一能免于此者乎？项羽曾迫逐义帝，而九江之沉舟，或且以为陈平之奇计矣。陈友谅曾弑徐寿辉，而瓜步之沉舟，或且出于明祖之秘谋矣。究其所为，分羹惨忍，功臣屠戮，实可对照而得之焉。宋祖何以负周世宗？太宗何以负宋太祖？玄武门之喋血，何以改于当日之迫父举兵？而女子有才者之心计最毒。武氏之祸，慈禧之毒，虽对于其子，犹且有不容侧足之举。曾谓王氏具盗贼之行为，而曹氏必加之责备。顾历史非为往昔，实鉴将来。杨秀清、韦昌辉之事，固曹氏眼光中之所必有。鄙人目击五族共和政体革命之新风潮，以悬想夫吾先达辟开政治种族革命之大龟鉴，始知革命之成功与否，关于内部团体之坚固与否者，以自相鱼肉为极坏，以谋夺首领为大戮。政党亦然。举凡无一定之宗旨，而欲因利乘便，自树一帜，以阴谋占夺政权首领之一席者，皆齐王氏之类也。

于薛蟠打死张三之后，忽提"宝玉想起蒋玉函的汗巾"，明其为宝位而争也。清廷与三桂，皆系念明代之宝位，而或得或失者。齐林倘亦希冀宝位耶？成则为帝，败则贼，作者所微感也。王氏之于齐林，其亦宋江夺晁盖之椅子乎？书中亦有专从字义著眼而不必惟其人者，此类是也。

《红楼梦》释真

琴者禁也，作者笔下之主旨也。琴者情也，作者意中之主旨也。发乎情，止乎礼，是谓之禁。黛玉口中之一段议论，非为顺治、乾隆之所不能为，抑亦董妃之所不能知。富察后之琴瑟不调，虽云谏诤，亦岂足以与于此乎？然而作者之为此言也，则亦自有其故矣。见文于琴。即是思念古先哲王之训，即是思念古先圣道之心，并以为此书之作，不可亵视。层楼林石，山巅水涯，清室庙堂宫庭之内，强而置之以为玩物，虽有圣人之器，终不得圣人之真。袭吾族文明之一切皮毛，以为文饰，而崇尊孔教，宁有当乎？陋儒不知大义，强聒而与之语，终有类于对牛弹琴。降而言之，则以吾汉族之聪慧女子，而与满人言钟情，彼何知焉？顺治虽深于情，而"贪多嚼不烂"之说，岂真以意淫代情之真谛乎？富察后之谏言不入，反遭奇变，谓之曰对牛弹琴固宜。然作者终不肯以此段精微广大之议论许黛玉也，故下回之君弦折断，非仅以影其结局，亦若曰此义终非若辈所知耳。"猗兰操"之寄托，其意亦在于是。

第八十七回　感秋声抚琴悲往事
坐禅寂走火入邪魔

　　书中之钗、黛，处于敌对之地位，岂有可以相代之理由哉！顾此回宝钗书中之四章，俨然词意都似为黛玉而发，颇属难解。然而其可解无疑者，盖书中之所言家运，无一非借为国变作影子者，非家难也；四章词意，无一非悼痛国难之词。明室之亡固矣，彼蒙古者，亦何尝不亡于清廷哉！且蒙古之亡也，杀其酋长而夺其妻妾，奴其子女，我汉族中之妃嫔，或尚无有此等痛史，而蒙族有之，作者又焉能不著其罪乎？且此意并非为蒙古设也。蒙古入主中原之日，固吾汉族之仇敌，然自被明祖驱除而后，继之以永乐之征服，江陵之怀柔，虽时或叛服，而终竟多为吾汉族之屏障满洲者。一旦折而入焉，吾汉族之祸，由此而日深矣。参透此旨，乃知此四章之意之不为虚设而假借也。若但以个人而论，则其义亦甚周备。董妃之变，继后之寡，富察后、那拉后之同归于废，皆于此中见之。而宝钗匿怨而友其人之办法，恰是故作苦语欺人之态，自佳。

　　"黛玉便想着父母若在一段"。面子固对于董妃、富察后皆可通，然其主旨则不为此也。盖此文之父母二字，指祖国耳。不指祖国，则下文"惟我独尊"四字，何处得有充分之解决？且"李后主"一语，更觉无谓。盖纯是亡国之人口中语，不专是为董妃而设，不过以董妃代表之耳。王沈评揭明作意，即此。

"妙玉听琴。"此段以历史家代表收辑悼亡国文字，属诸万季野，固无疑义。然亦兼写卞玉京弹琴述由崧选后徐氏事。吴梅村有《听女道卞玉京弹琴歌》，其词云："驾鹅逢天风，北向惊飞鸣。飞鸣入夜急，侧听弹琴声。借问弹者谁，云是当年卞玉京。玉京与我南中遇，家近大功坊底路。小院青楼大道边，对门却是中山住。中山有女娇无双，清眸皓齿垂明珰。曾因内宴直歌舞，坐中瞥见涂鸦黄。问年十六尚未嫁，知音识曲弹清商。归来女伴洗红妆，枉将绝技矜平康，如此才足当侯王。万事仓皇在南渡，大家几日能枝梧。诏书忽下选蛾眉，细马轻车不知数。中山好女光徘徊，一时粉黛无人顾。艳色知为天下传，高门愁被旁人炉。尽道当前黄屋尊，谁知转盼红颜误。南内方看起桂宫，北兵早报临瓜步。闻道君王走玉骢，犊车不用聘昭容。幸迟身入陈宫里，却早名填代籍中。依稀记得祁与阮，同时亦中三宫选。可怜俱未识君王，军府抄名被驱遣。漫咏临春琼树篇，玉颜零落委花钿。当时错怨韩擒虎，张孔承恩已十年。但教一日见天子，玉儿甘为东昏死。羊车望幸阿谁知，青塚凄凉竟如此。我向花间拂素琴，一弹三叹为伤心。暗将别鹄离鸾引，写入悲风怨雨吟。昨夜城头吹筚篥，教坊也被传呼急。碧玉班中怕点留，乐营门外卢家泣。私更装束出江边，恰遇丹阳下渚船。剪就黄绦贪入道，携来绿绮诉婵娟。此地繇来盛歌舞，子弟三班十番鼓。月明弦索更无声，山塘寂寞遭兵苦。十年同伴两三人，沙董朱颜尽黄土。贵戚深闺陌上尘，吾辈漂零何足数。坐客闻言起叹嗟，江山萧瑟隐悲笳。莫将蔡女边头曲，落尽吴王苑里花。"此诗感慨最深，变例写之，盖以明宫当大观园也。鄙人疑为梅村作者又其一。

"惜春输棋。"指桂王、李定国之倾覆，及尚可喜家事。历史上不可深数者，"倒脱靴"势也。以历史家点破之，夫复何疑？史表之作，季野所以通纪传之穷者，当亦以"棋谱"影射之。

　　"走火入邪魔。"此一段似乎唐突季野矣。既而思之，则又觉其立言之精当，实从释老修持之精义、儒者立身之大防，极力搜讨而出之，乃以适合乎天理人情之至，而非好为高论者之所可托也。季野以遗民自居，任故国之史以报故国，自称布衣，不署衔，不支俸。而徐氏兄弟引之，自王公以下争相从问古仪法，月再三会，听讲者尝数十人，录所闻共听讲肆莫不呼为万先生。而先生与人往还，仍自署曰布衣万斯同，未尝有他称。此其所为固甚难，亦甚幸免耳。彼时当道之以季野为重者，其意岂不欲其入仕哉！而清廷之于遗民，劫持之以白刃，而强之入仕者，又行同盗贼，比比然也。婉劝之不从，而或将有强迫之举。季野宁无惧乎？天地间人情之所难，寐梦中犹不能自安，与其谓季野为天人，而漠然无所动于中，不如谓季野为强忍，而不能安然而一无所畏。人心道心之危微精一界，只在一念之分别观之，敬与肆之不同，即从此始。故"目中有妓，心中无妓"之说，未免欺人。惟心中有妓，而刻刻以为大防之决不可以偶逾，乃可以为后人立之极。持论者当为中人说法，不当以上哲为例。处危险至急之界，有此思想，而自防之，终竟无此事实。季野之为季野，曾毫发之无所损。彼心有余而力不足以自持者，则固宜持不见可欲则心不动之学说矣。季野之地位，决不易学，故以此表之云尔。且其犹子经则竟入翰林，而又有通州修城之罚矣。其犹子言，则竟为知县，而以忤上官论死矣。以名族之子，伉直之性，何苦为此？谓之曰走火入邪魔，曾无足怪。作者知季野之行事不可为寻常法也，故并兼写其侄辈竟入邪魔，以为后人之谨守节操者戒。用意之深，乃适与天理人情相合。哲学之精言，不过如是。蔡毓荣固纯粹邪魔者。然而人禽之界，只此须臾。忍之须臾，而即与日月争光；快之须臾，而即与有生同尽。毓荣果逆知其将来有论斩谪戍之事也者，必不至于造出种种恶孽；毓荣果能知有种族之大义也者，则虽无将来论斩谪戍之事，而完全以功名终，亦决不肯为清廷之功狗。晚岁出家，回头已晚。作者为此一辈人大声疾呼，为说大法，试问其良心上果尚有存焉者乎？合上中下三等人，而以中等立法，文家之义例如斯。下文言惜春者，桂王与定国本不宜出走之人，而不得不然，故曰"不便出家"；至死不变，故曰"那时邪魔缠扰，一念不生，万缘俱寂"。若丰绅殷德者，则"这种人家"四字，于义可通。而彼之所处地位，固当毫无想头，故美恶不嫌同辞也。

第八十八回　博庭欢宝玉赞孤儿
正家法贾珍鞭悍仆

　　鄙人阅《东华录》，见夫一帝之即位也，必有一篇颂词；一帝之告终也，亦必有一篇颂词。不曰见爱于其祖某祖某宗，则曰见爱于其父某祖某宗，几成一篇印板文字，鄙人为之心烦不怿者屡矣。及观《红楼》此回标题，乃叹皮里阳秋之妙也。盖此等赞美之词，只可以欺妇女，而不可以欺天下后世之目。皇帝之子孙，皇帝之子孙继位者，果能尽皆贤才乎？果能尽皆贤才而幼年即非寻常之所及乎？抑亦见其诬之甚矣！且以康熙、乾隆而论，乾隆之所为，似英主，似非英主。即开卷第二回所谓"偶秉此气而生者，上则不能为仁人君子，下亦不能为大凶大恶；置之千万人之中，其聪俊灵秀之气，则在千万人之上；其乖僻邪谬，不近人情之态，又在千万人之下"，其真充分足以当之。而奈何歌功颂德者，乃拟之于五帝三王也？即康熙之为康熙，其行事亦多不可解，惟在诸帝中实有笼络汉人之才。然必谓其远过汉、唐，则鄙人不敢承认。且汉祖、唐宗，亦岂真有过人之才德哉！羊群里跑出骆驼，即蛮族腥膻之义；大人代作对联，即诸词臣代笔之义，写得意在言外矣。"师父夸他大有出息"，即诸王子师傅，各私其弟子之义。孤儿之孤字，可作少孤之义解，亦可作称孤道寡之孤字解。作者眼中，岂曾见有胡雏哉！

　　旗人之对于其主也，自称奴才，而得用者大抵皆此辈人，故书中极写奴才作恶。盖奴才二字者，旗人之总代表也。家里的田地房屋，将来终归奴才败坏，其有不弄完者几希。周瑞的干儿子，所谓奴才的亲戚，为汉人之甘为满人三等奴才者说法。《水浒》云："我把你这与奴才做奴才的奴才"，即此义也。究竟奴才虽再不好，亦断无有不分皂白，而听一面之词者；亦无有任我意之所为，而强迫以出之者。书中诸王，多为奴才所误，而肃王尤甚。故此回以贾珍标目，曰正家法者，表面之辞，作威作福之词也。

《啸亭杂录》，载明太傅家法一则云：余尝育奴子英魁，为纳兰氏之旧仆，言明太傅珠，于康熙中，既为郭华野所劾，曰："勋名既不获树立，长持保家之道可也。"因广置田产，市贾奴仆，厚加赏赉，按口赒以银米，冬季赐以绵布诸物，使其家给充足，无事外求。立主家长，司理家务，奴隶有不法者，许主家者立毙杖下。所逐出之奴，皆无容之者。曰："伊于明府，尚不能存，何况他处也？"故其下爱戴，罔敢不法。其后田产丰盈，日进斗金，子孙历世富豪。至成公安时，以居傲和相故，撄于法网，乃籍没其产，有天府所未有者，良可惜也。因思权奸保家，其才固有过人者，所以能历百年而不败也，此条最可参看。而于本回书中关系甚多，阅者当会意焉。夫以罢斥得罪之人，而广置田产，其在位之贪污，自无待言。独怪所谓圣祖仁皇帝者，亦听其安享而不问，群臣亦更无言者。郭琇且栗栗几不自保，尚复成何政治？且家奴可以立毙杖下，究竟人命至重，岂容以擅杀？其所谓罔敢不法者，又不知从何处考证？而安三之事，又即《啸亭杂录》所记载，自相矛盾极矣！大抵当日亲贵，对于家奴，都是如此光景，前论可以参观。若欲繁征博引，恐累牍不能尽也。

此回写贾芸并及小红一事，盖贾芸本指范文程。文程为三朝元老，本与豫王有隙，而委蛇于睿王与顺治之间，位在内三院大学士，而屡见谪责终得免祸。《本传》载：顺治六年，任议政大臣，纂《实录》，加世爵至一等子。以疾乞休，优诏许暂解职调理，病痊即召用，特加太傅兼太子太师，世祖亲调药饵驰赐。十四年，诏遣画工就第图公象，藏于内府。康熙元年，上谕阁臣曰："原任大学士范文程等，皆太宗文皇帝股肱之臣，勋劳最著，其子宜擢用。"四年公薨。又睿王死后，刚林之狱，连及文程，文程独不坐。中有睿王取去刚林时，以范文程不合其意，故不取去。范文程曾效力太宗朝，在盛京时又不曾预贝子硕托之罪，后知睿王所行悖逆，托疾家居，众所共知。盖文程暮年，非徒豫王厌之，睿王亦厌之矣，托疾实无可如何之事，即此回所谓"你在家里什么事做不得，难道没了这碗饭吃不成"。且以传考之，则此后归老之日亦多，则文程虽清廷三代元勋，其后辈亦皆有厌恶之意。此回书中巧姐见了就哭，即此意也。小红指洪承畴，承畴与豫王之交涉最多。反间之狱，未必不赖其力以免。故小红属于凤姐，而又与文程最善，故特写其交连情形如此，余见前论。

　　此回鬼话一段，作者煞有深意。即《聊斋》以狐当胡，而以汉人当鬼之义也。乃作者即以鬼当汉人，人当满人，尤觉直截。盖清初满、汉之界，全然未化，彼此之相视也皆如鬼，而汉人之被屠者太多。未入关以前。则虎皮驿之六百里无人烟，永平等四城之被屠等事，为其代表。入关以后，则扬州十日，嘉定三屠等事，为其代表。其好杀最甚，则惟豫王，则豫王之使汉人为鬼者。汉人之死者，固当作厉鬼以报豫王。汉人之生者，亦未必不做鬼以卖豫王。而以鬼报仇，当其凶焰未衰时，必先及于同谋杀人之人。一男一女之用绳夺道婆脖子，即此汉人男女遭荼毒而死者之代表也。大抵雄桀之人，每当石矢交下，坚持不动，杀人盈前，习以为常，而究竟是气之所为，而非其心理上之实有定见。积之久而气衰，则其神明之内疚，必不可得而自解。一有见闻之触发，遂不觉有临之在上，陟之在旁者，群与为难。趣而观之，几疑于与平日不类。然而绝无可疑者，则以气之衰旺为之，而本心之天良又驱之，故如此也。恶人最好持斋，亦最好谈因果。且明明畏鬼，而又言不畏鬼之人，终竟畏鬼。非鬼之果可畏也，彼固有其未尽之天良在，有不得不畏者存也。作者既于自己之良心上，觉报复之法，必当出之于厉鬼杀贼之公例，而以张金哥夫妇之节烈者为之代表。又于恶人之良心觉悟上，觉内疚之至，必当有风声鹤唳草木皆兵之变相，而以豫王、刘媪为之代表。怨毒之极，本非空言，非他小说可得而借口也。

红楼梦释真卷四

第八十九回　人亡物在公子填词
杯影弓蛇颦卿绝粒

　　"河南决口"，为义师纷起，并睿王出征纪也。乾隆末年之白莲教亦闹得乾隆日夜不安，玩嘉庆谕可见。但拘拘于河工者，浅矣。

　　此篇全为颦卿绝粒而写，而"人亡物在，公子填词"乃是倒装而出之。盖董年为贞妃，于顺治遁荒之后，非顺治所得而诔者。作者因董妃本为姊妹，故借之以作影子。三姑娘之于孝贤后，固亦犹是。所可异者，《望江南》一阕，对于乾隆之薄幸，似有全说不去者，或者对面出之，而以为孝贤后望君之词耶？不知此非可以假借者。盖孝贤死后，乾隆之诏旨，虽系伪为者，而其隆重有加，其情谊亦觉甚厚。从表面上观之，固亦可谓祖孙继武也。取顺治之真情，与乾隆之伪态，同作一笔写出，真是能手。夫颦卿绝粒，实为董妃与孝贤后之身死不明而纪。小说阙疑，而又不能不出以存真，恐其独持一说之不足以传信也。杯影弓蛇，岂董妃之地位所宜有？然而不得不有者，满汉之界，既已画若鸿沟，妒嫉之情，更复无所不有。王沈评身负秘密之说，疑狱可以周内而成，顾谓顺治之忍情割爱，贬入离宫，则情事未必恰合。君主所爱，太后可以强迫而疏之，未必可以强迫而贬之。且贬之而其人尚在，后害终不可测。离宫可以复召，为尼者且可以入宫。孝庄狡狯，决不肯留此破绽，以为后来复起之机。况加之罪者，以谋为不轨为名，则其罪必非一贬所可了事。以鄙人之意度之，则此狱之发生，必为顺治之所绝对的不肯承认。当顺治秋狝之月，孝庄即因顺治之不在，取而置之于死地，如孝圣宪皇后杀香妃之故事，较为近理。盖观于日后顺治之为妃出家，则知当日顺治之对于董妃，大有君非姬氏居不安、食不饱之景况。孝庄虽属辣手，必欲得顺治之许可，恐亦不能。彼能舍其天子之尊以徇一妃，恐非母氏之力所能夺也，孝庄岂其不见及此？迨至董妃死矣，孝庄之事毕矣，疑狱无名，孝庄无可坚持，顺治得以自解，端敬皇后之名辞，赫赫然见于诏旨，且即以为孝于孝庄，孝庄亦不欲直斥其短。而母子之间，终不相宜，妃嫔之间，更不能相安，出家之事，所由起也。遁荒而后，犹以端敬皇后之名义祔葬，则知顺治之所以为妃地者，孝庄固有时不得不然也。孝贤后之事，或云水死，或云为尼，亦有两说。故绝粒一段，亦即为身死不明之证据。近人所载，谓后奄奄成疾，自知不起一段文字，且有帝颇哀悼，欲以后礼葬之之说。某妃正位为后，力言以出家尼为后，不足昭示天下，其死亦是绝粒之类。而那拉氏之废，考《东华录》，已得其无文字中之确据。或者乾隆转念故剑之情，悯孝贤后之非其罪，而那拉后之未免于专横阴毒，乃不得以后位自安，故终于被废。审是，则此回目录之所谓"人亡物在，公子填词"者，或亦状乾隆良心上之有所不忍，与其日久思悔时之有所难堪，而因以人亡物在四字，形其惨状，公子填词四字，警其天良。言非一端，不可但就正面死看。若夫杯影弓蛇，则当初为尼在外，苟全生命之日，则固无日不在危险之中。幸而不至死于非命者，实非其意料之所及。而曹氏犹不敢以终其天年之说为可信，隐微之事，不得其详，以意为之可矣。不然，则杯影弓蛇四字，于董妃、孝贤后，皆无有可以充分解决之余地。而前后之不相贯串者，苟非深求其故，又恶能得其言外之旨哉！

顾此回宝玉之填词。其隐情必为袭人与麝月之所窥破，而又于下半回绝粒一段中点醒。薛姨妈来看黛玉又不见宝钗者何也？盖一例用倒装之法出之。麝月为袭人之党，书旨自明。而继后之对于董妃一狱，必有发踪指使阴谋诡计之行为。而从前之党于废后，而覆董妃，而并夺废后之尊位者，其心固可诛，其情则仍与废后一气。故废后既废以后之继后，即为废后未废时之废后。故不惜对于晴雯而以董年为董妃之代表者，即不得不以对于袭人，而即以废后为继后之代表。文心诡谲之中，仍归一线串成，非苟焉而已也。那拉后之地位，似于绿天第一妃一辈渺不相属。然富察后既以谏帝狎妓而被祸，那拉即以不谏帝狎妓而得宠，两两对照，理自相通。且对于故后之事，落井下石，正位中宫，美德无闻，用诛心之笔，而即以绿天第一妃为之代表，固无所不可者。《红楼》是历史家，确是历史之批评家属辞比事，本于《春秋》之教，其信然矣。王沈评谓一腔心事，瞒不了阃宦近侍。此语对于乾隆，或犹有商榷之余地。盖孝贤之变，乾隆本欲塞天下后世之目，而其故卒不可掩。而阃宦近侍之微窥其旨者，固较诸外廷为易。然乾隆当日，固不以其窥见为意者也。若顺治之对于董妃，在生时或有秘密之谋，若其既死，则一切伤心惨目之语，颠倒恍惚之情状，固不畏其为阃宦之所窥，而且有明目张胆谪责妃嫔之情事。前回晴雯死时，所以有对于袭人之一段议论，与其文中种种痛詈诪諼之言，岂有畏于妃嫔之窥伺者哉！妃嫔此时对于皇帝，只好伪为不知其事也者，而一切牵就之，以图免当前之谪责，而何敢于直逆其意？此书下文，写宝钗者此例甚多。而此回"袭人之言晴雯屋里还干净"者，即是由此义搜索而出者也。曰"别的都不干净，"其所以奉承顺治而并奉承董妃者，人已死矣，固无复留一可妒之人于其眼中，而何必不故为亲切以自掩其发踪指使阴谋诡计之行为乎？后云"今日偶然替你解闷儿还使得，若认真这样，还有甚么体统"者，著继后之将为嫠，并著废后之降为静妃。真神妙不可思议之笔也，若那拉后之失体，更何论焉！

第九十回　失棉衣贫女耐嗷嘈
送果品小郎惊叵测

　　失衣一段，是毛奇龄贫而多难注脚。夫奇龄之为奇龄，固辗转于东南义军之中，而且亡命山泽，变易姓名，而后乃得全者也。一旦以博学鸿儒，徵入京师，冯溥、李天馥之徒，争辟馆授餐，岂奇龄之所欲哉！贫而多难，年逾五十，（案黄钰《萧山县志》："年九十有四，康熙五十五年丙申卒"。康熙十七年入都，年已逾五十矣）忽改前节，必因名重受逼，而不得不出。《传》中所谓赦屡下，祸已解者，微词也。不久而寻乞病归，顾谓其无意于出者，固其本意也。本不欲出而不得不出，则其所谓适馆援餐，并所谓博学鸿儒，上列检讨者，皆在不得不受之列。此篇平儿所说"我们奶奶说姑娘特外道的了不得，"外道二字，最为著眼，盖几几乎有挟持以不得脱出清廷范围之势力矣。岫烟道："不是外道，实在是不过意，"非惟隆礼厚貌，过意不去，即奇龄对于此等物事，良心上有种种不得已之隐痛焉。平儿道："奶奶说，姑娘要不收这衣裳，不是嫌太旧，就是瞧不起我们奶奶，刚才说了，我要拿回去，奶奶不依我呢。"太旧者反言之，瞧不起三字，更恶毒，不敢不受其挟持矣。"红着脸"三字。更写出羞恶不堪情形，既已伤贫，又伤多难，不敢不收，非甘心为此也。勉应徵辟之故，抉透无疑义矣。此回以凤姐送衣为题者，豫王固下江南，而南士之徵辟，即从此起。送衣先以丰儿者，满人之所以笼络汉人者，惟财耳，官亦财也，丰字点得最分明。其继之以平儿者，平儿为柳如是，以之代表钱牧斋一辈人，所谓以其余腥污贤者也。贼字之义，最为恰切。贫而多难，亡命奔走，自然屡有损失。困苦饥寒，因而不免者固矣。然一应征辟，则遗民之名已丧，谓之贼偷，讵不其然？奇龄不过明季一诸生，建文遗民，所谓吾仕无害于义，但负金川门一痛者，庶几于奇龄之哭学宫见之。而心终不在官，其情固若可原，非若明季达官之贰臣，亦非如灵皋之位至侍郎者比。书中于此一辈人，皆多恕辞，故谓梅村、竹垞所作者近之。

"薛蝌拒金桂"。王沈之评，鄙人以为非其正义也。盖以表面上之事迹而论，则惟坐怀不乱闭户不纳之奇男子，足以当之。清初纪事，黄石斋与诸名士饮于秦淮，醉卧。先生素方正，诸名士谋乱其守，使妓顾眉生裸体就之，石斋无所动。翌日眉生谓诸名士曰：诸公徒豪举耳，他日为圣为贤，为仙为佛，当推黄公。其次则《觚賸》云：黄陶庵为钱牧斋子师，柳如是以诗索和，先生拒之。事亦相类。然两公皆纯粹明代之忠臣，决不可以入于大观园之列。书中此例甚严，鄙人不敢稍溢其范。王沈评谓其为追随诸王奔走山巅海澨诸贤而发，亦与两公同其人品，而何可列之于薛蟠之兄弟行？作者决不为此言也。以鄙人之意度之，则前论不过在反射之例，而所举者乃为三桂之忠臣。夫此回所称道，已近于梅村悔罪之辞。谓梅村之《圆圆曲》，实为三桂亡明而作。而三桂将叛，梅村固未尝不料尚有忠于三桂之人。此义可通，而未免牵强。故此节当疑为竹垞之补本焉。其人惟何？则三桂之大学士方光琛也。近人纪载谓光琛为举人，三桂之变，意中阻，光琛以种族之义说之，即发辫立辞。故影之以薛蝌。薛蝌者，雪科也，雪科名之耻也。考《东华录》，康熙二十年十一月癸亥，定远平南大将军都统赖塔等奏：十月初八日，臣等统率满、汉官兵，进薄云南省城下，并力环攻，贼势惶迫无措。二十八日夜，伪将军线缄、吴国柱、吴世吉、黄明，原任都统何进忠，原任巡抚林天擎等，谋擒首逆吴世璠、郭壮图以献。吴世璠闻变自杀，郭壮图及其子郭宗汾皆自刎死。二十九日，线缄（逆臣传作缄）率众出城降，遂擒首谋献计之伪大学士方光琛，及其子方学潜、侄方学范，至军前磔之。康熙五十一年，壬辰春正月丙午，刑部等衙门奏："察审戴名世所著《南山集·孑遗录》，内有大逆语。应即行凌迟。已故方孝标所著《滇黔纪闻》内，亦有大逆等语，应剉其尸骸。戴名世、方孝标之祖父子孙兄弟及伯叔父兄弟之子，年十六以上，俱查出解部，即行立斩。其母女妻妾姊妹子之妻妾，十五岁以下子孙，伯叔兄弟之子，亦俱查出，给功臣家为奴。方孝标归顺吴逆，身受伪官，迨其投诚，又蒙恩免罪，仍不改悖逆之心，书大逆之言，令该抚将方孝标同族人，不论服之已尽未尽，逐一严查。有职衔者，尽皆革退。除已嫁女外，子女一并即解到部，发与乌拉、宁古塔、伯都纳等处安插。汪灏、方苞，为戴名世作序，俱应立斩。方正玉、尤云鹗闻拿自首，应将伊等妻子一并发宁古塔安插。编修刘岩，虽未作序，然不将书出首，亦应革职，全妻流三千里"。上曰："此事著问九卿具奏。案内方姓人俱系恶乱之辈。方光琛投顺吴三桂，曾为伪相。方孝标亦曾为吴三桂大吏，伊等族人，不可留本处也"。三月壬戌，刑部衙门议覆戴名世等一案，上谕大学士等："案内拟绞之汪灏，在内廷纂修年久，已经革职，著从宽免死，但令家口入旗。方登峄之父，曾为吴逆伪学士，吴三桂之叛系伊从中怂恿，（玩文义，似即光琛之子，亦即观承之祖，观登峄及方氏族人之所为，其先固忠于种族而不肯轻变者。灵皋与观承之罪著矣，观承尤为可杀）伪朱三太子一案，亦有其名，今又犯法妄行。方氏族人，若仍留在本处，则为乱阶矣。将伊等或入八旗，或即正法，始为允当。此事所关甚大，本交内阁收贮，另行启奏。"夫光琛以三桂托孤之宰臣，临难而死，其子弟宗人历数十年而犹存此志，可谓忠于所事矣。种族家之见，宁桓温，勿五胡；宁朱温，勿沙陀；宁使隋文篡位，不使宇文延祚。著之以三桂之兄弟，而并写其不为他人所动，盖深言也。

光琛以种族之彦，而不得不屈为三桂之臣，作者之所深惜也。光琛以首先发难之人，而不得其主，与其同朝之将相，尤作者之所为深惜也。惟其惜之深也，故因其为托孤重臣，而称之以弟；惟其惜之深也，故知三桂之纯出求活，而光琛实含有种族之隐痛，故例之以弟，而不同其父母。笔下分寸，何等森严！否则光琛若仕于清廷，纵不得为宰相，而亦未尝不可以自至于富贵之列，乃为反覆无用之三桂效力何为焉？

三桂本无父母之人，而有薛姨妈，母国之义，非惟其人，而惟其地位而已。三桂以其愚暗之姿，戕虐母国，而犹得崛强于衡湘之间，以终其余年者，种族之力为之，非其才力聪明之果可以自立，而非死后不可得而灭之也，则亦仍食母国之赐焉耳。食母国之赐，而终不能为母国有毫发之利益，则固当绝之于母国之外，而后可以当其罪。而不得仍以光复之名，归诸害母国者之手。故"薛姨妈不以为子"，谓母国之所必诛也。若薛蟠者，足为种族家之所不得不奖进之者也，故视之若子焉。因事立义，不可太拘。至于王之有父，则不得以此论，惟其人亦非直能有志于母国者。

第九十一回　纵淫心宝蟾工设计
　　　　　　 布疑阵宝玉妄谈禅

　　当世璠受困之日，诸将之欲降欲叛者，实繁有徒。吴氏之亲臣，亦有身为戎首者。且耿精忠一辈人，反覆于周、清之间。与其他之时而响应，时而变卦者，皆前卷书中薛蝌所谓"大哥哥这几年在外头相与的都是些甚么人，连一个正经的也没有，来一起子，都是狐群狗党也。""蒋玉函并没有来"，玉玺之关系绝矣。书中所指金桂、宝蟾当为三桂部下之重要人物，已从三桂起兵即不应复有异谋。而当日势力渐衰，乃纷纷投降，吾知当日必有运动光琛者。且清廷用兵之诈术，亦必将运动及于重臣，智取术驭，利诱势迫，无所不至。大凡用兵之法，除第一首领外，虽在十恶不赦者，苟能从我，亦必将暂时假以面目。事定之后，生杀均在吾手，固不虑其再生他变。而彼当既降之后，对于其本部，信用久失，潜势力亦无存在之余地。一失足成千古恨，再回头已百年身。忠臣烈士之所以甘一瞑而不视者，固出于其本心之所必不容已，而亦知其错此一着之绝无可以挽回之机会。虽草泽盗窃之徒，亦必奉此义以周旋。况乎其真有种族之见蟠据于胸中而不可以解者乎？况乎三桂之部下重要人物，与福王、唐王、桂王之部下不同，清廷杀之，犹为有名。降之不可以自保，夫复何言？女色之害，可以杀身而人不悟，此篇固其炯鉴也。宗旨之是非，原无一定，而一线到底者，终非朝暮反覆之小人所能望其肩背。

王保保之抗抵中朝，犹将进之。李秀成之于洪福填，鄙人为之百
拜百顿首矣。方光琛所为，视此两人何如？天下后世，自有公
论。一孔之儒，乃因三桂之故，埋没其部下人才，鄙人不敢
苟同。

王氏之于薛蝌，则即为汉阳某生而发。阅者当以神理求之。
不能以寻常循行数墨之见，拘拘于人品不类之说也。天地间固有
其事类而不类，转以成其确不可易之品评者。夫某生之于王氏，
所谓始乱之而终弃之，断不可语于力拒奔女之说。然某生自与王
氏别离后，便绝弃王氏，而王氏终不忘白头之约。某生乃以其称
兵横行之故，避之若浼。以夫妇之道论之，不可谓非负心之人。
若使某生竟从王氏于军中，则其祸可以立至。近人载某生一家，
因王氏之故，陷身囹圄，几至于死。清廷法严，某生白头之约一
事，既已纪载于当时人之笔，则清吏必早已知之。知之而不收
系，当惟情理之所必无。故王氏之欲偶某生，既为实录，而某生
之不从王氏，仍在汉阳本籍被捕者，亦决无疑义。以腐儒之眼光
论之，则某生者，岂非清廷之安善良民，忍心割爱，而全其大节
者哉！但不解从前之与王氏约者，其用心何以不能自持，以至于
后来不可收拾也。王氏既从齐林，而于其死事负有嫌疑，为曹氏
之所深恶。则其处心积虑，欲与某生偿其白头之约者，必千方百
计，出于不正当之行为，或至不恤牺牲齐林，而得罪于其党。此
篇所纪，实惟定王氏致死党魁之罪之所由来。而对于某生，则一
方面反射从前之私约，一方面正写后来之背约。例因事起，议论
中实与光琛事为对照。

此回写夏三一段，为三桂之部下被诱归清者之不一其人，而
亦罪王氏之蓄面首不复初志也。

此回接写宝钗之病者，何也？盖对照以著女祸之由。而三桂
与王氏，则顺治与乾隆之敌人也。且董妃之死，由于继后之谋者

半，而种族之见，对于汉女之处置，竟如此其惨酷。富察后之变由于那拉后之谋者亦半，而奢侈之主，对于嫡体之处置，竟如此其离奇。汉妃若此，汉臣可知；夫妇如此，功臣可知；宫闱如此，朝政可知；治家如此，国民可知。故三桂与王氏之变，成之者顺治与乾隆，而助其成者惟继后与那拉后。事变而后，当之者惟顺治与乾隆，而代表之者亦即以继后与那拉后。王氏固无待言，而三桂之变，生于圆圆。故舍宝玉而言宝钗，盖致慨于民族国家兴亡盛衰之关于女子者大也。

　　"谈禅"而以宝姐姐为说，谬妄极矣。然于此而益见继后之为后，董妃之为妃，富察后之为后，那拉后之先为宫嫔而后为妃。文章有眼，不过假谈禅为闺中言情之语耳。董妃既为顺治所特宠，则此等言情之语，无论或出之未聘继后以前，与既聘继后以后，而尚未入宫正位之时，又或已为入宫正位之时，而董妃既为六宫专宠、爱在一身之人，当然不悦，当然敢枕边直诉。君主之威，至于女子而穷，原系通例。而顺治对于董妃，生生死死，固结不可解之情，又当然不以为忤。而海誓山盟，"弱水三千，只取一瓢"之说，自为当面极力允许者所不辞。下文云："黛玉道：瓢之漂水奈何？宝玉道：非瓢漂水，水自流，瓢自漂耳，"谓人言之不可信也。"水止珠沉奈何"，盖董妃之自危久矣。"宝玉道：禅心已作沾泥絮，莫向东风舞鹧鸪"，指天誓日，无此痛快。"黛玉道，禅门第一戒，是不打诳语的"，仍不信而要约之也。"宝玉道：有如三宝，"点明誓词，更显。人家妻妾新旧之间，常有此等情事。富察后与那拉后地位，又何疑焉？乾隆之认永琏为太子，书名于正大光明殿之匾上，又将以永琪为其继者，二人皆富察后所出。永琪死于乾隆十二年，去富察之变未久，盖亦非不和睦者，仓卒发生之事，固与平日之感情无干。此一段为富察后防妃宠爱情移之写照，亦甚切合。

顾作者之意，犹有进焉。则以从来皇帝之说话，人人皆当奉为金科玉律；而在其自身，则今日之所言，明日即可以任意取消者也。且不待明日，而一方面为表面上之标明，一方面则为事实上之反对，同时并进，直如谈禅之谬妄而已矣。刘知几之言曰：读其诏旨，则勋华并出；观其政事，则辛癸不如。专制时代，何一不然！乃至人伦之间，亦不得不戴一副假面目以相文饰，岂复家人父子天性之当乎！权势所在，固无嫌于妄语。而所以作此妄语者，彼亦实有许多说不出之苦处，清廷之特别待取汉人又其显焉者也。

前回以毛奇龄为邢岫烟，因其仕清而女子之也；并此两回而以薛蟠写方光琛，因其终于反对清廷而男子之也。以邢岫烟许嫁于薛蟠，不过对照之辞。然而博学鸿儒之价值，几于不值一钱矣。噫！

第九十二回　评女传巧姐慕贤良
　　　　　　玩母珠贾政参聚散

　　考《东华录》：天命八年六月戊辰，上御八角殿，集诸公主、郡主训之，曰："朕仰体无心，劝善惩恶，虽贝勒大臣有罪，亦执法以治之。汝等苟犯吾法，讵可废法徇纵？朕择贤而有功之人，以汝等妻之，岂令受制汝等？汝等当敬谨柔顺，苟陵侮其夫者，恣意骄纵，恶莫大焉，法不容贷。譬如万物皆依日光以遂其生，汝等亦依朕之光以安其生可也。"复谓皇妹曰："汝其以妇道善训诸女，有犯，朕必罪之。"又太宗笼络汉人之策，凡一品官，以诸贝勒女妻之；二品官，以国中大臣女妻之。其大臣之女，仍出公帑以给其需。若贝勒大臣女，有欺侵其夫者，咎在父母，犯者治罪。倘邀天眷，奄有其地，仍给还家产以养其生，彼必忻然悦服。即有一二思逃者，决不为怨我之辞。若怠于抚养，将操何术以取中国乎？又各官宜令诸贝勒人给庄一区，此处复令各牛录以官值偿之，复察各牛录下寡妇配给各官从人。至明之兵士，弃乡土，离妻子，穷年累月，戍守备城，一苦也。畏我诛戮，又一苦也。惟无籍之徒，不能生活，或资军粮以自给。若有身家之人，犹恋此军饷者鲜矣。今归降汉兵，须令满、汉贤能官员，先察汉民女子寡妇，酌量给配。余察八贝勒下殷实庄头女子，令其给配。如无女子，令各收养为子，为之婚娶，免其耕作。有军兴则隶戎伍，其余更令婚配，一一区处，仍各赐以衣服，居则有室，功则锡爵。（此节与前评给配说合，须参看）又前清公主，多嫁蒙古，而吴应熊、耿继茂亦尚主，其实不过表面上笼络人心之术。而究竟则公主陵其夫者，事实多有。（散见前论，可参看）书中"贾母听到这里，说：够了，不用说了，你讲的太多，他那里还记得呢！"便是宫中后妃骄纵其女，厌闻此说之代表。且所举诸女，多有不伦不类者。至于以"卓文君、红拂为豪杰"，此种议论，岂可为训？而出之宝玉之口，入于巧姐之耳，尤为讥刺微词。

从司棋之表面上观之，则头巾气之腐儒，必专加之以责备之辞，尤其越出于法律自由之外也。若以情理而论，则从一而终之义，处于淫虐主人之部下，亦未能尽以此义绳之，其志亦可哀矣。然作者之意，则里面之司棋，实惟晚节奇烈之奇女子。而潘又安者，亦惟吾汉族舍生死义之好人物。不得其命意之所在，立说终无当也。盖司棋实影射葛嫩，潘又安实影射孙武功。武功以名家之子，文采风流，武勇绝伦，能于屏风上行，实与义师之谋。葛嫩以秦淮名妓从之。武功就义时，并缚葛嫩，满将以白刃临之。武功顾嫩，令其弗从。嫩大骂，满将杀之。武功喜跃曰：孙三，今日登仙矣！板桥生色，其结果实出诸名妓以上。文中纳之于大观园中，而属之于迎春。迎春本指福王，既有姊妹平等之义，于葛嫩之痛骂无伤。婚姻本非正式，则私合亦无碍本旨。惟以武功之才之志趣，溺情声色，白璧之玷，作者不无责备。然置之于大观园以外，则其爱护之深心，终不可没。南都荒淫，至于贤者不免，结局虽烈，终不可以为训。武功之身分，自当在黄石斋、黄陶庵一辈人以下。文文山之选色徵声，虽在无事之日，终非爱国者之所宜出。醇酒妇人之癖，虽托于万不得已，终非国家之福矣。凤姐打发旺儿料理云者，当豫王南下之年，即为武功与葛嫩并命之岁。当时满人军前，亦当共惊异其奇烈同芳，而得之于妓女，尤为罕见。郑所南之书毛惜惜，此物此志也。

若夫时移势异，曹氏所指之司棋、潘又安，则决不得有此例，而用意之奇而曲，实与原本作者各极其精。盖潘又安即指讷亲，司棋即指金川土司莎罗奔之女阿扣。近人纪载，阿扣通于其夫弟良尔吉，复染于岳钟琪，后为讷亲所据。张广泗不能制，钟琪密奏之，并诬广泗，乾隆遂杀讷亲，然卒因讷亲之故，先杀广泗。广泗为鄂尔泰云南改流时首功，又曾当准噶尔，全国冤之，与官书所载小异。然阿扣野蛮之淫妇，而讷亲为勋贵之童呆，事或可信。证以王昙之《蟫史》，则征金川时，当实有此事，并福康安出征时，亦不免焉，海兰察其较著者耳。取以影射书中此事，盖谓以不正当之行为，相率而致死而已。然而官书纪载，其中不无草蛇灰线之迹焉。《圣武记》云：大金川土司莎罗奔以女阿扣，妻小金川土司泽旺。泽旺懦，为妻所制。乾隆十一年，莎罗奔劫泽旺归，夺其印。四川总督檄谕之，始还泽旺于故地。明年又攻革布什札，及明正两土司。巡抚纪山，遣副将率兵弹治，不奉约，反伤我官兵。纪山奏请进剿。上以云贵总督张广泗奏调兵三万，分两路，一由川西入攻河东，一由川南入攻河西。而河东又分四路，以两路攻勒乌围，以两路攻噶尔崖。河西亦分三路，攻庚特额诸山，期以是年告捷。阻险不前，复请增兵万。十三年春，诸将多失事，副将张兴、游击孟臣，皆因土兵降番通贼战死。惟总兵任举，力攻昔岭，连夺碉卡，亦未大捷。上乃命大学士公讷亲往视师，又起故将岳钟琪于废籍，以提督衔赴军自效。岳钟琪由党坝取勒乌围，张广泗由昔岭取噶尔崖，议既定，而讷亲至，锐意灭贼，下令限三日取噶尔崖。总兵任举、参将贾国良战死，自是不敢专政，乃倚张广泗办贼，张广泗轻讷亲不知兵，而气凌己上，故以军事推让，而实困之。将相不和，士皆解体。张广泗所用良尔吉者本与阿扣通，莎罗奔令与阿扣为夫妇，其絷泽旺夺印与地，皆良尔吉之谋，甚不利官军之助小金川也，专为沙罗奔耳目，军中动息趣报贼，预为备，所向扞格。岳钟琪密奏之，而张广泗信汉奸王秋言，坚任之不疑。是年自五月进兵，至八月未得寸进。方攻拉底山，十余贼噪而下，我兵三千皆溃。诏责岳钟琪、傅尔丹，皆以宿将起用于废弁之中，未闻发一谋，出一策。钟琪奏广泗专主由昔岭、卡撒进攻之策，此二处中隔噶尔崖，距贼巢尚百余里，党坝至勒乌围，仅五六十里，破隘即可捣巢。而广泗派党坝官兵，名为一万，除守营卡防粮站外，实止七千余名。臣请增兵三千，广泗不允。且信用降番汉奸，恐生他变。讷亲亦劾广泗老师糜饷各事。上逮张广泗入京，而命大学士傅恒，代讷亲经略。是冬广泗至京，廷讯责以挟私观望之罪，抗辩不服，怒斩之。（讷亲主将，而责归广泗，此中当有别情，且钟琪琪何以独免？）命讷亲覆奏，先后呶呶万言，无一要领，惟急请回京陛对。上又以其祖遏必隆之刀，邮寄军前赐死。十二月傅恒至军，则斩良尔吉、王秋、阿扣云云。

母珠本取义于珠申。顺治时代，当以元妃之隐孝端者当之。乾隆本身亦当之，孝庄之资格尚欠缺。书中所言家门大变，皆在元妃死后。若乾隆一死，则和珅福长安败矣。仅言家国兴亡亦通，但稍空耳。

第九十三回 　甄家仆投靠贾家门
　　　　　　　水月庵掀翻风月案

　　甘心投降而对于清初有大功者，厥惟张勇，此卷之包勇，即其人也，他人殆无足以当此者。案《张勇传》，明副将，顺治初英亲王剿流贼李自成，勇由淮安率众赴九江投诚，授游击。于四川、陕甘累著战功，于三桂之变，尤关系紧要。康熙十二年冬，吴三桂反，四川总兵吴之龙叛应之，时勇为甘肃提督。十三年春，三桂以逆书招勇，勇执其使以奏，得旨嘉奖。冬陕西提审王辅臣叛于宁羌。十四年二月，甘肃巡抚华善疏言，逆贼王辅臣，今据关山迤西，岐山迤北，黄河迤南，与蜀贼连结。加以西番土回，乘隙屡犯，河西危甚。其得免于沦陷者，提督张勇之力。目前形势，非提臣不能守，非提臣不能战，非提臣不能破贼恢复。第事权不重，未免掣肘，请赐敕便宜行事。谕授勇靖逆将军，仍管提督事，论部臣，凡总兵以下官员，听勇调遣拔补。是月辅臣遣人将三桂伪印劄及逆书诱勇。斩其使，奏上，嘉之，封靖逆侯。十五年谕曰：自逆贼煽乱以来，奸徒附和，侵扰地方，张勇一闻兰州之变，即星驰渡河剿御，收复城邑，举发伪劄，缉获奸谋，绥定边陲，厥功甚大。及大兵攻取平凉，张勇镇守秦陇，复殚心筹画，调度合宜，剿御四川贼众，屡奏捷音，纾朕内顾之忧，功尤懋著。于军功议叙之外，应从优加恩，酬答勋劳。于是晋一等侯，加少傅，兼太子太师。二十二年四月卒，遗疏至。得旨：张勇韬钤素裕，殚心尽职，久镇岩疆，剿御贼寇，固守地方，筹画周详，劳绩懋著。边防武务，倚畀言殷，奄逝忽闻，深为轸恻。下部从优议叙，赠少师，仍兼太子太师，赐祭葬如例，谥襄壮，以子云翼袭爵。雍正十年，入祀贤良祠。乾隆三十三年，以勇当征剿吴逆时，懋建勋绩，其一等侯爵，特与世袭罔替。四十七年谕曰：朕恭阅皇祖实录，详加披览，其功绩实有不可灭者。当吴逆煽乱，川陕两省提镇王辅臣、吴之龙等，相率从贼。惟时边陲告警，张勇以云南提督调回甘肃，授为靖逆将军。张勇躬履行间，殚心筹划，攻取平凉，底定秦陇，其间收复洮河诸郡，及举发伪劄执斩来使诸事，居然有古名将之风。而赵良栋之授为宁夏提督，系张勇所荐，又王进宝亦曾隶麾下，两人提兵转战，同心效力。赵良栋首先建议直取成都，王进宝勘定保宁，挫斩渠帅，其削平恢复之勋，亦不可泯。厥后张勇封侯，赵良栋、王进宝仅得子爵，盖缘两人各怀私怨，互相攻讦，较之张勇之勤劳懋著，始终无过者实逊。然两人之功，究足以掩其过。今百年论定，眷念勋劳，赵良栋、王进宝宜重加追叙。于乾隆二十一年，特降恩旨，令张勇等子孙世袭罔替。张勇本系侯爵，其元孙张承勋承袭，因旷班革去散秩大臣，在三等侍卫上行走，兹特加恩，复还散秩大臣，照旧供职。进取云南，恢复成都，赵良栋之功居多，原封三等子，著晋封为一等子，仍准世袭罔替。并交该督抚，查明赵良栋、王进宝现应袭职子孙，送部候朕酌量录用，以示优眷云云。审是则张勇之劳，驭将之识，皆为清廷元勋之最。然勇在日，不能独为制将，死后且以明副将而入《贰臣传》。后文御贼有功，反被凤姐说是"甄府荐的那个厌物"，作者真是替他不值耳。

此事曹氏用以写准部阿睦尔撒纳。《圣武记》称阿睦尔撒纳，不能抗其主达瓦齐之讨，遂与纳默库、班珠尔、二台吉，共率所部兵二千、口二万，东奔敬关内附，时乾隆十九年秋也。尚书舒赫德，定边左副将军策楞，奉命收降，辄请留其头目于乌里雅苏台军营，而部落悉内徙。（此即厌物之说，其叛有由来矣）阿睦尔撒纳入觐热河，备言伊犁可取状。上大喜，封亲王。其台吉封郡王。既而准部骁将玛木特见诸台吉相踵内附，必召大兵，知准噶尔事不可为，达瓦齐不可辅，亦脱身来归。阿睦尔撒纳，及玛木特以为塞外秋狝时，我马肥，彼马亦肥，不如于春月乘其未备，且不能远遁，可一战擒之，无后患。上从之。二十年二月，两路出师。班第为定北将军出北路，阿睦尔撒纳副之，额驸科尔沁亲王色布腾，郡王成衮杂布，内大臣玛木特为参赞。永常为定西将军，出西路，萨赖尔副之，郡王班珠尔，贝勒扎拉丰阿，内大臣鄂容安为参赞。两副将军各领前锋三千先进，将军参赞继之。降人三车棱、纳默库等，皆以所部兵从。两路军各二万五千，马七万匹。西路出巴里坤，北路出乌里雅苏台，各携两月兵粮，会于博罗搭拉河。时两副将军，皆准夷渠帅，建其旧蠹先进，各部落望风崩角，其同族大台吉噶尔藏多尔济，及归回酋和卓木，先后迎降，于是所至无敢抗颜行者。达瓦齐以二千余人宵遁，余不战降。达瓦齐逾冰岭，南走回疆，为霍吉斯执以献，准部亡。厥后阿睦尔撒纳复叛，准部全变。清兵大队，所至狝薙，搜山网谷，并历年剽掠台站之玛哈沁，与煽乱助逆之喇嘛，栉比擒馘，无孑遗焉。计厄鲁特四部中，惟杜尔伯特部徙科布多以东之拜达里克河，以车棱始终无二，且以兵擒纳默库有功获全。又达什达瓦之妻，当伊犁俶扰，先率所部叩关来投，徙热河，编旗籍。又舍楞率所部二千余，窜土尔扈特，皆得逭诛。而和硕特之沙克都汗，不从各酋之叛，率所部四千人自拔，投巴里坤，复为都统雅尔沙善袭坑之。曹氏岂为阿睦尔撒纳言哉？恶满人残杀之酷，诛其杀降之心而已。

《红楼梦》释真

水月庵一案，指豫王部下之淫虐也。水月庵误为馒头庵，便是点题。盖当时豫王南下，其部下若贝勒博洛等，无一不放兵淫纵，而主之者豫王。上有好者，下必甚焉，故仍归狱于豫王。下文如此轻松了结，所以庇护其部下之罪恶者，实已无所不至。然而用豫王者，孝庄与睿王也。以王夫人处分此事，意深哉。又《郎潜纪闻》苏州治平寺有二十二房，囊橐饶裕，造密室，藏妇女，恣意淫纵。乾隆二十四年，巡抚陈文恭公宏谋，廉得其实，密掩捕之，搜获妇女四人，并衣饰奁具无算。公派员谳鞫，二十二房，犯奸者一十四房，淫僧一十六名，并供出被奸妇女二十五人。奏闻，械淫僧解京治罪，刑部请杖毙，奉旨发黑龙江给披甲人为奴。今苏州道观僧寮，檀施极盛，化日之下，当无有幽房曲室，渔色藏奸。然有风化之责者，仍不可不以文恭之心为心，隐微必察，惩创必严也。盖此等事常有，而用意仍主亲贵，见前论者可参观也。

第九十四回　宴海棠贾母赏花妖
失通灵宝玉知奇祸

　　花妖之说，王沈评得其一偏耳。盖大观园中之人，固无一而非花妖者也。以花妖而赏花妖，则以孝庄为之代表，继后之为花妖，诚无疑义，小宛独非花妖之尤者乎！冒子以聪明之资，抱锄奸扶世激浊扬清之志，故国沦亡，抗节不仕，乃以一姬人之故，几为大累。则是南都之陷，皆小宛一辈人为之，非苛论矣。崇祯之忧勤惕厉，梅村之《永和宫词》《田家铁狮歌》，犹罪田妃，而福王之荒淫，更无论焉。书中对于小宛，时有恕辞，有疑词。而大书深刻之罪状，仍然悬日月而不刊。其右小宛而左继后者，种族之见，永为鉴戒。且惜秦淮中人，不能以亡明之力，转而亡清，盖无聊之极思也，此意写得最为分明，大笔包扫，不得以一知半解求之。凤姐送红，即是俗语所谓再穿红衣服者，再嫁之词也。不许人混说，再嫁之人，未有不讳言此者。不言香菱，圆圆固属花妖，然其生平，只为明朝害耳，于清廷固无毫发之损也。乾隆挟妓于济南舟中，其为赏花妖，比之孝庄何如？且那拉后之得宠，亦一妖耳。富察后似不可以妖论，然牝鸡司晨，《尚书》所戒。吕、武之得政权，未尝不由于此。若在乾隆眼中视之，则因其干政而目以妖者，又自以为正当理由矣。王氏本不守乾隆范围之人，舍之亦宜。"贾赦说：据我的主意，把他砍去，必是花妖作怪"，满人恶汉女入宫之词也。"贾政道：见怪不怪，其怪自败，不用砍他，随他去就是了"，满人轻视汉人之词也。孝庄为花妖所惑，引小宛入宫者孝庄，立继后以死小宛者孝庄，宫闱之祸，朝廷之祸，一切家国之祸，皆孝庄之所造成，故此回以之为主体也。贾母写乾隆，又兼写孝圣宪皇后，四次南巡，祸及全国。以天下养之名，孝圣实尸其祸。富察后之变，孝圣茫无主持，致使皇后为尼，酿成千古奇谈。头头是道，总括之笔自佳。

推而言之，则当时在朝之群臣，何一而非妖孽者乎？范文程、洪承畴、吴三桂之徒，不足责也。高士奇何人？而乃以一穷极无赖之书生，值南书房，南书房成妖孽之窟宅矣。徐乾学亲为亭林之甥，忍负其深恩教养之母舅，仕于清廷，犹可以未经仕明为解，招权纳贿，身名狼藉，是何居心，而一至于是！王鸿绪与高、徐狼狈为奸，竟敢于主张废太子，袒允禩，全无心肝，祸人骨肉，无怪乎史稿之窃，居之不疑。妖魔横行，全无世界，作者盖伤之也。灵皋固可以不入妖类者，而死刑获赦，遂跻显列，海棠之萎而复活。清廷士夫之所谓瑞祥者，作者心目中之所谓妖孽，且并不得以男子视之，而俨然侪之于女子之列，而且并不得以人类视之，而侪之于鸟兽草木之类，例之以花妖，夫复何疑！然试问当日进用之人，谁与以富贵利禄之地位者，非满清诸帝之力而谁力乎？又其甚者，交通宫掖，遂致大位，结纳权贵，恬不知耻，花妖之赏，不主之以贾赦、贾政，而主之以贾母，其视满清之朝臣皆为裙带下之龌龊物，词严义正极矣。若夫清廷帝后，之为魔王，则笔所未到而意已显。花妖固花妖，赏花妖者，更为花妖之所自来。噫！

"失通灵宝玉知奇祸"。宝玉者，玉玺也，传国皇帝之代名词也。失宝玉而得之于满族，吾汉族之奇祸也。宝玉其果通灵有知耶？抑无知耶？果其通灵，吾其为宝玉羞死矣。掌此宝玉者其果通灵而有知耶？抑无知耶？果其通灵，吾其为掌此宝玉者羞死矣。明之亡也，除福王之荒淫无道、人不如物者外，其他崇祯、唐王、桂王、鲁王等，固尚知有奇祸之当警告者也。虽然满人之失此宝玉，亦何尝非奇祸哉！不牺牲吾汉族之生命财产，于何得之？夫满人失此宝玉，而仍得之于汉族之手，作者所馨香祷祝以求之者，而无如其不可卒得，则其祸未已。满人失此宝玉，而仍得之于满人之手，作者所痛哭流涕以道之者，而无如其失此机会，则其祸益烈。通灵知祸，盖即为吾汉族历代以来之列祖列宗说法，为吾汉族历年以来拥护列祖列宗以与异族力争者说法，彻上彻下，何所不包，而何一事一时之足言哉！

"真要丢了这个，比丢了宝二爷还利害呢"。此满人宁可亡君不可亡朝之说也。宝二爷为清廷掌此玉玺之人，固极重要。然死一君，复立一君，则宝玉仍在满人之手，满人之全部人众，犹得持重权以临中国。若并玉玺而失之，则皇帝虽存，而满族已失其所恃，附满族者亦失其所恃。顺治时之诸王，康熙时之诸阿哥，争为皇帝，除少数私党外，廷臣大要视之为不甚重要。盖直视之为皇帝家事，无论何人得之，于我之富贵功名，固无有毫发之损失耳。作者伤满清之据有中国犹能传世，故不惜以此等丑恶心理之言词，出之于其后妃之口中，可谓恶毒已极。利害切身之谈，直可谓全国甘心者代表。而"宝玉说：我砸了就完了"，与上文附黛玉砸玉参看，尤妙。

"现在园里除了宝玉都是女人"。园中者，国中也。宝玉是男人，君主也；余下都是女人，普天臣妾之义也。君主视臣民为女人，清廷视汉人为女人，各处驻防，皆是防备汉人作乱，至不保其大位，故是防备家贼之办法。故篇中所言无非是怕女人为贼，而不知夫诸王觊觎，诸子争夺之祸之发生于家庭者。其对于玉玺问题，种种怪现状也，故下文写赵姨娘，写贾环，用意最深。盖深惜汉人之不能乘机耳。

　　刘铁嘴之测字，用意何其深切著明乃尔！玉玺何物，岂有可以赏人之理？曰"赏人者"，谓皇帝之不自爱其鼎也，谓清廷之不自爱其鼎，而汉人亦不能取而代之也。贝字改作不见字，谓宝位之不能守也。当铺之当字，更有意义。玉玺本中国皇帝之物，寄于满人，直谓之当也固宜。偿者，物归原主之谓。在满人一方面，已经视天位为其所固有。自作者观之，则以为暂当于彼，仍当归还也。厥后解作和尚之尚字，仍是从此义生出，和尚本不当有此玉玺之人，而更以满清之发辫，对于汉族之全发，出家之和尚，对于蓄发之平民。看似江湖之胡诌。实为作者之寓言。曰"就有人，"曰"有了人"，就偿还，吾汉族种族之彦，其亦有磨刀霍霍睥睨其旁者乎！为之一叹。

第九十五回　因讹成实元妃薨逝
以假混真宝玉疯癫

"邢岫烟求妙玉扶乩"。此事不可呆看。不过奇龄与季野议论清廷，各作隐语耳。奇龄亦有心故国而学问博洽者，与季野同为浙人，而又系原来之同志，应词科而出山，槛外人未必峻拒之。书中说"我与姑娘来往，为的是姑娘不是势利场中人，"此其意也。然季野虽以遗老自居，而寄身辇毂，绝不肯轻谈国事者。君子保身之道，讵不其然？一旦与奇龄相处既久，奇龄必将作倾心吐胆之谈，而冀幸清廷之速亡者，必两方面各有慷慨激昂曲折幽微之妙论。"袭人等性命关系之说"，托辞耳，非为袭人而设，乃言清廷之国祚，竟当如何也。"何必为人作嫁"，季野有讥刺奇龄之意矣。"进京以来，素无人知"，其意中之事，固不可道也。"破例而恐将来之缠扰"，讲学犹非所愿，而况有以时事问难者乎？"妙玉笑了一笑"，王沈评谓其立志之不坚，此语可以言窥观之女贞，而不可以深责季野。季野为《明史》而出，原无入仕之嫌。故所谓笑了一笑者，不过是庄子相视而笑，莫逆于心之义，许奇龄之尚可与语而已。乩词之意，止是主张求其在我。曰"噫"，故国之泪也。"青埂"者，清之代名词。"古松"者，二千年之古国。"来无影，去无踪"，古国亡于满洲之谓。"欲追寻而山万重"，河山统一，完全无一块干净土之基础。"入我门来一笑逢"，苟能自立，玉玺仍归汉族，直是一则光复原理论。托之

"拐仙"，国步艰难，跛者不忘履耳。"聪明人多"，望之之辞。递与李绂，讽文贞也。身分说得季野比奇龄高，亦是定然之理。

"失玉时黛玉的想头"。美人情重江山轻，身受者未必不喜。果使乾隆早独钟情于富察后，富察后亦未必强谏，何况小宛？然而终不能自信也。富察后固恐失国，小宛亦未必真欲亡朝。思潮起伏，固当有此心理。文字纯以神行，妙极。

"元妃之薨"，著因讹成真四字，作者之特笔也。盖在原本则正面注重于中宫皇太后之崩，而对面之崇祯殉国煤山甲申三月十九日，为吾汉族亡国纪念日，隐然言下矣。同治中慈安、慈禧，同听政。慈安之死，前十余日，慈禧方病，忽传太后之崩，京师误为慈禧。相传慈禧病产，为慈安所觉，未及问，而慈安以中毒死，慈禧实有谋焉。遗老犹在，讵可掩也？况宫闱将开亘古未有之奇，而上烝已见人伦之变。孝端为先帝正嫡，苟非木偶，其能甘心，举朝亲贵，亦或拥戴。《春秋》之义，谓华督先有无君之心，而后动于恶。上烝下嫁，孝庄与睿王，有死中宫太后之心矣。煤山自缢，国亡种破，遗老宁忍言之？十七年之忧勤惕厉，借前回之病状写出。而此回之传讹二字，更有深意。当年之不忍死其君者，何限？噩耗遥传，犹冀有万一之不确。彼时普天臣民之心，固未有怨及崇祯者，非天启与福王之比。易三月为十二月，穷数也。葬崇祯者亦满清之摄政王，故不嫌同辞，而作者之一字一泪，一句一血，真真有浑良夫披发叫天之慨矣。在曹氏则以雍正元年仁寿皇太后之崩为其主体，而以乾隆四十二年孝圣宪皇后之崩附焉。考《大义觉迷录》，雍正自辩逼母之说，措词几于大孝。然当时雍正之对于康熙谋父已成疑案，而杀兄屠弟，官书中亦有迹可寻。天理人情，原不可论之于猜忌残忍之皇帝。曾静所言，不为无因。康熙死未逾年，讵于元年五月，崩于永安宫。人言啧啧，实以雍正平日之为人，与康熙诸妃之不礼于雍正为断。况晋封贝子允禵为郡王谕中，又明言朕惟欲慰皇妣、皇太后之心，则知仁寿之爱允禵，康熙将立允禵之情事，惟仁寿实深知之，其密谋亦当深疑之。雍正残酷，或欲弑母以灭其口，盖所谓加之恶名而不得辞者也。若孝圣之地位相当，则亦牵连及之，而意不著重。（案《大义觉迷录》雍正诏旨中明言允禵为其同母弟）

"失玉时宝钗的态度"。以表面上论之，则女子许嫁之情形，不当作如此写。其在文明国，则成年之日，婚姻自由，与此不类。其在吾国风俗，则姻事既定，母之对女告知，亦不过低头拈带，默无一语而已。无话可说，写之何为？写之者，写其喜极而假撇清，且写其母女之日日密谋也。失玉之时，何等重要，"竟像不与自己相干"，相干之至云尔。若以里面上论之，则作者罪宝钗达于极点，当于无文字中深求其意焉。盖本书失玉二字之真义，多为顺治弃位出家而发。顺治宁甘敝屣天下，而不愿失此爱妃，固为痴绝，然妒之者何竟不谅？盖继后为感情所用，固绝对的不料其有此。即顺治明明言之，而彼亦有所不顾也。且当废后之后，逾年始立继后。在继后之必欲得此宝座者，其情固与小宛等，知小宛之得君，而进行不已，"心里也甚惊疑"，惊疑此也。小宛之死，实在继后正位数年之后。而继后曾停笺奏，顺治之志意，固仍不协。继后仗孝庄之力，与皇后之地位，以排斥小宛者必力，则是继后之必死小宛，而不顾君心之深爱此宠妃而相依为命者，并未尝存投鼠忌器之心。恶其阴鸷险狠，乃以不提失玉之一事代表之焉。乾隆济南狎妓之行为，充其量足以致亡，富察后谏之，那拉后反倾富察后，其罪亦与不顾失玉同科。深文曲笔，尽诛心之能事矣。

"以假混真"，王沈评以伪皇孙之事当之，鄙人以为是固未满其量矣。此等事，如南都伪太子之狱，清初累次朱三太子之狱，俱甚相近。由前者而论，则当为疑案；由后者而论，则当系假托。事迹虽若可通，主旨决不在是。盖以种族界立说，则宝玉当属汉人，明为真而清为假，以野蛮当疯癫固为定论。以政治界立说，则宝玉既为政权，持柄者真而虚位者假，以孱弱当疯癫，亦非渺论。清廷入关之初，淫杀惨酷，礼教毫无，既乖人伦，又违人道。奉之以相传之正统，侪之以无病之平人，作者眼中，当绝对的不能承认。摄政而妻君母，较之同治之于萧得安，光绪之于李莲英，艰难危险百倍。苟非至愚，亦必装憨。乾隆以刚愎之人，当耄昏之岁，和珅当国，皇帝实为赘瘤。珅而果有篡位之心也者，嘉庆何得不以愚自晦？珅而尚未有篡位之心也者，则播弄之于太上皇之前，废立亦只如反覆手耳。至于情迷之说，尽人皆知，不赘。

第九十六回　瞒消息凤姐设奇谋
泄机关颦儿迷本性

　　董妃之不得为后而死，与富察后之为尼而疑于死，孝庄主之，孝圣亦不得而辞其罪。言贾母以为书中之主体，宜也。而设谋定计必出之于凤姐，作者实有深意焉。刘媪与董妃，均为汉人，彼满人自护其种族，而生出许多隔阂之意，见其情犹为可恕。刘媪竟何为者？得宠于孝庄，而不能为董妃地，则其落井下石也必矣。阅者疑吾言乎？则千古谄媚骄淫之奸人，固无有不用如此之手段，而可以自存于淫后权臣之侧，而且得以自保其权力者也。况《红楼》之言种族，初不能无穷形尽相之辞，夫何所爱于刘媪者？况前论所详，是谋不仅关于刘媪。而范文程、洪承畴之主张废后，而立后必属继后，又已于贾芸、小红二人代表其事实，则汉人之破其秘谋，与其造为谣言者，宁不为作者所恶？故直以刘媪当首谋，恶残其类云尔。富察氏妇之所处地位，果能不秘密乎？果能不与那拉后接连乎？皇帝之私宠，决不敢明目张胆以撄皇后之锋。而富察后实为其姑，则一念及家丑之外扬，与皇帝之不道，虽非妒妇，犹将嫉之，而况妒为女子之天性，善用之亦非恶德，恼羞变怒，结宫嫔之力以倾其位置，当为事实上之所不能免。私昵之丑，固当防泄漏于宫中，而一切狎妓之事，亦当主张谨守秘密以媚皇帝，而得其欢心。若与其与那拉氏之私室议论，朋比为奸者，又必当从皇太后一方面，隐隐施其离间之方术。故夫此等奇谋，亦可以例推，谓其废一后而复立一后者，与掉包实有类焉尔。

"贾政之放江西粮道"，仍以写睿王之出征也。和珅虽不出征，而和琳实为珅之代表，可类推也。大凡军人之职，本不能干涉民事；然乱世之际，军人往往兼任，而亲贵则尤甚焉。睿王为摄政之人，更与其他亲贵有别。作者恶前清开基，专以骑射为立国之本，以治军之法治民，民已不堪，以杀贼之法杀民，民其将尽。况加之以不同利害不同感情之民族问题，直如以中国之大，为其牧场、生命财产之全部，何堪设想？著之以粮道，重民食也。

"凤姐之办法包管无碍"，富察氏妇之地位能力，尚恐其未能及此，然而其情势、其心理上之一切相同者，亦当如此。曹氏因仍原本而周内之，彼亦无可以改免也。那拉后由妃正位，虽出孝圣之命，其礼仪或亦有不如原聘者乎？然在曹氏之意，则直以书法夺之矣。《红楼》好用刻笔，亦是时势愤激而使然，无足怪也。

"泄机关而迷本性"，匪仅为争后不得，而董氏懊丧欲死也。盖谗言之人，疑狱之兴，董妃亦将有所闻见矣。夫废后之事，董妃未尝不有所谋，作者亦未尝极力为之辩护，但不以为罪者，种族之见，冀得暗持政权而已。然一或挫跌，患即随之，幸而后废已成事实，而又得其君，在董妃之意固以为十拿九稳，踌躇满志，而可以为我之所欲为矣。一旦破裂，回思得君如彼其专，而终竟君主一人之力，不足以夺其大众全部之合意，孤身浮寄，此后何以自处？且立后之日，董妃固未死也。既立之后，继后之密谋之也，当复用如许手段，孝庄诸人之密谋也，又当复用如许手段。妃因不能不刻刻防闲人心，一怀疑窦，则所见所闻，无一不呈恐怖悲伤情状。而况既已失后，则非置之于死地不足以斩断君主之爱情，而免后患。故此段泄漏消息之说，谓之曰得聘立继后之消息也可，谓之曰得欲杀自身之消息亦可。一笔作两笔用，皆是董氏必迷本性之根本问题也。富察后以正位中宫之人，一旦失后，即将有身命不保之虞。而其平日目中之所见闻，若私通狎妓纵容宫妃犯后一事，皆其心理上所必不能堪。至于济南舟中之事，则皇帝原自秘密，而忽得之于皇后之耳，则对于其平日之性情，此时之怨望，皆当达于极点。近人记载，描其辗转不安情状，不为虚造。呜呼！以一朝太平天子之地位，后宫佳丽，何所不有？乃必为此不可对其后妃之丑行，已属大不可解。而因之恼羞变怒，尤为奇怪。观《长生殿·絮阁》一曲，唐皇终竟以杨妃之故而不能明幸梅妃，彼固犹在人情之中。而乾隆则暴厉恣睢，乃至负气不下，因奴弃妻，为皇帝之后者，真真难过。至于为尼以后，尚得噩耗，几疑乾隆有必欲杀之心，彼其震恐如丧魂魄。于得闻消息，情势反覆无常之日，善画者恐不能为之曲绘也。取下半回目录之八字以写灵皋，其情事亦复确切不浮。盖其初闻被劾，而知大狱之无可幸免也，则当有如穷人无所归之情状。其既被捕而知狱吏之不可以轻犯也，则当有"魂飞汤火命如鸡"之情状。其既得出狱而被诏作文也，则其所谓天王明圣，臣罪当诛者，已非复前日之本来面目矣。或者以为灵皋在狱，仍以读书为事，不改其平日直率之态，未必不系谀者之辞。然亦由于自知将死，强为支持，抑亦由于已得救援，故形迂憨。然作者之意，则仍就人情之常立说，盖经此重案，纵极强制，神明中实有所不安。从容就义之行，作者决不以与诸灵皋。至于由此以后，彼其所谓言念种族，眷怀故国之本性，已经丧失而无所复存，即隐曲中仍萌此念，亦断断然为作者之所不许。迷之一字，写得竭尽无余地。至于文中掉包之说，则狱中之以贵人而作重囚者，每贿他人替死而逃焉，灵皋固尝自叙其事矣，关合亦巧。

　　以宝玉之疯癫，谓为允礽之狂疾，虽属肤浅之谈。于上文下文不贯，然断章取义，鄙人原不肯竟废其说。惟王沈评之最谬处，鄙人因其少有发明，不欲多指。惟此中大不合者，鄙人亦不能不为一言。此回中谓允礽之二次再储，全系孝庄及冯铨之力，总评中亦及之。伪造历史，全无顾忌。考孝庄死于康熙二十六年，年七十五，去再储二十余年矣。冯铨死于康熙十一年，以其入仕于明计之，当已百有余岁，而何以称焉？孙延龄为孙龙子，见《逆臣传》本传，乃讹为可望。豫王死于睿王之前，乃评中竟言后死。隆科多亦非护持理密亲王者。又云曹雪芹为曹寅子，康熙三次南巡，童年召对，与其所言亲见乾隆四次南巡亦不大合。盖康熙二次南巡，在二十八年。乾隆四次南巡，在三十年。相隔七十六年，岂雪芹八十岁外，始作书耶？童年召对，尤为异数，若有举神童之特典，官书何以不载？捕风捉影之谈，不知所本，有本亦决不可信，仍当以随园为正，俟后论。

第九十七回　林黛玉焚稿断痴情　薛宝钗出闺成大礼

　　焚稿二字，直是为灵皋作传论，而即以为烧书之代表。盖国家种族之微言，清廷烧之，犹可言也；自作之而自烧之，不可言矣。灵皋既作《南山集》之序文，则其平日文字之所表见，必有类于此者。当其被捕之日，其寓中之所存，自当焚毁之以灭其证据，无足怪者。顾文名既满全国，传抄之稿，纵令人人畏祸，未必一一销灭。所余无几，自是实情。独怪《南山集》之一部分，今已刊出，而方序无存，倘亦恶而削之耶？且灵皋不惟焚其所已成之稿，若其胸中之所蕴蓄，他日尚可以见之于纸笔者，亦将化为轻烟飞灰而无所复有。利禄功名之汩人本性，固若是其甚哉！自是而后，文字之可观者有几？迄今桐城一派，实为庸腐巨子之代表。大抵空立间架，奄奄无复有生人之气。微特周、秦诸子之思想发明，不可复睹，即求如黄梨洲、王船山之朴实说理者，亦渺不可得。一自命为文人，已无足观，况其所谓文者，只可貌为高古，步趋绳尺！而一例缚束后人之思想，违反进化公理原则，其罪浮于焚书远矣。灵皋最恶钱牧斋，其实牧斋之诗，路数与梅村同，而气魄过之，实为清初之一巨子，非灵皋之文所能及也。牧斋以降清之人，词多怨望，灵皋以种族之彦，变作官僚，其心理上之不合，出于偏见。（书中百兽率舞，如今才一牛耳，及母蝗虫等说话，指此）鄙人盖两恶之。袁子才学力虽弱，天分颇高，乃犹以一代正宗，推崇灵皋，岂真文字一道，必当出于一孔之儒，一王之制耶？彼固心非之，而对于社会上普通人之心理，不敢斥言，乃曰其才力薄耳。夫灵皋之才力，恶得不薄？本性上之文章，既不敢为，昧其良心而作迂词，畏祸耳，保禄耳。才力既不得伸，心思又无发展之余地，谁谓举世无目，奉为金科玉律，以使文学家之专制，迄今亘二百年而祸犹未已。欲一举而烧之，则不可胜烧，惟望负先觉觉后之责者，有以开辟新思潮，扩张古文字，以逐渐消灭此等魔道而已矣。且作者之所谓痴情者，固不外于饮食男女，而即以种族为毕生归命之原，其义最精，盖非此则群人决无生存之余地。今日昌言世界大同，而民族自决之主义，仍为平等自由之根株，岂其复有可断之一日！断则死，不断则生，断则虽生犹死，不断则虽死犹生。此固清廷焚书者之所不能禁，而个人自烧其良心上之文字者之不足以阻遏群人者也。灰烬之余，隐语犹余，作者实自负焉。董妃固颇能为诗，今岂尚有过而问之者耶？其人既不足取，则虽才如牧斋，声价亦当锐减，而实以招指摘，况平常如董妃者乎！富察后之谏草不传，是亦政治上当然之例，然亦足与清廷焚书之宗旨同其隐讳。而后人犹或以贤后目之，即颇疑其妒者，亦不能遽加之不美之名。文字之由情而生者，必不可得而磨，为其痴也。磨其文，终不得而磨其痴。世界之尚有人类者，其以此耳。呜呼！古来之所谓忠孝节烈，有特别之奇行者，虽无文字，犹可以自存其名氏，而文字之佳与不佳，后世终不得而苛求焉。文以人存，先例固可历数也。石达开之檄文，及其所与曾国藩五诗，亦瑕多于瑜，然以帝王雷霆万钧之力，终不能禁之使不传，痴情之力也。焚之而所余无几，仍有存者，官烧之不尽，自烧而他人犹有作者，此意惟深于情者知之。

王沈评从掉包二字悟出雍正篡位一事，甚善。但此事可以官书证明之，无待他求也（雪雁指年羹尧，鄙人不以为然，俟后论）考《东华录》，雍正四年五月庚子，谕：从前降旨询问查弼纳，凡八次。伊将苏努、七十、隆科多互相串通钻营之处隐匿，并不据实举出。是以朕将伊调来京，觌面询问，伊仍坚执不认，是以将伊革去总督，拿交王大臣询问。彼时降旨云：伊若将苏努、七十实情明举出，将伊口供缮写具奏；若不据实供出，尔等将伊拟罪具奏。伊今供称苏努、七十、阿灵阿、揆叙、鄂伦岱、阿尔松阿，结为朋党，协力欲将阿其那致之大位。苏努屡称允禩气象大方。苏努结七十，特为结交允禩之故，允禩又与阿其那相好，结为一党，邀买人心，藐法妄行。隆科多专擅威权，又结交揆叙、阿灵阿，各处邀买人心，为彼羽翼等语，将种种实情举出云云。雍正五年冬十月丁亥，谕宣布隆科多罪状，有隆科多妄拟诸葛亮，奏称白帝城受命之日，即是死期已至之时语。又有圣祖仁皇帝升遐之日，隆科多并未在御前，亦未派出迎御之人，乃诡称伊身曾带匕首以防不测语。又有时当太平盛世，臣民戴德，守分安居，而隆科多作有刺客之状，故将坛祠桌下搜查语。又有皇上谒陵之日，妄奏诸王心变语。又有妄奏调取年羹尧来京，必生事端语。又有妄奏举国之人，举不可信语。又有交结阿灵阿、揆叙邀结人心语。又有保奏大逆之查嗣廷语。又有因系佟姓，捏造人冬耐岁寒之语。（此上两条，竟说到篡位矣，未尽然）奏上，上召议政王大臣内阁九卿等谕：隆科多所犯四十一款，重罪，实不容诛。但皇考升遐之日，召朕之兄弟及隆科多入见，（与并未在御前不符）面降谕旨，以大统付朕，是大臣之内，承旨者惟隆科多一人。今因罪诛戮，虽于国法允当，而朕心则有所不忍。隆科多忍负皇考及朕高厚之恩，肆行不法，朕既误加信任于初，又不曾严行禁约于继，今惟朕身引过而已。在隆科多负恩狂悖，以致臣民共愤，此伊自作之孽。皇考在天之灵，必昭鉴而默诛之。隆科多免其正法，于畅春园外附近空地造屋三间，永远禁锢。又按《佟图赖传》，图赖为孝康章皇后之父，其子国维为孝慈仁皇后之父。国纲阵亡，长子鄂伦岱袭公爵，雍正三年，以允禩党被诛。国维子隆科多，雍正五年，坐党附尚书阿灵阿、揆叙、年羹尧等禁锢，寻卒。盖佟氏以两代皇后之戚，自国维及其诸子辈，皆于废储之际，各贪拥戴之功。鄂伦岱始终于允禩。隆科多委蛇其间，终附允禛，既得立而恃功骄蹇，雍正不得不阴诛之。究竟罪状中所言数条，即是夺位证据，欲盖弥彰，徒自苦耳。顾此文非专言此事也。传国旧例，以古法言之，则曰嫡长。以蒙古言之，则曰公推。（蒙古大汗，必需各分封之国承认。故世祖只能为中国皇帝，而非大汗，与前清情形不同）太宗、世祖之立，既非嫡长，果公推乎？仍是掉包而已矣。康熙暮年哀愤而无法以处正大光明匾额之书名，抑何儿戏乃尔？今日所书，他日可以自易之否？宦官宫妾，能于危急时与大臣作弊否？袁世凯以金匮之书名欺人，而清帝则并以之欺己。永琏书名而死矣，永琪将书名而亦死矣。无定之宝位，乾隆诸子所必争，得此一书名之地位者，嘉庆亦未必脱去掉包之惯例。同为皇子，同是逐鹿，义之相通，不待另写。嘉庆之得之也由和珅，其得之而惟恐失之也亦由和珅，盖惟恐掉包之不在己而在人耳。袁子才《鄂文端公神道碑》云：世宗升遐，召受顾命者惟公一人。公恸哭奉遗诏，从圆明园入禁城，深夜无马，骑煤骡而奔，拥高宗登极，宿禁中七昼夜，始出。人惊公左袴红湿，就视之，髀血涔涔下，方知仓卒时为骡所伤，红溃未已，公竟不知也。呜呼！伯爵配享，有自来矣。世及本无善法，而书名尤易作弊。今日君主立宪之国，虽曾经定有法律，家祸卒不能免，而况听之君主一人之意旨，而又出于秘密之手段者哉！王沈评谓或者雪芹将原文己意融合而搆成之。此非偶然，乃是定例。且黛玉之身分，原系后妃，本易夹写，善作文者八面玲珑，原无死法。至于写生死不明之概，与痴情不死之微言，则前论已见之矣，不赘。

第九十八回　苦绛珠魂归离恨天
　　　　　　　病神瑛泪洒相思地

　　考《东华录》，顺治十一年五月，壬辰，聘科尔沁镇国公绰尔济女为妃。丁巳，谕礼部：朕恭奉皇太后慈谕，册立科尔沁镇国公绰尔济之女为皇后，尔部即选择吉期，查明仪注具奏。十七年八月壬寅，皇贵妃董鄂氏薨，辍朝五日。甲辰谕礼部：皇贵妃董鄂氏于八月十九日薨逝，奉圣母皇太后谕旨，皇贵妃佐理内政有年，淑德彰闻，宫闱式化，倏尔薨逝，予心深为痛悼，宜追封为皇后，以示褒崇。朕仰承慈谕，特用追封，加之谥号，谥曰孝献庄和至德宣仁温惠端敬皇后。其应行典礼，尔部详察速议具奏。审是，则是继后受聘以及册立之日，董妃固未死也。且富察后于那拉氏封皇贵妃以及正位之日，名义上已死，事实上固未得断为已死也。然而作者书之曰死，岂徒为便其作文计乎？盖书中之宝钗，固有必死黛玉之心矣。汉女不可以为后妃，无发不可以称国母，皆其充分借口之谈资。而君心之不能无情，又其日夜所深防，死之事从此定局。而当其入宫正位，命已悬于其手，故死之也。且册立为何等典礼，而书中写得如此简略，盖夺之也。继后犹在，而顺治竟追封端敬，那拉亦终被废焉，或亦有不慊于厥心者乎？作者亦于此点逗之焉。

　　黛玉之死，独以李纨料理之者，以人品论，则佟氏固是完全之人，而反对可以相形；以地位论，则佟氏亦在妃嫔之列，而不闻有争宠之举，如此写去，于各方面自不相碍。兼及探春，原本所指之探春，都是汉人，即肃王之格格，亦当准汉人而论，且反形刘媪之恶。而于暂理家事之三人中，抽出两人，亦以反形宝钗之恶也。灵皋一狱，多得李文贞之力。惟戴名世案中方苞能为古文，亦是其所保奏，自相关合。惟于富察后一方面，不能尽合。曹氏不能擅改原本，以失其真，不得不然，然不相抵触也。

"宝玉恍惚入阴司"。"林黛玉生不同人，死不同鬼"，意者其怪物耶？盖天地间之最可爱者才色，最可恶者亦才色。凡具有才色之过人者，必当置之于特别之地位。董妃一妓女耳，而关于政治种族界者，不可谓其不巨。即以富察后论，当满族昏淫肆虐之日，处从来贵男贱女之社会，而敢于冒犯皇帝，亦不得不谓其智识之过人也。所言人鬼之理，与阴司之有无，虽云稍具哲理，然其实仍系肤浅。盖作者入情入理处，无一不由困心衡虑，艰苦阅历而来，原不从纯粹哲学入手。偶然道着，是其世事通明之故，必欲以此绳之，或竟以哲学尊之，作者其窃笑矣。惟其所言"阴司为世俗溺于生死之说者"而设，并为"或不守分安常，或生禄未终，自行夭折，或嗜淫欲，尚气逞凶，无故自殒者而设"，是仍点明其董妃与富察后身死不明之作意，与其皇帝作孽多端之情状而已，须活看。

"神瑛洒泪"。此段情事，固当然为顺治所必有。于乾隆一方面，似不可通。然乾隆之所自道，固甚圆满其量矣。真伪不嫌同辞，正是曹氏狠处，且此回亦并未松放顺治也。顺治当亲政以后，非复昔日之童呆可比，亦非未亲政以前之绝对无权。废后之婚约已定，无故而取消，其辞不直，孝庄固得以持其柄。若继后未聘之时，顺治苟绝对的否认，孝庄当亦无如之何者。而终竟为孝庄所持，则其中必有暧昧难言、不能坚拒之隐衷。书中从第八回识金锁、认通灵一段说起，其余之不堪情状，大书特书不一书者，意固有在。而此回之所谓"禁不住生来旧病"与所谓"也就渐渐将爱慕黛玉的心肠，略移在宝钗身上"者，直是点出本题。而下一回凤姐口中所谓"他们家的那二位新姑爷、新媳妇"一段笑话，固是深诛凤姐功成得意之笔，然宝玉其何以堪乎？更终以"二五之精妙合而凝"为结局。则宝玉之情不专属益明矣。

近人谓《红楼》可谓之言情之书，而实不能谓为高尚纯洁贞一之爱情之标准。又曰《红楼》之言情。只写得痴儿女之一部分。此言诚深得《红楼》之表面文字矣。夫所谓高尚纯洁贞一之爱情，宁易言之？古诗云"还君明珠双泪垂，恨不相逢未嫁时"，尚未能到此程度。意惟《聊斋》中之《乔女》，足以当此。然彼固劈空撰出，而实别有所托，未必女界中果有其人。《红楼》之底面为种族的之政治历史小说，乌得有此！

"宝玉梦见林妹妹要回南"。小宛南人，坟墓在焉，故夫在焉，焉得不思回南？不思回南者，非人情也。即其平日不思，而将死时之天良发现，又焉能竟淡然忘之？且又安能禁作者之眼中心中，日日有一已亡之故国在，而笔底下之绝不放松也。顾回南决非顺治之所愿，其所以必欲得之而惟恐其或失者，于梦眠中想思之，亦是定例。富察后为尼以后，不欲再入宫禁，愿住扬州，亦是回南。然拘泥作如此解，便无文境。盖谓死时之遗言，求附葬于陵寝已耳，回南直作狐死正丘首解，方合。

第九十九回 守官箴恶奴同破例
阅邸报老舅自担惊

　　"破例"一段文字，痛写官僚政治情形，此固《儒林外史》《二十年目睹之怪现状》《官场现形记》之所脱胎也。且此书又直接脱胎于《水浒》，而不见其迹，而此段则用意特别。盖从《水浒》之第六十九回，写东昌府太守，平日清廉，饶了不杀意思化出。盖全国官僚之中，未尝绝无一个好人，而究竟不得有一个好人，有迫之以不得作好人者也。且即令真有好人，亦岂能弊绝风清哉！此官僚政治之所以不可用矣。《水浒》独有一个清廉之官，而无济于事，其以此故，作者偏写一极力欲作好官之人，而终至于身败名裂，则官僚之社会害人，直从根本上解决。顾上论是将眼光放大，尤必须把阶级加高，官僚政治之根原，寄生于君主，以贾政当之，穷其制度之所由来也，况睿王入关，纯粹的以部落之军国主义治民者乎？读其安民之文告，岂不赫赫然伐罪吊民之圣主哉！乃一考其实，则大相刺谬，偶有必须敷衍时，则一切托于臣下之所为。阶级之上，更有阶级。君以是委罪于其臣，臣亦以是委罪于其下。暗无天日，果谁之罪？与其罪人，不如罪制；既已罪制，则更罪种。种族之不同化，原于政治之不良；政治之不良，原于政权生计之不平等。同一人耳，而或则为君，或则为官，或则为吏，或则为平民。而各个人群之中，又各有其阶级，复加之以种族之界限，政治从何改良？全书原以贤政代表君主，为避祸计。表面上自宜略加回护。然其实内多欲而外施仁义，实为从来普通惯例。其暴厉恣睢全无忌惮者，犹居少数，特其比较的之程度，尚有等差耳。体大思精，真有铁案如山之概。

清初之大恶奴，吾汉人真趋不上，政权不属故也。王沈评以长随当满人，则文中去不了的家人，如何说得过去？盖家人乃满人，而长随则汉军也，随长白山之人者也。清廷初政，不惟汉人不得执政权，即汉军之有功勋者，满人亦极力排挤之。怨声载道，诚然。然而满人于中国社会之情形，多属隔膜；民族文明之程度，又相悬绝，终不能不赖汉人之力。一切政治，皆汉人之所教。教之以善待吾民，彼固间有容纳。而界限未熔，终觉口是而心非。教之为恶，则习与俱化者，自相浸灌于不觉。今试问满清未入关以前，吾汉人之投旗者，何一非无业之游民乎？满清渐次入关以来，吾汉人之当权者，有免于阉党、闯臣之类者乎？不惟忘却种族之大义，并亦忘却君臣之旧说。人品心术，当居何等，而满人偏喜用之。武三思云："天下不知何者为善人，何者为恶人，与我善者为善人，与我恶者为恶人"。此语正好为普通君主之心理代表，更好代表异族君主，特别制度之行为现象。故夫清初之恶汉人，而终不得用汉人，用汉人而不得不用汉人之坏人，其实情也。长随去而书办来，书办者，清初满族之所未有，而后来亦甚稀少者也；其为汉人职业中之最坏者，又何疑焉？

书吏实隐握各部衙门之大权。雍正尝欲去之而不能去，例为之也。而破例者，亦书吏。至于汉人入旗，既多为满人掳掠战胜品之下等奴隶，则必加以虐待。虐待而逃旗，逃旗而被诛，真是冤枉。

"我跟来这些人，怎样都变了"。清初风俗犷悍，然不精狡狯，投旗者人才亦少。入关以来，以文明供野蛮之利用，亦不如从前之易于驱使矣。且功成骄蹇，贵极富淫，从来固未有不变者。

贾政既指睿王，似不得复有上司之节度使。然作者既隐去真事，则行文时固有无可如何者。小说写意，拘泥何为？

"阅邸报"。三桂之逼杀桂王，铁案如山，微特汉族诛之，清廷当时亦疑其有野心矣。顾当时使之坐镇云南而与以大权，固或出于不得已，然亲贵实有为之地者。观于主张撤藩议论纷出，而明珠、米思翰、莫洛乃特为其极力主撤之人，反对者必居多数。三桂变后，魏象枢且有请斩晁错之办法，有舞干羽于两阶，七旬有苗格不必发兵之议论，可见平日为三桂回护。颠倒此案之是非者，不无其人。而此书意旨，仍归狱于睿王者，三桂不过一降将，起初重用之者睿王也。然亦是代表亲贵，原不必以时代求之。

目录中，老舅二字，终是绝大毛病。底面之文字，断不能使表面上万不说过也。即引据《尔雅》妻之父为外舅一语，谓书中元春为贾政女，故称老舅。然非皇后，恐亦未确。

"若是部里这么办了，还算便宜了薛大爷呢"。三桂罪案，充作者之意，固当万刀千割，亦人人得而诛之者也。乃清廷对于三桂之办法，其初意不过欲其老死云南，其撤藩亦不过欲其老死山海关外。及其变也，终不能取而肆诸市朝。其不能进取中原一步，奄奄待毙之气象，与绞监候何异？而犹得以保全首领，以没于衡州，便宜已极。作者对于清廷，固无所恤，但恨在明朝时不早斩杀此獠，终遗滔天之大祸耳。齐王氏亦是该死者，不赘。

此回极写官僚，而特著恶奴二字，作者犹有追念明代亡国之所由来之一意在，不得不表而出之。盖官僚政治，固为万恶之源泉。然彼善于此，岂竟无术。明季多气节功名之士，犹可图存。用一魏忠贤，便足以致全国人才之死命。官恶得而不贪？国安得而不破？崇祯毅然诛之，不久旋复重用阉竖。私通敌国，迎贼献门，无非若辈之所为。举朝无人，官吏皆恶奴之走狗。逃将不诛，亦若辈之力为之。明不亡于满洲，而亡于流贼；明不亡于流贼，而亡于政府；且不亡于正式之政府，而亡于阉宦。追原祸始，能无痛心？且贰臣之中亦多阉党，而身入满朝，无一非明代之达官科甲；而其所取之门生故吏，又复谬种流传。昔日之功名，为阉奴之产儿者；今日之功名，又安得不为世仆之门下乎？

　　曹氏于此又致意于白莲之役，官逼民反，贿脱真犯，株连平民之故事，与葫芦僧判断葫芦案评参看。

第一百回　破好事香菱结深恨
　　　　　悲远嫁宝玉感离情

　　"宝钗劝薛姨妈"。此段疵谬之处，几于不可通。"而伙计们见咱们势头败了，各自奔各自的去，也罢了，我还听见说帮着人家来挤我们的讹头"之说，若如王沈所评，则所谓挤讹头者，实是挤清廷之讹头，与三桂全然无干。若自三桂一方面言之，则滇势穷促，时部下固实有此情形，而特不应出之于继后之口。然而亦有可以解说者。继后蒙古之女也，蒙古自明中叶以来，为中国之属国，亦为中国之与国。兄妹之义，实本于此。蒙古当时亦有与三桂同时反对清廷者，故借宝钗之口以出之。鄙人于此等处，终嫌其立局之勉强也。盖兄妹之义，作者以为最好，然名兄妹而实为仇雠。一说到此等地方，便难措手，故不得不恍惚迷离以取之，而终嫌其不大明了。阅者不能不为之原谅者，隐之难也。至于宝钗口吻，仍处处反对薛蟠，是固文字中表面里面之身分上之所当应有，故自无碍于篇幅焉。鄙人疑为梅村作书时，三桂未反；而竹垞补本则在既反而后，于此等处当然为难，故终不免有隔阂。

　　"帮着人家挤我们的讹头"。自家人杀自家人之谓也。康熙十九年诏曰：当吴逆初叛时，即选满、汉精兵，命承顺郡王勒尔锦，统之进讨。三月，至荆州，不乘贼远来马疲、守备未固之时，渡江扼险，挫其锋锐，俾贼得以暇守湖南要害，犯我夷陵江西，分我兵力，致耿精忠、孙延龄、杨来嘉等相继变乱。老师数载，无尺寸之功，唯安坐荆州，索督抚司道馈送。其贝勒尚善察尼鄂等，专攻岳州，奉命以舟师断城饷道，动以舟楫未具、风涛不测为辞，迨长沙大兵已进，尚不乘机夹攻。又简亲王机喇布，迟留于江右，贝子洞鄂失机于陕西。若非朕运筹决策，力饬水师取岳州，饬岳乐江西军进攻长沙，饬图海陕西等军速复平凉，则疆宇几不可问。老师糜饷，误国病民，情罪重大，在他人尚不可原，况王贝勒与国同休戚之人乎？其令议政王大臣，举我太祖、太宗军法，严行议罪。于是皆削爵、籍产、拘禁有差。将迟延逗留失陷岳州之都统珠满，及失陷镇荆山之贝子准达，失陷太平街之前锋统领伊勒都齐，贼遁空营、饰奏克复之都统巴尔布，岳州饥贼溃围步遁、不能邀截之辅国公温齐，调援永兴、数月不赴之额驸将军华善，屡次败遁、纵兵骚扰、诈病回京之将军觉罗舒恕，以及左都御史多诺，兵部侍郎勒布等，奉命总理荆州大兵粮饷、擅遁回京阿范，参赞江西军务副都绰克托，随征广东，托病回京回江宁，皆罪之。魏源曰：康熙谕绿旗诸将等，以从古汉人叛乱，止用汉兵剿平，岂有满兵助战？故一时张勇、赵良栋、王进宝、孙思克奋于陕，蔡毓荣、徐治都、万正色奋于楚，杨捷、施琅、姚启圣、吴兴祚、李之芳奋于浙，傅宏烈奋于粤，云云。又云一时宿将已尽，诸臣不必皆三桂敌。则是定三藩之役者，仍以汉人之力为多矣。满人自阿桂而后，殆无复大将之才可言。额勒登保一莽夫耳，未见有制将之才，德楞泰犹在其下。教匪本非劲敌，而骑兵或不宜山险，克成此功，实惟杨遇春、杨芳、刘清、罗思举、桂涵等，而罗桂犹为汉留中之人，竟忘其开创者之宗旨焉。（参观前评）夫三桂与王氏，诚不足惜，奈何昧于独立自主之义，甘为满人出死力以杀同胞？自古开创之朝，未有不一方面与群雄角逐，一方面与胜朝争战者。明祖之事，前辙匪遥，作者固深慨之。

秘密之事，终多破获，三桂部下之谋降清廷者，岂有不被冲破者乎？王氏之于某生亦然。且从来号为帝王者，宫中绝不免有此等事。以明祖之严，而《画犬》一诗，青邱受祸，大狱之兴，戮及功臣，何有于伪周之皇帝！

"探春远嫁"，于里面上处处可通。然作者之意，则仍以清廷之尚主。多在蒙古之族为主体也。夫人情多不乐于远嫁，而富贵人家之远嫁者为多，其故实由势利相结合而起。谓探春之嫁为得所者，皮相之言耳。清廷既已入关，则其族之女子必不愿远适于沙漠荒寒之境。而诸帝仍踵行之而不顾者，将以和亲之方法，极力笼络其部族，而使不我叛。其于女子之本身愿意与否，固绝对的为其所不顾。天性之恩，至于帝王而绝矣。

嫡庶之界太严，已非家庭之福。况对于所生之子，大妇而在，几几若不认其为母，此是绝无人伦之办法。此等恶俗，久已有之。至于满人以其旗下之女为妾，则绝对的无母道之可言。书中所指之赵姨娘，固随时自有其人，然亦恰合清廷之习惯，作者亦不曾漏写也。

"宝钗摆着手叫袭人不用劝他，遂问宝玉"一段说话。作者对于清帝，可谓鸣鼓而攻之矣。"据你的心里，要这些姊妹都在家里，陪到你老了，都不为终身的事么？"见其渔色之无厌也。"若说别人，或者还有别的想头，你自己姊妹，不用说……"是何言与？鄙人不欲污其笔墨也。"打量天下独是你一个爱姊姊妹妹呢，若是像你，连我也不能陪你了。"是何言与？以嫂氏直言其兄妹之恶矣。曰"我同袭姑娘各自一边儿去，让你把姊姊妹妹们，都邀来守着你。"妒妇挟制之悍态，全不怕丑。夫妻之道，至此已不成为人。用意曲折，较诸焦大一骂，尤为刻毒。

第一百一回　大观园月夜感幽魂
散花寺神签占异兆

此两回所写，不过是疑心生暗鬼之义。以文字之表面论，无甚深意，然足以迎合社会上之心理，更足迎合社会上女界之心理。作者必欲作如此写者，隐其真事，而借此图存，其独一无二之手段也。全书以言情为主体，亦是此意。破坏之文，有激而发，不揭开其底面，吾其为世道人心忧矣。

凤姐见鬼，而必先之以狗者，夜行多露，所畏者惟狗；胡之为狐，所畏者亦惟狗。凤姐非狐而准之以狐，故以狗惧之。然不写恶犬狂吠，一以见其狗彘不食，一以见夫猎犬无用也。

黛玉之死未久，而即写"凤姐畏鬼"一事，盖平常相见无仇之人，而忽然设谋定计，使至于死，非徒主持者心有所不安，即同居者亦甚畏横死者之作闹。畏鬼独首凤姐，归狱之辞也。然而不言黛玉显魂者，非特避下文死缠绵潇湘闻鬼哭之一段文字也。合书中表面之凤姐而言，其罪该当万死，其情亦当为死者所深恨。显魂索命，讵不可言？而作者之心，则决不肯以此为清廷后妃吐气。可卿之为人，与凤姐同一类耳。后文鸳鸯殉主时，写可卿亦是有身死不明之说。此非传疑，乃是定案。盖此等乱伦之事，女子之稍有人心者，固当拒奸而死，抑或羞愤自尽。见鬼而写作此人，所以警觉其愧悔之良心焉耳。宫廷如此，而欲"立万年永远之基"，真是鬼话，安得不都"付于东洋大海"！"石头绊了一交"，倾覆之谓也。

回中言凤姐命小红打听原委，又命小红搀扶回去。豫王死时年三十六，在睿王前。睿王死后，代掌朝政者，郑王也。王沈评谬。小红本指承畴，打听云者，盖经略之任，内三院学士之任，令其斥察汉人也。大狱之兴，贰臣时有不免者，承畴累被牵连，而终竟无恙，得亲贵之力为多，豫王尤其所昵，故小红终属凤姐焉。此回写贾琏之对内对外，无一不合。盖凤姐之为人，固有淫行而能挟制其夫者也。惟其夫又非容易挟制者，夫妇之间，貌合情离，固当有此景况。既当有此景况矣，则一室之中，所用之下人，亦必各有所倚任，前书中所言各有心腹是也。而为其心腹者之恃宠而骄，又其本分。平儿之于凤姐，贾琏不在，则对于凤姐，是一个面孔；贾琏在家，又是一个面孔，真真写得好看。至于"奶妈子折磨孩子"一层，在家事写作有意无意之间，而在外事，则恰伏身后被议之案。"平姐诉功"，在家中可以为凤姐说法，在外事亦可以为贾琏说法，巧合双关。

其于外事，则当分数层言之。其一则交通宫监也。考《东华录》顺治遗诏中有云：祖宗创业，未尝任用中官。且明朝亡国，亦因委用宦寺。朕明知其弊，不以为戒。设立内十三衙门，委用任使，与明无异。以至营私作弊，更逾往时，此朕之罪一也。黄梨洲云：崇其宫室，不得不以女谒充之；盛其女谒，不得不以阉宦守之。阉宦为专制国之特产物，亦惟专制帝王之必要品，况于女色之主乎？况其人实在帝王左右，其势最便而易入。无论亲贵大臣，皆不能不抑其鼻息，裘世安其代表者矣。一曰纵容家人也。"看抄报"一段中，所言"贾化家人鲍音，贾范家人时福之案"，检《东华录》中，此等案牍，不可胜抄。纵令与贾琏本旗之部下无关，亦必是贾琏一流人之与有关系者。作者盖为之作一发凡起例之文字。羚羊挂角，香象渡河，确切有此境界。王沈评

《红楼梦》释真

所谓不敢直接攻击而牵涉村中者，固是一义，然不如合两方面言之。而以贾琏为其纵容者之最高权之代表者，则贾政亦不能免，故下篇"召对时，亦必及之，心中早又不自在起来"，是其意思之所表见者矣。一曰亲贵连结也。夫满廷之诸王，其得罪而死而籍没者，大抵皆由于争夺宝位之嫌疑。其地嫌势逼，不必果有是种作为者，亦颇有之。若其因别种问题而得此等处分者，实居少数。且亲贵有何能力，而窃居大位，彼于政治法律道德之真义，既全然一无所知，抑且决不肯守。既分之以种族之界，又限之以贵贱之阶，全国竟为一家之私物，而任其蟠据勾连，不徒汉族有所不服，即彼族亦生怨望，为之一一绘出其不堪形状，几于铸鼎象物矣。然犹有带写之一段情事焉，则以为吾汉族无耻之徒之依附亲贵说法也。夫贾琏固有贾琏之人，凤姐岂独无之？有清一代，连结官眷，交通宫禁者，指不胜屈。书中所处之地位，固以一手包办，然刘媪之母家，执大权者固无其人，即富察民妇之母家，亦无可深考。意想中所有，虽不能谓为事实上所无，然推而广之，满族中有此等事，求豫王者为多，汉族中有此等事，求刘媪者为多。满族不愿用汉人，不欲宽汉人之罪过，亦固其所。而刘媪之受贿专权，恃爱放刁，以求必达其目的者，自当有挟持其夫之情状。嗟吾汉人，忘祖国而入仕清廷，或为贰臣，或为勋臣，既宛转于淫后房主之侧，又不得不奴颜婢膝于失节淫妇之下，而仅得免死焉，甚者又或不免于死焉，可怜可痛实可恨。言平儿者，以之为牧斋代表耳。

"散花菩萨"。荒唐神异，佛说固多有之，然作者亦是暗讥天女也。考《东华录》，纪满清发祥之源云：布库里山下，有池曰布尔湖里。相传有天女三，长恩古伦，次正古伦，次佛库伦，浴于池，浴毕，有神鹊衔朱果置季女衣，季女含口中，忽已入腹，遂有身。告二姊曰："吾身重，不能飞升，奈何？"二姊曰："吾等列仙籍，无他虞也，此天授尔娠，俟娩身来未晚。"言已别去。佛库伦寻产一男，是为爱新觉罗之始祖。文意指此曰"妖精"曰"猢狲"，曰"父母打柴"，贱之也，然必言有父，则不信天女之意并见。

"王熙凤衣锦还乡"。签诗以指豫王，固为确切，然鄙人以为不若直截警戒刘媪，更为刻毒。何也？观《过墟志》一篇，则黄亮功之行为，与本文之所谓"蜂采百花成蜜后，为谁辛苦为谁甜"者，较豫王尤为惨状。况死后家破于兵，妻掠于虏，坟没于水，后嗣又绝，为谁二字，真真不错。刘媪对此，能无汗颜？"行人至，音信迟，讼宜和，婚再议"，十二字，尤觉包括《过墟志》全篇，无复挂漏矣。至于傅恒、福康安之死于军中，亦与此恰相关合。

第一百二回　宁国府骨肉病灾禂 大观园符水驱妖孽

"探春对宝玉说纲常大体的话"。王沈评谬。夫吴应熊之诛，应熊岂甘就死？公主亦岂能自言？即旁人亦只能劝慰公主。夫妻亦人伦，纲常大体，两面都不好措辞。王沈疑作者之江淹才尽，鄙人却谓王沈之难于措辞，目的误也。若以鄙人论之，则在清廷之探春，实以耿精忠所尚之肃王格格为主体。以天潢之女，下嫁于降将之子，迂尊降贵，又非世戚，在清廷与格格之意中，自然是为国和亲，宣力朝廷之例。纲常大体，其谓是乎？策凌尚主，亦当同例。且其人亦颇讲忠君者，不必读书知大义之褒，所由来矣。然而肃王幽死，格格实无如何。策凌弃其故妇之子，亦是伦常之缺陷。作者盖有微文焉。探春实兼写唐王与郑成功。唐王抗节不屈，纲常大体四字，卓然无愧。而成功之报父两书，对于纲常大体上，变而不失其正。清廷招降之使，络绎不绝，而成功绝对不降，清廷讵不醒悟？转悲作喜者，当日成功威振东南，清廷之招之不得，安得不作悲观？喜字从明太祖称王保保为奇男子之意化出，盖谓清廷之甚爱其人也。而作者之对于成功之悲喜无端，望其中原之渐有转机者，亦于此语见之。若夫上应探春为宝玉做鞋一段文字，与上回宝钗劝宝玉一段文字，则又别开生面，以定南山之狱。盖男大须婚，女大须嫁，固为纲常大体，然不须出诸将许嫁，将婚之女之口。而男女别嫌，兄妹不同席之大义，亦有深意。宝玉与探春，岂宜有此不愿分离之情景乎？似有醒悟之意，谓宝主之终未醒也。作者微文，却在低头不语四字中写出。然终无碍于唐王与成功者，男女之别也。书中似此例者颇多，须活看。

"尤氏送探春，走了大观园便门，过宁府去便病"。著肃王幽死之所由来，而深诛其妃之罪也。探春本指肃王之女，其为此妃之所生与否，良不可知，然而其出嫁于人也，肃妃必当送之。此固点醒眼目之处也。（案下嫁在顺治十二年六月，肃王已死，书中原不拘年月）上文云"元妃死而园不修葺"，中宫已崩，太后将嫁，肃妃亦为睿王所纳，宫廷闹得不成景象，亦是作者极力点醒之笔。曰"从前年在园里开通宁府的那个便门"，私通之代名词耳。"心中怅然如有所失"，何失乎？失节失身之谓。害的甚么病，害的是"日轻夜重、谵语绵绵的病"，已经不堪直说。害的甚么病？害的是"大观园妖孽缠着的病"，岂复可以掩卷一思乎？卦爻说是未济，其义自显。曰"兄弟劫财"，亦恰是肃王被幽之兆。盖此狱固发之于睿王，而名义上仍归之于顺治故。世爻上"动出一个子孙来，到是克鬼的"，睿王之狱既定，肃王之子富寿复封显亲王也。"虎在阳忧男，在阴忧女，此课十分凶险"，盖谓睿王之行事如虎而已。不忧女而忧男，非谓肃王因肃妃幽死而何？"贾珍道：你说你母亲前日从园里去回来的，可不是在里撞着的！"秘密之事，肃王其知之耶？其不知耶？一片空灵，文字化境。"二婶娘到园里，回来就病了"，其亦被妖所缠耶？大观园何其多妖乃尔！"尤氏嘴里乱说穿红的来叫我，穿绿的来赶我"，此是何等说话？俗谚所谓去了穿青的，另有穿蓝的也，且因奸酿成争夺之巨祸矣。"一人传十，十人传百"，鼓钟于宫，声闻于外。"贾珍便命人买些纸钱送到园里烧化，果然那夜，出了汗，便安静些"，出了何汗？风流汗也。送到园里四字，更恶毒之极。

"过了此二时，果就贾珍也病"，被幽矣。"竟不请医调治"，肃王被幽时，谓阿济格、尼堪、苏拜云："将我释放则已，如不释放，毋谓我系恋诸子也，我将诸子必以石掷杀之！"此言何等痛心！恶其母以及其子，而尚何求活之为？下文云："轻则到园化纸许愿，重则禳星拜斗"，肃王惟不肯低头于占据宫闱之人，故至于幽死。今反言以决之，亦是微文。写"贾蓉等相继而病"，亦是从以石掷杀诸子句脱化而出。此篇为肃妃正传，写得如此深微切至，文章真得著得狠。

呜呼！作者之痛恶满族，而一例以妖孽目之者，何其如是之深切而著明哉！以大观园论之，则董宛、董年等，内妖也，宫闱之界也。合两府而论之，肃妃内妖也，刘媚、董宛、董年，外妖也，种族之界也。代表全体，女界中已尽于此。未已也，吴贵住在园门外，而为妖怪所魔，涉及大观园者，皆妖孽矣。扩而言之，宫廷妖孽，朝廷亦妖孽也。竖而言之，开国妖孽，后来亦妖孽也。"妖怪爬过墙吸了精去"，为吾民之脂膏言也。"风声鹤唳，草木皆兵"，兵乱之象也。"园中出息，一概全蠲"，吾汉族锦绣山河之出产物，满人不得而享之也。"各房月例，重新添起"，财政窘迫之形也。"看园的没有了想头，个个要离开此处"，将吏溃走之局也。"每每造言生事，便将花妖树怪，编派起来"，谎报贼至之言也。"各要搬出，把园门封固，再无人敢到园中"，让出宫廷之名也。"以致崇楼高阁，琼馆瑶台，皆为禽兽所栖"，龚定庵之《正大光明殿赋》，以"长林丰草，禽兽居之"为韵，王沈评固批得确切。然作者又有宁愿破坏，不愿为满人居处之意在焉，直欲以妖孽制妖孽。谭浏阳所谓志士仁人，宁为陈涉、杨玄感以供圣王之驱除死无恨焉者，犹未能拟其痛快也。

此回避去睿王者何也？睿王者，妖孽之主体也。写肃妃之正传，自然以睿王为主体。写顺治时代之怪现象，亦不得不以睿王为代表。睿王既死，执政者郑王也，此篇以贾赦拟之。治睿王之罪，领衔者亦系郑王。然郑王迫于睿王而立顺治，又迫于睿王而失政权，且得罪，是郑王固亦为妖孽所惑，而且有深畏妖孽之情形。故篇中所写，"强著前走入大观园中，与便有些胆怯"，即是从此生出。设法而请道士，当时必有为之谋者，然写来竟是儿戏，盖作者直以道士惑人例之。睿王不死，郑王固无如之何，其余满、汉大臣之为其谋主者，亦无如睿王何久矣。且收妖而终无善后之办法，以作者之眼光视之，是亦妖孽而已矣。和珅死后，政治尚未见改良，当亦与此同例。笔力横恣，不可思议。下文接写贾政被参，真是借以点题之妙法。

"大公野鸡"以此为禽兽而被文明之毛羽者作代表，究竟仍为禽兽而已矣，并映照上文狗字。

为睿、豫二王放宽立说者，吾不知其何解。二王所为，不徒汉族之仇雠，抑亦清廷之蟊贼。自古君主与大吏之作恶，不必其本身自为之，而已不啻其所自为，况出之于本身，亦未有不委过于人者。过无可委，则尤甚矣。此段参本之说，不过是睿王一案，未经穷追之影子耳。

第一百三回　施毒计金桂自焚身
　　　　　　　昧真禅雨村空遇旧

　　睿王晚年，屡次出猎，而下嫁之后，又复亲迎福晋于朝鲜。且其狱辞中，又有王欲于永平府圈房，偕两旗移驻，与何洛会、罗什、博尔惠、吴拜、苏拜等，密谋定议，将圈房之人，已经遣出，会因出猎稽迟未往等语。又有又欲率两旗驻永平，谋篡逆，睿王应籍没，所属家产，其养子多尔博、女东莪给信王。（案蒋良骐手抄《东华录》作养子多尔博、汝东莪与此异）外任之事，固当为孝庄之所不喜也。"只怕叫那些混帐东西把老爷性命都坑了呢"，睿王卒于喀喇屯，而其部下苏克哈萨、詹岱、穆济伦即发大狱。下文所言跟老爷去的人，在外头瞒着老爷弄钱，原不止此辈人，而此辈人亦必在其中。连祖上的功勋也要抹掉了，作者咒其亡国矣。

　　金桂之死，言三桂之死于衡州也。夫三桂之引贼入室，是亦甘心饮鸩者耳。缅甸之役，只知逼杀桂王以绝人望，而不知即为自己丧失人心之根本。暮年举事，即欲托言复明而必不可得，信用扫地尽矣。其始意在死李自成，其继意在死桂王，其终志在死顺治，然究竟等于自杀，而并以绝母国兴复之机。故曰饮其欲以谋人之毒汤而死，诛心之辞也。其曰香菱云者，三桂之开关延敌，实以圆圆之故，名为开脱圆圆之罪，实则深文曲笔。追原祸始，顾圆圆虽无耻无节，原亦尽人可夫，而非必欲终事三桂。酒不醉人人自醉，色不迷人人自迷，三桂之罪浮于圆圆。而圆圆之毒，实三桂自欲饮之，圆圆固不足责也。以为不足责，而责之益深，恶其贱而污也。"王夫人说这种女人死了罢咧，也值得大惊小怪的。婆子道不是好好儿死的，是混闹死的，快求太太打发人去办办。说着就要走"，三桂之至于死，固因混闹。当其反时，全国震动，告变之使，固如王沈评拟诸报信者之惊惶，然当时势盛时，各路响应。《圣武记》云：四川提督郑蛟麟、总兵谭洪：吴之茂以四川应贼，广西将军孙延龄、提督马雄以桂林应贼，襄阳总兵杨嘉来以襄阳应贼，福建耿精忠闻之，亦同时反。数月而六省皆陷，且甘、陕亦危。清廷惊疑，当然之理，顾犹未入其死时之范围也。康熙十四年关陕之变，四方骚动，上欲亲征，驻荆州，就近调度。议政王大臣，以京师根本重地，车驾远出，恐有讹言、奸宄窃发。至十七年，上慨诸军旷日持久，复下亲征之令，王大臣复以贼势日蹙，无劳远征为请，上未决。会贼召回马宝、王绪、胡国柱等，悉锐逼永兴。永兴为衡州门户，相距仅百余里，贼所必争。我都统那里布、副都统哈克山，相继战没，河外营垒，为贼所据，前锋统领硕岱等，入城死守。贼三面环攻，昼夜不息。简亲王屯茶陵，不敢救；穆占在彬州，遣兵来援，亦不敢进。城坏于炮，囊土补之，且筑且战，凡二十日，濒危者数矣。八月二十一日，忽拔营去，则三桂已死，诸贼皆召赴衡州。是月诸王奏闻，上始罢亲征之议。则是三桂死信未确之日，清廷必有惊疑不定者。而议欲亲征，即是"打发人去办办"之影子。"死了罢咧"，则喜之之词也。三桂之叛，睿、豫二王，死已久，然当时用兵将帅，仍是亲贵主事，汉将几不得保其功，故亦以王夫人、贾琏、周瑞等代之。且三桂势力，亦为睿王当国及豫王有权时萌芽，故亦以此示之意焉。

顾此书以金桂写三桂终觉吃力，一则男女之别，碍于薛蟠一方面；一则以兄妹之谊，碍于宝钗一方面。故鄙人谓前半作于三桂未叛以前，后半作于三桂既叛以后。凿幽缒险，自有痕迹。以梅村与竹垞当之，虽不中，其不远矣。大抵《红楼》原本，写为不敢署名之书，补之者出于爱种之公心，决不肯失原前作者之真意。后四十回，言情处较前少，直结束处较前少松，人之笔性不同，而又不能不牵就前半，不可以优劣之见为之。曹氏之增删五次，其意亦犹此矣，然隐而加之以隐，则列名固自无碍，明言增，固非掠美，且表章前人之心矣。

此篇曹氏以金桂写齐王氏，决无原作之碍手处矣。夫王氏以一妇人，而纵横川、湖、陕，并及河南，清廷之惊疑者，当复何如！然而行事则为盗贼，女身而有淫行，毒人自毒，曹氏不得不深责之。考《东华录》，嘉庆三年戊午春正月己卯，谕军机大臣等：前据明亮奏，高均德折窜汉中，伊等带兵追剿。朕即以必系齐王氏等大伙贼匪，北渡汉江。明亮等畏罪不奏。今据景安奏，高均德渡江后，又有一股贼匪，接踵过江，并有骑马女贼数百人。此非齐王氏大伙而何？且贼匪窜至五郎，而明亮甫赶至洋县，已落一站之后。可见节次所奏，俱系饰说，全不足信。此时姚之富、齐王氏等，自已与高均德合伙。该处虽有山路，亦多坦途，不得复以险阻借口。吉林、黑龙江官兵，弓马便捷，更可展其长技。明亮、德楞泰当趁此速行截剿，孥获首逆，倘仍前延玩，伊二人俱有身家性命，懔之慎之。至秦承恩前奏，贼匪向东北奔窜，伊同王文雄迎头截击。今阅景安所奏，贼匪在洋县屯扎，秦承恩在秦岭相机堵剿，是前此并未迎击，但在秦岭驻守。而明亮、德楞泰，又落贼后，无怪其均未有续奏也，云云。二月辛亥，谕军机大臣等：贼首齐王氏等，由石泉偷渡，在汉中之东，自系柯藩汛地。今据柯藩奏到情形，并请从重治罪，果不出朕所料，柯藩着革去顶戴官职，暂留护理提督事务，（此事护军统领副都统爱星阿亦革职）仍令带领原兵，戴罪自赎。乌尔图纳逊，不能截住贼匪，任其窜至汉中，又不赶紧追剿，转欲前赴四川梁山，竟系心怀畏怯，避难就易，着革职，作为兵丁，交宜绵德楞泰差遣。三月谕军机大臣等：德楞泰歼除首逆齐王氏、姚之富，并将此股全行剿荡，览奏欣悦。但两逆首均系情急投崖垂毙，虽经裔割示众，究未能生擒解京，尽法处治，未为满意。（案"圣武记"此战转败为胜，王氏坠崖死已成疑案）故王氏之结果，又有两说。一为王氏被清兵所暗杀，其功不上闻；一为王氏仍从某生以去，死者为其部下之白丫头。前说可与换汤关合，后说可与"将东西卷了包儿一走，再配一个好姑爷"关合，若三桂之背明降清，固是另配，背清而托言复明，煽惑时亦必有人言此，然终不如此说之切当也，其余意可微会。

顾自己家中之事，不能自了，而必请贾府了之。三桂与王氏，因汉人中之盗贼，而眷念母国者，情何以堪？

第一百四回　醉金刚小鳅生大浪
痴公子余痛触前情

　　"贾雨村遇甄士隐"。遗老之潜踪，宁容若辈窥伺？然或则苦口婆心，或则隐语微感。"速登彼岸，后会有期，风浪顿起，渡头候教"，此中藏得许多意思。火起而人犹存，国亡而心不死之谓。

　　前书倪二本指李三，此等恃酒撒泼之事，固其本等。然作者写出大浪一段文字，则别有深意，盖太史公"游侠传"之旨也。夫权贵之势力横行，举朝不敢过问，彼时和珅当国，已无有直截攻击其本身者。曹锡宝参其家人而已，武亿治其番役而已，蒋南园一发其私书，死不旋踵，且亦未尝请将和珅严办也。睿王摄政之时代，尚有敢批逆鳞者乎？此时而欲伸民气，则惟有游侠之一法，其行为不必正当，其才智不必过人，而以之犯禁除奸，则亦为以毒攻毒之独一无二妙法。太史公所为不避是非颇谬于圣人之讥，而必倾心吐胆以出之者，良有由也。一部《水浒》之手段，全出于此；《聊斋》一书，亦多有从此锤炼而出者。作者心《水浒》之心，而开《聊斋》之首，特极力写一倪二，断不可以迂儒之学说绳之，顾鄙人以为作者尚别有所感也。各家记载，有所谓康熙时莽侠夫之犯驾者，有所谓南阳大侠（鱼壳之妻）之谋刺雍正者，有所谓酒家儿之谋刺三桂者，有所渭某抚之爱妾夜被截发者。（近人谓指三桂）《聊斋》中更不一而足。而厨子成德之持刀犯驾，尚不与焉。例之以冲道，或亦近之。"吃酒是自己的钱，醉了躺的是皇上地，便是大人老爷也管不得，"此犹表面之言耳。质而言之，则其所谓皇上者，恐所指尚不是清廷之皇上，当是思念故主微意，真写得侠以武犯禁出。

"贾政闻黛玉已死，反吓了一惊"。吓字妙，反字更妙。黛玉平日病弱，死亦意中事耳，何吓之有？为身死不明吓也。害死之而反哭之，如何不加一反字？董妃之死，实为疑狱。睿王而在，亦将不安矣。"宝玉与袭人说到了要叫紫鹃来问，而袭人答以我慢慢的问他，遇着空儿，再慢慢的告诉你"；麝月传宝钗之命，催宝玉去睡，又说"你们两个又闹鬼，何不和二奶奶说了，就到袭人那边睡去？"由前之说，加一"明后日等二奶奶上去了"句，是废后与继后排挤董妃也。由后之说，加一"二奶奶说已四更天了"句，是继后推挤废后也。下文"宝玉摆手道，不用言语。袭人恨道，小蹄子你又嚼舌根，看我明日撕你的嘴，回转头来对宝玉道，这不是二爷闹的，说了四更的话，总没有说到这里"，鬼鬼祟祟，王沈评以为言下有抱憾之意。然上了当，如何可以悔得转来？著继后并挤废后之意，如活如画，全然是妒妇办法，恶之深也。作者为其表面之文字计，原不能限于时间之前后。此类甚多，当活看。

宫中之事，查考甚难，作者亦不免有想当然耳之文字，而借指朝臣。书中之紫鹃，亦是此类。雪雁指赵良栋，汉人也，故曰南边带来的。紫鹃指孙思克，汉军也，故仍为贾府中人。附录其事于后：

考《赵良栋本传》云：三桂调公贵州平远镇，令进剿水西，公知三桂有异志，力辞。三桂未反时，日以牢笼人才为务，惟公不为所用。八年，补大同左都督，调天津。十三年，三藩反，猖獗甚。十五年，甘肃提督张勇，荐公才略过人。圣祖命公提督宁夏，驰传往镇抚之。议者疑公陕人不可信。公见上，词气激昂，请移家口居京师，得一意办贼。上庄其言，寻赐第。倡议先取汉中兴安，规全蜀。诏下军前王大臣集议，金言大军直分四路进，需兵五万人。公曰："兵贵精不贵多也"，终持请率五千人独当一路之议。既而凉州提督孙思克，言绿旗兵不可用，请俟来春，多调满洲兵并进。诏切责之。既以收川功最，赐御书题额，及弓矢櫜鞬名马之属，诏授公兵部尚书，兼右都御史，总督云贵，将军如故。公奏滇黔恃蜀为门户，今蜀已得，而三桂又新死，宜乘机急进，请谕趣湖广兵速取贵州，广西兵速取云南，并敕陕西四川筹饷济军，克期进剿。二十年三月，公遣子宏灿，及总兵李芳述等，追剿胡国柱于观音岩。五月，破关山象岭，渡泸江，叙泸、永宁贼皆遁。九月，取建昌，乘胜渡金沙江。九月抵滇，时贝子彰泰军滇池，将军赉塔军黄草坝，满、汉兵十万有奇，围城九月未下。公子即诣贝子陈三策：其一先破外护，使贼匹马不得出，乃可招降。其一结营辽远，贼得番息，法当移军逼之。其一降者宜分别收养，不宜尽发满洲为奴。贝子不悦，以满洲语相驳诘，公汉人，不解满语，张目抵牾。幸公已奏闻，诏下，悉如公策。乃率所部亲冒矢石，取玉皇阁，进逼新桥，贼拒桥死拒。公伏马兵于南坝、两岸，分步兵为三队，营壕墙外，持大刀督阵，夜二鼓攻桥。贼殊死斗，逆渠郭壮图亲搏战，三进壕墙，而伏兵三起应之。复以计济师，列炬如星，炮雨下，贼败走，公夺桥，追至三市街，大败之，天犹未曙也。黎旦入东南二门，壮图自焚，世璠自杀，余贼悉降。自公至军八日而云南平，盖滇事惟良栋战功最多，而适在张勇之部下，故当张勇以首罪，而谓之曰包勇。良栋以汉人而如此为满人出力，故以雪雁当之。又考"贰臣传"，孙得功辽东人，初为明广宁巡抚王化贞中军游击。化贞任得功为心腹，而得功已输款本朝，还言兵已薄城，城中大乱，化贞遁。

天聪八年追叙功，与二等男世爵，思克其次子也。又考《孙思克传》，康熙十八年七月，上饬图海，调公与提督赵良栋等剿贼汉中兴安。会有诏，因京师地震，令内外大臣各抒所见。公疏请今秋暂缓进兵，俟来年二三月间多调边兵，再图进取。上命学士拉萨礼至凉州，宣谕诘责，公乃引罪。拉萨礼还奏，得旨：事平后再议。十一月，公与将军毕力克图，败贼众于阶州，及文县成县，遂驻沔县。诏公还凉州，寻移驻庄浪。二十二年，追论前奏缓进兵罪，夺三等男，及提督，仍留总兵。盖清廷始则疑之，而终且罪之矣。故取之以当紫鹃而与良栋相形，谓其似有观望之心也。然后来又有"释旧憾情婢感痴郎"一段文字，则仍是不曾放宽他。

第一百五回　锦衣军查抄宁国府
骢马使弹劾平安州

英、睿、豫三王之得罪，本在睿、豫两王死后，而此回写作生前者，恶之深也。二王于汉族为恶贼，于清族亦为恶子，作者恨不得而置之显戮，盖全国之公敌也。查抄之于生前，亦顺治之心所迫于孝庄而不得遂者。王沈评谓以元妃之死，代睿王之死。作者决不肯以中宫太后之地位，移而处睿王，意义其倒颠矣。顾睿王而在，孝庄犹存，顺治固无有能力杀之之理。撒去贾政，微示之意云尔。且睿王并未于生前得罪，而又本无子，削爵犹不削也，即乾隆时之复爵犹不复也。著复爵者，言其在生时之不可动摇焉。且狱辞本牵及英、豫两王，而亲王不过降为多罗郡王，故写贾琏亦不过如此。惟英王得罪幽囚，遂赐自尽，（说出蒋氏手抄《东华录》）故独重贾赦焉。

贾珍何以同时被抄也？肃王得罪在先，而纳入一回以写之，非徒以便文法也。肃王与睿王等，皆有争夺天位之心，王非无罪。若以天位既定之义言之，则亦当死者也，惟不应以妃累耳。清初诸王，惟礼王尚无争心，其余皆可杀者也。允禵既为大将军以后，未必无谋为继嗣之事。但本有军功，而又为康熙之所爱，雍正之罪，固无可逃耳，亦非礼王比也。为肃王诉冤，则更误矣。

英、肃皆以幽死，而睿、豫罪重于英、肃，乃祸发于身后。

故特著贾琏之罪案，与北静王之庇护贾政，作者有余憾焉。

综满清之权贵而论之，年羹尧不过一外臣，即狱词中壁画四爪龙，亦尚是僭王而非僭帝。隆科多之狱词，以将圣祖御书贴于厢房为大不敬，亦与御用衣裙不类。若直谓其谋篡，则文字狱耳。且雍正何等严察，断不至肘腋之下，便有是事，明珠、索额图更无论矣。鳌拜固为顾命大臣，然狱词中亦未有此。差相似者惟和珅。乾隆耄荒，行为转同孺子。和珅之权，实在皇帝之上，俨然为太上皇之替身矣。今取其相似此狱者。附录于后，俾阅者意会焉。嘉庆四年春正月甲戌，谕和珅家产查抄，所盖楠木房屋，僭侈逾制，其多宝阁及隔段式样，皆仿照宁寿宫制度。其园寓点缀，竟与圆明园无异，不知是何肺肠？又蓟州坟墓，居然设立享殿，开设隧道，附近居民，有和陵之称。又家内所藏珍宝，内珍珠手串，竟有二百余串，较之大内，多至数倍。并有大珠，较御用冠顶尤大。又宝石顶，并非伊应戴之物。所藏真宝石顶，有数十余个。而整块大宝石，不计其数，且有内府所无者。又家内银两，及衣服等件，数逾千万。又有夹墙藏金二万六千余两，私藏库金六千余两，地窖内并有埋藏银两百余万。又附近通州、蓟州地方，均有当铺钱店，计查资本，又不下十余万两，以首辅大臣，下与小民争利。又伊家人刘全，不过下贱家奴，而钞查赀产，竟至二十余万，并有大珍珠手串。若非纵令需索，何得如此丰饶？其余贪纵狂妄之处，尚难悉数，实从来罕见罕闻者。著将胡季堂原摺，发交在京文武大臣，并翰詹科道阅看，即著悉心妥议，具奏。此内如有自抒所见者，不妨另摺封陈；若意见皆合，即连衔具奏。至福长安（此回中贾琏），祖父叔侄兄弟世受厚恩，尤非他人可比。其在军机处行走，与和珅早夕聚处，凡和珅贪黩营私，种种不法罪款，知之最悉。伊受皇考恩重，常有独对之时，若果将和珅纵恣貌玩各款，据实直陈，较之他人举劾，尤为确凿有据，皇考必早将和珅从重治罪，如从前办理讷亲之案，何尝稍有宽纵？（嘉庆自己尚不敢说，乃说他人不说，真是好笑。况福长安本珅党耶！）岂尚任其贻误军国重务，一至于此？即谓皇考高年，不敢仰烦圣虑，亦应在朕前据直陈奏，乃三年中并未将和珅罪迹奏及，是其扶同徇隐，情弊显然。如果福长安在朕前有一字提及，朕断不肯将伊一并革职拿问。见在钞出伊家赀物，虽不及和珅之金银珠宝，数逾千万，但非伊家之所应有，其贪黩昧良，系居和珅之次，并著一并议罪。（案此谕甚长，或节，或入别论宜参看）丁丑谕：大学士九卿文武大员翰詹科道定拟和珅、福长安罪名，请将和珅照大逆律凌迟处死，福长安照朋党律拟斩，即行正法等因一摺，和珅种种悖逆专擅，罪大恶极，于法实毫无可贷。因思圣祖仁皇帝之诛鳌拜，世宗宪皇帝之诛年羹尧，皇考之诛讷亲，此三人与和珅相等，而和珅之罪过之。从前办理鳌拜、年羹尧，皆蒙恩赐令自尽。讷亲则因贻误军机，于军前正法。今就和珅罪状而论，其压搁军报，有心欺隐各路军营，听其意旨，虚报首级，坐冒军粮，以致军务日久未竣，贻误军国，情罪尤为重大。即不照大逆律凌迟，亦应照讷亲之例，立正典刑。此事若于二年后办理，断难宽其一线，惟见当皇考大事之日，即将和珅处决，在伊固为情真罪当，而朕心究有所不忍。且伊罪虽浮于讷亲，究未身在军营，与讷亲稍异。国家本有议亲议贵之条，以和珅之丧心昧良，不齿人类，原难援八议量从末减。姑念其曾任首辅大臣，于万无可贷之中，免其肆市。和珅著加恩赐令自尽。此朕为国体起见，非为和珅也。福长安有心扶同徇隐，（上略）百喙难辞，见在抄伊家内，已非伊分内之所有。若非平日肆意贪婪，何从得此饶裕？即照大学士等所请按例办理，实罪所应得。但科道并未将福长安指劾参劾，而所钞赀产究不及和珅十分之一。和珅现已从宽赐令自尽，福长亦著从宽，改为应

斩监候，秋后处决。并著监提福长安前往和珅监所，跪视和珅自
尽后，再押回本狱监禁。至和琳本无功绩，止因伊参奏福康安木
植一案，得以屡邀擢用，此案并非和琳秉公参劾，实系听和珅指
使，为倾陷福康安之计，今和珅籍没家产，查出所盖楠木房屋，
僭妄逾制，较之福康安托带木植之咎，孰重孰轻？且和琳同福康
安剿办湖南苗匪，亦因和琳从中掣肘，以至福康安及身未能办
竣，是和琳于苗匪一案，有罪无功。所有和琳公爵，自应照例革
去。至配享太庙，尤为非常钜典，和琳何人，乃与开国功臣同
列？著即照议撤出太庙，并将伊家所立专祠一并拆毁云云。

　　两事皆不关"御史弹劾之力"，而抄后偏言弹劾，在表面为
易于结局，而里面上则作者视私史与珠鞍之狱，较他罪尤重。盖
关于国界与种族决非爱新觉罗一姓之事，故急欲有人言之，意最
深长。

· 443 ·

第一百六回　王熙凤致祸抱羞惭
贾太君祷天消祸患

　　致祸必以凤姐者何也？盖此书以种族为纲，以女祸为目。满人之恶，固其所恶，然使吾汉族之人才，不为之后先奔走，则其祸绝不至如此其烈，故其视贰臣也，有如毒蛇。洪承畴尤其所深恶而痛绝者，以其本有可以不为贰臣之决心，而终不免于为贰臣者，真不能不为吾汉族太息抱憾于人才之堕落也。其刻责刘媚，亦是此义。彼本一有才而守节之妇，且见金夫而不有其躬，则其所以供满人之利用者，亦不惜以致祸之名，全加之一于其身而不以为过。才色一也，而一切入仕于清廷之贰臣，罪状益昭于天壤矣。且返而观刘媚前夫之家事，则又可一一对照者。《过墟志》称黄亮功之祖，陈氏奴也，本姓王，以背主而易为黄。居昆之石浦，乃祖名元甫，复归虞家塘市。元母为某宦乳妪，宦有田三千亩，在虞，以妪故，委元课租。元自正犒外，复蚀其十之三，诡言农欠，积久而成小康。乃父洪尤凶暴，尝悦一佃女，乃假佃以金，初不责偿。越三年，权之，遂攫其女为姜。不久爱弛，将转鬻，女闻而缢。时某宦已死，子弟皆纨绔，不问生产，田皆分裂，授他姓。洪欺宦无主，吞匿其半，自是大营宅第，居然为乡里富人。然里之衣冠，未尝与之接。今亮之为人，固稍敛迹，然计升斗，权子母，刻剥图利，亦足称黄之肖子。且妹年十四，彼已四十余，年既不相若，门户又不相当，何可婚乎？又刘尝私于亮曰：痴老年半百只此一女，犹兀兀然朝夕持筹握算，竟不思身后倚托者为谁也？（此语正为巧姐写照）此其所为，亦几几为书中贾琏小影，不过范围较小耳。作者以为豫王之为人，不过如吾乡里恶俗人之所为，而其败坏国家，亦正当如亮功。亮功得刘氏而家破嗣绝，豫王之结果，亦当与亮功等。而刘婵再寡，又蹈前辙，故以致祸之原归之。且《过墟志》本为遗老所作，其前提作此一段，于本事原无关系，彼其笔底下亦早有此等说话矣。作者系明眼人，如何不表同情乎？然下文又极力写贾母于致祸之后，仍爱凤姐，则其言外之意，又兼以之为孝庄之代表也。其不以董妃当之者，顺治本为无能力之人。其始制于睿王，其后亦未尝不制于孝庄，名为皇帝，实则并未尝有豫王之权。董妃出身，既已不足深责，而且顺治与董妃，尚有宽待汉人之表示，罪薄于豫王与刘婵远矣。（俟后论）若富察氏妇者，则亦祸水也。

珍哥骄纵，而下缀"得罪朋友"四字，盖肃虽有罪，而死累于其妃，意可微会也。"令兄赦大老爷不妥，倒带累着二老爷"，直罪之而已矣。带累之说，阅英王狱词自见。考《东华录》，顺治八年春，正月甲寅，议和硕英亲王阿济格罪。先是摄政王薨之夕，英王阿济格赴丧次，旋即归帐。是夕诸王五次哭临，王独不至；翌日诸王劝请，方至。英王于途遇摄政王马群厮卒，鞭令引避，而使己之马群厮卒前行。第三日遣星纳都沙问吴拜、苏拜、博尔惠、罗什曰："劳亲王系我等阿格，当以何时来"？众对曰："意者与诸王偕来，或即来即返，或隔一宿之程来迎。自彼至此，路途甚远，年幼之人，何事先来？"盖因其来问之辞不当，故漫应以遣之。吴拜、苏拜、博尔惠、罗什等私相谓曰："彼称劳亲王为我等阿格，是以劳亲王属于我等，欲令附彼，彼既得我辈，必思夺政"。于是觉其状，增兵固守。又英王遣穆哈达召阿尔津、僧格乃往。英王问曰："不令多尼阿格诣我家，摄政王曾有定议否"？阿尔津对曰："有之，将阿格所属人员，置之一所，恐反生嫌，故分隶两旗，正欲令相和协也。摄政王在时，既不令之来，我辈可私来乎？此来亦曾告知之诸大臣者"。英王问曰："诸大臣为谁"？阿尔津、僧格对曰："我等之上，有两固山额真，两议政大臣，两护军统领，一切事务，或启摄政王裁决，或即与伊等议行"。英王曰："前者无端谓我憎多尼、多尔博，我何为憎之？我尝拔剑自誓，尔时吴拜、苏拜、博尔惠、罗什等遂往告之，自此动恨我，不知有何过误？"既又曰："退让者乃克保其业，被欺者反能守其家"。又言"曩征喀尔喀时，两日风大作，每祭福金，皆遇恶风。且将劳亲取去，见居正白旗，尔来何为不来，意或离间我父子耶？"阿尔津、僧格对曰："似此大言，何为向我等言之？王虽以大言抑勒，我等岂肯罔顾杀戮，而违摄政王定议乎？"英王曰："何人杀尔？"阿尔津、僧格曰："倘违摄政王定议，诸大臣白之诸王，能勿杀乎？"于是英王大怒，呼公傅勒赫属下明安图曰："两旗之人，戈戟森列，尔王在后何为？可速来一战而死！"阿尔津、僧格起欲行，英王复命坐曰："不意尔如此，尔等系议政大臣，可识之，异日我有言，欲令尔等作证。"阿尔津、僧格对曰："我等有何异说？两旗大臣，如何议论，我等即如其议。"语毕，还具告额克亲、吴拜、苏拜、博尔惠、罗什。于是额克亲、吴拜、苏拜、博尔惠、罗什、阿尔津议曰："彼得多尼王，即欲得我两旗；既得我两旗，必强勒诸王从彼；诸王既从，必思夺政。诸王得无谓以我等以英王为摄政王亲兄。而因而向彼耶？夫摄政王拥立之君，今固在也，我等当抱王幼子，依皇上以为生。"遂急以此意告之诸王。郑亲王及亲王满达海曰："尔两旗向属英王，英王岂非误国之人？尔等系定国辅主之大臣，岂可向彼？今我等既觉其如此情形，即当固结谨密而行。彼既居心若此，且又将生事变矣。"迨薄暮设奠时，吴拜、苏拜、博尔惠、罗什欲共摄政王祭奠事，英王以多尼王不至，随于摄政王帐系马处，乘马策鞭而去。端重王独留，即以此事白之端重王。端重王曰："尔等防之，回家后再议。"又摄政王丧之次日，英王曾谓郑亲王曰："前征喀尔喀时，狂风两日，军士及厮养逃者甚多。福金薨逝时，每祭必遇恶风。守皇城栅栏门役，竟不著下衣。"又言："摄政王曾向伊言，抚养多尔博，予甚悔之。且取劳亲入正白旗，王知之乎？"郑亲王答曰："不知。"又言："两旗大臣，甚称劳亲之贤。"此言乃郑亲王告之额克亲、吴拜、苏拜、博尔惠、罗什者。又谓端重王曰："原令尔三人理事，今何不议一摄政之人？"又遣穆哈达至端重王处，言："曾遣人至亲王满达海所，王已从我言，今应尔为国政，可速议之。"此言乃端重王告之吴拜、苏拜、博尔惠、罗什者。至石门之日，郑亲王见英亲王佩有小刀，谓吴拜、苏拜、博尔惠、罗什等："英王有佩刀上来迎丧，似此举动叵测，不可不防。是日劳亲王率人役约四百名将至，英王在后见之，重张旗纛，分为两队，前并丧车而行。及摄政王丧车既停，劳亲王居右坐，英王居左坐，其举动甚悖乱。于是额克亲、吴拜、苏拜、傅尔博、罗什、阿尔津集四旗大臣，尽发其事，诸王遂拨兵役监英王至京。又于初八日英王知摄政王病剧，乃于初九日遣人往娶万丹之女。以上情罪，诸王固山额真议政大臣会鞫俱实，议英王阿济格应幽禁，籍原属十三牛录归上，前所取叔王七牛录，拨属亲王多尼，投充汉人出为民，其家役量给使用，余入官云云。

第一百七回　散余资贾母明大义
　　　　　　　　复世职政老沐天恩

　　贾赦、贾珍狱词，表面从轻，里面实具微文。盖作者对清初之丑秽，已视为彼族当然之事。所伤心者，烧我文字，而使当时之痛史与秽事之无所纪也，故特重私史一案。前文云"不知是死是活"，希觊之辞，查孝廉固未死也。此回云"石呆子自尽"，纪实之词，庄廷钺等已死也。蒋心余之《雪中人》一曲，纪株连刑讯之事，惨不忍睹，逼勒之情，收索罄尽。曰疯傻所致，狂者以不狂为狂。举世皆醉，何忍独为醒乎？又伤心于污我汉族而不得不表章乎誓死不屈者。葛嫩之死，录以为清廷亲贵之专罪。罪贾珍乎？罪汉人之甘受满辱者也。范文程之妻耿氏，本未为豫王所夺，然谓之并非强占者何也？文程首先投旗矣，甘为臣妾，未占犹占，强占犹非强占也，不以为罪，罪文程者深矣。然狱词犹及之，则耿氏之为其兄与夫之所累者，言下亦少示意焉。此事本属豫王，然肃王亦以不举受罚，故入之贾珍狱词云。

　　英、肃皆以幽死，而此曰"台站效力""海疆效力"者，屏诸四夷，不与同中国之义也。余可类推。

　　"尤氏本来独掌家计，除了贾珍也算是惟他独尊，又与贾政夫妇相和"。作者深恶强占肃妃之微文，尽力发泄于此矣。肃王之狱，妃果有杀肃王之心与否，良不可知，然彼固一妇人耳。睿王以手持政柄之人，受责固当较重。作者乃取肃妃良心上之所不能安，而为之词。惟我独尊，亲王之正嫡也。而降为睿王之姬妾，以处于他人之下，终是依人门户之说也。老太太为孝庄。虽为同族，已分嫡庶。而又以太后之蓦临之，较诸对头夫妇，当如之何？下文更说贾珍与尤氏不忍分别，谓肃王之有情于妃，而妃之终不能忘情于肃王者，良心上之愧悔，其犹有存焉者否？以后尤氏便住荣府，即与贾政夫妇相和，老太太疼爱之结局也。举重若轻，笔甚恢诡。

"西府银库，东省土地"。东省土地，犹其归游之土也。西府银库，岂其所固有哉？安得不以一抄了之！且所谓内里早已虚空，外头还有亏空者，史文亦可以微见也。大抵专制之朝，虽当库款如洗时，亲贵大僚，仍饱私橐。虽当库款等为充盈时，而实际上已多亏空，相沿定例，绝无可逃。富贵阶级，无一非平民之蠹，恨不得一概抄没，而归之大公，将来作何了局乎？

贾母之银子，何自来哉？表面上言之，则太平闲人之所谓子妇无私货，而贾母与凤姐之所为封殖者，非大义也。以王沈评言之，则在作者心目中，凡从来之所赈饥抚恤，拨正款、发内帑者，一一皆愚民之术。而吾民之脂膏血肉，吸而归之于君主官僚之手者，不过以一纸空文，敷衍了事。非使之到万不得了时，岂有倾囊倒箧之一日哉！至于宫庭之内，进奉尤多，乃若专权之太后，则更有入款而无出款矣。借当于鸳鸯，非偷不出；被劫于强盗，则尤非乱不出。综悖入悖出之旨，于抄家之后，犹恐其不尽巢穴也。

"江南甄家银子"。江南甄家之银子，明代宫府之银子也，清人安得而有之！江南甄家之银子，并非明代宫府之银子，而吾汉族四万万同胞之银子也，清人更不得而有之。乃既已有之矣，有之而又不得而抄之，其入于亲贵官僚之手者，偶一抄之，汉人仍不得而有之，作者当如何感想乎？当清宫抄没之日，便是银子归还之期。寄顿云者，谓本是我汉族之物。暂寄于清人，而将来仍归原主取回者也。虽然，明宫中银子，又实从何处来？横征暴敛，巧取豪夺而不顾国事，又不得不追原祸始矣。此书本以荣、宁两府败家，为满清亡国之影子，又即以满清亡国，追思明亡之现象。绝大关键，不可忽略。

"复贾政职"。此有两义。一则睿王身前并未削爵也。肃王幽死，固在摄政任内，而英、豫两王此时间亦几得罪。顺治心理上固有欲黜睿王之必要，而事实上则万不能办到，且对于英、豫二王，亦绝对的无此能力。皆睿王所庇也。睿王死而英王存，其办理此事时，犹费了许多气力；设使豫王而在，当不知如何艰难矣。故复职之说，著顺治之不得已，与睿王之权力也。一曰睿王削爵，当权者仍一睿王也。按睿王既死，权大半归于郑王，自是以来，无一不非亲王主政。其间所谓退出军机，以符定制者，虚文耳。雍正苛虐兄弟，而怡贤亲王允祥仍掌大权。不私亲贵，其将谁欺？推而言之，则和珅、福长安虽死，而后来者亦可以此两人为例。虽或彼善于此，而政治卒以堕坏，汉人终无主权，其定例不可改也。书中惟此等处与事实不合，安得不求其所以然乎？赦、珍本先后幽死，而曰同时抄没，因取同归于尽之义，而言下微有分别。阅者毋徒以表面求之。

"贾政最循规矩，在伦常上也讲究的"。一也字写得恶极。下嫁而以为孝，杀亲王而以为忠，摄政专横而以为守臣节，何一不以此两句包括之。

"包勇骂贾雨村"。"雨村本沾过好处，而狠狠的踢了一脚"，谓三桂之受恩清廷，而阴谋造反也。三桂权重，反谋渐张，而清廷仍不敢轻动。睿王摄政时代，即已如是。故曰"贾琏此时也不敢自作威福，只得由他"。又继之曰"贾政正怕风波"，皆著其后来弹劾三桂者之得罪，而追原于摄政者之养成也。上文曰"新来乍到的人"，投降者之无发言权，如是如是。"人嫌他不肯随和"，即《张勇传》中被察劾事也。考《张勇本传》，勇以家口众，请赐第京城，往甘肃时，谕曰："当今良将，如张勇者甚少。军务不可悬度，宜相机而行。勿自负才勇，轻视敌人"。又康熙八年，给事中张登选，劾勇两足俱瘫，宜罢斥。疏入，下甘陕总督莫洛察核。莫洛言勇昔年征剿，右足中流矢伤骨，常作痛，不能行履。至一应边疆事务，尚堪坐理。得旨：张勇年久勤劳，著有功绩，仍留原任。即"每天吃了就睡"，及说他"终日贪杯生事，并不当差"之说也。"甄府荐来不好意思"，非看甄府之面子，乃疑其为不可靠耳。不来驱除，彼时张勇兵力颇强，为三桂所忌，撤之恐将生变，留之又恐资敌，故始而以莫洛监之，继而以图海监之。且同时驻防陕甘一方面者，尚有多人，真是写得当时情形曲折景况。"派去看园，不许他在外行走，"于此段固意亦可通。然使之终老秦中，不准以老病乞休。而二十二年三月，犹因蒙古番众逼黄城故地游牧，率兵赴丹山防守，病剧卒于甘州。此则所谓"只得收拾行李，往园浇灌去了"者。盖谓清廷固直以走狗待之，而未尝以心膂视之耳。

第一百八回　强欢笑蘅芜庆生辰　死缠绵潇湘闻鬼哭

言"贾母祷天"，而此回"将内事仍交凤姐办理"，著睿王一案，从罪发落，与多尼仍得为郡王之原因，盖非孝庄一力主持，则此等巨案，必不能如此了事。而刘媪之得宠于孝庄，并作者必写得与宝玉有暧昧之情形，皆以此一笔作收束矣。况书中本有时以凤姐为贾母代表，顺治童呆，岂能禁孝庄之不与外事？此又作者之微旨矣。顾睿府已倒，豫王死而其子降封，用度之宽绰，自然不如从前，无形拮据，自可会意。

考《东华录》，顺治十三年六月癸卯，谕礼部：奉圣母皇太后谕，定南武壮王女孔氏，忠勋嫡裔，淑顺端庄，堪翊壸范，宜立为东宫皇妃。尔部即照例备办仪物，候旨行册封礼。是立妃之旨，已经宣布矣。至康熙五年五月，随孙延龄出镇广西，其事亦甚可疑。故湘云出嫁，亦写得恍惚已极。而上文宝玉一闻此信便有意外之想头，亦是从无字句中写出。湘云说"我有了"，句下便截住不说，却把脸飞红了，描画其心事抱愧，而又留作疑案，以便人猜寻。

湘云混之以陈其年，略如子民评。但其年本定生之子，仕清而声色诗酒，作者亦深致不满之意焉。父母双亡，亦讥之也。

"迎春回家"。抄没两府之时，特著孙绍祖要钱一番说话者，盖以著三桂望恩无已之心，而并著其反清之所自来也。盖三桂卖国求荣，原不过为功名富贵而来，封王尚主，彼固视为当得之事，而意尤有所未足。然受其降者惟睿王，彼亦未尝不畏睿王及诸王之强。一旦睿王死而大狱兴，在彼固应生心。要银之说，便是邀功变相。且睿王死后，政权大有变更，若激成内变，彼固当投袂而起，称兵倡乱，恐不待康熙撤藩之时。此回所谓"晦气时候，不要沾染在身上"，即指其蓄心谋变，睥睨其旁景况。"听他又说咱们家二老爷又袭了职，还可以走走，不妨事的，所以才放我来"，盖政权既定，彼谋或可暂辑，而银子仍复要定。曲曲写来，已经一路贯穿。然迎春本为吴应熊家事而发，夫妇相互，更为合并一炉之作法。盖应熊尚主，本为笼络牵制计，故应熊居于京师，有若质子。当日回滇视病，彼时三桂已之跋扈已形，欲使之去，则俱失重质；欲不使之去，则又恐不足以安其心。将去未去之间，必有许多纷歧议论，而卒竟令额驸偕公主前往，必有以为不妨事者。幸而此时反志未决，公主不至为吴氏所杀耳。果使三桂于此时决策，则不蹈太祖时之乌拉汗以鸣镝射公主，并幽其所尚三女之覆辙者几希。然而当日太祖固不顾虑及此，则是元魏崔浩之对于姚秦，不肯发兵以敌刘裕，直谓之曰："何惜一女子！"拓拔氏之英主，未尝不从。帝王家对于公主之死生问题，原非所重。故此书不写清廷杀应熊，而反写延龄杀迎春者，恶其只知有宝位，不知有骨肉之本心，斟酌情势，而对面出之以见其意。若曰当应熊尚公主之日，即是公主宣布死刑之期云尔，若夫复归京师，应熊遂至死不复回滇，情同一律，而罪犹未减。君子是以恶婚姻之求援系，而其涵有政治、军事、种族臭味者，尤当攻之不遗余力。下文云，"贾母道，我原为气得慌，今日才接你们来做生日，说说笑笑，解个闷的，你们又提起这些烦事来，又招起我的烦恼来，迎春等都不敢作声了，"盖只顾帝后之意，凛然言表。合之邢夫人等之不大理会，则生其家者，其女子亦何味哉！

"掷过曲牌名儿"。王沈评借题发抒，并讥侯、冒，良然。然"刘、阮入天台"一句，仍是李雯仕清注脚，"闲看儿童捉柳花"，仍是竹垞告归注脚。细密之至，惟不及以前酒令之佳处，故不得不避繁就简云。

"死缠绵潇湘闻鬼哭"。情事之所应有，已见前论。顾此书于宝玉与黛玉，时有恕词者，一则因顺治之深于情，而即于乾隆一方面，表出其伪态；一则因董妃之不得已，而更于富察后一方面终许其敢言。虽然，犹浅之乎为言也。顺治与董妃，对于吾汉族，比较的不无可取，恶得不节取之？考《东华录》，顺治十八年正月，遗诏中有数条，摘录于此：宗室诸王贝勒等，皆系太祖、太宗子孙，为国藩翰，理宜优遇以示展亲，朕于诸王贝勒等，晋接既疏，恩惠复鲜，以致情谊睽隔，友爱之道未周，是朕之罪一也。满洲诸臣，或历世竭忠，或累年效力，宜加倚托，尽厥猷为，朕不能信任，有才莫展。且明季失国，多由偏用文臣，朕不以为戒，而委任汉官，即部院印信，间亦令汉官掌管，以致满臣无心任事，精力懈弛，是朕之罪一也。朕宿性好高，不能虚己延纳，于用人之际，务求其德与己相符，未能随才器使，以致每叹乏人。若舍短录长，则人有微技，亦获见用，岂遂至于举世无才，是朕之罪一也。设官分职，惟德是用，进退黜陟，不可忽视。朕于廷臣中有明知其不肖，不即罢斥，仍复优容姑息，如刘正宗者，偏私躁忌，朕已洞悉其心，乃容其久任政地，诚可谓见贤而不能举，见不肖而不能退，是朕之罪一也。综此数条，则是顺治尚有同化之心，即董妃亦当有庇护之力。惟其心欲同化，故尚欲用汉族之好人；惟其力思庇护，故终遭谗间之惨死。作者微长必录，故不肯一概抹煞也。若夫灵皋本非全无良心之人，为大义而受恶名，又何必等之于甘心作恶者耶？

第一百九回　候芳魂五儿承错爱
　　　　　　还孽债迎女返真元

　　"柳五儿"，悼妃也。考《东华录》，顺治十五年正月，继后停笺奏。三月壬寅，谕礼部：科尔沁巴图鲁王之女，选进宫中，因待年未经册封，今遽尔长逝，朕心深切轸悼，宜追转为妃。其封号及应行典礼，尔部即察例议奏。寻追封悼妃。夫悼非美谥，取此何为？则知其所谓悼者，必有其可悼者在也。继后以太后之病，问安阙礼，而停笺奏，恐系表面之辞。且同时吴良辅亦得罪，当系继后与良辅搆陷之以至于死，或虽不搆陷之以至于死，而亦排挤之使不得进，故顺治因之而发怒耳。宫闱事秘，当时或有传闻，今不可得而考矣。死后而妃之，妃死而复悼之，而又与停笺奏、治吴良辅两事相连，则此回五儿承爱，宝钗监视之情形，与后来倚仗莺儿之办法，皆可于个中得之矣。顾王沈评以为借写董年，鄙人亦颇赞成。盖年之死，要在顺治及董妃死后。董妃既死，而顺治移情于其妹，事所必有。继后既与董妃为仇，则移其忌董妃之心以忌董年，亦情之所不容已。顺治因此而遁荒之志意愈决，亦固其所。文章理宜周匝，固不容有此漏笔。惟董妃之惨死，既不便明言，则不得以姊妹一体之义，代之以董年之晴雯。而即以写其强迫殉葬之疑案，董年之于董妃得君，遭忌以死，又不便补写，则不得不以情事相同之故，代之以悼妃之五儿，而即以写少年夭折之无辜。双管齐下，宾主分明。其曰"五

儿多病，"郁忿致病之影子也。其曰"酷似晴雯，"结局不良之影
子也。况悼妃即科尔沁巴图鲁王之女，与继后实为同族，以董
妃、董年之为姊妹影射之，则继后之奇妒可想。呜呼！昭阳、合
德，犹传不协，女子之妒性天然，原无足怪。所可异者，选色徵
声之帝王，大拂人情，制成怨旷，而令人骨肉之间，亦因此而伤
感情耳。

　　近人谓《红楼梦》中间，黛玉一变其小孩子之态，谓为年事
渐长之故，此表面上之言也。盖其始只欲博得君宠，君宠既获，
而四周猜忌之群攻环击，岌岌乎有不可终日之势，不得只以直率
处之。作者体贴情事，确有微旨。富察后所处之地位，其于初
婚，固亦大有别矣。《红楼》自宝钗成礼而后，写之若前后两人。
开手便喝破黛玉之死，便又再写探春出嫁，宝玉感离情一段之斥
言不讳，又写令麝月说袭人一段坏话，已经写尽妒妇人之狠心辣
手，不顾面孔。而此回又写五儿一事，其中线索，仍处处不脱黛
玉。妒及死人，抑何可笑！王沈评所谓全用钩距之术者，夫妇诚
意，已经全无。从"铺盖铺在里间"句起，至所谓"二五之精，
妙合而凝"句止，写宝钗真不留余地。而下文又加以中举前之一
段酸论，与重用莺儿之秘谋，穷形尽相，以此段为之中坚。盖过
了明路以后，与未过明路以前情事，当然不同，全书均可对照。
深心人之办法，迹异心同，随时变化，终未改其本性，亦当如
是。书中写妇人悍妒之情形，色色不同。金桂以强力，有如骁
将。凤姐以辨才，有如奸臣。袭人以势力，有如亲贵。宝钗以心
计，有如谋士。湘云近刚，黛玉近柔，其实皆娇憨儿女子耳。因
其地位亦各有不同，而宝钗之写顺治继后，与乾隆那拉后，其用
妒自较他人为难。袭人以挟势而败，后来者自不肯蹈其覆辙。况
乾隆英武，那拉后之无所挟者耶？书中写宝钗用妒处，皆用钩距
之术为笼络，其欲擒故纵手段，极为深刻。然那拉后地位，似尚

多作不到处。当活看。

"汉玉玦"。王沈评玦者决也。不祥之兆,表面语耳。稽其旨,有四解焉:其一,吾汉时之宝玉,吾汉人之所有,而辱于满人,则与汉族决绝矣。其二,吾汉时之宝玉,吾汉人既已失之于满人,而满人终不能有,则与满族决绝矣。其三,吾汉族之宝玉,虽为清廷所有,而未必即为顺治与乾隆之所有,为顺治与乾隆之所有,其必有授之者矣。受之者而出于雍正,犹可言也。而授之者而出于孝庄,则不可言也。秘密获得之天位,直以孝庄为其代表耳。其四,则直许孝庄之有此汉玉,其意最深。盖孝庄者,本非太宗之妃嫔,而叶赫金台吉世子德尔格勒之妃也。叶赫为明外藩,于蒙古诸藩中,事明最忠,允当世受明封,则孝庄本体,固亦明代之一命妇耳。"这块玉还是祖爷爷给我们老太爷,老太爷疼我,我临出嫁的时,叫了我去。亲手递给我的。"此非叶赫世代明藩,袭受封爵之代表乎?"还说这玉是汉时所佩的,东西很贵重",非吾汉族之封爵典章,足以夸耀邻邦者乎?"你拿着就像见了我一样",非世袭爵禄,后嗣即与其前代等乎?"我那时还小,拿了来也不当什么,便撂在箱子里",弃此命妇之地位矣。"我见咱们家的东西也多,这算是什么,从没带过",改嫁之后,岂复知有旧时封典乎?"一撂便撂了六十多年",孝庄死时年七十五,去嫁叶赫与被掳于太宗时年代差似。今日给与宝玉,是以汉人之所有给人也。"故仍提像我祖上给我的意思",呜呼!吾汉时之玉,自天子诸侯而下,各有等差。而今乃听满人之所为,并听满人之妇人而本应为我汉族之命妇者所为,作者恶得不以为不祥之兆?玦之者决之也,亦痛之也。

"妙玉便问惜春道,四姑娘为什么瘦,不要只管爱画劳了心"。《明史》稿中,表出桂王流离奔走至死不屈,并表出李定国为有明三百年忠臣之殿之特笔也,一瘦字中包括已尽。"惜春道我久不画了"，祖国难于恢复，出走以死，无可如何之词也。

迎春被作践而死，正面写福王降清之辱，并及董妃惨死之冤，更及应熊绞死之结果，而反面即写公主之虽生犹死，一齐收束。惟混字中犹有一人，即指顾琮。考琮本传为顾八代之孙，俨之子，满洲镶黄旗人。乾隆六年秋，以题消永定河修筑银两被谴，（累金凤一案）命回京候旨，十二月，授漕运总督。十二年，浙闽总督喀尔吉，劾浙抚常安贪婪。命同大学士高斌往讯，即授公浙江巡抚，嗣又命大学士讷亲往会审，论如律。公坐不能案疑穷究，部拟夺职。（累金凤又一证）诏留任，寻调河东总督。十九年，因河南任内浮费，部议再夺职，（累金凤又一证）谕来京候旨，十二月薨。（结局不以功名终）公刚正孤介，百折不回，有顾铁牛之称。（二木头之称）又云素以不欺待人，而不虞人欺，即不问累金凤之总评也。

"史姑爷痨病"。按延龄于康熙十三年叛，十六年被吴世璠所执，杀之，恰是四年。

第一百十回　史太君寿终归地府
　　　　　　王凤姐力绌失人心

　　贾母之丧，王沈评谓孝庄停祔。直至雍正五年卜葬昭西陵，并不与太宗合葬，因康熙以下嫁为羞，典礼不甚隆重，故作如此写法。鄙人以为此似是而非之言也。下嫁一事，固当为满人全体所深羞，然康熙亲为其孙，断不能以此怼其本生已死之祖母。且观其发哀之诏旨，与其侍病之宣言，虽云不无伪造，然为此哀痛迫切之言，亦甚周到，作伪者亦必有其作伪之情状。薄葬杀礼，康熙非童呆之人，必当不失其国家体面。《红楼》虽为谤书，而以此立言，则亦非案切事势之谈，而疵谬其何以解焉？盖丧事办理之不善，作者所以夺之也。夺之之义，对于汉族，为不后其太后，即为不帝其帝。查氏所谓其夫我父属，妻皆母道之者，外之之词，即讥之之词也。对于清廷，则孝庄固不得为太后，已嫁之母，礼与庙绝，安得以太后葬？况其上更有中宫太后在乎？中宫身死不明，已成疑案，祔庙之日之勉强行事，已见前论。当日睿王执政，孝庄又不守妾媵之礼，丧事草率，固当在人意计中。夺此以见彼，转而以孝端丧事写孝庄，史家特笔。若谓彼之无礼于孝端者，固其人之所自受耳。然孝端一方面，亦不反转过来写者，犹是不后即不帝之义也。

　　孝庄本死于睿王之后，而此回乃写作在前者何也？不有孝庄，不能酿睿王之祸，睿王若在，必将遂篡弑之谋。由前之说，则为满族计，不能不幸睿王之早死，王死而祸塞，清祚得以苟延矣。由后之说，则为汉族计，不得不惜睿王之早死，王死而祸塞，汉族其失此机矣。先睿王死，此中大有权衡焉。且孝庄亦人妖耳，岂得令其安富尊荣，而死后犹有崇典？作者之心，固绝对的其不能忍受。叶赫之亡，为明朝亡国之先兆，其祸实发于孝慈。然孝庄反颜事仇，作者恶其有贰心焉。近人所作《顺治太后外纪》，言孝庄料清之必胜，萨尔浒既败明师，孝庄又劝叶赫背明，虽未必果为事实，然背夫背国，私通外人之名，孝庄固不得而辞。顺治以前，山海关实为清明之界，太祖、太宗，终不能越雷池一步。多尔衮以上烝君母，欲立殊勋以压制其同侪，乃乘李自成之乱，而被引入关。充其论调，虽谓明亡于孝庄，亦奚不可也。入关以后，满清未尝绝无同化之心，而睿王既用汉人，复猜忌之，种满清亡国之祸，而使之与汉人俱丧者，谁之罪也？孝庄当日之私通睿王致之，故顺治对于汉人之罪，固犹可以末减也。孝庄当日所处之地位，可以不用睿王；而睿王后来之地位，并可以制孝庄之死命。作者从此中想出先睿王死之感情文字，而又于临死时更点明召番僧入宫讲经，并于其口中亲自道出以丑之，用心可谓刻矣。

其必以凤姐办理丧事者，何也？以蛮族之改嫁淫妇，而入我中原，忽而称妃，忽而称太后，忽而称太皇太后，而我汉族之仕于其朝者，或未仕于其朝者，皆不能避脱于此等名词之外，迄今为烈，作者当何如其伤心乎？造此变者厥惟贰臣，贰臣之丑，即以改节之刘媪代表之，固不欲污我中土聪明之士也。贾母死时对凤姐道："我的儿，你是太聪明了，将来修修福吧，我也没有修什么，不过心实吃亏"。太聪明者何事？礼义廉耻之防，荡然无存，聪明人作糊涂事之谓也。修什么？淫杀恶毒，奸诈百出，吃斋念佛，何益乎？心实吃亏，女子失节。吃亏孰有大于此者！犹曰心实，甘心自污，其恶乎可？作者视刘媪若孝庄，而又过之，彼蛮人，而我文明族也。以节妇而变为满族妻妾，已经吃亏，而作者又抑其辈行者二，恶其诌睿王以诌孝庄也。吃亏乎？心实乎？办理此等人丧事，不用此等人何为！不然，则刘媪之年，与孝庄上下耳。即令尚在，亦不能办矣，况豫王更死之已久耶？决非事实，何以称焉。

考《东华录》，崇德八年冬十月戊子，豫郡王多铎谋夺大学士范文程妻，事觉，下诸王贝勒大臣鞫实得状，多铎罚银一千两，夺十五牛录。顺治二年十二月癸卯，摄政王多尔衮，集诸王贝勒贝子公大臣等，遣人传语曰：今观诸王贝勒大臣，但知诌媚于予，未见有尊崇皇上者，予岂能容此？昔太宗升遐，嗣君未立，诸王贝勒大臣等，率属意于予，跪请予即尊位。予曰："尔等若如此言，予当自刎，誓死不从"。遂奉皇上缵承大统。似此危疑之时，以予为君，予尚不可。（中略）且前此所以不立肃亲王者，非予一人意也。尔诸王大臣皆曰："若立肃亲王，我等俱无生理"。因此不立。乃彼时不肯议立，今则复有市恩修好者矣。时诸王贝勒皆以为然，惟和硕德豫亲王多铎不答。所遣大臣问曰："众人皆言，惟王不出一语，是何意也?"豫亲王以为未喻其意，是以不对。大臣还言以此言一出，豫亲王必默然不言，今果如所料，乃有如此之奸人耶？又令大臣往，悉数其事曰："昔国家有丧时，予在朝门，坐帐房中，英王、豫王皆跪予前，请即尊位，谓两旗大臣，属望我等者多，诸亲戚皆来言之。此言岂乌有耶，当尔等长跪时，予端坐不动，曰：'尔等若如此，予惟有一死而已。曾何时见兄至而不起耶?'英王以为诚然。"豫亲王复云："请即尊位之言有之，两旗属望我等之言未之有也。"大臣即以此言入启摄政王。王又令诘之曰："汝尚讳言昔日无此言耶？固非出诸英王，而实出诸汝也。汝不曰固山额真阿山、阿布泰在

外，皆谓伊等亲党属望于予耶？"豫亲王语塞，引罪。诸王贝勒
大臣，以豫亲王妄对，于理不协，欲议罪。摄政王以事在赦前，
且予之诫谕，原令自省，非欲加之罪，免之。顺治五年秋七月丙
子，辅政豫亲王多铎，以黄纱衣一袭，授平西王吴三桂子应熊。
摄政王见之，诧甚，以为上赐也，诘之，知授自德豫亲王。王引
咎，因命诸王大臣会议，拟罢多铎辅政，仍罚银五千两。诏只罚
银二千两。观此则人心之不服豫王者甚多，而晚年尤甚。惟睿王
与孝庄庇之甚力，故不得罪。今写于孝庄死后者，谓其幸而免
耳。况劝进是何等罪名？睿王何以知而不罪？欲盖而弥彰矣。睿
王狱辞，又明言之，何以只将其子多尼降封郡王？非孝庄之力而
谁力乎？豫王为睿王私人之魁，既写孝庄先睿王死，自不得写豫
王先孝庄死。而以"力绌失人心"，曲绘其幸脱法网之所由来，
用意深微。而贾政口中，又说不必糜费，盖朝鲜迎妃，爱情已不
复前日，孝庄若死，睿王未必尚恋故人之情。追魂摄魄，乃有此
奇警绝人之妙笔。

第一百十一回　鸳鸯女殉主登太虚
狗彘奴欺天招伙盗

　　清初殉葬最为陋俗，或出于强迫，或去其所忌，董年之死，亦犹是耳。《海东逸史》，载有鲁王烈妃某氏、元妃周氏、贞妃陈氏，皆舍死以卒全鲁王。似足当此。至若孙传庭妻妾之殉夫，其类甚多。然作者皆不肯以大观园辱之。况以鲁王与孙公当贾母，尤为悖谬，谓之感想则可，谓之实指则非也。无已，其秦淮名妓马湘兰乎？湘兰本不宜置之大观园中，然例同香君，不得已也。湘兰见杨龙友画，谓其侧媚中有傲骨，遂嫁之。时龙友老矣，方以马党屏斥于清流，姊妹窃笑。香君曰："马姊非常人，必有作用。"既嫁龙友，谓龙友曰："吾欲保君晚节，奁箧中携有奇宝，危时方可开视。"龙友愕然。南都陷，要龙友视之，则两绳耳，遂邀之并缢。此妓结果，亦较板桥诸姊妹为优，然微逊葛嫩者。其眼力差，不得人而已。然卧子之才与节，谈何容易！湘兰所为，其亦大不得已者矣。又《随园诗话》，载明瑞妻殉节一则，余颇疑之。原文云：将军三娶名媛，皆见逐于姑，有放翁之憾。最后娶都统常公季女，伉俪甚笃。征缅时，夫人送行诗，有"但愿同凋并蒂莲"之句。公果死节，而夫人亦缢。案明瑞为傅恒侄，玩原文之义，似亦为其姑所迫而死。或者曹氏恶其家庭之祸，取以入《红楼》耶？顾贵戚家殉节之事，颇多伪为，随园亦以文字攫金者，恐不足信。及见清人某所作批本，（乾嘉间人，详后）批此条云："无耻淫妇，余所深知。"则曹氏既为同时之人，必不取此明矣。且曹氏对于书中紧要人物，皆于种族政治界上，有绝大关系，仅云奇烈，犹非其本意之所存也，鄙人以香妃与鸳鸯之死者为此。香妃以国亡之故，痛恨乾隆，将欲剚刃于其腹中，而卒不得当，惴惴焉有惧辱其身之忧。身怀白刃甚多，而且又宣言不讳，盖表其一息尚存，此志不敢少懈，且决不自经沟渎之意。杀之以成其名，香妃得死所矣。孝圣之杀香妃，香妃之素志也。本殉其主，而转若以与之于孝圣者，曹氏盖深谅香妃之苦衷，微与孝圣，而罪乾隆之失德也。彼时回部礼教无闻，而竟有此一奇女子，突过湘兰等辈，较原作更为奇警。回部遭乾隆时将吏之淫虐，阅《东华录》《圣武记》诸书，令人眦裂。得此以洗其羞，而终不能遂其志，伤哉！

"鸳鸯临死见可卿"。王沈评之眼光，为独重董妃所误，遂以可卿当董妃，鸳鸯当董年，而立暗寓姊亡妹继之说，遂把此一段最好之精义不传，鄙人不得不表而出之。盖上烝下报，乃情字中万不可有之恶德，为其乖伦常而污种族也。大观园中人，岂有一个干净者哉！而乱伦尤为丑秽。故以可卿为种情的首座，恶之深矣。今乃以鸳鸯代之者，亦有深意。湘兰固为妓女，然其结果之时，妇夫并命，不恤其身，不恤其夫之身，而惟知有身殉国族之大义。谓之无情，无情已达极点；谓之有情，则虽天崩地裂，海枯石烂，此义终不可磨。香君入道，抑又未满其量矣。回妃以圣贞精白之心，抱燕丹、荆轲之志，出入于禁陛森严之中，几经冒险，而不为宫廷所软化，富贵不淫，威武不屈，俨然大丈夫之行事，岂复寻常儿女子之所能望其项背者！娼妓之流，蛮夷之种，乃有此人，作者恶得不奖励之以风末俗？痴情一司，掌管易人，从兹用情者不敢不作如此观，作者之志也。"世人把那淫欲之事当作情字，所以作出那伤风败俗的事来"，顶门一针，令人凛然汗下。喜怒哀乐之未发，谓之性；发而皆中节，谓之情。此语虽未免稍落窠臼，令人难于推寻，然情之为情，绝非一切滥污者之所能假借，已可概见。吾辈固不可作头巾气，抹煞湘兰一辈人；亦不可纵风流谈，宽纵董妃一辈人。大欲所存，人情不免，槁木死灰者，岂有当于儿女英雄之概！即谓为太上忘情，又不能责之于一般普通社会。然道德不容堕落，天性不容泊没，用情而合乎正轨，君子固无讥焉。即或小德出入，亦当无碍于天经地义之大防，与一切私德上之最关重要者，则论者亦或恕之。若夫以酒色财气为英雄本色，而抉破藩篱，则社会上必有人欲横流之祸，而个人亦将有身败名裂之忧。作者为爱国爱种之志士，极力唤醒一切众生，而即以书中之误于情者，作对照之风月宝鉴，故以鸳鸯易可卿，《春秋》黜陟之意云尔。

"宝玉叩头，宝钗哭鸳鸯"。此等奇烈，帝、后当然表彰。然平心细想，岂能无愧！"邢夫人说道有了一个爷们便罢了"，拘拘于贵贱种族之界，而不知有人品高下之分者，此辈人所在皆是，非徒上绡拒婚一段文字也。"众人也有说宝玉的两口儿，都是傻子的，也有说他两个心肠儿好的，也有说他知礼的，"帝王之表彰忠孝节烈，本非为敬爱其人，而实以便其专制之计。愚人而人受其愚，千古一辙，可为浩叹。盖其本身行事，固绝对之相反也。下文云"贾政反倒合了意"，旨深哉！

"奴招伙盗"。此等事旗下多有，而清初尤甚。朱三太子之狱，屡次发见，而出于旗下之家奴者为多，固不胜缕指也。虽然，尤必有其主体焉。《三桂传》云：顺治十六年，三桂镇云南。十七年，建议伐缅。十八年，兵攻缅挽旧坡，离缅城六十里，执由榔。康熙元年，奏捷，始兼辖贵州，自是遂尾大不掉。又云三桂逐由榔入缅，经略洪承畴以严疆难靖，援明黔国公沐英世镇例，请移藩久镇，三桂遂奉诏镇滇。是三桂之势力，自承畴始定其基础。康熙冲主，鳌拜当国，是三桂之变，酿成者当受其责。此篇所言，周瑞是矣，顾作者犹有感于明季焉。专制之国，臣民皆为奴隶，作者虽未必定作此解，然孟子犬马寇仇之说，已开其先。明代酷虐，朝臣士林一空，在朝者实为奴隶之辈。而阉宦尤其当权者，外寇内寇，无一非其所招，而并不得如包勇者其人以御之，即有之亦无济于事。若以张勇而论，彼固不应为满用，然降清在明亡之后，使明政不乱，此辈人亦可器使，非比三桂之甘心卖国，开关延敌者也。

第一百十二回　活冤孽妙尼遭大劫
　　　　　　　　死仇雠赵妾赴冥曹

　　"妙玉为包勇所窘"。妙玉本以季野为主体。季野之所为，本为清人所不喜，而降臣尤甚，恶其相形见绌也。况其心在桂王，固尚有一切之表示乎？极口污蔑，视为盗贼之奸细，在张勇固应尔尔。

　　妙玉被劫，所指诸人，已见前评。王鸿绪爱季野之才而劫其稿，犹蔡毓荣爱吴氏之色而辱其人。在季野尤为无损于个人，吴氏则情何以堪？且吴氏苟不从毓荣，就道德上论之，固无可以强加之罪名也。三桂虽为两朝之叛臣，然罪人不孥之义，自古已昭。族诛没宫之法律，三代以来秕政诚不足以语于人道。今吴氏亲为三桂之嫡孙女，恶三桂者，固快心于其孙女之为人所污，而污之者罪，终不可以少贷。况吴氏者，郭壮图之媳也。壮图为三桂托孤亲臣，云南将陷，犹亲身搏战，终以自焚，不可谓非吴氏之忠臣矣。吴氏苟一念及于吾族之国破家亡，而翁之亡生殉难，则固当誓死不辱，而何为忋忋觍颜以事亲为仇雠之戎首？谓一儿女子不足深责，谓三桂不知大义，其后人亦不足深责，固亦高着眼孔，然其污果何以自洗？而毓荣之纳此女也，其荒谬更不可解，岂真美人之为害，果一切有所不顾耶？毓荣汉人，本不当为清廷出死力；然既已为之尽力矣，则其法度固应遵守。以大帅在军旅之地，桑中有喜已无所解于军律，而况纳仇雠之苗裔以充下陈，设使蓄有报复之心，吾不知毓荣何以自处？幸而无之。此强盗杀人放火，奸掳抄杀，杀人之父而夺其女，杀人之夫而夺其妻之行为，此所以接迹横行，公然无忌之所由来也。且清廷之所以用人而刑人者，其故亦大略可知矣。果其纪律严明，秋毫无犯，则赫赫大帅，岂敢为此丧心病狂之举？况穆占亦纳三桂之宠姬，则当时之淫虐可想，若揆诸使贪使诈之例，则此等过恶，对功臣多有不问者。今也不然，而其狱经六七年，至吴氏已死而始发，一思其故，则必当别有其原因之所在，张勇一老废垂死之躯耳，赵良栋、王进宝，皆不免于得罪，而夺之权。兵事既定，提督原非重要之职，毓荣则云南之总督也。大抵亲贵诸臣，共忌其权，而加之以诸臣求谋之不遂，覆阅狱词，已可概见，则是以此事罪毓荣，不过表面上之官样文章，而实际上之主体，则仍由种族界上之分别待遇，此则毓荣之所以不能甘心，而蔡琬之所以发愤题诗者也。所指蔡氏家事，最为复杂，而对于各个个人之地位。仍复丝毫不爽，此境良不易到。

"贾芸报信"。亡明之罪，自当以文程为称首。故其并言惜春者，清廷阒其无人，而桂王已死，且痛其在生时之亦无能为也。且明代遭此奇变之日，桂王有志而无力，亦兼及焉，若尚氏者，则当三藩一役，实有可以左右两方面之力，而首鼠两端，不能自振，亦何异于惜春之看家乎？

"劫夺妙玉之谋"。其开首曰："在窗外看见灯下两个美人"，而继之曰"我就舍不得那个姑子"，其划算去路。则曰"明日亮钟时候，陆续出关，你们在关外二十里坡等我。"王沈评以旧挽坡当之，似亦可通，然由京至滇，关坡二字之地位何限，而何独取于缅甸？盖三桂当日驱桂王出云南之路，即后来蔡毓荣平吴三桂总督云南之路，上文既言惜春，而又随手撇去惜春。桂王之死，作者所不忍言也。三桂之嫡孙，污于毓荣，作者何所庸其讳饰乎？故夫奴招伙盗一段，为明清两朝兼写，离开桂王不得。但言桂王，非徒不足括清初之变，且不足以概明亡之全局。此等处用笔最活，勿呆看。

"惜春愁闷"。王沈《索隐》提要云：惜春因被盗之后，出家之念益坚，说者有谓其失身群盗。以时地考之，强暴诚为可虑，然书中未言，正不必拘拘作实。但入三桂之手，亦与失身群盗无殊，悔而披缁，于理亦当。况明知三桂不长，能不早自为计耶？盗污之说，可谓妙悟。书中所指，并无不贴切作实之处，固定例也。惟以圆圆当之，并当妙玉，则同在一处，而一被劫，一不被劫，如何说得过？鄙人实不敢信此支离语也。盖惜春指尚藩，亦指桂藩。尚氏时而降清，时而附吴三桂。谓之曰盗污，实无不宜。顾独何以解于桂王？将谓桂王之被执而死，已入三桂之手，即入强盗之手乎？则桂王之抗节不屈岂能当此恶名！作者念念在复明，岂肯以之加诸其末代忠烈之帝王乎？故此回以妙玉之劫隐桂王，王沈之说，尤为不可通也。不知作者之表桂王，不得不兼表其部下之重要分子。桂王之所以败而复振，支持数年者，实惟李定国之力。定国本流贼之部下，其为受污，亦何待言？作者表其本来身分之为强盗分子，所以愧士大夫之降清者也。直从《明史》稿中书法脱化而出，良史之才之笔，文人何敢轻易？且定国暮年，崎岖奔走于山险边域之中，百折不回，以聊延一线未坠之残局，其功固不可没。然其为流贼时，惨杀同胞，倾覆国祚，其罪何可胜诛？虽非闯、献之首恶，抑亦在法无可赦之例。幸而以《三国演义》之讲说，一旦取其本来之良心觉悟，复为祖国尽死力，君子固节取之，谓其功罪之绝不能相掩。今若将前案一笔抹杀，则无恶可以不作。放下屠刀，立地成佛，佛家固有此奇谈。然试问顿悟以后，果然不愧于心乎？果其不一一忏悔其平日之为乎？抑亦自讳其前罪，而但傲然自以为成佛之捷境乎？历史家脚踏实地，决不能因大善而隐其大恶，《红楼》之旨，亦犹是也，仅仅写得暧昧，尚是从宽耳。

"赵姨妈暴病"。书中所指之赵姨娘，何一不应遭天谴者哉！（案亦有时指肃妃，以耿精忠尚肃王女，而肃妃为睿王所纳故，然立架确不如是）然作者恶汉奸，尤甚于恶满人，故此篇仍以郑芝龙为主体。于何见之？于下回之言红胡子老爷见之。王沈评以红胡子影朱明。红字诚朱明矣，胡子二字，为盗贼之代名词。不惟明代列祖列宗之灵，作者不敢乱诬，即烈士遗民之志，作者亦不肯稍犯。等而下之，匹夫匹妇，以至于倡优隶卒，苟其甘心于贰臣。作者亦不肯以此骂之。鄙人曾游东三省，并未见有涂面挂须之胡子。乃知胡者胡也，明代之所谓胡子者也。清人入关，改之以入案牍耳。红胡子即明代满人之代名词，红胡子老爷者，即入关为帝之谓也。案芝龙既流宁古塔，清廷犹疑其通海，谕旨严加监禁，锁以镣链，旋即弃市，报亦惨矣。专诛三桂，他降臣能逃天诛欤！

第一百十三回　忏宿冤凤姐托村妪
释旧憾情婢感痴郎

　　此回写凤姐病重将死时，而以凤姐代刘媪，时而以凤姐代豫王，合传体也。洪承畴为继豫王而下江南者，钱谦益为因炳望而通刘媪者，尤二姐指范文程之妻耿氏。本为汉人，固当为汉族功狗不平。而用以替凤姐抱不平，则讥刺之意如见。且文程于睿王之狱，独得免罪，而恩礼不衰，落井下石其亦有之。平日之对于豫王，不敢不称颂功德，固亦非其本心乎？乃此篇独写刘老老，特致其殷勤款洽之至意者，亦固有说。则以豫王之死，去牧斋诗案之日未远，失职家居之后，蒙此绝大嫌疑之国事犯，谄事豫王与刘媪，固当无所不至。而热中仕宦，将托此奥援以为命者，惴惴然有惟恐或失之惧。一旦闻豫王有病，岂能无所动于中乎？古来因权贵有病，而为之建醮祈天者，几不恤以身代。此等情状，与村妪之求神许愿，何以异焉？

　　"冤魂缠扰"。此吾汉族无量数生灵索命之辞也。黄亮功守财老奴，岂能报刘媪哉？顾故剑之情，刘媪亦愧于厥心矣。乡里寻常负心奸杀之案，犹有为厉者，况于豫王之淫虐残忍乎！豫王死于避痘山庄，自以淫乐戕其命，冤魂缠扰，原非事实。然夭折而仍号善终，终不足以平吾汉族敷天之憾。作者以为天夺其魄，而伏冥诛，犹不如厉鬼杀贼之快。不著冤魂之名，名其为最大多数，而又不欲以忠烈之精英，稍委曲其身分，谓藐兹丑类，固不足污吾刃耳。然上文既言尤二姐，则冤家对头，即在于同朝被压制之贰臣命妇矣。前篇又言张金哥夫妇之杀铁槛寺女尼，则冤家对头，又在于节烈之青年矣。拈出此二事，煞有深意。且从来无恶不作之人，当其将死，良心上亦必有此愧悔情事。六朝之君，篡弑其主，虐用其民，而日日祷佛以求长生，愚昧亦何可笑！李自成以流贼之魁，鱼肉同类，酿成滔天之祸，自为清人驱除，杀人无数，兵败后乃犹出家于武冈保全首领。恶人漏网，千古同慨。作者之视豫王，岂不如闯贼乎！清初诸帝、后，无一不好谈佛，亦作者所深恶也。罪孽深重，临死而忏悔无及焉，万恶之贼死已晚矣。

刘媪之死时，年月无可考证。惟豫王本死于睿王之前，乃令以凤姐代豫王之死，而不以贾琏者，豫王为睿王私人中第一重要之人，因作书之间架及种种原因故，不死睿王，则贾琏当不遽死。顾令其死于刘媪之前，亦有深意。盖清初福晋命妇，任意出入宫闱。刘媪以失节之妇，值再寡之年，凤语传闻，原非无因。而豫王英武，生存日未必有此，而作者偏将其种种丑秽情状，描写之于豫王身前，几令豫王具敢怒而不敢言之苦。快心快谈，乃至于是。

"宝玉与紫鹃说话，而麝月即在背后接言"，亦伺察也。考《东华录》，康熙时追封皇考皇贵妃者，有三博尔济金氏。（音译金近锦，清书中如此者甚多）或者其书中之麝月、秋纹、五儿乎？废后与继后，又皆科尔沁之族，孝庄之私其母家久矣，董妃安得不死？顺治安得不出家？

呜呼！清臣之被侦察者，何一非紫鹃类乎？鄙人既以孙思克当紫鹃，以赵良栋当雪雁矣。更以此议论曹氏之所谓紫鹃、雪雁者焉。

王沈评以年羹尧当雪雁，误矣。羹尧者，紫鹃也。而岳钟琪实为雪雁。考《东华录》，雍正十三年十二月甲戌，议政大臣刑部衙门题奏：年羹尧反逆不道，欺罔贪残，罪迹昭彰，弹章交至，案牍等山丘之积，罪恶逾溪壑之深，臣等谨将其罪案列款陈之。（此奏节录）其大逆之罪五：一年羹尧与静一道人邹鲁等，谋为不轨；一将朱批谕旨，辄敢仿写进呈；一见汪景琪《西征随笔》。不行参奏；一家藏索子甲，又私行多贮铅子，皆军需禁物；一伪造图谶妖言。其僭越之罪十六：一出门黄土填道，官员穿补服净街；一验看武官，用绿头牌引见；一会府龙牌前，设床正坐；一用鹅黄小刀荷包，擅穿四衩衣服；一衣服俱用黄包袱；一官员馈送，俱云恭进；一伊子穿四团补服；一凡与属员物件，令北向叩头谢恩；一总督李维钧、巡抚范时捷，跪道迎接，受之不辞；一令扎萨克郡王额驸阿宝下跪；一行文督抚，书官书名；一进京陛见，沿途垫道叠桥，铺面俱令关闭；一坐落公馆墙壁，俱彩画四爪龙；一辕门鼓厅，画四爪龙，吹手穿蟒缎袍；一私造大将军令箭，又将颁发大将军令箭烧毁；一赏赐动至千万，提督叩头谢恩。其狂悖之罪十三：一两奉恩诏到陕，并不宣读，亦不张挂；一奏摺在内房启发，并不穿朝服大堂拜送；一同城巡抚，不许放炮；一以侍卫摆对，前引后随，又令坠镫；一大将军印不言交出；一妄称大将军所行之事，俱循照俗例而行云云。观此狱辞而犹谓羹尧实无反心者，至愚之人也。观此狱辞，而只谓羹尧实有大罪者，个人是非之论，非政治种族家之言也。夫羹尧所处之地位，与隆科多异。彼以满人而在内，无兵权，羹尧以汉军握兵权于外。隆科多不能反，而年羹尧能之。故彼之谋逆两款为虚辞，而此非其例。若其相为交通，则谋反者必要之手续，安禄山于李林甫、杨国忠，已成惯例，不得指以为拥戴雍正之据。康熙死时，羹尧在外，秘密之谋，又焉从而知之？且彼固皇十四子大将军允禵之部下也。允禵为康熙爱子。握重兵而有大功。帝位授受之际，事迹不明，羹尧为其部下最重要之一人，设令拥大将军而问雍正不当立之罪，则清室之祸难将阶。吾意黑幕之中，未必遽无此谋，而安然不动，夫亦或有以禁之矣。雍正欲殛去羹尧，而深虑其激变，其功又不可没，故重假其权而设之监，羹尧亦复犹疑不决。"情婢感痴郎"，即表面上谢恩之文字也。然而雍正愈疑，羹尧亦愈不安，谋变之心，诚事实上之所迫于万不得已，鄙人敢谓其初心固在允禵也。心在允禵，不必为作者之所深取。然拟之以紫鹃之心在黛玉，亦自贴合。况拥允禵以讨雍正，差有合于不事二主之义。而起异军以复中原，更可以为帝王驱除之资。取之以当紫鹃，非重其人，惜其地也。且彼时在大将军任内，能禁羹尧之不变者谁乎？岳钟琪与傅尔丹而已矣。傅尔丹满人，且才力地位，不如钟琪。故羹尧之欲变而不能变，惟钟琪实监制之。三人同为允禵之旧部，而皆得罪下狱，羹尧独以谋反诛，盖雍正始仗其力，而终且疑忌之矣。允禵旧部，徒以甘言好爵縻之，岂能信用？近人纪载，若所谓武剑仙南阳大侠诸秘谋，岂皆无因？曾静之狱，发于钟琪，尤曹氏所深恶。且年案中有一邹鲁，阅者可不为之深念乎？

第一百十四回　王熙凤历劫返金陵
　　　　　　　　甄应嘉蒙恩还玉阙

　　王熙凤之死，既为豫王与刘姬合传，则"历劫返金陵"，绝不可滑口读过。夫以刘姬论之，既嫁豫王，则尸骨不得回南。谓之曰历劫返金陵者，耻之也。黛玉之尸骨回南，犹当作祔葬陵寝解，而以金陵之名混之者讥之，况刘姬乎？若以豫王言之，则淫杀之惨当在金陵归案，犹仅言其一方面耳。金陵者，义通于金人之陵寝。豫王罪状种种，将何面目见其祖宗？江南之役无论矣，郑王之狱，肃王之狱，无一非其所构造，即睿王之罪大恶极，悉报谋篡，何一非豫王之所酿成？不惟汉族之恶贼，实惟清廷之败子。饰终之典，既已尊荣，身后之爵，仅从例降，书中言其葬事之草草，作者反言以夺之，从贾母例也。王沈评为其部下诉功报怨之辞，当时或者有之。人心不足，不能自知其罪。睿王死后，在尔安辈尤为诉冤，何况豫王？但所言不得其当耳。乾隆复睿王之爵，并定诸王世袭罔替之例，子孙讳恶，别有深心，岂能据为定论？且睿、豫两王，对于清廷，究竟可以言功乎？鄙人不能无疑义也。明季社会腐败，人才已竭。李自成以凶恶之寇，成强弩之末。李岩一死，兵心尽丧，称者不正，早失民心。南都以马、阮为相，二刘为将，摧枯拉朽，战功无复可言。明之亡，明白亡之，非睿、豫之力亡之也。即以清人而言，则造基者实惟太祖、太宗，而延世者乃康熙之所为。人关以前，一隅突起，汉人耕作，满兵力战，通婚授室，犹未尝不采同化之策。自设间以死熊芝岗、孙承宗、袁崇焕，而明室虚无人矣。顺治一朝，承其余荫，酿成降将之祸者睿王，专用汉族之败类者亦睿王。非得康熙，亡之久矣。康熙之对待汉人也，其用武臣，虽不轻与汉人以专阃，而亦未尝不加之以保全。其用文臣，虽不专任汉人以政权，而亦进用其才智。所行所为。直接的与睿王相反。豫王既为睿王时代助恶长恶之人，则愧对清陵。自□□□□□乾隆时代为清廷极盛而衰之渐，亦惟专制时代回光反照之期。和珅罪案，固无可逃，然追原祸始，实首傅恒，其义固可通也。

凤姐之丧事草草，固为夺豫王，然亦兼写牧斋丧事。而贾琏负债，平儿扶正，弱女被欺，皆一串焉。《觚賸》云：如是归牧斋，生一女，嫁毗陵赵纲修玉森之子。康熙初，嗣子孝廉君，迎宗伯入城同居，而柳与女及婿，仍在红豆村。逾二年而宗伯病，（可见十年家居，睿王死时，犹在宗伯任内）柳闻之自村奔候。未几，宗伯捐馆。柳留城守丧，不及归也。初宗伯与其族素不相睦，乃托言宗伯旧有所负，枭悍之徒，聚百人交讧于堂。柳泫然曰：“家有长嫡，义不坐受凌削，未亡人奁有薄赀，留固无用，当捐此以赂凶而纾难”。立出帑千金授之。诘朝，喧集如故。柳遣问曰：“今将奚为？”宗人曰：“昨所颁者，夫人之长物耳，未足以赡族。长君华馆连云，腴田错绮，独不可割其半以给贫窭耶？”嗣子惧不敢出。柳自念欲厌其求，则如宋之割地，地不尽，兵不止，非计也。乃密召宗伯懿亲及门人素厚者，复纠纪纲之仆数辈，部画已定，与之誓曰：“苟念旧德，毋渝此言”。咸应曰诺。柳出厅事，婉以致辞曰：“妾之赀尽矣，期以明日置酒合宴，其有所须，多寡惟命。府君之业自在，不我惜也。”众始解散。是夕，执豕刭羔，肆筵设席。申旦而群宗麇至，柳谕使列坐丧次，潜令健者阖其前扉。乃入室，登荣本楼，若将持物以出者。

逡巡久之，家人心讶，入视则已投环毕命。而大书于壁曰："并力缚饮者而后报官"。嗣君见之，与家人相向号恸。绂绖之属，先一日预聚于室，遂出以尽缚凶党，门闭无复脱者。须臾，邑令至，穷治得实，系凶于狱，以其事上闻置之法。殉由债迫，与鸳鸯情事不同。而湘兰之关系尤重，故舍此而取彼焉。

"甄应嘉蒙恩还玉阙"。此回以甄代明裔，有二义焉。观其正面，则仍为贰臣降清之安富尊荣者写照，而以朱侯为其代表也。书中之所谓"动了家产者"，即祖国已亡之谓。今遇"主上眷念功臣，赐还世职"，即追封明裔之谓。"行取来京陛见"，清初因四方起兵者，多以明裔为名，取之来京安置，而又加之以封爵，以安反侧之心，而为软禁之计，方自以为仁至义尽，善待前朝之苗裔矣。身为明裔，而觍然受敌人之官爵，或且自以为荣，不亦羞乎？然作者之意，则一方面罪其事仇，一方面仍望其恢复。因思清初兼用汉人治兵，前三藩之役，洪承畴当招抚经略之职，其权力不可谓不重。成功据台湾，亦使芝龙招抚之。古来胜国之裔，亦有执兵权于新朝者。慕容垂之中兴燕祚，姚苌之建号后秦，其庶几焉。作者存此过屠门而大嚼，虽不得肉，聊且快意之思想，故放笔写一篇海疆安抚之文字。而且用怀明老当之笔，叙其功业，诚哉其悲感之交集也。以镇海统制为贾府亲戚，而托之照应者，耿氏本为汉人而尚主，清廷亲贵，自当托安抚者以照应。而成功为清廷所特别注意之人，招抚之目的，必首及之。作者诛贰臣为清廷出力招讨者之罪，而亦不肯为甘作虞宾者恕，而尤望以一线之延，存明宗祧。苟有机会可乘，即当起而建苌、垂之业，故不惜曲文伸义以出之焉。若自其对面而言，则贾府虽为帝室，而已于表面文章上，抑之于勋戚大臣之列，则史法之所谓不帝其帝者，已无复君臣之义之可言。而皇上一席，实在虚悬无定之地位。设使以抄没之例，通之于清廷失国；以赐还之例，通之于明室复兴，则清代后裔，亦未尝不可以虞宾相待。故此回之所谓上慰圣心，下安黎庶者，乃是《春秋》称天之义，乃是孟子天视民视天听民听之义，亦是称天理之天，以有道临天下之义，而非指满洲之皇帝。天果赐还甄氏，而抄没清廷，则吾族亦何必故为已甚，封之以三恪可也，听其再称酋长，归于长白山之麓可也。辽东所属之建州卫指挥使，万历初年所给之龙虎将军印，何必不与诸臣平等哉？结局于"海疆靖寇班师一案大赦天下，而贾氏反若获甄氏之余荫者"，清廷先代，本获明室之余荫，受封受爵，以长养其子孙，而遂至据我中原全土。还我河山而后，亦无尽灭其族之理。然作者终竟迫于间架，不得不然。罪魁固不可赦，即书中之英王，亦未尝获赦，故云假也。然贾赦获赦，亦兼隐郑王得罪后复为叔辅政王之义。

"宝钗听了道，你说话怎样越不留神了？什么男人同你一样，都说出来，还叫我们瞧去么！"清廷后妃，其有古来亡国无烈妇。花蕊夫人、小周后之惧乎？亦作者聊以快意之谈。

第一百十五回　惑偏私惜春矢素志　证同类宝玉失相知

　　曹氏以惜春指丰绅殷德家事。考《啸亭杂录》云：和致斋相国当权时，赫奕一时。其赐死后，门楣衰替。其子丰绅殷德，号天爵，善小诗，俊逸可喜，尚和孝公主。初赐贝子品级，因父获罪，降散秩大臣。中年慕道，与方士辈讲养生术，余每嬉侮之。卒以是致喘疾，号数旬死，年未交不惑也。

　　混字中则以朱珪当之。考"啸亭杂录"云：晚年酷嗜仙佛，尝持斋茹素，学导引长生之术，以致疽发于背。时对空设位，谈笑酬倡，作诡诞不经之请，有李邺侯之风。又云国朝定制，凡皇子六龄，入学时，遴选八旗武员弓马、国语娴熟者数人，更番入卫，教授皇子骑射，名曰谙达，体制稍杀于师傅，盖古保氏之责。按明顺义王俺答，即为小王子之保氏，故众相沿称之，初非其名。明人不知，甘受其绐，亦弇陋之一端也。近皆选东三省人充补，虽其弓马纯习，然人率皆举止犷野，众素轻之。朱文正公晚年信道，自言曾拜纯阳为师，命柳仙侦察，即世所谓柳魅者。公敬礼视吕祖稍杀，时皆以为荒谬。成王忽曰："然则为朱先生之柳谙达矣。"众皆粲然。此条因与训劣子李贵承申斥一段，大有关系，故录之。但成王即文正之弟子，而嬉笑怒骂至此，岂清廷果视师傅如谙达，而例之以东三省之犷野耶？频遭谪辱，宜矣。又云：洪稚存编修亮吉，阳湖人。中庚戌探花。性狂妄，嗜

酒纵饮。善考订，其著《乾隆中府厅图志》，及《东晋疆域考》
《南北朝疆域考》，学问渊博。戊午，大考翰林，公上《平邪教
疏》，深中当时綮要，人争诵之。朱文正公招之入都，欲荐于朝。
先生乃于朱座，首斥崇信释道，为邪教首领之语。朱正色曰：
"吾为君之师辈，乃敢搪突若尔！"先生曰："此正所以报师尊
也。"又讥王韩城相国为刚愎自用，刘文清公为当场鲍老，一时
八座，无不被其讥者。后裹装欲归，复上书于成王及朱石君、刘
云房二相公，多诽谤朝廷语。成王以其书上闻，上悯其书生迂
鲁，戍伊犁，未逾年，即放归田里。以其书常置御座旁，曰：此
座右良箴也。上之宽大也若此。先生既放还，仍纵酒自娱，不数
年卒于家。又《稚存本传》云：嘉庆元年，入值上书房。先生初
第时，大臣掌翰林院者，网罗人材，以倾动声誉。先生知其无
成，欲早自异，遂于御试《征邪教疏》内，力陈中外弊政，发其
所忌。随引弟蔼吉之丧，以古人有期功去官之义，乞病归。其后
座主朱文正珪，有书起之，复入都供职。嘉庆己未，教习庶吉
士。先生长身火色，性超迈，歌呼饮酒，怡怡然，每兴至，凡朋
侪所为，皆掣乱之为笑乐。至论当世大事，则目直视，颈皆发
赤，以气加人，人不能堪。会有与先生先后起官者，文正公并誉
之，先生大怒，以为轻己，遂邑邑不乐，复乞病，行有日矣。时
川、陕贼未靖，先生欲有所献替，顾编检例不奏事，乃上书成亲
王暨当事大僚，言时事，冀其转奏。谓故贝子福康安，所过繁
费，州县吏以供亿至虚帑藏。故相和珅，擅权时，达官清选，多
屈膝门下，列官中外者四十余人。末复指斥乘舆，有"群小荧
惑，视朝稍晏"语。成亲王以闻，有旨军机大臣召问，即日覆
奏，落职交刑部治罪。先生就逮西华门都虞司，群议汹汹，谓且
以大不敬伏法。顷之承审大臣至，有旨毋用刑。先生闻宣感动，
大哭，自引罪。坐身列侍从，用疑似语谤君父，大不敬，议斩立

决。奏上，免死，戍伊犁。将军某妄测上意，奏请俟君至，毙以法，先发后闻。得旨严饬不行。明年，京师旱，诏减释军流，不雨。朱文正奏安南黎氏二臣，忠于其主，久系，请释之，不雨。上乃手诏赦先生，是日沛然雨。遂颁谕言天人感应之理至捷，诚臣工弗以言为讳。御制《得雨纪事诗》，有"亮吉原书无违碍"之句。有"爱君之诚，实足启沃朕心，已将其书装潢成卷，常置座右以作良规"之注。案稚存此事，发于嘉庆四年，似当仍在此书年代限内。惟其关系于和珅、福康安之案者亦重，而直攻嘉庆尤切，几疑书中并无其人。鄙意当之倪二，或者谓流品太下拟不于伦，惟玩"小鳅生大浪"之目录，已与稚存之为无言责小臣者，恰合。而嗜酒纵饮，又是"醉金刚"的评。且此段文字，除"恃酒撒泼"而外，倪二本一无坏处。侠烈之行，当以人格高下论，不当以地位高下论。曹氏及稚存眼中，岂惟无龌龊之朝官，并亦犯昏淫之君主矣。《稚存本传》云：先生在戍所，不及百日。自获罪至戍还，文正公尝调护之。或者以稚存曾面骂文正为疑，不知和珅当国，文正实为嘉庆之师傅，不肯屈节，何以避祸？酷嗜仙佛，岂能不甘心受讥？啸亭所谓有郦侯风者，其语最道得出，贤于刘墉之滑稽远矣。稚存一狱，文字上之渊源，声名上之重要，良心上之敬爱愧怍，必须有此，方不失为好人。曹氏取之以当惜春之小正经，非无意也。否则老官僚之迷信，恶足道哉！

　　"贾宝玉与甄宝玉谈话"。今观两个宝玉之为人，一个俨然是情痴，一个依然是禄蠹；一个主张于明心见性之谈，实成为和尚材料，一个主张于文章经济之论，又不脱迂儒陋习，且立德立言之外，竟撇去了立功一层，岂虞宾之对于兴朝，理应韬晦乎？然无如其不足以创大业何！作者以甄代明，如此人才，宝玉岂能为其所有？眷念故国之遗老，如此立说，似未免于太疏，不知事实上固有万不可掩者矣。福王荒淫，桂王与鲁王无用，唐王号为有才，其实矮人国中之长子耳，何足以当开创之主？崇祯忧勤惕厉，本非其他亡国之君可比，然拨乱反正，岂遂无术？以中材而涉国祚之末流，可以曲原，不可以满人意，著其实际，以回思夫当年明祖之英武开基，驱逐胡元，其才能功业，诚不可以道里计。而况远溯之三代而上，以企诸黄、农、唐、虞之世乎？若以鄙人之意度之，则彼皇帝者，固无一不为禄蠹之尤，而且禄蠹愚人，种种不愿人为禄蠹之表面文字，实绝对的驱人于甘为我用之禄蠹范围中，而无所逃。此等本领，顺治与明季诸帝，皆思利用之而不尽其妙。鄙人眼中，固不欲此后之中国，再见有此等魔王也。然而今日政界中两个宝玉之人物，仍复接近于世，吾不知作者见之，又当复如何写法也！噫！

内中"紫鹃一时痴意发作，因想起黛玉来，心里说道，可惜林姑娘死了，若不死时，就将那甄宝玉配了他，只怕也是愿意"，此亦花蕊夫人、小周后之意，然而与宝钗微异者，物归原主，汉女固当配汉人也，顾其如覆水难收何？

第一百十六回　得通灵幻境悟仙缘
送慈柩故乡全孝道

　　宝玉入梦之所以先见尤三姐者，何也？盖书中所纪诸人，固大多数因皇帝而受害者。受害之极，则必当有以报复之。报复之人，则必需假诸受害最烈者之手，顾受害虽为最烈，而非其最有志节之女子，则作者亦不欲与以其名，故取三姐以为之代表焉。三姐本指陈卧子姬，彼其舍身命、名誉而殉国族者，其恨历千万世而不解，吕氏亦犹是也。"你们兄弟没有一个好人，败人名节，破人婚姻，今日到这里，是不饶你的了！"此言何其沉痛哉！王沈评一路闪闪烁烁，至此乃用正笔，淋漓痛快，畅所欲言，得其旨也。顾此言不出之三姐之口，而谁言之乎？作者取三姐心中之所欲言以为言，千载下犹有生气。且"败人名节，破人婚姻"，何能限于男女界之一部分？招降之文，不绝于书；敦迫之使，络绎于道；乡会考试，博学鸿儒之科，挟白刃为功令，不准不应，甚则太后以色身示人，而劝经略矣。及至一入仕途，猜忌立生，"贰臣"之传，矜为正论。取嫠妇、处子而乱之，旋复谓其私我之不贞。地下有知，理当痛哭。顾作者绝不以"手提宝剑迎面拦住"之权力之者，彼其人固无有此等冒险犯驾之心胸，即令清廷势败，彼亦不过随风偃草之列。而名义上之虚辞，彼亦不得而窃之也。为厉杀贼，亦非有资格者不配。

　　"鸳鸯不理宝玉"。书中所指之鸳鸯，若香君、若湘兰、若香妃，岂有一肯理清帝者哉！宝玉一见鸳鸯，喜得赶出来，但见鸳鸯在前，影影绰绰的走，只是赶不上，宝玉叫道："好姐姐，等等我"，秦淮佳丽，回部艳妃，岂非清帝之所急于染指者哉！而顾不能，劲节足夺其魄，而亦以见其人之果能自保，虽强暴无如之何也。上文云"鸳鸯在门外招手"，固可以作为清帝意想之词，然作者犹恐其唐突，而写之尤三姐两次露面之间，则其人之为同类可知矣。昔人谓《红楼梦》为细针密镂，良然。

宝玉之于黛玉，岂有准其梦中再见之理由哉？微特乾隆之薄于情，于伦理上，不得令其再见富察后；即顺治之深于情，于种族上，亦不得令其再见董妃。然不着一请，似与其生前不合。请之来而复拒，而请之者，即以代董年与三姑娘之晴雯，作者实有讽辞焉。至于"晴雯道，我非晴雯"，帘外侍女，又以宝玉说道"妹妹在这里"为无礼，既自表其意中别有所指，又以无礼伸清帝之罪，而黛玉薄乎云尔之义亦见。

"宝玉见凤姐招手，走到站的地方，细看却是可卿"。刘媪汉人也，无端而改适豫王，而所行又与可卿相等，丑之也。故为之传赞曰：此固一而二，二而一者耳。"秦氏也答言，竟是往屋里去了"，以礼法论，则秦氏之不答言，正也；以事实言，则秦氏之不答言，羞也。竟是往屋里去了，此语又变作廋词矣。

"黄巾力士，执鞭赶出宝玉"。王沈评是。但招之来者何人？罪董年，罪董妃，实罪色荒也。人不为肉欲所驱使，何至于甘心事人？又何至于无力抵抗？明清之际，除几个苦节志士而外，皆当以此言讽之。

"宝玉见迎春等一干人走来，心里欢喜，叫道：我迷住在这里，你们快来救我"。公主固为满人，而吴氏亦为败类，达瓦齐辈，亦不足道，实见其为鬼怪形像而已矣。大观园中人，大抵作如是观。元春旨意，特来救宝玉，天女降生，直以妖收妖而已矣。

"宝玉既可取来，就可送去"。王沈评：大彻大悟语。鄙人以为仍是寻常儿女子之言，所以为妙。盖"解铃还是系铃人""来说是非者，便是是非人"之俗谚，尽人皆知，所谓三尺童子也道到得八十公公却行不得者也。此其事惟圣哲知之，其心思虚灵而不昧也；亦惟奸雄知之，其才力辨别而有余也。其他寻常之人，则各人辨别到几分而只如恰如其分际。乃下致愚夫愚妇，亦有可以与知与能之理焉。故和尚可以当作仙佛看，大易之彰往察来，大学之知致格物，一切有志之士，固当具此本领。和尚亦可以当作盗贼看，嘛喇之妖术，剑客之飞行，一切作恶之人，亦或具此本领。其实只是夭位无常，可得可失之注脚。从来极好之人，原与极不好之人，有时作用全然相似。光复旧物，与巧取豪夺者，宗旨异而手段仍同。文心狡狯，于是可见。

"送柩回南"，贾母之柩，岂有葬于汉土之理由哉？顾或者以书中回南，本以金人陵寝为解释，则孝庄亦无面目见太宗矣。或者以孝庄原为叶赫之妇，即以汉人命妇例之乎？亦属不大真确。其实清廷入关而后，初未必归葬吉林，此例得之，而前两者其兼及也。余人无论为满、汉人，皆以此例推，顾以"送慈柩为全孝道"，此语何其酷欤？睿王本非送孝庄灵柩之人，而确切实有君母之义。彼之所为，有何孝慈之足言？孝慈之说，从下嫁之谰言套出，而草草完事，即借宾定主，为孝端死时之罪案云尔。

"赖尚荣帮钱"。前回丧后被盗，贾政曾斥贾琏之胡说，谓其"不该罚奴才赔钱"也。程日兴献"向管家要钱"之策，亦被贾政驳回。此时"贾琏再复进言"，贾政仍复不肯，似乎坚持到底矣。然而后文则仍行向赖向荣借钱，借来又嫌其少，何前后矛盾乃尔乎！不知从来居帝王之位者，一切报效捐输，及种种要钱方法，皆启之于亲贵，而授意于计臣。言之再三，君主乃若为不得已者而行之，其实则早已默喻，但嫌其太少不足用耳。临事时之故作仓皇，所以愚弄臣民也。明目张胆，一意要银，普通之君主，原不如是，而结局必至于如是，拟之季世之政府，犹觉其尚要面孔耳。

"贾政吩咐宝玉与贾兰同考"。环儿有其生母之丧，无论矣，贾母之死，兰为曾孙，宝玉为孙，均非承重，何以不能考试？王沈评谓以表衣钵相传、继托有人之意，良然。且皇帝即位，与承重同。不行三年之丧，与可以考试同。康熙即位，服中亦未亲政。睿王既称皇父，死后而顺治即亲政，亦关合以讥刺之。故兰为曾孙，而偏云兰儿是孙子，里面固头头是道，然表面终是疵谬，鄙人不敢代为之词。

"我想女孩子们，多半是痴心，白操了那些时的心，看将来怎样结局"。自来宫庭之中，其不为怨女者几希。盖不待宫车晏驾，而已有一群守活寡之女子矣。虽然，岂独宫中也哉！呜呼！望恩之臣子，而况汉臣，而况汉臣中之贰臣，呜呼吾人，可以醒矣！

第一百十七回　阻超凡佳人双护玉
欣聚党恶子独承家

　　"要玉与要银"。银子可以买玉乎？曰然。满人之入主中土也，固以兵强马大得之，然非仗银子之力，以驱使汉人中之一班利禄薰心败类，与一切被流贼劫杀后穷苦无告之人民，固不能如此其易也。吾人若欲光复，则亦非用钱不可。此要银之说也。然则银子竟可以买玉乎？曰否。何以守位曰人，何以聚人曰财，此既已得玉之事也。圣人之大宝曰位，苟无此位，银子从何而出？艰难辛苦，不恤牺牲生命财产，谓欲得此政权之地位耳。苟使只存一要银子之心，则无论何人，可以富贵功名与之，而革命之志荒矣。此要玉不要银之说也。然则要银与要玉。其手段虽不能离却要银，而宗旨仍复归宿于要玉，特此固非可以易得者，强力以劫之，智术以驭之。"和尚之疯疯癫癫，摇摇摆摆"，其办法之微示者乎？

　　"要玉与要人"。要玉可以不要人乎？曰否。满人之入我中土也，取吾人之生命财产，而自居于安富尊荣之地位，致惴惴焉人不自保，自皇帝以至于诸王宗室，皆将不免，其幸而免者，则甘心为之奴隶耳。要玉安得不要人？然则要玉非要人不可乎？曰是又不然。要人之目的，由要玉而生者也。苟有可以达其还我政权之目的者，则又何取乎利取其人而杀之，抑或取其人而奴之哉？我酷爱和平只求自保疆土之同化力伟大汉族，自立国以来，从前决无如此办法。故人之问题为枝叶，而根本的则为要玉。下文云，"宝玉说道，他何尝是真要银子呢，也只当化个善缘就是了"。只要得还，何必太恶？胡元归其旧巢，清帝仍蒙优待，于事实已经有之矣。若顽强抗抵，则牧野之师，首悬太白，亦革命家之所当优为也。

"佳人双护玉"。护玉不以宝钗而以袭人者，何也？宫中有尚玺之职，而统属于皇后之下。两人同为顺治之后，而一废一立，则立者当较废者之情为切。顾两人之千方百计以求匹顺治者，惟其有此宝玉耳。乃废后之求为后也，有急起直追之势；而继后之求为后也，偏多欲擒故纵之谋。是以废后悍嫉之心，同于继后；而继后作恶之才，实高于废后远甚。死董妃为宝玉遁荒之本，继后全无顾忌。故下文宝钗许放宝玉见和尚一面云云者，即谓宝玉之走，继后有迫之以不得不走者耳。顾"忽然加入一紫鹃"，岂以紫鹃为董妃之代表乎？浅矣。盖为汉人出力，为清廷护玉者说法。赵良栋、岳钟琪之徒，固无论矣，孙思克亦稍能者，受观望之嫌疑，而于赵、吴两方面，实有可左右大局之能力。而何以仍为所用？年羹尧则具有反心，而以功名既重，终受韩信之诛，且反为之建殊勋焉。此皆为君臣之学说所误，而为种族家之所不敢赞成。呜呼！前清汉人之有兵权，而其势力可以不为清用者，不过数人，作者盖以此类目之矣。

"贾琏出门"。以贾赦为贾琏之父，固长哥当父之义，然亦为他方面所牵，不得不然耳。得罪之贾赦，本属英王。英王时而与豫王狼狈为奸，时而不协，豫王死后尤甚。《东华录》有云：从前宗室之人，多有有疯疾者。如英亲王阿济格，打仗甚为奋勇，而一发疯疾，便任意胡为。今允礽亦有此疾云云。书中写贾赦多有类此者，此处代之以痨病，则是写英王之死也，故曰"迟了不能见面"。然豫王固先英王死者，亦是迟了不能见面。此等处作者随手剪裁，实为下文贾蔷、贾环、贾芸等地步，不能不撇去豫王耳，舍此不好想法。考《东华录》，顺治七年春二月，摄政王传谕各部事务，有不须入奏者，付和硕巽亲王、端重亲王、敬谨亲王办理。此事在孝端文皇后梓宫至盛京祔葬昭陵之后，摄政王率诸王大臣出猎于山海关，并率诸大臣亲迎朝鲜国送来福金于连山之前，俄而王薨，朝局大变，故作者特笔纪之。

考《东华录》，康熙六年三月癸亥，谕宗人府：巽亲王满达海、端重亲王博洛，敬谨亲王尼堪，因白王考时，谄媚迎合睿王，革去亲王，授为贝勒，给与之物，合行追夺。前论中所引枉杀张煊一狱，亦在三王理事期中。又顺治七年六月，摄政王畋于中后所，以巽亲王满达海，及诸贝勒贝子等，行列不整，令和硕端重亲王博洛等，议其罪，拟削满达海爵，夺所属人口一半，余分别降黜。摄政王曰：达满海罪大，姑念其父，免此一次。一宥再宥，则可，屡释之可乎？其谕满达海知之。贝勒屯齐、尚善各罚银千两，贝子札喀纳罚银六百两，博洛坐知罪不举，罚马一匹，将管围章京孟果岱等十一员，各射鸣镝三十，道喇等十员，各射鸣镝二十，罚银一百两。又案书中欺骗巧姐一事，实即英王狱词中，欲得多尼、多尔博以谋夺政权之见象。他事不过兼写，而此事最为着重。惟前所引狱词，不及理事三王之罪。而《东华录》中，又有一条云：顺治八年三月壬午，先是搜获英王藏刀四口，刑部不行奏上，但告巽亲王、端重亲王、敬谨亲王，将刀交御前包衣昂邦收之。上闻，谕曰：阿济格以罪废除，犹复私藏兵器，既经搜获，部臣何不奏闻议罪，乃遽尔完结？明系徇庇，当治罪。事下诸王固山额真议政大臣，于是议巽亲王等明知阿济格藏刀四口事，既不奏闻，又不议罪。且阿济格纳叶思赫，在内行走，欲用在内妇人三百，暗掘地道，与伊子及一切心腹人同谋，约于某日某月某时出狱，如此大事，不以奏上，将以何事奏上乎？巽亲王系承袭父爵，应仍留亲王，罚银五千两。降端重亲王、敬谨亲王为郡王，各罚银五千两，俱停其理事，刑部尚书固山公额真公韩岱、侍郎吴喇禅、启心郎额色黑既任部务，将此等重大之事，止告理事三王，不行奏上，复不行议罪，遂尔完结，公韩岱应削一世职，罚银一千两，吴喇禅额色黑应各削一世职，赎身。英王前犯大罪，皇上从宽免死，复加恩养给，与三百妇女役使，及僮仆牲畜金银，并一切物件，尚以为不足，仍起乱心，藏刀四口，罪何可贷？应裁减一切，止给妇女十口，及随身所用衣服。其余人口、牲畜、金银，并诸物件俱行追取，嗣后饭食俱行自外传入。降傅勒赫、劳亲为庶人，照苏孙阿克塔给与什物。将傅勒赫给与承泽亲王，劳亲仍留巽亲王处。议上得旨依议。十月赐英王自尽。盖三王本与睿、英二王比，故以环、芸、蔷三人写之，而巧姐之婚以邢夫人作主，则以代英王耳，

"假墙笑话"。此作者提醒吾人之深心也。八旗劲旅，各省驻防，何一非防家贼之主义哉！究竟少数野蛮民族，断不足以敌多数之文明民族，不过设法监制，而济之以笼络手段，遂转以汉人监制汉人而已。果使种界之学说昌明，则彼之所谓坚城不可拔者，直假墙耳。以龟肚垫住当之，用意尤虐。

第一百十八回　挟微嫌舅兄欺弱女　惊谜语妻妾谏痴人

　　"欺弱女"。散见各评，惟《过墟志》有一事差误。既曰有二子，且生而即贵，又于满妪口中，说出王妃忽喇氏薨无子。又曰：上问王年四十，何尚无子？又云刘生两子。查豫王死时，年三十六，其子信郡王多尼，死于顺治十八年正月，年二十，断非刘媚所生。惟多尔博官书明称幼子，而豫王之子尚有董额，于顺治十八年春正月封贝勒，或其刘媚所生耶？草野记载微乖，不足为异。

　　"惜春出家"。被迫于清廷，已无疑义，自可任以一人充之。惟文中有云："彩屏暂且服侍惜春回去，后来许配了人家，紫鹃终身扶持，毫不改初，此是后话"，审是非终于出家也。惜春非终于出家，作者对于桂王有厚望矣，顾不愿其出走缅甸而为三桂所擒，且缅中尤有桂家之苗裔在焉。此回之紫鹃，则定国也。始终于桂王，表其孤忠云尔。白文选之降清，自从珍大奶奶而去者耳。又考《贰臣传》，尚可喜，辽东人。父学礼，明东江游击，战殁于楼子山。可喜降清，镇广东。康熙十年，疏请归老辽东海城，奉旨撤藩。三桂反，可喜执其使，以逆书呈奏。耿精忠、孙延龄复变，可喜获延龄檄，有三藩并变之语。上疏言：臣与耿精忠为婚姻，今精忠反，不能不跼蹐于中，惟捐躯矢志，竭力固保岭南，以表臣始终之诚。又言吴三桂遣贼兵二万，屯黄沙河，若与孙延龄兵联合，势益猖獗，请就近移师，同臣剿贼。谕曰：王累朝旧勋，性笃忠贞，朕心久已洞悉。览奏披沥悃忱，深为可嘉。（小正经）其益殚心进剿以副倚任，命大军之驻江西者，分遣会剿。四月，潮州总兵刘进忠叛附精忠，可喜令次子都统之孝讨之。疏言：臣众子中惟之孝堪继臣职，至军事机宜，虽衰老，尚能指挥调遣，不至有误封疆。十月，谕曰：王为国抒忠，厥功茂著。当兹军兴之际，督抚提镇以下，俱听王节制。文武官员，听选补奏闻。一切调遣兵马，及招抚事宜，亦听王酌行。又云：三桂驱贼逼肇庆，诱之信从逆，可喜卧疾弗能制，愤甚，自缢。左右解之，苏，遂不起，十月卒。又《逆臣传》十五年春，可喜卧疾，之信代理事，三桂诱藩属从逆，水师副将赵天元、总兵孙楷，相继叛。之信虽降，三桂遣心腹环守可喜藩府，戒毋得闻白诸事，杀金光以殉。又云：之信就逮时，藩下长史李天植，以发难由都统王国栋，白于之信、母及其弟副都统之节、之璜、之瑛，诱国栋议事，伏兵杀之。将军赉塔，率禁旅收捕，鞫同谋者，天植自服造谋，或亦尚氏之忠臣与！

"不失其赤子之心"。此语对于顺治一方面，可谓褒贬俱见者矣。夫文中所谓"那赤子有什么好处，不过是无知无识，无贪无忌"，然或者因无知无识之故，易以陷溺于贪嗔痴爱之中，或者以无贪无忌之故，遂不悟到太初一步之地位。西儒所谓人性如白纸，墨子所谓染于黄则黄，染于苍则苍者也。平心论之，太后下嫁，固为古今之奇丑。然其明目张胆而为之者，固其母也。摄政王虽为其臣，亦复不恤人言，冒天下之大不韪，要亦自恃其权力耳。顺治当未成童之年，而处此人伦之大变，方且不敢言，亦不敢怒，而尚须仰承意旨，以偷旦夕之安，譬试之于随母下堂之儿女，将如此父母何？所恨者夷俗之不良，举朝之无耻，而全国国人之无复人心耳。顺治纵不安于心，又岂能有防闲之力？故下嫁一事，不得不罪顺治者，政治上之责任，而天性上固有无可如何者。即以董妃一事言之，顺治之罪，诚在于始乱终弃。然非有荧惑冲主者，则董妃不得入宫；非孝庄之有淫行，不得不出于溺爱者，亦断不至于生出如许种种之怪现象。故始乱之罪，顺治尚有分其任者；而终弃一事，则实非顺治之所能任受。然而不得不受者，彼以威权无限之皇帝，而动作无一不如全无知识之小孩，其可恕乎？到此地位，身世亦有何乐？不入耳之言，来相劝勉，已经难受，而况其有不止于此者乎？"宝钗道，你既说赤子之心，古贤原以忠孝为赤子之心"，呜呼！忠孝之义，至于顺治而穷。孝固无可言矣，即欲以忠心待人，而责人以忠，其事亦绝对的办理不到。"宝钗又道，并不是遁世离群，无关无系，为赤子之心。忍于抛弃天伦，这成甚么道理？"吾人固不欲以宗教哲学之眼光，高视童呆之帝王，而但以心理上之怨艾情形，等之于愚夫愚妇，则此等正大堂皇之庄辞，自当无用。尧、舜、禹、汤、周、孔，时刻以救世济民为心。如此皇帝，如此皇帝所处四周之地位，而犹曰救世济民，作者固绝对的其不肯承认。即返之稍有良心之皇帝，亦当退然不敢自居矣。"宝玉道：尧、舜不强巢、许，武、周不强夷、齐。"此固我志士遗民之本等，原非皇帝之所得而托。而作者必为此语者，非徒为吾人吐气，盖亦有迫之以不为巢、许、夷、齐者在焉。名为君也，而触处受制；名为人也，而伦常全变。岂有一丝一毫，可以与吾志士遗民类者，而安得不生其艳羡乎！"宝钗便道：自比夷、齐，更不成话，伯夷、叔齐，原是生在商末，世有许多难处之事，所以总有托而逃。"此语在宝钗为强辞，在作者则为微辞。夷、齐长饿，于商、周之兴亡有关，推位让国，亦有关系乎？堂堂国君之冢子，与其遗命传国之爱子，非祖父锦衣玉食而何？其善处人伦之变，较之顺治如何，较之累朝之皇帝何如？作者特例举此二人，直将皇帝一齐抹倒。而宝钗口中，乃偏以老太太、老爷、太太等字之压力，关皇帝之口而夺之气，其有当于人心否乎？下文接写莺儿一段文字，于妇德为悍妒，于朝政为干涉，盖顺治为傀儡久矣，不去何为？

吴良辅之为莺儿，已见前论。考《东华录》，顺治十八年二月乙未，康熙谕：吏部刑部大小各衙门，先帝遗诏有云：祖宗创业，未尝任用中官。且明朝亡国，亦因委用宦寺。朕懔承先志，厘剔弊端，因而详加体察，乃知满洲佟义、内官吴良辅，阴险诈狡，巧售其奸，荧惑欺蒙；倡立十三衙门名色，广招党类，恣意妄行；钱粮借端滥费，以遂侵牟权势，震于中外；以窃威福，恣肆贪婪，相济为恶；假窃威权，要挟专擅，内外各衙门事务，任意把持；广兴营造，縻冒钱粮，以致民力告匮，兵饷不敷。此二人者，朋比作奸，挠乱法纪，坏本朝醇朴之风俗，变祖宗久定之典章，其情罪重大，稔恶已极，通国莫不知之。虽置于法，未足蔽辜。吴良辅已经处斩，佟义若存，法亦难贷，已服冥诛，著削其世职，十三衙门尽行革去，凡事皆遵太祖、太宗时定制行，内官俱永不用。又刘正宗亦当仰遵遗诏，置之重典，但念其年老，姑从宽免。合停笺奏事而观之，继后之罪，通于天矣。

"赖尚荣设法告假"。王沈评以为讥满奴之负恩背义，鄙人以为幸清廷之部曲离心。盖清廷之所谓奴才者，曰满、曰蒙、曰汉军，而汉人不与焉。平心论之，中国者，中国人之中国也。蒙古亦何独不然？且满洲者亦满洲人之满洲，非爱新觉罗一姓之所有，取而奴之，尚何恩之可言？呜呼！非平等不能解决此问题，而怀柔犹其似也。

第一百十九回　中乡魁宝玉却尘缘　沐皇恩贾家延世泽

考《东华录》，顺治十二年六月，初礼部奏：靖南王耿继茂，咨称子精忠、昭忠，年已长成，应请缔结婚姻，不敢擅便，惟候上裁。奉旨，会同内大臣议奏。至是议靖南王耿继茂之父，有携众航海投诚功。今继茂身任严疆，今伊二子结婚，不敢专擅请求，仰承皇上报功恤劳仁德至意，宜以亲王等女下嫁。得旨：和硕显亲王姊，赐和硕格格号，下嫁耿精忠；固山贝子苏布图女，赐号固山格格号，下嫁耿昭忠。又康熙十二年六月乙丑，谕兵部尚书明珠：下降和硕额驸和硕耿聚忠柔嘉公主，曾经世祖章皇帝抚养宫中，又蒙太皇太后鞠育。今闻公主病甚，朕将亲往视之。遂幸柔嘉公主第视疾。七月己卯，下嫁和硕额驸耿聚忠和硕柔嘉公主薨。是耿氏兄弟三尚皇家女矣。又精忠以康熙十年，暂管军务，继茂死，袭爵。十一年三月，封靖南王，所尚和硕郡主为靖南王妃。十三年三月。精忠反。二十年，精忠凌迟处死，子显祚处斩。是时郡主之结局，则非夭即寡耳。此回写探春归宁，但言其夫家之贵，而不写其结果，亦自有深意。若从前回对面看来，则见于王夫人之口中者，曰"那琴姑娘梅家娶了去，听见说丰衣足食的很好"，便是梅村苟全性命之现象。"史姑爷痨病死了，史妹妹立志守寡也苦"，更是微词。于无文字中，有文字，绝妙。

"探春随镇海都统回京"，其不言都统之功者，所以别于甄氏也。其不得不书者，所以存当时之事实也。盖郡主之翁，实为耿继茂。继茂对于清廷，不可谓全然无功，而其功绝非作者之所欲言。且顺治亲政，以及康熙之初，其所以待遇耿氏者甚厚，而继茂又非本身降清之人，其时抑亦无可为者。对于社会上之眼光，固不能遽加之以责备，故只好作如此写法。然其大不满意之微辞，已经跃然于字里行间矣。若用以映射郑氏，则非统全胜之师，乘势长驱，直捣黄龙，亦非作者之所欲言，盖伤之也。

"巧姐住在村里"。此事对于阿珍之字钱氏，刘三秀之嫁黄亮功，颇有相似之点。若曹氏则直以之指郑家庄王孙事矣。考《东华录》，雍正元年五月乙酉，谕宗人府：郑家庄修盖房屋，驻扎兵丁，想皇考圣意，或欲令二阿哥前往居住，但未明降谕旨，朕未敢揣度举行。今弘晳已封王，令伊率领子弟于彼居住，甚为妥协。其分家之处，见今交与内务府大臣办理。其旗下兵丁，择日迁徙之处，俟府佐领人数派定后举行。弘晳择吉移居，一切器用及属下人等，如何搬运安置，何日迁移，兵丁如何当差，府佐领等如何养赡，及如何设立长久产业之处，著恒亲王、裕亲王、淳亲王、贝勒满都护会同详议具奏。一切供用，务令充裕，勿使伊艰难，并贻累属下之人。彼处离京二十余里，不便照在城诸王，一体行走。除伊自行来京请安外，其如何上班会射诸事，著一并议奏。寻议理郡王弘晳，迁移郑家庄，由兵部领取车辆，将需用物件载往。其给与理郡王人数，共三百四十五名。现有护军领催马甲，并亲随执事等，均给钱粮，令其当差行走。郑家庄城内，原有房四百间，如尚不敷，再行添造。现有钦放长史一员，所请护卫十二员，暂行跟随。侍卫三员，蓝翎侍卫一员，俟有缺出，照例咨部题明补放。郑家庄离京二十余里，升殿之日，理郡王听传来京。每月朝会一次，射箭一次。设驻防郑家庄城守尉一，佐领六，防御六，骁骑校六，笔帖式二，领催二十四名，兵五百七十名。又雍正二年癸未，二阿哥允礽薨，追封为和硕理亲王，谥曰密。甲申诸王大臣等恭闻皇上有旨，往奠二阿哥，合辞恳请停止亲往。得旨：王大臣劝朕，虽是，但朕心不自已之处，尔等尚未尽知。二阿哥获重罪于皇考，其身若在，乃系负罪之人。今既薨逝，则罪案已毕，依然朕之兄也。从前裕亲王殁时，皇考自热河回京，躬临致奠。朕之弟兄，俱著穿孝。今封二阿哥为亲王，即与裕亲王无异。朕登大宝以来，于二阿哥处未降一旨，未遣一人，虽锡赉频加，皆未言及朕所颁赐，惟交与总管太监传送。盖朕心不欲伊拜谢，并不欲闻伊感恩之言也。前日闻伊病笃，朕遣大臣往视。二阿哥奏曰："臣蒙皇上种种施恩，甚厚，臣心实深感激。"又训伊子理郡王曰："尔若能一心竭诚，效力以事君父，方为令子"等语，此皆二阿哥至诚由衷之言。朕今往奠，乃兄弟至情，不以自已，并非邀誉也。明日朕必往奠，王大臣不必再奏。又谕弘皙之母：奉侍二阿哥有年，人甚醇谨，著封理亲王侧妃，令居伊子府第，弘皙尽心孝养。理亲王侍妾，曾有子女者，伊子如欲迎养，听其迎养；有欲随侧妃居住者，亦听其随往；不愿者另给廨舍与居，丰其衣食以终余年。著遍谕理亲王府下人等知之。（平儿、秋桐之类）乙酉，上诣五龙亭，哭奠理亲王。夫《大义觉迷录》，雍正自辩之辞，岂不纯然孝弟之行也哉？今一考其行事，则太后薨于元年，允礽薨于二年。证以屠弟，已在嫌疑之列，然犹得曰其人已老且病也。顾允礽虽云得罪，其人则先帝之嫡子，而今上之兄也；弘皙则先帝之孙，而今上之侄也。允礽被废而幽之，已属变举。康熙以父禁子，犹为生平第一疚心之事，雍正何为而仍禁之？若曰病疯，实在无法，则雍正诏旨中允礽并非疯人。即曰疯也，病笃也，则决不当使其子居于二十里之外，以伤天性之恩。嘻！吾知之矣。出弘皙于外，锢允礽于内，既自以为无后忧，而终不利于允礽之存在。司马昭之心，路人皆见之矣。又况于弘晳出居之时，规画极详。乃至于设驻防于郑家庄，防守家贼之办法，范围乃愈收而愈近矣。既曰：皇考但未明降谕旨，而或欲令二阿哥前往居住之圣意，何以知之？皇考欲令二阿哥往居，而何以不仰体圣意，不使二阿哥居之而居弘晳？一切欺人之语，欲盖弥彰，老奸发狂，天良丧尽。曹氏拟弘晳于田家妇，非哀王孙也，恶骨肉之祸也。舅兄之欺卖弱女，视此如何？书中于此一狱，仍以邢夫人为主者，因雍正之于弘晳，与英王之欲得多尼以谋执政权者，直如一鼻孔出气耳。至乾隆中，弘晳终得罪圈禁，仍是雍正家法。

第一百二十回　甄士隐详说太虚情
贾雨村归结红楼梦

康熙曾奉太皇太后幸五台山，故上回言贾兰欲自己找去，此回贾政，乃是以父代母耳。

顺治之出家，无形之内禅也。乾隆内禅，作如是观可乎？是不必拘。反映为尼，是为得之。

考《东华录》，乾隆三十年乙酉春正月壬戌，上奉皇太后启銮南巡。三十一年秋七月丙子，上奉皇太后启銮秋狝木兰。壬午未刻，皇后崩，上奉皇太后驻跸避暑山庄。癸未谕：据留京办事王大臣奏，皇后于本月十四日未时薨逝。皇后自册立以来，尚无失德。去年春，朕恭奉皇太后巡幸江浙，正承欢洽庆之时，皇后性忽改常，于皇太后前，不能恪尽孝道。比至杭州，则举动尤乖正理，迹类疯迷。因令先程回京，在宫调摄。经今一载余，病势日剧，遂尔奄逝。此实皇后福分浅薄，不能仰承圣后慈眷，长受朕恩礼所至。若论其行事乖违，即与以废黜，亦理所当。然朕仍存其名号，已为格外优容。但饰终令典，不便复循孝贤皇后大事办理。所有丧仪，止所照皇贵妃例行，交内务府大臣承办，著将此宣谕知之。此事似与《南巡秘记》所载富察后事相混。然鄙人以为为尼与水死，皆与死在宫中者不类。且此次为南巡第四，而荒淫不自此次始。那拉后，本以宫婢正位，亦未敢强谏。且平日何以不言，而迟之至二十年之久，决非人情。大约此时富察后已死于扬州，而乾隆或追念故剑之情，不释于心。孝圣亦久而厌之，故有此变。朝臣亦少有力谏者，盖其倾害富察后，亦为人情所不服耳。故其弃那拉后，犹顺治之弃继后云。

《啸亭杂录》尚有一条为那拉后被废之证，补录于后。录云：纳兰皇后以病废，（纳兰为那拉之转音）少司寇阿永阿，欲力谏，以有老亲在堂，难之。其母识其意，喟然曰："汝为天家贵胄，今欲进谏当宁，乃以亲老之故，以违汝忠尽之志耶？可舍我以伸其志也。"公涕泣从命，因置酒别母，侃然上疏。纯皇帝大怒曰："阿某宗戚近臣，乃敢蹈汉人恶习，以博一己之名耶？"特召九卿谕之。陈文恭曰："此若于臣宅室中，亦无可奈何事。"托冢宰庸曰："帝后即臣等之父母。父母失和，为人子者，何忍于其中辨是非也？"钱司寇汝诚曰："阿永阿有老母在堂，尽忠不能尽孝也。"上斥之曰："钱陈群老病居家，汝为独子，何不归家尽孝也？"钱叩谢。上乃戍公于黑龙江，命钱司寇归养焉。逾年，后既崩，御史李玉明复上书请行三年丧，亦戍于伊犁。二公先后卒于边，未果赦归也。

"顺治出家之旁证"。王沈评，梅村诗，引证确切，而尤以《日下旧闻》之"朕本深山一衲子"一诗，为铁案。鄙人另有二事，附录于此。《觚賸》云：李通判者，山西汾州人，其前世为乡学究，年逾五旬。闲居昼卧，梦二卒持贴到门云："吾府延君教授，请速往。"挟之上马，不移时至一府第，如达官家。青衣者引之入，重闱焕丽，曲槛纡回，最后书室三楹。坐顷，两公子出拜，锦衣玉貌，皆执弟子礼。日夕讲课不辍。书室外院地，逼厅事，时闻传呼鞭笞之声。特不见主人为怪，且不晓是何官秩，请于二子。二子曰："家君即出见先生矣。"未几，主人果出，冠带殊伟，晤语间礼意款洽。学究因言："晚辈承乏幕下，久且阅岁，不无故园之思。"主人微哂曰："君至此已不可归，然自后当有佳处，幸勿复多言。"学究凄然不乐，竟忘其身在冥府也。一日主人开宴，邀学究共席。称以寒素，不宜与先辈抗礼。强之乃行。厅事设有四筵，扫径良久，一僧肩舆而至，极驺从之盛，曰大和尚；又一僧至，如前，曰二和尚，直据南面两筵。学究主人，依次列坐。主人与二僧语，学究皆不解。肴果亦并非人间物。酒半，忽见一梯悬于堂檐。二僧出蹑之，冉冉而去。主人促学究从而上。攀援甚苦，倏然堕地，则已托生本州李氏矣。襁褓中能语，如成人。但冥府有勿言之约，不敢道前世事。生四岁，握笔为制义，评隲其父文，可否悉当。后登崇祯一榜，顺治初通判扬州。天兵南下，出迎裕王。王手拊之，如旧相识。曰："当时事犹能记忆耶？"一笑驰去。潜窥裕王状貌，即所见二和尚也。而大和尚未知出世为何如人。（案南下者豫王，非裕王，裕王名福全，康熙之兄也。大和尚为何如人，阅者可以意会）

《觚賸》作于康熙时代，而清初纪载，尚有一证。坊本《铁冠图》之所本，而隐去此事者也。行箧无书，不及检矣。崇祯在宫中忽晕仆于地，但连称"臣棣知罪"而已。良久始苏，叹曰："国祚不长矣。"后固问之。乃曰："朕昏迷间，恍惚悟前身为成祖，但上见高皇帝震怒，谕以将受身死国亡惨祸。朕连称知罪，间求哀。高皇帝曰：'朕非不欲宽汝，奈建文不许何？今已往生东方矣。'"及贼逼都城，启刘青田遗箧，则有一绳。而启门时则已见门上书棣再视三字而已。此事大约为崇祯不服之遗老所造，然亦因顺治出家故也。

"薛蝌为薛蟠赎罪"。三桂之罪，本无可赎，然光琛劝之背清，似亦赎罪之法。且逼杀桂王而后，三桂本未伏诛，故曰赎罪。然观其下文之誓词，则结局已定矣。又《东华录》，康熙三十八年闰七月，谕：查黄明（此非《逆臣传》中之黄明）系叛逆吴三桂下伪将军。康熙十九年，大兵取柳州时，遁入苗峒。后经查拿，苗子韦朝相假献首级，黄明因潜住苗峒多年。于康熙三十年七月间，缉结陈丹书、吴旦先等，侵扰湖广茶陵州，攻围衡州府，俱被官兵杀败。黄明等一百三十四名，先后拿获，俱应照一律，不分首从，斩立决云云。历十余年，而此志不衰，可谓三桂之忠臣矣。然既非首谋，又非重要人物，鄙人以为不满其量，故舍之而以方光琛代表其一般焉。

废后之于优伶，当时果有传说与否，记者不敢强为之辞。然明季强邀封后之李选侍，竟为鸨母，且言宫中不如其乐，任宫人伪为崇祯帝、后，行同倡妓，后为清廷所杀。清初纪载，多有为后辨冤者。（案伪皇后事亦见《东华录》）和珅狱辞中，亦有擅取出宫女子为次妻一语，作者或亦有感于此乎？

"香菱扶正与产难"。此事兼指顾眉生。按《贰臣传》龚鼎孳于顺治三年六月，丁父忧，请赐恤典。给事中孙垍龄疏言，鼎孳明朝罪人，流贼御史，蒙朝廷拔置谏垣，优转京卿，曾不闻夙夜在公，以答高厚，惟饮酒醉歌，俳优角逐。前在江南，用千金置妓，名顾眉生。恋恋难割，多为奇宝异珍以悦其心，淫纵之状，哭笑长安，已置其父母妻孥于度外。及闻父讣，而歌饮留连，依然如故，亏行灭伦，独冀邀非分之典，夸耀乡里，欲大肆其武断把持之焰云云。《板桥杂记》云：顾眉生既属龚芝麓，百计求嗣，而卒无子，甚至雕异香木为男，四肢俱动，锦绷绣褓，雇乳母开怀哺之，保母襁襟作便溺状，内外通称小相公，龚亦不之禁也。又载偕顾寓市隐园，为顾祝生辰。遍召旧时狎客，及南曲姊妹行与宴。门人严某赴浙监司任，为眉生褰帏长跪，捧卮称贱子上寿，时已为尚书矣。盖眉生与如是，当时皆俨同正室。而如是决不得比以圆圆，眉生之小相公乃颇与产难合。惟官书所载，三桂本非无后，此等小处，作者何必变更事实，以此作结？祸始于圆圆故也。又《儒林外史》所载沈琼枝嫁宋为富生子扶正一事，评者以为随园中之扬州女子。近人以为盐商江某之妾而扶正者，虽佛种求嗣，为污蔑之谈，然强嫁之事，则实有之。近年出有随园批本，冒广生定为前清闽督伍拉纳之子所作。督固乾隆六十年被诛者也。书中云：乾隆五十五六年间，见有钞本《红楼梦》一书，与鄙人曹氏先成八十回，晚年续出四十回相合。盖钞本为未定之书，故但言或指明珠，或指傅恒，而以傅恒为近是。但不知彼之所言，内有皇后，外有王妃者，说不过去，傅恒非爱新觉罗之族也。顾鄙人之定《红楼》时代，绝不专以此等晚出之说，而必以前者证明之。通体皆用此例，况作者之时代乎？随园明言曹楝亭为江宁织造，与太守陈鹏年不相合，及陈获罪，乃密疏荐陈，人以是重之。按鹏年得罪，在康熙四十六年，楝亭以康熙四十六年之人，岂不能于雍正末年、乾隆初年生子者？随园又云，其子雪芹，明明是前辈口气，年长于雪芹十年以上必矣。又曰：备记风月繁华之盛，疑于书不相类。《红楼》虽言情文字，然与《板桥杂记》诸书不同，随园通人，何至于此？至于以大观园为余之随园，此语直是自骂。园中所记，何等丑秽，随园断不得如此不通。此书初出，尚在抄本时代，随园亦因人谈说其好处，为其名重，而随手参入诗话，以耳为目，不自知其上当。此老号为通天神狐，而受此大辱，抑何可笑！王沈评谓为曹寅之子。按楝亭名寅，救陈鹏年事，见《鹏年本传》。而康熙五十六年上谕，曾言其有盐政上之密奏，时代尤为相近。但雪芹本非达者，例不宜见于官书。童年召对之说，实无取焉。若谓后四十回为高氏所续，则于吾说甚为便利，但不敢不疑其并未署名耳。

附录：邓狂言的《红楼梦释真》

郭豫适

《红楼梦索隐》《石头记索隐》出版后，又出现了邓狂言的《红楼梦释真》，其篇幅大于《石头记索隐》，小于《红楼梦索隐》。此书出版于民国八年（公元 1919 年），全书分四卷，订四册，对《红楼梦》一百二十回每回都作"释真"。所谓"释真"，无非是标榜此书能解释出《红楼梦》的真意。其实，"释真"也就是"索隐"。字面不同，意思一样。

关于此书，邓狂言的朋友曾经说："吾友老儒邓狂言，曾得曹删稿于藏书家，于原书多所发明，知作者于河山破碎之感，祖国沉沦之痛，一字一泪，为有清所禁，曹氏恐淹没作者苦心，爰本原书增删，隐而又隐，插入己所闻见，即流传至于今者也。"（太冷生《古今说林》）所谓邓狂言"曾得曹氏删稿于藏书家"，正如程伟元、高鹗所谓《红楼梦》后四十回原稿得自鼓担云云，无非是自作标榜之词，其实是不可信的。至于说原本作者有"河山破碎之感，祖国沉沦之痛"，书为清廷所禁，而曹雪芹在此基础上"隐而又隐，插入己所闻见"，则是邓狂言在《红楼梦释真》第一回中自己作了说明的。

《红楼梦释真》有一个重要论点，即认为《红楼梦》是一部"明清兴亡史"。邓狂言说，《红楼梦》这部书，"在原本为国变沧桑之感，在曹雪芹亦有朝闻道夕死可矣之悲。隐然言之，绝非假托。书中以甄指明，以贾指清，正统也，伪朝也"（《释真》第一回）。简单地说，"原本之《红楼》，明清兴亡史也"，而曹雪芹的增删五次，是指清代"崇德、顺治、康熙、雍正、乾隆五朝史"。（同上）按，《红楼梦》开卷第一回说曹雪芹增删书稿，那不过是小说作者的托辞，后来有些人指实《红楼梦》作者另有其人，曹雪芹只是作了一些修改，这是不可靠的。这里邓狂言又进一步把"增删五次"说成是指清代"五朝史"，那更是想当然的胡说了。

邓狂言的《红楼梦释真》和《红楼梦索隐》《石头记索隐》两部书相同之处，是说《红楼梦》是写历史的小说；不同之处，是《红楼梦索隐》《石头记索隐》二书都说《红楼梦》写的是清初特定时期的历史，邓狂言的《红楼梦释真》则把《红楼梦》所写的"历史"大大地放长了。邓狂言的《红楼梦释真》跟前两部书相同之处，是说《红楼梦》里面的人物是影射现实社会中的真实人物；不同之处，是前两部书都认为小说中人物是清初特定时期的历史人物，而邓狂言的《释真》则把小说中的同一个人物，放大为既影射某一历史时期的历史人物，同时又影射另一历史时期的人物。总之，《红楼梦释真》从思想观点来说是承袭《红楼梦索隐》《石头记索隐》而稍有变化，从索隐方法来说则是把"影射"说弄得更加混乱、更加支离破碎了。

譬如小说里的贾宝玉，《红楼梦索隐》说是影射顺治皇帝，《石头记索隐》说是影射康熙皇帝的太子胤礽，可是到了邓狂言的《红楼梦释真》却说："宝玉固指顺治，然曹氏则指乾隆"。意思是说《红楼梦》原本中的宝玉指顺治，但曹雪芹在这一层影射上又加上一层影射，修改后的《红楼梦》中的贾宝玉同时也影射乾隆。这就把同一部小说中同一个人物说成是同时影射两个不同时代的历史人物，弄得更加复杂、混乱了。

又如小说里的林黛玉，在《红楼梦索隐》中说是写董鄂妃也即写董小宛。邓狂言是赞成这个说法的。他说："书中之宝玉、黛玉，皇帝与后妃也"（《释真》二十二回）。又结合小说写贾宝玉梦见林妹妹要回南，解释说："小宛南人，坟墓在焉，故夫在焉，焉得不思回南。不思回南者，非人情也。即其平日不思，而将死时之天良发现，又焉能竟淡然忘之"（《释真》二十八回）。这分明是把董小宛、董鄂妃和小说中的林黛玉看作完全是一个人。但邓狂言《红楼梦释真》中，有时又说什么林黛玉写的是乾隆的皇后富察氏。他说："曹氏之林黛玉非他，乾隆之原配嫡后，由正福晋进位，后谥孝贤皇后之富察氏也"（《释真》二回）。但是刚刚说林黛玉"非他"，是"孝贤皇后"，接着又自相矛盾，说林黛玉不是别人，是方苞。他说："林黛玉之以朝臣混之，混之以方苞。苞也，灵皋也；绛珠，仙草也；甘露也；泪也。一而二，二而一也、（《释真》二回）。那么，林黛玉究竟是董鄂妃、董小宛呢，还是孝贤皇后富察氏？还是方苞？就这样颠三倒四地混说，弄得扑朔迷离，使读者无法得其要领。

又如小说中的平儿，邓狂言明明说是指柳如是。他说："平儿指柳如是，为其才之相似也。如是如是，不过如是，亦平字之义也"（《释真》五回）。言之颇似有据，看来平儿真是指柳如是了。但这几句话刚说完，忽而又说，平儿是写尹继善。"曹氏之平儿，写尹继善也。其才相似，其得主眷而仍处危疑，亦相似。"（同上）又如，在《释真》第五回中，明明说："袭人指顺治废后，而亦兼及明李选侍事"；可是到了《释真》第六回，又强调说："袭人为高士奇，处处可见。"为什么？邓狂言说："初试云雨情一段，指其初入部，自肩襆被，为明珠阁者课子，遂得际遇圣祖，既得志，遂以金豆交通近侍，皆偷情之行为也。"如此等等。

《乘光舍笔记》为解释小说中宝玉所云男人是土做的骨肉，女人是水做的骨肉，曾以"汉"字的偏旁为"水""达"之起笔为"土"，以分别证明小说中的男人和女人是指汉人和满人。《红楼梦释真》也依样画葫芦，说：

> 水者，汉字之左偏也；泥者土也，吉林吉字之上段，黑龙江黑字之中段也。彼时汉人文明而弱，比于聪慧之女，满人野蛮而强，比于臭浊之男。（《释真》二回）

但是邓狂言只顾学拆字，却拆得并不仔细。人们要问，吉林的"吉"字上段明明是"士"字，哪里是什么"土"字？但这位红学家对这类漏洞就故意装糊涂了。

我们在上一章里曾经讲到那个"太平闲人"张新之，因为他满脑子《易》道，所以他在《红楼梦》里看到的尽是《易》理、八卦。现在这个邓狂言，头脑里硬认定《红楼梦》作者有所谓"种族思想"，于是便连小说中贾宝玉对林黛玉讲的耗子精的故事，也被认定其中隐藏有"种族思想"了。这位评论家说：

> 此一段故典，非空谈也。耗子精者，指满人与满奴也。变成美人以窃之，是趁火打劫之别名也。林子洞有二义，美人之生如幽兰焉，生长于山林洞府之中，自全其真而保其贞，奈何污之于风尘，登之于宫廷。采兰者之计得矣，其如好花摧残何也。且宫廷深邃，真是一林子洞耳，奈何幽囚世上之美人，而使成怨旷，又终身不得见其亲戚若孤儿然，是皆窃之者为耗子精而已。灵皋

被囚，久在狱中，亦林子洞本义也。宝玉把黛玉当成真
正的香玉，圣祖又爱方苞能作古文特出之才，亦足印
证。(《释真》十九回)

呜呼，耗子虽小，大义存焉！贾宝玉对林黛玉讲的那个耗子
精的故事，经邓狂言这么一"释"，竟释出这样深刻的"真"意
来了！要说《红楼梦释真》的思想观点只是平庸地承袭旧说的
话，那末，就牵强附会的本领而论，邓狂言比起旧红学评点派和
索隐派中其他评论家来说，是决不逊色的。

——《红楼梦小史稿》第六章第四节

图书在版编目（CIP）数据

《红楼梦》释真/刘国玉等编. —沈阳：辽海出版社，
1997.3（2019.1 重印）
（《红楼梦》本事大揭秘）
ISBN 978 – 7 – 80507 – 402 – 3

Ⅰ. 红…　Ⅱ. 刘…　Ⅲ.《红楼梦》研究--中国
Ⅳ. I207. 411

中国版本图书馆 CIP 数据核字（97）第 03912 号

《红楼梦》释真

责任编辑	丁　凡	
责任校对	杜贞香	
开　　本	155mm×230mm　1/16	
字　　数	392 千字	
印　　张	32.5	
版　　次	2019 年 1 月第 2 版	
印　　次	2019 年 1 月第 1 次印刷	

出　　版	辽海出版社
印　　刷	三河市京兰印务有限公司

ISBN 978 – 7 – 80507 – 402 – 3　　　　定价：86.00 元（全二册）